MISTER

MISTER

E L James

Traducción de
ANUVELA

VINTAGE ESPAÑOL
Una división de Penguin Random House LLC
Nueva York

PRIMERA EDICIÓN VINTAGE ESPAÑOL, MAYO 2019

Copyright de la traducción © 2019 por ANUVELA

Todos los derechos reservados. Publicado en los Estados Unidos
de América por Vintage Español, una división de Penguin
Random House LLC, Nueva York, y distribuido en Canadá por
Penguin Random House Canada Limited, Toronto. Originalmente
publicado en inglés en Estados Unidos como *The Mister* por
Vintage Books, una división de Penguin Random House LLC,
Nueva York, en 2019. Copyright © 2019 por Erika James Limited.

Vintage es una marca registrada y Vintage Español y su
colofón son marcas de Penguin Random House LLC.

Información de catalogación de publicaciones disponible
en la Biblioteca del Congreso de los Estados Unidos.

**Vintage Español ISBN en tapa blanda: 978-1-9848-9918-7
eBook ISBN: 978-1-9848-9919-4**

Para venta exclusiva en EE.UU., Canadá, Puerto Rico y Filipinas.

www.vintageespanol.com

Impreso en los Estados Unidos de América
10 9 8 7 6 5 4 3 2 1

Para tía Elba
Gracias por tu sabiduría, por tu buen humor, por tu sensatez,
pero sobre todo por tu amor

asistente, ta

De *asistir* y *-nte*; lat. *assistens, -entis*.

1. m. y f. Persona que, en cualquier oficio o función, realiza labores de asistencia.

2. m. Inform. Aplicación informática que guía al usuario inexperto en el manejo de un programa.

3. f. Esp. Mujer que trabaja haciendo tareas domésticas en una casa sin residir en ella y que cobra generalmente por horas.

4. f. Criada que servía en el palacio real a damas, señoras de honor y camaristas que habitaban en él.

Prólogo

No, no, no... La oscuridad, no... La oscuridad asfixiante, no... La bolsa de plástico, no, por favor... El pánico se apodera de ella, le roba el aire de los pulmones. *No puedo respirar, no puedo respirar...* El regusto metálico del miedo le trepa por la garganta. *Tengo que hacerlo. Es la única salida. Tranquila. Calma. Respira despacio. Poco a poco. Como dijo él. Todo acabará pronto. Todo acabará y entonces podré ser libre. Libre. Libre.*

Ahora. Ya. Corre, corre, corre. Sigue. Corre lo más rápido posible, pero no vuelve la vista atrás. El miedo la impulsa hacia delante al tiempo que, en su desesperado intento de huir, esquiva a algunos compradores rezagados, haciendo sus compras a última hora de la noche. La suerte la acompaña: las puertas automáticas están abiertas. Pasa volando por debajo de los estridentes adornos navideños y atraviesa la entrada del garaje. Sigue corriendo, sin parar. Corre sorteando los carros aparcados y se adentra en el bosque. Corre con todas sus fuerzas, despavorida, enfilando un pequeño sendero de tierra, a través de las zarzas, mientras las ramas le azotan la cara. Corre hasta que le arden los pulmones. *Corre, corre, corre... No pares.*

Frío, mucho frío. Demasiado frío. El cansancio le nubla la mente. El cansancio y el frío. El viento aúlla entre los árboles, a través de su ropa, le cala los huesos. Encuentra cobijo bajo unos arbustos y recoge unas hojas para hacerse un nido con las manos entumecidas. *Dormir.* Necesita dormir. Se acuesta en el suelo frío y duro, demasiado cansada para sentir miedo y demasiado cansada para llorar. *Las otras. ¿Habrán conseguido escapar?* Cierra los ojos. *¿Habrán escapado? Ojalá que estén libres. Ojalá que no pasen frío... ¿Cómo ha podido pasar todo esto?*

Se despierta. Está rodeada de botes y contenedores de basura, envuelta en periódicos y cartón. Está tiritando. Está helada, pero tiene que seguir adelante. Tiene una dirección. Da gracias al Dios de su *nana* por esa dirección. Despliega el papel con dedos temblorosos. Ahí es adonde tiene que ir. Ahora. Ahora. *Ya.*

Un pie delante del otro. Caminar. Solo puede hacer eso. Andar. Andar. Andar y seguir andando. Dormir en un portal. Despertar y seguir andando. Caminar. Bebe agua del baño del McDonald's. La comida huele a gloria.

Tiene frío. El estómago le ruge de hambre. Y sigue andando sin parar, siguiendo el mapa. Un mapa robado. Robado de una tienda. Una tienda con luces parpadeantes y música de Navidad. Sujeta el trozo de papel con las escasas fuerzas que le quedan. Está roto y desgastado después de llevarlo tantos días escondido en la bota. *Cansada.* Está muy cansada. *Sucia.* Va muy desaliñada, tiene frío y miedo. Aquella dirección es su única esperanza. Levanta la mano temblorosa y llama al timbre.

Magda la está esperando. Su madre le ha escrito para decírselo. La recibe con los brazos abiertos... Y entonces retrocede un paso para mirarla: "¡Dios santo, pequeña! ¿Qué te ha pasado? ¡Te esperaba la semana pasada!".

Capítulo uno

Sexo ocasional, sin ataduras... Se pueden decir muchas cosas a su favor. Sexo sin compromiso ni expectativas, ni decepciones; solo tengo que acordarme de sus nombres. ¿Cómo se llamaba la de la última vez? ¿Jojo? ¿Jeanne? ¿Jody? Da igual. Era un polvo anónimo, de las que gritan como locas, tanto dentro como fuera del dormitorio. Me quedo acostado en la cama mirando el reflejo de las ondulaciones del Támesis en el techo de la habitación, sin poder dormir. Demasiado inquieto para conciliar el sueño.

La de esta noche es Caroline. No encaja en la categoría de polvos anónimos; no encajará nunca. Pero ¿se puede saber en qué diablos estaba pensando? Cierro los ojos e intento acallar la vocecilla que pone en duda la sensatez de acostarme con mi mejor amiga... otra vez. Ella sigue durmiendo a mi lado, su cuerpo esbelto bañado en la luz plateada de la luna de enero, sus largas piernas enredadas en las mías, la cabeza apoyada en mi pecho.

Esto está mal. Muy mal. Me froto la cara, tratando de borrar el asco que me doy a mí mismo, y ella se remueve y se despereza, despertándose. Recorre con una uña de manicura perfecta el contorno de mi vientre y de mis músculos abdominales, y luego traza un círculo sobre mi ombligo. Intuyo su sonrisa somnolienta mientras desliza los dedos hacia mi vello púbico. Le atrapo la mano y me la llevo a los labios.

—¿No hemos hecho ya suficiente daño por esta noche, Caro? —Le beso cada dedo para mitigar el escozor de mi rechazo. Estoy cansado y desanimado por la sensación de culpa, desagradable y persistente, que se ha instalado en la boca de mi estómago. Es Caroline, por el amor de Dios, mi mejor amiga y la mujer de mi hermano. La exmujer de mi hermano.

No. No es su exmujer: es su viuda.

Es una palabra triste y solitaria para una condición triste y solitaria.

—Oh, Maxim, por favor. Ayúdame a olvidar... —murmura, y me deposita un beso cálido y húmedo en el pecho. Apartándose el pelo claro de la cara, levanta la vista y me mira a través de sus largas pestañas, con el brillo del dolor y la necesidad inundándole los ojos.

Tomo su preciosa cara en mis manos y niego con la cabeza.

—No deberíamos hacerlo.

—No lo digas... —Acerca los dedos a mis labios, acallándome—. Por favor. Lo necesito.

Lanzo un gemido. Voy a ir directo al infierno.

—Por favor... —me suplica.

Mierda, ya estoy en él.

Y como yo también estoy sufriendo, porque yo también echo de menos a mi hermano, y Caroline es mi conexión con él, busco sus labios con los míos y la empujo de espaldas hacia atrás.

Cuando me despierto, un radiante sol invernal inunda de luz la habitación y tengo que entrecerrar los ojos. Me vuelvo en la cama y siento un gran alivio al ver que Caroline se ha ido, dejando tras de sí un rastro persistente de remordimiento... y una nota en mi almohada:

¿Cena esta noche con papá y la Puercastra?
Por favor, ven.

Ellos también están destrozados.

Besos,

TQx

Mierda.

Esto no es lo que quiero. Cierro los ojos, dando gracias por estar a solas en mi propia cama y alegrándome, pese a nuestras actividades nocturnas, de que decidiéramos volver a Londres dos días después del entierro.

¿Cómo diablos hemos dejado que esto se nos fuera de las manos?

"Solo una última copa", me había dicho ella, y yo la había mirado a sus enormes ojos azules, anegados de dolor y de pena, y supe de inmediato lo que quería. Era la misma expresión que había en sus ojos la noche que nos enteramos del accidente de Kit, primero, y luego de su muerte. Una mirada a la que no pude resistirme entonces. Habíamos estado a punto de caer muchísimas veces antes, pero esa noche me resigné a dejarme llevar por el destino, y con irremediable fatalidad, me cogí a la mujer de mi hermano.

Y ahora lo habíamos vuelto a hacer, con Kit de cuerpo presente hacía tan solo dos días.

Miro al techo con gesto hosco. Sin ninguna duda, soy un ser humano patético. Aunque, bien mirado, también lo es Caroline. Al menos ella tiene una excusa: está de luto, muerta de miedo ante lo que le deparará el futuro, y yo soy su mejor amigo. ¿A quién más iba a recurrir en un momento de necesidad como este? Simplemente, me había pasado de la raya con lo de "consolar" a una desconsolada viuda.

Arrugando la frente, hago una bola con el papel de su nota y la arrojo al suelo de madera, por donde se desliza rodando hasta detenerse debajo del sofá, abarrotado con mi ropa. Las sombras acuáticas flotan encima de mi cabeza, y es como si la luz y la oscuridad se burlaran de mí. Cierro los ojos para no verlas.

Kit era un buen hombre.

Kit. Mi querido Kit. El favorito de todos... hasta de Caroline; después de todo, al final lo eligió a él. De repente, me viene a la cabeza una vívida imagen del cuerpo solitario y destrozado de Kit, bajo la sábana del depósito de cadáveres del hospital. Respiro profundamente, tratando de ahuyentar el recuerdo, mientras se me forma un nudo en la garganta. Se merecía algo mejor que Caro y yo... el inútil de su hermano. No se merecía esta... traición.

Mierda.

¿A quién quiero engañar?

Caroline y yo somos tal para cual. Ella me hizo un favor a mí, y yo le hice un favor a ella. Técnicamente, los dos somos adultos, libres, con capacidad para practicar sexo consentido. A ella le gusta. A mí me gusta, y es lo que se me da mejor, cogerme a una mujer atractiva, dispuesta y entusiasta hasta la madrugada. Es como mejor me lo monto, y me permite montar a alguien...

Coger me mantiene en forma, y en el calor de la pasión, aprendo todo lo que necesito saber sobre una mujer: cómo hacerla sudar y si es de las que gritan o de las que lloran cuando se vienen.

Caroline es de las que lloran.

Caroline acaba de perder a su marido.

Mierda.

Y yo he perdido a mi hermano mayor, el único faro que ha guiado mi vida en los últimos años.

Mierda.

Al cerrar los ojos, veo una vez más el rostro céreo del cadáver de Kit, y su pérdida abre un vacío insondable en mi interior.

Una pérdida irreparable.

¿Por qué carajos tenía que conducir su motocicleta en una noche tan desapacible, con la calzada cubierta de hielo? No logro entenderlo. Kit es —era— el sensato de la familia, el pilar más sólido del que agarrarse, la rectitud en persona. De los dos, era Kit el que confería honor a nuestro apellido, el que mantenía su reputación y el que siempre se comportaba de forma responsable. Tenía un trabajo en la City y además llevaba las riendas del próspero negocio familiar. No tomaba decisiones precipitadas, no conducía como un loco. Era el hermano sensato. Siempre el primero en dar la cara, sin rehuir nunca ninguna responsabilidad.

No era el desastre pródigo con patas que soy yo. No, yo soy la otra cara de la moneda de Kit. Mi especialidad es ser la oveja negra de la familia. Nadie espera nunca nada de mí, yo mismo me aseguro de que así sea. Siempre.

Me incorporo en la cama, de mal humor bajo la áspera luz de la mañana. Es hora de bajar al gimnasio de la planta baja. Correr, coger y practicar esgrima, todo eso me mantiene en forma.

Con la música *dance* martilleándome en los oídos y el sudor resbalándome por la espalda, aspiro aire para llenarme los pulmones. El sonido rítmico de mis pasos sobre la caminadora me despeja la cabeza mientras me concentro en llevar mi cuerpo hasta el límite. Por lo general, cuando estoy corriendo, tengo la mente absolutamente centrada en mi objetivo y agradezco sentir algo al menos, aunque solo sea el dolor en los pulmones y en las piernas. Hoy no quiero sentir nada, no después de esta asquerosa semana de mierda. Lo único que quiero sentir es el dolor físico del esfuerzo y la resistencia. No el dolor de la pérdida.

Corre. Respira. Corre. Respira.

No pienses en Kit. No pienses en Caroline.

Corre. Corre. Corre.

Mientras paso a la fase de enfriamiento y la caminadora va reduciendo la velocidad, cubro el último tramo de mi carrera de ocho kilómetros, dejando que mis pensamientos febriles vuelvan a apoderarse de mi mente. Por primera vez en mucho tiempo, tengo muchas cosas que hacer.

Antes de la muerte de Kit, mis días transcurrían recuperándome de los excesos de la noche anterior y planificando la juerga de la siguiente. Y eso era todo, básicamente. Esa era mi vida. No me gusta entrar en detalles sobre lo vacía que es mi existencia, pero en el fondo sé que soy un perfecto inútil. Desde que cumplí los veintiuno, disfruto de un generoso fondo fiduciario, lo que implica que no he tenido que trabajar en serio ni un solo día de mi vida. A diferencia de mi hermano mayor. Él trabajó muy duro, aunque también es cierto que no tuvo otro remedio.

Sin embargo, hoy será distinto. Soy el albacea del testamento de Kit, lo cual es una especie de broma. Elegirme *a mí*, precisamente *a mí*, fue su última broma, pero ahora que está enterrado en el panteón familiar hay que leer el testamento y... bueno, ejecutar sus últimas voluntades.

Y Kit murió sin dejar herederos.

Siento un escalofrío cuando la caminadora se detiene. No quiero pensar en las implicaciones. No estoy preparado.

Recojo mi iPhone, me pongo una toalla alrededor del cuello y vuelvo corriendo a mi apartamento, en el sexto piso.

Me quito la ropa, la dejo en el dormitorio y entro en el baño integrado a la habitación. Bajo el chorro de agua de la ducha, me lavo el pelo y pienso en cómo manejar la situación con Caroline. Nos conocemos desde hace muchos años, cuando íbamos juntos a la escuela. Reconocimos el uno en el otro un alma gemela, y eso nos unió, dos adolescentes de trece años hijos de padres separados. Yo era el chico nuevo y ella me acogió bajo su ala. Nos hicimos inseparables. Es y siempre será mi primer amor, mi primer polvo... mi desastroso primer polvo. Y años después eligió a mi hermano, y no a mí. Sin embargo, a pesar de eso, conseguimos seguir siendo buenos amigos y no tener ningún contacto físico... hasta la muerte de Kit.

Mierda. Esto tiene que acabar. Ni quiero ni necesito esta clase de complicaciones. Mientras me afeito, unos ojos verdes y solemnes me fulminan con la mirada. *No lo jodas todo con Caroline. Es una de las pocas amigas que tienes. Es tu mejor amiga. Habla con ella. Haz que entre en razón. Sabe que somos incompatibles.* Asiento con la cabeza ante mi reflejo, más decidido todavía respecto a lo que tengo que hacer, y me limpio la espuma de la cara. Arrojo la toalla al suelo y entro en el vestidor. De allí saco mis jeans negros, que están enterrados en una pila en uno de los estantes, y siento alivio al ver colgada una camisa blanca bien planchada y una chaqueta negra recién salida de la tintorería. Hoy tengo un almuerzo con los abogados de la familia. Me calzo las botas y me pongo un abrigo para protegerme del frío de la calle.

Mierda, es lunes.

Acabo de acordarme de que la empleada de la limpieza, la buena de Krystyna, mi asistenta polaca, tiene que venir luego a limpiar. Saco la billetera y dejo algo de dinero en efectivo en la consola del vestíbulo, activo la alarma y salgo por la puerta. Cierro con llave, paso de largo por delante del ascensor y tomo las escaleras.

Una vez fuera, en las calles del Chelsea Embankment, el aire es fresco y limpio, empañado únicamente por las vaharadas de mi aliento helado. Miro al otro lado del Támesis, sombrío y gris, hacia la Pagoda de la Paz de la orilla opuesta. Eso es lo que quiero, un poco de paz, pero puede que falte aún mucho para eso. Espero obtener respuestas a algunas preguntas en el almuerzo. Levanto el brazo, paro un taxi y le digo al chofer que me lleve a Mayfair.

Situado en medio del esplendor de los edificios de estilo georgiano de Brook Street, el bufete de abogados Pavel, Marmont y Hoffman se encarga de todos los asuntos legales de nuestra familia desde 1775.

—Hora de comportarse como un hombre hecho y derecho —murmuro para mis adentros mientras empujo la recargada puerta de madera.

—Buenos días, señor. —La joven recepcionista me sonríe y su piel trigueña se tiñe de rubor al sonrojarse. Es guapa, aunque de forma discreta. En circunstancias normales, conseguiría su número al cabo de cinco minutos de conversación, pero no estoy aquí para eso.

—Tengo una cita con el señor Rajah.

—¿Y usted es?

—Maxim Trevelyan.

Examina la pantalla de la computadora, sacude la cabeza y frunce el ceño.

—Por favor, siéntese. —Señala dos sofás de cuero marrón situados en el vestíbulo de paredes revestidas de madera. Me acomodo en el que me queda más cerca y abro un ejemplar de la edición de esa mañana del *Financial Times*. La recepcionista habla por teléfono con cierta urgencia mientras hojeo la primera plana del periódico, sin asimilar nada de lo que leo. Cuando levanto la vista, el propio Rajah viene a saludarme, atravesando las puertas dobles con la mano extendida.

Me levanto.

—Lord Trevethick, le doy mi más sentido pésame por su pérdida —dice Rajah mientras nos estrechamos la mano.

—Llámeme solo Trevethick, por favor —contesto—. Todavía tengo que acostumbrarme al título de mi hermano.

Que ahora es mi título.

—Por supuesto. —Rajah asiente con educada deferencia, cosa que me resulta irritante—. ¿Me acompaña, por favor? Vamos a almorzar en el comedor de los socios, y debo decir que disponemos de una de las bodegas más selectas de Londres.

Observo hipnotizado las llamas que arden en la chimenea de mi club en Mayfair.

Conde de Trevethick.

Ese soy yo. Ahora.

Es inconcebible. Es desolador.

Cuánto envidiaba el título y la posición de mi hermano en la familia cuando era más joven... Kit había sido el favorito desde que nació, sobre todo para mi madre, pero lo cierto es que era el heredero, el primogénito, y no el segundo hijo. Conocido como el vizconde Porthtowan desde su nacimiento, Kit se había convertido en el duodécimo conde de Trevethick a los veinte años, tras la repentina muerte de nuestro padre. A mis veintiocho años, yo soy el afortunado número trece, y aunque he codiciado desde siempre el título y todo lo que lo acompaña, ahora que es mío tengo la sensación de estar invadiendo el terreno de mi hermano.

Anoche te cogiste a su condesa. Eso es algo más que invadir su terreno.

Tomo un sorbo del Glenrothes que estoy bebiendo y levanto mi vaso.

—Por los fantasmas —murmuro el brindis tradicional escocés, y sonrío ante la ironía. El Glenrothes era el whisky favorito de mi padre y el de mi hermano, y a partir de ahora este *vintage* de 1992 será el mío.

No sé muy bien en qué momento hice las paces con lo que había heredado mi hermano y con el propio Kit, pero sucedió en algún momento de finales de mi adolescencia. Él ostentaba el título nobiliario y se había quedado con la chica, y yo no tenía más remedio que aceptarlo. Pero ahora todo es mío. Absolutamente todo.

Hasta su mujer. Bueno, al menos anoche.

Pero lo más irónico es que Kit no le ha dejado nada a Caroline en su testamento.

Nada.

Eso era lo que ella se temía.

¿Cómo es posible que Kit fuera tan descuidado? Había redactado un nuevo testamento cuatro meses antes, pero no había dejado nada estipulado para ella. Solo llevaban casados dos años...

¿En qué estaba pensando?

Naturalmente, puede que Caroline impugne el testamento, ¿y quién podría culparla?

Me froto la cara.

¿Qué voy a hacer?

Me vibra el teléfono.

¿DÓNDE ESTÁS?

Es un mensaje de Caroline.

Apago el teléfono y pido otra copa. No quiero verla esta noche. Necesito perderme en otro cuerpo. En alguien nuevo. En alguien anónimo, sin consecuencias, y creo que también me meteré alguna raya de coca. Saco el teléfono y abro Tinder.

—Maxim, tu apartamento es increíble.

Mira hacia las aguas turbias del Támesis, que relumbra con la luz de la Pagoda de la Paz. Recojo su chaqueta y la cuelgo sobre el respaldo del sofá.

—¿Te sirvo una copa o quieres algo más fuerte? —le ofrezco. No vamos a quedarnos en la sala mucho tiempo. De inmediato se pasa la melena de color negro azabache por encima del hombro. Me mira fijamente con sus ojos de color avellana, perfilados con lápiz *kohl*.

Humedeciéndose los labios pintados, arquea una ceja y pregunta:

—¿Algo más fuerte? —Habla con tono sugerente—. ¿Qué vas a beber tú?

Vaya... No ha captado la indirecta, así que nada de coca entonces, pero va muy por delante de mí. Me acerco a ella de manera que tiene que levantar la cabeza para mirarme. Tengo mucho cuidado de no tocarla.

—No tengo sed, Heather. —Hablo en voz baja, satisfecho de haber recordado su nombre. Ella traga saliva y separa los labios.

—Yo tampoco —susurra, y su sonrisa provocativa le ilumina los ojos.

—¿Qué quieres?

La observo mientras desplaza la mirada a mi boca. Es una invitación. Me detengo un momento, solo para asegurarme de estar interpretando sus señales correctamente, y luego me agacho y la beso. Un roce fugaz: labios contra labios, y luego nada.

—Creo que ya sabes lo que quiero. —Levanta la mano para enterrar los dedos en mi pelo y me atrae de nuevo hacia su boca cálida y dispuesta. Sabe a brandy, con un débil rastro de tabaco. El sabor me perturba un momento. No recuerdo haberla visto fumar en el club. La atraigo con más fuerza hacia mí, apoyando una mano en su cintura mientras recorro con la otra sus voluptuosas curvas. Tiene la cintura pequeña y los pechos firmes y grandes, que aprieta con provocación contra mi cuerpo. Me pregunto si sabrán tan bien como se sienten al tacto. Deslizo la mano por su espalda y la beso con más fuerza, explorando su ávida boca.

—¿Qué es lo que quieres? —murmuro en sus labios.

—A ti. —responde con voz entrecortada y urgente. Está excitada. Pero mucho. Empieza a desabrocharme la camisa. Me quedo inmóvil mientras me la desliza por los hombros y la deja caer al suelo.

¿Me la tiro aquí o en la cama? Al final, gana la comodidad y la agarro de la mano.

—Acompáñame. —La guío con suavidad y me sigue, atravesando la sala de estar y bajando por el pasillo, hacia el interior del dormitorio.

La habitación está limpia y ordenada, como sabía que estaría.

Bendita Krystyna.

Enciendo las luces de la mesilla de noche y la guío hacia la cama.

—Date la vuelta. —Heather hace lo que le digo, pero se tambalea un poco encima de sus tacones—. Con cuidado. —La sujeto por los hombros y la traigo con fuerza hacia mí, luego le inclino la cabeza para verle los ojos. Tiene la mirada fija en mis labios, con expresión intensa, pero entonces levanta la vista. Sus ojos brillan. La mirada es nítida y centrada. Está perfectamente sobria. Le beso el cuello, saboreando su piel suave y fragante con la lengua—. Creo que es hora de meternos en la cama.

Le bajo la cremallera del corto vestido rojo y se lo deslizo por los hombros, deteniéndome cuando dejo al descubierto unos pechos ocultos por un sujetador rojo. Paso el pulgar por la superficie del tejido de encaje. Ella lanza un gemido y arquea la espalda, empujando los pechos contra mis manos.

Oh, sí...

Hundo los pulgares bajo la delicada tela y le acaricio los pezones, cada vez más erectos, mientras ella palpa con las manos buscando el botón de mi bragueta.

—Tenemos toda la noche —murmuro, y la suelto antes de dar un paso atrás, de manera que su vestido se desliza por su cuerpo hasta caer deshecho en el suelo, a sus pies.

Un tanga roja revela su trasero esbelto.

—Date la vuelta. Quiero verte.

Heather se echa el pelo por encima del hombro al volverse y me lanza una mirada abrasadora, entornando las pestañas. Tiene unos pechos absolutamente magníficos.

Sonrío. Ella sonríe.

Esto va a ser divertido.

Extiende los brazos, agarra la cintura de mis jeans y tira de ella con fuerza, de manera que sus maravillosas tetas vuelven a clavárseme en el pecho.

—Bésame —masculla con voz ronca, impregnada de urgencia y deseo. Se recorre con la lengua los dientes de la mandíbula superior y mi cuerpo responde al estímulo, se me endurece la entrepierna.

—Estaré encantado de complacerla, señorita.

Le sujeto la cabeza, hundiendo los dedos en su pelo sedoso, y la beso, con más ferocidad esta vez. Responde agarrándome mechones enteros de pelo mientras se funden nuestras lenguas. Se detiene y me mira con un brillo atrevido en los ojos, como si me estuviera viendo por fin y le gustase lo que ve. Acto seguido, vuelve a abalanzar sus labios sobre los míos con furia.

Dios, está ansiosa de verdad...

Encuentra el botón superior de mis jeans con dedos ágiles y tira de él. Riéndome, la agarro de las manos y la empujo con suavidad de manera que ambos acabamos tumbados sobre la cama.

Heather. Se llama Heather y duerme profundamente a mi lado. Miro el reloj de la mesilla de noche; son las 5:15 de la mañana. Es un buen polvo, de eso no hay duda, pero ahora quiero que se largue. ¿Cuánto tiempo voy a tener que estar aquí oyendo el suave sonido de su respiración? A lo mejor debería haber ido a su apartamento en vez de venir aquí, así podría irme ya. Pero mi casa estaba más cerca... y los dos nos moríamos de ganas. Con la mirada fija en el techo, repaso todos los detalles de nuestra noche juntos, tratando de recordar qué es lo que sé de ella, si es que hay algo. Trabaja en televisión —o "en la tele", como ella la llama— y tiene que levantarse temprano para ir a trabajar, lo que significa que tendrá que irse pronto, ¿verdad? Vive en Putney. Está muy buena. Y dispuesta. Sí, muy dispuesta. Le gusta hacerlo de frente, no hace ruido cuando se viene y tiene mucho talento con la boca: sabe exactamente cómo revivir a un hombre exhausto. Se me vuelve a poner muy dura solo de recordarlo y me planteo despertarla para tirar de nuevo. Tiene la melena negra desparramada sobre la almohada, y una expresión serena en el rostro mientras duerme. Hago caso omiso de la punzada de envidia que me provoca su serenidad y me pregunto, si llegara a conocerla un poco mejor, ¿conseguiría sentir esa misma paz yo también?

Mierda, no me vengas con esas... Que se vaya de una vez.

"Tienes problemas con las relaciones de pareja". La voz incordiante de Caroline reverbera en mi cabeza.

Caroline. Mierda.

Tres mensajes insistentes y varias llamadas perdidas de Caroline me han enojado. Mis jeans están tirados de cualquier manera en el suelo. Saco mi móvil del bolsillo trasero. Miro hacia el cuerpo dormido que hay a mi lado —no, no se ha movido— y leo los mensajes de Caroline.

¿¿DÓNDE ESTÁS??

¡¡LLÁMAME!!

CARITA HACIENDO PUCHEROS

Pero ¿qué carajos le pasa?

Ya sabe lo que hay; hace mucho tiempo que me conoce. Un revolcón no va a cambiar lo que siento por ella. La quiero, claro que sí... pero a mi manera, como a una amiga, a una buena amiga.

Arrugo la frente. No la he llamado. No quiero hacerlo. No sé qué decir.

Eres un cobarde. Es el murmullo de la voz de mi conciencia. Tengo que solucionar esto. Encima de mi cabeza, los reflejos del Támesis se estremecen y cabecean, tranquilamente, con libertad. Burlándose de mí. Recordándome lo que he perdido.

Libertad.

Y lo que tengo ahora.

Responsabilidad.

Mierda.

Una oleada de culpa se apodera de mí. Es una sensación desconocida y desagradable: Kit me lo ha dejado todo a mí. *Absolutamente todo.* Y Caroline no ha heredado nada de nada. Es la mujer de mi hermano. Y hemos cogido. Con razón me siento culpable... Y en el fondo sé que ella también se siente culpable; por eso se fue de madrugada sin despertarme, sin decirme adiós siquiera. Ojalá la mujer que tengo ahora mismo a mi lado hiciera lo mismo.

Escribo un mensaje a Caro rápidamente.

> Hoy estoy ocupado. ¿Estás bien?

Son las cinco de la mañana. Caroline estará dormida, así que voy sobre seguro. Ya lidiaré con ella más tarde... o mañana.

Heather se remueve en la cama y abre los ojos con un batir de pestañas.

—Hola. —Me sonríe con timidez. Le devuelvo la sonrisa, pero entonces la suya se desvanece—. Tengo que irme —dice.

—¿Ya? —digo, lleno de esperanza—. No tienes por qué irte. —Consigo parecer sincero.

—Sí, tengo que irme ya. Tengo que trabajar, y me parece que mi vestido rojo no es lo más adecuado para la oficina. —Se incorpora y agarra la colcha de seda para tapar sus curvas—. Ha estado... muy bien, Maxim. Si te doy mi número, ¿me llamarás? Preferiría hablar por teléfono en vez de mandarnos mensajes por Tinder.

—Claro que sí —miento descaradamente. Atraigo su cara hacia la mía y la beso con ternura. Sonríe con aire avergonzado. Se levanta, se envuelve el edredón alrededor del cuerpo y empieza a recoger su ropa del suelo.

—¿Te pido un taxi? —pregunto.

—Puedo llamar a un Uber.

—Ya lo hago yo.

—Ah, gracias. Voy a Putney.

Me da su dirección, me levanto, me pongo los jeans que estaban en el suelo y, agarrando mi teléfono, salgo del dormitorio para dejarle un poco de intimidad. Es extraño cómo se comportan algunas mujeres la mañana después: tímidas y calladas. Ya no es la sirena lujuriosa y ardiente de la noche anterior.

Pido el taxi y espero, mirando las aguas negras del Támesis. Cuando Heather aparece al fin, me da un trozo de papel.

—Ten, mi número.

—Gracias. —Lo deslizo en el bolsillo trasero de mis pantalones—. Tu carro llegará en cinco minutos.

Parece cohibida e incómoda; la timidez poscoital se ha apoderado por completo de ella. Mientras surge un silencio entre nosotros, examina la habitación, mirando a todas partes menos a mí.

—Es un apartamento precioso. Muy espacioso —comenta, y deduzco que nos hemos pasado a la conversación trivial para llenar el incómodo silencio. Se fija en mi guitarra y el piano—. ¿Tocas el piano? —Se acerca al piano de media cola.

—Sí.

—Por eso eres tan bueno con las manos —dice y, acto seguido, frunce el ceño, como dándose cuenta de que acaba de hablar en voz alta, y sus mejillas se tiñen de un delicioso rubor rosado.

—¿Y tú? ¿Tocas algún instrumento? —pregunto, haciendo caso omiso de su comentario.

—No... No fui más allá del segundo año de flauta. —El alivio le suaviza las facciones de la cara, probablemente porque he ignorado su comentario sobre mis manos—. ¿Y eso de ahí? —Señala mis mesas de mezclas y el iMac que hay en un escritorio en la esquina de la habitación.

—Soy DJ.

—¿Ah, sí?

—Sí. Pincho un par de veces al mes en un club en Hoxton.

—De ahí todos los vinilos. —Mira a la pared de estantes que alberga mi colección de discos.

Asiento con la cabeza.

—¿Y las fotografías? —Señala con la mano los paisajes en blanco y negro en láminas de gran tamaño que cuelgan en la sala.

—Sí, y a veces también me pongo al otro lado de la cámara.

Parece confusa.

—Como modelo. Para revistas y publicaciones ilustradas, principalmente.

—Ah, eso tiene sentido. Es evidente que tienes talento para muchas cosas. —Sonríe, sintiéndose un poco más segura de sí misma. Debería. Es una diosa.

—Aprendiz de todo... —contesto con una mueca de amargura y su sonrisa desaparece, reemplazada por una expresión confusa.

—¿Te pasa algo? —pregunta.

¿Que si me pasa algo? ¿De qué carajos está hablando?

—No. Nada. —Me vibra el teléfono: es un mensaje que anuncia que ha llegado su carro—. Te llamaré —digo mientras tomo su chaqueta y la ayudo a ponérsela.

—No, no me llamarás. Pero no te preocupes. Así es Tinder. Lo he pasado bien.

—Yo también. —No pienso contradecirla.

La sigo hasta la puerta principal.

—¿Quieres que te acompañe hasta abajo?

—No, gracias. Ya soy mayorcita. Adiós, Maxim. Ha sido un placer conocerte.

—Lo mismo digo... Heather.

—Buen trabajo. —Sonríe de oreja a oreja, complacida de que haya recordado su nombre, y es imposible no devolverle la son-

risa—. Así está mejor —dice—. Espero que encuentres lo que
buscas. —Estira el cuerpo y me da un beso casto en la mejilla. Se
vuelve y se aleja sobre sus tacones hacia el ascensor. Arrugo la
frente mientras la veo marcharse, observando el movimiento de
su estupendo trasero bajo el vestido rojo.

¿Espera que encuentre lo que busco? ¿Qué diablos significa eso?

Tengo todo esto. Acabo de estar contigo. Mañana estaré con otra.
¿Qué más necesito?

Por alguna extraña razón, sus palabras me molestan, pero me
olvido de ellas y vuelvo a la cama, aliviado de que se haya ido.
Mientras me quito los jeans y me deslizo entre las sábanas, sus
desafiantes palabras de despedida retumban en mi cerebro.

"Espero que encuentres lo que buscas".

¿De dónde carajos ha sacado eso?

Acabo de heredar una finca impresionante en Cornualles, otra
propiedad en Oxfordshire, otra en Northumerland y una pequeña
parte de Londres, pero ¿a qué precio?

La cara inerte y pálida de Kit vuelve a materializarse en mi
imaginación.

Mierda.

Ahora hay tanta gente que depende de mí... Mucha, demasiada gente: los arrendatarios de los campos, los trabajadores de
las fincas, el personal de servicio de cuatro casas, los promotores
de Mayfair...

Maldita sea.

Mierda, maldito seas, Kit. Maldito seas por morirte.

Cierro los ojos para contener unas lágrimas que no llego a
derramar, y con las palabras de despedida de Heather retum-
bando en mi cabeza, me quedo dormido.

Capítulo dos

Alessia entierra las manos todo lo que puede en los bolsillos del viejo anorak de Michal, en un vano intento por mantener los dedos calientes. Envuelta en la bufanda, avanza bajo la helada llovizna invernal hacia el edificio de apartamentos en el Chelsea Embankment. Es miércoles, el segundo día que va a trabajar a ese lugar sin Krystyna, de vuelta al gigantesco apartamento del piano.

A pesar del tiempo espantoso, se siente satisfecha de haber logrado superar el viaje en un tren atestado de personas sin la ansiedad habitual que eso le genera. Está empezando a comprender que Londres es así. Hay demasiada gente, demasiado ruido y demasiado tráfico. No obstante, lo peor de todo es que nadie se dirige la palabra salvo para disculparse tras un empujón o para pedir que avances hasta el final del vagón. Todo el mundo se esconde detrás de periódicos gratuitos, escucha música a través de sus auriculares o está concentrado en el móvil o en un libro electrónico, evitando todo contacto visual.

Esa mañana, Alessia había tenido la suerte de encontrar asiento en el tren, pero la mujer que iba a su lado se había pasado gran parte del viaje hablando a gritos por el móvil sobre su cita fallida de la noche anterior. Alessia no le había prestado atención y había continuado leyendo el periódico gratuito para mejorar su inglés, pero habría preferido escuchar música por unos auriculares y no los chillidos escandalosos de esa mujer. Cuando terminó el diario, cerró los ojos y soñó despierta con montañas majestuosas salpicadas de nieve y pastos donde el aire estaba colmado de la fragancia del tomillo y el zumbido de las abejas. Añora su hogar. Añora la paz y el silencio. Añora a su madre y añora el piano.

Flexiona los dedos en los bolsillos al recordar la pieza con que calentaba; oye las notas en su cabeza, altas y claras, y las ve de un color encendido. ¿Cuánto hace que no toca? Su emoción aumenta al pensar en el piano que la espera en el apartamento.

Cruza la entrada del viejo edificio en dirección al ascensor, apenas capaz de contener su entusiasmo, y sube al último piso. Los lunes, miércoles y viernes, ese lugar maravilloso, con sus habitaciones aireadas y espaciosas, sus suelos de madera oscura y el piano de media cola, es todo suyo durante unas pocas horas. Abre la puerta con idea de apagar la alarma, pero, para su sorpresa, el tono de aviso no se dispara. Tal vez se haya estropeado o no la hayan conectado. O... *No*. Horrorizada, comprende que el dueño debe de estar en casa. Se detiene en medio del amplio recibidor, flanqueado por fotografías de paisajes en blanco y negro, y aguza el oído tratando de advertir alguna señal de vida. No oye nada.

Mirë.

No. "Bien". Inglés. Piensa en inglés. Quien sea que viva aquí ha debido de irse a trabajar y ha olvidado conectar la alarma. No lo conoce, pero sabe que tiene un buen trabajo porque el apartamento es gigantesco. ¿Cómo si no podría permitírselo? Suspira. Puede que sea rico, pero es un verdadero cerdo. Es la tercera vez que va a ese apartamento, dos acompañada de Krystyna, y en todas las ocasiones anteriores la casa había estado hecha una pocilga y habían tardado horas en dejarla limpia y ordenada.

El día gris se cuela por la claraboya que hay al final del vestíbulo, así que Alessia pulsa el interruptor y la araña del techo se enciende con un estallido de luz que inunda el recibidor. Se quita la bufanda de lana y la cuelga con el anorak en el armario que hay junto a la puerta de entrada. Después de quitarse las botas y los calcetines mojados, saca de una bolsa de plástico los viejos tenis que le ha dado Magda y se los pone, agradecida de que estén secos, a ver si sus pies helados entran en calor. La camiseta y el suéter delgado apenas hacen nada contra el frío. Se frota los brazos enérgicamente para devolverlos a la vida mientras cruza la cocina en dirección al cuarto de la lavandería. Con desgana, deja en la barra de la cocina la bolsa de la compra, saca la bata de nailon heredada de Krystyna y se la pone, aunque no es de su talla; luego se coloca un pañuelo azul claro en la cabeza para tratar de mantener bajo control la abundante melena, que se ha recogido en una trenza. Saca la caja de los productos de limpieza de debajo del lavadero, agarra la canasta de la ropa sucia de encima de la lavadora y se encamina sin más al dormitorio. Si se da prisa, tal vez acabe de limpiar el apartamento antes de hora y así tendrá el piano un ratito para ella sola.

Abre la puerta, pero se detiene en seco en el umbral de la habitación.

Está aquí.

¡El hombre!

Duerme profundamente, boca abajo, desparramado y desnudo sobre la enorme cama. Alessia lo contempla paralizada, horrorizada y fascinada al mismo tiempo, con los pies clavados al suelo de madera. Ocupa todo lo largo de la cama, enredado en el edredón, pero desnudo... Muy desnudo. Está acostado boca abajo con la cabeza vuelta hacia ella, pero el pelo castaño y revuelto le tapa la cara. Tiene un brazo debajo de la almohada en la que apoya la cabeza; el otro, extendido hacia Alessia. Hombros anchos, musculosos y un tatuaje elaborado, medio oculto por la ropa de cama, le adorna los bíceps. El bronceado de la espalda se disipa allí donde las caderas desembocan en unos hoyuelos y un trasero blanco y firme.

Trasero.

¡Está desnudo!

Lakuriq!

Zot!

Las largas y musculosas piernas desaparecen debajo de un revoltijo de edredón gris y colcha plateada de seda, aunque un pie asoma por el borde del colchón. Se mueve; los músculos de la espalda se ondulan; un leve pestañeo deja ver unos ojos desenfocados aunque de un verde radiante. Alessia contiene la respiración, convencida de que se enojará con ella por haberlo despertado. Sus miradas se cruzan, pero él cambia de postura, gira la cara hacia el otro lado, se acomoda y vuelve a dormirse. Aliviada, Alessia exhala un profundo suspiro.

Shyqyr Zotit!

Ruborizada y muerta de vergüenza, sale del dormitorio de puntillas y atraviesa el largo pasillo como una exhalación hasta el salón, donde deja la caja de los productos de limpieza en el suelo y empieza a recoger la ropa desperdigada.

¿Está aquí? ¿Cómo es posible que siga en la cama? ¿A estas horas? Seguro que llega tarde al trabajo.

Mira el piano de reojo con la sensación de que acaba de ser estafada. Por fin iba a tocarlo. El lunes le había faltado el valor, y desea hacerlo con todas sus fuerzas. ¡Habría sido la primera vez! Oye *Preludio n.º 2 en do menor* de Bach en su cabeza. Los dedos interpretan las notas con rabia mientras la melodía resuena en su interior en rojos, amarillos y naranjas vivos, un acompañamiento perfecto para su resentimiento. La pieza alcanza el clímax y empieza a decrecer hacia un final al tiempo que Alessia arroja a la canasta de la ropa sucia una camiseta tirada de cualquier manera.

¿Por qué tiene que estar aquí?

Sabe que la decepción que siente es irracional. Es su casa, pero enfocarse en la desilusión la distrae de pensar en él. Es el primer hombre desnudo que ha visto en su vida, un hombre desnudo con ojos de un verde intenso, del color de las aguas tranquilas y profundas del Drin en un día de verano. Frunce el ceño, no desea recordar su hogar. Él la ha mirado directamente. Gracias a Dios no se ha despertado. Regresa de puntillas hasta la puerta entornada del dormitorio con la canasta de la ropa sucia bajo el brazo y se detiene frente a ella para ver si aún duerme. Oye correr el agua de la ducha.

¡Está despierto!

Se plantea irse del apartamento, pero descarta la idea. Necesita el trabajo y, si se fuese, puede que él la despidiese.

Abre la puerta con cautela y presta atención al murmullo sordo que procede del cuarto de baño del dormitorio. Con el corazón desbocado, se cuela en la habitación para recoger la ropa que hay desperdigada por el suelo y luego regresa a toda prisa a la seguridad del cuarto de la lavandería, preguntándose por qué tiene el pulso tan acelerado.

Respira hondo, tratando de calmarse. Le ha sorprendido encontrárselo durmiendo en el apartamento. Sí. Es eso. Nada más. No tiene nada que ver con el hecho de haberlo visto desnudo. No tiene nada que ver con un rostro atractivo, una nariz recta, unos labios carnosos, esas espaldas anchas... Esos brazos musculosos. Nada. La ha tomado desprevenida. No esperaba toparse con el dueño del apartamento, y verlo así le resulta perturbador.

Sí. Es atractivo.

Todo él. El pelo, las manos, las piernas, el trasero...

Muy atractivo. Y la ha mirado directamente con esos ojos verdes tan claros.

Un recuerdo más oscuro aflora a la superficie. Un recuerdo de su hogar: unos ojos azul cielo de mirada endurecida por la rabia mientras la ira se descarga sobre ella.

No. ¡No pienses en él!

Entierra la cara entre las manos y se frota la frente.

No. No. No.

Huyó. Ahora está aquí. En Londres. A salvo. Jamás volverá a verlo.

Se arrodilla para meter la ropa sucia de la canasta en la lavadora, como le ha enseñado a hacerlo Krystyna. Repasa los bolsillos de los jeans negros y saca el dinero suelto y el preservativo de rigor que parece llevar en todos los pantalones. Encuentra un papelito en el bolsillo trasero con un número de teléfono y el nombre "Heather" anotado al lado. Lo desliza junto con el dinero suelto y el preservativo en el bolsillo de su bata, mete una de las cápsulas de detergente en el tambor de la lavadora y la pone en funcionamiento.

A continuación recoge la ropa de la secadora y se dispone a planchar. Ese día empezará con la plancha y permanecerá en el cuarto de la lavandería hasta que él se vaya.

¿Y si no se va?

¿Y por qué se esconde de él? Es su jefe. Tal vez debería presentarse. Conoce al resto de las personas para las que trabaja y ninguna le ha dado problemas, salvo la señora Kingsbury, que la persigue mientras critica su forma de limpiar. Suspira. Lo cierto es que todas son mujeres excepto él, y recela de los hombres.

—¡Adiós, Krystyna!

La inesperada despedida la sobresalta, apartándola de sus pensamientos y del cuello de la camisa que está planchando.

La puerta del apartamento se cierra con un golpe sordo y todo queda en silencio. Se ha ido; está sola. Hunde los codos sobre la tabla de planchar, aliviada.

¿Krystyna? ¿No sabe que está sustituyéndola? Agatha, la amiga de Magda, lo organizó todo. ¿Agatha no le ha comunicado que ha habido un cambio de personal? Esa noche preguntará si el dueño del apartamento ha sido informado. Tras acabar la siguiente camisa y colgarla en un gancho, va a mirar la consola de la entrada y ve que ha dejado el dinero. Eso debe de significar que no va a volver.

Su día mejora de inmediato. Corre de vuelta al cuarto de la lavandería con ánimo renovado, toma la pila de ropa recién planchada y las camisas y se dirige al dormitorio.

El dormitorio principal es la única habitación de la casa que no está pintada de blanco; las paredes son grises y los muebles de madera oscura. Un enorme espejo de marco dorado cuelga sobre la cama de madera más grande que Alessia haya visto jamás. Y en la pared de enfrente hay dos fotografías de gran tamaño en blanco y negro de dos mujeres desnudas de espalda a la cámara. Alessia se da la vuelta y echa un vistazo al dormitorio. Es un completo desastre. Se apresura a colgar las camisas en el clóset —un armario más grande que su propio dormitorio— y coloca la ropa doblada en un estante, aunque aquello continúa siendo un caos. Lleva así desde que empezó a trabajar con Krystyna la semana anterior. Krystyna siempre lo pasaba por alto, pero aunque Alessia siente la tentación de sacar toda la ropa y doblarla, es una gran tarea y, si quiere tocar el piano luego, en esos momentos no dispone de tiempo para ocuparse de eso.

Se concentra en el dormitorio; descorre las cortinas y contempla el Támesis desde los amplios ventanales que van del suelo al techo. Ha dejado de llover, pero el día sigue siendo gris; a diferencia de su hogar, la calle, el río, los árboles del parque de la otra orilla, todo está bañado de un gris apagado.

No. Ese es ahora su hogar. Hace caso omiso de la tristeza que la inunda como una marea y deja lo que ha sacado de los bolsillos en un plato de la mesita de noche.

Lo último que le queda por hacer en esa habitación es vaciar la papelera. Intenta no mirar los preservativos usados mientras vuelca el contenido en una bolsa de basura. La primera vez le resultó impactante, y comprueba que la situación no ha cambiado. ¿Cómo puede ser que un solo hombre utilice tantos?

¡Puf!

Alessia avanza por el resto del apartamento limpiando, quitando el polvo y pasando el trapo, pero evita la única habitación en la que no le está permitido entrar. Por un momento se pregunta qué habrá detrás de la puerta cerrada, pero ni siquiera intenta abrirla. Krystyna le dejó muy claro que estaba prohibido entrar en esa habitación.

Cuando termina de trapear los suelos, aún le sobra media hora. Guarda la caja de los productos de limpieza en el cuarto de la lavandería y traslada la ropa de la lavadora a la secadora. Se quita la bata, se saca el pañuelo azul y se lo mete en el bolsillo trasero de los jeans.

Agarra la bolsa de basura negra y la deja junto a la puerta del apartamento. La tirará cuando se vaya en los contenedores que hay dispuestos en el callejón que corre junto al edificio. Impaciente, abre la puerta del apartamento y echa un vistazo al vestíbulo. No hay señales del dueño del apartamento. Puede hacerlo. Le faltó valor la primera vez que estuvo limpiando allí sola. Temía que él volviese en cualquier momento, pero dado que ese día se ha despedido al irse, decide asumir el riesgo.

Corre por el pasillo hasta el salón y se sienta al piano, donde hace una pausa para saborear el momento. Negro y reluciente, lo baña de luz la impresionante lámpara de araña que cuelga encima. Los dedos de Alessia acarician el logo de la lira dorada y las palabras que lo rubrican.

STEINWAY & SONS

En el atril hay un lápiz y la misma composición a medio terminar que lleva allí desde el primer día que Alessia fue al apartamento con Krystyna. Las notas suenan en su cabeza mientras estudia las páginas: un lamento triste, desolado y lleno de melancolía, irresuelto e inacabado en tonalidades azul y gris claro. Intenta relacionar la melodía profunda y reflexiva con el hombre desnudo, indolente aunque hermoso, que ha visto esa mañana. Puede que sea compositor. Echa un vistazo a un escritorio antiguo arrinconado en uno de los extremos de la amplia sala y sepultado bajo un ordenador, un sintetizador y lo que podría ser una mesa de mezclas. Sí, todo indica que pertenecen a un compositor. Y luego está la pared de discos antiguos a los que tiene que quitar el polvo; no cabe duda de que es un ávido coleccionista de música.

Aparta esos pensamientos a un lado mientras contempla las teclas. ¿Cuánto hace que no toca? ¿Semanas? ¿Meses? Una aguda

y repentina sensación asfixiante le impide respirar y trata de recuperar el aliento mientras las lágrimas acuden a sus ojos.

No. Aquí no. No se derrumbará en ese lugar. Se agarra del piano
en un intento de ahuyentar la tristeza y la nostalgia que siente al
darse cuenta de que hace más de un mes que no toca. Han ocurrido muchas cosas desde entonces.

Se estremece e inspira hondo, obligándose a serenarse. Flexiona
los dedos y acaricia las teclas.

Blanco. Negro.

El simple tacto la tranquiliza. Desea saborear ese preciado
momento y perderse en la música. Con suavidad, presiona las
teclas y suena un acorde en mi menor que produce un sonido
claro y fuerte, un verde vivo, del color de los ojos del señor, y el
corazón de Alessia se llena de esperanza. El Steinway está perfectamente afinado. Se entrega a su pieza de calentamiento, *Le Coucou*; las teclas no oponen resistencia y se mueven con suavidad y
fluidez. Los dedos vuelan sobre el teclado en un *vivace*, y el estrés,
el miedo y el dolor de las últimas semanas se desdibujan hasta
acallarse mientras Alessia se pierde en los colores de la música.

Una de las casas londinenses de los Trevelyan se encuentra en
Cheyne Walk, a un buen trecho de mi apartamento. Construida en 1771 por Robert Adam, Trevelyan House había sido el
hogar de Kit desde la muerte de nuestro padre. Contiene muchos
recuerdos de mi infancia —algunos felices, otros no tanto— y
ahora es mía para hacer lo que me plazca. Bueno, la mantienen
en fideicomiso para mí. Obligado una vez más a hacer frente a mi
nueva realidad, sacudo la cabeza y me subo el cuello del abrigo
para resguardarme del frío penetrante, un frío que, en lugar de
proceder de fuera, parece emanar de mi interior.

¿Qué diablos se supone que debo hacer con esta casa?

Han transcurrido dos días desde la última vez que vi a Caroline y sé que está furiosa conmigo, pero tarde o temprano tendré
que enfrentarme a ella. Me detengo en el escalón de la entrada

tratando de decidir si utilizar mi llave o no. La tengo desde siempre, pero llegar y entrar sin previo aviso me hace sentir como un intruso.

Respiro hondo y llamo dos veces. La puerta se abre al cabo de un momento y Blake, el mayordomo de la familia desde antes de que yo naciese, aparece tras ella.

—Lord Trevethick —me saluda con una ligera inclinación de cabeza, en la que ya clarea el pelo, mientras mantiene la puerta abierta.

—¿De verdad es eso necesario, Blake? —pregunto, entrando en el vestíbulo con paso decidido. Blake no abre la boca y se hace cargo de mi abrigo—. ¿Cómo está la señora Blake?

—Bien, milord. Aunque profundamente entristecida por los acontecimientos recientes.

—Igual que todos. ¿Está Caroline en casa?

—Sí, milord. Creo que lady Trevethick se encuentra en la sala de estar.

—Gracias. Subiré yo solo.

—Por supuesto. ¿Puedo ofrecerle un café?

—Sí, gracias. Ah, y Blake, como le dije la semana pasada, con "señor" es suficiente.

Blake parece pensárselo y luego asiente con la cabeza.

—Claro, señor. Gracias, señor.

Me entran ganas de poner los ojos en blanco. Antes, en esta casa era el Honorable Maxim Trevelyan, y se dirigían a mí como "señorito Maxim". Lo de "lord" era solo para mi padre y después para mi hermano. Me llevará un tiempo acostumbrarme al nuevo título.

Subo la amplia escalera de dos en dos y atravieso el descanso que conduce a la sala de estar. Salvo por los sofás completamente tapizados y el elegante mobiliario estilo Reina Ana que lleva generaciones en la familia, el resto de la estancia está vacía. La sala da a una galería acristalada con vistas espectaculares al Támesis, Cadogan Pier y el Albert Bridge. Es ahí donde encuentro a Caroline mirando por los ventanales, arrellanada en un sillón, envuelta en un chal de cachemira. Agarra con fuerza un pequeño pañuelo azul.

—Hola —la saludo, entrando con decisión.

Caroline vuelve hacia mí un rostro arrasado por las lágrimas; tiene los ojos enrojecidos e hinchados.

Mierda.

—¿Dónde carajos has estado? —me espeta.

—Caro... —digo, tratando de apaciguarla.

—Ni Caro ni ningún carajo, eres un imbécil —me gruñe mientras se levanta con los puños cerrados.

Mierda. Está enojada de verdad.

—¿Y ahora qué he hecho?

—Ya sabes lo que has hecho. ¿Por qué no me has devuelto las llamadas? ¡Han pasado dos días!

—Tenía muchas cosas en las que pensar y he estado liado.

—¿Tú? ¿Liado? Maxim, tú los únicos líos que conoces son los líos de faldas.

Palidezco, aunque el comentario me hace gracia y me echo a reír.

Caroline se relaja un poco.

—No me hagas reír cuando estoy enojada contigo —protesta con un guiño.

—Tienes facilidad de palabra.

Abro los brazos y se acerca a mí.

—¿Por qué no me has llamado? —pregunta. Me devuelve el abrazo y su enojo se disipa.

—Tengo que asimilar muchas cosas —susurro sin soltarla—. Necesitaba tiempo para pensar.

—¿A solas?

No contesto. No quiero mentir. La noche del lunes estuve con... Heather, y anoche fue... ¿Cómo se llamaba? Dawn.

Caroline se sorbe la nariz y se aparta de mí.

—Me lo imaginaba. Te conozco muy bien, Maxim. ¿Cómo era?

Me encojo de hombros mientras me asalta la imagen de los labios de Heather alrededor de mi verga.

Caroline suspira.

—Eres un golfo —dice con su desdén habitual.

¿De qué me sirve negarlo?

Caroline conoce mis aficiones nocturnas mejor que nadie. Posee toda una colección de epítetos escogidos con los que calificarme y suele sermonearme por mi promiscuidad.

Y aun así se fue a la cama conmigo.

—Tú aliviando tu dolor a base de polvos mientras yo tengo que tragarme una cena con papá y la Puercastra. Fue espantoso —bromea—. Y anoche me sentía sola.

—Lo siento —me disculpo, porque no se me ocurre qué otra cosa decir.

—¿Has visto a los abogados? —pregunta, cambiando de tema y mirándome a los ojos.

Asiento, y debo admitir que esa es otra de las razones por las que he estado evitándola.

—Ay, no —gimotea—. Qué serio te has puesto. No me ha dejado nada, ¿verdad?

En sus ojos abiertos distingo el miedo y el dolor, así que coloco las manos en sus hombros e intento darle la noticia con delicadeza.

—Me lo ha dejado todo en fideicomiso como heredero.

Se le escapa un sollozo y se tapa la boca mientras los ojos se le llenan de lágrimas.

—Maldito sea —susurra.

—No te preocupes, ya lo arreglaremos de alguna manera —murmuro, y vuelvo a abrazarla.

—Yo lo quería —dice con voz débil, como la de un niño.

—Lo sé. Los dos lo queríamos.

Aunque sé que ella también sentía un gran apego por el título y el dinero de Kit.

—¿No vas a desalojarme?

Tomo el pañuelo que lleva en la mano y le seco los ojos.

—No, claro que no. Eres la viuda de mi hermano y mi mejor amiga.

—¿Nada más?

Me dirige una sonrisa lacrimosa, aunque amarga, y la beso en la frente en lugar de contestar a su pregunta.

—Su café, señor —anuncia Blake desde la entrada de la galería acristalada.

Dejo caer los brazos al instante y me aparto de Caroline. Blake entra, inexpresivo, con una bandeja en la que lleva tazas, leche, una cafetera de plata y mis dulces preferidos: galletas integrales de chocolate.

—Gracias, Blake —respondo, tratando de ignorar el ligero rubor que siento avanzar por mi nuca.

Échale descaro a la situación.

Blake deposita la bandeja en la mesa que hay junto al sofá.

—¿Desea algo más el señor?

—Por el momento no, gracias. —Mi tono es más cortante de lo que era mi intención.

Blake sale de la habitación y Caroline sirve el café. Relajo los hombros, aliviado ante la partida de Blake, mientras oigo la voz de mi madre resonando en mi cabeza: "Nunca delante del servicio".

Todavía sujeto el pañuelo húmedo de Caroline. Me lo quedo mirando y frunzo el ceño al recordar el fragmento de un sueño que tuve anoche... ¿O ha sido esta mañana? ¿Una joven, un ángel? La Virgen María, o quizás una monja vestida de azul, estaba en la puerta de mi dormitorio velando mi sueño.

¿Qué diablos significa?

No soy creyente.

—¿Qué? —pregunta Caroline.

—Nada —murmuro, sacudiendo la cabeza y aceptando la taza de café que me ofrece al tiempo que le devuelvo el pañuelo.

—Bueno, podría estar embarazada —dice.

¿Qué? Palidezco.

—De Kit, no de ti. Tú eres irritantemente precavido.

Así es. Tengo la sensación de caminar sobre arenas movedizas.

¡El heredero de Kit!

El asunto no podría complicarse más.

—Bueno, si estás embarazada, ya se nos ocurrirá qué hacer

—contesto, sintiendo cómo me invade un alivio inmediato al pensar en que toda esta responsabilidad podría recaer sobre el hijo de Kit, aunque también experimento una súbita y abrumadora sensación de pérdida.

El título de conde es mío. Por el momento.

Mierda. No sé cómo podría complicarse más el asunto.

Capítulo tres

Voy de camino a la oficina, en la parte trasera de un taxi negro, cuando suena el teléfono. Es Joe.

—Eh, amigo, ¿cómo va todo? —me saluda en un tono grave, por lo que sé que se refiere a mi estado de ánimo desde la muerte de Kit. No nos hemos visto desde el funeral.

—Aquí sigo.

—¿Tienes ganas de un combate?

—Me encantaría, pero no puedo. Tengo reuniones todo el día.

—¿Pendejadas de conde?

Me echo a reír.

—Sí, pendejadas de conde.

—¿Y hacia el final de la semana? Se me oxida la espada.

—Sí, no estaría mal. O podemos salir a tomar algo.

—Eso, le preguntaré a Tom si se apunta.

—Genial. Gracias, Joe.

—No hay problema, amigo.

Cuelgo. No estoy de humor. Echo de menos poder hacer lo que me dé la santa gana. Antes, si me daban ganas de hacer esgrima, podía hacerlo a cualquier hora del día. Joe es mi compañero de entrenamiento y uno de mis mejores amigos. En cambio, ahora tengo que ir a la puta oficina y trabajar un poco. Para variar.

Kit. La culpa es tuya.

La música retumba en Loulou's. El bajo resuena en mi pecho. Me encanta. El volumen reduce la necesidad de entablar conversación. Me abro paso entre la gente hasta llegar a la barra. Necesito un trago y un cuerpo cálido y dispuesto.

Me he pasado el último día y medio en reuniones tediosas con los dos gestores de fondos que supervisan la considerable cartera de inversión y la fundación benéfica Trevethick; los administradores de fincas de Cornualles, Oxfordshire y Northumberland; el administrador que lleva las propiedades de Londres y el promotor inmobiliario que está remodelando los tres edificios señoriales de Mayfair. Oliver Macmillan, el director ejecutivo y mano derecha de Kit, ha asistido conmigo a todas las reuniones. Oliver y Kit son amigos desde Eton; luego estudiaron en la London School of Economics, hasta que Kit dejó la facultad para cumplir con sus deberes aristocráticos tras la muerte de nuestro padre.

Oliver es un tipo menudo, rubio, con una mata de pelo rebelde y unos ojos de un color indeterminado a los que nunca se les escapa nada. Nunca ha sido santo de mi devoción. Es implacable y ambicioso, pero sabe de balances y cómo manejar a la cantidad ingente de personal que responde ante el conde de Trevethick.

No sé cómo Kit se las apañaba con todo y trabajaba al mismo tiempo como gestor de fondos en la City. Aunque el maldito era muy listo y tenía labia.

También era divertido.

Lo echo de menos.

Pido un Grey Goose con tónica. Tal vez lo consiguiese porque contaba con Macmillan. Me pregunto si Oliver me prodigará la misma lealtad o si, por el contrario, se aprovechará de mi inexperiencia e ingenuidad mientras intento ponerme al día con mis nuevas responsabilidades. No lo sé, pero el caso es que no confío

en él y me recuerdo que debo mantenerme circunspecto cuando
trate con él.

Lo único bueno de estos dos últimos días ha sido una llamada
de mi agente para decirme que tenía un trabajo la semana que
viene. Lo que he disfrutado diciéndole a la vieja arpía que no
estaría disponible para hacer de modelo en un futuro próximo.

¿Lo echaría de menos?

No estaba seguro. Hacer de modelo podía ser desesperadamente aburrido, pero después de que me expulsasen de Oxford,
el trabajo me había sacado de la cama y me había ofrecido una
excusa para mantenerme en forma. También me facilitó conocer
mujeres sexis y delgadas.

Le doy un trago a mi bebida y paseo la vista por la sala. Eso es
justo lo que busco en estos momentos: una mujer sexy y dispuesta,
delgada o no.

Es jueves de coger.

Su risa estridente llama mi atención y nuestras miradas se
cruzan. Distingo el interés y el desafío en sus ojos y mi verga se
estremece ante la expectativa. Tiene unos preciosos ojos color
avellana, una melena castaña, larga y brillante, y está bebiendo
shots. Además, el minivestido de cuero y las botas mosqueteras de
tacón de aguja le quedan sensacionales.

Sí. Servirá.

Son las dos de la mañana cuando abro la puerta de mi apartamento para dejarla pasar. Me hago cargo de su abrigo y Leticia
se vuelve de inmediato para rodearme el cuello con sus brazos.

—Vamos a la cama, Niño Rico —susurra, y me besa. Con
fuerza. Sin preliminares.

No me ha dado tiempo de colgar el abrigo y tengo que apo-
yarme contra la pared para recuperar el equilibrio a fin de evitar
que ambos acabemos en el suelo. Su asalto me ha cogido por sorpresa. Tal vez está más borracha de lo que creía. Sabe a pintalabios
y Jägermeister, una combinación interesante. Enrosco los dedos
en su pelo y tiro para liberar mi boca.

—Lo bueno se hace esperar, cariño —la reprendo sobre sus labios—. Déjame que cuelgue el abrigo.

—Ya tira ese abrigo —responde, y vuelve a besarme. Es toda lengua.

A ti es a la que me voy a tirar.

—A este paso, no llegamos al dormitorio.

La agarro por los hombros y la aparto con delicadeza.

—En ese caso, deja que le eche un vistazo a tu casa, modelo-barra-fotógrafo-barra-DJ —dice, burlándose de mí. Su suave acento irlandés contrasta de lleno con su actitud directa.

Mientras la sigo por el pasillo hasta la sala, me pregunto si será tan descarada en la cama. Sus tacones repican contra el suelo de madera.

—¿También eres actor? Unas vistas espectaculares, por cierto —dice, echando un vistazo por los ventanales que dan al Támesis—. Bonito piano —añade, y se vuelve hacia mí con la mirada encendida por la excitación—. ¿Has cogido sobre él?

Señor, tiene una boca muy sucia.

—Hace mucho que no. —Tiro el abrigo sobre el sofá—. Y no sé si tenga ganas ahora mismo; preferiría llevarte a la cama.

Paso por alto el comentario burlón acerca de mi situación actual y la falta de una carrera estable; no le he contado que tengo que dirigir un imperio. Sonríe; tiene el pintalabios corrido y sin duda también estará esparcido sobre mi boca. La imagen me repugna y me paso los dedos por los labios. Se acerca a mí con aire despreocupado y me tira de las solapas de la chaqueta para apretarme contra sí.

—Muy bien, Niño Rico, enséñame qué sabes hacer.

Coloca las manos sobre mi pecho y recorre mi esternón con las uñas hasta el borde de la chaqueta.

¡Mierda! Casi resulta doloroso. Tiene garras escarlata, no uñas, garras a juego con el pintalabios. Desliza mi chaqueta por los hombros, la deja caer al suelo y empieza a desabrochar los botones de la camisa. Teniendo en cuenta su grado de excitación, me alivia ver que se toma su tiempo y no la abre de un tirón. ¡Me

gusta esta camisa! Me la quita, la deja caer a mis pies y hunde las uñas en mis hombros. Sin prisa.

—¡Ay! —mascullo entre dientes.

—Bonito *tatuaje* —comenta mientras desliza las manos por mis hombros, las baja por los brazos y las dirige a la cintura de los jeans. Las uñas han dejado marcas sobre mi estómago.

¡Uau! Vaya, sí que es agresiva.

Le agarro la mano, tiro de ella hacia mí y la beso con aspereza.

—Vamos a la cama —digo sobre su boca y, sin darle tiempo a responder, la tomo de la mano y la arrastro hasta el dormitorio.

Leticia me empuja hacia la cama y vuelve a arañarme el abdomen con las uñas cuando sus dedos se dirigen al primer botón de los jeans.

¡Mierda! Va fuerte.

Me estremezco y le junto las manos delante, con fuerza, aunque en realidad estoy tratando de evitar sus uñas.

¿Quieres jugar sucio? Yo también sé.

—Pórtate bien —le aviso—. ¡Y tú primero! —La suelto y la aparto para tener una buena vista—. Desnúdate. Ya —le ordeno.

Se retira el pelo sobre un hombro y coloca las manos en las caderas mientras su boca adopta un divertido gesto retador.

—Sigue —la urjo.

Los ojos de Leticia se oscurecen y se niega a moverse.

—Pídemelo por favor —susurra.

Esbozo una sonrisita.

—Por favor.

—Me encanta tu acento de niño rico —dice riendo.

—Me viene de familia, cariño. Déjate las botas —añado.

Me devuelve la sonrisa de suficiencia, se lleva las manos a la espalda y empieza a bajar la cremallera del ceñido vestido de cuero con suma tranquilidad. Menea las caderas para desprenderse del vestido, que resbala sobre las largas botas. Sonrío. Está espectacular. Delgada, pechos pequeños y firmes, unos pantis negros a juego con el sujetador y las botas mosqueteras. Da un paso a un lado para zafarse del vestido, se acerca provocativamente con una sonrisa sexy y seductora y me agarra la mano. Con una fuerza sorprendente, tira de mí hacia la cama, luego me coloca las manos en el pecho y me empuja sin miramientos, de modo que quedo tumbado sobre el edredón.

—Quítatelos —ordena, señalando los pantalones y deteniéndose ante mí con las piernas separadas.

—Hazlo tú —musito.

No necesita que insista más; gatea sobre la cama y se sienta a horcajadas sobre mí, oprimiéndome la entrepierna. Recorre mi abdomen con las uñas en dirección a la bragueta.

¡Ay!

¡A la mierda! Esta mujer es un peligro.

Me incorporo repentinamente y, aprovechando su desconcierto, la vuelvo de espaldas sobre la cama, la aprisiono entre mis piernas y le sujeto los brazos a cada lado de la cabeza. Se revuelve debajo de mí, tratando de quitarme de encima.

—¡Eh! —protesta con mirada airada.

—Creo que habrá que contenerte. Eres un peligro —digo con voz suave, evaluando su reacción.

A saber cómo se lo toma.

Abre los ojos, pero no sé si se debe al miedo o a la excitación.

—¿Y tú? —susurra.

—¿Yo? ¿Un peligro? No. No tanto como tú. —La suelto, me inclino hacia la mesita de noche y saco una larga cinta de seda y unas esposas de cuero de un cajón—. ¿Te gustaría jugar? —pregunto, enseñándole ambos objetos—. Tú eliges.

Me mira, con las pupilas dilatas por el deseo y la ansiedad.

—No voy a hacerte daño —la tranquilizo. No es mi estilo—. Es solo para mantenerte a raya.

Lo cierto es que me preocupa que sea ella la que me haga daño.

Una sonrisa burlona y seductora asoma en sus labios.

—La seda —se decide.

Sonrío y tiro las esposas al suelo; dominación como forma de defensa.

—Escoge una palabra de seguridad.

—Chelsea.

—Buena elección.

Le ato la cinta de seda alrededor de una muñeca, la paso por los listones del cabecero y luego, tomando la otra mano y ayudándome de mis dedos expertos, le sujeto la muñeca con el otro extremo de la cinta. Con los brazos separados, las uñas son inofensivas; está fantástica.

—Si eres muy mala, también te vendaré los ojos —murmuro.

Se retuerce.

—¿Vas a azotarme? —Su voz es apenas un susurro.

—Si te portas bien.

Vaya, esto va a ser divertido.

Se viene rápida y escandalosamente. Grita y tira de las cintas de seda.

Me incorporo entre sus muslos con la boca húmeda y brillante, le doy la vuelta y le propino una palmada en el trasero.

—Quieta ahí —murmuro mientras me pongo un preservativo.

—¡Date prisa!

¡Carajo, qué exigente!

—Como desees —gruño, y la penetro.

Observo cómo suben y bajan sus pechos mientras duerme. Por costumbre, repito el ritual de recordar todo lo que sé sobre la mujer que acabo de tirarme. Dos veces. Leticia. Abogada de derechos humanos, sexualmente agresiva. Mayor que yo. Le gusta que la aten. Mucho. Aunque, por experiencia, suele ocurrirles a las mujeres directas y enérgicas. Es de las que muerden, y de las que gritan cuando se vienen. No tiene pelos en la lengua. Divertida... agotadora.

Me despierto sobresaltado. En mi sueño, perseguía algo esquivo, una imagen que no deja de aparecer y desaparecer, una imagen etérea vestida de azul. Y entonces, justo después de entreverla, he caído en un abismo ancho y profundo. Me estremezco.

¿De qué carajos iba todo eso?

El pálido sol invernal se cuela por las ventanas; los reflejos del Támesis juguetean en el techo. *¿Qué me ha despertado?*

Leticia.

Mierda, menudo animal. No duerme a mi lado y no oigo a nadie en la ducha. Tal vez se haya ido. Aguzo el oído por si oigo algo en alguna otra parte de la casa.

Todo está en silencio. Sonrío complacido. Me ahorro las charlas incómodas e intrascendentes. El día parece que va mejorando hasta que recuerdo que he quedado para comer con mi madre y mi hermana. Gruño y me cubro la cabeza con las mantas. Querrán hablar del testamento.

Maldita sea.

"La condesa viuda", como Kit se refería a ella, es una mujer que impone. Por qué mierda no se ha vuelto a Nueva York es algo que desconozco. Tiene su vida allí, no aquí.

Algo cae al suelo en algún lugar de la casa. Me incorporo.

Mierda. Leticia sigue aquí.

Eso significa que tendré que darle conversación. A regañadientes, me arrastro fuera de la cama, me enfundo los primeros jeans que encuentro y me dispongo a averiguar si es tan salvaje a plena luz del día como lo es en la oscuridad.

Descalzo, cruzo el pasillo, pero no hay nadie en la sala ni en la cocina.

¿Qué mierdas?

Me doy la vuelta frente a la cocina y me detengo en seco. Esperaba ver a Leticia; en cambio, en el pasillo hay una joven menuda que me mira fijamente con unos ojos grandes y oscuros que me recuerdan a un cervatillo. Viste una bata azul espantosa, unos jeans baratos y desgastados de tanto uso, y lleva unos tenis viejos y un pañuelo azul que le cubre el pelo.

No dice nada.

—Hola. ¿Quién diablos eres? —pregunto.

Capítulo cuatro

Zot! Está aquí y está enojado.

Alessia se queda petrificada ante la mirada implacable de esos ojos verdes. Alto, delgado y semidesnudo, la presencia del hombre la sobrepasa. Tiene el pelo castaño, despeinado y con reflejos dorados que destellan bajo la luz de la lámpara de araña del pasillo. Sus espaldas son tan anchas como recuerda Alessia, pero el tatuaje en la parte superior del brazo es mucho más complejo de lo que recordaba; solo distingue un ala. El escaso vello del pecho va disminuyendo a medida que desciende por su abdomen musculoso. Luego reaparece en el ombligo y desciende de nuevo hasta lo más profundo de sus jeans. El jean negro y ajustado está desgarrado en la rodilla. Pero es la perfecta línea de sus labios carnosos, sus ojos del color de la primavera, y su rostro hermoso y sin afeitar, lo que hace que Alessia desvíe la mirada. Se le seca la boca y no sabe si es por el nerviosismo o... o... por como la mira él.

¡Es tan atractivo!

Demasiado atractivo.

¡Está semidesnudo! Pero ¿por qué está tan enojado? ¿Lo habrá despertado?

¡No! Le dirá que se aparte del piano.

Aterrorizada, clava la mirada en el suelo mientras intenta pensar en algo que decir y sujeta el palo de la escoba como punto de apoyo.

¿Quién diablos es esta criatura asustadiza plantada en el pasillo de mi casa? No salgo de mi asombro. ¿La he visto antes? La imagen de un sueño olvidado se desarrolla como una Polaroid en mi memoria, un ángel vestido de azul flotando junto a mi cama. Pero eso fue hace días. ¿Sería ella? Y ahora está aquí, plantada en el pasillo, con su malicioso rostro de piel clara y la mirada gacha. Los nudillos se le ponen cada vez más blancos de la fuerza con que aprieta el palo de la escoba, como si eso la anclara a la Tierra. El pañuelo de la cabeza le oculta el pelo y la anticuada bata de nailon, que le queda grande, engulle su figura menuda. Parece completamente fuera de lugar.

—¿Quién eres? —pregunto de nuevo, pero con un tono más suave, porque no quiero asustarla.

Sus enormes ojos, del color del café intenso y enmarcados por las pestañas más largas que he visto en mi vida, elevan la vista para mirarme y luego vuelven a dirigirse hacia el suelo.

¡Mierda!

Un simple vistazo a sus ojos oscuros e insondables y me siento... descolocado. Le saco al menos una cabeza, debe de medir un metro sesenta y cinco frente a mi casi metro noventa. Sus rasgos son delicados: pómulos marcados, nariz respingona, piel tersa y clara, labios rosados. Tiene pinta de necesitar unos días de sol y un plato de comida sustanciosa.

Resulta evidente que está limpiando. Pero ¿por qué ella? ¿Por qué aquí? ¿Es la sustituta de mi anterior asistenta?

—¿Dónde está Krystyna? —le pregunto y emito un pequeño gruñido de impaciencia ante su silencio.

A lo mejor es la hija de Krystyna, o su nieta.

Ella sigue mirando al suelo con el ceño fruncido. Se muerde el labio superior con sus dientes blancos y perfectos mientras se niega a mirarme a los ojos.

Mírame, le suplico mentalmente. Siento el impulso de acercarme y levantarle la barbilla y, como si me leyera el pensamiento, levanta la cabeza. Nuestras miradas se encuentran, asoma la punta de la lengua y se lame con nerviosismo el labio superior. Se me tensa todo el cuerpo y me recorre una oleada de calor cuando el deseo me impacta como una bola de derribo.

¡No me jodas!

Entrecierro los ojos, pues al deseo le sigue la desazón. ¿Qué carajos me pasa? ¿Por qué me provoca esto una mujer que no he visto en mi vida? Resulta irritante. Por debajo de sus finas cejas enarcadas, abre más los ojos y retrocede un paso, toquetea la escoba, esta se le cae de las manos e impacta ruidosamente contra el suelo. Ella se agacha a toda prisa con gracilidad para recogerla y, cuando se reincorpora, clava la mirada en el palo y un leve rubor colorea sus mejillas mientras masculla algo ininteligible.

¡Maldita sea! ¿Estoy intimidando a la pobre chica?

No era mi intención.

Estoy enojado conmigo mismo. No con ella.

O tal vez es por otra cosa.

—A lo mejor no me entiendes —le digo, más para mí mismo que dirigiéndome a ella, y me paso una mano por el pelo mientras intento que mi cuerpo se componga.

El dominio del inglés de Krystyna se limitaba al uso de "sí" y "aquí", lo que a menudo requería de grandes dosis de gesticulación por mi parte cuando necesitaba que hiciera alguna tarea más allá de su rutina habitual de limpieza. Seguramente esta chica también es polaca.

—Soy limpiadora, señor —susurra, mirando todavía al suelo y sacudiendo las pestañas por encima de sus sonrosadas mejillas.

—¿Dónde está Krystyna?

—Polonia.

—¿Cómo? ¿Cuándo se ha ido?

—Desde semana pasada.

Esto sí que es nuevo. ¿Por qué diablos no lo sabía yo? Me gustaba Krystyna. Hacía tres años que limpiaba mi casa y conocía todos mis secretos. Y no he podido despedirme de ella.

A lo mejor es algo temporal.

—¿Va a volver? —le pregunto.

Las arrugas de la frente se le marcan más, pero no dice nada, aunque dirige la mirada hacia mis pies. Por algún extraño motivo, eso me hace sentir cohibido. Coloco las manos sobre mis caderas y retrocedo a medida que me siento cada vez más abrumado.

—¿Cuánto tiempo llevas aquí?

Ella responde con una vocecilla ahogada, casi inaudible.

—¿En Inglaterra?

—Mírame, por favor —le pido.

¿Por qué evita la mirada directa?

Sus dedos delgados vuelven a apretar el palo de la escoba con firmeza, como si estuviera blandiendo un arma, luego traga saliva, levanta la cabeza y me mira con sus ojazos marrones y cristalinos. Son unos ojos en los que podría ahogarme. Se me seca la boca y mi cuerpo vuelve a ponerse en tensión.

¡Mierda!

—He estado en Inglaterra desde tres semanas.

Habla con un tono más alto y claro, con un acento que no identifico, y al hablar levanta su menuda barbilla hacia mí, desafiante. Tiene los labios rosados, el inferior más carnoso que el superior, y vuelve a lamérselo.

¡Mierda!

Ya he vuelto a excitarme. Retrocedo para alejarme un paso más de ella.

—¿Tres semanas? —mascullo, desconcertado por la reacción de mi cuerpo.

¿Qué me está pasando?

¿Qué tendrá esta chica?

Es exquisita, mierda, ruge la vocecita de mi cabeza.

Sí. Para ser una mujer vestida con bata de nailon, está muy buena.

Céntrate. No ha contestado a mi pregunta.

—No. Te pregunto que cuánto tiempo llevas aquí en mi apartamento.

¿De dónde será esta chica? Me devano los sesos. La señora Blake encontró a Krystyna a través de un contacto que tenía. Pero la sustituta de Krystyna sigue callada.

—¿Hablas inglés? —le pregunto con la esperanza de que diga algo—. ¿Cómo te llamas?

Ella frunce el ceño y me mira como si fuera tonto.

—Sí. Hablo inglés. Me llamo Alessia Demachi. He estado en apartamento desde las diez de esta mañana.

Vaya. Pues sí que habla inglés.

—Bien. Bueno. ¿Qué tal estás, Alessia Demachi? Yo me llamo...

¿Qué debería decir? ¿Trevethick? ¿Trevelyan?

—Maxim.

Ella me dedica un rápido gesto de asentimiento y, por un momento, creo que va a hacer una reverencia, pero se queda quieta, sujetando el palo de la escoba y desnudándome con su mirada ansiosa.

De pronto siento como si las paredes del pasillo estuvieran juntándose y fueran a asfixiarme. Quiero huir de esta desconocida y de su mirada penetrante.

—Bueno, mucho gusto, Alessia. Pues mejor será que sigas limpiando. —Recapacito y añado—: De hecho, puedes cambiar las sábanas de mi cama. —Hago un gesto para indicarle la dirección de mi dormitorio—. Ya sabes dónde se guarda la ropa de cama, ¿verdad?

Vuelve a asentir con la cabeza, pero sigue sin moverse.

—Me voy al gimnasio —mascullo, aunque no tengo ni idea de por qué se lo cuento.

Mientras él regresa por el pasillo a su habitación dando grandes zancadas, Alessia deja caer el peso de su cuerpo sobre el palo de la escoba y lanza un profundo suspiro de alivio. Se queda contemplando la espalda de mister Maxim, el movimiento y la flexión de sus músculos, y desciende con la mirada hasta los dos agujeritos que se ven por encima de la cintura de los jeans. Es una visión interesante... muy interesante. Resulta incluso más atractivo incorporado que acostado. Cuando él desaparece al entrar en su habitación, Alessia cierra los ojos, abatida.

Él no le ha pedido que se marche, pero quizá llame a la amiga de Magda, Agatha, y le diga que busque a otra persona para limpiar su casa. Parecía muy molesto porque ella lo había despertado y luego se había enojado más todavía.

¿Por qué?

Alessia frunce el ceño e intenta contener el pánico fijando la mirada en el piano del salón.

No. Eso no puede ocurrir. Le suplicará que la deje quedarse si es necesario. No quiere marcharse. No puede marcharse. El piano es su única vía de escape. Su única fuente de felicidad.

Además, también está el señor... Su vientre ciselado, sus pies descalzos y esos ojos de mirada intensa que encienden su imaginación. Tiene el rostro de un ángel, el cuerpo de un... bueno... Se ruboriza. No debería pensar en esas cosas.

Es tan guapo.

No. Basta. Céntrate.

Con movimientos bruscos, sigue barriendo la inexistente suciedad del suelo de parqué. Tendrá que ser la mejor limpiadora que él haya tenido jamás si no quiere que la sustituya. Una vez tomada esa decisión, Alessia entra en el salón para barrer, ordenar y quitar el polvo a las superficies.

Pasados diez minutos, oye cerrarse la puerta de entrada mientras está ahuecando los cojines negros del sofá en forma de ele.

Bien. Se ha marchado.

Va directamente al dormitorio de mister Maxim para cambiar

las sábanas. Está desordenado como de costumbre —ropa y unas extrañas esposas en el suelo, las cortinas semi descorridas y las sábanas revueltas—, y Alessia recoge la ropa y deshace la cama a toda prisa. Se pregunta por qué habrá un grueso lazo de raso atado al cabezal, pero lo desata y lo deja en la mesita de noche junto a las esposas. Mientras extiende la sábana blanca y limpia sobre el colchón, se pregunta para qué serán esos objetos. No tiene ni la menor idea, aunque no quiere arriesgarse a imaginarlo. Termina de hacer la cama y entra en el baño para limpiarlo.

C orro como nunca en mi vida. Bato mi propio récord en los ocho kilómetros sobre la cinta, aunque no puedo dejar de pensar en la conversación que he tenido con la nueva asistenta.

¡Mierda, mierda, mierda!

Me agacho y apoyo las manos en las rodillas para recuperar el aliento. Mierda, estoy escapando de la asistenta —o la chica de la limpieza o como quiera llamarse—, escapando de sus ojazos marrones.

No. Estoy escapando de la reacción que he tenido al verla.

Esos ojos van a tenerme obsesionado lo que queda de día. Me enderezo, me seco el sudor de la frente y, sin poder evitarlo, la veo con su sencillo pañuelo en la cabeza, arrodillada frente a mí.

Se me tensa el cuerpo.

Otra vez.

Solo con pensar en ella.

Mierda.

Enojado, me seco el sudor de la cara con una toalla y decido levantar unas pesas. Sí. Eso me ayudará a quitármela de la cabeza. Escojo dos de las más pesadas y empiezo con mi rutina de ejercicios.

Hacer pesas me ayuda a pensar. Siendo totalmente sincero, mi reacción al verla me confunde. No recuerdo haber conocido a nadie que tuviera ese efecto en mí.

A lo mejor es por el estrés.

Sí. Esa es la explicación más lógica. Estoy viviendo el duelo por la pérdida de Kit y gestionando como puedo la complicada situación tras su muerte.

Kit, eres un hijo de puta por dejarme con toda esta responsabilidad.

Es abrumador. Abrumador, mierda.

Aparto todos los pensamientos sobre mi hermano y la chica, me concentro en el ejercicio y voy contando las flexiones de bíceps.

Además, dentro de dos horas tengo comida con mi madre.

Mierda.

Alessia está en el cuarto de la lavandería metiendo la ropa húmeda en la secadora cuando vuelve a oír el portazo de la entrada.

¡No! Ha vuelto.

Contenta de estar oculta en la habitación más pequeña del apartamento, despliega la tabla de la plancha y empieza a planchar un par de prendas que ya están secas. Seguro que él no entra en ese cuarto. Cuando Alessia termina con la quinta camisa, oye de nuevo cómo se cierra de golpe la puerta de entrada y sabe que vuelve a estar sola. Le fastidia que él no le haya dicho adiós en voz alta como hizo al creer que era Krystyna, pero deja a un lado sus sentimientos y acaba con la plancha lo antes posible.

En cuanto termina, va a echar un vistazo al dormitorio para ver si lo ha dejado hecho un desastre. Como era de esperar, la ropa del gimnasio está tirada por el suelo. Alessia va recogiendo las prendas una a una. Están empapadas de sudor, pero, para su sorpresa, no le parece tan asqueroso como antes de haberlo conocido. Mete todo en la canasta de la ropa sucia y echa un vistazo al baño. El perfume a limpio y fresco del jabón masculino impregna el ambiente. Alessia cierra los ojos, inspira y se siente transportada al bosque de imponentes árboles de hoja perenne que rodea la casa familiar en Kukës. Disfruta del aroma e ignora la punzada de nostalgia hogareña. Ahora, Londres es su hogar.

Pasa el trapo por el lavamanos y termina media hora antes de tiempo. Va corriendo directamente hacia el salón y se sienta al piano. Mientras sus dedos acarician las teclas, los compases del *Preludio n.º 3 en do sostenido mayor BWV 848* de J. S. Bach inundan el apartamento; las notas viajan danzando con sus colores vibrantes hasta los recovecos de la sala y apaciguan su alma compungida.

Entro con decisión al restaurante favorito de mi madre, en la zona de Aldwych. Llego antes de tiempo, pero me importa una mierda. Necesito una copa, no solo para olvidar el encontronazo con mi nueva asistenta, sino porque me hacen falta refuerzos líquidos para aguantar a mi madre.

—¡Maxim! —me vuelvo y veo a la mujer que más quiero en este mundo.

Maryanne, mi hermana pequeña por solo un año, se acerca cruzando el vestíbulo. Sus ojos, del mismo color que los míos, se iluminan cuando me vuelvo hacia ella. Me rodea por el cuello con los brazos y su melena pelirroja me cae en la cara porque es solo unos centímetros más baja que yo.

—¿Qué pasa, M.A.?, te echaba de menos —le digo mientras la abrazo.

—Maxie. —Se le entrecorta la voz.

Mierda. Aquí no.

La abrazo con más fuerza, deseando que no rompa a llorar, y me sorprende una emoción tan punzante que se me forma un nudo en la garganta. Ella se sorbe la nariz y tiene los ojos enrojecidos cuando la suelto. Esto no es típico de mi hermana. Por lo general se comporta igual que nuestra madre, quien reprime sus emociones con control férreo.

—Todavía no puedo creer que haya muerto —se lamenta mientras apretuja un pañuelo de papel.

—Lo sé, yo tampoco. Vamos a sentarnos y pedimos una copa.

La tomo por el codo y seguimos a la recepcionista del restaurante hasta la espaciosa sala forrada con paneles de madera. El lugar tiene un aire clásico y anticuado: lámparas de bronce, tapicería de cuero color verde oscuro, mantelería blanca almidonada y relucientes copas de cristal. La atmósfera vibra con el murmullo de las conversaciones de los hombres y mujeres de negocios y con el tintineo de la cubertería contra la porcelana fina. Me centro en la contemplación del redondeado trasero de la recepcionista, ceñido por su falda de tubo y el repiqueteo de sus tacones de aguja sobre el encerado suelo embaldosado mientras nos conduce hasta nuestra mesa. Retiro la silla para Maryanne y nos sentamos.

—Dos Bloody Marys —digo a la recepcionista al tiempo que ella nos entrega la carta y me lanza una mirada coqueta, que yo no correspondo.

Quizá tenga un buen trasero y una sonrisa bonita, pero no estoy de humor para flirtear. Me siento inquieto por mi encuentro con la asistenta y el recuerdo de su mirada nerviosa de ojos oscuros. Frunzo el ceño y aparto la idea para volcar toda la atención en mi hermana, mientras la recepcionista se aleja con cara de decepción.

—¿Cuándo has vuelto de Cornualles? —le pregunto a Maryanne.

—Ayer.

—¿Cómo está la condesa viuda?

—¡Maxim! Ya sabes que odia que la llamen así.

La miro con exagerada intensidad.

—De acuerdo, ¿cómo está la Matriarca?

Maryanne se queda mirándome un instante, pero agacha la cabeza.

Mierda.

—Perdón —mascullo, escarmentado.

—Está afectadísima, aunque es difícil notárselo. Ya sabes cómo es. —A Maryanne se le nubla la mirada y parece inquieta—. Creo que hay algo que no nos ha contado.

Asiento en silencio. Eso lo sé mejor que nadie. En la bruñida coraza de mi madre no se detecta ni el más mínimo rasguño. No lloró en el funeral de Kit, fue el porte personificado mientras todas las miradas se fijaban en ella. Frágil pero elegante, como siempre. Yo tampoco lloré. Estaba demasiado ocupado recuperándome de una resaca de campeonato.

Trago saliva y cambio de tema.

—¿Cuándo vuelves al trabajo?

—El lunes —me responde Maryanne torciendo levemente la boca con gesto de tristeza.

De todos los hijos de la familia Trevelyan, Maryanne es la que ha destacado académicamente. Después de estudiar en el colegio Wycombe Abbey, hizo la carrera de medicina en el Corpus Christi, en Oxford, y en la actualidad es médica residente en el hospital Royal Brompton, en la especialidad de medicina cardiotorácica. Ha seguido la llamada de la vocación, llamada que oyó el día que nuestro padre sufrió un paro cardíaco y murió a causa del infarto fulminante. Su muerte resultó devastadora para todos, y aunque nos afectó de manera distinta, Kit fue el que se llevó la peor parte, ya que tuvo que dejar la universidad y asumir el título de conde. Para mí, su fallecimiento supuso perder al único aliado entre mis progenitores.

—¿Cómo está Caro? —me pregunta Maryanne.

—De luto. Enojada porque Kit no la ha incluido en su testamento, el muy cabrón —espeto.

—¿Quién es un cabrón? —pregunta alguien con tono cortante y envarado, con impostado acento estadounidense.

Rowena, condesa viuda de Trevethick, se alza sobre nosotros, con su acicalada melena caoba y de punta en blanco con su Chanel de dos piezas azul marino y sus perlas.

Me levanto.

—Rowena. —La saludo, le planto un frío beso en la mejilla de pómulos salientes y le retiro la silla para que tome asiento.

—¿Son esas maneras de dar la bienvenida a tu afligida madre, Maxim? —me recrimina mientras se sienta y coloca su bolso Birkin en el suelo junto a ella. Alarga una mano por encima de la mesa y toma la de Maryanne—. Hola, cariño, no te he oído salir de casa.

—Necesitaba tomar un poco de aire, madre —se excusa Maryanne al tiempo que corresponde al apretón de mano de nuestra madre.

Rowena, condesa de Trevethick, conservó el título a pesar de haberse divorciado de nuestro padre. Pasa gran parte del tiempo a caballo entre Nueva York, donde vive y se divierte, y Londres, donde es editora de *Dernier Cri*, la revista ilustrada femenina.

—Tomaré una copa de Chablis —le indica al camarero cuando este deja los dos Bloody Marys en la mesa.

Mi madre enarca una ceja con gesto de desaprobación mientras nosotros tomamos dos buenos tragos.

Sigue conservándose imposiblemente delgada y hermosa, sobre todo ante la cámara. Fue "chica de moda" de su generación y se convirtió en la musa de muchos fotógrafos, incluido mi padre, undécimo conde de Trevethick. Él la adoraba; ella se casó con él seducida por su título y su dinero. Cuando abandonó a mi padre, él jamás lo superó. Cuatro años después del divorcio, mi padre murió con el corazón roto.

La observo con los ojos entrecerrados. Tiene la tez como el traserito de un bebé; sin duda, fruto de su último *peeling* químico. Es una mujer obsesionada con preservar la juventud y solo se salta su estricta dieta de zumos vegetales o el ingrediente de turno de su último ayuno por alguna que otra copa de vino. No cabe duda de que mi madre es bella, pero es tan hipócrita como deslumbrante, y mi pobre padre lo pagó caro.

—Tengo entendido que te has reunido con Rajah —me suelta.

—Sí.

—¿Y bien?

Clava sus ojos en mí, su mirada es ligeramente miope, pero es demasiado vanidosa para usar gafas.

—Soy el heredero fiduciario de todo.

—¿Y para Caroline?

—Nada.

—Entiendo. Bueno, no podemos permitir que la pobre chica se muera de hambre.

—¿Cómo que "podemos"? —pregunto.

Rowena se ruboriza.

—Quiero decir que tú no puedes —rectifica con frialdad—. No puedes dejar que la pobre chica se muera de hambre. Por otra parte, ella tiene su fondo fiduciario, y cuando su padre se reúna con el Creador, ella heredará una fortuna. En ese sentido, Kit fue listo al escogerla.

—A menos que su madrastra la deserede —replico, y le doy otro buen trago al Bloody Mary.

Mi madre frunce los labios.

—¿Por qué no la pones a trabajar en algún sitio, quizá en el proyecto de Mayfair? Tiene buen ojo para el diseño de interiores y le irá bien distraerse un poco.

—Creo que deberíamos dejar que sea Caroline quien decida qué quiere hacer. —No logro disimular el resentimiento en mi tono de voz.

Ya está mi madre con su manía de dirigirlo todo en una familia a la que abandonó hace muchos años.

—¿Te parece bien que siga en Trevelyan House? —me pregunta ignorando mi tono.

—Rowena, no pienso echarla a la calle.

—Maximilian, ¿te importaría dirigirte a mí llamándome "madre"?

—Cuando empieces a comportarte como tal, me lo plantearé.

—Maxim... —intenta contenerme Maryanne y me atraviesa con su mirada encendida de ojos verdes.

Me siento como un niño regañado, cierro la boca y me quedo estudiando la carta antes de decir algo de lo que pueda arrepentirme.

Rowena prosigue y pasa por alto mi descortesía.

—Tendremos que ultimar todos los detalles para el acto de homenaje. Había pensado que podríamos celebrarlo justo antes de Pascua. Le pediré a uno de mis redactores de referencia que escriba la elegía de Kit, a menos que... —Hace una pausa cuando se le quiebra la voz. Maryanne y yo levantamos de golpe la vista de la carta, sorprendidos.

A mi madre se le humedecen los ojos y, por primera vez desde que perdió a su primogénito, aparenta la edad que tiene. Apretuja un pañuelo de tela con sus iniciales bordadas y se lo lleva a los labios mientras recupera la compostura.

Serás imbécil...

Me siento como una mierda. Ha perdido a su primogénito... su favorito.

—¿A menos que...? —la animo a seguir.

—Maryanne o tú podrían escribirla —susurra mientras nos mira con una expresión de súplica nada frecuente en ella.

—Claro —afirma Maryanne—. Lo haré yo.

—No. Debería hacerlo yo. Ampliaré la elegía que escribí para su funeral. ¿Pedimos la comida? —sugiero para cambiar de tema, pues me siento incómodo con la desacostumbrada reacción emotiva de mi madre.

Rowena va separando con el tenedor los ingredientes de la ensalada mientras Maryanne, armada con cuchillo y tenedor, da caza al último pedazo de tortilla de huevos.

—Caroline ha dicho que podría estar embarazada —anuncio antes de dar otro bocado a mi filete Chateaubriand.

Rowena levanta la cabeza de golpe y me mira con los ojos entrecerrados.

—Ha dicho que estaban intentándolo —añade Maryanne.

—Bueno, pues si está embarazada, sería mi única oportunidad de tener un nieto y de que esta familia se asegurase de conservar el título nobiliario de condado otra generación más.

La condesa viuda nos lanza una mirada reprobatoria a ambos.

—Eso te convertiría en abuela —comento con parquedad, ignorando el resto de su cometario—. ¿Cómo le sentaría eso al último hermoso impúber de turno de Nueva York?

La afición de Rowena por los hombres jóvenes, a veces menores que su hijo pequeño, es de todos conocida. Me fulmina con la mirada mientras como otro bocado de filete, pero no me dejo amedrentar y la desafío en silencio a que diga algo. Para mi sorpresa, por primera vez en la vida, siento que tengo control sobre mi madre. Toda una novedad; pasé gran parte de mi adolescencia luchando en vano por conseguir su aprobación.

Maryanne me mira con el ceño fruncido. Me encojo de hombros y corto otro trozo del delicioso filete para llevármelo a la boca.

—Ni tú ni Maryanne dan señales de querer sentar cabeza, y Dios no quiera que las propiedades pasen a manos del hermano de su padre. Cameron es un caso perdido —masculla Rowena, optando por ignorar mi insolencia.

Mi encuentro con Alessia Demachi me asalta de forma espontánea y frunzo el ceño. Me quedo mirando a Maryanne, y ella tiene el mismo gesto que yo mientras clava la mirada en el plato.

¿Y bien?

—¿Qué hay de ese joven que conociste cuando fuiste a esquiar a Whistler? —le pregunta Rowena a Maryanne.

Ya es de noche cuando regreso a mi apartamento. Agotado y achispado, he soportado el interrogatorio policial de mi madre sobre la situación de todas las propiedades de Londres, las alquiladas con derecho a compra y las arrendadas, y sobre la reforma de Mayfair, por no hablar de la cartera de valores de Trevethick. Mierda, he querido recordarle que eso no es asunto suyo, aunque me invade una novedosa sensación de orgullo tras haber sido capaz de contestar detalladamente a todas sus preguntas. Incluso Maryanne se ha quedado impresionada. Oliver Macmillan me ha informado bien.

Cuando me desplomo sobre el sofá frente a la televisión panorámica de mi apartamento impecable y vacío, me viene a la mente, como a lo largo de todo el día, la conversación que he tenido esta mañana con la asistenta de ojos oscuros.

¿Dónde está ahora?

¿Cuánto tiempo se quedará en el Reino Unido?
¿Qué aspecto tendrá sin esa bata amorfa de andar por casa?
¿De qué color tiene el pelo? ¿Negro como las cejas?
¿Qué edad tiene? Parece joven. Demasiado joven, quizá.
¿Demasiado joven para qué?

Me remuevo incómodo en el asiento y voy pasando los canales. Tal vez la reacción que tuve al verla fuera algo excepcional. Es que tenía pinta de monja. A lo mejor me excitan las monjas. Me río yo solo por lo ridículo de la idea. Me vibra el móvil y entra un mensaje de texto de Caroline.

¿Qué tal el almuerzo?

Agotador. La condesa viuda,
siempre tan suya.

**¡Yo seré la condesa
viuda si tú te casas!**
☹

¿A qué viene eso ahora? Además, no tengo ni el más mínimo interés en casarme con nadie. Bueno... no de momento. Me viene a la cabeza la diatriba de mi madre sobre los nietos y sacudo la cabeza. Niños. No. Simplemente no. No todavía, en cualquier caso.

¡Falta mucho para que eso ocurra!

Bien.
¿Qué haces?

Estoy en casa, viendo la tele.

¿Estás bien?
¿Puedo ir a verte?

Lo último que quiero o necesito es a Caroline comiéndome la cabeza o cualquier otra parte de la anatomía.

No estoy solo.

Es una mentirita de nada.

**Sigues siendo el mismo
golfo perro de siempre. :P**

Qué bien me conoces.
Buenas noches, Caro.

Me quedo mirando el móvil a la espera de su respuesta, pero no vuelve a vibrar, así que me centro de nuevo en la tele, pero me doy cuenta de que no tengo ganas de ver nada y la apago.

Inquieto, me siento en la mesa de escritorio y abro el correo electrónico en el iMac. Tengo unos cuantos mensajes de Oliver sobre diversas cuestiones relacionadas con las propiedades que no tengo ganas de resolver un viernes por la noche. Pueden esperar al lunes. Miro la hora y me sorprende que sean solo las ocho de la noche, demasiado temprano para salir, y ahora mismo no me seduce la idea de meterme en un club abarrotado de gente.

Me siento enjaulado pero me resisto a salir del apartamento, así que me acerco al piano y tomo asiento. La partitura de una composición que empecé hace muchísimas semanas permanece olvidada sobre el atril. Voy leyendo las notas, la melodía suena en mi cabeza y, sin darme cuenta, mis dedos pulsan las teclas e interpretan la pieza. De pronto me asalta la imagen de una joven vestida de azul con ojos oscurísimos que me desnuda. Nuevas notas afloran en torbellino y sigo improvisando, tocando más allá del punto en que se había estancado la composición.

¡Por el amor de Dios!

Con un arrebato de emoción poco frecuente en mí, dejo de tocar, saco el móvil del bolsillo y abro la aplicación de la grabadora. Aprieto el botón de grabar y vuelvo a empezar. Las notas resuenan por toda la sala. Evocativas. Melancólicas. Me remueven. Me inspiran.

Soy limpiadora, señor.

Sí. Hablo inglés. Me llamo Alessia Demachi.

Alessia.

Cuando miro la hora ya son más de las doce. Estiro los brazos por encima de la cabeza, miro con detenimiento la partitura que tengo delante. Está completa. He compuesto toda la pieza y me abruma la sensación de logro. ¿Cuánto tiempo llevaba intentándolo? Y lo único que ha hecho falta ha sido conocer a mi nueva asistenta. Sacudo la cabeza y, por primera vez, me voy a la cama temprano y solo.

Capítulo cinco

Alessia abre con nerviosismo la puerta del apartamento donde está el piano. Se le cae el alma a los pies cuando la recibe el desconcertante silencio de la alarma. Eso significa que el inquietante mister Maxim de ojos verdes está en casa. Desde que lo vio tumbado boca abajo sobre la cama, desnudo, él ha estado apareciendo en sus sueños. Durante los momentos de tranquilidad del fin de semana, no ha dejado de pensar en él. No entiende por qué, aunque tal vez sea por esa breve y penetrante mirada que le echó, plantado frente a ella en el pasillo con su imponente estatura, o porque es guapo, alto y delgado, y tiene esos hoyuelos en la espalda, por encima del musculoso y atlético trasero...

¡Basta!

Sus pensamientos obsesivos están descontrolados.

Se quita las botas y los calcetines en silencio, luego recorre el pasillo descalza y con sigilo hasta la cocina. La barra está llena de botellas de cerveza y cajas de comida para llevar, pero Alessia se escabulle para ir a refugiarse en la seguridad del cuarto de la lavandería. Apoya las botas y los calcetines contra el radiador con la esperanza de que se hayan secado antes de irse.

Se quita el gorro y los guantes mojados, y los cuelga en el

perchero junto a la caldera. Luego se quita el anorak que le ha dado Magda. Lo deja en el mismo perchero y frunce el ceño al ver las gotas que caen sobre el suelo embaldosado. También tiene los jeans empapados por la lluvia torrencial. Tiembla mientras se desnuda y se pone la bata como puede, agradecida de que se haya conservado seca dentro de la bolsa de plástico. La prenda le tapa las rodillas, así que no resulta impúdico que no lleve los pantalones debajo. Se asoma a la cocina para comprobar que el señor no está dentro. Seguramente sigue durmiendo. Mete los jeans empapados en la secadora y la enciende. Al menos los pantalones sí estarán secos cuando regrese a casa. Tiene los pies enrojecidos y le pican debido al frío; agarra una toalla seca del montón de la ropa limpia y se los frota con fuerza, masajeándolos para que la sangre vuelva a circularle hasta los dedos. En cuanto los tiene secos, se pone los tenis.

—¿Alessia?

Zot!

¡Mister Maxim está despierto! ¿Qué querrá ahora?

Tan pronto como se lo permiten sus dedos entumecidos, saca el pañuelo de la bolsa de plástico y se lo anuda a la cabeza, consciente de que todavía tiene la trenza mojada. Inspira con fuerza, sale del cuarto de la lavandería y se lo encuentra plantado en la cocina. Se abraza el cuerpo para intentar entrar en calor.

—Hola —la saluda él y sonríe.

Alessia se queda mirándolo. Tiene una sonrisa cautivadora; le ilumina su bello rostro y esos ojos color esmeralda. Ella aparta la mirada, cegada por su deslumbrante atractivo y avergonzada por el rubor que está a punto de aflorarle en las mejillas.

Pero ahora siente algo más de calor.

Mister Maxim estaba tan enojado la última vez que lo vio... ¿Qué lo habrá hecho cambiar de humor?

—¿Alessia? —repite él.

—Sí, señor —responde ella y sigue mirando al suelo.

Al menos está vestido.

—Solo quería decirte "hola".

Ella levanta la vista para mirarlo, pero no entiende qué quiere. Ahora ya no sonríe tanto y tiene el ceño fruncido.

—Hola —dice ella, sin saber muy bien qué se espera que haga.

Él asiente con la cabeza y cambia el peso del cuerpo de un pie a otro, titubeante. Alessia cree que va a decir algo más, pero él se vuelve y sale de la cocina.

¿**C**ómo he podido ser tan idiota? Repito mi "hola" en voz alta con tono burlón. Llevo todo el fin de semana pensando en esa chica, ¿y lo mejor que se me ocurre es: "Solo quería decirte hola"?

¿Qué carajo me pasa?

De regreso a mi dormitorio me fijo en el reguero de pisadas húmedas que hay en el suelo del pasillo.

¿Ha caminado descalza bajo la lluvia? ¡Claro que no!

Mi dormitorio está en penumbra, y las vistas del Támesis son anodinas y poco estimulantes. Está lloviendo a cántaros. Las gotas tamborilean sobre la ventana desde primera hora de la mañana y el ruido me ha despertado. *Mierda.* Alessia habrá venido a pie con este tiempo infame. Vuelvo a preguntarme dónde vivirá y qué distancia tendrá que recorrer para llegar. Tenía la esperanza de entablar una conversación con ella esta mañana para averiguar esos detalles, pero es evidente que la incomodo.

¿Soy yo o serán los hombres en general?

Es una idea que me inquieta. A lo mejor soy solo yo el que se siente incómodo... Al fin y al cabo, la semana pasada prácticamente me echó de mi propia casa, y la idea de que yo saliera huyendo para evitarla me desconcierta. Decido no dejar que vuelva a suceder.

La verdad es que ella me ha inspirado. Me he pasado el fin de semana inmerso en mi música. Me ha permitido distraerme de mi recién descubierta e indeseada responsabilidad y seguir adelante a pesar del duelo. O tal vez haya descubierto una forma de canalizar esa aflicción... no lo sé. He terminado tres piezas, tengo ideas para otras dos y he sentido la tentación de poner letra a una de ellas. He ignorado mi móvil, el correo electrónico, a todo el mundo y, por primera vez en la vida, he encontrado consuelo en mi propia compañía. Ha sido toda una revelación. ¿Quién habría imaginado que puedo ser tan productivo? Lo que no entiendo es por qué Alessia ha tenido esa influencia en mí si solo hemos intercambiado un par de palabras. No le encuentro sentido, aunque no quiero pensar demasiado en ello.

Tomo el móvil de la mesita de noche y miro la cama. Las sábanas están hechas un desorden.

Maldita sea, soy un desastre.

Hago la cama a toda prisa. De la pila de ropa tirada sobre el sofá, elijo una sudadera negra con capucha y me la pongo encima de la camiseta. Hace frío. Seguro que ella también está helada con esos pies mojados. Me detengo en el pasillo y subo el termostato un par de grados. No me gusta la idea de que ella pase frío.

Sale de la cocina llevando la canasta de la ropa sucia vacía y una caja con los productos y paños de limpieza. Pasa por mi lado, con la cabeza gacha, en dirección a mi dormitorio. Observo cómo se aleja su silueta cubierta por la bata: las piernas blancas y largas, el ligero contoneo de sus caderas huesudas... ¿Se le transparentan unos pantis rosados a través del nailon? Por debajo del pañuelo de la cabeza asoma una trenza de pelo negro que desciende serpenteante por su espalda, justo hasta la cinturilla de pantis rosados, y que se balancea de un lado a otro cuando camina. Sé que debería apartar la mirada, pero me entretengo en la contemplación de su ropa interior. Le cubren todo el trasero y son de cintura alta. Posiblemente sean las bragas más grandes que le he visto a una mujer. Y el cuerpo se me tensa como si fuera un chico de trece años.

¡Maldita sea! Lanzo un gemido para mis adentros. Me siento como un pervertido y contengo el impulso de seguirla. En lugar de hacerlo voy hacia la sala, donde me siento frente a la compu-

tadora para revisar los correos electrónicos de Oliver y olvidar la excitación y a mi asistenta, Alessia Demachi.

A Alessia le sorprende encontrar la cama hecha. Siempre que ha estado en ese apartamento, el dormitorio estaba hecho un desastre. Sigue habiendo una pila de ropa en el sofá, pero parece más ordenada que nunca. Descorre del todo las cortinas y se queda mirando el río.

—Támesis... —susurra con la voz ligeramente temblorosa.

Todo está oscuro y gris como los árboles deshojados de la otra orilla... no como en el Drin. No como en casa. En Londres, todo es urbano y está abarrotado hasta los topes. En su país estaba rodeada de fértiles campos y montañas de cumbres nevadas. Aparta el doloroso recuerdo del hogar. Está aquí para desempeñar un trabajo, un trabajo que quiere porque viene con el suplemento del piano. Se pregunta si mister Maxim estará todo el día en el apartamento, y esa posibilidad la disgusta. Su presencia impedirá que ella toque sus piezas favoritas.

Aunque, pensándolo bien, así podrá verlo.

El hombre que ha estado protagonizando sus sueños.

Debe dejar de pensar en él. *Ahora*. Apesadumbrada, empieza a colgar algunas prendas en el vestidor. Las que cree que son para lavar las mete en la canasta de la ropa sucia.

El perfume a árboles de hoja perenne y madera de sándalo sigue impregnando la atmósfera del baño. Es un perfume agradable y masculino. Se toma un rato para inspirarlo profundamente y disfrutar de él como lo hizo la otra vez. Piensa en los impresionantes ojos de mister Maxim... en sus espaldas anchas... y en su vientre plano. Rocía el espejo del baño con limpiacristales y frota el vidrio con fuerza.

¡Basta! ¡Basta! ¡Basta!

Él es su jefe y jamás se interesaría en ella. Al fin y al cabo, no es más que la limpiadora.

La última tarea pendiente en el dormitorio es vaciar la papelera. No da crédito: la encuentra vacía. No hay condones usados. Vuelve a colocarla junto a la mesita de noche y, por alguna razón inexplicable, la papelera vacía la hace sonreír.

Mientras recoge la ropa y los utensilios de limpieza, se queda mirando un instante dos fotografías en blanco y negro en la pared. Ambas son desnudos. En una de ellas, una mujer está arrodillada, tiene la piel pálida y traslúcida. Se le ven las plantas de los pies, el trasero y la delicada curva de la espalda. Está sujetándose la melena rubia sobre la cabeza y un par de mechones le besan el cuello. La modelo, al menos desde el ángulo en que Alessia la ve, es guapa. La segunda fotografía es un primer plano y en ella se ve el contorno de un cuello femenino, con la melena apartada a un lado y el arco de la columna desde la primera vértebra hasta el coxis. La piel de ébano se ve resplandeciente, acariciada por la luz. La chica es deslumbrante. Alessia suspira. A juzgar por esas imágenes, a él le gustan las mujeres, y se pregunta si será el fotógrafo. A lo mejor algún día la fotografía a ella. Sacude la cabeza por lo fantasioso de sus pensamientos y regresa a la cocina para enfrentarse al caos de cajas de comida para llevar, botellines de cerveza vacíos y platos sucios.

A parto para más tarde todas las misivas y correos de condolencias pendientes de respuesta; todavía soy incapaz de enfrentarme a ellos. ¿Cómo diablos hacía Kit para gestionar las subvenciones agrícolas y la cría de animales y todas las demás mierdas relacionadas con el cultivo y el pastoreo de miles de hectáreas de tierra? Por un breve instante, me gustaría haber estudiado gestión de fincas agrícolas o empresariales en la universidad, en lugar de bellas artes y música.

Kit estaba estudiando económicas en la London School of Economics cuando nuestro padre murió. Como el eterno hijo responsable que era, dejó la LSE y se matriculó en la universidad del ducado de Cornualles para estudiar agricultura y gestión de la propiedad. Con más de doce mil hectáreas que gestionar, ahora entiendo que fue una decisión razonable. Kit siempre fue razonable, salvo cuando decidió salir en moto en pleno invierno por los caminos helados de Trevethick. Me sujeto la cabeza entre las manos al recordar su cuerpo roto tendido en la morgue.

¿Por qué, Kit, por qué?, pregunto por enésima vez.

El mal tiempo que no amaina en el exterior es un reflejo de mi estado de ánimo. Me levanto y me acerco a la ventana panorámica para contemplar las vistas. En el río hay un par de barcazas navegando en direcciones opuestas, una lancha de la policía con rumbo este y el River Bus que va hacia Cadogan Pier. Contemplo la escena con el gesto torcido. Durante el tiempo que llevo viviendo cerca del muelle, jamás he viajado en el típico bus fluvial de Londres. De niño siempre deseé que mi madre nos llevara en el River Bus a Maryanne y a mí, pero nunca sucedió. Siempre estaba demasiado ocupada. Siempre. Y jamás dio instrucciones a ninguna de nuestras niñeras para que nos llevaran. Es otro de mis reproches a Rowena. Por supuesto que Kit ya no vivía con nosotros en esa época; él ya estaba en el internado.

Sacudo la cabeza, rodeo el piano y fisgoneo la partitura en la que he estado trabajando todo el fin de semana. La visión de esas hojas me anima y, para descansar un poco de la computadora, me siento a tocar.

De las tres cocinas que limpia Alessia, esta es su favorita. La pared, los aparadores para la vajilla y las barras son de un cristal azul celeste muy fácil de limpiar. Es elegante y está despejada, muy distinta a la abarrotada cocina de estilo campestre de la casa de sus padres. Mira dentro del horno, por si mister Maxim ha cocinado algo, pero lo encuentra impoluto. Alessia sospecha que nadie lo ha usado nunca.

Está secando el último plato cuando empieza a sonar la música. Deja de trabajar, pues reconoce la melodía de inmediato. Pertenece a la partitura que tantas veces ha visto sobre el atril, pero los compases van mucho más allá de lo que ella ha leído: las notas delicadas y tristes resuenan con unos melancólicos azules y grises que la envuelven.

Tiene que verlo.

Con sigilosa cautela deja el plato sobre la barra, sale a hurtadillas de la cocina y se dirige hacia la sala de estar. Se asoma y lo ve sentado al piano. Tiene los ojos cerrados, siente la música, cada nota se refleja en su expresión. Ante esa visión —la frente arrugada, la cabeza ladeada, los labios separados—, a Alessia se le corta la respiración.

Se siente cautivada.

Por él.

Por la música.

Es un virtuoso.

La composición es triste, llena de nostalgia y aflicción, y las notas reverberan en su mente con tonos más sutiles de azul y gris ahora que lo está mirando. Sin duda es el hombre más guapo que ha visto en su vida. Es incluso más guapo que... ¡No!

Unos ojos azules como el hielo me miran fijamente. Furiosos.

No. ¡Deja de pensar en ese monstruo!

Bloquea el recuerdo. Es demasiado doloroso. Y se centra en el señor mientras la melancólica melodía llega a su fin. Antes de que él la vea, Alessia regresa de puntillas a la cocina; no quiere que se enoje otra vez si la descubre husmeando y sin trabajar.

Cuando termina de limpiar la barra, reproduce mentalmente la composición. Y ahora, la única habitación que le queda por limpiar es la sala de estar, donde está él.

Se arma de valor y agarra el limpiador para el polvo y el paño, lista para enfrentarse a mister Maxim. Se entretiene en la entrada mientras él está mirando la computadora. Levanta la mirada y la ve, y su expresión es de agradable sorpresa.

—¿Está bien, señor? —le pregunta ella, y agita el envase del limpiador en dirección a la sala.

—Claro. Entra. Haz lo que necesites, Alessia. Y me llamo Maxim.

Ella le dedica una sonrisa fugaz y empieza por el sofá, ahuecando los cojines y recogiendo alguna que otra miga del suelo con las manos.

Bueno, esto sí que me distrae...

¿Cómo voy a concentrarme con ella moviéndose por aquí, tan cerca de mí? Finjo estar leyendo el informe revisado del coste de las obras para la reforma de los edificios señoriales de Mayfair, pero en realidad estoy mirando a Alessia. Se mueve con mucha ligereza y con gracilidad sensual; se inclina sobre el sofá, flexionando los tonificados brazos y estirando sus manos de dedos finos y largos para recoger las migas de los cojines del sofá y sacudirlos. Me recorre un escalofrío, y de pronto todo mi cuerpo vibra por una tensión deliciosa, sintonizada con su presencia en la sala.

¿Podría ser esto más inapropiado? Ella está tan cerca, pero es... a la vez tan inalcanzable... Se mueve para ahuecar los cojines negros desperdigados sobre el sofá, la bata se le ciñe al trasero y se le transparentan los pantis rosados.

Me cuesta respirar y tengo que reprimir un gruñido de placer.

Soy un pervertido, maldita sea.

Termina con el sofá y me mira de reojo. Consigo parecer concentrado en el documento que tengo en la mano, pero el vello de la nuca se me eriza de expectación. Alessia levanta el espray para el polvo, lo rocía sobre el paño y se dirige hacia el piano. Me lanza otra mirada ansiosa, e inicia el lento proceso de frotar la superficie del instrumento para sacarle brillo. Se estira sobre él y la bata se le sube por encima de la parte trasera de las rodillas.

¡Oh, Dios!

Con movimientos deliberadamente rítmicos, va rodeando el piano, frotando y sacando brillo, y resuella cada vez con más fuerza y rapidez debido al esfuerzo. Es desesperante. Cierro los ojos e imagino cómo podría provocar en ella ese mismo efecto.

Mierda. Cruzo las piernas para ocultar la reacción natural de mi cuerpo. Esto empieza a ser ridículo. Solo está limpiándome el piano, carajo.

Sigue quitando el polvo del teclado, aunque las teclas no suenan. Me lanza una nueva mirada rápida, y rápidamente me concentro de nuevo en las cifras de la hoja de cálculo, que bailan sobre la página del documento, sin que tengan ningún sentido. Cuando me atrevo a dirigir la vista hacia ella, está agachada, con expresión pensativa, como valorando la partitura que descansa sobre el atril. Está leyendo mi composición y tiene el ceño fruncido, como si estuviera muy concentrada.

¿Sabe leer música?

¿Está leyendo la partitura?

Levanta la cabeza y nuestras miradas se encuentran. Pone los ojos como platos por la vergüenza y saca la lengua a toda prisa para humedecerse el labio superior al tiempo que un rubor rosado aflora en sus mejillas.

Mierda.

Aparta la mirada y se agacha frente al piano, supuestamente para limpiar las patas y la banqueta.

No lo aguanto más.

Suena el móvil y me sobresalta. Es Oliver.

—Hola —le digo con voz ronca, aunque jamás me he sentido tan agradecido de que me interrumpan.

Tengo que salir de la sala de estar.

Carajo, me había prometido a mí mismo no permitir que ella me hiciera huir otra vez.

—¿Trevethick?

—Sí. Oliver. ¿Qué pasa?

—Ha surgido una cuestión de planificación que debe usted atender.

Salgo con paso decidido al pasillo mientras Oliver no para de darme la lata sobre plafones y paredes de carga del proyecto de reforma de Mayfair.

Cuando mister Maxim sale disparado de la habitación es como si una tormenta hubiera pasado por allí para ir a estallar a otra parte, al pasillo, quizá. Alessia suspira aliviada, agradecida de que se haya ido. Lo oye hablando por teléfono con su voz profunda y melodiosa. Jamás se ha fijado tan detalladamente en nadie.

¡Debe dejar de pensar en él y centrarse en la limpieza! Termina de quitar el polvo, aunque no logra olvidar la sorprendente sensación de que él ha estado mirándola mientras limpiaba.

No. Eso es imposible.

¿Por qué iba a mirarme?

A lo mejor estaba comprobando sus habilidades para la limpieza, como la señora Kingsbury. Alessia sonríe por lo absurdo de su ocurrencia y se da cuenta de que siente mucho más calor que cuando llegó. No está segura si es por la temperatura de la habitación o por la de su cuerpo.

Acalorada por su presencia.

Su lujuriosa línea de pensamiento la hace esbozar una nueva sonrisa. Cuando él ya ha salido de la habitación, ella aprovecha la oportunidad para entrar y recoger el aspirador. El señor se encuentra al final del pasillo apoyado contra la pared, todo piernas largas e impaciente taconeo de un pie. Habla por el móvil en voz baja, pero la mira cuando ella entra en la cocina. Alessia lleva el aspirador hasta el comedor y encuentra al señor de nuevo en su mesa, aunque sigue hablando por teléfono. Él se levanta al verla.

—Espera un momento, Oliver. Continúa —le indica a ella, y hace una seña en dirección a la sala, dándole permiso para que aspire al tiempo que vuelve a salir de allí.

Se ha bajado la cremallera de la sudadera. Por debajo, Alessia ve una camiseta con cuello en V con una pequeña corona alada de color negro y la inscripción LA 1781 escrita encima. Ella se ruboriza cuando ve el vello del pecho que asoma por el escote. Mentalmente oye la voz de su madre reprendiéndola con ese tonito tan suyo: *¡Alessia! ¿Qué haces?*

Estoy mirando a un hombre, mama.

Un hombre que me parece atractivo.

Un hombre que me excita.

Se imagina a su madre escandalizada con la expresión y eso la hace sonreír.

Oh, mama, es todo tan distinto aquí en Inglaterra... Los hombres. Las mujeres. Cómo se comportan. La forma en que se relacionan...

La mente de Alessia viaja a un lugar más oscuro. Hasta ese otro hombre.

No. No pienses en él.

Ahora está a salvo, aquí en Londres, con el señor. Y debe centrarse en conservar el trabajo.

El aspirador es un electrodoméstico llamado Henry. Tiene dos grandes ojos pintados y una sonrisa. Siempre que ve a Henry, sonríe sin poder evitarlo. Lo enchufa en la pared y empieza a aspirar la alfombra y el suelo de parqué. Quince minutos después, ya ha terminado.

Mister Maxim no está en el pasillo cuando lleva a Henry de regreso a dormir en su armario del cuarto de la lavandería. Alessia le da una cariñosa palmadita antes de cerrar el mueble y dirigirse a la cocina.

—Hola —le dice el señor cuando entra en la cocina—. Tengo que salir. Tu dinero está sobre la consola. ¿Podrás cerrar tú y conectar la alarma?

Ella asiente en silencio, tan deslumbrada por su amplia sonrisa que debe mirar al suelo. Sin embargo, la alegría trepa en su interior como una enredadera porque él se va y ella podrá tocar el piano.

Él duda un instante antes de ofrecerle un enorme paraguas negro.

—Puedes llevarte esto. Sigue lloviendo a cántaros.

¿A cántaros?

Alessia se queda de piedra. Lo mira fugazmente a la cara, y el corazón le da un vuelco ante su cálida sonrisa y su generoso gesto. Acepta el paraguas.

—Gracias —susurra.

—De nada. Hasta el miércoles, Alessia —dice, y la deja sola en la cocina.

Pasados unos minutos, oye el portazo de la entrada.

Se queda mirando el paraguas. Es un modelo clásico, con mango de madera y borde dorado. Es exactamente lo que necesita. Maravillada ante la generosidad del señor, va paseando hacia el salón y se sienta al piano. Apoya el paraguas contra el extremo del teclado y, en honor al tormentoso tiempo, empieza a tocar el preludio de *La gota de lluvia*, de Chopin.

M̲e he puesto contentísimo y me he ruborizado cuando Alessia ha susurrado "Gracias". Estoy ridículamente contento conmigo mismo. Con ese pequeño gesto, por fin he sido capaz de ayudarla. No estoy acostumbrado a las buenas acciones; aunque seguramente mi amabilidad tiene un motivo oculto, algo que no quiero analizar en profundidad ahora mismo, pues podría confirmarme lo hijo de puta y superficial que creo ser. Con todo, me siento bien por el gesto y es una sensación novedosa.

Con energía renovada ignoro el ascensor y bajo por la escalera. No tengo ganas de marcharme, pero tengo una reunión con Oliver y varios contratistas de la reforma de Mayfair. Echo un vistazo a lo que llevo puesto; ojalá no esperen que lleve traje. Sencillamente, no es mi estilo.

No. Ese era el estilo de Kit, y su armario lleno de trajes hechos a medida en la sastrería Savile Row era la prueba.

Ya en la calle, me agacho para protegerme de la lluvia y paro un taxi.

—Creo que ha ido bien —dice Oliver. Asiento en silencio mientras cruzamos el nuevo patio interior de piedra caliza de uno de los edificios señoriales reformados. Obreros de la construcción con chaquetas reflectantes y cascos amarillos van y vienen haciendo su trabajo al tiempo que nos dirigimos hacia el andamio de la fachada. Se me mete el polvo de la obra en la garganta. Necesito beber algo.

—Tiene un don para esto, Trevethick. Creo que al contratista le han gustado sus sugerencias.

—Oliver, me llamo Maxim. Por favor, llámame por mi nombre. Como siempre. Como antes.

—Muy bien, milord.

—Maldita sea, Oliver.

—Maxim. —Y me dedica una tímida sonrisa—. Necesitaremos un diseñador de interiores para decorarlo todo en el apartamento piloto, seguramente el mes que viene. He hecho una lista con tres de los que más le gustaban a Kit.

¿Kit? Kit era Kit. ¿Por qué no puede llamarme Maxim?

—Caroline podría hacerlo —comento.

—¿Ah, sí? ¿Lady Trevethick?

—Fue sugerencia de mi madre.

Oliver se crispa.

¿Ah, sí? ¿Qué tiene en contra de Caroline? ¿O se ha puesto de los nervios por Rowena? Ella suele provocar ese efecto en la gente.

—Hablaré con Caroline, pero envíame el nombre de los demás diseñadores y algunas muestras de su trabajo —le pido.

Oliver asiente en silencio; yo me quito el casco de obra y se lo entrego.

—Hasta mañana —se despide y empuja la desvencijada puerta de la valla temporal de madera que oculta la fachada del edificio.

La lluvia por fin ha cesado, pero ya es de noche. Me levanto el cuello del abrigo y espero al taxi mientras decido si ir al club o a casa.

Cuando rodeo el piano de media cola, pienso en Alessia estirada sobre él, pasando el trapo sobre la madera de ébano para sacarle brillo. Se ve resplandeciente bajo la luz de la lámpara de araña. ¿Quién habría imaginado que me sentiría tan atraído por una mujer con bata de nailon y unos gigantescos pantis rosados?

¿Cómo me habrá llegado al corazón en tan poco tiempo? No

sé nada de ella, salvo que es distinta a cualquier mujer que haya conocido hasta ahora. Las mujeres de mi vida son atrevidas y seguras de sí mismas, saben lo que quieren y cómo pedirlo. Alessia no es así. Recatada y totalmente centrada en su trabajo, parece reacia a relacionarse conmigo... como si no quisiera ser vista. Me confunde. Recuerdo su timidez al aceptar el paraguas y esbozo una sonrisa. Se ha mostrado muy sorprendida y agradecida, y me pregunto cómo habrá sido su vida para sentirse así ante un gesto tan simple.

Me siento en la banqueta del piano y leo mi primera partitura, recordando el rostro de Alessia mientras la estudiaba detenidamente. Quizá sepa leer música. A lo mejor incluso toca el piano. Y una parte de mí quiere saber qué le parece mi composición. Pero me doy cuenta de que son suposiciones. La única certeza que tengo ahora es el dolor sordo que siento en la entrepierna.

Carajo. Sal ya y echa un polvo.

Pero en lugar de hacer eso, me quedo frente al piano y voy tocando todas las piezas seguidas una y otra vez.

Alessia está acostada en la cama plegable donde duerme, en la diminuta habitación de la casa de Magda. La cabeza le echa humo, tiene demasiadas cosas que hacer, pero no deja de pensar en el señor de ojos verdes. Se lo imagina sentado al piano. Con los ojos cerrados, el ceño fruncido y la boca entreabierta mientras siente la música. Luego lo ve con su cálida expresión cuando le dio el paraguas. Con el pelo alborotado y los labios carnosos curvados por la seductora sonrisa. Alessia se pregunta cómo será besar esa boca.

Su mano desciende por su cuerpo, pasando sobre los pechos.

Él podría besarla ahí.

Gime al entregarse a su fantasía, bajando un poco más la mano e imaginando que es la del señor.

Acariciándola.

Ahí.

Empieza a tocarse y acalla los gemidos, pues sabe que las paredes de su cuarto son muy finas.

Piensa en el señor y está cada vez más excitada.

Cada vez más.

Y más.

Su rostro.

Su espalda.

Sus largas piernas.

Alessia está aún más excitada.

Su trasero apretado.

Su vientre plano.

Alessia se viene con un gruñido y, agotada, se queda dormida.

Y sueña con él.

No dejo de dar vueltas en sueños.

Ella está en la puerta. Una visión azul.
Entra. Túmbate a mi lado. Te deseo.
Pero ella se vuelve y la veo en mi sala de estar.
Limpiando el piano.
No lleva nada más que unos pantis rosados.
Me acerco para tocarla, pero desaparece.

Y me despierto.

Mierda.

La tengo dura. Y me duele.

Mierda. Tengo que salir más.

Me masturbo a toda prisa.

¿Cuándo fue la última que lo hice? Necesito echar un polvo.

Mañana. Eso haré. Doy media vuelta y tengo un sueño agitado.

Al día siguiente por la tarde, Oliver está enseñándome las cuentas de cada una de las propiedades. Nuestras oficinas se encuentran justo enfrente de Berkeley Square, en una casa de estilo georgiano que mi padre reconvirtió en despachos durante la década de 1980. El edificio es parte de la sociedad patrimonial Trevethick y alberga otras dos empresas en las plantas superiores.

Intento concentrarme en las cifras que estamos comentando, pero veo que la puerta del despacho de Kit está entreabierta. Eso me distrae. Todavía no me imagino trabajando ahí dentro. Prácticamente puedo oírlo hablando por teléfono, riéndose de uno de mis chistes malos o reprendiendo a Oliver por alguna metedura de pata. Tengo la sensación de que entrará por la puerta de la calle en cualquier momento. En este mundo se sentía en su salsa, gobernando su territorio. Hacía que pareciera fácil.

Aunque sé que envidiaba mi libertad.

Tú sigue cogiéndote a medio Londres, Suplente. Algunos tenemos que trabajar para vivir.

Estoy frente al cuerpo roto y sin vida de Kit, con la médica de Urgencias.

—*Sí. Es él* —*confirmo.*

—*Gracias, lord Trevethick* —*masculla ella.*

Era la primera vez que alguien me llamaba por ese título...

—Por eso creo que podríamos dejarlo todo como está hasta el próximo trimestre y luego revisarlo —prosigue Oliver y me devuelve al presente—. Aunque, insisto, debería ir a visitar las propiedades.

—Sí, debería hacerlo.

En algún momento...

Tengo una idea muy vaga de la historia reciente de las tres propiedades, pero sé que, gracias a la buena administración de mi abuelo, mi padre y mi hermano, son todas rentables. A diferencia de muchos otros miembros de la aristocracia, los Trevelyan no tienen que esforzarse por ganar dinero.

Angwin House, ubicada en los Cotswolds, en Oxfordshire, es un éxito. Abierta al público, tiene un gran jardín botánico, un parque infantil y una granja para que los niños entren en contacto con los animales, un salón de té y prados abiertos para los visitantes. Tyok, en Northumberland, está alquilada en su totalidad a un rico estadounidense que se cree lord. Kit y Oliver se preguntaban a menudo por qué no se habría comprado su propia mansión, y ahora yo me pregunto lo mismo. Tresyllian Hall, en Cornualles, por otra parte, es una de las granjas ecológicas más grandes de todo el Reino Unido. John, mi padre, undécimo conde de Trevethick, fue un pionero de la agricultura ecológica; todos sus coetáneos se burlaron de su iniciativa. Recientemente, para diversificar la cartera de valores Trevethick y aumentar los ingresos, Kit había concebido y construido una urbanización de residencias vacacionales de lujo situadas en el límite de la propiedad. Son muy solicitadas, sobre todo en verano.

—Ahora bien, tenemos que hablar sobre qué uso quiere dar a las propiedades en un futuro y el volumen de personal que necesitará.

—¿Ah, sí?

Se me cae el alma a los pies y me esfuerzo por seguir concentrado mientras Oliver no para de hablar. Tengo la mente dispersa. Mañana volverá Alessia. Es el único miembro del personal que me interesa en este momento y por los motivos equivocados. La paliza que me he dado esta mañana en el gimnasio no ha relajado mi obsesión por ella.

Me tiene cautivado y ni siquiera la conozco.

Me vibra el móvil y entra un mensaje de Caroline. Al leerlo, se me eriza el vello de la nuca y se me hace un nudo en la garganta.

No estoy embarazada. :'(

No me queda nada de Kit.

Ni siquiera un hijo.

¡Mierda! De pronto me abruma la tristeza, me acorrala.

—Oliver, vamos a tener que dejarlo por hoy. Me ha surgido algo.

—Sí, señor —dice Oliver—. ¿Seguimos mañana?

—Claro. ¿Por qué no te pasas a media mañana por mi apartamento?

—Eso haré, milo... Maxim.

—Bien. Gracias.

Respondo a Caroline.

> Voy para tu casa.

No. Quiero salir.
Vamos a emborracharnos.

> Ok. ¿Dónde?

¿Estás en casa?

> No. En la oficina.

Ok. Nos vemos en la ciudad.

> ¿En Loulou's?

No. En Soho House.
En Greek Street.
Allí me conoce menos gente.

> Allí nos vemos.

El club privado está llenísimo, pero consigo encontrar mesa en el segundo piso, cerca de la chimenea. Prefiero la privacidad de 5 Hertford Street, que considero mi club, pero también soy miembro del Soho House, como Caroline. Tomo asiento, y al poco aparece ella. Parece cansada y triste, y ha adelgazado. La tristeza se hace patente en las comisuras caídas de sus labios y en sus ojos nublados e hinchados. Su melena rubia corta se ve apagada y despeinada, y va vestida con jeans y suéter. Un suéter de Kit. No es la Caroline despabilada que conozco. Se me encoge el corazón a medida que se acerca. Veo mi propia aflicción reflejada en su rostro.

Me levanto sin decir nada, ella se me echa a los brazos y la estrecho con fuerza.

Caroline gimotea.

—Ya está... —le susurro con la boca pegada a su melena.

—La vida es una mierda —masculla.

—Ya lo sé. —Espero que mi tono le resulte reconfortante—. ¿Quieres sentarte? Si te sientas enfrente de mí, nadie verá que estás disgustada.

—¿Tan mala pinta tengo? —Parece ofendida, aunque le ha hecho algo de gracia.

Es una visión fugaz de la Caroline que conozco. La beso en la frente.

—Eso nunca, querida Caro.

Se encoge de hombros y se aparta de mí.

—Eres un adulador —protesta, aunque yo sé que no está molesta.

Se sienta frente a mí en la silla tapizada de terciopelo.

—¿Qué quieres beber?

—Un Soho Mule.

—Buena elección.

Hago una señal al camarero y pido.

—Has estado encerrado todo el fin de semana —me dice Caroline.

—He estado ocupado.

—Tú solo.

—Sí —afirmo y me siento bien al no mentir.

—¿Qué ocurre, Maxim?

—¿A qué te refieres?

Le lanzo una mirada de arriba a abajo, de esas que dicen "no tengo ni idea de qué estás hablando".

—¿Has conocido a alguien? —me pregunta.

¡Pero qué diablos...!

Pestañeo cuando me asalta la visión de Alessia estirada sobre el piano con nada más que las bragas rosas.

—¡Sí que has conocido a alguien! —exclama Caroline, desconcertada.

Me remuevo en el asiento y sacudo la cabeza.

—No —niego con énfasis.

Caroline levanta una ceja.

—Estás mintiendo.

Maldita sea. No he sido lo bastante enfático.

—¿Cómo lo has sabido? —le pregunto, maravillado como siempre por su capacidad para no tragarse mis mentiras.

—No lo he sabido, pero siempre caes. Cuéntamelo.

¡Carajo!

—No hay nada que contar. He pasado el fin de semana solo.

—Eso lo dice todo.

—Caro, cada uno lleva la pérdida de Kit como puede.

—Y... ¿qué es lo que no me estás contando?

Lanzo un suspiro.

—¿De verdad quieres que te hable de esto?

—Sí —me asegura, y veo su mirada maliciosa, lo que me recuerda que la verdadera Caroline no anda muy lejos.

—Hay alguien. Pero ella no sabe que existo.

—¿En serio?

—Sí. En serio. No es nada. No es más que una fantasía.

Caroline frunce el ceño.

—Esto no es común en ti. Nunca estás tan distraído por una de tus... mmm... conquistas.

No puedo evitar soltar una risotada.

—No es una conquista... ni en el mejor de mis sueños.

¡La chica no soporta mirarme!

El camarero llega con nuestras copas.

—¿Cuándo fue la última vez que comiste? —le pregunto.

Caroline se encoge de hombros y yo niego con la cabeza.

—Debes de estar volviendo loca a la señora Blake. Vamos a comer algo. ¿Nos trae la carta? —le pido al camarero, quien asiente y se aleja a toda prisa.

Levanto mi copa en dirección a Caroline.

—Por nuestros seres queridos ausentes.

Espero que podamos cambiar de tema.

—Por Kit —susurra ella, y nos miramos sonriendo con tristeza, unidos por nuestro amor por el mismo hombre.

Son las dos de la madrugada cuando volvemos, borrachos, a mi apartamento. Caroline se niega a regresar a su casa. No quiero ir. Sin Kit, ese no es mi hogar.

No puedo discutírselo.

Ambos nos tambaleamos en el recibidor, y yo tecleo el código de la alarma para acallar el pitido incesante.

—¿Tienes coca? —farfulla Caroline.

—No. Hoy no.

—¿Qué tienes de beber?

—Creo que ya has bebido demasiado.

Me mira con sonrisa maliciosa y embriagada.

—¿Vas a cuidar de mí?

—Siempre cuidaré de ti, Caro. Ya lo sabes.

—Entonces llévame a la cama, Maxim.

Me echa los brazos al cuello, levanta la cara expectante y borracha, y su mirada desenfocada apunta a mis labios.

Mierda. La tomo por los brazos para apartarla de mí.

—No. Voy a llevarte a la otra cama.

—¿Qué quieres decir? —pregunta Caroline, enojada.

—Estás borracha.

—¿Y?

—Caroline. Esto tiene que acabar.

La beso en la frente.

—¿Por qué?

—Ya sabes por qué.

Tuerce el gesto y le brotan lágrimas de los ojos cuando se zafa de mí.

Suelto un gruñido de protesta.

—No. Por favor, no llores. —Vuelvo a abrazarla—. No podemos seguir con esto.

¿Desde cuándo tengo escrúpulos a la hora de tirarme a una mujer?

Se suponía que esta noche iba a salir para echar un polvo con una mujer dispuesta y caliente.

—¿Es porque has conocido a alguien?

—No.

Sí.

Quizá.

No lo sé.

—Vamos, te meteré en la cama.

La rodeo por un hombro con el brazo y la llevo hasta la habitación de invitados, que casi nunca uso.

En algún momento de la noche noto que el colchón se hunde por el peso de Caroline cuando se acuesta a mi lado. Aliviado por haberme acordado de ponerme los pantalones del piyama, la abrazo.

—Maxim —susurra, y percibo la insinuación en su voz.

—Duérmete —masculló, enojado, y cierro los ojos.

No me importa que fuera la mujer de mi hermano. Es mi mejor amiga y la mujer que mejor me conoce. También es un cuerpo cálido que me sirve de consuelo y apoyo; yo también me siento triste. Pero no pienso volver a tirármela.

No. Eso se acabó.

Caroline recuesta la cabeza sobre mi pecho, la beso en el pelo y no tarda en quedarse dormida.

Capítulo seis

Alessia no puede contener la emoción. Aferra el paraguas y entra en el apartamento de mister Maxim. Se alegra al percatarse de que ese día no suena la alarma.

¡Está aquí!

La noche anterior, en su estrecha cama, volvió a soñar con él —ojos verde malaquita, sonrisa radiante, y ese rostro tan expresivo— absorto en la música mientras tocaba el piano. Se había despertado con la respiración entrecortada y llena de deseo. Y la última vez que lo había visto, fue tan atento con ella que incluso le prestó su paraguas, gracias al cual había conseguido no mojarse de camino a casa ni durante todo el día anterior. Nadie se había mostrado demasiado amable con ella desde su llegada a Londres, a excepción de Magda, por supuesto, de modo que ese gesto por su parte se le antojó todavía mucho más significativo. Tras quitarse las botas y dejar el paraguas en el recibidor, cruza corriendo la cocina. Está ansiosa por verlo.

Se detiene en la puerta.

¡Oh, no!

Una mujer rubia vestida tan solo con una camisa masculina —¡la camisa de mister Maxim!— se halla de pie en la cocina preparando café. Levanta la cabeza y le dirige a Alessia una sonrisa de cortesía pero que transmite calidez. Alessia recobra la capacidad de moverse y avanza para dirigirse al cuarto de la lavandería con la cabeza gacha debido al impacto.

—Buenos días —dice la mujer. Parece que acaba de levantarse de la cama.

¿La cama de él?

—Buenos días, señora —mascula Alessia al pasar por su lado. Cuando llega al cuarto de la lavandería, se detiene un momento para asimilar semejante giro de los acontecimientos.

¿Quién será la mujer de grandes ojos azules?

¿Por qué lleva puesta la camisa de Maxim? Una camisa que Alessia le había planchado justo la semana anterior.

Esa mujer está con él. No hay ninguna duda. ¿Por qué otro motivo se pasearía por la casa vestida con su camisa? Seguro que tiene una relación íntima con él.

Una relación íntima.

Pues claro que está con una mujer. Con una mujer guapa.

Como él.

Los sueños de Alessia caen a sus pies hechos añicos, y su rostro se ensombrece a la vez que la decepción le atenaza el alma. Suspira, se quita el sombrero, los guantes y el anorak y se pone la bata.

¿Qué esperaba? Él jamás se interesaría por ella, no es más que la limpiadora. ¿Por qué iba a quererla?

La frágil felicidad que había sentido esa mañana —por primera vez en mucho tiempo— se ha desvanecido. Se pone los tenis y coloca la tabla de planchar. Su entusiasmo inicial se convierte en un recuerdo distante al verse obligada a afrontar la realidad. Saca la ropa limpia de la secadora y la traslada a la canasta de la plancha. Ese es su sitio. Para eso la han educado: para ocuparse de la casa y cuidar de un hombre.

Seguirá admirándolo desde la distancia, tal como ha hecho desde que lo vio desnudo en la cama. Eso nadie se lo impide.

Se siente abatida y exhala un suspiro mientras rellena el depósito de agua de la plancha.

A lessia está de pie en la puerta. Una visión azul.
Poco a poco, se quita el pañuelo y deja que su pelo
se destrence.
Suéltate el pelo para mí.
Ella sonríe.
Ven. Túmbate conmigo. Te deseo.
Pero ella se da media vuelta, y la veo en la sala. Le quita
el polvo al piano. Examina la partitura.
Solo lleva puestos unos pantis rosados.
Me acerco para tocarla, pero desaparece.
Está en el recibidor, con los ojos muy abiertos. Aferrada a
la escoba.
Desnuda.
Tiene las piernas largas. Deseo que las enrosque en mi
cintura.

—Te he preparado café —susurra Caroline.

Yo gruño, me resisto a despertarme. Una parte importante de mi anatomía todavía disfruta del sueño. Por suerte, estoy acostado boca abajo, de modo que mi erección ejerce presión contra la cama y mi cuñada no la ve.

—No tienes comida. ¿Desayunamos fuera o le pido a Blake que nos traiga algo?

Vuelvo a gruñir, lo cual es mi forma de decirle "vete a la mierda y déjame en paz". Pero Caroline es persistente.

—He conocido a tu nueva asistenta. Es muy joven. ¿Qué ha pasado con Krystyna?

¡Mierda! ¿Alessia está aquí?

Doy media vuelta y me encuentro a Caroline sentada en el borde de la cama.

—¿Quieres que vuelva a acostarme? —pregunta con una sonrisa seductora mientras asiente señalando la almohada.

—No —le respondo, mirando su aspecto desaliñado aunque encantador—. ¿Has preparado el café vestida así?

—Sí —dice arrugando la frente—. ¿Por qué? ¿Es que mi cuerpo

te hace daño a la vista? ¿O te molesta que lleve puesta una de tus camisas?

Me río por cortesía, y luego acerco mi mano a la suya y se la estrecho.

—Es imposible que tu cuerpo haga daño a la vista, Caro. Ya lo sabes.

Pero Alessia creerá lo que no es...

Carajo. ¿Por qué me importa?

Caroline tuerce la boca en una sonrisa irónica.

—Pero a ti no te inspira nada —dice, con voz repentinamente suave—. ¿Es porque has conocido a alguien?

—Caro, por favor. No volvamos a darle vueltas a eso. No podemos. Además, me has dicho que tenías la regla.

—Como si alguna vez te hubiera asustado la sangre —suelta ella.

—Por el amor de Dios, ¿cuándo te he confesado yo eso?

Me llevo las manos a la cabeza y miro al techo con expresión horrorizada.

—Hace años.

—Bueno, pues te pido disculpas por haber abusado de la confianza.

¡Mujeres! Se acuerdan absolutamente de todo, carajo.

—¿Y por qué diablos has tenido que recordármelo? —Su expresión pierde toda apariencia de buen humor y vuelve a reflejar la pena. Dirige la mirada perdida al exterior, y su voz es débil, severa y angustiada—. Estuvimos dos años buscando un hijo, dos años enteros. Los dos lo deseábamos. —Empiezan a resbalarle las lágrimas por las mejillas—. Y él ya no está, y lo he perdido todo. No me queda nada. —Hunde la cabeza en las manos y estalla en llanto.

Maldita sea. Soy un idiota. Me incorporo, la estrecho entre mis brazos y dejo que llore. Tomo un pañuelo de papel de la caja que hay encima de la mesilla de noche.

—Toma. —Se lo tiendo. Ella lo toma como si en ello le fuera la vida, y yo prosigo con voz suave, delicada y triste—. No podemos seguir así mientras los dos estemos de duelo. No es justo para ninguno de los dos, ni para Kit. Además, no lo has perdido todo. Tienes tu dinero. Y sigues teniendo la casa. Podemos hacer que el negocio familiar te realice algún tipo de ingreso regular si lo necesitas. De hecho, Rowena cree que tendrías que ocuparte de la decoración de los apartamentos de Mayfair. —Le beso el pelo—. Siempre me tendrás a tu lado, pero no como una forma de diversión, Caro, sino como amigo y cuñado.

Caroline se sorbe la nariz y se la limpia con el pañuelo. Luego se recuesta y me dirige una desgarradora mirada con sus ojos azules anegados de lágrimas.

—Es porque lo elegí a él, ¿verdad?

Se me encoge el corazón.

—No volvamos otra vez con eso.

—¿Es porque has conocido a otra mujer? ¿Quién es?

No quiero tener esta conversación.

—Vamos a salir a desayunar.

Me ducho y me visto en un tiempo récord, y me tranquiliza descubrir que Caroline todavía está en la habitación de al lado cuando voy a mi dormitorio para llevar la taza de café vacía a la cocina. El corazón se me dispara ante la idea de ver a Alessia.

¿Por qué estoy nervioso? ¿O es que estoy excitado?

Para mi gran decepción, no la encuentro en la cocina, así que me dirijo al cuarto contiguo de servicio, donde la veo planchando una de mis camisas. La observo sin que se dé cuenta. Plancha con la misma sensualidad que descubrí el otro día, con movimientos amplios y ágiles, y la frente arrugada por la concentración. Termina con la camisa y, de repente, levanta la cabeza. Al verme, abre los ojos como platos y un ligero rubor enciende sus mejillas.

Madre mía, es adorable.

—Buenos días —la saludo—. No quería asustarte.

Ella deja la plancha en el soporte y se queda mirándola en lugar de mirarme a mí, con la frente aún más arrugada.

¿Qué pasa? ¿Por qué no me mira?

—Voy a salir a desayunar con mi cuñada.

¿Por qué se lo explico?

Pero sus pestañas se mueven al parpadear, y sé que está procesando la información. Sigo hablando a toda velocidad.

—Si puedes cambiar las sábanas de la habitación de invitados, te lo agradeceré.

Ella se queda inmóvil y a continuación asiente, evitando que nuestras miradas se crucen, mientras se mordisquea el labio superior.

Oh... Quiero esos dientes en mi cuerpo.

—Te dejaré el dinero en el lugar de siempre, y...

Ella ladea la cabeza y me dirige una expresiva mirada con sus ojos oscuros y hermosos, y las palabras se me atascan en la garganta.

—Gracias, señor —susurra.

—Llámame Maxim.

Quiero oírla pronunciar mi nombre con su acento seductor, pero se queda muda, vestida con esa bata horrible, y me obsequia una sonrisa tensa.

—¡Maxim! —me llama Caroline, y entra en el cuarto, donde ya casi no cabemos—. Hola otra vez —saluda a Alessia.

—Alessia, esta es mi amiga y cuñada... mmm... Caroline. Caroline, Alessia.

Qué raro es esto. Me sorprende lo cohibido que me siento al hacer las presentaciones.

Caroline me dirige una mirada perpleja, y yo la ignoro, pero le regala a Alessia una sonrisa amable.

—Alessia, un nombre precioso. ¿Es polaco? —pregunta Caroline.

—No, señora. Es italiano.

—Ah, eres italiana.

—No, soy de Albania.

Da un paso atrás y empieza a juguetear con un hilo suelto de su bata.

¿Albania?

No tiene ganas de hablar del tema, pero yo siento tanta curiosidad que insisto.

—Estás muy lejos de tu país. ¿Has venido aquí a estudiar?

Ella niega con la cabeza y empieza a tirar del hilo suelto, más evasiva que nunca. Está claro que no piensa dar explicaciones.

—Vámonos, Maxim —dice Caroline tirándome del brazo sin abandonar su mirada socarrona—. Ha sido todo un placer conocerte, Alessia —añade.

Vacilo.

—Adiós —me despido, reacio a marcharme de su lado.

Adiós —musita Alessia, y observa cómo él sale de la cocina detrás de Caroline.

¿Cuñada?

Oye cómo se cierra la puerta de entrada.

Cuñada.

Kunata.

Cuando se dispone de nuevo a planchar, pronuncia las palabras en voz alta en inglés y en albanés, y su sonido y su significado le arrancan una sonrisa. Sin embargo, le parece raro que su cuñada esté allí, y que se vista con su ropa. Alessia se encoge de hombros. Ha visto bastantes programas de televisión norteamericanos como para saber que en Occidente las relaciones entre hombres y mujeres son distintas.

Más tarde, deshace la cama de la habitación de invitados. Es moderna y elegante, y blanca como el resto del apartamento, pero lo mejor de todo es que han dormido en ella. Con un gesto de alivio, toma otro juego de sábanas blanco del armario de la ropa de hogar y vuelve a hacer la cama.

Desde que conoció a Caroline esa mañana, hay una idea que no deja de atormentar a Alessia. En el dormitorio del señor tiene la oportunidad de satisfacer su curiosidad. Se abraza a sí misma y se acerca a la papelera con cuidado. Respira hondo y mira dentro.

Sonríe.

No hay preservativos.

Alessia prosigue con la limpieza y el orden del dormitorio con la misma alegría que sentía por la mañana.

¿Es ella? —pregunta Caroline.

—¿Qué dices? —le suelto mientras tomamos asiento en un taxi camino a King's Road.

—Tu asistenta.

Mierda.

—¿Qué pasa con mi asistenta?

—¿Es ella?

—No seas ridícula.

Caroline se cruza de brazos.

—Pero no dices que no.

—No voy a molestarme en responder a esa pregunta.

Miro las monótonas calles de Chelsea a través de la ventanilla empañada del taxi mientras noto que el rubor me sube por el cuello y me delata.

¿Cómo he podido ponerme en evidencia?

—Nunca te había visto tan solícito con ningún empleado.

La miro con mala cara.

—Hablando de empleados —empiezo a decir—, ¿fue la señora Blake la que me mandó a Krystyna?

—Creo que sí. ¿Por qué?

—Bueno, me sorprendió un poco que se largara sin despedirse, y que Miss Albania ocupase su lugar. Nadie me ha dicho nada.

—Maxim, si no te gusta la chica, quítatela de encima.

—No es eso lo que estoy diciendo.

—Bueno, te estás comportando de una forma bastante rarita con ella.

—No, no es cierto.

—Da igual, Maxim.

Caroline frunce los labios hasta convertirlos en una fina línea y se cruza de brazos mientras mira por la ventanilla empañada del taxi, dejándome a solas con mis pensamientos.

Lo que de verdad quiero es información sobre Alessia Demachi. Reflexiono sobre lo que sé. En primer lugar, es albanesa, no polaca. Sé muy pocas cosas sobre Albania. ¿Qué la ha traído hasta Inglaterra? ¿Cuántos años tiene? ¿Dónde vive? ¿Debe desplazarse desde muy lejos por las mañanas? ¿Vive sola?

Podría seguirla hasta su casa.

¡Acosador!

Podría preguntarle.

En segundo lugar, Alessia no tiene ganas de hablar. ¿O es solo conmigo con quien no le apetece hablar? La idea me entristece, y me quedo mirando las calles azotadas por la lluvia, enfurruñado como un adolescente rabioso.

¿Por qué me tiene tan confundido esa mujer?

¿Es por su comportamiento tan misterioso?

¿Es porque procede de un mundo completamente diferente del mío?

¿Porque trabaja para mí?

Eso la convierte en fruta prohibida.

Mierda.

La verdad es que quiero acostarme con ella. Eso es. Lo reconozco. Es lo que deseo, y la verdad es que el hecho de tener los huevos a punto de estallar es una prueba indiscutible de ello. Pero la cuestión es que no sé cómo conseguir que ocurra, sobre todo porque no quiere hablar conmigo. Ni siquiera mirarme.

¿Me encuentra repulsivo?

Puede que sea eso. Simplemente no le gusto.

Maldita sea, no sé qué piensa de mí. Estoy en clara desventaja. En este mismo momento podría estar rebuscando entre mis pertenencias, averiguando más cosas sobre mí. Descubriendo cómo soy. Tuerzo el gesto. Tal vez por eso no le gusto.

—Parece que te tiene mucho miedo —observa Caroline.

—¿Quién? —pregunto, aunque sé perfectamente de quién me está hablando.

—Alessia.

—Soy su jefe.

—Te andas con pies de plomo en lo que se refiere a ella. Creo que se siente aterrorizada porque está loca por ti.

—¿Qué dices? Tú alucinas. Si casi no soporta que estemos en la misma habitación.

—Precisamente, eso lo demuestra. —Caroline se encoge de hombros.

La miro con mala cara.

Ella suspira.

—No soporta estar en la misma habitación que tú porque le gustas y no quiere ponerse en evidencia.

—Caro, es mi asistenta. Nada más.

Hago mucho hincapié en ello en un esfuerzo por despistar a Caroline, aunque su comentario me llena de esperanza. Ella se sonríe cuando el taxi se detiene enfrente del café Bluebird. Le entrego al taxista un billete de veinte, ignorando la mirada de Caroline.

—Quédese con el cambio —le digo mientras nos apeamos.

—Te has pasado con la propina —masculla Caroline.

No contesto puesto que estoy demasiado abstraído pensando en Alessia Demachi, pero sujeto la puerta del café para que entre.

—¿Así que tu madre piensa que lo que tendría que hacer es salir adelante yo sola y volver a trabajar? —pregunta Caroline mientras nos dirigimos a nuestra mesa.

—En su opinión vales mucho, y trabajar en la reforma de May-fair te distraería y te vendría muy bien.

Caroline frunce los labios.

—Creo que necesito tiempo —susurra, y la tristeza le empaña la mirada.

—Lo comprendo.

—Hace tan solo dos semanas que lo enterramos.

Se acerca el suéter de Kit a la nariz y aspira su olor.

—Ya lo sé, ya lo sé —accedo, y me pregunto si la prenda todavía conserva su olor.

Yo también lo echo de menos. En realidad, han pasado solo trece días desde el entierro. Veintidós desde que murió.

Trago saliva ante el nudo áspero y compacto que se me forma en la garganta.

Esta mañana me he saltado la sesión de gimnasia, de modo que subo a toda velocidad la escalera de mi apartamento. El desayuno me ha ocupado más tiempo de lo previsto y Oliver llegará en cualquier momento. Una parte de mí también alberga la esperanza de que Alessia no se haya marchado todavía. Al acercarme a la puerta de entrada, oigo música procedente del interior.

¿Música? ¿Qué está pasando aquí?

Deslizo la llave en la cerradura y abro la puerta con cautela. Es Bach, uno de sus preludios en sol mayor. A lo mejor Alessia ha puesto música en la computadora. Pero ¿cómo? No conoce la contraseña, ¿verdad? Tal vez haya conectado su teléfono al equipo de música, aunque a juzgar por el aspecto de su anorak raído, no da la impresión de ser alguien que tenga un móvil de alta gama, precisamente. Nunca le he visto ninguno. La música se propaga por todo el apartamento e ilumina incluso los rincones más sombríos.

¿Quién podía imaginar que a mi asistenta le gustara la música clásica?

Es una pieza diminuta del rompecabezas que representa Alessia Demachi. Cierro la puerta sin hacer ruido, pero al detenerme en el recibidor se hace evidente que la melodía no procede del equipo de música. Es mi piano. Bach. Suena fluido y ligero, tocado con una destreza y un talento que solo he observado en los intérpretes más prestigiosos.

¿Alessia?

Yo nunca he conseguido que mi piano suene así. Me quito los zapatos, avanzo con sigilo por el pasillo y asomo la cabeza por la puerta de la sala.

Está sentada frente al piano, vestida con la bata y el pañuelo, y se mece ligeramente, absorta por completo en la música y con los ojos cerrados por la concentración mientras sus manos se desplazan sobre las teclas con elegante habilidad. La música fluye a través de su ser, retumba en las paredes y el techo en una interpretación impecable digna de un concertista de piano. Siento un respeto reverencial mientras la observo tocar con la cabeza inclinada sobre su pecho.

Es un fenómeno.

En todos los sentidos.

Y me tiene completamente embelesado.

Termina el preludio, y yo retrocedo hasta el pasillo y me pego a la pared sin atreverme a respirar por si levanta la cabeza. No obstante, sigue con la fuga sin detenerse ni un compás. Dejo reposar mi cuerpo contra la pared y cierro los ojos, maravillado ante su arte y la emotividad que transmite con cada frase. Me dejo llevar por la música, y mientras escucho me doy cuenta de que no está leyendo ninguna partitura. Está tocando de memoria.

Santo Dios. Toca el piano como los dioses.

Y me acuerdo de cómo examinaba la partitura mientras quitaba el polvo del piano. Está claro que estaba leyendo la pieza musical.

Mierda. ¿Toca así de bien y estuvo leyendo lo que compuse?

Llega al final de la fuga y emprende la siguiente pieza con absoluta perfección. De nuevo se trata de Bach, el *Preludio en do sostenido mayor*, según creo.

¿Qué carajo hace limpiando casas si toca así de bien?

Suena el timbre de la puerta y la música cesa de repente.

Mierda.

Oigo el suave chirrido del taburete en el suelo y, como no quiero que me descubra escuchándola a escondidas, salgo disparado por el pasillo sin los zapatos puestos y abro la puerta.

—Buenas tardes, señor.

Es Oliver.

—Pasa —le digo con la respiración un poco entrecortada.

—He accedido yo mismo al edificio. Espero que no le importe.

¿Se encuentra bien? —pregunta Oliver al entrar. Luego se detiene y mira a Alessia, que se halla de pie en el pasillo y cuya silueta queda recortada por la luz de la puerta de la sala. Cuando me dispongo a abrir la boca para decirle algo, se escabulle a toda prisa hacia la cocina.

—Sí, estoy bien. Ve a lo tuyo. Necesito hablar con mi asistenta.

Oliver frunce la frente, confuso, pero se dirige a la sala.

Tomo aire con fuerza y me paso las manos por el pelo, intentando disipar mi... perplejidad.

¿Qué diablos es todo esto?

Entro en la cocina con paso decidido, y encuentro a Alessia poniéndose el anorak, asustadísima.

—Lo siento. Lo siento. Lo siento mucho —musita, incapaz de mirarme. Tiene la cara pálida y tensa, como si estuviera luchando por contener las lágrimas.

Mierda.

—Oye, no pasa nada. Deja que te ayude —digo en tono amable mientras le sostengo el abrigo.

Compruebo que, tal como me parecía, es una prenda barata, delgada y de mal gusto. Lleva el nombre de "Michal Janeczek" cosido en el cuello. ¿Michal Janeczek? ¿Su novio? Siento un escalofrío en la piel al tiempo que se me eriza el vello de la nuca. Tal vez por eso no quiere hablar conmigo. Tiene novio.

Mierda. Pues sí que me sienta mal.

Le paso la prenda de abrigo por los brazos hasta los hombros.

O quizás es solo que no le gusto.

Ella se ajusta más el anorak al cuerpo y se aparta de mí mientras dobla la bata a toda prisa y la embute en una bolsa de plástico de la compra.

—Lo siento, mister Maxim —repite de nuevo—. No lo volveré a hacer. No lo haré más.

Y se le quiebra la voz.

—Alessia, por el amor de Dios, ha sido todo un placer oírte tocar. Puedes tocar cuando quieras.

Incluso aunque tengas novio.

Ella baja la mirada al suelo y no puedo resistirme. Me acerco, le tomo la barbilla y le alzo la cabeza con suavidad para verle la cara.

—Hablo en serio —insisto—. Siempre que quieras. Tocas increíblemente bien.

En ese momento soy incapaz de refrenarme y le acaricio el carnoso labio inferior con el pulgar.

Oh, Dios. Qué suave...

Tocarla ha sido un error.

Mi cuerpo responde de inmediato. *Mierda.*

Ella inhala con fuerza y abre unos ojos inmensos.

Retiro la mano.

—Lo siento —susurro, horrorizado al pensar que me estoy propasando con la chica. Pero me vienen a la cabeza las palabras de Caroline: "Le gustas y no quiere ponerse en evidencia".

—Tengo que irme —se excusa Alessia y, sin siquiera quitarse el pañuelo de la cabeza, me esquiva y se dirige como un rayo hacia la puerta. En el momento en que oigo que esta se cierra, me doy cuenta de que se ha dejado las botas. Las agarro y corro a abrir la puerta, pero Alessia ha desaparecido. Miro las botas, les doy la vuelta y me apena comprobar que, de tan viejas, apenas les queda suela.

Por eso va dejando las huellas mojadas.

No debe tener ni un centavo si va vestida así. Devuelvo las botas a la cocina con mala cara, y me asomo a la puerta de cristal que da a la salida de incendios. Hoy hace mejor tiempo, de modo que aunque lleve los tenis no se mojará los pies.

¿Qué demonios me habrá impulsado a acariciarla? Ha sido un error. Froto la yema de mi dedo pulgar contra el índice, recordando la suavidad de su labio. Doy un gemido y sacudo la cabeza. Estoy sorprendido y avergonzado de haberme saltado todos los límites con ella. Tomo aire con fuerza y me dirijo a la sala de estar para reunirme con Oliver.

—¿Quién era? —pregunta Oliver.

—Mi asistenta.

—No se encuentra en la lista de empleados.

—¿Supone algún problema?

—Sí. ¿Cómo le paga? ¿En efectivo?

¿Qué diablos está queriendo decir?

—Sí, en efectivo —le espeto.

Oliver sacude la cabeza.

—Ahora es usted el conde de Trevethick. Tendrá que incluirla en plantilla.

—¿Por qué?

—Porque el Servicio de Aduanas e Impuestos de su Majestad no verá bien que pague en efectivo a nadie. Créame, revisan todas nuestras cuentas.

—No lo entiendo.

—Todos los empleados tienen que aparecer en los libros de cuentas. ¿La ha contratado usted?

—No, la contrató la señora Blake.

—Seguro que no habrá ningún problema. Solo necesito sus datos. Es inglesa, ¿verdad?

—Bueno, no. Dice que es albanesa.

—Ah, entonces puede que le haga falta un permiso de trabajo para estar aquí... a menos que haya venido por estudios, claro.

Mierda.

—Ya te daré sus datos. ¿Hablamos del resto de la plantilla? —pregunto.

—Por supuesto. ¿Empezamos por los que trabajan en Trevelyan House?

Alessia corre hasta la parada del autobús sin saber muy bien por qué ni de quién huye. ¿Cómo ha podido ser tan tonta para dejar que la pille con las manos en la masa? Él dice que no le importa que toque el piano, pero no sabe si creerle. ¡Tal vez en ese mismo momento esté llamando a la amiga de Magda para que la despida! Con el corazón desbocado y sintiéndose confusa, se sienta en el banco a esperar el autobús que ha de llevarla a la estación de Queenstown Road. No sabe bien si el ritmo acelerado de sus pulsaciones se debe a la loca carrera por el Chelsea Embankment o a lo sucedido en el apartamento de mister Maxim.

Se pasa los dedos por el labio inferior. Cierra los ojos y recuerda el agradable sobresalto que sintió cuando él la tocó. El corazón le da otro vuelco y se ve obligada a ahogar un grito.

Él la ha tocado.

Como en sus sueños.

Como en su imaginación.

Con la misma suavidad.

Y la misma ternura.

¿Es eso lo que desea?

A lo mejor él se siente atraído por ella...

Vuelve a ahogar un grito.

No. No puede pensar algo así.

Es imposible.

¿Por qué motivo iba a sentirse atraído por ella? Solo es su limpiadora.

Sin embargo, la ha ayudado a ponerse el abrigo. Nadie lo había hecho nunca. Baja la cabeza y se mira los pies.

Zot!

Se da cuenta de que se ha olvidado las botas en el apartamento. ¿Debería volver y recuperarlas? No tiene más calzado que los tenis que lleva puestos y las botas, una de las pocas pertenencias que trajo consigo de su país.

No puede regresar. Mister Maxim está reunido con alguien. Si se ha enojado con ella por tocar el piano, se enojará aún más si lo interrumpe. Ve el autobús a lo lejos y decide que recogerá las botas el viernes... suponiendo que aún conserve el trabajo.

Se mordisquea el labio superior. Necesita ese trabajo. Si la despiden, puede que Magda la eche de su casa.

No, eso no pasará.

Magda no sería tan cruel, y a Alessia aún le siguen quedando para limpiar las casas de la señora Kingsbury y de la señora Goode, aunque en ninguna de las dos hay piano. No obstante, no es solo el piano lo que Alessia necesita; también necesita el dinero.

Magda y su hijo, Michal, se marcharán pronto a Canadá. Allí se reunirán con el prometido de Magda, Logan, que vive y trabaja en Toronto. Alessia tendrá que encontrar un sitio donde vivir. Magda le cobra un alquiler irrisorio de cien libras a la semana por el pequeño dormitorio, y, a juzgar por las búsquedas que ha hecho desde la computadora de Michal, sabe que es una ganga. Encontrar otro alojamiento en Londres por un precio tan bajo supondrá todo un reto.

La invade un sentimiento cálido al pensar en Michal. Es generoso con su tiempo y con su computadora. Los conocimientos que tiene Alessia del mundo de la informática son limitados, y su padre era muy estricto con el uso de la vieja computadora de casa. Sin embargo, Michal no lo es. Es muy conocedor de las redes sociales: Facebook, Instagram, Tumblr, Snapchat... Todas le encantan. Sonríe al pensar en la selfi que él hizo de los dos juntos el día anterior. A él le encanta hacerse selfis.

Llega el autobús, y cuando se sube, Alessia todavía se siente aturdida por el contacto físico con el señor.

Bueno, hemos hecho un repaso de todo el personal. Necesito los detalles de su asistenta para incluirla en la plantilla —dice Oliver. Estamos sentados ante la pequeña mesa de comedor que tengo en la sala de estar, y esperaba que a estas alturas la reunión hubiera terminado—. Mire, tengo una propuesta que hacerle —prosigue.

—¿Qué propuesta?

—Me parece que será mejor que se dé una vuelta e inspeccione de forma exhaustiva las dos propiedades que controla directamente. De Tyok podemos ocuparnos cuando el inquilino se marche.

—Oliver, he vivido en esas propiedades en varios momentos de mi vida. ¿Por qué tendría que inspeccionarlas?

—Porque ahora manda usted, Maxim. Así demostrará al personal que se preocupa por ellos y que está comprometido con su bienestar y con el hecho de que las propiedades se conserven durante muchos años.

¿Qué? Mi madre me cortaría la cabeza si obrara de cualquier otro modo. Para ella las cuestiones más importantes siempre han sido el condado, el linaje y la familia, lo cual resulta muy irónico teniendo en cuenta que fue ella la que los abandonó, aunque no antes de haberle transmitido a Kit su pasión por la historia y el legado de nuestra familia. Lo instruyó bien. Él tenía muy claras sus obligaciones. Y, con lo bueno que era, aceptó el reto.

Como lo hizo Maryanne. Ella también conocía nuestra historia.

Yo no tanto.

Maryanne absorbía la información como una esponja; era una niña curiosa.

Yo siempre estuve demasiado distraído y perdido en mi mundo.

—Pues claro que me siento comprometido con el personal y con las propiedades —mascullo.

—Pero eso ellos no lo saben, señor —observa Oliver con calma—. Y... bueno... la última vez que estuvo allí...

Deja la frase inacabada, pero sé que se está refiriendo a la noche anterior al funeral de Kit, cuando me bebí media bodega de Tresyllian Hall y acabé borracho. Estaba furioso. Sabía lo que su muerte significaría para mí, y no quería cargar con esa responsabilidad.

Además, estaba en estado de shock.

Lo echaba de menos.

Aún lo echo de menos.

—Estaba llorando su muerte, carajo —mascullo, poniéndome a la defensiva—. Aún estoy de duelo. Yo no pedí nada de esto.

No me siento preparado para semejante obligación.

¿Por qué mis padres no previeron esto?

Mi madre nunca me hizo sentir que fuese bueno para nada. Solo se ocupó de mi hermano. Había tolerado a sus otros dos hijos pequeños, incluso nos quiso a su manera.

Pero a Kit lo adoraba.

Todo el mundo adoraba a Kit. Mi hermano mayor, el chico de pelo rubio y ojos azules, inteligente, seguro de sí mismo y al que le consentían todos los caprichos.

El heredero.

Oliver levanta las manos en un gesto conciliador.

—Ya lo sé, ya lo sé. Pero tiene que tender algún que otro puente.

—Bueno, tal vez deberíamos programar un viaje durante las próximas semanas.

—Y en mi opinión, cuanto antes mejor.

No quiero marcharme de Londres. He hecho pequeños progresos con Alessia, y la idea de no verla durante varios días... me pone de mal humor.

—¿Pues cuándo? —le suelto.

—El mejor momento es ahora mismo.

—Estás bromeando.

Oliver niega con la cabeza.

Maldita sea.

—Deja que lo piense —musito, y sé que me estoy comportando como un niño mimado.

Si alguien encarna la idea de un niño mimado, ese soy yo.

Atrás quedan los días en que podía hacer lo que me viniera en gana.

Y no debería pagarlo con Oliver.

—Muy bien, señor. He despejado mi agenda de los próximos días para acompañarlo.

Estupendo.

—Bien —mascullo.

—Entonces, ¿salimos mañana?

—Claro. ¿Por qué no? Será todo un viaje oficial.

Aprieto los dientes.

—Maxim, sé que hay mucho de lo que ocuparse, pero tener a los empleados motivados supondrá una diferencia significativa. Solo conocen una parte de usted. —Hace una pausa, y comprendo que se está refiriendo a mi reputación, no precisamente intacha-

ble—. Para quienes se ocupan de gestionar las propiedades, sig-
nificará mucho que se desplace hasta su terreno. La reunión que
tuvieron la semana pasada fue demasiado corta.

—De acuerdo, de acuerdo, ya me lo has dejado claro y te he
dado la razón, ¿no?

Sé que me estoy poniendo pesadito, pero en el fondo no quiero
irme.

Bueno, lo que no quiero es alejarme de Alessia.

Mi asistenta.

Capítulo siete

Es un martes por la tarde frío y sombrío. Agotado, apoyo la espalda en la pared de la chimenea de la antigua mina de estaño y miro hacia el mar. El cielo está oscuro y siniestro, y un áspero viento, típico de Cornualles, me zarandea el cuerpo. Se avecina una tormenta y abajo, el mar ruge enfurecido y se estrella contra los acantilados, con un sonido que retumba por todo el edificio en ruinas. Los primeros azotes helados de aguanieve de la inminente tormenta me salpican la cara.

De niños, Kit, Maryanne y yo solíamos jugar en el interior y los alrededores de esta mina, situada en el límite de la propiedad Trevethick. Kit y Maryanne siempre habían hecho de héroes, mientras que yo siempre era el villano. *Qué apropiado*... Era una forma de encasillamiento, ya incluso entonces. Sonrío al recordarlo.

La familia había amasado una fortuna considerable gracias a esas minas, y las ganancias llenaron las arcas de los Trevelyan durante varios siglos, pero las cerraron a finales del siglo XIX, cuando dejaron de ser rentables, y los trabajadores emigraron a países como Australia y Sudáfrica, donde la industria minera estaba floreciendo. Extiendo la mano sobre la piedra gastada de la chimenea, fría y áspera al tacto, pero aún en pie después de todos estos siglos.

Como los condes de Trevethick...

Mi visita ha sido todo un éxito. Oliver hizo bien en insistir en que visitara ambas propiedades, y estoy empezando a reconsiderar la opinión que tenía de él: hasta ahora, no ha hecho otra cosa más que darme buenos consejos. Tal vez simplemente vela por el bienestar y la continuidad de la bonanza de la casa Trevethick. Ahora el personal sabe que los apoyo y que no voy a hacer cambios radicales. He descubierto que, en realidad, soy partidario del lema "si no está roto, no hace falta arreglarlo". Sonrío, pero solo a medias... Lo cierto es que también soy demasiado perezoso para creer en otra cosa, de momento. Sin embargo, la verdad es que, bajo la autoridad y la hábil gestión de Kit, todo el conjunto del patrimonio Trevelyan se ha mantenido estupendamente bien. Espero poder hacer que siga siendo así.

Estoy cansado de irradiar entusiasmo y mostrarme optimista durante estos días, y también de escuchar a todo el mundo. No estoy acostumbrado a emitir tanta energía positiva. He conocido a mucha gente aquí y en Angwin, en Oxfordshire, gente a la que no conocía y que trabaja en cada una de las propiedades. Llevo yendo a esos dos lugares desde que era un niño, y nunca imaginé la cantidad de personas que trabajan entre bambalinas. Conocer a todos ha sido agotador, como hablar, escuchar, tranquilizar y sonreírles a todos... especialmente cuando no tengo ganas de sonreír.

Miro hacia el camino que lleva hasta el mar, abajo, y me acuerdo de cuando Kit y yo éramos niños y echábamos una carrera a la playa de arena suave. Siempre ganaba él... aunque hay que decir que era cuatro años mayor que yo. Y luego, a finales de agosto, pertrechados con cubos, canastas y cualquier otro artilugio donde cupiesen todas, los tres hermanos cogíamos moras de las zarzas que flanqueaban el camino y nuestra cocinera, Jessie, preparaba un pastel de moras y manzana, el postre favorito de Kit, para la cena.

Kit. Kit. Kit.

Siempre era Kit.

El heredero. No el suplente.

Mierda.

¿Por qué tuvo que salir y conducir su moto a toda velocidad en el asfalto helado?

¿Por qué? ¿Por qué? ¿Por qué?

Y ahora ahí está, enterrado bajo una plancha de pizarra dura y fría en el panteón familiar de los Trevelyan.

La pena me forma un nudo en la garganta.

Kit.

Ya basta.

Lanzo un silbido para llamar a los perros de caza de Kit. A mi llamado, Jensen y Healey, dos setters irlandeses, regresan de su excursión por el camino y vienen correteando hacia mí. Tienen nombres de carros. Kit estaba obsesionado con los vehículos de cuatro ruedas, sobre todo con los rápidos. Desde muy pequeño, ya era capaz de desmontar un motor y volver a montarlo en cuestión de minutos.

Lo cierto es que todo se le daba bien.

Los perros se abalanzan sobre mí y les estrujo las orejas a los dos. Viven en Tresyllian Hall, en la propiedad Trevethick, cuyo cuidado está a cargo de Danny, el ama de llaves de Kit. No. *Mi ama de llaves*, carajo. Me he planteado llevármelos a Londres conmigo, pero mi apartamento no es sitio para dos perros como ellos, acostumbrados a corretear por la campiña de Cornualles y a la excitación de las cacerías. Kit los adoraba, a pesar de que como perros de caza dejan mucho que desear. Y a Kit también le encantaba salir de caza.

Arrugo la nariz con expresión de disgusto. La caza es un gran negocio, lo que significa que las casas vacacionales están llenas durante todo el año. En busca de emociones, los banqueros y los gestores de fondos de inversión se colocan al otro extremo de una escopeta durante la temporada de caza. Los surfistas adinerados y sus familias las alquilan desde la primavera hasta el otoño. Me

gusta el surf. También me gusta practicar mi puntería con objetos de cerámica, pero no soy muy partidario de matar a pájaros
indefensos. Mi padre, por el contrario, como mi hermano, era
un apasionado de la caza. Él me enseñó a disparar y lo cierto es
que entiendo que el deporte ayuda a que la finca siga generando
beneficios.

Me subo el cuello del abrigo, hundo las manos en los bolsillos
y me vuelvo para regresar a la casa grande. Abatido e inquieto,
avanzo por entre la hierba húmeda, seguido de cerca por los dos
perros.

Quiero estar de vuelta en Londres.

Quiero estar cerca de ella otra vez...

No dejo de pensar todo el tiempo en mi preciosa asistenta,
con esos ojos oscuros, su hermosa cara y su extraordinario talento
musical.

El viernes, la veré el viernes, siempre y cuando no la haya
asustado y haya salido huyendo...

Alessia sacude el paraguas para deshacerse de los copos de
nieve que habían empezado a caer con fuerza cuando iba
de camino al trabajo. No cree que el señor esté en casa: al fin y al
cabo, la semana pasada ya le dejó un dinero que incluía el pago
por la jornada de trabajo de ese día. Pero aun así, sigue alber-
gando cierta esperanza. Ha echado de menos su presencia desa-
sosegante. Ha echado de menos su sonrisa. Ha pensado en él,
constantemente.

Respira hondo y abre la puerta. La recibe un silencio que por
poco le corta el aliento.

No se oye el zumbido de la alarma.

Él está aquí.

Ha vuelto.

Antes de lo previsto.

La bolsa de cuero abandonada en la entrada también confirma

su presencia, al igual que las huellas de barro en el pasillo. Se le dispara el corazón, que late acelerado a toda velocidad. Le dan ganas de saltar de alegría: va a verlo otra vez.

Con sumo cuidado, coloca el paraguas en el soporte junto a la puerta para que no caiga al suelo y lo despierte si está dormido. Lo había tomado prestado el lunes por la noche. No se lo había preguntado, pero no creía que a él le importara que se lo llevase, y eso la había protegido de la lluvia helada en el camino de vuelta a su casa.

¿Su casa?

Sí... La casa de Magda es ahora su casa, y no Kukës. Intenta no pensar en su antiguo hogar.

Se quita las botas y avanza de puntillas por el pasillo, atraviesa la cocina y llega al cuarto de la lavandería. Se pone la ropa de trabajo, los tenis y la bata; se ata el pañuelo y decide qué limpiar primero. Mister Maxim lleva ausente desde el viernes, así que todo está limpio. No queda ropa por planchar o lavar, y el vestidor está limpio y ordenado por fin, pero lleno hasta los topes. La cocina todavía está impecable, tal como ella la dejó el lunes por la tarde; nadie ha tocado nada. Tiene que trapear el recibidor, pero primero quitará el polvo de los estantes, con todos esos discos, y luego limpiará las ventanas del salón. En la terraza hay una ventana con vistas al Támesis y a Battersea Park, detrás. Alessia saca el líquido limpiavidrios y un paño del armario y se dirige al salón.

Se para en seco.

El señor está allí, recostado en el sofá en forma de ele. Tiene los ojos cerrados, los labios entreabiertos y el pelo alborotado y de punta, y duerme a pierna suelta. Está completamente vestido y todavía lleva el abrigo, aunque entreabierto, lo que deja entrever el suéter y los jeans. Las botas sucias están plantadas firmemente sobre la alfombra. Bajo la luz blanca que entra a raudales por la ventana, Alessia sigue el revelador rastro de barro seco hasta la puerta principal.

Lo mira, embelesada, y se acerca, embebiéndose de él. Tiene

el rostro relajado pero un poco pálido, la barbilla áspera con una barba incipiente, y los labios carnosos le tiemblan cada vez que respira. Dormido parece más joven, y no tan inalcanzable. Si se atreviese, podría alargar la mano y acariciarle la barba de tres días de la mejilla. ¿Sería suave al tacto o la pincharía? Alessia sonríe ante aquella ridiculez. No es tan valiente, y aunque la idea es muy tentadora, no quiere despertarlo y que se enoje con ella.

Lo que más le preocupa es que parece incómodo. Por un instante, se pregunta si no debería despertarlo y hacer que se fuera a la cama, pero en ese momento él se remueve, abre los párpados y unos ojos soñolientos se encuentran con los de ella. A Alessia se le acelera la respiración.

Sus pestañas oscuras aletean sobre esos ojos aún medio dormidos y sonríe y extiende la mano.

—Ahí estás... —murmura, y su sonrisa perezosa impulsa a Alessia a moverse. Cree que quiere que lo ayude a ponerse de pie, así que se adelanta y lo toma de la mano. De pronto, tira de ella hacia el sofá, la besa rápidamente y la rodea con el brazo de forma que queda recostada encima de él, con la cabeza apoyada en su pecho. Murmura algo ininteligible, y ella se da cuenta de que todavía debe de estar dormido—. Te he echado de menos —susurra, y desplaza la mano por su cintura para apoyarla luego en su cadera, abrazándola.

¿Está dormido?

Alessia se queda paralizada encima de él, con las piernas entre las suyas y el corazón latiéndole a un ritmo vertiginoso, sujetando todavía con una mano el limpiavidrios y el paño.

—Hueles tan bien... —dice él con voz casi inaudible. Respira hondo, relajando el cuerpo debajo del de ella, y su respiración va apaciguándose hasta alcanzar el ritmo del sueño.

¡Está soñando!

Zot! ¿Y ahora qué? Alessia permanece inmóvil encima de él, aterrorizada y fascinada al mismo tiempo. Pero ¿y si...? ¿Y si él...? De repente le viene a la cabeza una sucesión de escenarios terribles y cierra los ojos para controlar la ansiedad. ¿Acaso no es eso lo que ella quiere? ¿Lo que ha estado deseando en sueños? ¿Lo que ansía en sus momentos más íntimos? Escucha atentamente su respiración. Inspira. Espira. Inspira. Espira. Es constante. Es lenta. Está profundamente dormido. Descansa la cabeza en su pecho, poniendo en orden sus pensamientos, y conforme pasan los minutos se relaja un poco. Se fija en el puñado de vello corporal que le asoma en el pecho, bajo la camiseta y el suéter de cuello en V. Es una imagen muy provocativa. Reposa la mejilla en su pecho, cierra los ojos e inhala su aroma familiar.

Es como un bálsamo.

Huele a sándalo y a los pinos de Kukës. Huele a viento, a lluvia y a agotamiento.

Pobre hombre.

Está muy cansado.

Alessia frunce los labios y deja la sombra de un beso sobre la piel de él.

Y se le acelera el corazón.

¡Lo he besado!

Solo quiere quedarse ahí donde está, para disfrutar de esa nueva y emocionante experiencia. Pero no puede. Sabe que está mal. Sabe que él está soñando.

Cierra los ojos solo un minuto más y se regodea al percibir como, debajo de ella, su pecho se hincha y se vuelve a desinflar. Se muere de ganas de envolverlo con sus brazos y acurrucarse encima de él, pero no puede. Suelta el limpiavidrios y el paño, depositándolos en el sofá, y luego lo agarra de los hombros y lo zarandea con suavidad.

—Por favor, señor —susurra ella.

—Mmm —gruñe él.

Lo empuja un poco más fuerte.

—Por favor. Señor. Mueva.

Él levanta la cabeza y abre los ojos cansados, confundido. Su expresión pasa de la confusión al horror.

—Por favor. Mueva —repite ella.

Él deja caer las manos, liberándola.

—¡Mierda! —Se incorpora de inmediato y la mira boquiabierto, mientras ella se aparta de él, pero antes de que ella pueda salir corriendo, él le agarra la mano.

—¡Alessia!

—¡No! —grita ella.

Y él la suelta de inmediato.

—Lo siento mucho —dice—. Creí... Creía... Estaba... Debí de estar soñando. —Se incorpora despacio, con el gesto preocupado, lleno de remordimiento, y levantando las manos en señal de rendición—. Lo siento. No pretendía asustarte. —Se pasa las manos por el pelo y se frota la cara como intentando despertarse del todo. Alessia se mantiene un poco alejada de él, pero lo examina detenidamente y ve el aspecto tan tenso y cansado que tiene.

Él sacude la cabeza para despejarse.

—Lo siento mucho —dice de nuevo—. He conducido toda la noche. Llegué a las cuatro de esta mañana. Debo de haberme quedado dormido cuando me senté a desatarme los cordones.

Ambos miran las botas de él y los terrones de barro reseco que ha dejado a su paso.

—Ay. Lo siento —dice, encogiéndose de hombros con aire tímido.

En su interior, Alessia siente una punzada de compasión por aquel hombre. ¿Está agotado y se disculpa por haberlo dejado todo manchado de barro en su propia casa? Eso no está bien. No le ha mostrado otra cosa más que amabilidad: le dio su paraguas, la ayudó a ponerse el abrigo y, cuando la sorprendió sentada al piano, se deshizo en elogios y fue muy generoso en su oferta de dejarla tocar.

—Sienta —dice ella, movida por la compasión.

—¿Cómo dices?

—Siéntese —dice ella con más convicción, y él hace lo que le dice. Alessia se arrodilla a sus pies y empieza a desatarle los cordones.

—No —dice él—. No tienes que hacer eso.

Alessia le aparta la mano, haciendo caso omiso de sus protestas, y le quita las botas, primero una y luego la otra. A continuación, se pone de pie, sintiéndose más segura de estar haciendo lo correcto.

—Ahora, dormir —dice ella, y agarrando sus botas con una mano, le tiende la otra para ayudarlo a levantarse.

Él desplaza la mirada de sus ojos a sus dedos, con evidente vacilación. A cabo de un segundo, la toma de la mano y ella lo ayuda a levantarse del sofá. Lo guía con delicadeza por el pasillo y hacia su dormitorio, y una vez allí, lo suelta, retira el edredón de la cama y la señala.

—A dormir —le dice, y lo rodea para encaminarse de nuevo a la puerta.

—Alessia —la llama antes de que salga de la habitación. Parece derrotado e inseguro—. Gracias —dice.

Ella asiente y sale del dormitorio, con las botas sucias aún en la mano. Cierra la puerta trás de sí y apoya la espalda en ella, llevándose la mano a la garganta en un intento de contener sus emociones. Respira profundamente para recobrar la serenidad. Ha pasado de la incertidumbre y la confusión al gozo, y de la extrañeza y la duda a la compasión y la determinación, en apenas unos minutos.

Y él la ha besado.

Y ella lo ha besado a él.

Se lleva los dedos a los labios. Fue un beso breve, pero no desagradable.

Nada desagradable, en absoluto.

Te he echado de menos.

Vuelve a respirar profundamente para calmar los latidos desbocados de su corazón. Tiene que ser realista: él estaba dormido; había estado soñando. No sabía lo que decía ni lo que hacía. Ella podría haber sido cualquiera. Se quita de encima la sensación de decepción. Ella solo es la mujer que limpia su casa. ¿Qué podría ver él en ella? Sintiéndose un poco decaída, pero habiendo recobrado la serenidad, toma la bolsa de cuero del señor y se dirige al cuarto de lavar para limpiar las botas y clasificar la ropa para lavarla.

Me quedo mirando la puerta cerrada del dormitorio, sintiéndome como un auténtico idiota. Pero ¿cómo he podido ser tan rematadamente estúpido, carajo? La he asustado.

Mierda.

No puedo hacerme ilusiones con ella.

Se me había aparecido en sueños, una preciosidad vestida de azul —aun en esa bata tan horrible— y yo la había recibido con los brazos abiertos.

Me froto la cara con frustración. La noche antes había salido de Cornualles a las once, y el trayecto de cinco horas en carro había sido agotador. Fue una estupidez salir tan tarde. Estuve a punto de quedarme dormido al volante varias veces, y tuve que abrir las ventanillas a pesar de que hacía un frío terrible y cantar las canciones de la radio para mantenerme despierto. Y lo más irónico del asunto es que volví a casa para verla a ella. El pronóstico del tiempo anunciaba una tormenta de nieve inusualmente violenta, y no quería quedarme atrapado en Cornualles una semana... así que adelanté mi vuelta a casa.

Mierda.

Lo he estropeado todo.

Aunque lo cierto es que se arrodilló a mis pies, me quitó las botas y me llevó de la mano a la cama como si fuera un niño pequeño. Suelto una risotada. ¡Para que me fuera a dormir!

¿Cuándo fue la última vez que alguien hizo eso por mí?

No recuerdo a ninguna mujer metiéndome en la cama y dejándome ahí...

Y yo voy y la asusto.

Sacudiendo la cabeza con exasperación e impaciencia conmigo mismo, me quito la ropa y la dejo tirada por el suelo. Estoy demasiado cansado para hacer otra cosa que no sea meterme en la cama. Cuando cierro los ojos, me sorprendo deseando que ella me hubiese desvestido por completo y se hubiese metido en la cama conmigo... Lanzo un gemido al recordar su dulce olor, fresco y vigorizante, a lavanda y a rosas, y la suavidad de su cuerpo en mis brazos. Excitado y malhumorado al mismo tiempo, me quedo dormido enseguida y me entrego a ella en sueños.

Me despierto de golpe y con una extraña sensación de culpa. Mi móvil está sonando sobre la mesita de noche; yo no lo dejé ahí. Respondo, pero es demasiado tarde. Es una llamada perdida de Caroline. Lo devuelvo a la mesita de noche y advierto que ahí encima también están mi billetera, un poco de dinero en efectivo y un condón. Arrugo la frente y luego me acuerdo.

Oh, Dios... Alessia.

La asusté.

Mierda...

Cierro los ojos para rehuir la vergüenza que se apodera de mí.

¡No jodas!

Me incorporo y, efectivamente, alguien ha recogido y guardado la ropa que dejé tirada por el suelo. Alessia debe de haberme vaciado los bolsillos de los jeans. Me parece algo muy íntimo, rebuscar entre mis cosas, toquetear mi ropa con los dedos, mis objetos personales.

Ojalá me toqueteara a mí con los dedos.

Eso no va a pasar, pedazo de idiota. Asustaste a la pobre chica.

Pero ¿a cuántas casas va a limpiar? ¿Cuántos bolsillos vacía al día? Rechazo esa imagen. Tal vez debería contratarla a jornada completa. Pero entonces esta extraña desazón en la boca del estómago no desaparecería... a menos que... a menos que... Solo hay una forma de que desaparezca este malestar.

Mierda. Eso no va a suceder.

No sé qué hora es. No hay ningún reflejo de luz en el techo. Miro por la ventana y no veo nada más que un muro de blanco.

Nieve.

La anunciada tormenta ya está aquí. Una rápida mirada al reloj despertador confirma que son las 13:45. Alessia todavía debería estar aquí. Me levanto de la cama de un salto y saco del vestidor un par de jeans y una camiseta de manga larga.

Alessia está en la sala de estar, ocupada limpiando las ventanas. No hay ni rastro de mis pisadas de barro por el suelo del apartamento.

—Hola —digo, y espero a ver su reacción. Se me acelera el corazón, y es como si volviera a tener quince años.

—Hola. ¿Dormido bien? —Me lanza una mirada rápida pero inescrutable y luego la fija en el paño que lleva en la mano.

—Sí, gracias, y perdona por lo de antes.

Sintiéndome ridículo y avergonzado, señalo en dirección al sofá, donde tuvo lugar mi pequeña fechoría. Ella asiente y me recompensa con una sonrisa tímida y tensa, y en sus mejillas florece un delicioso rubor rosado.

Miro detrás de ella, hacia las ventanas, donde la vista está ensombrecida por un remolino de copos de nieve. La ventisca se desarrolla con toda su fuerza, y fuera, la calle está tomada por un turbulento torrente de blanco.

—No suele nevar así en Londres —digo mientras me acerco para situarme a su lado en la ventana.

¿Estamos hablando del tiempo?

Se aparta, colocándose fuera de mi alcance, pero se queda mirando las ventanas. La nieve es tan densa que casi no se ve el río abajo.

Se estremece y se abraza el cuerpo.

—¿Tienes que ir muy lejos? —le pregunto, preocupado por cómo va a llegar a casa con esta tormenta.

—A West London.

—¿Cómo vas a casa normalmente?

Pestañea un par de veces mientras procesa mis palabras.

—Tren —contesta.

—¿En tren? ¿Desde dónde?

—Mmm... Queenstown Road.

—Me sorprendería que los trenes siguieran circulando con este tiempo.

Me dirijo a mi escritorio en la esquina de la sala, muevo el ratón y mi iMac cobra vida. Una foto de Kit, Caroline, Maryanne y yo con los dos setters irlandeses aparece en la pantalla y al verla siento una oleada de nostalgia y tristeza. Niego con la cabeza y busco en internet las últimas noticias sobre el transporte metropolitano.

—Mmm... ¿Utilizas la línea de South Western Trains?

Asiente con la cabeza.

—Han suspendido el servicio.

—¿Sus... pendido? —Arruga la frente.

Ah, no me ha entendido.

—Los trenes no circulan.

—Ah. —Vuelve a arrugar la frente, y me parece oírla decir "suspendido" varias veces entre dientes, articulando la palabra con los labios.

—Puedes quedarte aquí —le ofrezco, tratando de no quedarme embobado mirando su boca y sabiendo perfectamente que no se va a quedar, sobre todo teniendo en cuenta cómo me he comportado antes, esta mañana. Hago una mueca y añado—: Prometo contenerme y mantener las manos en los bolsillos.

Niega con la cabeza demasiado rápido para mi gusto.

—No. Debo irme. —Retuerce el trapo en sus manos.

—¿Cómo vas a volver a casa?

Se encoge de hombros.

—Caminando.

—No digas tonterías. Te daría una hipotermia.

Sobre todo con esas botas y ese abrigo andrajoso.

—Debo volver a casa. —Se muestra inflexible.

—Te llevaré yo.

¿Qué? ¿Acaban de salir esas palabras de mi boca?

—No —dice con otro insistente movimiento negativo de la cabeza y abriendo mucho los ojos.

—No pienso aceptar un no por respuesta. Como tu... mmm, como tu jefe, insisto en llevarte.

Palidece.

—Pues sí. Voy a acabar de vestirme —digo mirándome los pies—. Luego nos iremos. Por favor. —Señalo el piano—. Si quie-

res tocar, hazlo. —Y me vuelvo de regreso a mi dormitorio, preguntándome por qué me habré ofrecido a llevarla a casa.

¿Porque es lo correcto?

Porque quiero pasar más tiempo con ella.

A lessia lo ve salir descalzo de la habitación. Está petrificada.
¿Va a llevarla a casa? Entonces estará sola en el carro con él.

¿Y eso está bien?

¿Qué diría su madre?

Le viene a la cabeza una imagen de su madre con los brazos
cruzados y un gesto de reprobación en el rostro.

¿Y su padre?

Se lleva la mano a la mejilla instintivamente.

No. Su padre no lo aprobaría.

Su padre solo había dado su aprobación a un hombre.

Un hombre cruel.

No. No pienses en él.

Mister Maxim la va a llevar a casa. Se alegra entonces de haber
memorizado la dirección de la casa de Magda. Aún ve la letra
irregular de su madre garabateada en el trozo de papel que ha
sido su salvavidas. Siente un escalofrío y vuelve a mirar a la calle.
Hará frío, pero si se da prisa, puede irse mientras el señor se
está cambiando para no importunarlo. Sin embargo, la idea de
caminar toda esa distancia no le entusiasma. Lo ha hecho antes,
desde mucho más lejos. Aunque entonces le había llevado cinco
o seis días, con un mapa robado. Siente un escalofrío de nuevo.
Una semana que preferiría olvidar. Además, le ha dicho que
puede tocar el piano. Lanza una mirada fervorosa al Steinway,
junta las manos con entusiasmo y se va corriendo al cuarto de la
lavandería, donde se cambia en cuestión de segundos. Agarra el
abrigo, la bufanda y el gorro y vuelve apresuradamente junto al
piano.

Deja el abrigo en una silla, se sienta en la banqueta e inspira
hondo. Sitúa las manos sobre las teclas, disfrutando del tacto

fresco y familiar del marfil. Para ella el piano es un referente sólido. Es su hogar. Su lugar seguro. Mirando una vez más por la ventana, toca las primeras notas de *Les jeux d'eaux à la Villa d'Este*, su pieza favorita de Liszt, y la música se eleva en el aire y envuelve el piano, danzando en brillantes tonalidades de blanco como los copos de nieve del exterior. Los recuerdos de su padre, de sus seis días vagabundeando por las calles y de la desaprobación de su madre se pierden en el torbellino de colores gélidos de la música.

Me apoyo en el marco de la puerta y la observo, embelesado. Toca extraordinariamente bien, cada nota medida e interpretada con enorme precisión y emoción. La música fluye sin esfuerzo a través de ella... sale de ella. Cada uno de los matices está ahí, en su hermoso rostro y en la música, mientras sigue tocando la composición musical. Una pieza que no conozco.

Se ha quitado el pañuelo de la cabeza. Me preguntaba si lo llevaba por motivos religiosos, pero tal vez solo se lo pone para limpiar. Tiene el pelo tupido y oscuro, casi negro. Cuando está tocando, un mechón se le suelta de la trenza y se le riza en la mejilla. ¿Qué aspecto tendrá esa melena si se la soltara en cascada sobre los hombros desnudos? Cierro los ojos, imaginándola desnuda, como hago en sueños, dejando que la música me embargue por completo.

¿Me cansaría algún día? ¿De oírla tocar?

Abro los ojos.

De mirarla. De contemplar su belleza. Su talento.

Tocar una pieza tan compleja de memoria. Esta chica es un genio.

Cuando estaba fuera de casa, creía haber embellecido su ejecución al piano en mi imaginación, pero no es así. Su técnica es perfecta.

Ella es perfecta.

En todos los sentidos.

Termina la pieza, baja la cabeza y cierra los ojos. Yo aplaudo.

—Eso ha sido impresionante. ¿Dónde aprendiste a tocar tan bien?

Se sonroja al abrir los ojos oscuros, pero una sonrisa tímida le ilumina el rostro y se encoge de hombros.

—En casa —contesta.

—Puedes contármelo todo en el carro. ¿Estás lista?

Se pone de pie, y es la primera vez que la veo sin esa horrorosa bata de nailon. Tengo la boca seca. Es más delgada de lo que creía, pero sus delicadas curvas son absolutamente femeninas. Lleva un suéter ajustado de cuello en V de color verde, y la suave turgencia de sus pechos tira de la lana y resalta su cintura estrecha, mientras que los ceñidos jeans hacen despuntar el esplendor de unas caderas esbeltas.

Carajo.

Es espectacular.

Se quita los tenis rápidamente, los mete en su bolsa de plástico y se pone las maltrechas botas marrones.

—¿No te pones calcetines? —pregunto.

Niega con la cabeza al agacharse para atarse los cordones de cada bota, y vuelve a ruborizarse.

¿Tal vez lo de no llevar calcetines es una costumbre albanesa?

Miro por la ventana y me alegro de poder llevarla a casa. No solo pasaré más tiempo con ella, sino que así averiguaré dónde vive e impediré que se le congelen los pies.

Le tiendo la mano.

—Dame tu abrigo —le digo, y me dedica una sonrisa titubeante mientras la ayudo a ponérselo.

Este andrajo no te va a proteger del frío.

Cuando se vuelve para mirarme de frente, reparo en un pequeño crucifijo de oro que lleva colgado alrededor del cuello y en un escudo en su suéter... ¿Es el escudo de un colegio?

Mierda.

—¿Cuántos años tienes? —pregunto, presa del pánico de repente.

—Yo soy veintitrés años.

Lo bastante mayor. Bien.

Niego con la cabeza, sintiéndome aliviado.

—¿Nos vamos? —pregunto.

Ella asiente y, con la bolsa de plástico en las manos, me sigue para salir del apartamento.

Esperamos en silencio a que llegue el ascensor que nos llevará al garaje.

Una vez dentro, Alessia se sitúa lo más lejos posible de mí. Es evidente que no se fía un pelo.

Después de cómo me he comportado esta mañana, ¿me sorprende?

Ese pensamiento me deprime, e intento aparentar una calma y una despreocupación totales, pero lo cierto es que estoy muy pendiente de ella. De toda ella. Aquí, en este pequeño espacio.

Tal vez no sea solo yo. Tal vez no le gusten los hombres, sencillamente. Esa posibilidad me deprime aún más, así que la aparto de mi mente.

El garaje es pequeño, pero como mi familia es dueña del bloque, tengo espacio para dos carros. No necesito dos carros, pero los tengo igualmente, un Land Rover Discovery y un Jaguar F-Type. No soy un fanático de los carros como Kit. Él era un ávido coleccionista, y ahora su flota de carros clásicos es mía. Me gustan los motores nuevos, que no den problemas de mantenimiento, así que no sé qué demonios voy a hacer con la colección de Kit. Tendré que preguntárselo a Oliver. ¿Venderlos tal vez? ¿Donárselos a un museo en nombre de Kit?

Absorto en esos pensamientos, aprieto el botón del mando del Discovery y sus luces parpadean y se abre automáticamente. Con la tracción cuatro por cuatro, será fácil recorrer las calles nevadas de Londres. De pronto me doy cuenta de que el carro está asquerosamente sucio, cubierto aún de barro de mi viaje a Cornualles, y cuando abro la puerta del pasajero para Alessia, veo la vergonzante acumulación de restos de basura en la alfombrilla del suelo.

—Espera un momento —digo, y recojo los envases de café vacíos, los paquetes de papas fritas y los envoltorios de sándwiches. Los meto en una bolsa de plástico que encuentro en el asiento y lo dejo todo en el asiento de atrás.

¿Por qué no puedo ser un poco más ordenado?

Una vida entera con niñeras, en internados y con personal de servicio que iba detrás de mí recogiéndolo todo, tiene un precio.

Con lo que espero que se traduzca en una sonrisa tranquilizadora, hago una señal a Alessia para que se suba al carro. No estoy seguro, pero parece estar conteniendo una sonrisa. Tal vez el desorden le hace gracia.

Eso espero.

Se acomoda en el asiento y abre mucho los ojos al mirar por el parabrisas.

—¿Cuál es la dirección? —pregunto mientras arranco el motor.

—Treinta y seis de Church Walk, Brentford.

¡Brentford! Dios. Eso está en el quinto pino.

—¿Código postal?

—TW8 8BV.

Programo el destino en el navegador y empiezo a maniobrar para salir del parqueo. Al apretar un botón en la consola del espejo retrovisor, la puerta del garaje se abre despacio, revelando el torbellino blanco que se ha desatado fuera en la calle. Ya hay nueve o diez centímetros de nieve acumulada, y sigue nevando con fuerza.

—¡Uau! —exclamo, casi para mí—. Nunca había visto nada parecido. —Me vuelvo hacia Alessia—. ¿En Albania nieva?

—Sí. Hay mucha más nieve de donde yo soy.

—¿Y eso dónde es? —Salgo a la calzada y me dirijo al final de la calle.

—Kukës.

Nunca he oído hablar de ese lugar.

—Es ciudad pequeña. No como Londres —me aclara Alessia.

Suena una señal de aviso.

—Por favor, ponte el cinturón.

—Ah. —Está sorprendida—. No llevamos estos de donde yo vengo.

—Bueno, pues aquí es obligatorio, así que abróchatelo por favor.

Se coloca la tira cruzándola por el pecho, busca el soporte y lo coloca en su lugar.

—Ya está —dice, satisfecha consigo misma, y ahora soy yo el que contiene la sonrisa. Tal vez no va en carro muy a menudo.

—¿Aprendiste a tocar el piano en casa? —pregunto.

—Mi madre me enseña.

—¿Toca tan bien como tú?

Alessia niega con la cabeza.

—No. —Y se estremece. No sé si tiene frío o si hay algo que le da miedo. Subo la calefacción y doblamos hacia el Chelsea Embankment. Las luces del Albert Bridge parpadean a través del torbellino de nieve.

—Es bonito —murmura Alessia al pasar.

—Sí que lo es.

Como tú.

—Iremos despacio —añado—. No estamos acostumbrados a estas nevadas en Londres. —Por suerte, no hay demasiado tráfico en las calles mientras dejamos el Embankment atrás—. Y dime, ¿qué te trae a Londres, Alessia?

Me mira con los ojos muy abiertos y luego arruga la frente y baja la mirada al regazo.

—¿Has venido por un trabajo? —sugiero.

Asiente con la cabeza, pero parece desinflarse como un globo y se retrae en sí misma.

Mierda. Siento un sudor frío que me recorre la espina dorsal. Aquí pasa algo. *Aquí pasa algo muy raro.*

Intento tranquilizarla.

—No pasa nada. No tenemos que hablar de eso si no quieres. Quería preguntarte —añado apresuradamente—, ¿cómo puedes recordar las piezas tan bien?

Levanta la cabeza, y se hace evidente que se siente más cómoda con este tema de conversación. Se da un golpecito en la sien.

—Veo la música. Como un cuadro.

—¿Tienes memoria fotográfica?

—¿Memoria fotográfica? No sé. Veo la música en colores. Son los colores los que me ayudan a recordar.

—Uau. —He oído hablar de eso—. Sinestesia.

—Sin... es... te... —Se detiene, incapaz de pronunciar la palabra.

—Sinestesia.

Lo intenta otra vez, con un poco más de éxito.

—¿Qué es eso? —pregunta.

—Ves las notas musicales como si fueran colores.

—Sí. Así. —Asiente con entusiasmo.

—Bueno, pues tiene sentido. He oído que muchos músicos de reconocido talento son sinestésicos. ¿Ves algo más en colores?

Parece confusa.

—¿Letras? ¿Números?

—No. Solo música.

—Uau. Eso es increíble. —Le sonrío—. Lo que te dije el otro día lo decía completamente en serio: puedes tocar mi piano cuando quieras. Me encanta escucharte tocar.

Me lanza una sonrisa gloriosa que me reverbera directamente en la entrepierna.

—Está bien —murmura—. Me gusta tocar su piano.

—Y a mí me gusta escucharte —digo, devolviéndole la sonrisa, y ambos nos quedamos en un plácido silencio.

Al cabo de cuarenta minutos entro en una calle sin salida en Brentford y llegamos a una modesta casa adosada. Ya ha anochecido, pero veo a alguien descorrer una cortina en el salón delantero de la casa y, bajo la luz de las farolas, la cara de un hombre joven se hace perfectamente visible.

¿Es su novio?

Mierda. Tengo que saberlo.

—¿Ese de ahí es tu novio? —pregunto, y se me acelera el corazón, martilleando en mis oídos mientras aguardo su respuesta.

Ella se ríe, con una risa delicada y musical que me arranca una sonrisa. Es la primera vez que la oigo reír, y quiero volverla a oír otra vez... y otra.

—No. Ese es Michal, el hijo de Magda. Tiene catorce años.

—Ah. ¡Qué alto es!

—Sí. —Se le ilumina la cara y siento una fugaz punzada de celos. Está claro que siente afecto por ese chico—. Esta es la casa de Magda.

—Ya. ¿Es una amiga?

—Sí. Es una amiga de mi madre. Son... ¿cómo se dice? Amigas por correspondencia.

—No sabía que eso existía todavía. ¿Y van a visitarse la una a la otra?

—No. —Aprieta los labios y se examina las uñas de los dedos—. Gracias por llevarme a mi casa —susurra, dando por zanjada esa conversación.

—Ha sido un placer, Alessia. Siento lo de esta mañana. No pretendía abalanzarme sobre ti.

—¿Aba... lanzar?

—Mmm... Saltar. Como un gato.

Se ríe otra vez, y su preciosa cara se ilumina de nuevo.

Podría acostumbrarme a ese sonido.

—Estabas soñando —dice.

Contigo.

—¿Quieres entrar y tomar una taza de té?

Ahora me toca a mí el turno de reír.

—No. Te ahorraré la molestia. Y soy más bien de los que toman café.

Frunce el ceño un momento.

—Tenemos café —dice.

—Será mejor que vuelva ya. Aún tardaré un buen rato con esta nevada.

—Gracias otra vez por llevarme.

—Te veré el viernes.

—Sí. Viernes.

Me dedica una sonrisa radiante que ilumina su precioso rostro y me quedo absolutamente hipnotizado.

Se baja del carro y se encamina hacia la puerta principal. Esta se abre, arrojando una rendija de luz sobre el sendero nevado de la entrada y el joven alto aparece en el umbral. Michal. Me mira frunciendo el ceño mientras arranco el carro.

Me río.

Así que no es su novio, y doy media vuelta con el Discovery, pongo el volumen de la música a tope y, con una sonrisa ridícula dibujada en los labios, me vuelvo a Londres.

Capítulo ocho

—¿Quién era ese? —pregunta Michal, con voz entrecortada y helada de frío, mientras mira con suspicacia el vehículo de la calle. Solo tiene catorce años, pero le saca una cabeza a Alessia y tiene el pelo negro, desgreñado, y unos brazos y piernas escuálidos y desgarbados.

—Mi jefe —responde ella mientras se asoma por la puerta para ver alejarse el carro. Cierra la puerta a su espalda e, incapaz de contener su regocijo, da a Michal un abrazo, rápido y espontáneo.

—Muy bien. —Michal se escurre de su abrazo, sonrojándose, pero con un brillo de embarazoso regocijo en los ojos marrones. Alessia le sonríe de oreja a oreja, y la tímida sonrisa que él le devuelve es un claro indicio del amor platónico y adolescente que siente por ella. Alessia da un paso atrás, con cuidado de no mostrarse demasiado cariñosa. No quiere herir sus sentimientos; al fin y al cabo, su madre y él se han portado muy bien con ella.

—¿Dónde está Magda? —pregunta.

—En la cocina. —De pronto, a él le cambia la cara, y también el tono de voz—. Pasa algo malo. Está fumando un montón.

—Oh, no.

A Alessia se le acelera el pulso; tiene un mal presentimiento.

Se quita el abrigo, lo cuelga en una de las perchas del pequeño recibidor y entra en la cocina. Magda sostiene un cigarrillo y está sentada en la minúscula mesa de formica. Las volutas de humo se elevan en el aire por encima de ella, formando una nube densa y borrosa. Pese a ser pequeña, la cocina está recogida y limpia como de costumbre, y en la radio, de fondo, se oyen voces que hablan en polaco. Magda levanta la vista y esboza una expresión de alivio al verla.

—Has llegado a casa sana y salva con esta tormenta. Estaba preocupada. ¿Has tenido un buen día? —pregunta Magda, pero Alessia advierte su sonrisa forzada y la tensión en sus labios mientras da una fuerte calada a su cigarrillo.

—Sí. ¿Estás bien? ¿Tu prometido está bien?

Magda es solo unos pocos años menor que la madre de Alessia, aunque por lo general parece diez años más joven. Rubia y con voluptuosas curvas, con unos ojos color avellana que relumbran con su sentido del humor, rescató a Alessia de la calle. Sin embargo, ese día parece cansada, tiene la tez pálida y aprieta mucho los labios. La cocina apesta a tabaco, cosa que, normalmente, la propia Magda detesta, a pesar de ser fumadora.

Lanza una bocanada de humo a la habitación.

—Sí, está bien. No tiene nada que ver con él. Cierra la puerta y siéntate —dice. Alessia siente que un temblor de desasosiego le recorre la espina dorsal. Tal vez Magda va a pedirle que se vaya. Cierra la puerta de la cocina, saca la silla de plástico y se sienta—. Hoy han venido unos hombres del departamento de inmigración preguntando por ti.

Oh, no...

Alessia palidece y oye el pálpito de la sangre martilleándole en los oídos.

—Ha sido después de que te fueras a trabajar —añade Magda.

—Qué... qué... ¿qué les has dicho? —tartamudea mientras intenta calmar el temblor de sus manos.

—No he hablado con ellos. Ha sido el señor Forrester, el vecino de al lado, quien lo ha hecho. Llamaron a su puerta porque aquí no encontraron a nadie. A él no le ha gustado un pelo su aspecto y les ha dicho que nunca había oído hablar de ti. Les ha dicho que Michal y yo estábamos fuera, en Polonia.

—¿Y le han creído?

—Sí. O al menos eso es lo que piensa el señor Forrester. Luego se fueron.

—¿Cómo me han encontrado?

—No lo sé. —Magda hace una mueca—. ¿Quién sabe cómo funcionan estas cosas? —Da otra calada a su cigarrillo—. Tengo que escribir a tu madre.

—¡No! —Alessia agarra la mano de Magda—. Por favor...

—Ya le he escrito y le he dicho que llegaste sana y salva, sin problemas. Eso era mentira.

Alessia se ruboriza. Magda no sabe toda la historia de su viaje a Brentford.

—Por favor —dice—, no quiero preocuparla.

—Alessia, si te encuentran, te deportarán a Albania. —Magda se calla.

—Lo sé —murmura Alessia, y un sudor frío le recorre la espalda mientras el miedo le atenaza la garganta—. No puedo volver —acierta a decir.

—Ya sabes que Michal y yo nos vamos dentro de dos semanas. Tendrás que buscar otro sitio donde alojarte.

—Lo sé, lo sé. Encontraré algo.

Alessia siente una punzada de ansiedad en la boca del estómago. Pasa las noches dando vueltas en la cama sopesando sus opciones. De momento lleva ahorradas trescientas libras de su trabajo como mujer de la limpieza. Necesitará el dinero como fianza para alquilar una habitación. Con la ayuda de Michal y su computadora portátil, intentará encontrar algún sitio donde vivir.

—Voy a hacer la cena —dice Magda con un suspiro mientras aplasta la colilla de su cigarrillo. El humo sale del cenicero formando una espiral y se mezcla con la tensión de la estancia.

—Déjame ayudarte —se ofrece Alessia.

• • •

Unas horas más tarde, Alessia está acostada en su cama plegable, mirando al techo. Acaricia ansiosamente con los dedos el crucifijo de oro que lleva colgado del cuello. La luz de la farola de la calle ilumina a través de las cortinas transparentes el viejo papel pintado, que se despega de las paredes. Su cerebro trabaja a toda velocidad al tiempo que intenta no dejarse dominar por el pánico. Antes, después de una hora de búsqueda en internet, ha encontrado una habitación en una casa cerca de la estación de Kew Bridge. Magda dice que no está lejos de allí. Alessia ha quedado en ir a verla el viernes por la tarde, cuando salga de limpiar en casa del señor. Casi no puede permitírsela, pero tiene que mudarse, sobre todo si el departamento de inmigración la está buscando. No puede dejar que la deporten. No puede volver a Albania.

No puede.

Se da media vuelta para rehuir el haz de luz y se hace un ovillo dentro del fino edredón para conservar el máximo calor posible. Su mente es un torbellino de pensamientos que la agobian y la sobrepasan. Quiere que paren.

No pienses en Albania.

No pienses en este viaje.

No pienses en las otras chicas... en Bleriana.

Cierra los ojos e inmediatamente ve a mister Maxim, dormido en el sofá, con el pelo alborotado y la boca entreabierta. Recuerda cuando se recostó encima de él. Recuerda su beso fugaz. Se imagina a sí misma acostada de nuevo sobre él, inhalando el aroma de su cuerpo, besándole la piel y sintiendo el latido rítmico y regular de su corazón contra el pecho.

Te he echado de menos.

Alessia lanza un gemido.

Todas las noches, él ocupa sus pensamientos. Es tan guapo. Pero es mucho más que eso: es una bella persona y, además, es amable.

Me encanta escucharte tocar.

La llevó a casa en carro cuando no tenía por qué hacerlo.

Puedes quedarte aquí.

¿Podría quedarse con él?

Tal vez podría pedirle ayuda...

No. Su situación es problema suyo. No lo ha causado ella, pero es ella quien tiene que solucionarlo. Ha llegado hasta aquí única y exclusivamente por sus propios medios, y no piensa volver a Kukës de ninguna manera, jamás. No con él.

Me está zarandeando. Para. Para ahora mismo.

No. ¡No pienses en él!

Él es la razón por la que ella está en Inglaterra, el motivo por el que ha puesto el máximo número posible de kilómetros de por medio.

Piensa en mister Maxim. Solo en mister Maxim.

Se recorre el cuerpo con la mano.

Piensa solo en él...

¿Cómo la había llamado? ¿Cómo se llamaba aquello?

Sinestesia... Repite aquella palabra una y otra vez mientras mueve la mano, y el movimiento la lleva cada vez más y más arriba.

A la mañana siguiente, al despertar, se encuentra con un maravilloso paisaje completamente nevado. Todo está muy tranquilo, y hasta el zumbido distante del tráfico queda amortiguado por el manto de nieve resplandeciente. Cuando mira por la ventana del dormitorio, arrebujada aún bajo las sábanas, siente la misma alegría y emoción que experimentaba de niña cada vez que nevaba en Kukës. Entonces se acuerda de que ese día le toca limpiar en casa de la señora Kingsbury. El lado positivo es que está en Brentford a escasa distancia a pie. La parte negativa es precisamente la señora Kingsbury, que la sigue por toda la casa criticando su forma de limpiar. Sin embargo, Alessia sospecha que la señora Kingsbury se queja porque es una señora mayor que está muy sola, y a pesar de sus críticas siempre le ofrece una taza de té y galletas cuando termina de limpiar. Se sientan las dos y se quedan charlando un rato, y la señora Kingsbury intenta retenerla allí el mayor tiempo posible. Alessia no entiende por qué la señora Kingsbury vive sola. Ha visto fotos de su familia en la repisa de la chimenea. ¿Por qué no se ocupan de ella? A fin de cuentas, *nana* se fue a vivir con sus padres cuando murió su abuelo... Tal vez la señora Kingsbury necesita una inquilina que le haga compañía... Alguien que cuide de ella. Desde luego, tiene sitio de sobra, y Alessia también está sola.

Vestida únicamente con el gastado pantalón de piyama de Bob Esponja de Michal y su vieja camiseta de fútbol del Arsenal, Alessia prepara su ropa para ese día, baja por la escalera a toda prisa y atraviesa la cocina para ir al baño.

Magda ha sido generosa con la ropa vieja de Michal. Siempre se queja de que crece demasiado deprisa, pero eso ha sido un regalo caído del cielo para Alessia. Casi toda su ropa había sido antes la de él. Salvo los calcetines. Michal les hace unos agujeros enormes, así que no puede pasárselos a ella. Alessia tiene dos pares propios, pero solo dos.

¿No te pones calcetines?

Alessia se sonroja al recordar el comentario de mister Maxim, el día anterior. No tuvo valor para decirle que no puede permitirse comprar calcetines nuevos porque está ahorrando para poder pagar la fianza del alquiler de la habitación.

Enciende el calentador eléctrico que está encima de la bañera y espera unos minutos a que se caliente el agua. Se quita la ropa, se mete en la bañera y se lava lo más rápido posible bajo el chorro de la ducha.

Tengo las manos ocupadas en la cabina de la ducha. Jadeo mientras el torrente de agua caliente cae sobre mi cuerpo. No he tenido otro remedio que hacerme una paja bajo el chorro de agua... otra vez.

Mierda. ¿Qué le ha pasado a mi vida?

¿Por qué no salgo y echo un polvo de una maldita vez?

Sus ojos, del color de un café expreso cremoso, me miran a través de unas largas pestañas.

Lanzo un gemido.

Esto no puede seguir así.

Es mi asistenta, carajo. Anoche, de nuevo, me pasé la noche dando vueltas y más vueltas en la cama, solo. Su risa retumbaba en cada recoveco de mis sueños. En ellos aparecía feliz y despreocupada, tocaba el piano para mí, y no llevaba nada más que esos pantis rosados. El pelo le caía en cascada, con toda su exuberancia, por encima de los pechos.

Ah...

Ni siquiera mi extenuante sesión de ejercicio de esta mañana ha conseguido que pudiera eliminarla de mi organismo.

Solo hay una forma.

Eso no va a suceder.

Pero la sonrisa que me obsequió cuando se bajó del carro me da esperanzas, y mañana la veré otra vez. Con ese pensamiento positivo, cierro el grifo de la ducha y agarro una toalla. Mientras me afeito, miro el móvil. Oliver me ha enviado un mensaje. Se ha quedado atrapado en Cornualles por culpa del tiempo, lo que significa que puedo pasar la mañana respondiendo los e-mails que he recibido de gente que me enviaba sus condolencias y luego almorzar con Caroline y Maryanne. Y esta noche salgo con los chicos.

—Por fin conseguimos sacarte de tu guarida. ¿Cómo prefieres que te llamemos ahora, "lord Trevethick" o "milord", eh? —dice Joe, levantando su pinta de cerveza a modo de saludo.

—Sí, yo tampoco sé si llamarte "Trevethick" o "Trevelyan" ahora —masculla Tom.

—Responderé por cualquiera de los dos —contesto, encogiéndome de hombros—. O también por mi nombre, ya saben, Maxim.

—Debería llamarte Trevethick de ahora en adelante... aunque me costará acostumbrarme. Al fin y al cabo, es tu título, y sé que mi padre se pone increíblemente susceptible con ese tema.

—Carajo, menos mal que no soy tu padre. —Arqueo una ceja.

Tom pone cara de exasperación.

—No será lo mismo sin Kit —murmura Joe, y sus ojos de color ébano destellan a la luz del fuego de la chimenea y se ponen serios por una vez.

—Sí, descansa en paz, Kit —añade Tom.

Joseph Diallo y Thomas Alexander son mis amigos de toda la vida, mis mejores amigos, en realidad. Cuando me expulsaron de Eton, mi padre me envió a Bedales. Allí conocí a Joe, a Tom y a Caroline. Nos hicimos íntimos por nuestra afición común por la música y, con el tiempo, por nuestra atracción por Caroline. Formamos un grupo de música y Caroline... bueno, al final escogió a mi hermano.

—Descansa en paz, Kit —murmuro, y añado entre dientes—: Te echo de menos, maldito.

Los tres estamos en la parte de atrás del Coopers Arms, un pub de ambiente cálido y acogedor que no está demasiado lejos de mi casa. Ya llevamos dos rondas de cerveza al calor del fuego de la chimenea, y empiezo a notar los efectos del alcohol.

—¿Cómo lo llevas, amigo? —pregunta Joe, apartándose a un lado las rastas, que le llegan a la altura del hombro. Además de ser un excelente espadachín, Joe tiene una carrera muy prometedora en el mundo de la moda como diseñador de ropa masculina. Su padre, que emigró hace años de Senegal, es uno de los gestores de fondos de inversión de mayor éxito del Reino Unido.

—Bien, supongo. Aunque no estoy seguro de estar preparado todavía para asumir tanta responsabilidad.

—No me extraña —dice Tom.

Pelirrojo de ojos ambarinos, Tom es el tercer hijo de un *baronet* que siguió la tradición familiar alistándose en el ejército. Como teniente del regimiento de infantería de los Coldstream Guards, sirvió dos veces en Afganistán y vio caer a demasiados de sus compañeros. Hace dos años lo declararon no apto para el servicio por las heridas sufridas a causa de un artefacto explosivo de fabricación casera en Kabul, un suceso ocurrido dos años antes. Conserva entera la pierna izquierda gracias a una placa de titanio, aunque no está tan entero en cuanto al estado emocional. Tanto

Joe como yo sabemos reconocer ese brillo agresivo en los ojos de Tom, y sabemos cuándo es prudente cambiar de tema o hacer que salga de la habitación. Por petición suya, no hablamos nunca del Incidente.

—¿Cuándo es el acto de homenaje? —pregunta Tom.

—Lo he hablado con Caroline y Maryanne a la hora del almuerzo. Pensamos que lo mejor sería después de Pascua.

—¿Cómo está Caroline?

Me remuevo incómodo en mi asiento.

—Mal. —Me encojo de hombros, mirando a Tom con gesto inexpresivo.

Este me mira y entrecierra los ojos, con un destello de curiosidad.

—¿Hay algo que no nos estás diciendo?

Mierda.

Después del Incidente, Tom no solo se ha vuelto más beligerante, sino también más insoportablemente perspicaz.

—Vamos, Trevelyan, no nos vengas con evasivas. ¿Qué es?

—Nada que les incumba. ¿Cómo está Henrietta?

—¿Henry? Estupendamente, gracias, pero está todo el santo día lanzándome indirectas para que me ponga la soga al cuello y le haga la puta pregunta de una vez —contesta Tom con aire molesto.

Joe y yo sonreímos.

—No tienes escapatoria, amigo —dice Joe y le da una palmadita en la espalda.

De los tres, Tom es el único que tiene una relación estable. Henrietta es una santa. Estuvo a su lado mientras él se recuperaba de sus heridas de guerra, fue traumático, y ahora tiene que aguantar todas sus mierdas, su síndrome de estrés postraumático y su mal genio. Podría ser mucho peor para él.

A Joe y a mí, en cambio, nos gusta ir de flor en flor. Bueno, en mi caso, al menos hasta ahora. De improviso, la imagen de una espectacular Alessia Demachi de pelo negro azabache me viene a la mente.

¿Cuándo eché un polvo por última vez?

Arrugo la frente porque no me acuerdo. Mierda.

—¿Y Maryanne? —pregunta Joe, sacándome de mi ensimismamiento.

—Bueno. También lo está pasando mal.

—¿Necesita que alguien la consuele?

¿Que la consuele como consolé yo a Caroline?

—¡Oye! —le suelto a modo de advertencia.

Son las normas: prohibido seducir a las hermanas. Niego con la cabeza. Joseph todavía tiene cierta debilidad por mi hermana. No es un mal candidato para ella, es un buen tipo, pero decido pinchar su burbuja.

—Conoció a un tipo cuando fue a esquiar a Whistler. Vive en Seattle. Es psicólogo clínico o algo así. Tiene previsto ir a verlo pronto, creo.

Joe me mira con suspicacia.

—¿Ah, sí? —Se rasca la perilla con gesto ensoñador—. Bueno, pues si viene por aquí, habrá que ver si da la talla antes de darle el visto bueno.

—Puede que venga el mes que viene. Maryanne está muy emocionada.

—¿Sabes? Ahora que eres el conde, tendrás que proveer a la familia con un heredero y un hermano suplente, el segundo en la línea de sucesión —dice Tom.

—Sí, sí, pero ya habrá tiempo de sobra para eso.

Eso es lo que siempre he sido. El Suplente... El apodo de Kit para mí.

Pues ahora resulta que el título y las tierras necesitan al suplente.

—Desde luego. Tú no estás listo ni mucho menos para sentar cabeza. Eres igual de mujeriego que yo, y yo necesito un escudero —dice Joe con una amplia sonrisa de oreja a oreja.

—Vamos, Trevelyan, que te has tirado a casi todo Londres —se mofa Tom, y no sé si lo dice con asco o con admiración.

—Vete a la mierda, Tom —digo, y nos reímos los tres.

La dueña del pub hace sonar la campana encima de la barra.

—Vamos a cerrar, caballeros, por favor —dice.

—¿Seguimos en mi casa? —propongo. Tom y Joe contestan afirmativamente y los tres apuramos la cerveza de un trago—. ¿Estás bien para ir caminando? —pregunto a Tom.

—Vete a la mierda. He venido hasta aquí, ¿no?

—Lo interpretaré como un sí.

—Voy a correr una maratón de cinco kilómetros en abril, imbécil.

Levanto las mano en señal de rendición. Siempre se me olvida que físicamente está sano...

Amanece un día claro y soleado, pero también hace un frío punzante, un día en que su propio aliento la precede en forma de nube de vapor mientras camina apresuradamente por el Chelsea Embankment. Aún hay placas de hielo fundidas con la nieve sobre el pavimento de las aceras, pero en la calzada de las calles ya han echado arena. El tráfico ha vuelto a la normalidad y Londres ha recuperado su frenesí habitual. El tren de Alessia ha salido con retraso esta mañana y ahora va a llegar un poco tarde, pero habría caminado gustosa desde Brentford solo para verlo.

Alessia sonríe. Ha llegado por fin a la puerta principal del apartamento de mister Maxim, su lugar favorito en el mundo. Desliza la llave en el ojo de la cerradura y se mentaliza para oír el sonido de la alarma, pero siente alivio al percibir un silencio absoluto. Al cerrar la puerta a su espalda, la sorprende detectar un olor extraño: el apartamento apesta a alcohol.

Arrugando la nariz ante aquel hedor inesperado, Alessia se quita las botas y entra descalza en la cocina. La barra está llena de botellas vacías de cerveza y cajas grasientas de pizza, también vacías.

Se sobresalta al ver a un chico joven, atlético y atractivo de pie junto a la nevera abierta, bebiendo jugo de naranja directamente del envase de cartón. Tiene la piel oscura, el pelo largo y lleno de nudos y trenzas, y va vestido únicamente con sus calzoncillos bóxer. Alessia lo mira boquiabierta. Él se vuelve hacia ella y al verla se le ilumina la cara con una amplia sonrisa de dientes blancos y perfectos.

—Vaya, vaya, hola... —dice él, abriendo los ojos con admiración.

Alessia se sonroja.

—Hola —murmura, y luego desaparece escabulléndose en el cuarto de la lavandería.

¿Quién es este hombre?

Se quita el abrigo y saca de la bolsa de plástico su uniforme de limpieza: bata y pañuelo para el pelo. Por último, se calza los tenis.

Alessia se asoma a la cocina por la puerta del cuarto. El señor, vestido con una camiseta negra y sus jeans rotos, está de pie junto a la nevera, compartiendo el envase de jugo de naranja con el desconocido.

—Acabo de darle un susto a tu asistenta, que iba descalza. ¿Ya te la tiraste? Está muy buena.

—Mierda, Joe, cállate. Y no me extraña que la hayas asustado. Ponte algo de ropa, hombre. Eres un jodido exhibicionista.

—Usted perdone, Su Señoría. —El desconocido se tira del pelo e inclina la cabeza con una reverencia.

—Que te calles, carajo —dice el señor, en tono de broma, y toma otro sorbo del jugo de naranja—. Usa mi baño si quieres.

El hombre de pelo oscuro se ríe y, al volverse, descubre a Alessia, que está escuchando el intercambio. Le sonríe de nuevo y la saluda con la mano, cosa que hace que el señor mire en su dirección. Se le iluminan los ojos y una lenta sonrisa va desplegándose en su rostro, por lo que Alessia no tiene más remedio que salir de su escondite.

—Joe, te presento a Alessia. Alessia, este es Joe. —Hay un dejo de advertencia en su voz, pero Alessia no sabe si va dirigido a ella o a su amigo.

—Buenos días, Alessia. Por favor, perdona mi vestimenta, o, mejor dicho, la falta de ella... —Joe le hace una reverencia teatral y, al incorporarse, hay un brillo travieso y divertido en sus ojos oscuros. Tiene el cuerpo esbelto y tonificado, como el señor. Cada músculo de su abdomen está perfectamente definido.

—Buenos días —murmura Alessia.

Mister Maxim lanza a Joe una mirada amenazadora, pero este hace caso omiso de su amigo y guiña un ojo a Alessia antes de salir de la cocina, silbando.

—Perdona su comportamiento —dice él, mirándola con sus ojos verde esmeralda—. ¿Cómo estás hoy? —Vuelve a esbozar una sonrisa serena.

Alessia se sonroja aún más mientras el corazón le late desbocado. Cada vez que le pregunta cómo está, aunque sea algo tan común, a ella se le levanta el ánimo.

—Estoy bien. Gracias.

—Me alegro de que hayas llegado sin problemas. ¿Los trenes ya funcionan con normalidad?

—Van con un poco retraso.

—Buenos días. —Un hombre de pelo rabiosamente pelirrojo entra tambaleándose a la cocina vestido solo con sus calzoncillos y frunciendo el ceño.

—Por el amor de Dios... —mascula el señor entre dientes, al tiempo que se pasa la mano por el pelo alborotado.

Alessia examina a aquel nuevo amigo que acaba de aparecer. Alto y guapo, tiene unos brazos y unas piernas robustos, con unas cicatrices espantosamente lívidas que le entrecruzan la pierna y el costado izquierdos como los rieles en un cruce de ferrocarril.

Sorprende a Alessia observando sus cicatrices.

—Heridas de guerra —dice en voz baja.

—Lo siento —murmura ella, bajando la mirada al suelo, deseando que se abra y se la trague en ese preciso instante.

—Tom, ¿quieres un café? —pregunta el señor, y Alessia tiene la sensación de que está tratando de disipar la tensión en el ambiente.

—Carajo, ya lo creo que sí. Necesito algo para esta resaca de campeonato.

Alessia se vuelve de nuevo al cuarto de la lavandería para

ponerse con la plancha. Al menos ahora ya ha desaparecido de la vista y no podrá ofender a ninguno de los amigos de mister Maxim.

Observo a Alessia escapar apresuradamente al cuarto contiguo a la cocina, con su trenza balanceándose de lado a lado y rozándole la cintura.

—¿Quién es ese bombón?

—Mi asistenta.

Tom asiente con una mueca lasciva de aprobación. Me alegro de que Alessia se haya vuelto a su guarida, lejos de las miradas curiosas de Tom y Joe. La reacción de mis amigos me incomoda. De pronto, sorprendentemente, siento la necesidad de marcar mi territorio. Es una sensación rara, desconocida para mí. No quiero que mis amigos la miren con ojos de deseo. Es mía. Bueno, es mi empleada.

Ahora eres el conde de Trevethick. Tendrás que incluirla en la plantilla.

Mierda.

Es *casi* mi empleada. Tengo que arreglar su situación laboral cuanto antes. No quiero tener a Oliver ni a Hacienda atosigándome a todas horas.

—¿Qué ha pasado con Krystyna? Me caía bien, era buena mujer —dice Tom mientras se frota la cara.

—Krystyna ha vuelto a Polonia. Oye, ¿quieres hacer el favor de ponerte algo de ropa? Hay una dama en la casa, carajo —gruño.

—¿Una dama?

Tom palidece al ver la mirada que le lanzo, y por una vez no contraataca.

—Lo siento, amigo. Iré a vestirme. Con leche y sin azúcar para mí. —Sale de la cocina para volver al cuarto de invitados. Me enojo conmigo mismo por haber invitado a mis amigos a mi casa cuando Alessia está aquí trabajando. No pienso volver a cometer ese error.

Alessia ha conseguido esquivar a los hombres la mayor parte de la mañana y se alegra cuando al fin se van. Incluso contempló esconderse en la habitación prohibida, pero Krystyna se había mostrado inflexible: entrar ahí está terminantemente prohibido.

Ha doblado las mantas del sofá del salón y deshecho y vuelto a hacer la cama del cuarto de invitados. El dormitorio ahora está limpio y ordenado, y ha sido una grata sorpresa para ella descubrir que sigue sin haber ningún preservativo usado en la papelera. Tal vez el señor se esté deshaciendo de ellos de otra forma. Decide no darle más vueltas a ese pensamiento porque se deprime. Entra entonces en el vestidor para guardar lo que acaba de planchar y recoger la ropa sucia. Solo han pasado un par de días, pero ahí dentro todo vuelve a estar hecho un desorden.

Mister Maxim está sentado frente a su computadora trabajando, haciendo lo que sea que hace normalmente. Alessia sigue sin saber cómo se gana la vida. Recuerda la sonrisa que le iluminó la cara cuando la vio esa mañana. Su sonrisa arrebatadora es contagiosa. Sonriendo ella también con aire bobalicón, examina la pila de ropa en el suelo del vestidor. Se arrodilla, recoge una camisa y luego echa un rápido vistazo a la puerta entreabierta. Satisfecha al ver que está sola, se acerca la camisa a la cara, cierra los ojos e inhala su olor.

Huele tan bien...

—Aquí estás —dice él.

Alessia se sobresalta y se levanta de golpe, demasiado rápidamente, de tal manera que se tambalea hacia atrás. Dos manos robustas la sujetan del brazo e impiden que caiga.

—Cuidado —dice él, y la sostiene con delicadeza mientras recupera el equilibrio. En cuanto lo consigue, la suelta, pero el roce de sus manos aún reverbera por todo el cuerpo de Alessia—. Estaba buscando un suéter. Ha salido el sol, pero hace frío. ¿Tú vas bien abrigada? —le pregunta.

Ella asiente enérgicamente, tratando de recobrar el aliento. En ese instante, a solas con él en el reducido espacio, tiene mucho calor.

Él examina la pila de ropa del suelo y frunce el ceño.

—Esto está muy desordenado, ya lo sé —murmura con expresión avergonzada—. Soy un desastre patológico.

—Pato-ló...

—Patológico.

—No conozco esta palabra.

—Ah... mmm..., hace referencia a una conducta extrema.

—Entiendo —responde Alessia, y vuelve a mirar la ropa y asiente—. Sí. Patológico. —Lo mira con expresión burlona y él se ríe.

—Ya lo recogeré yo —dice.

—No. No. Yo lo hago. —Alessia lo ahuyenta con la mano.

—No deberías tener que hacerlo.

—Es mi trabajo.

Él sonríe y alarga el brazo detrás de ella para sacar un grueso suéter de color crema de uno de los estantes. Le roza el hombro con el brazo y ella se queda petrificada, con el corazón latiéndole a toda velocidad.

—Perdón —dice él, saliendo del vestidor con una leve expresión de desaliento.

Una vez que ha salido, Alessia recobra la serenidad.

¿Es que no se da cuenta del efecto que produce en mí?

Y encima, la ha sorprendido olisqueando su camisa... Se tapa la cara. Debe de pensar que es una perfecta idiota. Avergonzada y enojada consigo misma, se arrodilla y va poniendo en orden la pila de ropa, doblando las prendas que están limpias y metiendo la ropa sucia en la canasta de la ropa para lavar.

No consigo mantener las manos alejadas de ella. Cualquier excusa es buena.

Déjala en paz, amigo.

Y si la toco, se queda paralizada. Vuelvo a la sala, deprimido. No le gusto, punto.

¿Es la primera vez?

Creo que sí. Nunca antes había tenido que esforzarme para conseguir a una mujer; para mí siempre han sido una distracción fácil. Con una abultada cuenta corriente, un apartamento en Chelsea, una cara bonita y una familia aristocrática, nunca había tenido el menor problema para conquistarlas.

Nunca.

Hasta ahora.

Debería invitarla a comer.

Por su aspecto, no le vendría mal una comida decente.

¿Y si dice que no?

Entonces al menos lo sabré.

Me paseo junto a los ventanales de la sala y me detengo a contemplar la Pagoda de la Paz unos minutos, mientras intento armarme de valor.

¿Por qué es tan difícil? ¿Por qué ella?

Es guapa. Tiene talento.

No le interesas.

Tal vez sea así de sencillo.

La primera mujer que te ha dicho que no.

No ha dicho que no. Tal vez me dé una oportunidad.

Invítala a salir.

Inspiro hondo y vuelvo a salir al pasillo. Está plantada delante de mi cuarto oscuro, mirando hacia la puerta y sujetando un cesto de ropa.

—Es un cuarto oscuro —digo, acercándome a ella.

Sus preciosos ojos marrones se encuentran con los míos. Siente curiosidad. Recuerdo entonces que hace un tiempo le pedí a Krystyna que no limpiara esa habitación. Hace mucho tiempo que yo mismo no entro ahí.

—Te lo enseñaré. —Me alegro al ver que no retrocede, como hace normalmente—. ¿Quieres verlo?

Asiente con la cabeza y, cuando agarro la canasta de la ropa, rozo sus dedos con los míos. El corazón me late con fuerza en el pecho.

—Deja, yo me encargo de eso. —Hablo con voz ronca mientras trato de calmar mi corazón acelerado. Pongo la canasta en el suelo, detrás, y abro la puerta; enciendo la luz y me aparto a un lado para dejarla pasar.

Alessia entra en la pequeña habitación. El cuarto está bañado en una luz roja y huele a misteriosos productos químicos y a espacio cerrado e inactividad. Una de las paredes está forrada con una serie de armarios oscuros que llegan a la altura de la cintura, sobre los cuales hay unas bandejas de plástico de gran tamaño. Encima de los armarios cuelgan unos estantes llenos de botellas y pilas de papel y fotografías. Bajo los estantes hay una cuerda de tender de la que cuelgan algunas pinzas.

—Solo es un cuarto oscuro —dice, y enciende la lámpara del techo y la luz roja desaparece.

—¿Fotografía? —pregunta Alessia.

Él asiente.

—Es un hobby. Pensaba que algún día me dedicaría a ello profesionalmente.

—Las fotografías del apartamento... ¿hiciste tú?

—Sí. Todas ellas. Algunas eran encargos, pero... —Su voz se apaga.

Los paisajes y los desnudos.

—Mi padre era fotógrafo. —Se dirige a una vitrina de vidrio llena de cámaras, a su espalda. Abre una de las puertas y saca un aparato. Alessia lee el nombre, "Leica", en la parte delantera.

Acercándome la cámara al ojo, estudio a Alessia a través del objetivo. Es toda ojos oscuros, pestañas largas, pómulos prominentes y labios carnosos y entreabiertos. Se me endurece la entrepierna.

—Eres muy guapa —susurro y pulso el obturador.

Alessia abre la boca, pero niega con la cabeza y se tapa la cara con las manos, aunque no logran ocultar su sonrisa. Saco otra foto.

—Lo eres —digo—. Mira. —Y le enseño la parte posterior de la cámara para que pueda ver la imagen. Ella se queda mirando su cara, captada digitalmente con todo detalle, y luego levanta la vista y me mira... y estoy perdido. Perdido en la magia de su mirada oscura, tan oscura... —¿Lo ves? —murmuro—. Eres preciosa. —Alargo la mano, le levanto la barbilla y despacio, muy despacio, me inclino, acercándome a ella centímetro a centímetro, cada vez más, para que tenga oportunidad de apartarse, y le rozo los labios con los míos. Da un respingo y, cuando retrocedo, se lleva los dedos a la boca, con los ojos cada vez más abiertos.

—Eso es lo que siento —susurro, con el corazón latiéndome a toda velocidad.

¿Me dará una bofetada? ¿Saldrá corriendo?

Me mira fijamente. Una imagen etérea en la exigua luz, Alessia levanta la mano tímidamente y recorre el trazo de mis labios con la punta de los dedos. Me quedo paralizado; cierro los ojos mientras su delicada caricia me estremece todo el cuerpo.

No me atrevo a respirar.

No quiero asustarla.

Noto el roce de sus dedos, liviano como una pluma, en todas partes.

En todas partes.

Mierda.

Y antes de poder contenerme, la atraigo hacia mí y la rodeo con los brazos. Se deshace en el armazón de mi cuerpo y su calor se funde con mi piel.

Oh, Dios... toda ella, su cuerpo...

Deslizo los dedos en el interior de su pañuelo y se lo retiro con delicadeza. Agarrándole la trenza a la altura de la nuca, tiro ligeramente de ella, aproximando sus labios a los míos.

—Alessia —exhalo, y la beso de nuevo, con suavidad, despacio, para no asustarla. Se queda inmóvil en mis brazos y luego levanta las manos para garrarme el bíceps, cerrando los ojos mientras me ofrece acomodo.

La beso más intensamente, tanteando sus labios con mi lengua, y entonces abre la boca.

Mierda...

Sabe a quemazón, a ligereza y a dulce seducción. Su lengua vacilante titubea en la mía. Es embriagador. Es excitante.

Tengo que contenerme. Nada me gustaría más que adentrarme en esta mujer... pero no creo que me deje. Retrocedo.

—¿Cómo me llamo? —murmuro en sus labios.

—Mister Maxim —susurra mientras le recorro la mejilla con el pulgar.

—Maxim. Solo Maxim.

—Maxim —jadea.

—Sí. —Me encanta el sonido de mi nombre con su acento.

¿Lo ves? No era tan difícil.

De pronto se oyen unos golpes fuertes e insistentes en la puerta principal.

¿Quién diablos está ahí? ¿Cómo han entrado en el edificio?

Me separo de ella a regañadientes.

—No te muevas de aquí. —Levanto un dedo admonitorio en señal de advertencia.

—¡Abra la puerta, señor Trev... an! —grita una voz incorpórea desde el otro lado de la puerta—. ¡Inmigración!

—Oh, no... —murmura Alessia, y se lleva la mano al cuello con una expresión de miedo en los ojos.

—No te preocupes.

Los golpes estremecen la puerta una vez más.

—¡Señor Trev... yan! —La voz grita más fuerte esta vez.

—Yo me encargo de esto —murmuro, furioso porque nos hayan interrumpido. Dejo a Alessia en el cuarto oscuro y echo a andar por el pasillo.

A través de la mirilla de la puerta, examino a los dos hombres que hay al otro lado. Uno es bajo y el otro es alto, y ambos visten sendos trajes baratos de color gris y parkas negras. No desprenden

un aire particularmente oficial. Me detengo un momento, deba-
tiéndome entre abrirles la puerta o no hacerlo. Aunque debería
averiguar por qué están aquí y si tiene algo que ver con Alessia.

Deslizo la gruesa cadena de seguridad y abro la puerta.

Uno de los hombres intenta irrumpir por la fuerza, pero presionando mi cuerpo contra la puerta, la cadena resiste. Es el más
bajito de los dos. Corpulento y con una calva incipiente, emana
agresividad por todos los poros de su cuerpo, así como por sus
ojos de mirada astuta y maliciosa.

—¿Dónde está, señor? —exige saber.

Retrocedo un paso.

¿Quiénes son estos energúmenos?

El compañero del calvo asoma por detrás de él: delgado, silencioso y amenazador. Se me eriza el vello de la nuca.

—¿Me enseñan su identificación? —digo con voz igual de
amenazadora.

—Abra la puerta. Somos de inmigración y sospechamos que
tiene en su apartamento a una solicitante de asilo a la que se le ha
denegado ese derecho. —El hombre robusto interviene de nuevo
y las fosas nasales se le hinchan de furia. Habla con un marcado
acento de Europa del Este.

—Necesitan una orden para inspeccionar esta propiedad.
¿Dónde está esa orden? —le suelto, hablando entre dientes y con
la autoridad que emana de una vida de privilegio y varios años en
uno de los mejores colegios privados de Gran Bretaña.

El grandulón vacila un instante y aquello empieza a olerme
muy mal.

¿Quién carajos son estos hombres?

—La orden judicial, ¿dónde está? —insisto.

El calvo mira con aire incierto a su compinche.

—¿Dónde está la chica? —pregunta el hombre alto y delgado.

—Aquí solo estoy yo. ¿A quién están buscando?

—A una chica...

—Como todos... —suelto—. Muy bien, les sugiero que se lar-
guen de aquí inmediatamente y que vuelvan con una orden o

llamaré a la policía. —Saco mi móvil del bolsillo trasero de los pantalones y lo levanto en el aire—. Pero para que quede claro: aquí no hay ninguna chica, y mucho menos inmigrantes ilegales. —Se me da bien mentir, una habilidad producto también de varios años de educación en uno de los mejores colegios privados de Gran Bretaña—. ¿Llamo a la policía?

Ambos dan un paso atrás.

En ese momento, la señora Beckstrom, la vecina que vive en el apartamento contiguo, abre la puerta de su piso acompañada de Heracles, su escandaloso perro faldero, a quien lleva en brazos.

—Hola, Maxim —me saluda.

Bendita sea, señora Beckstrom.

—Está bien, señor Trev... Trev. —Ese tipo no sabe pronunciar mi nombre.

¡Soy lord Trevethick para ti, pedazo de mierda!

—Volveremos con una orden. —Se da media vuelta, hace una seña a su colega con la cabeza y pasan por delante de la señora Beckstrom de camino a las escaleras. Mi vecina los fulmina con la mirada y luego me sonríe.

—Buenas tardes, señora B. —digo, saludándola, y cierro la puerta.

¿Cómo diablos han averiguado esos matones que Alessia estaba aquí? ¿Por qué la buscan? ¿Qué ha hecho? Aquí no hay ningún departamento de "inmigración". Desde hace varios años se llama departamento de Control de Fronteras, además. Inspiro hondo tratando de calmar mi ansiedad y vuelvo al cuarto oscuro, donde sospecho que Alessia estará temblando en un rincón.

No está ahí.

Tampoco está en la cocina.

Mi inquietud se transforma en auténtico pánico mientras recorro el apartamento a toda prisa, llamándola desesperadamente. No está en los dormitorios ni en la sala de estar. Al final, la busco en el cuarto contiguo a la cocina. La puerta de la salida de incendios está entreabierta, y su abrigo y sus botas han desaparecido.

Alessia ha huido.

Capítulo nueve

Alessia baja por la escalera de incendios como una exhalación, con el corazón desbocado, azuzada por el miedo y la adrenalina que le inundan el cuerpo. Una vez que llega abajo, se encuentra en el callejón. Allí debería estar a salvo. La verja de la calle trasera del edificio está cerrada por dentro, pero prefiere asegurarse y se agacha entre dos contenedores, donde los residentes del edifico de mister Maxim tiran la basura. Se apoya contra la pared de ladrillo e inspira con fuerza, tratando de recuperar el aliento.

¿Cómo la han encontrado? ¿Cómo?

Había reconocido la voz de Dante al instante y todos los recuerdos reprimidos habían emergido a la superficie con una fuerza aterradora.

La oscuridad.

El olor.

El miedo.

El frío.

El olor. Uf. El olor.

Los ojos se le llenan de lágrimas, que trata de contener con un parpadeo. ¡Los ha conducido hasta él! Sabe lo despiadados que son y de lo que son capaces. Se le escapa un sollozo desolado y se mete el puño en la boca, encogiéndose en el frío suelo.

¿Y si le han hecho algo?

No.

Tiene que comprobarlo. No puede irse si necesita ayuda.

Piensa, Alessia, piensa.

La única persona que sabe que está aquí es Magda.

¡Magda!

No. ¿Han encontrado a Magda y a Michal?

¿Qué les han hecho?

Magda.

Michal.

El señor... *Maxim.*

Su respiración se vuelve entrecortada a medida que el pánico le atenaza la garganta. Cree que va a desmayarse, pero de pronto le sobreviene una arcada, siente bilis en la boca, y antes de darse cuenta está doblada por la mitad, vomitando el desayuno en el suelo. Apoya las manos en la pared de ladrillo mientras su estómago se contrae una y otra vez, hasta que ya no queda nada. El esfuerzo físico de vomitar la deja hecha un trapo, pero algo más tranquila. Se limpia la boca con el dorso de la mano, se levanta, un poco mareada, y se asoma al callejón para comprobar si la ha oído alguien. Está sola.

Gracias a Dios.

Piensa, Alessia, piensa.

Lo primero que debe hacer es asegurarse de que el señor está bien. Inspira hondo, abandona el refugio entre los contenedores y vuelve a subir la escalera de incendios. El instinto de supervivencia se impone y se mueve con cautela. Tiene que asegurarse de que el camino está libre, pero sin que ellos la vean. Son seis pisos, de modo que cuando llega al quinto le falta el aliento. Sube lentamente el siguiente tramo de escalera y echa un vistazo al ático del edificio a través de la reja metálica. La puerta del cuarto de la lavandería está cerrada, pero alcanza a ver la sala. Al principio no hay señal de vida, pero entonces el señor entra de pronto en la habitación y, por los gestos, supone que ha cogido algo del escritorio. Apenas se detiene un segundo antes de volver a abandonar la sala a toda prisa.

Alessia se desploma contra la balaustrada metálica. Mister Maxim está bien.

Gracias a Dios.

Con la curiosidad saciada y la conciencia tranquila, baja la escalera de incendios con paso bamboleante, consciente de que debe averiguar si les ha pasado algo a Magda y Michal.

De nuevo en el callejón, se cambia los tenis por las botas y se dirige a la verja de la entrada posterior del edificio de apartamentos. Da a una calle lateral, no a Chelsea Embankment. Se detiene un momento. ¿Y si Dante e Ylli están esperándola? Aunque vigilarían la parte delantera, ¿no? Con el corazón latiendo a un tempo desesperado, abre la verja y echa un vistazo a la calle. El único movimiento es el de un carro deportivo verde oscuro que atraviesa la calle a toda velocidad; no hay rastro de Dante ni de su compinche, Ylli. Saca el gorro de lana del bolso y se lo encasqueta, se remete el pelo, y se dirige a la parada de autobús.

Camina con brío, luchando contra el impulso de echar a correr, consciente de que eso podría atraer una atención no deseada. Mantiene la cabeza gacha y las manos en los bolsillos, y con cada paso le reza al dios de su abuela para que vele por Magda y Michal. Lo repite una y otra vez, alternando entre su lengua materna y el inglés.

Ruaji, Zot.

Ruaji, Zot.

Dios, vela por ellos.

Me he quedado paralizado en el pasillo durante lo que parece una eternidad. El terror se apodera de mí y siento el latido de la sangre en los oídos.

¿Dónde carajos está?

¿En qué diablos está metida?

¿Qué hago?

¿Cómo va a hacer frente a esos tipos ella sola?

Mierda. Tengo que encontrarla.

¿Adónde habrá ido?

A casa.

Brentford.

Sí.

Atravieso el vestíbulo a la carrera hasta la sala y tomo las llaves del carro del escritorio, luego corro a la puerta de casa y solo me detengo por el abrigo.

Estoy mareado, tengo el estómago revuelto.

Esos tipos no eran de "inmigración" ni por asomo.

Cuando llego al garaje, presiono el mando de la llave esperando que se abra el Discovery, en cambio es el Jaguar el que pita.

Mierda. Con las prisas me he equivocado de llaves.

Maldita sea.

No tengo tiempo de volver arriba por las otras. Me subo al Jaguar F-Type y lo pongo en marcha. El motor se enciende con un rugido y saco el carro con suavidad del parqueo. Las puertas del garaje se alzan con suavidad; doblo a la izquierda para incorporarme al tráfico, acelero, y vuelvo a doblar a la izquierda al final de la calle, hacia Chelsea Embankment. Y ahí me detengo. La circulación es lenta; es viernes por la tarde y empieza la hora punta. Los carriles atestados aumentan mi ansiedad y no me ayudan a mantener la calma. Repaso la conversación con los matones una y otra vez, tratando de encontrar alguna pista acerca de lo que podría haberle ocurrido a Alessia. Por el acento, parecían de Europa del Este. Tenían aspecto de gente con la que no conviene jugar. Alessia ha salido huyendo, así que o bien los conoce o cree que son del departamento de "inmigración", lo que significa que debe de estar en Inglaterra de manera ilegal. Cosa que no me sorprende. Ha cortado con brusquedad todas las conversaciones que hemos mantenido acerca de lo que hace en Londres.

Ay, Alessia, ¿en qué andas metida?

¿Y dónde carajos estás?

Espero que haya vuelto a Brentford, porque me dirijo hacia allí.

S entada en el tren, Alessia juguetea nerviosamente con el crucifijo de oro que lleva colgado alrededor del cuello. Era de su abuela, lo único que conserva de su querida *nana*. Significa mucho para ella. En momentos de angustia, le ofrece consuelo. A pesar de que sus padres no son creyentes, su abuela sí lo era... No para de retorcerlo mientras repite su mantra sin parar.

Por favor, vela por ellos.

Por favor, vela por ellos.

Está abrumada por la ansiedad. La han encontrado. ¿Cómo? ¿Cómo saben lo de Magda? Tiene que cerciorarse de que Magda y Michal están bien. Por lo general le gusta viajar en tren, pero ese día va demasiado lento. Llegan a Putney; Alessia calcula que aún quedan veinte minutos para Brentford.

Rápido, por favor.

Vuelve a centrar sus pensamientos en mister Maxim. Al menos él está a salvo, por el momento.

Se le acelera el corazón.

Maxim.

Me ha besado.

Dos veces.

¡Dos veces!

Ha dicho cosas bonitas. De ella.

"Eres muy guapa".

"Eres preciosa".

¡Y la ha besado!

"Eso es lo que siento".

En otras circunstancias, Alessia estaría exultante. Se toca los labios con los dedos. Ha sido un momento agridulce. Por fin sus sueños se habían hecho realidad y Dante los ha hecho añicos... otra vez.

¿Cómo va a tener una relación con el señor? *No.* Maxim. Se llama Maxim.

Ha llevado un grave peligro a su hogar. Tiene que protegerlo. *Zot! El trabajo.*

Se quedará sin trabajo. Nadie quiere líos llamando a la puerta de casa y que los amenacen delincuentes como Dante.

¿Qué va a hacer?

Debe ir con cuidado cuando llegue a casa de Magda. No puede dejar que Dante la encuentre allí.

No puede.

También tiene que protegerse a sí misma.

El miedo le atenaza la garganta, la estremece. Se abraza tratando de contener la angustia. Todos sus sueños y sus vagas esperanzas se han hecho trizas. Y en un momento de autocompasión poco habitual, se balancea adelante y atrás, en un intento por encontrar algo de consuelo y mitigar el miedo.

¿Por qué tiene que tardar tanto el tren?

Las puertas se abren al llegar a la estación de Barnes.

—Por favor. Por favor, deprisa —murmura Alessia, y sus dedos buscan de nuevo la cruz de oro.

Avanzo por la A4 a toda velocidad; mis pensamientos saltan de Alessia a esos hombres y luego a Kit mientras esquivo el tráfico.

¿Kit? ¿Tú qué harías?

Él sabría qué hacer. Como siempre.

Recuerdo las vacaciones de Navidad. Kit estaba en plena forma. Maryanne y yo nos habíamos reunido con Caroline y él en un festival de jazz de La Habana. Un par de días después, habíamos volado a San Vicente y desde allí habíamos ido en barco a Bequia para pasar la Navidad en un chalet privado. Maryanne se había ido posteriormente a Whistler, a esquiar y a celebrar el Año Nuevo con unos amigos, y Caroline, Kit y yo habíamos vuelto a Inglaterra para Nochevieja.

Había sido una semana formidable.

Y al día siguiente de Año Nuevo, Kit murió.

O se suicidó.

Ya está. Eso fue lo que pensé.

Mi íntima sospecha.

Maldita sea, Kit. Serás cabrón hijo de puta.

La A4 se convierte en la M4 y atisbo los bloques de apartamentos que dominan el paisaje de Brentford y que me indican que estoy cerca. Salgo de la autopista enfilando el carril de salida a ochenta kilómetros por hora. Reduzco la velocidad, pero afortunadamente el semáforo del cruce está en verde y lo atravieso sin necesidad de detenerme, agradecido por haber llevado a Alessia a casa a principios de semana y saber dónde vive.

Seis minutos después, parqueo delante de su casa, salto fuera del carro y salvo el corto camino de entrada a la carrera. Todavía quedan montoncitos de nieve sobre la hierba, así como los tristes restos de un muñeco de nieve. El timbre suena en el interior, pero no hay respuesta. No hay nadie en casa.

Mierda.

¿Dónde se ha metido?

El temor hace mella en mí. *¿Dónde podría estar?*

¡Claro! Viene en tren.

He visto el cartel de la estación cuando he girado hacia Church Walk. Vuelvo a correr hasta la acera y doblo a la derecha, hacia la calle principal. La estación se encuentra a menos de doscientos metros a mi izquierda.

Gracias a Dios que está tan cerca.

Bajo la escalera como una exhalación y veo un tren detenido en el andén más alejado, pero se dirige a Londres. Me detengo y trato de centrarme. Solo hay dos andenes y los trenes que salen de Londres pasan por el que me encuentro. Lo único que tengo que hacer es esperar. El rótulo electrónico que cuelga sobre mi cabeza anuncia que el próximo tren llega a las 15:07. Compruebo la hora; son las 15:03.

Me apoyo en una columna blanca metálica sobre la que descansa el techo de la estación y me dispongo a esperar. Hay más viajeros aguardando el tren. La mayoría de ellos, igual que yo, trata de protegerse de los elementos. Me distraigo un rato viendo rodar una bolsa de papas fritas por el andén, empujada por las ráfagas de viento helado que la envían a los raíles, pero enseguida pierdo el interés. Echo un vistazo a las vías cada pocos segundos, rezando para que el tren de Londres se materialice.

Vamos. Vamos. No veo el momento de que llegue de una vez.

Por fin el tren asoma en la curva y poco a poco —maldita sea, ¿no puede ir más lento?— entra en la estación y se detiene. Me aparto de la columna y, con el estómago revuelto por la ansiedad, observo a la gente que se apea cuando se abren las puertas.

Doce personas.

Pero ninguna es Alessia.

Mierda.

Consulto de nuevo el panel electrónico cuando el tren abandona la estación. El siguiente llega en quince minutos.

No es mucho.

¡Es un puto siglo!

Mierda.

A pesar de la prisa con la que he salido de casa, me alegro de haberme acordado de tomar el abrigo. Hace un frío espantoso. Helado, ahueco las manos y me las soplo, pateo los pies contra el suelo y me subo el cuello del abrigo. Meto las manos en los bolsillos y echo a andar arriba y abajo por el andén mientras espero.

Me suena el teléfono y en un momento de locura pienso que podría tratarse de Alessia, pero, claro, ella no tiene mi número. Es Caroline. Lo que sea que quiera puede esperar. No contesto.

Tras unos quinces minutos insoportables, el tren de las 15:22 procedente de London Waterloo asoma en la curva. Reduce la velocidad a medida que se acerca a la estación y se detiene tras un minuto agonizante.

El tiempo se para.

Las puertas se abren y Alessia es la primera en bajar.

Mierda, menos mal.

Casi caigo de rodillas por el alivio, pero verla es suficiente para tranquilizarme.

Al verlo, Alessia se detiene en seco, completamente anonadada. Los demás pasajeros discurren por su lado mientras Maxim y ella continúan mirándose, embebiéndose el uno del otro. Las puertas se cierran con el siseo del aire comprimido y el tren abandona la estación poco a poco. Están solos.

—Hola —la saluda acercándose a ella y rompiendo el silencio entre ambos—. Te has ido sin despedirte.

Incapaz de contenerse, los ojos de Alessia se llenan de lágrimas que le resbalan por las mejillas.

Su angustia me desgarra.

—Oh, nena —susurro y abro los brazos.

Alessia se lleva las manos a la cara y rompe a llorar. Sin saber qué hacer, la envuelvo entre mis brazos y la estrecho contra mí.

—Estoy aquí. Estoy aquí —murmuro en el gorro verde de lana. Gimotea y le levanto la barbilla para besarla en la frente—. Lo digo en serio. Estoy aquí.

Alessia abre mucho los ojos y se aparta.

—¿Y Magda? —musita, asustada.

—Vamos.

La tomo de la mano y nos apresuramos a subir los peldaños metálicos que conducen a la calle. Noto su mano fría en la mía y lo único que deseo es llevarme a Alessia a un lugar seguro, pero antes tengo que saber qué ocurre. En qué líos anda metida. Espero que se abra a mí y me lo cuente.

Cruzamos la calle con paso vivo pero en silencio y volvemos al número 36 de Church Walk. Alessia saca una llave del bolsillo cuando llegamos frente a la puerta, la abre y entramos.

El recibidor es diminuto y parece atestado, una sensación a la que contribuyen las dos cajas de cartón que hay en un rincón.

Alessia se quita el gorro y el anorak, que yo recojo y cuelgo en la pared.

—Magda —la llama mientras sube la escalera, y yo me quito el abrigo y lo dejo junto al suyo, pero no hay respuesta.

No hay nadie en casa. La sigo hasta la cocina, de dimensiones reducidas.

¡Dios, este sitio es una caja de zapatos!

Desde la puerta de la anticuada aunque cuidada cocina de los ochenta, veo que Alessia llena el hervidor. Viste los jeans ceñidos y el jersey verde del otro día.

—¿Café? —pregunta.

—Sí, gracias.

—¿Con leche y azúcar?

—No, gracias —contesto, sacudiendo la cabeza. Detesto el café instantáneo y únicamente lo bebo si es solo, pero no es el momento para decírselo.

—Sienta —dice, y señala la mesita blanca.

Hago lo que me ordena y espero, observándola mientras prepara nuestras bebidas. No pienso apremiarla.

Se sirve un té —fuerte, con leche y azúcar— y finalmente me tiende una taza que lleva inscrito "Brentford FC" y el logo del equipo. Toma asiento frente a mí y baja la mirada hacia el contenido de su taza, estampada con el escudo del Arsenal. Un silencio incómodo se instala entre nosotros.

—¿Piensas contarme qué pasa? ¿O tengo que adivinarlo? —pregunto al final, incapaz de reprimirme.

No contesta, pero se muerde el labio superior. En circunstancias normales, eso me volvería loco, pero verla tan angustiada me devuelve a la realidad.

—Mírame. —Sus grandes ojos marrones por fin se detienen en los míos—. Cuéntamelo. Quiero ayudar.

Por la expresión de su mirada deduzco que tiene miedo; niega con la cabeza.

Suspiro.

—Vale. Juguemos a las veinte preguntas. —Parece desconcertada—. Tú solo tienes que responder sí o no.

Arruga aún más la frente y cierra las manos sobre el crucifijo de oro que lleva colgado al cuello.

—¿Has solicitado asilo y te lo han denegado?

Alessia clava sus ojos en mí y luego niega con la cabeza con un gesto fugaz.

—Vale. ¿Estás aquí de manera legal?

Palidece; ya sé la respuesta.

—¿No estás aquí de manera legal, entonces?

Tras un segundo, vuelve a sacudir la cabeza.

—¿Has perdido la facultad del habla? —Espero que capte el deje divertido de mi voz.

Se anima un poco y medio sonríe.

—No —contesta, ruborizándose levemente.

—Eso está mejor.

Bebe un sorbo de té.

—Cuéntamelo. Por favor.

—¿Se lo dirás a la policía? —pregunta.

—No, claro que no. ¿Es eso lo que te preocupa?

Asiente.

—Alessia, no voy a decirles nada. Tienes mi palabra.

Alessia coloca los codos sobre la mesa, entrelaza las manos y apoya la barbilla en ellas. Una sucesión de sentimientos encontrados cruza su semblante mientras el silencio se expande y asfixia la habitación. Me contengo, rogándole para mis adentros que hable. Por fin sus ojos oscuros, rebosantes de determinación, se cruzan con los míos. Se incorpora en el asiento y coloca las manos sobre el regazo.

—El hombre que fue a tu casa se llama Dante —confiesa en un susurro cargado de aflicción—. Él me sacó de Albania y me trajo a Inglaterra junto con otras chicas.

Baja la vista hacia la taza de té.

Un escalofrío recorre mi cuerpo de arriba abajo y siento una horrible sensación de vacío en el estómago. En cierto modo creo que sé lo que está a punto de decir.

—Creíamos que veníamos a trabajar. En busca de una vida mejor. La vida en Kukës es dura para algunas mujeres. Los hombres que nos trajeron aquí... nos traicionaron.

Su voz, apenas audible, se detiene en ese punto y cierro los ojos notando como el asco y la ira crecen en mí. La situación no podía ser peor.

—¿Trata de personas? —susurro, y observo su reacción.

Asiente una vez, con los ojos fuertemente cerrados.

—Para sexo —añade con un hilo de voz apenas audible, pero en el que oigo la vergüenza y el horror que siente.

Jamás había experimentado una rabia como la que en esos momentos se forma en mi interior. Aprieto los puños tratando de controlar mi ira.

Alessia está pálida.

De pronto, todo lo relacionado con ella empieza a tener sentido.

Su recelo.

Su miedo.

De mí.

De los hombres.

Mierda. Mierda. Mierda.

—¿Cómo escapaste? —pregunto intentando no alterar la voz.

Ambos damos un respingo al oír el tintineo de una llave en la puerta de entrada. Asustada, Alessia se levanta de inmediato. Imitándola, sin querer vuelco la silla.

—Quédate aquí —mascullo, abriendo de golpe la puerta de la cocina.

En el recibidor hay una mujer rubia de cuarenta y tantos años que ahoga un grito de espanto al verme.

—¡Magda! —la llama Alessia y, tras esquivarme, corre a abrazarla.

—¡Alessia! —exclama Magda estrechándola contra sí—. Estás aquí. Creía... Creía... Lo siento. Lo siento —balbucea Magda con voz angustiada, echándose a llorar—. Han estado aquí otra vez. Esos hombres.

Alessia agarra a Magda por los hombros.

—Cuéntamelo todo. Dime qué ha pasado.

—¿Quién es ese? —Magda vuelve su rostro bañado de lágrimas hacia mí con recelo.

—Es... el señor Maxim. El dueño de la casa que limpio.

—¿Han ido allí?

—Sí.

Magda traga saliva y se tapa la boca con las manos.

—Lo siento mucho —murmura.

—¿Y si le preparamos un té a Magda mientras nos cuenta qué ha ocurrido? —propongo con sumo tacto.

Estamos sentados a la mesa mientras Magda le da caladas a un cigarrillo de una marca que desconozco. Me ha ofrecido uno, pero lo he rechazado. La última vez que fumé un cigarrillo, el asunto desencadenó una serie de acontecimientos que culminaron con mi expulsión del colegio. Tenía trece años y estaba en los jardines de Eton con una chica del lugar.

—No creo que fuesen del departamento de inmigración. Tenían una foto en la que salían Michal y tú —le dice Magda a Alessia.

—¿Qué? ¿Cómo? —pregunto.

—Sí. La encontraron en Facebook.

—¡No! —exclama Alessia tapándose la boca con una mano, horrorizada. Me mira—. Michal se ha hecho las selfis conmigo.

—¿Las selfis? —repito.

—Sí. Para Facebook —dice Alessia, con el ceño fruncido.

Me apresuro a disimular una sonrisa.

—Dijeron que sabían a qué colegio iba Michal —prosigue Magda—. Lo sabían todo de él. Toda su información personal está en su página de Facebook.

Le da una larga calada al cigarrillo con mano temblorosa.

—¿Han amenazado a Michal? —pregunta Alessia con el rostro pálido.

—No tuve elección —dice Magda—. Tenía miedo. Lo siento. —Su voz es apenas un susurro—. No podía ponerme en contacto contigo. Les di la dirección en la que trabajabas.

Bueno, eso al menos aclara uno de los misterios.

—¿Por qué te buscan, Alessia? —pregunta.

Alessia me dirige una mirada fugaz e implorante y en ese momento caigo en la cuenta de que Magda desconoce los pormenores de cómo Alessia llegó a Londres. Me paso la mano por el pelo.

¿Qué hago? Esto supera con mucho lo que esperaba...

—¿Te has puesto en contacto con la policía? —pregunto.

—Nada de policía —contestan Magda y Alessia al unísono. Categóricas.

—¿Estás segura? —insisto.

Comprendo la reacción de Alessia, pero no la de Magda. Tal vez también está en el país de manera ilegal.

—Nada de policía —insiste Magda, dando un golpe sobre la mesa que nos sobresalta a Alessia y a mí.

—Vale —digo, levantando la mano para tranquilizarla. Nunca he conocido a nadie que no confíe en la policía.

Es obvio que Alessia no puede quedarse en Brentford, y Magda y su hijo tampoco. La actitud de los matones que se presentaron ante mi puerta denotaba un carácter violento que a duras penas conseguían disimular.

—¿Vive alguien más aquí aparte de ustedes tres? —pregunto. Ambas niegan con la cabeza—. ¿Dónde está tu hijo?

—En casa de un amigo. Está bien. Lo he llamado antes de venir aquí.

—Creo que no es seguro que Alessia se quede aquí, ni ustedes tampoco. Esos hombres son peligrosos.

—Muy peligrosos —susurra Alessia, asintiendo con la cabeza.

—Pero ¿y mi trabajo? —Magda palidece—. ¿Y el colegio de Michal? Dentro de dos semanas me voy...

—¡Magda, no! —trata de silenciarla Alessia.

—... a Canadá —prosigue Magda, haciendo caso omiso de la reticencia de Alessia.

—¿A Canadá? —Las miro alternativamente.

—Sí. Michal y yo nos vamos del país. Voy a casarme por segunda vez. Mi prometido vive y trabaja en Toronto.

Su breve sonrisa está impregnada de cariño. La felicito y me centro en Alessia.

—Y tú, ¿qué vas a hacer?

Se encoge de hombros, como si lo tuviese todo bajo control.

—Me buscaré otro sitio. *Zot!* Esta tarde he quedado para ver uno. —Echa un vistazo al reloj de la cocina—. ¡Ya!

Se levanta, presa del pánico.

—No creo que sea buena idea —opino—. Y, sinceramente, ahora mismo esa es la menor de tus preocupaciones.

Está en el país de manera ilegal, ¿cómo va a encontrar un lugar donde vivir?

Se sienta de nuevo.

—Esos hombres podrían volver en cualquier momento. Podrían raptarte por la calle.

Me estremezco. Van tras ella.

Malditos hijos de puta.

¿Qué puedo hacer?

Piensa. Piensa.

Podríamos escondernos todos en Trevelyan House, en Cheyne Walk, pero Caroline haría preguntas y preferiría evitarlo; es demasiado complicado. También podría llevarme a Alessia a casa, pero ya han estado allí. ¿Y a alguna de las demás propiedades? ¿A casa de Maryanne? No. Quizá podríamos ir a Cornualles. Nadie nos buscaría allí.

Estoy barajando las posibles soluciones cuando comprendo que, en realidad, lo que no quiero es perderla de vista.

Nunca.

La idea me sorprende.

—Quiero que vengas conmigo —digo.

—¡¿Qué?! —exclama Alessia—. Pero...

—Puedo encontrarte un sitio donde vivir. No te preocupes por eso. —*Dios, tengo suficientes propiedades a mi disposición*—. Pero aquí no estás a salvo. Ven conmigo.

—Ah.

Me vuelvo hacia Magda.

—Magda, por lo que veo, y ya que no quieres llamar a la policía, tienes tres opciones: trasladarte a un hotel de la zona por el momento, buscar una casa en la ciudad o dejar que organice un dispositivo de vigilancia y protección personal para que tú y tu hijo puedan permanecer aquí.

—No puedo permitirme un hotel —repone Magda con voz apagada mientras me mira boquiabierta.

—No te preocupes por el dinero —contesto.

Realizo los cálculos mentalmente. Contando todo en general, es una nimiedad. Y Alessia estará a salvo.

Vale la pena, cueste lo que cueste.

Y puede que Tom me haga un descuento. Al fin y al cabo, es un colega.

Magda me escudriña, intrigada; me mira muy seria.

—¿Por qué haces esto? —pregunta, desconcertada.

Me aclaro la garganta preguntándome lo mismo.

¿Porque es lo que debe hacerse?

No. No soy tan altruista.

¿Porque quiero estar a solas con Alessia? *Sí.* Esa es la verdadera razón. Pero teniendo en cuenta por lo que ha pasado, ella no querrá estar a solas conmigo. *¿Verdad?*

Me paso la mano por el pelo, azorado por mis pensamientos. Prefiero no cuestionar mis motivos tan a fondo.

—Porque Alessia es una empleada valiosa —contesto.

Sí, eso suena convincente.

Aunque Magda no parece demasiado convencida.

—¿Vendrás conmigo? —le pregunto a Alessia, haciendo caso omiso de la expresión recelosa de Magda—. Estarás a salvo.

Alessia está abrumada. La mirada serena de Maxim es sincera. Le ofrece una salida. Apenas conoce a ese hombre y, aun así, ha venido desde Chelsea para cerciorarse de que está bien. La ha esperado en la estación. La ha abrazado mientras lloraba. Las únicas personas que recuerda que hayan hecho algo así por ella son su abuela y su madre. Aparte de Magda, nadie más la ha tratado con tanta amabilidad en este país. Es una oferta generosa. Demasiado generosa. Dante e Ylli son problema suyo, no de él. No quiere meterlo en líos. Desea protegerlo de ellos. Pero se encuentra en Inglaterra de manera ilegal. No tiene pasaporte. Se lo quedó Dante, junto con el resto de sus pertenencias, así que está en un callejón sin salida.

Y Magda se irá pronto a Toronto.

Mister Maxim espera una respuesta.

¿Qué querrá a cambio de su ayuda?

Alessia apenas lo conoce. Ni siquiera está segura de a qué se dedica. Lo único que sabe es que la vida que lleva es muy distinta de la suya.

—Esto es solo para que estés a salvo. Sin ataduras —dice.

¿Sin ataduras?

—No deseo nada a cambio.

Sin ataduras.

Ese hombre le gusta. Le gusta mucho. Está un poco enamorada de él... pero es consciente de que se trata de un amor platónico. Aun así, es la única persona a la que le ha contado cómo llegó a Inglaterra.

—Alessia, por favor, dime algo —insiste.

Parece ansioso y la mira con ojos expectantes y sinceros. Irradia preocupación. ¿Puede confiar en él?

No todos los hombres son monstruos, ¿verdad?

—Sí —susurra Alessia sin darse tiempo a cambiar de opinión.

—Genial —dice él con gesto aliviado.

—¡¿Qué?! —exclama Magda mirando a Alessia, sorprendida—. ¿Lo conoces?

—Conmigo estará segura —interviene Maxim—. Me ocuparé de que esté bien.

—Quiero ir, Magda —susurra Alessia.

Si se va, Magda y Michal estarán seguros.

Magda enciende otro cigarrillo.

—Y tú, ¿qué vas a hacer? —Maxim dirige su atención a Magda, quien aparta la mirada de Alessia para clavarla en él, desconcertada.

—No me has contado qué querían esos hombres, Alessia —dice Magda.

Alessia ha sido muy vaga a la hora de explicarle cómo llegó a Inglaterra. Tenía que serlo. Su madre y Magda son amigas íntimas y no quería que Magda escribiera a su madre para contarle lo que había ocurrido. La habría destrozado.

—No puedo. —Alessia sacude la cabeza—. Por favor —suplica.

Magda resopla.

—¿Es por tu madre? —dice, dándole una calada al cigarrillo.

—No puede saberlo.

—No sé...

—Por favor —le ruega Alessia.

Magda suspira con resignación y se vuelve hacia Maxim.

—No quiero irme de aquí —decide.

—De acuerdo. Entonces protección personal. —Se levanta, alto, esbelto e increíblemente apuesto, y saca el iPhone del bolsillo del jean—. Tengo que hacer unas llamadas.

Ambas lo siguen con la mirada mientras él sale y cierra la puerta de la cocina.

Cuando el ejército envió a Tom Alexander a casa, este creó una empresa de seguridad con sede en el centro de Londres. Trata con clientes prominentes de gran prestigio. Y ahora conmigo.

—¿En qué te has metido, Trevelyan?

—No lo sé, Tom. Lo único que sé es que necesito un servicio de seguridad de veinticuatro horas para una mujer y su hijo. Viven en Brentford.

—¿Brentford? ¿Esta tarde?

—Sí.

—Tienes una suerte de la leche que pueda ayudarte.

—Lo sé, Tom. Lo sé.

—Iré yo mismo y llevaré a mi mejor hombre. Dene Hamilton. Creo que lo conoces. Sirvió conmigo en Afganistán.

—Sí, lo recuerdo.

—Nos vemos en una hora.

Alessia está en el pasillo con el anorak del hijo de Magda y una bolsa de plástico en cada mano.

—¿Eso es todo? —Parezco tan desconcertado como me siento. *No puedo creer que eso sea todo lo que tiene.*

Alessia palidece y baja la mirada.

Frunzo el ceño.

Esta chica no tiene nada.

—Vale, ya las llevo yo, vamos —me ofrezco.

Me tiende ambas bolsas, pero sigue sin mirarme a la cara. Me asombra lo poco que pesan.

—¿Adónde van? —pregunta Magda.

—Tengo una casa en West Country. Iremos allí unos días mientras decidimos qué hacer.

—¿Volveré a ver a Alessia?

—Eso espero.

Aunque por nada del mundo va a volver aquí mientras esos cabrones anden por ahí sueltos.

Magda se vuelve hacia Alessia.

—Adiós, cariño —susurra.

Alessia la abraza con fuerza, como si no quisiese soltarla.

—Gracias —dice al tiempo que las lágrimas resbalan por sus mejillas—. Por salvarme.

—Calla, calla, niña —murmura Magda—. Haría cualquier cosa por tu madre. Ya lo sabes. —La suelta y la sujeta por los brazos—. Eres muy fuerte y valiente. Tu madre estará orgullosa de ti.

Le toma la cara entre las manos y la besa en la mejilla.

—Despídeme de Michal —dice Alessia con un hilo de voz, forzada y llena de dolor. Y se me encoge el corazón.

¿Estoy haciendo lo correcto?

—Los dos te echaremos de menos. Puede que un día vayas a Canadá y conozcas a mi maravilloso hombre.

Alessia asiente; la emoción le impide continuar hablando y sale por la puerta de la casa tratando de secarse las lágrimas. La sigo, llevando en las manos todo lo que tiene en este mundo.

Fuera, Dene Hamilton vigila la calle junto al camino. Alto, fornido, con el pelo negro cortado al rape, resulta más amenazador de lo que podría sugerir su refinado traje gris. Es exmilitar, como Tom, cosa fácil de adivinar por su actitud de alerta. Trabajará por turnos con otro guardaespaldas, que llegará por la mañana. La gente de Tom protegerá a Magda y a Michal las veinticuatro horas del día y permanecerá con ellos hasta que se vayan a Canadá.

Me detengo para estrecharle la mano a Hamilton.

—Todo controlado, lord Trevethick —dice.

Sus ojos oscuros lanzan un destello bajo la luz de la farola mientras pasea la mirada por la calle, atento a cualquier movimiento.

—Gracias —contesto. Sigo sin acostumbrarme a que se dirijan a mí por el título—. Tienes mi número. Llámame si necesitan cualquier cosa.

—No se preocupe, señor. —Hamilton me saluda con un elegante gesto de cabeza y sigo a Alessia, que desvía la cara cuando la rodeo con un brazo, tal vez para ocultar el hecho de que sigue llorando.

¿Estoy haciendo lo correcto?

Magda se ha quedado en el umbral; me despido de ella y de Hamilton con un breve ademán y acompaño a Alessia hasta el

Jaguar F-Type. Lo abro y sostengo la puerta del copiloto. Titubea, parece tensa y cansada. Alargo la mano para acariciarle la mandíbula con el dorso de la mano.

—Estoy aquí —digo con suma delicadeza, tratando de tranquilizarla—. Estás a salvo.

Alessia me rodea el cuello con los brazos y me abraza con fuerza, cosa que me toma totalmente por sorpresa.

—Gracias —susurra, y antes de que pueda responder, me suelta y sube al carro.

Hago caso omiso del nudo que se me ha formado en la garganta mientras meto las bolsas en el maletero y me subo a su lado.

—Esto será toda una aventura —comento en un intento por relajar la atmósfera. Pero Alessia me mira; sus ojos rebosan dolor.

Trago saliva.

Estoy haciendo lo correcto.

Sí.

Sin duda.

Aunque tal vez no por las razones correctas.

Exhalo un suspiro, pongo el carro en marcha y el motor se enciende con un rugido.

Capítulo diez

Me incorporo a la A4, una vía de tres carriles, y piso el acelerador. Alessia está acurrucada en el asiento de al lado, abrazada a sí misma, pero al menos ha recordado ponerse el cinturón de seguridad. Tiene la cara vuelta hacia la ventanilla, contemplando el desfile de edificios industriales y concesionarios, pero de vez en cuando se la seca con la manga, por lo que deduzco que sigue llorando.

¿Cómo pueden las mujeres llorar tan bajito?

—¿Quieres que paremos a comprar pañuelos? —pregunto—. Siento no llevar ninguno en el carro.

Niega con la cabeza, pero no me mira.

Entiendo que le cueste controlar sus emociones. *Menudo día.* Si yo sigo sin salir de mi asombro con todo lo que ha ocurrido, ella debe de sentirse abrumada, completamente abrumada. Creo que es mejor que la deje tranquila para que pueda poner en orden sus pensamientos. Además, es tarde y tengo que hacer algunas llamadas.

Aprieto el icono del teléfono de la pantalla táctil y busco el número de Danny. El sonido de su tono de llamada resuena en el carro a través del manos libres. Responde al cabo de dos tonos.

—Tresyllian Hall —contesta con su familiar acento escocés.

—Danny, soy Maxim.

—Señorito Maxim... Perdón, mi...

—No pasa nada, Danny, no te preocupes —la interrumpo echando un vistazo fugaz a Alessia, que está mirándome—. ¿Están Hideout o Lookout libres este fin de semana?

—Creo que ambos están disponibles, mi...

—¿Y la semana que viene?

—Lookout está reservado el fin de semana para un encuentro de tiro al plato.

—Entonces me quedo en Hideout.

El Refugio. Qué apropiado.

—Necesito... —Vuelvo a echar una ojeada a Alessia, que está pálida—. Necesito que tengas listas un par de habitaciones y que me lleves algo de ropa y artículos de tocador de la casa grande.

—¿No va a quedarse en la casa grande?

—No, por el momento, no.

—¿Dos habitaciones, dice?

Esperaba que fuese una...

—Sí, por favor. ¿Y puedes pedirle a Jessie que llene la nevera para el desayuno y que prepare algo rápido para esta noche? Y algo de vino y cerveza. Dile que improvise.

—Por supuesto, milord. ¿Cuándo llegará?

—Esta noche, tarde.

—Por supuesto. ¿Va todo bien, señor?

—Todo perfecto. Ah, Danny, ¿podría alguien afinar el piano?

—Los hice afinar todos ayer. Mencionó que los quería a punto siempre que estuviese aquí.

—Genial. Gracias, Danny.

—De nada, mi... —Aprieto el botón de finalización de llamada antes de que termine.

—¿Quieres escuchar música? —le pregunto a Alessia, que vuelve sus ojos enrojecidos hacia mí. Siento una opresión en el pecho—. De acuerdo —musito, sin esperar su respuesta.

Busco en la pantalla lo que espero que sea un álbum relajante y aprieto el play. El sonido de unas guitarras acústicas inunda el carro y me tranquilizo un poco. Nos queda un largo viaje por delante.

—¿Quién es? —pregunta Alessia.

—Ben Howard, un cantautor.

Mira la pantalla un momento y luego se vuelve hacia la ventanilla.

Repaso todos mis encuentros y conversaciones anteriores con Alessia teniendo en cuenta lo que me ha contado hoy y ahora entiendo por qué siempre se ha mostrado tan reservada conmigo. Me invade la tristeza. En mis fantasías, había imaginado que cuando por fin estuviésemos a solas, ella reiría, despreocupada, y me miraría con ojos colmados de adoración. La realidad es muy distinta.

Muy, muy distinta.

Y aun así... No importa. Quiero estar con ella.

Deseo que esté segura.

Deseo... La deseo a ella.

Esa es la verdad.

Es la primera vez que siento algo así.

Todo ha sucedido muy rápido. Y sigo sin saber si estoy haciendo lo correcto. Lo que sí sé es que no puedo abandonarla a merced de esos delincuentes. Deseo protegerla.

Qué caballeroso.

Mis pensamientos toman un rumbo más oscuro y me mortifico con fantasías morbosas sobre lo que podría haber visto y tenido que soportar Alessia. Una mujer tan joven en manos de esos monstruos.

Mierda. Agarro el volante con fuerza y noto cómo la rabia me encoge las tripas.

Si alguna vez agarro a esos tipos...

Siento una ira asesina.

¿Qué le han hecho? Quiero saberlo.

No. No quiero saberlo.

Sí.

No.

Echo un vistazo al salpicadero.

Mierda. Estoy sobrepasando el límite de velocidad.

Pisa el freno, amigo.

Levanto el pie del acelerador poco a poco.

Tranquilo.

Inspiro hondo, tratando de relajarme.

Cálmate.

Deseo que me cuente todo por lo que ha pasado. Lo que ha visto. Pero ahora no es el momento de preguntarle. Todos mis planes y fantasías se echarán a perder si no soporta estar con un hombre... Da igual quien sea.

Y en ese momento comprendo que no puedo tocarla.

Mierda.

Alessia intenta controlar las lágrimas en vano. Está aturdida, ahogándose en sus emociones.

En sus miedos.

En sus esperanzas.

En su desesperación.

¿Puede confiar en el hombre que se sienta a su lado? Se ha puesto en sus manos. Por voluntad propia. Ya lo ha hecho antes —con Dante— y no salió demasiado bien.

No sabe nada de mister Maxim. No mucho. Desde que lo conoce, siempre se ha mostrado muy amable con ella... Y lo que ha hecho por Magda va más allá de lo que podría esperarse de cualquiera. Antes de toparse con Maxim, Magda había sido la única persona en la que había confiado desde que está aquí. Ella le había salvado la vida. La había acogido, le había puesto un plato en la mesa, la había vestido y le había encontrado un trabajo a través de una red de mujeres polacas de West London que se prestan ayuda mutua.

Y ahora Alessia está viajando a cientos de kilómetros de ese refugio. Magda le ha asegurado que una de las otras chicas se ocupará de las casas de la señora Kingsbury y de la señora Goode mientras ella esté ausente.

¿Cuánto tiempo estará fuera?

¿Y adónde la lleva el señor?

Se pone tensa. ¿Y si los sigue Dante?

Estrecha aún más los brazos alrededor de su cuerpo. Pensar en Dante le hace recordar el viaje de pesadilla a Inglaterra. No quiere pensar en eso. No quiere volver a pensar en eso nunca más. Pero los recuerdos la asaltan cuando baja la guardia y también en sus pesadillas. ¿Qué habrá sido de Bleriana, Vlora, Dorina y las demás chicas?

Por favor, que también hayan escapado.

Bleriana solo tenía diecisiete años, era la más joven de todas.

Se estremece. La canción que suena en el equipo de música del carro habla de vivir en los confines del miedo. Alessia cierra los ojos con fuerza. El miedo le encoge el estómago, ese miedo con el que lleva viviendo tanto tiempo, y las lágrimas siguen rodando.

Paramos en la estación de servicio de Gordano de la M5 poco después de las diez de la noche. A pesar del sándwich de queso que Magda me preparó en Brentford, tengo hambre. Alessia está dormida. Espero un momento para ver si se despierta ella sola, ahora que el carro se ha detenido. Bajo el resplandor de las luces halógenas del parqueadero, su expresión es serena, etérea: la curva de la mejilla traslúcida, las pestañas largas y oscuras, y ese mechón de pelo que ha escapado de la trenza y se riza bajo la barbilla. No sé si despertarla, pero al final me digo que no puedo dejarla sola en el carro.

—Alessia —susurro; su nombre es una oración en mis labios.

Siento la tentación de acariciarle la cara, pero me contengo y murmuro su nombre una vez más. Se despierta sobresaltada, con un grito ahogado y los ojos abiertos como platos, mirando con frenesí a su alrededor. Hasta que finalmente se detienen en los míos.

—Eh. Soy yo. Estabas dormida. Tengo ganas de comer algo y tengo que ir al baño. ¿Quieres acompañarme?

Parpadea varias veces y agita las largas pestañas sobre unos ojos expresivos aunque desorientados.

Es preciosa.

Se frota la cara y echa un vistazo al parqueadero. Se pone tensa al instante, todo su cuerpo transpira desasosiego.

—Por favor, señor, no me dejes aquí —dice en voz baja.

—No tengo la menor intención de dejarte aquí. ¿Qué ocurre?

Alessia sacude la cabeza, está aún más pálida que antes.

—Vamos —digo.

Ya fuera, aprovecho para estirarme mientras ella sale del carro, tras lo que prácticamente corre a mi lado, sin dejar de mirar a su alrededor.

¿Qué ha ocurrido?

Le ofrezco la mano, que acepta y aprieta con fuerza. A continuación, para mi deleite y sorpresa, envuelve mis bíceps con la otra y se aferra a mí.

—Una cosa: antes era Maxim —digo, tratando de hacerla sonreír—. Lo prefiero bastante más a señor.

Me dirige una mirada fugaz y ansiosa.

—Maxim —susurra, pero sus ojos se pasean nerviosos por el parqueadero.

—Alessia, estás a salvo.

Me mira como si no acabase de creerlo.

Así no vamos a ninguna parte.

Le suelto la mano y la agarro por los hombros.

—Alessia, ¿qué ocurre? Dímelo, por favor. —Le cambia la expresión y me mira con sus grandes ojos llenos de angustia y desolación—. Por favor —le suplico, viendo cómo el vaho que producimos se entrelaza en medio del aire helado.

—Escapé —susurra.

¡Mierda! El resto de la historia voy a oírla aquí, en una estación de servicio de la M5.

—Sigue —la animo a continuar.

—Fue en un lugar como este.

Vuelve a mirar a su alrededor.

—¿Qué? ¿En un área de servicio?

Asiente.

—Pararon. Querían que nos lavásemos. Estar limpias. Ellos eran... mmm... amables. O eso pensaban algunas chicas. Ellos hacían parecer que era por nuestro... mmm... ¿Cómo es la palabra? Nuestro... eee... bueno. Bien. Por nuestro bien. Pero si estábamos más limpias, hacía subir precio.

Mierda. Siento que la ira me invade de nuevo.

—Antes. Durante el viaje. Los oí hablar. En inglés. Sobre por qué íbamos a Inglaterra. Ellos no sabían que yo entendía. Y supe qué iban a hacer.

—¡Mierda!

—Se lo conté a las demás chicas. Algunas no creyeron. Pero tres de ellas sí creyeron a mí.

¡Maldita sea! ¡Hay más mujeres!

—Era de noche, como ahora. Uno de los hombres, Dante, nos llevó a tres de nosotras al baño. Corrimos. Todas. No podía agarrarnos a todas. Estaba oscuro. Corrí hacia los árboles. Corrí y corrí... Me fui de allí. No sé las demás.

Su voz está teñida de culpabilidad.

Oh, Dios.

No aguanto más. Sintiéndome abrumado por todo lo que ha tenido que afrontar, la envuelvo entre mis brazos y la estrecho con fuerza.

—Estoy aquí —susurro, sintiéndome desnudo, expuesto y enfurecido por ella.

Continuamos así unos segundos, minutos, no sé cuánto tiempo, en medio del frío parqueadero hasta que por fin, titubeante, Alessia me rodea con los brazos y se relaja entre los míos, devolviéndome el abrazo. Da la impresión de que estuviésemos hechos a la medida. Si quisiese, podría descansar la barbilla en su cabeza. Me mira y es como si me viese por primera vez. Clava en mí sus ojos oscuros, llenos de preguntas. Llenos de promesa.

Me quedo sin respiración.

¿Qué está pensando?

Baja los ojos hasta mis labios y levanta la cabeza con una clara intención.

—¿Quieres que te bese? —pregunto.

Asiente.

Mierda.

Vacilo. He prometido que no la tocaría. Cierra los ojos, ofreciéndose a mí. Y no puedo resistirme. La beso suave y castamente en los labios y ella se deshace contra mí con un gemido.

Que despierta mi libido. Yo también gimo, sin apartar la mirada de sus labios separados.

No.

Ahora no.

Aquí no.

No después de todo lo que ha atravesado.

No en un área de servicio de la M5.

La beso en la frente.

—Vamos, vamos a comer algo.

Sorprendido del dominio de mí mismo, la tomo de la mano y la conduzco al interior de la cafetería.

A lessia camina junto a Maxim mientras cruzan el asfalto, pegada a él. Se concentra en el abrazo reconfortante y en el beso tierno que acaba de darle, no en lo que ocurrió la última vez que estuvo en una estación de servicio. Se aferra aún más a él. Maxim consigue hacerla olvidar y ella se lo agradece. Sin embargo, tras abrirse las puertas del vestíbulo y entrar en el local, Alessia se detiene en seco, lo que los obliga a parar a ambos.

El olor. *Zot.* El olor.

A fritos.

A comida dulzona.

A café.

A desinfectante.

Alessia se estremece al recordar cómo la empujaron hacia los baños. Absolutamente nadie se dio cuenta del terrible apuro en el que se encontraba.

—¿Estás bien? —pregunta Maxim.

—Tengo los recuerdos —contesta ella.

—Estoy aquí —insiste Maxim, apretándole la mano—. Vamos. Tengo que ir al baño urgentemente —añade, tratando de hacerse perdonar con una sonrisa.

Alessia traga saliva.

—Yo también —confiesa con timidez, y lo sigue hasta los baños.

—Por desgracia, no puedes entrar conmigo —Maxim señala la puerta con un gesto de cabeza—. Estaré aquí fuera cuando salgas, ¿de acuerdo? Ve.

Alessia, más tranquila, inspira hondo y entra en el baño tras lanzarle una última mirada, antes de doblar la esquina. No hay cola para los cubículos, solo dos mujeres, una mayor que ella y otra más joven, que están lavándose las manos. Ninguna de las dos tiene aspecto de que hayan intentado traficar con ella desde Europa del Este.

Alessia se reprende.

¿Qué esperaba?

La mujer mayor, que debe de tener unos cincuenta años, se vuelve para usar el secador de manos, intercambia una mirada con Alessia y sonríe. Animada y más segura, Alessia se dirige a un cubículo.

Cuando sale, Maxim está esperándola, apoyado en la pared de enfrente, alto y musculoso, con el pulgar encajado en el ojal del jean. Lleva el pelo despeinado y revuelto y tiene unos ojos de un verde vivo e intenso. Sonríe al verla, su rostro se ilumina como el de un niño el día de Año Nuevo, y le tiende una mano que Alessia acepta con sumo gusto.

La cafetería es un Starbucks; Alessia la reconoce por la cantidad de ellas que ha visto en Londres. Maxim pide un café expreso doble para él y, después de consultarle, un chocolate caliente para ella.

—¿Qué quieres para comer? —le pregunta.

—No tengo hambre —asegura Alessia.

Maxim enarca las cejas.

—No has comido nada en casa de Magda. Y sé que tampoco has probado bocado en la mía.

Alessia frunce el ceño. También vomitó el desayuno, pero no piensa contarle eso. Sacude la cabeza. Con todo lo que ha ocurrido ese día, se le ha cerrado el estómago.

Maxim resopla, frustrado, y pide un sándwich.

—De hecho, que sean dos —le dice a la empleada, mirando a Alessia de reojo.

—Ya se lo llevo a la mesa —contesta la chica, dirigiéndole una sonrisa coqueta.

—Son para llevar. —Maxim le tiende un billete de veinte libras.

—Por supuesto. —La chica agita las pestañas.

—Genial, gracias. —En lugar de devolverle la sonrisa, Maxim centra su atención en Alessia.

—Tengo dinero —dice Alessia.

Maxim pone cara de exasperación.

—Invito yo.

Mientras se dirigen al final del mostrador a esperar el pedido, Alessia se pregunta qué va a hacer con lo del dinero. Tiene algo, pero lo necesita para pagar la fianza del alquiler de una habitación. Aunque él ha dicho que podía encontrarle alojamiento.

¿Se refería a una habitación de su casa? ¿O a otro lugar?

No lo sabe. Y no tiene ni idea de cuánto tiempo se quedarán ni de adónde se dirigen ni de cuándo podrá ganar más dinero. Le gustaría preguntárselo, pero ¿quién es ella para interrogar a un hombre?

—Oye, no te preocupes por el dinero —comenta Maxim.

—Yo...

—No. Por favor. —Lo dice muy serio.

Es generoso. Una vez más, Alessia se pregunta cómo se gana la vida. Tiene un apartamento enorme y dos carros, y ha organizado un dispositivo de protección para Magda. ¿Es compositor? ¿Los compositores ganan tanto dinero en Inglaterra? No tiene ni idea.

—Veo como te sale humo de la cabeza desde aquí. ¿Qué ocurre? ¿Quieres preguntarme algo? Adelante, no muerdo —la anima Maxim.

—Quiero saber de qué trabajas.

—¿Cómo me gano la vida? —Maxim sonríe.

—¿Eres compositor?

Él se echa a reír.

—A veces.

—Creía que hacías eso. Me gustaron tus piezas.

—¿Ah, sí? —La sonrisa se ensancha, aunque parece un poco azorado—. Hablas inglés muy bien.

—¿Tú crees? —El cumplido inesperado hace que se ruborice.

—Sí, lo creo.

—Mi abuela era inglesa.

—Ah, bueno, eso lo explica todo. ¿Qué hacía en Albania?

—Viajó al país en los años sesenta con su amiga Joan, la madre de Magda. Desde pequeñas, Magda y mi madre se mandaban cartas y se hicieron amigas. Viven en países distintos, pero han continuado siendo buenas amigas, aunque no se han visto nunca.

—¿Nunca?

—No. Aunque a mi madre le gustaría, algún día.

—Dos sándwiches de jamón y queso —los interrumpe la empleada de la cafetería.

—Gracias. —Maxim acepta la bolsa—. Vamos y sigues contándomelo en el carro —le dice a Alessia mientras agarra el café—. Tráete lo tuyo.

Alessia lo sigue fuera de Starbucks, pegada a sus talones.

Ya dentro del Jaguar, Maxim se bebe el café de un trago, deja el vaso vacío en el portavasos y desenvuelve la mitad del sándwich, al que le da un buen mordisco.

Su apetitoso aroma inunda el carro.

—Mmm... —murmura de manera exagerada. La mira de reojo

mientras mastica y ve que Alessia se pasa la lengua por los labios sin apartar los ojos de su boca.

—¿Quieres? —le pregunta Maxim. Alessia asiente—. Ten, toma lo que quieras.

Le tiende el otro sándwich y luego pone el motor en marcha, con una sonrisita.

Alessia da un pequeño mordisco al sándwich, pero un hilito de queso fundido se le queda pegado a los labios. Utiliza los dedos para metérselo en la boca y luego se los chupa. Se da cuenta del hambre que tiene y le da otro mordisco. Está delicioso.

—¿Mejor? —pregunta Maxim con voz grave.

Alessia sonríe complacida.

—Eres astuto como el lobo.

—Astuto es mi segundo nombre —contesta él con gesto ufano; Alessia no puede evitar echarse a reír.

Vaya, cómo me gusta ese sonido.

Detengo el Jaguar junto al surtidor de alto octanaje de la gasolinera.

—No tardo ni un minuto. Come.

Sonrío y salgo del carro. Pero Alessia se apresura a salir detrás de mí, sin soltar el sándwich, y se queda a mi lado junto al surtidor.

—¿Me echabas de menos? —bromeo, tratando de animarla.

Sus labios se tuercen en algo que recuerda a una sonrisa, pero no deja de mirar a su alrededor. Tiene miedo, y este lugar la pone aún más nerviosa. Lleno el depósito.

—¡Qué caro! —exclama Alessia cuando ve lo que cuesta.

—Sí, supongo que sí. —Acabo de darme cuenta de que nunca he prestado atención al precio del combustible. Nunca he tenido la necesidad de hacerlo—. Ven, vamos a pagar.

Alessia no se separa de mi lado mientras hacemos fila para la caja. Va dándole mordiscos distraídos al sándwich, contemplando las estanterías con cara de asombro.

—¿Quieres algo? ¿Una revista? ¿Algo para picar? ¿Algo dulce? —pregunto.

—Aquí se pueden comprar muchas cosas —contesta Alessia, negando con la cabeza.

Miro a mi alrededor, pero todo me parece de lo más normal y corriente.

—¿No tienen tiendas en Albania? —le tomo el pelo.

Frunce los labios.

—Claro que sí. En Kukës hay muchas tiendas, pero no como esta.

—¿Ah, no?

—Esta está limpia y ordenada. Muy cuidada.

Sonrío complacido.

—¿Patológicamente ordenada?

—Sí. Lo contrario a ti.

Me echo a reír.

—¿Las tiendas no están ordenadas en Albania?

—En Kukës no. No como esta.

Cuando llegamos a la caja, paso la tarjeta de crédito por el datáfono, consciente de que Alessia observa todos mis movimientos.

—Tu tarjeta es magia —dice.

—¿Magia? —No puedo por menos que darle la razón. Es magia. No he hecho nada para ganarme el dinero que paga la gasolina. Todo lo que tengo se lo debo a haber nacido en una familia rica—. Sí —murmuro—. Magia.

Volvemos al carro, nos montamos, pero espero antes de encender el motor.

—¿Qué? —pregunta Alessia.

—El cinturón de seguridad.

—Siempre olvido. Es como lo de asentir y negar. —*¿De qué habla?*—. En Albania, negamos con la cabeza para decir sí y asentimos para decir no —se explica.

—Vaya, eso sí que debe de ser un lío.

—El lío es lo de ustedes. Magda y Michal tuvieron que enseñarme.

Agarro la otra mitad del sándwich, enciendo el motor y enfilo el carril de incorporación a la M5.

Así que mezcla el sí y el no... Teniendo en cuenta esta nueva información, me pregunto si debería repasar nuestras conversaciones anteriores.

—¿Adónde vamos? —pregunta Alessia con la vista al frente, hacia la noche oscura.

—Mi familia tiene una casa en Cornualles. Aún quedan unas tres horas para llegar.

—Está bastante lejos.

—¿De Londres? Sí. —Alessia bebe un sorbo de chocolate caliente—. Háblame de tu hogar —le pido.

—¿De Kukës? Es una ciudad pequeña. Nunca pasa nada... Está... eee... ¿cómo es la palabra? ¿Sola?

—¿Aislada?

—Sí. Aislada. Y... en el campo.

Se encoge de hombros y parece reticente a continuar hablando.

—Cornualles también está en el campo. Ya lo verás. Antes has mencionado a tu abuela.

Sonríe. Tengo la impresión de que prefiere seguir hablando de su abuela. Esto es lo que había imaginado cuando esta tarde ideé el plan de huida, una conversación tranquila y relajada para poder conocerla mejor. Me acomodo en el asiento y la miro interesado.

—Mi abuela y su amiga Joan fueron a Albania de misioneras.

—¿Misioneras? ¿En Europa?

—Sí. Los comunistas prohibieron la religión. Albania fue el primer país ateo.

—Ah, no tenía ni idea.

—Mi abuela fue a ayudar a los católicos. Entraba libros de contrabando desde Kosovo. Biblias. Ya sabes. Lo que hacía era peligroso. Conoció a un albanés y... —Se interrumpe y su gesto se suaviza—. Se enamoraron. Y... ¿cómo se dice? El resto es historia.

—¿Peligroso? —pregunto.

—Sí. Tiene muchas historias que ponen los pelos de pie.

—¿Los pelos de pie? —Sonrío—. Creo que te refieres a "los pelos de punta".

Ella también sonríe, divertida.

—Pelos de punta.

—¿Y la madre de Magda?

—Continuó de misionera en Polonia y se casó con un polaco —dice, como si fuese obvio—. Eran muy amigas. Y sus hijas también se hicieron muy amigas.

—Y por eso fuiste a casa de Magda cuando escapaste.

—Sí. Ha sido buena amiga conmigo.

—Me alegra que tuvieses alguien a quien acudir. —*Y ahora me tienes a mí*—. ¿Te vas a acabar el sándwich?

—No, gracias.

—¿Te importa si lo compartimos?

Alessia me mira un momento con atención.

—Vale —dice. Lo saca de la bolsa y me lo ofrece.

—Tú primero.

Sonríe y hace lo que le pido; luego me lo tiende.

—Gracias. —Le lanzo una sonrisa fugaz. Me alivia ver que parece más animada—. ¿Quieres volver a poner música? —Asiente mientras mastica—. Elige tú. Solo tienes que apretar ese botón e ir bajando hasta que encuentres una canción.

Alessia mira la pantalla entrecerrando los ojos y empieza a repasar mis listas de reproducción. Está completamente absorta en la tarea. La pantalla le ilumina el rostro, serio y concentrado.

—No conozco nada de esta música —murmura.

—Escoge una —digo, devolviéndole el sándwich.

Toca la pantalla con un dedo y sonrío cuando veo qué ha elegido.

Bhangra. ¿Por qué no?

Un hombre empieza a cantar a capela.

—¿Qué idioma es ese? —pregunta Alessia mientras le da un mordisco al sándwich.

Un trozo fundido de mozzarella asoma por la comisura de sus

labios. Vuelve a metérselo en la boca con ayuda del índice y se chupa el dedo. Mi cuerpo responde al instante.

Agarro el volante con fuerza.

—Punyabí. Creo.

Poco después entra el acompañamiento instrumental y Alessia me pasa el sándwich. Se mece en el asiento al ritmo de la música.

—Yo nunca he oído nada así.

—A veces la incluyo en el repertorio cuando pincho. ¿Más? —pregunto, ofreciéndole el resto del sándwich.

Niega con la cabeza.

—No, gracias.

Me meto lo que queda en la boca, complacido por haber conseguido que comiese un poco más.

—¿Pinchar? —repite.

—Ya sabes, en una discoteca. Para que baile la gente. Pincho un par de noches al mes en Hoxton.

La miro de reojo y veo que me contempla con expresión desconcertada.

No tiene ni idea de lo que le hablo.

—Vale, tendré que llevarte a un club.

Alessia continúa mirándome sin comprender, pero sigue llevando el ritmo con los pies. Sacudo la cabeza. ¿Cuán sobreprotector habrá sido el ambiente en el que ha crecido?

Aunque, por lo que ha vivido, tal vez no tan protector. ¿Qué horrores habrá tenido que soportar? No paro de darle vueltas a la cabeza y todo lo que imagino me deprime.

Hasta que recuerdo la confesión en el parqueadero de la estación de servicio.

Escapó.

¡Escapó!

"Querían que nos lavásemos". "Hacía subir precio".

Exhalo un suspiro.

Por su bien, espero que consiguiese eludir lo peor, aunque lo cierto es que lo dudo. El viaje sola debió de ser una pesadilla.

Trato de hacerme una idea de todo lo que ha atravesado y lo que ha logrado. Escapó. Encontró un lugar en el que vivir. Un trabajo. Y esta tarde ha vuelto a escapar de mi casa. Aunque no tiene nada, no le faltan recursos: es una joven ingeniosa, con talento, valiente y hermosa. Siento que me embarga un orgullo inesperado.

—Eres increíble, Alessia —susurro, pero está absorta en la música y no me oye.

Es más de medianoche cuando enfilo el camino de grava y aparco frente al garaje de Hideout, una de las lujosas residencias de veraneo de la sociedad patrimonial Trevethick. No quiero abrumar a Alessia con la casa grande; ya habrá tiempo para eso. Lo cierto es que la quiero para mí. En Tresyllian Hall hay demasiado personal y todavía no he decidido qué voy a decir sobre Alessia ni qué voy a contarle a ella sobre la propiedad. Ahora mismo no sabe quién soy, qué tengo ni lo que conlleva mi título. Y eso me gusta... Me gusta mucho.

Está dormida. Debe de estar agotada. Contemplo su rostro. Cuando descansa, sus facciones son suaves y delicadas incluso bajo el crudo resplandor de la iluminación de seguridad del garaje.

La bella durmiente.

Podría pasarme horas mirándola. Tuerce el gesto fugazmente y me pregunto qué estará soñando.

¿Conmigo?

Sopeso si entrarla en brazos a la casa, pero descarto la idea. Los escalones hasta la puerta principal son muy altos y pueden ser resbaladizos. Podría despertarla con un beso. Debería ser despertada con un beso, como una princesa. Empiezo a sentirme ridículo y, además, recuerdo que he prometido no tocarla.

—Alessia —susurro—. Hemos llegado.

Abre los ojos y me mira con gesto somnoliento.

—Hola —dice.

—Hola, preciosa. Ya hemos llegado.

Capítulo once

Alessia parpadea para acabar de despertar y mira a través del parabrisas del carro. Lo único que ve es una luz penetrante sobre una puerta metálica enorme y, junto a esta, otra más pequeña y de madera. Lo demás queda oculto en la oscuridad, aunque se oye un tenue rumor a lo lejos. Con la calefacción del carro apagada, el aire gélido del invierno se cuela en el interior. Alessia tiembla.

Está aquí. A solas con él.

Ella le lanza una mirada impaciente. Ahora que está sentada en la oscuridad, con este hombre que apenas conoce, duda de la sensatez de su decisión. Los únicos que la han visto marcharse con él han sido Magda y el guardia de seguridad.

—Vamos —le dice Maxim, que baja del carro y se dirige hacia el maletero para sacar las bolsas de Alessia.

La grava cruje bajo sus pisadas.

A pesar de su inquietud, abre la puerta del carro y pone los pies sobre el suelo.

En el exterior hace frío. Se cierra bien el anorak y el viento helado le zumba en los oídos. Un murmullo lejano se oye con fuerza. Se pregunta qué será. Maxim la rodea con un brazo y ella lo interpreta como un gesto para protegerla del frío. Caminan juntos hacia la puerta gris de madera. Él la abre con llave, la empuja e invita a Alessia a entrar primero. Pulsa un interruptor de la entrada, y unas lucecitas instaladas en el lateral de los escalones de piedra alumbran el camino de descenso hasta un patio pavimentado con el mismo material.

—Por aquí —le indica él, y ella lo sigue por la empinada escalera.

Una imponente casa de estilo contemporáneo, iluminada desde abajo por focos en el suelo, se alza ante ellos. Alessia queda maravillada por su modernidad: toda de cristal y paredes blancas, bañada por la luz. Maxim abre la puerta de entrada y la invita a pasar. Enciende otro interruptor, y los sutiles focos de techo iluminan el espacio de alabastro con su tenue fulgor.

—Permítame el abrigo —le dice él, y ella se quita el anorak moviendo los hombros.

Se encuentran en un recibidor diáfano junto a una impresionante cocina espaciosa y alargada de color gris claro. Es parte de una amplia sala con suelo de parqué. Al fondo hay dos sofás de color turquesa con una mesita de centro entre ambos y, más allá, una librería repleta de volúmenes.

¡Libros! Alessia se queda mirándolos y observa que hay otra puerta junto a las estanterías.

Esta casa es enorme.

La escalera situada junto a ella tiene barandas de cristal. Los escalones de madera parecen suspendidos en el aire, pero se encuentran anclados a un gigantesco bloque de hormigón que recorre el centro de la casa y se extiende desde la planta baja hasta los pisos superior e inferior.

Es la casa más moderna que ha visitado jamás. Y a pesar de su diseño futurista, resulta acogedora y cálida.

Alessia empieza a desatarse los cordones y Maxim entra en la cocina con paso decidido para dejar las bolsas de ella y los abrigos de ambos sobre la barra. Cuando Alessia se descalza, la sorprende la calidez del suelo que pisa.

—Pues ya estamos aquí —anuncia él haciendo un gesto para
señalar el espacio—. Bienvenida a Hideout.

—¿Hideout?

—Es el nombre de la casa.

Del otro lado de la cocina, se encuentra la zona del salón principal, con una mesa de comedor blanca para doce comensales y
dos grandes sofás de color gris claro frente a una elegante chimenea de acero.

—Es más grande de lo que parece por fuera —comenta Alessia, intimidada por las dimensiones y la elegancia de la casa.

—Desde fuera engaña, lo sé.

¿Quién limpia este sitio? ¡Debe de tardar horas!

—¿Y esta casa es tuya?

—Sí. Es una casa vacacional que alquilamos al público. Es tarde
y debes de estar cansada. Pero ¿deseas algo de comer o de beber
antes de irte a la cama?

Alessia no se ha movido del sitio y sigue en el recibidor.

¿Esto también es suyo? Debe de ser un compositor muy famoso.

Asiente para aceptar el ofrecimiento.

—¿Eso quiere decir que sí? —le pregunta él con una sonrisa.

Ella sonríe.

—¿Vino? ¿Cerveza? ¿Algo más fuerte? —le ofrece él y ella se
acerca un poco más.

En su lugar de origen, las mujeres no acostumbran a beber
alcohol, aunque ella ha tomado a escondidas un vasito o dos de
raki, pero solo desde hace un par de años, en Nochevieja. Su padre
no aprueba que ella beba.

Hay tantas cosas que su padre no aprueba...

Su abuela le dio a probar el vino, pero a Alessia no le gustó.

—Cerveza —dice ella, porque solo ha visto beberla a los hombres y porque así fastidia a su padre.

—Buena elección. —Maxim sonríe de oreja a oreja y saca de
la nevera dos botellas marrones—. ¿Una rubia te va bien?

Alessia no sabe qué significa eso y asiente con la cabeza.

—¿Un vaso? —le pregunta él mientras destapa los botellines.

—Sí. Por favor.

De otro armario saca un vaso alto y vierte con destreza el contenido de una de las botellas.

—Salud —dice y le pasa la bebida a Alessia.

Maxim choca su cerveza contra el vaso de ella y da un trago con los labios pegados a la boca de la botella. Cierra los ojos para saborear la bebida y, por algún motivo, ella debe apartar la mirada.

Sus labios.

—*Gëzuar* —susurra ella.

Él arquea las cejas, sorprendido de escucharla hablando en su lengua materna. Se trata de un brindis típico de hombres, pero él no lo sabe. Ella da un sorbo y el líquido fresco y ambarino desciende por su garganta.

—Mmm...

Alessia cierra los ojos para degustarlo y da otro sorbo más largo.

—¿Tienes hambre? —pregunta Maxim con voz ronca.

—No.

Verla disfrutar con algo tan simple como un cerveza es emocionante. Aunque ahora, seguramente por primera vez en la vida, no sé muy bien qué decir. No sé qué espera ella. Resulta extraño. No tenemos nada en común y el momento de intimidad que hemos compartido en el carro parece haberse esfumado.

—Vamos, te enseñaré la casa rápidamente. —Le tiendo una mano y la llevo a la zona más amplia del salón—. Sala. Mmm... la zona de comedor, imagino. Es todo abierto. —Señalo con una mano el espacio en general.

Ahora que Alessia se ha adentrado más en el salón, ve el piano de pared de color blanco níveo situado junto a ella.

¡Un piano!

—Puedes tocar cuanto desees mientras estés aquí —la invita Maxim.

Se le para el corazón y exhibe una amplia sonrisa cuando él le suelta la mano. Alessia levanta la tapa. Escrita en el interior está la palabra KAWAI.

No reconoce el nombre, pero le da igual. Pulsa el do central y la nota resuena con un amarillo dorado por la enorme sala.

—*E përkryer* —susurra.

Perfecto.

—La terraza está por allí. —Maxim señala hacia el ventanal panorámico que hay al fondo de la habitación—. Se ve el mar.

—¿¡El mar!? —exclama ella y asiente con fuerza esperando que él se lo confirme.

—Sí —afirma él, desconcertado y divertido por su reacción.

Ella corre hacia el ventanal panorámico.

—¡Nunca he visto el mar! —susurra ella al tiempo que entrecierra los ojos para ver en la oscuridad y pega la nariz contra el vidrio frío, desesperada por distinguir algo.

Se siente decepcionada al ver solo la negra noche más allá de la terraza.

—¿Nunca? —Maxim parece incrédulo cuando se sitúa a su lado.

—No —responde ella.

Alessia ve las pequeñas manchas de vaho que ha dejado su nariz sobre el vidrio. Se cubre la mano con la manga y frota para limpiarlas.

—Mañana iremos a dar un paseo por la playa —le dice él.

La sonrisa de Alessia se convierte en bostezo.

—Estás cansada. —Maxim mira el reloj—. Son más de las doce de la noche. ¿Quieres irte a la cama?

Alessia se queda quieta, mirándolo. Se le acelera el pulso y la pregunta queda suspendida en el aire, llena de posibilidades.

¿Qué cama? ¿Tu cama?

—Te llevaré a tu habitación —murmura él, pero ninguno de los dos se mueve.

Se quedan mirándose y Alessia no logra decidir si se siente aliviada o decepcionada. Quizá está más decepcionada que aliviada, aunque no lo sabe.

—Estás frunciendo el ceño —susurra él—. ¿Por qué?

Ella permanece callada, incapaz de hablar, o quizá no quiere decir lo que piensa o siente. Tiene curiosidad. Él le gusta. Pero no sabe nada de sexo.

—No —dice él de pronto, como hablando para sí mismo—. Vamos, te llevaré a tu habitación.

Maxim recoge las bolsas de plástico de Alessia de la barra de la cocina y ella lo sigue escalera arriba. En el último escalón hay un rellano con iluminación intensa y dos puertas. Maxim abre la segunda y enciende el interruptor de la luz.

El dormitorio blanco crudo es espacioso y despejado, con una cama *king size* contra la pared del fondo y un gran ventanal a un lado. La ropa de cama es del mismo tono de blanco, pero el colchón está cubierto de cojines con las tonalidades de la impresionante marina que decora la pared sobre el cabezal.

Maxim invita a entrar a Alessia con un gesto de la mano y deposita sus bolsas sobre el colorido banco de brocado. Cuando ella se acerca a la cama, se queda mirando el reflejo visible sobre el oscuro cristal. Maxim se desplaza para situarse por detrás de ella. Reflejado en el vidrio, se le ve alto, esbelto y guapísimo, y ella parece demacrada y desaliñada a su lado. Son diferentes en todos los aspectos y esa diferencia se hace más evidente ahora.

¿Qué ve él en mí? Soy solo su limpiadora.

No puede evitar pensar en la cuñada de Maxim, la que vio en la cocina. Tan elegante y estilosa, vestida únicamente con la camisa de él, que le iba grande. Alessia vuelve la cabeza para no sentirse ofendida por su propia imagen mientras Maxim baja las persianas de color verde claro y sigue mostrándole el dormitorio.

—Tienes un baño privado solo para ti —dice con amabilidad y señala la puerta, lo que la distrae de sus pensamientos desalentadores.

¡Mi propio baño!

—Gracias —agradece Alessia, aunque las palabras le parecen muy poco apropiadas para lo mucho que le debe.

—Escucha —dice él plantándose delante de ella, con su luminosa mirada llena de compasión—: soy consciente de que todo esto es muy repentino, Alessia. Y apenas nos conocemos. Pero no podía dejarte a merced de esos hombres. Tienes que entenderlo. —Le toma un mechón de pelo que se le ha soltado de la trenza y se lo coloca delicadamente por detrás de la oreja—. No te preocupes. Aquí estás a salvo. No voy a tocarte. Bueno, a menos que tú lo desees. —Alessia percibe levemente su perfume a bosque perenne y madera de sándalo. Cierra los ojos en un intento de mantener a raya sus emociones—. Es la casa familiar de veraneo —prosigue—. Tómate el tiempo que pasemos aquí como unas vacaciones. Como un espacio para pensar, reflexionar, conocernos y distanciarnos un poco de todos los horribles acontecimientos que se han producido últimamente en tu vida.

A Alessia se le hace un nudo en la garganta y se muerde el labio superior.

No llores. No llores. Mos qaj.

—Mi habitación es la de al lado, por si necesitas algo. Pero ahora mismo es tardísimo y ambos necesitamos dormir. —Le planta un tierno beso en la frente—. Buenas noches.

—Buenas noches. —Alessia habla con voz ronca y casi inaudible.

Maxim se vuelve y sale del dormitorio, y ella se queda por fin sola, confinada en la habitación más gloriosa a la que jamás ha sido invitada a pasar la noche. Pasea la mirada desde el cuadro hasta la puerta del baño y la magnífica cama. Se deja caer, poco a poco, sobre el suelo. Se rodea el cuerpo con los brazos y rompe a llorar.

Cuelgo nuestros abrigos en el guardarropa, luego recojo mi cerveza de la barra de la cocina y saboreo un largo trago.

¡Vaya día!

Ese primer beso tan tierno... Gimo solo de pensarlo —interrumpido por esos matones de mierda— y luego la desaparición repentina de Alessia y lo de conducir a toda velocidad hasta ese rincón de West London dejado de la mano de Dios.

Y su confesión. *Secuestrada para prostituirla.*

Mierda, vaya situación.

Y ahora estamos aquí. Solos.

Me froto la cara e intento procesar todo lo ocurrido. Debería estar cansado después del largo viaje en carro y de todas las vicisitudes del día, pero me siento inquieto. Levanto la vista hacia el techo, localizo el lugar donde Alessia debería estar durmiendo plácidamente, al menos eso espero. Ella es la verdadera razón de mi inquietud. Me ha hecho falta hasta la última gota de autocontrol para no tomarla entre mis brazos y... ¿Y qué? Incluso después de todo lo que me ha contado, no logro pensar solo con la cabeza. Soy como un jodido adolescente en celo.

Deja a la chica en paz.

Pero la verdad es que todavía la deseo y tengo los huevos a punto de estallar.

Mierda. Después de todo lo que Alessia ha pasado, se merece un respiro.

No necesita para nada mi mirada lasciva.

Necesita un amigo.

Mierda. ¿Qué carajos me pasa?

Agarro la cerveza y vacío la botella, luego tomo el vaso de Alessia. Casi no ha tocado la bebida. Doy un sorbo y me paso la mano por el pelo. Sé muy bien qué carajos me pasa.

La deseo. Mucho.

Me tiene totalmente cautivado.

Ya está, ya lo he reconocido. Alessia se ha metido en mis pensamientos y mis sueños desde la primera vez que la vi.

El deseo me consume, carajo.

Pero en todas mis fantasías, ella comparte ese deseo. Quiero poseerla, sí. Pero la quiero húmeda y entregada, quiero que ella me desee también. Sé que podría seducirla, aunque ahora mismo, si ella dijera que sí, lo haría forzada por las circunstancias.

Además, le he prometido que no la tocaría a menos que ella quisiera.

Cierro los ojos.

¿Desde cuándo tengo una conciencia?

Muy en el fondo sé la respuesta. Me frena nuestra desigualdad.

Ella no tiene nada.

Yo lo tengo todo.

Y si me aprovecho de ella, ¿en qué me convertiría? Sería igual que esos cabrones con acento de Europa del Este. La he traído a Cornualles porque quiero protegerla de esos tipos y ahora tengo que protegerla de mí mismo.

Mierda.

Esto es territorio desconocido para mí.

Mientras me termino la cerveza que queda, me pregunto qué estará pasando en la casa grande. Decido que ya lo averiguaré mañana y también informaré a Oliver de mi paradero. Dudo que haya nada urgente que resolver y estoy seguro de que él se pondrá en contacto conmigo si surge algo. Aquí puedo trabajar. Tengo el móvil, aunque ojalá hubiera traído mi computadora portátil.

Ahora mismo necesito dormir un poco.

Dejo el vaso vacío y la botella de cerveza sobre una barra, apago las luces y subo por la escalera. Me detengo en la puerta de su dormitorio y me quedo escuchando.

¡Mierda!

Está llorando.

Ya he tenido bastante de ver a mujeres llorando estas cuatro semanas: Maryanne, Caroline, Danny, Jessie. Veo la imagen del cuerpo sin vida de Kit, y mi propia tristeza me golpea de pronto con toda crudeza.

Kit. Mierda. ¿Por qué?

Me sobreviene un agotamiento repentino. Me planteo dejarla llorando, pero dudo delante de su puerta mientras sus gimoteos se clavan en mi corazón afligido. No puedo dejarla así. Suspiro y me armo de valor; toco suavemente a su puerta y entro.

Está hecha un ovillo en el suelo, con la cabeza entre las manos, en el mismo sitio donde yo la dejé. Su aflicción es un reflejo de la mía.

—Alessia. ¡Oh, no! —exclamo y la tomo entre mis brazos—. Tranquila —susurro con la voz quebrada.

Me siento en la cama, la acuno en mi regazo y hundo la cara en su pelo. Cierro los ojos, inhalo su dulce perfume y la apretujo con más fuerza, sujetándola y balanceándola con suavidad.

—Estoy aquí —le susurro a pesar del nudo que tengo en la garganta.

No logré rescatar a mi hermano de los demonios que lo empujaron a salir en moto esa noche gélida, pero puedo ayudar a esta hermosa chica, a esta chica preciosa y valiente. Sus sollozos cesan, posa su mano sobre mi corazón desbocado, y ahí se queda, no sé durante cuánto tiempo. Por fin deja de llorar y se relaja, apoyada sobre mí.

Se ha quedado dormida.

Entre mis brazos.

En la seguridad de mi abrazo.

Sostener a una bella durmiente, qué privilegio.

Le doy un tierno beso en el pelo, la llevo a la cama y la tapo con la colcha. Su trenza serpentea sobre la almohada y, por un instante, pienso en deshacérsela y soltarle el pelo, pero Alessia masculla algo ininteligible en su idioma y no quiero despertarla. Me pregunto una vez más si apareceré en sus sueños como ella aparece en los míos.

—Duerme, preciosa —susurro y apago la luz antes de salir al descanso.

Cierro la puerta, pues no quiero que la despierte la luz del pasillo. La apago, entro en mi dormitorio y dejo la puerta entreabierta.

Solo por si ella me necesita...

Presiono el botón para bajar las persianas eléctricas, que descienden sobre los ventanales panorámicos con vistas al mar. Me desnudo en el vestidor, encuentro una piyama que Danny me ha traído de la casa principal y me pongo la parte de abajo. En Londres no suelo usar piyama, pero en Cornualles, con todo el personal presente, no me queda otra. Dejo la ropa en un montón sobre el suelo, me dirijo hacia el dormitorio y me meto en la cama. Apago la lámpara de la mesita de noche y me quedo contemplando la profunda oscuridad.

Mañana será mejor que hoy. Mañana tendré a la encantadora Alessia Demachi para mí solo. Permanezco acostado en la cama cuestionándome mis decisiones. He alejado a Alessia de todo cuanto conoce. No tiene casa ni amigos y está completamente sola. Bueno, me tiene a mí, y yo debo comportarme.

—La vejez te está volviendo blando —murmuro y me duermo agotado, y no sueño con nada.

Lo que me despierta es un grito agudo de Alessia.

Capítulo doce

Tardo unos segundos en despejarme y ella vuelve a gritar.

Mierda.

Alessia.

Me levanto de la cama de un salto, impulsado por una inyección de adrenalina, con todos los sentidos alerta. Enciendo de golpe las luces del pasillo e irrumpo en su dormitorio. Alessia está sentada en la cama. Vuelve la cabeza enseguida al oír el ruido y ver la luz del exterior, y su mirada es de puro terror.

Abre la boca para volver a gritar.

—Alessia, soy yo, Maxim.

Sus palabras salen en torrente:

— *Ndihmë. Errësirë. Shumë errësirë. Shumë errësirë!*

¿Qué?

Me siento junto a ella en la cama, se abalanza sobre mí y casi me derriba al abrazarme por el cuello.

—Vamos... —la consuelo una vez más en cuanto recupero el equilibrio y la sujeto mientras le acaricio el pelo.

— *Errësirë. Shumë errësirë. Shumë errësirë* —susurra una y otra vez sin dejar de abrazarme, temblando como un potrillo recién nacido.

—Dilo en mi idioma. En mi idioma.

—La oscuridad —susurra con los labios pegados a mi cuello—. Odio la oscuridad. Aquí está muy oscuro.

Oh, mierda, gracias a Dios.

Había imaginado toda clase de horrores y estaba preparado para combatir contra una serie de monstruos, pero me relajo al escuchar sus palabras. Sigo rodeándola con un brazo, me agacho y enciendo la lámpara de la mesita de noche.

—¿Así está mejor? —le pregunto, pero ella no me suelta—. Está bien. Está bien. Estoy aquí —repito varias veces.

Pasados un par de minutos, deja de temblar y su cuerpo se relaja. Se sienta y me mira a los ojos.

—Lo siento —susurra.

—Tranquila. No lo sientas. No pienso irme.

Baja la mirada hacia mi pecho, y un tenue rubor aflora en sus mejillas.

—Sí, normalmente duermo desnudo. Da las gracias de que he me haya puesto la parte de abajo —bromeo.

El gesto de sus labios se relaja.

—Ya lo sé —dice y me roba una mirada a través de sus largas pestañas.

—¿Ya lo sabes?

—Sí. Tú duermes desnudo.

—¿Me has visto?

—Sí.

Su sonrisa me toma desprevenido.

—Bueno, no estoy muy seguro de cómo me hace sentir eso.

Agradezco que haya escapado de la pesadilla que le ha provocado la oscuridad, sea cual sea, aunque sigue mirando la habitación con nerviosismo.

—Lo siento. No quería despertarte —se disculpa—. Estaba asustada.

—¿Ha sido una pesadilla?

Asiente en silencio.

—He abierto los ojos y estaba todo tan... oscuro... —Se estremece—. No sabía si estaba dormida o despierta.

—Creo que eso haría gritar a cualquiera. Esto no es como Londres. En Trevethick no hay polución lumínica. La oscuridad de este lugar es... oscura.

—Sí. Como en el... —Se calla y tuerce el gesto con repulsión.

—¿Como dónde? —susurro.

La chispa vivaracha de sus ojos se ha apagado y la ha sustituido una expresión tensa y atormentada. Vuelve la cara hacia otro lado y se mira el regazo.

Permanece en silencio, así que le masajeo la espalda.

—Cuéntamelo —insisto.

—En el... ¿cómo se dice... *kámion...?* En el camión. En el camión —dice, inspirada de pronto.

Trago saliva.

—¿Camión?

—Sí. Que nos trajo a Inglaterra. Era metálico. Como una caja. Y oscuro. Y frío. Y ese olor... —Sus palabras son casi inaudibles.

—Mierda —blasfemo entre dientes y vuelvo a rodearla entre mis brazos.

Esta vez parece algo más reticente a abrazarme, seguramente porque estoy desnudo de cintura para arriba, pero no pienso dejarla sola con esas horribles pesadillas. Me levanto de un salto con ella en brazos y la acuno contra mi pecho.

Ella lanza un suspiro ahogado de sorpresa.

—Creo que deberías dormir conmigo.

Y sin esperar una respuesta, la llevo a mi habitación y la deposito junto al vestidor. Allí busco una camisa mía de piyama y se la entrego. Le señalo la dirección del baño privado.

—Puedes cambiarte ahí dentro. No dormirás a gusto con los jeans y ese suéter escolar.

Hago una mueca de disgusto al mirar la prenda verde de lana.

Ella parpadea muy rápido.

Mierda. A lo mejor me he pasado de la raya.

Y de pronto me siento un poco cohibido.

—A menos, claro está, que prefieras dormir sola.

—Nunca me he acostado con un hombre —susurra.

Oh.

—No voy a tocarte. Solo vamos a dormir... Así, la próxima vez que te despiertes gritando, estaré a tu lado.

Claro que a mí me gustaría hacerla gritar de otra forma.

Alessia duda un instante, me mira desde la cama y frunce los labios, algo que interpreto como expresión resolutiva.

—Quiero dormir aquí, contigo —responde en voz baja y entra con paso decidido en el baño, pero no cierra la puerta hasta no dar con el interruptor de la luz.

Aliviado, me quedo mirando la puerta cerrada del baño.

¿Con veintitrés años todavía no se ha acostado con un hombre?

No voy a pensar en eso ahora mismo. Son más de las tres de la madrugada y estoy cansado.

Alessia se queda contemplando su cara pálida en el espejo. La miran unos ojos muy abiertos y ojerosos. Inspira con fuerza y sacude la cabeza para olvidar las imágenes de la pesadilla: estaba de nuevo en el contenedor del camión, únicamente ella, sin las otras chicas.

Estaba sola.

En la oscuridad.

En el frío.

Con ese olor.

Se estremece y se quita la ropa. Había olvidado dónde estaba hasta que él ha aparecido.

Mister Maxim. Para salvarla otra vez.

Su propio Skënderbeu... Héroe de Albania.

El señor está convirtiéndolo en costumbre.

Y ella va a dormir con él.

Él mantendrá sus pesadillas a raya.

Si su padre se enterase, la mataría. Y su madre... la imagina desmayándose al saber que ha dormido con un hombre. Un hombre que no es su marido.

No pienses en baba y mama.

Su querida, queridísima madre la envió a Inglaterra creyendo que así la salvaría.

Estaba equivocada. Muy equivocada.

Oh, mama.

Por ahora está segura con mister Maxim. Se pone como puede la camisa del piyama, que le queda enorme. Se deshace la trenza y sacude la melena, luego intenta peinársela con los dedos, pero desiste. Se mete la ropa hecha un bulto bajo el brazo y abre la puerta.

El dormitorio de mister Maxim es más grande y espacioso que la otra habitación. También es de color blanco crudo, pero el mobiliario es de madera pulida, a juego con la cama góndola, que es la pieza dominante de la habitación. Él se encuentra de pie junto al cabecero y la mira con los ojos muy abiertos.

—Por fin has salido —dice con la voz ronca—. Empezaba a pensar que tendría que enviar un equipo de rescate.

La mirada de Alessia pasa de sus deslumbrantes ojos verdes al tatuaje del brazo. Hasta ahora solo ha visto partes de este, pero incluso desde la otra punta de la habitación se distingue bien el dibujo.

Un águila bicéfala.

Albania.

—¿Qué pasa? —Él sigue la mirada de Alessia y se mira el tatuaje—. Ah. Esto —dice—. Un disparate de juventud.

Lo ha comentado un tanto abochornado y frunce el ceño, por lo visto confuso por lo mucho que le interesa a ella. Alessia no puede apartar los ojos de la tinta a medida que se acerca a él. El señor levanta el codo para que ella pueda verlo mejor.

Grabado sobre sus bíceps se ve un escudo negro donde se aprecia la imagen de un águila bicéfala, también de color negro, sobre cinco círculos amarillos, dispuestos en forma de V invertida.

Alessia deja su ropa sobre el taburete situado al pie de la cama y levanta una mano para tocarle el brazo, no sin antes mirar a Maxim para pedirle permiso.

Contengo la respiración mientras ella sigue el contorno del tatuaje con un dedo. El tacto de su yema sobre mi piel y su delicada caricia hacen vibrar todo mi cuerpo. La vibración me baja hasta la entrepierna y tengo que reprimir un gruñido.

—Es el símbolo de mi país —susurra ella—. El águila bicéfala de la bandera albanesa.

¡Qué casualidad!

Aprieto los dientes. No estoy seguro de cuánto podré soportar su contacto sin responder a él.

—Pero estos círculos amarillos no están —añade Alessia.

—Se llamaban *bezants* —digo con la voz ronca.

—*Bezant*.

—Sí. Simbolizan monedas.

—En albanés tenemos la misma palabra. ¿Por qué llevas este tatuaje? ¿Qué significa?

Levanta la vista y me mira con sus ojos seductores.

¿Qué puedo decir?

Es el escudo de armas de mi familia.

No tengo ganas de explicar la historia de la heráldica familiar a las tres de la madrugada. Además, lo cierto es que me hice el tatuaje para enojar a mi madre. Ella los detesta... pero ¿un tatuaje del escudo de armas familiar? ¿Cómo iba a quejarse de que me lo hiciera?

—Como ya te he dicho, fue un disparate de juventud. —La mirada se me desvía desde sus ojos a sus labios. Trago saliva—. Es demasiado tarde para hablar de esto ahora. Vamos a dormir.

Retiro la colcha de la cama y me pongo a un lado para que ella pueda acomodarse. Alessia lo hace y veo sus largas y esbeltas piernas por debajo de la camisa de la piyama que le queda demasiado grande.

Esto es una tortura.

—¿Qué quiere decir "un disparate"? —me pregunta cuando estoy rodeando la cama.

Se ha apoyado con un codo sobre el colchón y su espectacular melena negra le cae en una cascada de ondas sobre los hombros, más allá del contorno de sus pechos y sobre la ropa de cama. Está espectacular y va a costarme mucho no tocarla.

—En este caso significa "una locura" —digo y me acuesto a su lado.

Casi se me escapa la risa por lo irónico de la situación.

Limitarse a dormir junto a esta preciosidad sí que es un disparate.

—Disparate —susurra ella mientras posa la cabeza sobre la almohada.

Bajo la intensidad de la luz de la mesita de noche para que ilumine tenuemente la oscuridad; no la apago del todo por si ella vuelve a despertarse.

—Sí. Disparate. —Me tumbo y cierro los ojos—. Ahora duérmete.

—Buenas noches —susurra ella con voz tierna y dulce—. Y gracias.

Suelto un gruñido. Esto va a ser una tortura. Me vuelvo hacia mi lado de la cama, alejado de ella y empiezo a contar ovejas.

Estoy acostado sobre el césped, cerca del gran muro de piedra que rodea el huerto de Tresyllian Hall.

El sol estival me calienta la piel.

El olor a las plantas de lavanda que rodean la hierba y el delicado perfume de las rosas que trepan por el muro llegan hasta mí flotando con la brisa.

Siento una calidez interior.

Me siento feliz.

Me siento en casa.

Una risa femenina me llama la atención.

Vuelvo la cabeza, atraído por su musicalidad, pero quedo cegado por el sol y solo veo la silueta de la mujer. Va

vestida con una bata transparente de color azul y su
larga melena negra azabache se agita con la brisa. El
viento sacude la prenda sobre su delgada silueta.
Alessia.
El perfume floral se intensifica y cierro los ojos para
inspirar su dulce y embriagador aroma.
Cuando los abro, ella ha desaparecido.

Me despierto sobresaltado. La mañana se cuela en el dormitorio por las rendijas de las persianas. Alessia ha invadido mi lado de la cama y está acurrucada bajo mi axila, con la mano cerrada en un puño sobre mi vientre y la cabeza reposando sobre mi pecho. Tiene una pierna enredada con la mía.

La tengo por todo el cuerpo.

Y profundamente dormida.

Y mi verga está muy despierta y dura como una piedra.

—Oh, Dios —susurro y hundo la nariz en su pelo.

Lavanda y rosas.

Embriagador.

Se me desboca el corazón mientras elaboro mentalmente una lista de todas las posibilidades de la situación: Alessia entre mis brazos. Preparada. Expectante. Es tan tentadora y está tan cerca... demasiado cerca. Si me vuelvo hacia el otro lado, ella quedará boca arriba, expuesta, y por fin podría hundirme en su cuerpo. Levanto la vista hacia el techo y ruego al cielo un poco de autocontrol. Sé que si me muevo se despertará, así que alargo mi tortura y permanezco inmóvil, disfrutando de la dulce, dulcísima agonía de tenerla desparramada sobre mi cuerpo. Sujeto un mechón de su cabello entre los dedos, sorprendido por lo terso y sedoso que es. Ella se remueve, abre la mano y sus dedos se despliegan sobre mi vientre y me rozan la primera línea de vello púbico.

¡Mierda!

Estoy tan excitado que solo pienso en agarrarle la mano y obligarla a que rodee mi erección con ella. Si lo hiciera, estallaría enseguida.

—Mmm... —murmura.

Parpadea, abre los ojos, levanta la vista y me mira con cara de dormida.

—Buenos días, Alessia. —Me cuesta respirar.

Lanza un suspiro ahogado y se mueve un poco para dejar algo de espacio entre ambos.

—Estaba disfrutando de tu visita a mi lado en la cama —le digo en tono provocador.

Ella se tapa con la manta hasta la barbilla, se ruboriza y sonríe con timidez.

—Buenos días —dice.

—¿Has dormido bien? —le pregunto al tiempo que me tumbo de lado para poder mirarla.

—Sí. Gracias.

—¿Tienes hambre?

Yo sí que tengo. Y no de comida.

Ella asiente con la cabeza.

—¿Eso significa un sí?

Frunce el ceño.

—Ayer, en el carro, dijiste que en Albania es al revés.

—Te has acordado. —Parece encantada y sorprendida.

—Me acuerdo de todo lo que me contaste.

Quiero decirle que está preciosa por las mañanas. Pero me contengo. Estoy comportándome.

—Me gusta dormir contigo —dice, y eso me confunde.

—Bueno, pues ya somos dos.

—No he tenido pesadillas.

—Bien. Yo tampoco.

Se ríe e intento recordar el sueño que me ha despertado. Solo sé que Alessia aparecía en él. Como siempre.

—He soñado contigo.

—¿Conmigo?

—Sí.

—¿Estás seguro de que no era una pesadilla? —me pregunta en broma.

Sonrío con malicia.

—Bastante seguro.

Ella también sonríe. Tiene una sonrisa hipnotizadora. Una dentadura blanca y perfecta. Unos labios rosados ligeramente separados, con los que quizá esté tentándome.

—Resultas muy deseable.

Se me escapan esas palabras en un momento de debilidad. Las pupilas de sus ojos marrón intenso se dilatan y me cautivan.

—¿Deseable?

Se le corta la respiración.

—Sí.

Se hace un largo silencio mientras nos miramos.

—No sé qué hacer —susurra.

Cierro los ojos y trago saliva mientras las palabras que me dijo anoche resuenan en mi cabeza.

Nunca me he acostado con un hombre.

—¿Eres virgen? —pregunto en voz baja y abro bien los ojos para poder verle la cara.

Ella se pone roja.

—Sí.

Su sencilla afirmación es como un jarro de agua fría para mi libido. Solo me he acostado una vez con una chica virgen, y fue Caroline. También era mi primera vez; fue un desastre por el que casi nos expulsan del colegio. Después de aquello, mi padre me llevó a un burdel de lujo en Bloomsbury.

Si vas a empezar a coger con chicas, Maxim, será mejor que aprendas cómo se hace.

Yo tenía dieciséis años y Caroline siguió con su vida...

Hasta la muerte de Kit.

Maldita sea.

¿Alessia sigue siendo virgen a los veintitrés? Pues claro que sí. ¿Qué me esperaba? Es distinta a todas las mujeres que he conocido. Y está mirándome con los ojos como platos, llena de expectación. De nuevo pienso que ha sido un disparate traerla hasta aquí.

Alessia frunce el ceño, se le nota la impaciencia en el rostro.

Mierda.

Me acerco a ella y le acaricio los labios fruncidos con el pulgar. Inspira con fuerza.

—Te deseo, Alessia. Y mucho. Pero deseo que tú también me desees. Creo que tenemos que conocernos mejor antes de llevar esto más allá.

Eso es. Esa es la respuesta más madura, ¿verdad?

—Está bien —susurra ella, pero parece insegura y posiblemente un tanto decepcionada.

¿Qué espera de mí?

Debo poner algo de distancia entre ambos para poder pensar en esto. Aquí, en mi cama, ella es una distracción que me impide pensar. Una preciosa distracción de labios fruncidos y tersos. Me siento y tomo su rostro entre mis manos.

—Vamos a disfrutar de estas vacaciones —murmuro, la beso y me levanto.

Este no es el momento.

No es justo para ella.

Ni tampoco es justo para mí.

—¿Te marchas? —me pregunta Alessia y se sienta en la cama.

El pelo le cae en torno a su delicado rostro, como un velo. Tiene los ojos muy abiertos, con expresión preocupada; está tan sexy al natural... casi oculta bajo la enorme camisa del piyama.

—Voy a darme una ducha rápida y luego preparé el desayuno para los dos.

—¿Sabes cocinar?

Me río ante su sorpresa.

—Sí. Bueno, sé preparar huevos con beicon.

Le dedico una sonrisa avergonzada y entro con paso decidido al baño.

· · ·

Mierda.

Vuelvo a masturbarme en la ducha.

El agua se desliza sobre mi cuerpo y, con una mano apoyada sobre las baldosas de mármol para sujetarme, me vengo enseguida, imaginando los dedos de Alessia sobre mi vientre y su otra mano alrededor de mi verga.

Una virgen.

Frunzo el ceño. ¿Por qué me preocupa tanto? Al menos esos hijos de puta no han abusado de ella. La rabia se apodera de mí cuando imagino a esos hombres persiguiéndola. Ahora está segura aquí, en Cornualles. Ya es algo.

Quizá sea porque es creyente. Me contó que su abuela era misionera y lleva una cadena de oro con un crucifijo. O quizá el sexo antes del matrimonio sea tabú en Albania. No tengo ni idea. Me lavo el pelo y el cuerpo con el jabón que Danny ha dejado en la ducha para mí.

Esto no es lo que tenía en mente cuando pensé en traerla aquí. Su inexperiencia es un problema. Me gustan las mujeres con experiencia sexual, que sepan lo que hacen, que sepan lo que quieren y conozcan sus límites. Iniciar a una virgen es una gran responsabilidad. Me seco el pelo con una toalla.

Es un trabajo duro, pero alguien tiene que hacerlo.

Y podría ser yo.

Me quedo mirando al canalla del espejo.

Amigo, madura de una vez.

A lo mejor Alessia quiere una relación duradera.

Yo he tenido dos relaciones, pero ninguna de ellas ha durado más de ocho meses. No han sido muy largas. Charlotte aspiraba a subir de estatus social y me cambió por un *baronet* de Essex. Arabella estaba demasiado enganchada a las drogas para mi gusto. O sea, no está mal meterse un par de rayas de vez en cuando, pero ¿a diario? Ni hablar. Creo que está de nuevo en rehabilitación.

Una relación con Alessia. ¿Qué supondría eso?

Me estoy adelantando a los acontecimientos. Me enrollo una toalla a la cintura y regreso al dormitorio. Ella no está.

Mierda. Se me acelera el pulso.

¿Ha huido? ¿Otra vez?

Toco a la puerta de su dormitorio. No hay respuesta. Entro y me siento aliviado al oír la ducha.

Por el amor de Dios, tranquilízate ya.

La dejo y voy a vestirme.

Alessia querría quedarse a vivir en la ducha. En su casa de Kukës, el baño tenía una ducha rudimentaria y había que fregar el suelo cada vez que la utilizaban. En la casa de Magda la ducha estaba superpuesta encima de la bañera. Esta ducha tiene su propia cabina, y el agua caliente cae sobre ella en cascada por la toma más grande que ha visto en su vida. Es incluso más grande que la del baño del apartamento de mister Maxim. Es maravillosa y no se parece a nada de lo que Alessia ha experimentado hasta ahora. Se lava el pelo y se rasura el cuerpo con delicadeza usando la cuchilla desechable que le ha dejado Magda.

Se frota el cuerpo con el gel que ha traído de casa. Su mano jabonosa se desliza sobre sus senos y cierra los ojos.

Te deseo, Alessia. Y mucho.

Él la desea.

Su mano va descendiendo.

Imagina que es la mano del señor sobre su cuerpo. Tocándola. De forma íntima.

Ella también lo desea.

Recuerda haberse despertado entre sus brazos y la sensación de calidez y fuerza de su cuerpo masculino sobre la piel. Siente un cosquilleo en el estómago al evocarlo y mueve la mano más abajo. Deprisa. Más y más deprisa. Se apoya sobre las baldosas calientes. Y levanta la cabeza. Abre la boca para tomar aire.

Maxim.

Maxim.

¡Ah!

Se le tensan los músculos al máximo cuando se viene.

Recupera el aliento y abre los ojos.

Eso es lo que desea, ¿no es así?

¿Puede confiar en él?

Sí.

Él no ha hecho nada para que ella dude de la confianza que ha depositado en él. Anoche la rescató de sus terrores nocturnos, fue bueno y amable. La dejó dormir con él para que no tuviera pesadillas.

Se siente a salvo a su lado.

Hacía mucho que no se sentía a salvo. Es un sentimiento novedoso, aun sabiendo que Dante e Ylli todavía andan buscándola.

No. No pienses en ellos.

Ojalá supiera más cosas sobre los hombres. Los hombres y mujeres de Kukës no se relacionan como los de Inglaterra. En su lugar de origen, los hombres se relacionan con los hombres y las mujeres con las mujeres. Siempre ha sido así. Al no tener hermanos varones y permanecer apartada de sus primos en las celebraciones familiares, su contacto con el sexo opuesto se ha limitado a los pocos compañeros que conoció en la universidad y a su padre, claro está.

Se pasa las manos por el pelo.

Mister Maxim es distinto a cualquier hombre que haya conocido.

Mientras le cae el agua en la cara, decide olvidarse de los problemas. Hoy, como ha dicho él, es un día de vacaciones. El primero que tiene.

Se envuelve el pelo con una toalla pequeña, el cuerpo con otra más grande, y entra en la habitación sin hacer ruido. De la planta baja llega un ritmo vibrante. Alessia se queda escuchando. Esta música no encaja con el Maxim que ella conoce. Sus composiciones sugieren que es un hombre más tranquilo y contenido que la persona que ha puesto esa música a todo volumen, que retumba por toda la casa.

Alessia dispone la ropa que va a ponerse sobre la cama. Todas las prendas, salvo los jeans y el sujetador, son herencia de Magda y Michal. Frunce el ceño pues le gustaría tener algo más seductor que ponerse. Se viste con una camiseta de manga larga de color blanco crudo y los jeans. Tienen muy poca gracia, pero no hay otra cosa. Es lo único que tiene.

Se seca el pelo con la toalla, se lo cepilla, y se lo deja suelto. Luego baja por la escalera. A través de las barandas de vidrio que rodean la escalera, ve a Maxim en la cocina. Lleva un jersey gris perla y los jeans negros rotos. Se encuentra de pie delante de los fogones con un paño de cocina sobre el hombro. Está friendo beicon —el olor es delicioso— y se contonea al ritmo de la música que retumba en la sala. Alessia no puede evitar una sonrisa. Durante el tiempo que lleva limpiando su apartamento, jamás ha encontrado prueba alguna de que él sepa cocinar.

En su lugar de origen los hombres no cocinan.

Ni bailan mientras cocinan.

La flexión de los músculos de sus espaldas anchas, el contorno de sus delgadas caderas y sus pies descalzos marcando el ritmo contra el suelo en perfecto compás con la música resultan hipnóticos. Alessia siente un delicioso cosquilleo en el vientre. Él se pasa los dedos por el pelo húmedo y da la vuelta a las lonchas de beicon. A ella se le hace agua la boca.

Mmm... ese olorcito.

Mmm... ese hombre.

Él se vuelve de golpe y se le ilumina el rostro en cuanto la ve en la escalera. Su amplia sonrisa es un reflejo de la de Alessia.

—¿Un huevo o dos? —le pregunta gritando por lo alta que está la música.

—Uno —dice ella moviendo exageradamente los labios mientras baja los escalones y entra en la amplia sala.

Se vuelve y lanza un suspiro ahogado cuando mira a través del ventanal panorámico.

¡El mar!

—*Deti! Deti!* ¡El mar! —exclama y corre hacia la gran ventana con salida a la terraza.

Bajo el fuego del beicon y corro hacia la salida de la terraza para unirme a Alessia, quien no para de dar pequeños saltos de pura emoción.

—¿Podemos bajar a ver el mar?

Su mirada brilla de júbilo mientras sigue saltando, contenta como una niña.

—Claro que sí. Vamos.

Quito el seguro de la puerta de vidrio y la deslizo para que Alessia pueda salir. Una corriente de aire gélido nos toma a ambos por sorpresa. Hace un frío tremendo, pero ella sale corriendo, a pesar de que tiene el pelo húmedo, los pies descalzos y solo lleva una camiseta.

¿Es que esta mujer no tiene ropa en condiciones?

Agarro una manta gris del respaldo del sofá y salgo tras ella. La rodeo con mis brazos y la cubro con la manta. La abrazo mientras contemplo las vistas. Tiene el rostro iluminado por el asombro.

Hideout y las otras tres casas vacacionales están construidas sobre acantilados rocosos. Se baja hasta la playa por un pequeño y sinuoso camino que empieza al final del jardín. El día está despejado y luminoso. Luce el sol, pero hace un frío gélido por el fuerte viento. El mar es azul hielo, salpicado por la blanca espuma, y se oye el estallido de las olas que rompen contra los acantilados a ambos lados de la cala. El aire huele a frescor y salitre. Alessia se vuelve para mirarme con expresión de perplejidad total.

—Ven, vamos a comer. —Soy consciente de que el beicon está en el fuego—. Vas a agarrar una neumonía aquí fuera. Bajaremos a la playa después de desayunar. —Entramos y cierro la puerta—. ¡Solo tengo que freir los huevos! —grito porque la música está altísima.

—¡Déjame ayudarte! —dice Alessia también a gritos y me sigue hasta la zona de la cocina, todavía envuelta en la manta.

Bajo el volumen del sistema de sonido con la aplicación Sonos que tengo en el móvil.

—Así está mejor.

—Una música interesante —comenta Alessia en un tono que me hace intuir que no es su estilo favorito.

—Es *house* coreano. Uso algunos temas cuando pincho. —Saco los huevos de la nevera—. ¿Dos huevos?

—No, uno.

—¿Segura?

—Sí.

—De acuerdo. Solo uno. Yo tomaré dos. Puedes comerte una tostada. El pan está en la nevera y la tostadora está por allí.

Preparamos juntos lo que falta y así puedo observarla. Con sus dedos largos y ágiles saca las tostadas de la tostadora y las unta de mantequilla.

—Toma.

Saco dos platos del cajón calientaplatos y los coloco sobre la barra, listos para las tostadas.

Ella sonríe y sirve el resto del desayuno.

—No sé tú, pero yo estoy muerto de hambre.

Dejo el sartén en el fregadero, agarro ambos platos y la invito a sentarse en la mesa del comedor, que ya he preparado para dos comensales.

Alessia parece impresionada.

¿Por qué me siento como si por fin hubiera conseguido algo?

—Siéntate aquí. Así disfrutarás de las vistas.

¿Qué te ha parecido? —pregunta Maxim.

Están sentados a la gran mesa del comedor, Alessia, en la cabecera, donde nunca había estado antes, disfrutando de la vista al mar.

—Delicioso. Eres un hombre con muchas habilidades.

—Te asombraría conocerlas todas —comenta él secamente con la voz un tanto ronca.

A Alessia se le corta la respiración por el tono de Maxim y su forma de mirarla.

—¿Todavía tienes ganas de salir a dar un paseo?

—Sí.

—Bien.

Saca el móvil y marca un número. Ella se pregunta a quién estará llamando.

—Danny —dice—. No. Estamos bien. ¿Puedes traer un secador...? Ah, ¿sí que hay? De acuerdo. Y necesito un par de botas de agua o de montaña... —Mira directamente a Alessia—. ¿Qué talla? —pregunta.

Ella no tiene ni idea de a qué se refiere.

—Me refiero a tu talla de zapatos —le aclara él.

—Treinta y ocho.

—Está bien, eso aquí es una talla cinco, y unos calcetines, si tienes. Sí. De mujer... No importa. Y un abrigo en condiciones, por Dios... Sí. De mujer... Delgada. Menuda. Lo antes posible. —Se queda escuchando un instante—. Fantástico —dice y cuelga.

—Ya tengo un abrigo.

—No abriga lo suficiente. Y desconozco las costumbres en cuanto al uso de calcetines en Albania, pero afuera hace mucho frío.

Ella se ruboriza. Solo tiene dos pares de calcetines porque no puede comprar más, y no podía pedirle a Magda otro par. Ya había hecho bastante por ella.

Dante e Ylli se habían quedado con su equipaje y cuando llegó a Brentford, Magda había quemado casi toda la ropa que llevaba. No podía seguir poniéndosela en las condiciones que estaba.

—¿Quién es Danny?

—Vive por aquí cerca —dice Maxim y centra su atención en los platos vacíos. Luego se levanta para recoger la mesa.

—Ya lo hago yo —sugiere ella, impresionada de que recoja él—. Yo los lavaré.

Le quita los platos y los coloca en el fregadero.

—No. Lo haré yo. Tiene que haber un secador de pelo en alguno de los cajones de la cómoda del vestidor, en tu habitación. Ve a secarte el pelo.

—Pero...

¡Él no puede lavar los platos! ¡Los hombres no hacen esas cosas!

—Nada de peros. Lo haré yo. Tú ya has limpiado mucho para mí.

—Pero es mi trabajo.

—Hoy no lo es. Eres mi invitada. Vete —dice en un tono cortante y severo. Un escalofrío de aprensión recorre a Alessia—. Por favor —añade él.

—De acuerdo —susurra ella y sale a toda prisa de la cocina, confundida y preguntándose si él estará enojado con ella.

Por favor, que no esté enojado conmigo.

—Alessia —la llama Maxim. Ella frena en seco a los pies de la escalera y se queda con la cabeza gacha—. ¿Estás bien?

Alessia asiente en silencio antes de subir pitando los escalones.

Pero ¿qué carajos ha pasado?

¿Qué he dicho ahora? Me quedo mirando como sube y sé que ha evitado a propósito mirarme a los ojos.

Mierda.

La he ofendido, pero no sé ni cómo ni por qué. Siento la tentación de salir corriendo tras ella, pero decido no hacerlo y empiezo a cargar el lavaplatos y a limpiar.

Veinte minutos después, cuando estoy guardando el sartén en su sitio, suena el teléfono de la entrada.

Danny.

Miro hacia la escalera con la esperanza de ver a Alessia reaparecer, pero no es así. Presiono el botón para abrirle la puerta a Danny y apago la música, porque sé que a ella no le gustará.

El agudo bramido del secador ensordece a Alessia mientras se cepilla la melena sin parar al calor del aparato. Con cada pasada del cepillo, sus pulsaciones recuperan un ritmo más sosegado.

Él le ha hablado igual que su padre.

Y ella ha reaccionado como siempre hacía ante su padre, apartándose de su vista. *Baba* jamás le había perdonado a su madre ni a ella misma que su única descendiente fuera niña. Aunque su pobre madre es la que carga con todo el peso de su ira.

Pero mister Maxim no se parece en nada a su padre.

En nada.

Termina de secarse el pelo y sabe que la única forma de recuperar la estabilidad y olvidarse de su familia durante un rato es tocando el piano. La música es su vía de escape. Ha sido su única vía de escape.

Cuando baja la escalera, mister Maxim ha desaparecido. Alessia se pregunta dónde habrá ido, pero los dedos le queman por el deseo de tocar. Se sienta frente al pequeño piano blanco de pared, levanta la tapa y, sin preliminares, ataca el teclado con su preludio de Bach enojado en do menor. La música se proyecta con intensidad por toda la sala con tonalidades de intensos naranjas y rojos, y reduce a cenizas cualquier pensamiento sobre su padre y la libera.

Cuando abre los ojos, Maxim está mirándola.

—Eso ha sido increíble —susurra él.

—Gracias —dice ella.

Maxim se acerca un poco más y le acaricia la mejilla con el dorso del dedo, luego le levanta la barbilla y ella queda hipnotizada por su mirada magnética. Sus ojos son de un color espectacular. Al mirarlos tan de cerca ve que el iris es de un verde más oscuro por el borde —como un pino de Kukës—, mientras que la pupila es de un tono más claro, como un helecho en primavera. Cuando él se agacha, ella cree que va a besarla. Pero no lo hace.

—No sé qué he hecho para ofenderte —le dice.

Ella posa unos dedos sobre sus labios, para que no diga nada más.

—No has hecho nada malo —le susurra.

Maxim frunce los labios para besarle las puntas de los dedos y ella retira la mano.

—Bueno, si lo he hecho, lo siento. Bien, ¿quieres ir a dar un paseo por la playa?

Ella lo mira sonriente.

—Sí.

—Vale. Pues tienes que abrigarte bien.

Alessia está impaciente. Prácticamente tira de mí mientras avanza corriendo por el sendero pedregoso. Al final de la bajada llegamos a la playa y ella ya no puede seguir conteniéndose. Me suelta la mano y sale disparada hacia el mar turbulento; se le cae la gorra y su pelo ondea al viento.

—¡El mar, el mar! —grita y empieza a girar sobre sí misma con los brazos levantados.

Ya se le ha pasado el disgusto de antes, sonríe de oreja a oreja y su expresión es luminosa, animada por la felicidad. Camino sobre la gruesa arena y recojo el gorro de lana que se le ha caído.

—¡El mar! —exclama de nuevo, gritando por encima del rugido del océano, y aletea con los brazos, loca de contenta, celebrándolo cada vez que una ola rompe contra la orilla.

Es imposible no sonreír. Su entusiasmo desatado por esta primera vez resulta demasiado interesante y conmovedor. Sonrío complacido mientras ella grita y retrocede bailoteando para escapar de las olas que rompen contra la orilla. Está muy graciosa con esas botas de agua que le quedan enormes y el abrigo grande. Tiene la cara roja como un tomate y la nariz colorada, pero está deslumbrante. Se me encoge el estómago de emoción.

Se acerca corriendo hacia mí con júbilo infantil y me agarra de la mano.

—¡El mar! —exclama una vez más y me arrastra hasta las olas de las orilla.

Y yo la acompaño, encantado, y me dejo llevar por su alegría.

Capítulo trece

Pasean de la mano por el sendero que recorre la costa y se detienen junto a unas viejas ruinas.

—¿Qué es este lugar? —pregunta Alessia.

—Una mina de estaño abandonada.

Alessia y Maxim se apoyan en la chimenea y contemplan el mar, picado y rizado de crestas blancas, mientras el viento helado silba entre ellos.

—Qué bello es este sitio —musita Alessia—. Es salvaje. Me recuerda a mi hogar.

Aunque prefiero estar aquí. Me siento... segura.

Y es porque estoy con mister Maxim.

—Yo también adoro este lugar. Es donde crecí.

—¿En la casa en la que estamos?

—No. —Maxim desvía la mirada—. Mi hermano la construyó hace muy poco —añade, torciendo el gesto, y parece perderse en sus pensamientos.

—¿Tienes un hermano?

—Lo tenía —susurra—. Murió.

Maxim hunde las manos en los bolsillos del abrigo y vuelve

la vista hacia el mar, con el semblante sombrío, como tallado en piedra.

—Lo siento —dice Alessia. Por la expresión herida y desolada de Maxim, sospecha que la muerte de su hermano ha debido de ser reciente—. Lo echas de menos —añade, apoyando una mano en su brazo.

—Sí —susurra Maxim, volviéndose hacia ella—. Lo echo de menos. Lo quería.

Su franqueza la sorprende.

—¿Tienes más familia?

—Una hermana. Maryanne. —La sonrisa impregnada de cariño apenas dura un instante—. Y luego está mi madre —prosigue con tono desdeñoso.

—¿Y tu padre?

—Mi padre murió cuando yo tenía dieciséis años.

—Vaya, lo siento. ¿Tu hermana y tu madre viven aquí?

—Antes sí. A veces vienen de visita —contesta—. Maryanne trabaja y vive en Londres. Es médica —apunta con una sonrisa colmada de orgullo.

—*Ua.* —Alessia está impresionada—. ¿Y tu madre?

—Casi siempre está en Nueva York —contesta con sequedad. No tiene ganas de hablar de su madre.

Y ella no tiene ganas de hablar de su padre.

—Hay minas cerca de Kukës —dice Alessia para cambiar de tema, alzando la vista hacia la chimenea de piedra gris. Es como la que hay en la carretera de Kosovo.

—¿Ah, sí?

—Sí.

—¿De qué son?

—*Krom.* No sé la palabra.

—¿Cromo?

—No sé —insiste ella, encogiéndose de hombros.

—Creo que será mejor que invierta en un diccionario inglés-albanés —murmura Maxim—. Vamos, demos un paseo hasta el pueblo. Podemos comer allí.

—¿El pueblo?

Alessia no ha visto ninguna casa durante el paseo.

—Trevethick. Es un pueblecito al otro lado de la colina. Muy turístico.

—Las fotografías del apartamento, ¿son de aquí? —pregunta Alessia, acomodándose a su paso.

—Los paisajes. Sí. Sí, son de aquí. —Maxim sonríe satisfecho—. Eres muy observadora —añade.

A juzgar por las cejas enarcadas, Alessia adivina que está impresionado; le dirige una sonrisa cohibida. Maxim le toma la mano enguantada.

Abandonan el camino y salen a una calzada demasiado estrecha para tener aceras. Los setos que la flanquean son altos, pero han procurado podarlos para que no invadan la carretera. Las zarzas y los arbustos de ramas desnudas están esmeradamente cuidados y en algunos lugares aún los cubre la nieve. Continúan adelante, hasta que el pueblo de Trevethick aparece al final del camino, tras una amplia curva. Es la primera vez que Alessia ve unas casas encaladas y de piedra como esas. Parecen antiguas y pequeñas, pero aun así poseen encanto. El lugar es pintoresco, y está inmaculado, no se ve basura por ninguna parte. De donde viene, las calles están salpicadas de escombros y porquería, y casi todos los edificios son de hormigón.

Frente al mar, dos muelles de piedra alargan sus brazos para abrigar el puerto, donde hay amarrados tres grandes barcos de pesca. En la zona portuaria hay algunas tiendas —un par de boutiques, un supermercado, una pequeña galería de arte— y dos pubs. Uno se llama The Watering Hole y el otro The Two-Headed Eagle. Alessia reconoce el águila bicéfala del escudo que decora el cartel que cuelga en la puerta del segundo.

—¡Mira! —Señala el emblema—. Tu tatuaje.

Maxim le guiña un ojo.

—¿Tienes hambre?

—Sí —contesta Alessia—. El paseo ha sido largo.

—Buenos días, milord.

Un anciano ataviado con bufanda negra, chaqueta verde impermeable y una gorra plana sale en ese momento de The Two-Headed Eagle. Lo sigue un perro lanudo de raza indefinida, acicalado con un abrigo rojo en cuya espalda aparece el nombre "Boris" bordado en dorado.

—Padre Trewin. —Maxim le estrecha la mano.

—¿Cómo lo lleva, joven? —pregunta el hombre dándole unas palmaditas en el brazo.

—Bien, gracias.

—Me alegra oírlo. ¿Y quién es esta encantadora jovencita?

—Padre Trewin, permítame que le presente a Alessia Demachi, mi... amiga. No es de aquí, está de visita. El padre Trewin es el párroco del lugar.

—Buenas tardes, querida. —Trewin le tiende la mano.

—Buenas tardes —responde Alessia, estrechándosela, sorprendida y complacida de que se dirija a ella directamente.

—¿Qué le parece Cornualles?

—Esto es precioso.

Trewin le dedica una sonrisa bondadosa y se vuelve hacia Maxim.

—Supongo que es mucho esperar que mañana domingo lo veamos aparecer por el oficio.

—Ya veremos, padre.

—Hay que predicar con el ejemplo, hijo. No lo olvide.

—Lo sé, lo sé... —Maxim suena resignado.

—¡Hoy hace fresco! —exclama el padre Trewin, cambiando de tema.

—Así es.

Trewin silba a Boris, que se ha sentado pacientemente hasta que acaben las cortesías de rigor.

—Por si lo ha olvidado, el oficio empieza a las diez en punto.

Se despide de ambos con un gesto de cabeza y continúa su camino.

—Párroco es el cura, ¿sí? —pregunta Alessia cuando Maxim abre la puerta del pub y la invita a pasar al cálido interior.

—Sí. ¿Eres creyente? —pregunta Maxim, sorprendiéndola.

—N...

—Buenas tardes, milord —lo saluda un hombretón de cabello rojo y tez de la misma tonalidad, interrumpiendo la conversación.

Está detrás de una barra imponente sobre la que cuelgan jarras y vasos de pinta decorativos. Un fuego arde en la chimenea del fondo, frente a la que se distribuyen varios bancos de madera de respaldo alto que flanquean una hilera de mesas. La mayoría está ocupada por hombres y mujeres que, en lo que respecta a Alessia, pueden ser tanto vecinos del lugar como turistas. Del techo cuelgan maromas, redes y aparejos de pesca. La atmósfera es cálida y acogedora. Incluso hay una pareja besándose al fondo. Azorada, Alessia desvía la mirada y se pega a mister Maxim.

Hola, Jago —lo saludo—. Una mesa para dos para comer.

—Megan les preparará algo enseguida —contesta Jago, señalando al fondo.

—¿Megan?

Mierda.

—Sí, ahora trabaja aquí.

Mierda.

Miro a Alessia de reojo y la veo ligeramente desconcertada.

—¿Estás segura de que tienes hambre?

—Sí —contesta Alessia.

—¿Doom Bar? —pregunta Jago, que mira a Alessia con evidente deleite.

—Sí, gracias —respondo, tratando de contenerme.

—¿Y para la dama? —La voz de Jago se suaviza, sin apartar los ojos de Alessia.

—¿Qué quieres de beber? —le pregunto.

Alessia se quita el gorro y deja la melena suelta. Tiene las mejillas sonrosadas por el frío.

—¿La cerveza que tomé ayer? —contesta.

Entre los rizos oscuros que casi le llegan a la cintura, los ojos brillantes y esa sonrisa radiante, es una belleza exótica. Me tiene hechizado. Total y completamente hechizado. ¿Cómo voy a reprocharle a Jago que se la coma con los ojos?

—Media cerveza rubia para la dama —contesto sin mirarlo.

—¿Qué pasa? —pregunta Alessia mientras baja la cremallera de la chaqueta Barbour acolchada de Maryanne, y me doy cuenta de que me he quedado mirándola embobado.

Sacudo la cabeza y ella me dirige una sonrisa tímida.

—Hola, Maxim. ¿O ahora debería llamarte milord?

Mierda.

Me vuelvo para enfrentarme a una Megan de expresión tan sombría como su ropa.

—¿Mesa para dos? —pregunta con un tono almibarado y una sonrisa a juego.

—Sí, gracias. ¿Qué tal estás?

—Bien —responde con sequedad.

Pongo cara larga y oigo la voz de mi padre resonando en mi cabeza.

No andes jodiendo con las chicas del lugar, hijo.

Me aparto a un lado para dejar paso a Alessia y seguimos los pasos resentidos de Megan, que nos conduce a una mesa del fondo, junto a una ventana que da a los muelles. Es la mejor mesa del local. Algo es algo.

—¿Esta te parece bien? —le pregunto a Alessia, ignorando a Megan de manera deliberada.

—Sí. Esta es bien —contesta Alessia, mirando confusa a una Megan malhumorada.

Retiro la silla y toma asiento. Jago llega con las bebidas y Megan se aleja sin prisa, supuestamente para ir a buscar la carta... o un bate de críquet.

—Salud. —Alzo mi pinta.

—Salud —contesta Alessia—. Yo no creo que Megan esté contenta contigo —dice tras beber un sorbo.

—No, yo tampoco lo creo. —Me encojo de hombros, tratando

de obviar el tema. No tengo ningunas ganas de hablar de Megan con Alessia—. Da igual, ¿qué decías de la religión?

Me observa con cierto recelo, como si estuviese analizando el momento tenso con Megan, y luego continúa.

—Los comunistas prohibieron la religión en mi país.

—Eso comentaste ayer en el carro.

—Sí.

—Pero llevas una cruz de oro.

—La carta —nos interrumpe Megan, tendiéndonos un menú plastificado—. Vuelvo enseguida para tomarles la orden.

Da media vuelta con brusquedad y se dirige a la barra.

No le presto atención.

—¿Qué decías?

Alessia observa con recelo cómo se aleja Megan, pero no dice nada.

—Pertenecía a mi abuela —prosigue—. Era católica. Solía rezar en secreto.

Alessia acaricia la cruz de oro.

—Entonces ¿en tu país no se profesa ninguna religión?

—Ahora sí. Desde que nos convertimos en una república cuando cayeron los comunistas, pero en Albania no le damos demasiada importancia.

—Ah, creía que la religión lo era todo en los Balcanes.

—En Albania no. Somos un... ¿Cuál es la palabra? Estado secular. La religión es muy personal. Ya sabes, solo entre una persona y su Dios. En casa somos católicos. La mayoría de la gente de mi ciudad es musulmana. Pero tampoco le damos muchas vueltas —contesta dirigiéndome una mirada burlona—. ¿Y tú?

—¿Yo? Bueno, supongo que soy anglicano, pero no soy creyente.

Las palabras del padre Trewin retumban en mis oídos.

Hay que practicar con el ejemplo, hijo.

Maldita sea.

Tal vez debería ir a la iglesia mañana. Kit siempre se las apañaba para acudir como mínimo uno o dos domingos al mes cuando estaba aquí.

Yo no tanto.

Otro de los malditos deberes con los que debo cumplir.

—¿Los ingleses son como tú? —pregunta Alessia, devolviéndome a la conversación.

—¿En cuanto a la religión? Algunos. Otros no. Inglaterra es multicultural.

—Eso ya sé. —Sonríe—. Cuando viajaba en el tren en Londres se hablaban muchas lenguas distintas.

—¿Te gusta Londres?

—Es ruidoso, hay mucha gente y es muy caro. Pero es emocionante. Nunca había estado en una gran ciudad.

—¿Ni siquiera en Tirana?

Gracias a mi costosa educación, sé cuál es la capital de Albania.

—No, yo no viajo nunca. No había visto el mar hasta que tú me has traído aquí.

Se vuelve hacia la ventana con mirada melancólica, un gesto que me ofrece la oportunidad de admirar su perfil: pestañas largas, nariz respingona y labios carnosos. Me remuevo en el asiento notando como empieza a arderme la sangre.

Tranquilízate.

Megan aparece con su cara demacrada de pocos amigos y el pelo bien peinado hacia atrás y mi excitación desaparece de golpe.

Vaya, sí que sigue resentida. Fue un verano hace siete años. Un puto verano.

—¿Ya saben qué van a pedir? —pregunta, lanzándome una mirada asesina—. El pescado del día es bacalao.

Hace que suene como un insulto.

Alessia frunce el ceño y le echa un vistazo al menú.

—Yo tomaré el pastel de pescado, gracias —digo e, irritado, ladeo la cabeza, desafiando a Megan a que haga algún comentario.

—Para mí también —indica Alessia.

—Dos pasteles de pescado. ¿Vino?

—Yo ya tengo suficiente con la cerveza. ¿Alessia?

Megan se vuelve hacia la adorable Alessia Demachi.

—¿Y tú? —le espeta.

—La cerveza también es bien para mí.

—Gracias, Megan —le gruño a modo de aviso y me lanza una mirada poco amable.

Seguro que escupe en mi comida o, peor, en la de Alessia.

—Mierda —mascullo entre dientes mientras la veo alejarse en dirección a la cocina.

Alessia observa mi reacción con interés.

—La cosa viene de hace años —me explico, tirando del cuello del saco, azorado.

—¿El qué?

—Lo de Megan y yo.

—Ah —musita Alessia con tono apagado.

—Megan es historia pasada. Háblame de tu familia. ¿Tienes hermanos? —pregunto, tratando de cambiar de tema por todos los medios.

—No —contesta con brusquedad; es evidente que sigue pensando en Megan y en mí.

—¿Padres?

—Tengo una madre y un padre, como todo el mundo.

Enarca una bella ceja.

Oh. La deliciosa Demachi enseña los dientes.

—¿Y cómo son? —pregunto, conteniendo mi gesto divertido.

—Mi madre es... valiente. —Su voz se suaviza, impregnada de tristeza.

—¿Valiente?

—Sí.

Su rostro adopta una expresión sombría y vuelve a mirar por la ventana.

Entendido. Este tema está claramente prohibido.

—¿Y tu padre?

Menea la cabeza y se encoge de hombros.

—Es albanés —contesta.

—¿Y eso qué significa?

—Bueno, mi padre piensa de manera antigua y yo no... ¿Cómo se dice? Nosotros chocamos de cara.

Por el semblante ligeramente serio y el gesto inquieto comprendo que este tema también está prohibido.

—De frente —la corrijo—. Háblame de Albania entonces.

Parece animarse.

—¿Qué quieres saber?

Me mira a través de esas largas y oscuras pestañas y vuelvo a sentir tensión en la entrepierna.

—Todo —susurro.

La miro y la escucho embelesado mientras, apasionada y elocuente, dibuja una imagen vívida de su país y de su hogar. Me cuenta que Albania es un lugar especial donde la familia es el centro de todo. Se trata de un país de larga historia que durante siglos ha sufrido la influencia de muchas culturas de ideologías distintas. Me explica que está a caballo entre Oriente y Occidente, pero que su país mira hacia Europa cada vez más en busca de inspiración. Está orgullosa de su ciudad natal. Kukës es una localidad pequeña situada al norte, cerca de la frontera con Kosovo, y habla entusiasmada de sus lagos, ríos y gargantas espectaculares, pero sobre todo de las montañas que la rodean. Cuando describe el paisaje es como si volviese a la vida. Está claro qué es lo que más añora de su hogar.

—Por eso me gusta este lugar —dice—. Por lo que he visto, Cornualles también es muy bonito.

Megan y el pastel de pescado nos interrumpen. Suelta los platos en la mesa y se marcha sin decir palabra. Parece resentida, pero el pastel de pescado me hace entrar en calor y está delicioso, y no parece que nadie le haya escupido encima.

—¿A qué se dedica tu padre? —pregunto con cautela.

—Lleva carros.

—¿Los conduce?

—No. Arregla carros. Neumáticos. Cosas mecánicas.

—¿Y tu madre?

—Ella está en casa.

Me gustaría preguntarle por qué se fue de Albania, pero sé que eso le recordará la travesía infernal hasta Inglaterra.

—¿Y tú a qué te dedicabas en Kukës?

—Bueno, estudiaba, peró mi universidad cerró, así que a veces trabajo en una escuela con los niños pequeños. Y a veces toco el piano... —Su voz va perdiendo fuerza y no sé si se debe a la nostalgia o a otra razón—. Háblame de tu trabajo.

Es evidente que desea cambiar de tema. En cuanto a mí, aún no quiero contarle a qué me dedico en la actualidad, así que la pongo al día sobre mi carrera como DJ.

—Y he pinchado un par de veranos en San Antonio, en Ibiza. Ahí sí que saben lo que es una fiesta.

—¿Es por eso que tienes tantos discos?

—Sí —contesto.

—¿Y cuál es tu música favorita?

—Todas, no tengo un género preferido. ¿Y tú? ¿A qué edad empezaste a tocar?

—Con cuatro años.

Uau. Qué pronto.

—¿Has estudiado música? Me refiero a solfeo y eso.

—No.

Eso es aún más impresionante.

Es gratificante verla comer. Tiene las mejillas sonrosadas y la mirada brillante, y sospecho que tras dos cervezas también está un poco alegre por el alcohol.

—¿Quieres algo más? —pregunto. Niega con la cabeza—. Pues vamos.

Es Jago quien nos trae la cuenta. Sospecho que Megan se ha negado o está en su hora de descanso. Pago y tomo a Alessia de la mano para salir del pub.

—Me gustaría pasarme un momentito por la tienda —digo.

—Está bien.

La sonrisa torcida de Alessia provoca la mía.

Las tiendas del pueblo pertenecen a la sociedad patrimonial Trevethick, que se las arrienda a la gente del lugar. Hacen buen negocio desde Semana Santa hasta Año Nuevo, aunque la única realmente útil es el pequeño supermercado. Nos hallamos a kilómetros de la ciudad más cercana y aquí se puede encontrar una amplia variedad de productos. Un timbre de sonido melodioso anuncia nuestra llegada.

—Si necesitas algo, dímelo —aviso a Alessia, que mira el expositor de las revistas balanceándose ligeramente.

Me dirijo al mostrador.

—¿Puedo ayudarle en algo? —pregunta la dependienta, una joven alta que no conozco.

—¿Tienen lamparitas de noche? Para niños.

La joven se aleja del mostrador y busca en un estante de un pasillo cercano.

—Estas son las únicas lamparitas que tenemos.

Me muestra una caja que contiene un pequeño dragón de plástico.

—Me llevo una.

—Necesitará pilas —me informa.

—Deme también unas pilas.

Coge la caja y regresa al mostrador, donde le echo un ojo a los preservativos.

Bueno, podría tener suerte.

Miro a mi alrededor en busca de Alessia, que está hojeando una revista.

—Y un paquete de preservativos.

La joven se ruboriza; me alegro de no conocerla.

—¿Cuáles quiere? —pregunta.

—Esos. —Señalo mi marca preferida y la mujer se apresura a meter el paquete en una bolsa de plástico, junto con la lamparita y las pilas.

Una vez que he pagado, me reúno con Alessia en la entrada de la tienda, donde ahora está concentrada en el pequeño expositor de lápices de labios.

—¿Quieres algo? —pregunto.

—No, gracias. —Su negativa no me sorprende. Nunca la he visto maquillada—. ¿Nos vamos?

Me da la mano y volvemos al camino que sale del pueblo.

—¿Qué es eso?

Alessia señala una chimenea que asoma a lo lejos mientras recorremos el sendero que conduce a la vieja mina. Sé de qué se trata, cómo no; se alza sobre el ala oeste de la casa grande, Tresyllian Hall. El hogar de mis antepasados.

Mierda.

—¿Eso? Pertenece al conde de Trevethick.

—Ah.

Frunce el ceño un momento y proseguimos en silencio mientras se libra una batalla en mi interior.

Dile que eres el jodido conde de Trevethick.

No.

¿Por qué no?

Lo haré, pero aún no.

¿Por qué no?

Primero quiero que me conozca.

¿Conocerte?

Que pase tiempo conmigo.

—¿Podemos volver a bajar a la playa?

Los ojos de Alessia brillan de entusiasmo.

—Claro.

Alessia está cautivada por el mar. Se adentra en la orilla con una dicha desinhibida. Las botas de agua mantienen sus pies secos, protegidos de las olas que rompen contra ella.

Alessia es... efervescente.

Mister Maxim le ha regalado el mar.

Invadida por una emoción embriagadora, cierra los ojos, extiende los brazos e inhala el aire gélido y salado. No recuerda haberse sentido nunca tan... plena. Por primera vez en mucho tiempo disfruta de un pedacito de felicidad y experimenta una intensa unión con ese paisaje frío y salvaje que en cierto modo le recuerda a su hogar.

Tiene la sensación de encajar en ese lugar.

Se siente completa.

Al volverse ve a Maxim en la arena, con las manos hundidas en los bolsillos del abrigo, observándola. El viento lo despeina, las hebras doradas destellan al sol. Sus ojos están llenos de dicha, unos ojos en los que arde un verde esmeralda abrasador.

Es arrebatador.

Siente el corazón henchido de emoción. A punto de estallar.

Lo ama.

Sí. Lo ama.

Está embriagada. Exultante. Enamorada. El amor debería ser así. Dichoso. Pleno. Libre. La aceptación definitiva de lo que siente la invade con la misma fuerza del viento tonificante de Cornualles que le azota el pelo contra la cara.

Está enamorada de mister Maxim.

Todos esos sentimientos inarticulados emergen a la superficie y en su rostro estalla una sonrisa radiante, a la que él responde con una igual de deslumbrante. Durante un segundo, Alessia se atreve a albergar una mínima esperanza.

¿Puede que él también llegue a sentir lo mismo algún día?

Se acerca a él bailando y, en un momento de descuido, se abalanza sobre él y le rodea el cuello con los brazos.

—¡Gracias por traerme aquí! —exclama, sin aliento.

Él le sonríe complacido, estrechándola contra sí.

—Es un placer —contesta.

—¡Lo será! —bromea Alessia. Maxim abre los ojos como platos y la mira boquiabierto.

Lo desea. Todo él.

Se aleja girando sobre sí misma y vuelve a la orilla del mar.

Madre mía, está entonada, quizá incluso un poco borracha. Y arrebatadora. Estoy cautivado por ella.

De pronto, se resbala y una ola rompe contra ella.

Mierda.

Sobresaltado, corro en su auxilio. Alessia trata de ponerse en pie y vuelve a resbalar, pero cuando llego junto a ella, está riendo. Y empapada. La ayudo a levantarse.

—Creo que ya has nadado bastante por hoy —murmuro—. Hace un frío de mil demonios. Vamos a casa.

La tomo de la mano. Alessia me dirige una sonrisa torcida y se deja guiar por la arena hasta el sendero que conduce a casa. Se detiene cada pocos pasos, como si se resistiese a abandonar la playa, pero continúa riendo tontamente y parece bastante contenta. No quiero que se resfríe.

Ya a resguardo en el calor de Hideout, la atraigo hacia mí.

—Tu risita es irresistible. —La beso fugazmente y le quito el abrigo mojado. Los jeans están empapados, pero por suerte el resto de la ropa parece seca. Le froto los brazos con vigor para hacerla entrar en calor—. Deberías ir a cambiarte.

—Está bien.

Alessia sonríe y se dirige a la escalera. Recojo su abrigo —bueno, el abrigo de Maryanne— y lo cuelgo en el pasillo, encima del radiador, para que se seque. Me quito las botas y los calcetines, que también están mojados, y luego me dirijo al clóset de invitados.

Cuando salgo, Alessia ha desaparecido y doy por supuesto que ha subido a buscar unos jeans secos. Me siento en un taburete de la cocina y llamo a Danny para que prepare algo de cena.

A continuación, me pongo en contacto con Tom Alexander.

—Trevethick. ¿Cómo demonios estás?

—Bien, gracias. ¿Alguna novedad en Brentford?

—No. Todo tranquilo en el frente occidental. ¿Qué tal Cornualles?

—Frío.

—¿Sabes, amigo? He estado pensando. Estás tomándote muchísimas molestias por una asistenta. Es verdad que la chica es guapa, pero espero que merezca la pena.

—La merece.

—Jamás habría dicho que eras de los que tienen debilidad por las damiselas en apuros.

—No es una dami...

—Espero que ya te la hayas llevado a la cama.

—Tom, métete en tus putos asuntos.

—Está bien, está bien, tomaré eso como un no. —Se echa a reír.

—Tom —le aviso.

—Que sí, que sí, Trevethick. No te sulfures. Todo está controlado por aquí. No hace falta que te preocupes por nada más.

—Gracias. Mantenme informado.

—Cuenta con ello. Adiós.

Cuelga.

Me quedo mirando el teléfono.

Qué hijo de puta.

Le envío un correo electrónico a Oliver.

Para: Oliver Macmillan
Fecha: 2 de febrero de 2019
De: Maxim Trevelyan
Re: Paradero

Oliver

Estoy en Cornualles atendiendo un asunto privado. Me alojo en Hideout. No estoy seguro de cuánto tiempo continuaré aquí.

Tom Alexander enviará una factura por sus servicios a través de su empresa de seguridad. El pago debe salir de mi asignación personal.

Si necesitas ponerte en contacto conmigo, mejor por e-mail ya que, como sabes, aquí a veces no hay cobertura.

Gracias.

MT

Luego le envío un mensaje a Caroline.

En Cornualles. Estaré un tiempo.
Espero que estés bien. Mx

Contesta al instante.

¿Quieres que vaya?

No. Tengo cosas que hacer.
Gracias por el ofrecimiento.

¿Estás evitándome?

No seas tonta.

☹ No te creo.
Te llamo a la casa grande.

No estoy en la casa grande.

¿Dónde estás entonces?
¿Y qué carajo haces ahí?

Caro. Déjalo.
Te llamo la semana que viene.

¿Qué te traes entre manos?
Me intriga y te echo de menos.
Tengo que volver a ver a la
Puercastra esta noche. Cxxxx

Buena suerte. Mx

¿Cómo diablos voy a explicarle a Caroline lo que está ocurriendo? Me paso las manos por el pelo tratando de encontrar la inspiración. No se me ocurre nada, así que voy a buscar a Alessia. No está en las habitaciones de arriba.

—¡Alessia! —la llamo cuando vuelvo a la zona de estar principal, pero no contesta.

Bajo corriendo al piso inferior y echo un rápido vistazo a las tres habitaciones de invitados de la planta baja, la sala de juegos y la de proyección.

No está por ninguna parte.

Mierda.

Trato de sofocar la angustia creciente y subo de nuevo como una exhalación a mirar en el spa, por si estuviese en el jacuzzi o en la sauna.

Nada de nada.

¿Dónde carajos se ha metido?

Miro en el cuarto contiguo a la cocina.

Y ahí está, sentada en el suelo, sin pantalones, leyendo un libro mientras la secadora da vueltas.

—Estás aquí.

Oculto mi exasperación, sintiéndome ridículo por mi preocupación. Ella alza la vista y se me queda mirando con sus cálidos ojos marrones cuando me dejo caer a su lado.

—¿Qué haces? —le pregunto, apoyándome en la pared, casi sin aliento.

Ella recoge las piernas y estira la camiseta blanca por encima para tapárselas. A continuación, descansa la barbilla sobre las rodillas con el rostro teñido por un ligero y atractivo rubor, producto de su azoramiento.

—Estoy leyendo mientras espero a que se sequen los jeans.

—Eso ya lo veo. ¿Por qué no te has cambiado?

—¿Cambiado?

—¿Por qué no te has puesto otros pantalones?

El rubor adquiere un tinte más intenso.

—Porque no tengo más —responde con un hilo de voz impregnado de vergüenza.

Maldita sea.

Ahora recuerdo las dos tristes bolsas de plástico que metí en el maletero del carro. Contenían todo lo que tiene.

Cierro los ojos y apoyo la cabeza en la pared, sintiéndome completamente imbécil.

No tiene nada.

Ni siquiera ropa. Ni unos miserables calcetines.

Mierda.

Echo un vistazo al reloj, pero es demasiado tarde para ir de compras. Además, me he tomado dos pintas, así que no puedo. No conduzco si he bebido.

—Hoy ya es tarde, pero mañana te llevaré a Padstow y compraremos algo de ropa.

—No puedo permitírmelo. Los jeans no tardarán en secarse.

—¿Qué lees? —pregunto, echando un vistazo al libro y pasando por alto su comentario.

—Lo he encontrado en las estanterías.

Me enseña *La posada de Jamaica*, de Daphne du Maurier.

—¿Te gusta? Está ambientado en Cornualles.

—Acabo de empezarlo.

—Por lo que recuerdo, no está mal. Oye, estoy seguro de que tengo algo que puedes ponerte.

Me levanto y le tiendo la mano. Se tambalea un poco al ponerse de pie, pero no suelta el libro. El dobladillo de la camiseta está húmedo.

Mierda. Va a atrapar un resfriado.

Intento no mirar esas largas piernas desnudas. Intento no imaginarlas alrededor de mi cintura. Fracaso.

Y lleva los Pantis Rosados.

Esto es una tortura.

Una agonía lenta y sorda.

Tendré que darme una ducha. Otra vez.

—Vamos —digo con la voz enronquecida por el deseo, pero por suerte ella no parece percatarse.

Cuando llegamos arriba, ella se escabulle en la habitación de invitados mientras yo investigo en el vestidor para ver qué otras prendas ha traído Danny a la casa.

Alessia aparece junto a la puerta poco después con un pantalón de piyama de Bob Esponja y una camiseta del Arsenal FC.

—Tengo esto —dice con una sonrisa de disculpa, un tanto alegre aún por el alcohol.

Dejo de rebuscar.

Está impresionante hasta con unos pantalones de pijama ridículos y desgastados y una camiseta de fútbol.

—Servirán.

Sonrío complacido al imaginar que le deslizo los pantalones por las caderas y las piernas.

—Eran de Michal —dice.

—Me lo he imaginado.

—Le quedaba todo muy pequeño.

—A ti te quedan un poco grandes. Ya compraremos algo de ropa mañana.

Abre la boca para protestar, pero coloco un dedo sobre sus labios.

—¡Chis!

Qué suaves son.

Deseo a esta mujer.

Los frunce para formar un beso sobre mi dedo y desvía sus ojos, cada vez más oscuros, hacia mis labios. Me quedo sin respiración.

—Por favor, no me mires así —susurro, apartando el dedo de su boca.

—Así... ¿cómo? —pregunta con un hilo de voz.

—Ya lo sabes. Como si me deseases.

Se ruboriza y baja la mirada a los pies.

—Lo siento —susurra.

Mierda. La he ofendido.

—Alessia.

Salvo el espacio que nos separa hasta casi tocarla. El perfume embriagador a lavanda y rosas mezclado con el aire salado del mar invade y nubla mis sentidos. Le acaricio la mejilla y ella descansa su precioso rostro en la palma de mi mano.

—Te deseo —murmura, clavando unos ojos seductores en los míos—. Pero no sé qué hacer.

Le acaricio el labio inferior con el pulgar.

—Creo que has bebido demasiado, preciosa.

Parpadea, su mirada se enturbia y adopta una expresión que no consigo desentrañar. Luego alza la barbilla, da media vuelta y sale de la habitación.

Pero ¿qué diablos...?

—¡Alessia! —la llamo, y la sigo, pero ella hace oídos sordos y desciende la escalera.

Suspiro y me siento en el escalón superior mientras me froto la cara. Estoy confuso. Yo solo intento —carajo, vaya si lo intento— comportarme con nobleza.

Resoplo ante la ironía.

Conozco de sobra la mirada que me ha dirigido.

Mierda. La he visto con bastante frecuencia.

Es la mirada de cógeme, cógeme ya.

¿No la había traído aquí para eso?

Pero está achispada, y no tiene nada ni a nadie. Absolutamente nada.

Me tiene a mí.

En cuerpo y alma.

Si me la tiro, estaría aprovechándome.

Así de sencillo.

De modo que no puedo.

Pero la he ofendido.

Mierda.

De pronto, los compases lastimeros del piano inundan la casa. Se trata de un melancólico *Preludio n.º 8 en mi bemol menor*, de Bach. Lo conozco bien porque tuve que estudiarlo para el examen de música de cuarto o quinto año cuando era adolescente. Toca de maravilla, es capaz de transmitir y arrancar toda la emoción

y la profundidad que contiene la pieza. Posee una técnica exquisita. Y articula lo que siente a través de la música. Está enojada.
Conmigo.

Maldita sea.

Quizá debería aceptar su oferta: me la tiro y la llevo de vuelta
a Londres. Pero descarto la idea incluso antes de que acabe de
formarse en mi cabeza.

Tengo que encontrarle un sitio donde vivir.

Vuelvo a frotarme la cara.

Podría vivir conmigo.

¿Qué? No.

Nunca he vivido con nadie.

¿Tan malo sería?

Lo cierto es que no quiero que le pase nada a Alessia Demachi.
Deseo protegerla.

Suspiro.

¿Qué me está ocurriendo?

Alessia vuelca su confusión en el preludio de Bach que está
interpretando. Desea olvidarlo todo. Su mirada. Su vacilación. Su rechazo. La música se abre paso lentamente a través de
ella e inunda la habitación con los colores sombríos de su lamento.
Mientras toca, se rinde a la melodía y olvida. Todo.

Cuando mueren las últimas notas, abre los ojos y ve a mister
Maxim de pie junto a la barra de la cocina, observándola.

—Hola —dice él.

—Hola —responde ella.

—Lo siento. No pretendía ofenderte. Ya van dos veces hoy.

—Eres muy contrario —dice Alessia, tratando de expresar su
confusión con palabras. Tras pensarlo un momento, añade—: ¿Es
por mi ropa?

—¿Qué?

—Lo que no gustas.

Al fin y al cabo, él ha insistido en que quiere comprarle ropa nueva. Se levanta y, en un arranque de audacia muy poco común en ella, da una vuelta rápida sobre sí misma. Espera hacerlo sonreír.

Maxim se acerca a ella y le echa un vistazo a la camiseta de fútbol y a los pantalones de dibujos animados mientras se frota la barbilla, como si tomase en consideración la teoría de Alessia.

—Me encanta que vayas vestida como un chico de trece años —concluye con cierta sequedad, aunque Alessia también distingue un deje divertido en su voz.

Alessia suelta una risita. Escandalosa. Contagiosa. Y él la imita.

—Eso está mejor —susurra Maxim. Le toma la barbilla y la besa—. Eres una mujer muy deseable, Alessia, da igual qué lleves puesto. No dejes que ni yo ni nadie te haga creer lo contrario. Y además tienes mucho, muchísimo talento. Toca algo más. Para mí. Por favor.

—Está bien —accede Alessia, sosegada por sus palabras amables, y se sienta frente al piano una vez más.

Le dedica una sonrisa fugaz y cómplice y empieza a tocar.

Es mi canción.

La canción que terminé después de conocerla.

Se la sabe. De memoria. Y la toca muchísimo mejor que yo. Empecé a componerla cuando Kit aún vivía… y ahora oigo mi propia tristeza y dolor en las armonías que inundan la habitación. El pesar arremete y se abate sobre mí como una ola. Me ahoga. Se me forma un nudo en la garganta e intento contener la emoción, pero esta se expande y me impide respirar. Contemplo a Alessia, hechizado pero atrapado en mi propia agonía; la música me atraviesa el corazón y se asoma al vacío abismal que representa la ausencia de Kit. Alessia toca con los ojos cerrados. Está concentrada, perdida en la triste y solemne melodía.

He intentado hacer oídos sordos a mi tristeza. Pero está ahí. Ha estado ahí desde el día en que Kit murió. Le he dicho a Alessia que lo quería. Y es cierto. Lo quería de verdad. Mi hermano mayor.

Pero nunca se lo dije a él.

Ni una sola vez.

Y ahora lo echo de menos más de lo que nunca sabrá.

Kit.

¿Por qué?

Me queman los ojos cuando me apoyo en la pared, tratando de combatir la angustia y esta sensación de desamparo. Me cubro la cara con las manos.

Oigo que Alessia ahoga un grito y se detiene.

—Lo siento —susurra.

Sacudo la cabeza, incapaz de hablar ni de mirarla. Las patas de la banqueta rascan contra el suelo y sé que Alessia se ha alejado del piano. Noto su presencia a mi lado, me toca el brazo. Es un gesto compasivo. Y mi perdición.

—Me ha recordado a mi hermano —digo, forzando las palabras a través del nudo de la garganta—. Lo enterramos aquí, hace tres semanas.

—Oh, no. —Parece abatida. Me rodea con sus brazos, cosa que me toma por sorpresa—. Lo siento mucho —susurra.

Entierro la cara en su pelo e inspiro su perfume balsámico. A partir de ese momento soy incapaz de detener las lágrimas, que resbalan por mis mejillas.

Mierda.

Me ha vuelto un blando.

No lloré en el hospital. No lloré en el funeral. No he llorado desde que tenía dieciséis años, cuando murió mi padre. Y aquí. Ahora. Con ella me dejo llevar. Y sollozo entre sus brazos.

Capítulo catorce

A Alessia se le acelera el corazón, presa del pánico. Confusa, lo abraza, mientras un torbellino de pensamientos se agolpan en su cabeza.

¿Se puede saber qué ha hecho?

Mister Maxim. Mister Maxim. Maxim.

Creía que a él le haría gracia que ella conociera su pieza.

Pero no, acaba de recordarle su pena. Siente un remordimiento instantáneo e implacable, una sensación de culpa que le perfora el estómago. ¿Cómo puede haber sido tan insensible? Él la estrecha con más fuerza en sus brazos mientras llora amargamente, sin hacer ruido. Tres semanas no es nada. Con razón sigue consumido de dolor... Ella lo atrae hacia sí y le acaricia la espalda. Recuerda lo que sintió cuando murió su abuela. *Nana* era la única que la entendía, la única persona con la que podía hablar realmente. Había fallecido hacía un año.

Se traga la quemazón que siente en la garganta. Maxim está triste y vulnerable, y ella solo quiere hacerlo sonreír de nuevo. Ha hecho tanto por ella... Le desliza las manos por los hombros hasta alcanzar la base de la nuca y, sujetándole la cabeza, le ladea la cara hacia ella. En sus ojos no hay indicios de ninguna expectativa; lo único que ve Alessia en esos luminosos ojos verdes es desconsuelo. Muy despacio, acerca su boca a la de ella y lo besa.

Lanzo un gemido cuando me roza los labios con los suyos. Me besa tímidamente, pero es un beso tan inesperado y... ah, tan dulce... Cierro los ojos con fuerza mientras lucho contra el impulso de desahogar mi dolor.

—Alessia. —Su nombre es una bendición. Acuno su cabeza con las manos, enredando los dedos en su pelo suave y sedoso mientras doy acogida a su beso vacilante e inexperto. Me besa una, dos, tres veces.

—Estoy aquí —murmura.

Y sus palabras me arrancan todo el aire de los pulmones. Me dan ganas de atenazarla en mis brazos y no soltarla nunca más. No recuerdo quién fue la última persona que me ofreció consuelo cuando más lo necesitaba.

Alessia me besa el cuello. Me besa la barbilla. Y los labios otra vez.

Y yo dejo que lo haga.

Poco a poco, mi dolor empieza a remitir, y es el deseo el que ocupa su lugar. El deseo voraz que siento por ella. Llevo luchando contra mi atracción por ella desde el momento en que la vi de pie en el pasillo con aquel palo de escoba, pero ha roto todas mis defensas. Ha dejado al descubierto mi dolor. Mi necesidad. Mi hambre y mi sed de ella. Y soy incapaz de resistirme.

A continuación, empieza a acariciarme la cara, anegada aún en lágrimas, y sus caricias envuelven todo mi cuerpo como un tornado. Estoy perdido. Perdido en su compasión, en su valor y en su inocencia.

Estoy perdido en el tacto de sus manos.

Mi cuerpo reacciona en consecuencia.

Mierda.

La deseo. La quiero ahora mismo. La he deseado siempre.

Le inclino la cabeza hacia atrás y desplazo la mano para sujetarle la nuca, con los dedos enterrados aún en su pelo. Con la otra mano le rodeo la cintura y la atraigo hacia mí. Aumento la intensidad del beso, con labios cada vez más y más insistentes. Alessia deja escapar un leve jadeo y aprovecho el momento para tantear su lengua con la punta de la mía. Sabe tan dulce como es toda ella, y empieza a gemir.

Un calor abrasador me incendia todo el cuerpo.

Alessia se aparta de mi pecho, interrumpiendo de golpe nuestro beso, y me mira con ojos atónitos y expresión aturdida.

Mierda. ¿Esto qué es?

Se ha quedado sin aliento, se ha ruborizado y tiene las pupilas dilatadas...

Dios, qué rica está... No quiero soltarla.

—¿Estás bien?

Una sonrisa tímida le desdibuja las comisuras de los labios y mueve la cabeza.

¿Quiere decir que sí o que no?

—¿Sí? —quiero que sea más clara.

—Sí —murmura.

—¿Te han besado alguna vez?

—Solo tú.

No sé qué decir a eso.

—Otra vez —me implora, y no hace falta que me lo repita. Mi dolor es un recuerdo lejano. Estoy firmemente instalado en el presente con esta criatura preciosa, tan joven e inocente. Tenso los dedos en su pelo y le inclino la cabeza hacia atrás para que su boca esté de nuevo a la altura de la mía. La beso otra vez, tanteando y separándole los labios con la lengua, y ahora me encuentro con la punta de la suya.

Lanzo un gemido salvaje y gutural, con una erección completa que tira de la tela de mis jeans negros.

Desliza la mano por debajo de mi bíceps y se aferra a mi cuerpo mientras nuestras lenguas se exploran y se paladean mutuamente. Una y otra vez.

Podría estar besándola todo el día.

Y todos los días.

Le deslizo la mano por la parte baja de la espalda hasta alcanzar su trasero perfecto.

Oh, Dios...

Apoyando la palma de la mano en su trasero, la empujo hacia mi erección.

Da un respingo y libera sus labios de nuestro beso, pero no me suelta. Respira con dificultad, con los ojos del color de la noche, abiertos como platos y conmocionados.

Mierda.

La miro a los ojos, sosteniéndole la mirada asustada, y haciendo acopio de la última gota de autocontrol, le pregunto:

—¿Quieres que paremos?

—No —contesta rápidamente.

Carajo, menos mal.

—¿Qué pasa? —pregunto.

Niega con la cabeza.

—¿Es por esto? —pregunto, y empujo las caderas contra ella. Da un respingo.

—Sí, preciosa. Te deseo.

Separa los labios para tomar aire.

—Quiero tocarte. En todas partes —susurro—. Con las manos, con los dedos, con los labios y con la lengua.

Su mirada se ensombrece.

—Y quiero que me toques —añado con voz ronca.

Forma con la boca una o perfecta y silenciosa, pero desplaza la mirada de mis ojos a mi boca y luego a mi pecho, y de nuevo a mis ojos.

—¿Voy demasiado rápido? —pregunto.

Niega con la cabeza y hunde sus dedos en mi pelo y tira de él, atrayendo mis labios de nuevo sobre los suyos.

—Ah... —murmuro en la comisura de su boca mientras una oleada de placer me recorre toda la espalda hasta la entrepierna—. Eso es, Alessia. Tócame. Quiero que me toques. —Anhelo ferozmente el contacto de sus manos.

Me besa y, vacilante, se adentra con la lengua entre mis labios...
y yo acepto gustoso todo cuanto quiera darme.

Oh, Alessia...

Nos besamos. Y seguimos besándonos hasta que creo estar
a punto de estallar. Le rodeo la cinturilla elástica de la piyama
y deslizo la mano en el interior, explorando la piel suave de su
trasero. Se queda quieta un segundo y luego me agarra el pelo
firmemente, tirando con fuerza, y me besa con apasionado ardor...
ávida y enfebrecida.

—Tranquila —digo con la respiración jadeante—. Vamos a
tomárnoslo despacio.

Alessia traga saliva y apoya las manos en mis brazos, con aire
un tanto avergonzado.

—Me gusta cuando me tocas el pelo —la tranquilizo, y para
compensar la interrupción, le recorro el cuello con los dientes
hasta alcanzarle la oreja. Lanza un gemido grave y ronco mientras
deja caer la cabeza en la palma de mi mano.

Y eso es como música para mi verga.

—Eres tan guapa... —susurro y le agarro el pelo con los dedos,
tirando con delicadeza. Levanta la barbilla y cubro con un reguero
de besos suaves como plumas la base de su garganta, hasta llegar
de nuevo a su oreja. Con la otra mano le aprieto el trasero, buscando sus labios con los míos una vez más, tanteando con la lengua y explorando su boca, dando y tomando mientras sus labios
se aprenden de memoria el trazo de los míos y yo el de los suyos.
Le colmo de besos el cuello hasta el punto en que el pulso le late
con más fuerza, desbocado y furioso, bajo la piel.

—Quiero hacerte el amor —murmuro.

Alessia se queda inmóvil.

Le sujeto la cara con ambas manos y le acaricio los labios con
el pulgar.

—Háblame. ¿Quieres que paremos? —Se muerde el labio
superior y mira rápidamente a la ventana, desde donde el cielo
se ve teñido de un rubor rosado por el sol crepuscular—. Nadie
puede vernos —le aseguro.

Sonríe con aire vacilante, pero contesta al fin.

—No pares —dice en un hilo de voz.

Le acaricio la mejilla con la yema de los dedos y me pierdo en sus ojos oscuros como pozos.

—¿Estás segura de que quieres hacer esto?

Asiente con la cabeza.

—Dímelo, Alessia. Necesito oírtelo decir. —Le beso la comisura de la boca una vez más y cierra los ojos.

—Sí —contesta con un susurro.

—Oh, nena —murmuro—. Rodéame el cuerpo con las piernas. —La agarro de la cintura y la levanto en el aire, sin esfuerzo. Ella apoya las manos en mis hombros—. Las piernas. A mi alrededor. —Con una expresión que brilla con lo que espero que sea deseo y excitación, coloca las piernas a ambos lados de mi cintura y me rodea el cuello con los brazos.

—Espera.

Subo por las escaleras mientras ella me besa el cuello.

—Hueles bien —dice, casi como para sí.

—Oh, cielo, y tú también.

La deposito en la cama y la beso de nuevo.

—Quiero verte. —Palpo con las manos el borde de su camiseta de fútbol. Se la quito con un movimiento delicado por la cabeza. Aunque lleva sujetador, cruza los brazos por delante de los pechos mientras el pelo le cae en una cascada de rizos sobre la cintura.

Es tímida.

Es inocente.

Es espectacular.

Estoy excitado y conmovido al mismo tiempo, pero quiero que se sienta cómoda.

—¿Quieres que lo hagamos con la luz apagada?

—No —dice de inmediato—. Con luz apagada no.

Por supuesto. Odia la oscuridad.

—Está bien, está bien. Lo entiendo —la tranquilizo—. Eres preciosa. —Hablo con la voz impregnada de emoción maravillada mientras dejo su camiseta en el suelo. Le aparto el pelo de la cara y busco su barbilla con las manos. La beso una y otra vez hasta que se relaja y extiende la palma de las manos sobre mi pecho, devolviéndome mis besos. Estruja mi suéter con los dedos y tira de él.

La miro.

—¿Quieres que me lo quite?

Asiente con entusiasmo.

—Por ti, preciosa, lo que haga falta. —Me quito el suéter y la camiseta y los dejo junto a la suya del Arsenal FC. Desplaza la mirada de mis ojos a mi pecho desnudo y me quedo inmóvil... dejando que me mire—. Tócame —susurro.

Da un respingo.

—Quiero que lo hagas. No muerdo.

A menos que me pidas que te muerda...

Se le iluminan los ojos y, con cautela, apoya la mano encima de mi corazón.

Mierda.

Estoy seguro de que se está volviendo loco bajo sus dedos.

Cierro los ojos, disfrutando de la abrasadora sensación.

Se inclina hacia delante y me besa la piel, justo donde late mi corazón desbocado.

Sí.

Le aparto el pelo del cuello y recorro su garganta con mis labios, deslizándome por su hombro hasta alcanzar la tira del sujetador. Sonrío junto a su piel fragrante. Lleva un sujetador rosado. Con el pulgar y el índice, le retiro el tirante hacia atrás mientras su respiración entrecortada me resuena en los oídos.

—Date la vuelta —murmuro. Alessia levanta los ojos abrasadores, me mira y se vuelve de manera que queda de espaldas a mí. Se cruza de brazos, tapándose una vez más. Le retiro el pelo del otro hombro y le beso el cuello mientras deslizo mi otro brazo a su alrededor, por encima del vientre, y la agarro de la cadera. Tiro de ella hacia mí de forma que mi erección queda alojada justo en la parte superior de su trasero.

Gimo en su oreja y ella culebrea contra mí.

Mierda. Mier... da...

Con sumo cuidado, le bajo el otro tirante, deslizando los dedos por su hombro y depositando unos besos húmedos y delicados en la avenida de su piel.

Una piel muy suave. Y clara. Y casi perfecta.

Tiene un pequeño lunar en la base del cuello, debajo de la cadenita de la que cuelga su crucifijo de oro. Lo beso. Huele a limpio y a lozanía.

—Hueles maravillosamente bien —murmuro entre besos mientras le desabrocho el sujetador. Desplazando el brazo hacia arriba por su cuerpo, percibo el roce de sus pechos en mi antebrazo. Ella da un respingo y se aprieta el sujetador contra el cuerpo con los brazos cruzados.

—Tranquila —murmuro, y sin dejar de abrazarla, le deslizo los dedos por su vientre y entre las caderas. A continuación, hundo el pulgar en la cinturilla elástica de su piyama y le recorro la curva del abdomen mientras paladeo el lóbulo de su oreja con los dientes.

—*Zot* —dice con un gemido.

—Te deseo —susurro, y vuelvo a mordisquearle la oreja otra vez—. Y la verdad es que sí muerdo.

—*Edhe unë të dëshiroj.*

—En mi idioma... —La beso en ese punto detrás de la oreja, hundo la mano en el interior de su piyama y deslizo los dedos por su sexo.

¡Va depilada!

Se pone rígida entre mis brazos, pero entonces le froto el clítoris con el pulgar, una, dos, tres veces. Hasta cuatro, y es entonces cuando inclina la cabeza hacia atrás, hacia mis hombros, y empieza a jadear.

—Sí —susurro, sin dejar de acariciarla. De provocarla. De excitarla. Con mis dedos.

Deja caer los brazos a los lados y el sujetador resbala hasta el suelo, y entonces se agarra a mis piernas, tirándome de los jeans y apretando con fuerza la tela. Abre la boca, con los ojos cerrados, sin dejar de jadear.

—Sí, nena. Siéntelo. —Sigo mordisqueándole la oreja, y ella se muerde el labio superior mientras mis dedos siguen provocándola.

— *Të lutem, të lutem, të lutem.*

—En mi idioma...

—Por favor... Por favor... —dice con voz entrecortada.

Y sigo dándole lo que quiere. Lo que necesita.

Empiezan a temblarle las piernas, y entonces la sujeto con más fuerza. Está a punto.

¿Lo sabe ella?

—Estoy aquí —susurro, y aprieta aún más los puños de manera que casi me corta la circulación de la sangre en las piernas. Continúa gimiendo hasta que, de pronto, grita mientras su cuerpo empieza a estremecerse despacio, entre espasmos, y se deshace por completo en mis brazos.

La sujeto durante todo el tiempo que dura su orgasmo hasta que desfallece sobre mí.

—Oh, Alessia... —le susurro al oído y tomándola en brazos, retiro la colcha y la deposito encima del colchón. Su pelo se desparrama como una melena salvaje sobre las almohadas y por encima de sus pechos, tapándomelo todo excepto sus pezones de color rosa oscuro.

Maldita sea.

Bañada por la suave luz rosácea del crepúsculo, toda ella es un espectáculo exquisito... aun con la piyama de Bob Esponja.

—¿Tienes idea de lo hermosa que estás ahora mismo? —pregunto, y dirige su mirada atónita hacia mí.

—*Uau* —murmura—. No. En tu idioma. También uau.

—Uau. Sí.

Es como si mis jeans me fueran varias tallas más pequeños, y me dan ganas de arrancarle la piyama e hincarme en ella. Pero necesita tiempo. Lo sé. Ojalá mi verga también lo entendiera. Sin apartar los ojos de ella, me desabrocho el botón de la bragueta y me bajo la cremallera para darle a mi erección el espacio que tanto necesita.

Tal vez debería quitármelos.

Dejándome los calzoncillos puestos, me quito los jeans y los tiro al suelo. Inspiro hondo e intento normalizar mi respiración.

—¿Puedo acostarme ahí contigo? —le pregunto.

Con los ojos muy abiertos, contesta afirmativamente con la cabeza, y no necesito nada más. Me acuesto a su lado, apoyado sobre un codo, y tomo un mechón de su pelo entre los dedos, maravillándome de su suavidad, y lo enrosco y lo desenrosco sin cesar.

—¿Te gusta? —pregunta.

Sonríe y esboza una sonrisa tímida pero carnal.

—Sí. Me gusta. —Y se pasa rápidamente la lengua por el labio superior. Contengo un gemido y, levantando la mano, le paso la yema del dedo índice por la mejilla, y prosigo deslizándolo por su barbilla y luego por el cuello. Mis dedos se detienen en el pequeño crucifijo de oro.

Me detengo un momento al verlo.

—¿Estás segura de que quieres hacer esto? —pregunto.

Sus ojos inescrutables se clavan en los míos, y me siento completamente expuesto, como si estuviera desentrañando mi alma. Resulta revelador. Me siento mucho más desnudo de lo que estoy realmente.

Traga saliva.

—Sí.

—Si hay algo que no te gusta o que no quieras hacer, dímelo, ¿de acuerdo?

Asiente y levanta la mano para acariciarme la cara.

—Maxim —susurra, y yo me agacho y le rozo los labios con los míos. Ella suelta un gemido y enreda las manos en mi pelo, y con actitud titubeante, me humedece el labio superior con la lengua. El deseo se propaga por todo mi cuerpo como un incendio salvaje y descontrolado. Le sostengo la barbilla e intensifico nuestro primer beso horizontal. La deseo. A toda ella. Ahora. Aquí.

Me regocijo con su respuesta y su beso. Explora. Paladea. Desea.

Abandono su boca y sigo el trazo descendente de su barbilla, bajo por el cuello y llego al esternón. Le aparto el pelo con la mano y dejo mi objetivo al descubierto. Da un respingo, hincándome los dedos en el cuero cabelludo mientras le humedezco delicadamente el pezón y lo engullo con la boca. Y lo succiono. Con fuerza.

—Ah... —exclama.

Soplo encima, con cautela, y ella se retuerce a mi lado. Le paso la mano por encima de la cadera y trepo hasta su otro pecho. Lo agarro con delicadeza y lo acaricio y aprieto y me maravillo con su respuesta cuando le froto la punta con el pulgar. En una fracción de segundo, tiene el pezón completamente erecto, alargado, igualando a su gemelo. Lanza un gemido y empieza a mover las caderas a un ritmo que conozco muy muy bien. Desplazo la mano por su cuerpo sin dejar de acariciarla y sigo enloqueciéndola con mis labios en sus pechos.

Deslizo los dedos bajo la cinturilla elástica y ella empuja el sexo hacia mi mano. La tengo. En la palma de la mano. Lanzo un gemido. Está húmeda.

Está lista.

Mierda.

Despacio, muy despacio, introduzco el dedo en su interior.

Está apretada. Y húmeda.

Sí.

Retiro el dedo y lo introduzco de nuevo.

—Ah —gime, y se tensa y agarra las sábanas con los puños.

—Oh, nena, no sabes cuánto te deseo... —Tengo los labios entre sus pechos—. Ardo de deseo por ti desde la primera vez que te vi.

Arquea el cuerpo para acudir al encuentro con mi mano e inclina la cabeza hacia atrás en la almohada. Le beso el vientre y dejo un reguero húmero de posesión en su piel, hasta su ombligo. Trazo círculos con la nariz mientras meto y saco los dedos. Le beso el vientre y lo recorro con la lengua, por toda la pelvis.

—*Zot*...

—Ahora dile adiós a esto... —murmuro en su vientre. Retiro la mano de su interior y me incorporo.

—Nunca creí... —dice, pero se le apaga la voz mientras le bajo la piyama por las piernas y luego lo arrojo a la pila con mis jeans.

—Uau —susurro. Está desnuda en mi cama por fin y es muy sexy, carajo—. Tú ya me has visto desnudo antes.

—Sí —murmura—. Pero estabas acostado boca abajo.

—Ah, de acuerdo.

Bueno, esto podría ser didáctico.

Me quito los calzoncillos y libero al fin mi verga erguida. Pero antes de que la imagen de mi erección pueda escandalizarla o alarmarla, me inclino y la beso. Y la beso de verdad, sumando todo mi deseo y mi urgencia a su primer beso completamente desnuda. Ella responde, con labios ávidos, besándome también. Le acaricio la cintura y le deslizo la mano por la cadera, atrayendo su cuerpo dulce y delicado hacia mí. Le separo las piernas con la rodilla. Arquea el cuerpo para encontrarse con el mío mientras me agarra de la cabeza una vez más. Saboreando su piel, recorro su cuello con los labios hasta llegar al crucifijo de oro. Le doy vueltas con la lengua, paladeando el sabor, mientras muevo la mano de nuevo para capturar con ella su pecho perfecto y esbelto.

Lanza un gemido cuando, con el pulgar, le acaricio el pezón y este crece entre mis dedos. A continuación, sustituyo los dedos por mis labios, besando y succionando con delicadeza.

—Oh, *Zot*... —dice entre jadeos, agarrándome el pelo con más fuerza.

No me detengo. Inquieta y ávida, mi boca se desplaza de un pezón al otro, succionando, lamiendo, besando... y volviendo a succionar. Ella se retuerce y gime bajo mi cuerpo, y deslizo la mano hacia abajo, hacia mi objetivo final. Alessia se queda inmóvil cuando le acaricio el sexo con los dedos, con la respiración entrecortada y febril.

Sí.

Está húmeda. Aún.

Localizo el trofeo definitivo con el pulgar y trazo círculos en su clítoris, una y otra vez, y poco a poco deslizo un dedo de nuevo en su interior. Aparta las manos de mi cabeza para acariciarme la espalda, y entonces me recorre los hombros con las uñas y las clava en ellos. Pero persisto, deslizando el dedo dentro y fuera, aumentando el ritmo y la intensidad mientras con el pulgar le froto el clítoris en círculos una y otra vez, sin parar.

Levanta las caderas con ese ritmo ancestral, y tensa las piernas bajo mi cuerpo. Está a punto. Abandonando sus pechos, la beso en la boca y le tiro del labio inferior con los dientes. Me agarra los hombros con los puños mientras echa la cabeza hacia atrás.

—Alessia —susurro mientras ella chilla, su orgasmo reverberándole por todo el cuerpo. La abrazo más fuerte cuando toda ella se estremece con las sacudidas de las múltiples réplicas y entonces me arrodillo entre sus piernas. Abre unos ojos oscuros que me miran, ensombrecidos y llenos de estupor.

Busco un condón e intento mantener mi cuerpo bajo control.

—¿Estás lista? —pregunto—. Será rápido.

Más vale decirle la verdad.

Asiente con la cabeza.

Le toco la barbilla.

—Dímelo con palabras.

—Sí —murmura.

Carajo, menos mal.

Abro el paquete con los dientes y me pongo el condón, y por un horrible instante creo que me voy a venir ya mismo.

Mierda.

Llamo a mi verga al orden y cubro el cuerpo de Alessia con el mío, apuntalándome sobre los codos.

Ella cierra los ojos y se tensa debajo de mí.

—Eh —murmuro, y le beso los párpados, primero uno y luego el otro. Me rodea el cuello con los brazos y gime.

—Alessia. —Sus labios encuentran los míos y me besa con avidez. Enfebrecida. Desesperada. Y ya no puedo aguantar más.

Despacio, muy muy despacio, penetro en su interior.

Oh, Dios mío...

Apretada. Húmeda. Gloria bendita.

Lanza un pequeño grito y se queda quieta.

—¿Estás bien? —le pregunto con voz ronca mientras dejo que se acostumbre a mi intrusión.

—Sí —responde jadeante al cabo de un segundo.

No sé muy bien si creerle o no, pero le tomo la palabra y empiezo a moverme. Y la penetro de nuevo. Una, dos, tres veces. Y de nuevo otra vez. Y otra. Una acometida detrás de otra.

No te vengas, no te vengas, no te vengas.

Quiero prolongar esto para siempre.

Ella gime y empieza a mover las caderas en vacilante y arrebatado contrapunto.

—Sí, acompáñame en el movimiento, preciosa —la animo mientras sus entrecortados jadeos de placer me estimulan más aún.

—Por favor... —murmura, suplicando más, y yo la satisfago gustoso. Unas perlas de sudor me resbalan por la espalda mientras mi cuerpo se rebela contra mi contención. Sigo con los embistes, una y otra vez, hasta que todo su cuerpo se tensa al fin y me clava las uñas en la carne.

La embisto una, dos... hasta tres veces más y entonces grita mientras se abandona, y son su grito y su clímax los que me abren el camino.

Me vengo. Ruidosa y aparatosamente. Y gritando su nombre.

Capítulo quince

Alessia yace jadeando bajo el peso de Maxim, que respira de manera acelerada, casi sin aliento. Se siente abrumada por una emoción y un cansancio arrolladores, pero sobre todo por su... invasión. Se siente consumida. Maxim sacude la cabeza, se incorpora sobre los codos para aliviar el peso que ejerce sobre ella y clava sus ojos claros y preocupados en los de Alessia.

—¿Estás bien? —pregunta.

Alessia realiza un inventario mental de su cuerpo. En realidad está un poco dolorida. No tenía ni idea de que el acto amoroso implicase tanto contacto físico. Su madre le había dicho que le dolería la primera vez.

Y tenía razón.

Pero luego, en cuanto su cuerpo se acostumbró a la presencia de Maxim, había disfrutado. No, fue mucho más que eso. Al final había perdido toda conciencia de sí misma, había explotado en mil pedazos en su interior y había sido... increíble.

Maxim sale de ella, una sensación desconocida que hace que Alessia tuerza el gesto. Él los tapa a ambos con el edredón, se apoya sobre un codo y la mira fijamente, lleno de preocupación.

—No me has contestado. ¿Estás bien?

Alessia asiente, pero por la forma de mirarla, con los ojos entrecerrados, sabe que no está convencido.

—¿Te he hecho daño? —insiste él.

Alessia se muerde el labio, aún no sabe qué decir, y él se deja caer a su lado y cierra los ojos.

*M*ierda. Le he hecho daño.

He sido transportado del abismo de la desesperación a un orgasmo estremecedor, pero el acostumbrado rubor poscoital del mejor polvo de todos los tiempos se desvanece como un conejo en el sombrero de un mago. Alargo la mano y me arranco el preservativo, asqueado conmigo mismo. Cuando lo tiro al suelo, me sorprendo al ver la mano manchada de sangre.

De su sangre.

Mierda.

Me la limpio en el muslo y me vuelvo para enfrentarme a la expresión recriminatoria de su adorable rostro. Sin embargo, Alessia me mira fijamente, ansiosa y vulnerable.

Maldita sea.

—Siento haberte hecho daño.

La beso en la frente.

—Mi madre me dijo que dolería. Pero solo la primera vez.

Se sube el edredón hasta la barbilla.

—¿Solo la primera vez?

Asiente, y siento renacer la esperanza en mi pecho. Le acaricio la mejilla.

—Entonces, ¿estarías dispuesta a probarlo de nuevo?

—Sí, creo que sí —contesta, dirigiéndome una sonrisa tímida. Se me pone dura a modo de aprobación.

¿Otra vez? ¿Ya?

—Solo... Solo si tú quieres —añade.

—¿Solo si yo quiero? —repito, incapaz de disimular mi incredulidad. Me echo a reír y me abalanzo sobre ella para besarla. Con fuerza—. Dulce, dulce Alessia —susurro sobre sus labios. Sonríe

y siento el corazón a punto de estallar. Tengo que saberlo—. ¿Te...
te ha gustado?

Se sonroja con ese rubor no tan inocente.

—Sí —susurra—. Sobre todo al final, cuando me...

¡Cuando te has venido!

Yo también sonrío. Una alegría eufórica me inunda el pecho.

¡Carajo, menos mal!

Alessia baja la vista hacia sus manos, que continúan aferrando el edredón, y frunce el ceño.

—¿Qué ocurre? —pregunto.

—Y tú —dice en voz baja—. ¿A ti te ha gustado?

Me echo a reír.

—¿Que si me ha gustado? —Río de nuevo, con la cabeza inclinada hacia atrás, loco de alegría; hacía mucho tiempo que no me sentía así—. Alessia, ha sido increíble. Hacía años que no cogí... eee... disfrutaba tanto en la cama.

¿Por qué?

Alessia abre los ojos como platos y ahoga un grito, escandalizada.

—Eso es una mala palabra, mister Maxim.

Intenta fingir desaprobación, pero tiene un brillo travieso en la mirada. Sonrío satisfecho y le recorro el labio inferior con el pulgar.

—Di "Maxim". —Quiero volver a oír mi nombre con ese acento tan provocativo. Sus mejillas se ruborizan una vez más—. Dilo. Di mi nombre.

—Maxim —susurra.

—Otra vez.

—Maxim.

—Así está mejor. Creo que deberíamos darnos una ducha, preciosa. Iré a preparar la bañera.

Aparto las mantas y las sábanas para salir de la cama y recojo el preservativo del suelo de camino al cuarto de baño.

Maldita sea.

Estoy...

Sonriendo como un bobo.

¡Soy un hombre adulto y sonrío como un bobo!

Con ella, el sexo es mejor que meterse coca... o cualquier otra droga. En cualquier momento.

Me deshago del preservativo y abro los grifos de la bañera; luego añado un poco de jabón de baño y miro cómo se va formando una espuma fragante. Agarro una toalla de cara y la dejo a un lado.

El agua sale a borbotones y va llenando la bañera mientras repaso los acontecimientos del día sin salir de mi asombro. Finalmente me he tirado a la asistenta. Por lo general, una vez que me he acostado con una mujer, estoy deseando volver a estar solo, pero hoy no siento esa necesidad. No con Alessia. No sé qué brujería habrá empleado conmigo, pero sigo bajo el influjo de su hechizo. Y lo que es más, espero pasar esta semana y puede que también la que viene con ella... La perspectiva es excitante.

Un cosquilleo de aprobación me recorre la verga.

Atisbo una sonrisa eufórica al mirarme en el espejo y por un momento no me reconozco.

¿Qué carajos me está pasando?

Me paso la mano por el pelo en un esfuerzo por dominarlo y recuerdo la sangre de antes.

Era virgen.

Ahora tendré que casarme con ella. Suelto una risotada ante la ridiculez de la idea mientras me lavo las manos, pero me pregunto si alguno de mis ancestros se halló en una situación similar. Hubo dos antepasados que estuvieron involucrados en relaciones escandalosas bien documentadas, pero conozco muy por encima la historia familiar, en el mejor de los casos. Kit sí estaba muy versado en la historia y el linaje de la familia. Prestaba atención. Mi padre se aseguró de ello. Y mi madre. Era parte de los deberes de Kit como heredero. Él sabía que conservar el legado familiar intacto era todo para ellos.

Pero ya no está aquí.

Carajo. ¿Por qué no presté atención?

La bañera está llena y vuelvo al dormitorio sintiéndome un

tanto abatido. Sin embargo, la visión de Alessia mirando al techo me levanta el ánimo.

Mi asistenta.

Soy incapaz de adivinar en qué está pensando, pero cuando se vuelve y me ve, cierra los ojos de inmediato.

¿Qué hace?

Ah, estoy desnudo.

Siento deseos de echarme a reír, pero probablemente no sea una buena idea, así que me apoyo en el marco de la puerta, cruzo los brazos y me dispongo a esperar con paciencia a que vuelva a abrir los ojos.

Al cabo de un rato, Alessia tira de las mantas hasta cubrirse la nariz y echa un vistazo por encima, abriendo solo un ojo.

Sonrío de oreja a oreja.

—Mira cuanto quieras. —Abro los brazos de par en par.

Parpadea y en sus ojos brilla una mezcla de azoramiento, diversión, curiosidad y, creo, cierta admiración. Suelta una risita y se cubre la cabeza con las mantas.

—Te estás burlando de mí. —Su voz suena amortiguada.

—Sí, así es —Incapaz de contenerme, me acerco a la cama sin prisa. Tiene los nudillos blancos de la fuerza con que agarra las mantas. Me inclino y le acaricio los dedos con los labios. —Suelta —susurro, y lo hace, cosa que me sorprende. Retiro las mantas de un tirón y la oigo chillar, pero la tomo en brazos y me incorporo—. Ahora estamos los dos desnudos —digo mientras le acaricio la oreja con la nariz. Alessia me rodea el cuello con los brazos y, entre risitas, la llevo al cuarto de baño y la dejo junto a la bañera. Se cubre los pechos de inmediato—. No tienes por qué ser tímida. —Juego con un mechón de su cabello y me lo enrosco en el índice—. Tienes un pelo muy bonito. Y un cuerpo precioso.

La media sonrisa y la cohibida mirada de reojo me dicen que es lo que necesita oír. Tiro con delicadeza del mechón y Alessia se inclina hacia mí para que pueda besarla en la frente.

—Además, mira.

Señalo con la barbilla el ventanal que hay detrás de la bañera.

Se vuelve y su brusca inspiración me informa que le encantan las vistas. El ventanal da a la ensenada. El sol besa el mar en el horizonte en una soberbia sinfonía de colores: oro, ópalo, rosa y naranja se derraman en un paisaje de nubes moradas sobre las aguas cada vez más oscuras. Es un verdadero espectáculo.

—*Sa bukur* —musita con voz maravillada—. Qué bonito.

Y deja caer los brazos.

—Como tú —digo, y la beso en el pelo.

Su deliciosa fragancia —a lavanda y rosas mezclada con el perfume del sexo reciente— inunda mi nariz. Cierro los ojos. Mucho más que bonita. Lo tiene todo. Tiene talento. Es brillante. Divertida. Y valiente. Sí, sobre todo valiente. Siento un aleteo en el pecho y de pronto me descubro abrumado de emoción.

Mierda.

Trago saliva tratando de contener lo que siento, le tiendo la mano y me llevo la suya a los labios. Le beso los dedos, de uno en uno, antes de que entre en la bañera.

—Siéntate.

Se recoge el pelo rápidamente sobre la cabeza en un moño que desafía la gravedad y se sumerge bajo la espuma. Siento una punzada de culpabilidad al ver que hace una ligera mueca de dolor, pero su rostro se relaja cuando se vuelve hacia la hipnotizadora puesta de sol.

Tengo una idea.

—Vuelvo enseguida.

Salgo corriendo del cuarto de baño.

El agua, caliente y relajante, la cubre por completo, y la espuma desprende una fragancia exótica que Alessia no reconoce. Mira la botella de gel de baño. Pone:

JO MALONE
LONDON
ENGLISH PEAR & FREESIA

Huele a caro.

Se recuesta y mira por el ventanal mientras su cuerpo se relaja poco a poco.

Las vistas.

¡Uau!

Es una escena bucólica. El ocaso en Kukës es espectacular, pero el sol se pone tras las montañas. Aquí se sumerge lánguidamente en el mar dejando un reguero dorado sobre el agua.

Sonríe al recodar los traspiés que había dado en las olas. Qué desinhibida se había sentido. Desinhibida y libre, al menos durante unas horas, y ahora está aquí, en el cuarto de baño de mister Maxim. Es más grande que el de la habitación de invitados, y tiene dos lavabos bajo sendos espejos ornamentados. Por un momento lamenta que el hermano de Maxim, que había construido la propiedad, ya no pudiese disfrutarla. Es una casa magnífica.

Al ver la toallita, Alessia la agarra y se limpia entre los muslos con delicadeza. La zona está un poco sensible.

Lo ha hecho.

Eso.

Como ha querido ella, con alguien que ha escogido ella, alguien a quien desea. Su madre se llevaría las manos a la cabeza. Su padre... Se estremece al pensar en lo que haría su padre si lo supiese. Y con mister Maxim, un inglés, el de los espectaculares ojos verdes y el rostro de ángel. Se abraza, recordando lo dulce y considerado que ha sido, y nota que se le acelera el corazón. Maxim ha despertado su cuerpo. Cierra los ojos y recuerda su olor a limpio, sus dedos sobre la piel, la suavidad de su pelo... sus besos. Los ojos ardientes, llenos de deseo. Inspira hondo... Y además él quiere volver a hacerlo. Nota cómo se le tensan los músculos del vientre.

—Ah —susurra. Es una sensación maravillosa.

Sí. Ella también quiere volver a hacerlo.

Ríe tontamente y se abraza con fuerza tratando de contener una dicha que le produce vértigo. No siente vergüenza alguna. Se supone que es así como debe ser. Esto es amor, ¿no? Sonríe feliz, con cierta arrogancia.

Maxim reaparece con una botella y dos copas. Sigue desnudo.

—¿Champán? —le ofrece.

¡Champán!

Alessia ha leído sobre el champán, pero jamás habría imaginado que llegaría a probarlo.

—Sí, gracias —contesta mientras deja la toallita a un costado e intenta mirar a cualquier lado salvo a su pene.

Le produce una mezcla de fascinación y azoramiento.

Grande. Cubierto. Flexible. No como antes.

Hasta ese momento, su experiencia con los genitales masculinos se había limitado a las obras de arte. Es la primera vez que ha visto uno de verdad.

—Espera, sujeta esto. —Un rubor asalta el rostro de Alessia cuando Maxim interrumpe sus pensamientos y le tiende las copas de champán con una sonrisa—. Enseguida le tomarás el gusto —le asegura con un brillo travieso en la mirada.

Alessia se pregunta si se refiere al champán... o a su pene, cosa que la hace sonrojarse aún más. Maxim retira el papel de aluminio de color cobre, retuerce el bozal de alambre y descorcha la botella con facilidad. Sirve en las copas el líquido espumoso, cuya tonalidad rosada sorprende gratamente a Alessia. A continuación, deja la botella en el alféizar del ventanal, entra en la bañera por el otro extremo y se sumerge con cuidado en el agua. La espuma asciende hasta el borde. Maxim sonríe complacido esperando que la bañera se desborde, pero no lo hace. Alessia sube las rodillas cuando él desliza los pies a cada lado de ella.

Maxim toma una de las copas y la entrechoca contra la que aún sujeta Alessia.

—Por la mujer más valiente y hermosa que conozco. Gracias, Alessia Demachi —dice, aunque ya sin rastro de picardía en la voz, sino muy serio, mirándola fijamente con unos ojos cada vez más oscuros que han dejado de brillar.

Alessia traga saliva en respuesta al latido que golpea su vientre.

—*Gëzuar*, Maxim —responde con voz ronca cuando se lleva la copa a los labios y bebe un sorbo de líquido helado. Es ligero y burbujeante y sabe a veranos suaves y a cosechas abundantes. Está delicioso—. Mmm —murmura a modo de aprobación.

—¿Mejor que la cerveza?

—Sí. Mucho mejor.

—He pensado que debíamos celebrarlo. Por las primeras veces. —Sostiene su copa en alto y ella lo imita.

—Por las primeras veces —repite Alessia y vuelve la mirada hacia la puesta de sol de la ventana—. El champán es del mismo color que el cielo —comenta, asombrada, consciente de que Maxim la observa, pero él también se vuelve para disfrutar de las magníficas vistas—. Qué decadente —dice, casi para sí misma.

Está bañándose con un hombre que no es su marido, un hombre con el que acaba de hacer el amor por primera vez en su vida, y está bebiendo champán rosado.

Ni siquiera sabe su nombre completo.

Una risita sorprendida emerge hasta la superficie desde su lugar feliz.

—¿Qué? —pregunta él.

—¿Te apellidas Milord?

Maxim se queda boquiabierto y luego se ríe por lo bajo. Alessia palidece un poco y bebe otro trago.

—Lo siento. —Parece arrepentido—. Eso solo es un... esto... No. Me apellido Trevelyan.

—Tre-ve-ly-an. —Alessia lo repite un par de veces.

Es un apellido complicado ¿para un hombre complicado? No sabe qué pensar. No le parece complicado, solo muy distinto de todos los hombres que conoce.

—Eh —dice Maxim dejando la copa en el alféizar. Toma el jabón y se lo reparte entre las manos—. Déjame lavarte los pies. —Alarga la mano.

¡Lavarme los pies!

—Dale —insiste en un susurro al ver que Alessia titubea.

Alessia también deja la copa en el alféizar y coloca el pie en la mano de Maxim, quien empieza a esparcirle el jabón sobre la piel. *Oh.*

Cierra los ojos mientras los fuertes dedos de Maxim le masajean metódicamente el empeine, suben por el talón y le rodean el tobillo. Le frota la planta del pie con la presión justa.

—Ah... —gime Alessia.

Cuando llega a los dedos, se los lava uno a uno, luego les quita el jabón tironeando de ellos y amasándolos con delicadeza. Alessia se retuerce bajo el agua y abre los ojos. La intensa mirada de Maxim se clava en la de ella y le roba el aliento.

—¿Bien? —le pregunta.

—Sí. Más que bien. —Alessia tiene la voz ronca.

—¿Dónde lo sientes?

—En todas partes.

Cuando le aprieta el meñique, todos los músculos de Alessia se contraen en su interior. Ahoga un grito. Maxim le levanta el pie y, con una sonrisa traviesa, le besa el pulgar.

—Ahora el otro —le ordena con voz suave.

Esta vez ella no titubea. Los dedos de Maxim vuelven a obrar su magia; cuando termina, el cuerpo de Alessia se ha vuelto líquido. Maxim le besa los dedos uno por uno, salvo el meñique, que se lo mete en la boca y lo chupa. Con fuerza.

—¡Ah!

Alessia siente un aleteo en el vientre. Abre los ojos y se topa con la misma mirada intensa de antes, aunque esta vez los labios de Maxim se curvan en una sonrisa íntima. Le besa la parte anterior de la planta del pie.

—¿Mejor?

—Mmm... —Solo consigue producir un murmullo incoherente.

Una extraña necesidad se aferra a su vientre.

—Bien. Creo que deberíamos salir antes de que el agua se enfríe.

Se levanta y pasa las largas piernas por encima del borde de la bañera. Alessia cierra los ojos. No cree que llegue a acostumbrarse a verlo desnudo ni al ansia y la avidez que anida en lo más profundo de su ser.

—Vamos —insiste Maxim.

Se ha colocado una toalla alrededor de la cintura y sostiene una bata azul marino para ella. Superando ligeramente su timidez, Alessia se levanta y acepta la mano que le tiende para ayudarla a salir de la bañera. Maxim la envuelve en la bata, muy suave, pero demasiado grande para ella. Alessia se da la vuelta y él la besa, sin amagues, profundamente, la lengua explora la boca de Alessia. La sujeta por la nuca con los dedos, guiándola. Cuando la suelta, a Alessia le falta el aliento.

—Podría besarte todo el día —murmura Maxim.

Unas gotitas de agua le perlan el cuerpo como si estuviese cubierto de rocío. En el estado de aturdimiento en que se encuentra, Alessia se pregunta a qué sabrían si se las chupase.

¡¿Qué?!

Respira de manera agitada ante un pensamiento tan díscolo.

Qué desvergonzada.

Sonríe. Tal vez sí llegue a acostumbrarse a verlo desnudo.

—¿Estás bien? —pregunta Maxim.

Ella asiente. La toma de la mano y la conduce al dormitorio, donde la suelta. Recoge los jeans del suelo y se los pone. Alessia lo observa con los ojos abiertos como platos mientras él se seca la espalda con la toalla.

—¿Disfrutando de las vistas? —pregunta Maxim con una sonrisita.

Alessia nota que de pronto le arde la cara, pero le sostiene la mirada.

—Me gusta mirarte —susurra.

La sonrisita de Maxim se transforma en una sonrisa sincera y encantadora.

—Vaya, porque a mí también me gusta mirarte a ti y soy todo tuyo —dice, aunque frunce el ceño, inseguro, y aparta la mirada. Se recupera enseguida, se pone la camiseta y el jersey y se acerca con fanfarronería. Le acaricia la mejilla, recorriéndole la línea de

la mandíbula con el pulgar—. No tienes que vestirte si no quieres.
Estoy esperando a que Danny traiga la cena.

—¿Ah, sí?

¿Otra vez Danny? ¿Quién es? ¿Por qué no deja de hablar de ella?

—¿Más champán? —pregunta Maxim inclinándose hacia ella
y besándola.

—No, gracias. Voy a vestirme.

*A**h.* Por el tono creo que prefiere que la deje a solas para
vestirse.

—¿Estás bien? —pregunto. La leve sonrisa y el asentimiento
me confirman que así es—. Vale —murmuro y regreso al cuarto
de baño para recoger las copas y el Laurent-Perrier.

El sol se ha puesto definitivamente y ha cubierto el horizonte
con un manto de oscuridad. Abajo, en la cocina, enciendo las
luces y meto el champán en la nevera mientras pienso en Alessia
Demachi.

Hombre, ¿quién lo iba a decir?

Parece más contenta y relajada, pero no estoy seguro de si se
debe al masaje de pies, al baño de espuma, al champán o al sexo.
Observar cómo reaccionaba en la bañera ha sido un regalo para
los sentidos. Ha sido un verdadero espectáculo verla gemir con
los ojos cerrados mientras le masajeaba los pies; tiene una sensualidad innata.

Cuando pienso en todas las posibilidades...

Mierda.

Sacudo la cabeza tratando de apartar mis pensamientos
libidinosos.

Estaba decidido a dejarla tranquila.

Decididísimo.

Pero cuando por fin claudiqué ante mi dolor, ella trató de distraerme y me ofreció su consuelo. He sucumbido ante una mujer
vestida con un piyama de Bob Esponja y una vieja camiseta del
Arsenal... Aún no doy crédito.

Me pregunto qué habría pensado Kit de Alessia.

No te estarás cogiendo al servicio, ¿verdad, Suplente?

No. Seguramente Kit no hubiese aprobado lo que he hecho, pero Alessia le habría gustado. Tenía buen ojo para las chicas bonitas.

—Qué calor hace en esta casa —comenta Alessia, interrumpiendo mis pensamientos.

Se encuentra frente a la barra de la cocina, ataviada con el pantalón del pijama y la camiseta blanca.

—¿Demasiado? —pregunto.

—No.

—Bien. ¿Más espumoso?

—¿Espumoso?

—¿Champán?

—Sí, gracias.

Saco la botella de la nevera y vuelvo a llenar las copas.

—¿Qué te gustaría hacer? —pregunto una vez que ha bebido un sorbo. Tengo muy claro qué me gustaría hacer a mí, pero dado que está dolorida, tal vez no sea buena idea.

Quizá esta noche, más tarde.

Alessia toma su copa y mira con curiosidad el juego de ajedrez que hay en la mesita de café mientras toma asiento en uno de los sofás de la zona de lectura. Suena el portero automático.

—Será Danny —digo, y aprieto el botón del interfono para abrirle.

Alessia se levanta de un salto.

—No pasa nada. No hay de qué preocuparse —aseguro.

A través de la pared de cristal, veo que Danny desciende con paso vacilante la empinada e iluminada escalera de piedra, cargada con una caja blanca de plástico de aspecto pesado.

Abro la puerta y salgo corriendo a su encuentro, descalzo. La alcanzo a media escalera.

Mierda. El suelo está helado.

—Danny, ya me ocupo yo.

—No te preocupes, yo puedo. Maxim, agarrarás una neumonía

doble aquí afuera —me regaña con gesto desaprobador—. Quiero decir, milord —añade, como si lo hubiese pensado mejor.

—Danny, dame la caja. —No pienso aceptar un no por respuesta. Me la tiende con cara mohína y le dirijo una gran sonrisa—. Muchas gracias.

—Entraré a preparárselo.

—Así está bien, estoy seguro de que puedo apañármelas.

—Todo sería mucho más sencillo si estuviese en la casa, señor.

—Lo sé. Lo siento. Y dale las gracias a Jessie por todo.

—Es su plato preferido. Ah, y Jessie también ha metido en la caja un soporte para asar patatas. Las patatas ya han estado en el microondas, así que no tardarán mucho en acabar de tostarse. Vamos, entre de una vez, que va descalzo.

Me empuja hacia la casa con cara de enojo y, como hace un frío de mil demonios, obedezco. Ve a Alessia en el sofá a través de los amplios ventanales y la saluda con la mano, saludo que Alessia le devuelve.

—Gracias —digo al amparo de la entrada con su agradable suelo radiante.

No le presento a Alessia. Sé que es descortés, pero deseo con todas mis fuerzas continuar en nuestra burbuja un poquito más. Ya habrá tiempo para presentaciones.

Danny sacude la cabeza; el viento helado despeina su melena canosa mientras da media vuelta para volver a subir la escalera. La sigo con la mirada. No ha cambiado nada desde que la conozco, ya hace muchos años. Esa mujer me ha curado infinidad de rodillas raspadas, me ha vendado cortes y heridas y me ha puesto hielo en las magulladuras desde que sé caminar; siempre con su falda de cuadros y sus zapatones, nunca con pantalones. No. Sonrío; es Jessie, con la que hace doce años que convive, la que lleva los pantalones en casa. Por un segundo me pregunto si llegarán a casarse alguna vez. Ya hace mucho que está permitido. No tienen excusa.

—¿Quién era? —pregunta Alessia echando un vistazo a la caja.

—Danny. Ya te lo he dicho, vive cerca de aquí y nos ha traído la cena.

Saco la cacerola de la caja. Hay cuatro patatas grandes y se me hace la boca agua cuando veo la tarta *banoffee*.

Madre mía, Jessie sí que sabe cocinar.

—Hay que calentar el estofado y podemos acompañarlo con patatas asadas. ¿Te parece bien?

—Sí. Mucho bien.

—¿Mucho bien?

—Sí. —Parpadea—. ¿No se dice así?

—Claro que sí —le aseguro y, sonriendo, saco el soporte para asar patatas de la caja con una floritura.

—Ya me ocupo yo —se ofrece, aunque parece un tanto indecisa.

—No, lo hago yo. —Me froto las manos—. Esta noche me siento servicial y, créeme, no sucede muy a menudo, así que aprovecha.

Alessia enarca una ceja con gesto divertido, como si me viese bajo una luz distinta. Espero que eso sea bueno.

—Toma. —Encuentro una cubitera en un armario—. Llénala. Hay hielo en la nevera del cuarto contiguo. Es para el champán.

Una o dos copas después, Alessia está acurrucada en uno de los sofás de color turquesa, con los pies recogidos debajo de ella, y me observa mientras acabo de introducir la cacerola en el horno.

—¿Sabes jugar? —le pregunto tras acercarme y sentarme a su lado.

Alessia mira de reojo el ajedrez de mármol y vuelve a concentrarse en mí, con gesto inescrutable.

—Un poco —contesta, y bebe un sorbo de champán.

—Un poco, ¿eh?

Ahora me toca a mí enarcar una ceja. *¿Qué quiere decir?* Sin apartar los ojos de ella, tomo un peón blanco y uno gris, los agito entre las manos ahuecadas y estiro los puños para que elija. Alessia se pasa la lengua por el labio superior y me acaricia el dorso de la mano con el índice, despacio. Un escalofrío me recorre el brazo y se dirige directo a la verga.

Uau.

—Esta —dice mirándome a través de unas pestañas negras como el carbón.

Me remuevo en mi asiento tratando de recuperar el control del cuerpo, vuelvo la mano y la abro. Es el peón gris.

—Negras. —Le doy la vuelta al tablero para que las piezas grises queden frente a ella—. Vale, empiezo yo.

Cuatro movimientos después y ya estoy pasándome las manos por el pelo, desesperado.

—Como siempre, has vuelto a jugármela, ¿verdad? —protesto con tono socarrón.

Alessia se muerde el labio superior intentando reprimir una sonrisa y mantenerse seria, pero un brillo travieso anima su mirada al ver cómo las paso canutas tratando de adelantarme a su próximo movimiento.

Cómo no, juega como una campeona.

Mierda, es una caja de sorpresas.

Frunzo el ceño con la esperanza de intimidarla para que cometa un error. La sonrisa de Alessia se ensancha aún más e ilumina su preciosa cara, un espectáculo ante el que solo puedo responder con otra sonrisa.

Es deslumbrante.

—Eres bastante buena —comento.

—No hay mucho que hacer en Kukës —contesta, encogiéndose de hombros—. En casa tenemos un ordenador viejo, pero no consolas de jugar ni teléfonos inteligentes. Piano, ajedrez y libros, y tele, eso tenemos.

Echa un vistazo a la estantería del fondo de la habitación con mirada aprobatoria.

—¿Libros?

—Uy, sí, muchos, muchos libros. En albanés e inglés. Yo quería ser profesora de inglés.

Observa el tablero un momento, con cara larga.

Ahora es una limpiadora que trata de huir de unos matones que pretenden prostituirla.

—Pero ¿te gusta leer?

—Sí. —Se anima—. Sobre todo en inglés. Mi abuela entraba libros en el país de contrabando.

—Es verdad que me lo contaste. Parece arriesgado.

—Sí, era peligroso para ella. Los comunistas prohibieron los libros en inglés.

¡Prohibidos!

Una vez más me doy cuenta de lo poco que sé sobre su hogar.

Hombre, concéntrate.

Le como el caballo creyéndome muy listo, pero me basta con echarle una ojeada a su rostro para saber que está reprimiendo una sonrisilla. Desliza la torre tres escaques a la izquierda y se ríe entre dientes.

—*Schah...* no. Jaque.

¡Mierda!

—Vale, nuestra primera y última partida de ajedrez —mascullo mientras sacudo la cabeza, indignado conmigo mismo.

Es como jugar con Maryanne. No hay manera de ganarle.

Alessia se retira el pelo detrás de la oreja, bebe otro sorbo de champán y gira la cruz de oro entre los dedos. Está disfrutando de lo lindo... dándome una paliza.

Es una lección de humildad.

Concéntrate.

Tres movimientos después, estoy acabado.

—Jaque mate —anuncia y me estudia con atención; su gesto solemne me quita el aliento.

—Bien jugado, Alessia Demachi —susurro sintiendo cómo el deseo me enciende la sangre—. Eres muy buena al ajedrez.

Alessia echa un vistazo al tablero y rompe el hechizo. Cuando levanta la cabeza, me sonríe con timidez.

—Jugaba al ajedrez con mi abuelo desde que yo hice seis años. Él era... ¿Cómo se dice...? Un hacha. Y quería ganar. Incluso contra una niña.

—Te enseñó bien —murmuro, serenándome. Lo que de verdad

quisiera es tomarla ahí mismo, en el sofá. Sopeso si abalanzarme
sobre ella, pero reconozco que primero deberíamos cenar—. ¿Aún
vive? —pregunto.

—No, murió cuando yo hice doce años.

—Lo siento.

—Tuvo una buena vida.

—Has dicho que querías ser profesora de inglés. ¿Qué ocurrió?

—Mi universidad cerró. No tenían dinero. Y se pararon los
cursos.

—Vaya, qué mierda.

A Alessia se le escapa una risita.

—Sí, es mierda. Pero me gusta trabajar con niños pequeños.
Y les enseño música y les leo inglés. Pero solo por dos días a la
semana, porque no estoy... ¿Cuál es la palabra...? Cualificada. Y
ayudo a mi madre en casa. ¿Otra partida? —pregunta.

Niego con la cabeza.

—Creo que mi ego va a necesitar un poco de tiempo para
recuperarse antes de volver a intentarlo. ¿Tienes hambre?

Asiente.

—Bien. Ese estofado huele de maravilla y estoy hambriento.

El estofado de ternera y ciruelas pasas de Jessie es mi plato
favorito. Solía prepararlo para las cacerías de invierno que se
organizaban en la propiedad durante las que nos obligaban a Kit,
a Maryanne y a mí a hacer de ojeadores para atraer a las aves hasta
las escopetas. El aroma es tentador. Después de un día tan activo,
estoy muerto de hambre.

Alessia insiste en servir ella la comida en los platos y la dejo
hacerlo mientras yo pongo la mesa. La observo con disimulo,
viendo cómo se desplaza por la cocina con movimientos precisos
y elegantes. Posee una gracia innata y sensual que me lleva a
preguntarme si habrá sido bailarina. Al volverse, el precioso pelo
le cae sobre la carita angelical y se lo aparta con un rápido y delicado giro de muñeca. Los dedos largos y finos sujetan el cuchillo
para partir por la mitad las patatas asadas, que desprenden vapor.

Concentrada y con el ceño fruncido, las unta con mantequilla y se detiene para chuparse el índice, que le ha quedado manchado de mantequilla derretida.

Siento tensión en la entrepierna.

Por Dios bendito.

Alessia alza la vista de improviso y me descubre mirándola.

—¿Qué pasa? —pregunta.

—Nada. —Tengo la voz ronca. Carraspeo—. Es solo que me gusta mirarte. Eres preciosa. —Me acerco de improviso y la estrecho entre mis brazos, cogiéndola por sorpresa—. Me alegro de que estés aquí conmigo.

Nuestros labios se unen en un beso tierno y fugaz.

—Yo también me alegro —contesta ella con una sonrisa tímida—. Maxim.

Sonrío de oreja a oreja. Me encanta oír mi nombre pronunciado con su acento. Agarro los platos.

—Vamos a comer.

El estofado de ternera y ciruelas pasas es dulce, fragante y se deshace en la boca.

—Mmm —murmura Alessia, cerrando los ojos complacida—. *I shijshëm.*

—¿Es así como se dice "Esto está malísimo" en albanés? —pregunta Maxim.

Alessia suelta una risita.

—No, está delicioso. Mañana cocino yo.

—¿Sabes? —pregunta Maxim.

—¿Cocinar? —Alessia se lleva la mano al corazón, ofendida—. Por supuesto. Soy albanesa. Todas las albanesas saben cocinar.

—Vale. Mañana iremos a comprar los ingredientes. —La sonrisa de Maxim es contagiosa, pero, contemplándola, se pone serio—. ¿Algún día me contarás toda la historia?

—¿Qué historia? —pregunta Alessia, sintiendo que se le acelera el corazón.

—La de cómo y por qué viniste a Inglaterra.

—Sí, algún día —asegura.

Algún día. ¡Algún día! ¡ALGÚN DÍA!

A Alessia le da un vuelco el corazón. Esas dos palabras implican un futuro tangible con ese hombre.

¿O no?

Aunque ¿en calidad de qué?

Le desconcierta la manera que tienen de relacionarse los hombres y las mujeres en Inglaterra. En Kukës es distinto. Ha visto muchos programas estadounidenses en la televisión —cuando su madre no controlaba lo que estaba viendo— y en Londres ha visto la despreocupación con que hombres y mujeres interactúan en público. Se besan. Hablan. Se toman de la mano. Y sabe que esas parejas no están casadas. Son amantes.

Maxim la toma de la mano.

Hablan.

Hacen el amor...

Amantes.

Supone que eso es lo que mister Maxim y ella son ahora.

Amantes.

La esperanza late en su corazón, una sensación estimulante, pero aterradora. Lo quiere, tendría que decírselo, pero es demasiado tímida para declararse. Además, no sabe si él siente lo mismo por ella. De lo único que está segura es de que iría hasta el fin del mundo por él.

—¿Quieres postre? —pregunta Maxim.

—Estoy llena —contesta Alessia, dándose unas palmaditas en la barriga.

—Es tarta *banoffee*.

—¿*Banoffee*?

—Banana, tofe y nata.

—No, gracias —asegura, meneando la cabeza.

Maxim lleva los platos vacíos a la barra de la cocina y regresa con un trozo de tarta. Se sienta, deja el plato en la mesa y prueba un bocado.

—Mmm... —murmura, exagerando su entusiasmo.

—Te estás burlando de mí. ¿Quieres que quiera tu postre? —pregunta Alessia.

—Quiero que quieras muchas cosas. Ahora mismo, el postre. —Maxim se sonríe y se pasa la lengua por los labios. Parte con el tenedor un trocito cargado de nata, lo pincha y se lo ofrece—. Prueba —susurra con voz seductora y una mirada encendida que resulta hipnotizante.

En respuesta, ella abre la boca y acepta el bocado.

Oh, Zot i madh.

Alessia cierra los ojos y saborea el postre que se disuelve en su boca. Es un pedacito dulce de cielo. Cuando los abre de nuevo y mira a Maxim, en su rostro se dibuja la típica sonrisa del "ya te lo dije". Maxim le ofrece un trozo más grande. Esta vez ella abre la boca sin titubear, pero él se lleva el tenedor a la suya y sonríe con expresión traviesa mientras mastica. Alessia se echa a reír; cómo le gusta hacer el tonto. Hace un mohín y él la recompensa con una sonrisa pícara y otro trocito de tarta. Maxim desvía la mirada hacia los labios de Alessia y le limpia la comisura delicadamente con el índice.

—Te has dejado esto —murmura, levantando el dedo manchado de nata.

Está serio. Una mirada más oscura y ardiente ha reemplazado el buen humor que animaba sus ojos. El pulso de Alessia se acelera. Y no sabe si es por el champán, que la desinhibe, o por esa mirada abrasadora, pero se rinde a sus instintos. Ladea la cabeza hacia el dedo de Maxim y, con los ojos clavados en los de él, lame la nata con la punta de la lengua. Maxim cierra los suyos mientras un murmullo grave de placer reverbera en su garganta. Animada por la reacción de Maxim, Alessia lo lame de nuevo y le besa la punta antes de mordisquearla suavemente con los dientes; Maxim abre los ojos al instante. Ella envuelve el dedo con los labios y chupa. Con fuerza.

Mmm... Sabe a limpio. A hombre.

Maxim se queda boquiabierto. Alessia continúa chupando,

viendo cómo se le dilatan las pupilas mientras no aparta los ojos de su boca. La reacción de Maxim la excita. ¿Quién le iba a decir que tenía el poder de provocarle la misma sensación? Es una revelación. Le roza la yema del dedo con los dientes y lo oye gemir.

—Al diablo con la tarta —dice Maxim, casi para sí mismo, y retira el dedo de la boca poco a poco.

Le toma la cabeza y la besa; la lengua sustituye al dedo. Húmeda. Caliente. La explora y la reclama. Alessia responde de inmediato, hunde los dedos en su pelo y le devuelve el beso con avidez. Sabe a tarta *banoffee* y a Maxim. Es una mezcla embriagadora.

—¿Cama o ajedrez? —murmura Maxim sobre sus labios.

¿Otra vez? ¡Sí! Un estremecimiento recorre el cuerpo de Alessia a la velocidad de la luz.

—Cama.

—Respuesta correcta.

Maxim le acaricia la mejilla y recorre su labio inferior con el pulgar; sonríe, en su mirada arde una prometedora sensualidad. Suben la escalera de la mano. Junto a la puerta del dormitorio, Maxim acciona el interruptor de manera que solo las lamparitas de la mesilla iluminan la habitación. Se vuelve de forma inesperada y la besa, le sujeta la cara con ambas manos y la empuja contra la pared. El corazón de Alessia bate con fuerza cuando él presiona el cuerpo contra el suyo. La desea. Lo nota.

—Tócame —murmura Maxim con voz entrecortada—. Por todas partes. —Los labios de Maxim se abalanzan de nuevo sobre los de Alessia, posesivos y necesitados, y le arrancan un gemido que procede de lo más profundo de su garganta—. Sí. Quiero oírte.

Maxim desliza las manos hasta la cintura. Ella coloca las suyas en el pecho, abiertas, mientras los labios de Maxim continúan saboreando su boca. Cuando la suelta, ambos jadean. Maxim apoya la frente contra la de ella y sus respiraciones se mezclan; los dos están sin aliento.

—No sabes lo que me haces —La voz de Maxim es suave como una brisa primaveral. La mira, el deseo que arde en los ojos de él llega hasta lo más profundo de su ser. Le agarra el dobladillo de la camiseta y se la quita por la cabeza. No lleva sujetador y la tendencia natural de Alessia es cubrirse los pechos, pero él le atrapa las manos y se las sujeta, sin apartar los ojos de ella—. Eres preciosa. No te escondas.

La besa de nuevo, entrelazan los dedos, palma con palma. Maxim la sujeta con firmeza y continúa la dulce invasión de su boca. Cuando ella se aparta tratando de recuperar el aliento, él la besa en el cuello, en la mandíbula y le roza la barbilla con los dientes antes de depositar unos besos largos y húmedos en la vena que le palpita en el cuello.

Alessia siente el latido desbocado y ensordecedor de la sangre resonando en todo su cuerpo. Se derrite por dentro. Hasta la última célula de su ser. Flexiona los dedos, pero él no la suelta.

—¿Quieres tocarme? —pregunta Maxim contra su cuello. Alessia gime—. Dilo.

—Sí —susurra ella.

Maxim le da un pequeño tirón al lóbulo de la oreja con los dientes.

Tratando de liberarse, Alessia gime y vuelve a flexionar los dedos. Esta vez la suelta, pero la toma por las caderas y la atrae hacia su erección.

—¿Lo notas? —murmura.

Sí. Por completo.

Dispuesto. A punto. Para ella.

Se le acelera el corazón, le falta el aire.

Él la desea. Y ella lo desea a él.

—Desnúdame —la anima Maxim con voz persuasiva. Los dedos de Alessia buscan el dobladillo de la camiseta. Titubea un segundo y a continuación la sube y se la quita por la cabeza. En cuanto la prenda toca el suelo, Maxim coloca las manos sobre la cabeza—. Y bien, ¿qué vas a hacer conmigo? —pregunta. Una sonrisa complacida y seductora le curva los labios.

Alessia inspira abrumada por la audaz invitación mientras sus ojos recorren el cuerpo de Maxim con avidez. Siente un hormigueo en los dedos, que desean tocarlo. Para sentir el contacto con su piel.

—Adelante —susurra Maxim con voz seductoramente desafiante.

Alessia quiere tocarle el pecho, el abdomen, el vientre. Y también quiere besarlo ahí. La idea provoca una tensión extraña y deliciosa en su interior. Con gesto vacilante, alza la mano y traza una línea con el índice que le recorre el pecho, los músculos abdominales y se detiene en el ombligo. Maxim respira de manera entrecortada sin apartar los ojos de los de Alessia, que continúa deslizando el dedo por el abdomen, siguiendo la línea del vello, hasta el primer botón de los jeans. La abandona el valor y titubea.

Maxim sonríe. Le toma la mano, se la lleva a los labios y le besa la yema de los dedos. Se la gira y posa los labios y la punta de la lengua en la parte interior de la muñeca, donde late el pulso. Traza círculos con la lengua, despacio, sobre el latido de Alessia, que se queda sin aliento. La suelta con una sonrisa y le toma la cabeza. Busca los labios de Alessia y explora su boca.

Alessia está jadeando cuando se aparta.

—Me toca —dice Maxim.

Y con una delicadeza infinita y apenas rozándola, desliza el índice entre sus pechos y desciende por el estómago hasta el ombligo, que presiona dos veces antes de proceder hasta la cinturilla de los pantalones de la piyama. A Alessia se le desboca el corazón y los latidos retumban con ritmo frenético en su cabeza.

De pronto él se arrodilla ante ella.

¿Qué?

Alessia lo toma por los hombros para mantener el equilibrio. Maxim desplaza las manos hacia su trasero mientras le besa la parte inferior de los pechos y deja un dulce y suave reguero de besos hasta el ombligo.

—Ah —gime Alessia cuando la lengua de Maxim bordea y penetra en la depresión de su vientre.

Hunde los dedos en el pelo de Maxim, que levanta la vista y le dirige una sonrisa traviesa. Con las manos en el trasero de Alessia,

se pone en cuclillas y la atrae hacia sí, la sujeta y recorre su sexo
con la nariz.

—¡Qu...! —exclama Alessia, conmocionada. Cierra los dedos
sobre el pelo de Maxim, que gruñe de placer.

—Qué bien hueles —susurra él, oyendo su respiración agitada.

Desliza las manos por dentro de la cinturilla de los pantalones
de la piyama y le rodea el trasero desnudo; masajea la carne mientras frota la nariz sobre el clítoris, una y otra vez.

Esto no es lo que ella esperaba. Verlo de rodillas, a sus pies,
haciendo lo que está haciéndole a su cuerpo, es demasiado estimulante. Cierra los ojos, inclina la cabeza hacia atrás y gime.
Maxim mueve las manos y Alessia siente cómo los pantalones se
deslizan por las piernas.

Zot.

La nariz de Maxim permanece en el vértice de sus piernas.

—¡Maxim! —grita, escandalizada, tratando de apartarle la
cabeza.

—Chis... —murmura él—. No pasa nada.

La lengua sustituye la nariz mientras Maxim contiene los débi-
les intentos de ella para detenerlo.

—Ah —gime Alessia al tiempo que él sigue excitándola dibu-
jando círculos con la lengua una y otra vez.

Alessia deja de resistirse y se entrega a sus sentidos, disfrutando
del deleite carnal que le proporciona su lengua. Al notar que a ella
empiezan a temblarle las piernas, Maxim la sujeta por las caderas
y continúa con su deliciosa tortura.

—Por favor —suplica Alessia. Maxim se levanta con agilidad.

Alessia se aferra a las caderas de Maxim, que la besa de nuevo
con las manos hundidas en su pelo, tirándole la cabeza hacia atrás.
Alessia se abre a él, se deleita con su lengua. Sabe distinto... salado,
resbaladizo, ¡sabe a ella!

O perëndi!

Con las bocas unidas, Maxim desliza la mano por su cuerpo, le
roza el pezón con el pulgar, recorre la línea de la cintura y prosigue el descenso hacia la confluencia de los muslos. Los dedos

reemprenden la tortura que momentos antes le había procurado la lengua y Maxim desliza uno de ellos en su interior. Estremeciéndose y dejándose llevar por el instinto, Alessia empuja las caderas hacia él tratando de encontrar alivio contra su mano.

—Sí —susurra él con satisfacción evidente mientras sigue haciendo círculos con el dedo dentro de ella, metiéndolo y sacándolo.

Cuando Alessia inclina la cabeza hacia atrás y cierra los ojos, él retira la mano y tira de los jeans. La cremallera se abre y Maxim saca un preservativo del bolsillo trasero. Termina de quitarse los jeans con un gesto rápido mientras Alessia observa aturdida, pero fascinada, cómo rasga el envoltorio del condón y se lo desliza sobre la erección. La respiración trabajosa de Alessia se acelera... pero ella desea tocarlo. Ahí. Aunque carece del valor para hacerlo. Todavía.

Además, ni siquiera están en la cama... ¿Qué va a hacer? Él vuelve a besarla y la toma por la cintura.

—Espera —susurra y la levanta—. Rodéame con los brazos y las piernas.

¿Qué? ¿Otra vez?

Alessia hace lo que le pide, sorprendida una vez más de su propia agilidad, mientras él coloca las manos bajo su trasero y le apoya la espalda contra la pared.

Maxim está jadeando.

—¿Estás bien? —le pregunta él.

Ella asiente, con los ojos muy abiertos, anhelante. Lo ansía con todo su cuerpo. Lo desea... desesperadamente. Maxim la besa mientras empuja las caderas con suavidad y se hunde en ella, despacio.

Alessia gime y hace una mueca de dolor mientras él la dilata y la llena.

Maxim se detiene.

—¿No puedes? —pregunta. Alessia lo oye preocupado—. Dime algo —la apremia—. Si quieres parar, solo tienes que decirlo.

Alessia flexiona las piernas. Está bien. Puede hacerlo. Desea hacerlo. Apoya la frente contra la de Maxim.

—Más. Por favor.

Maxim gime y empieza a moverse, proyectando la cadera hacia delante. Despacio al principio, pero aumentando la cadencia al ritmo de los jadeos y los gemidos de ella. Alessia se aferra a su cuello y él incrementa la velocidad. La sensación es intensa, recorre su cuerpo con la fuerza de un torbellino, y Alessia empieza a acercarse al orgasmo con cada una de sus embestidas.

Oh. No. Es demasiado. No sabe cómo controlarlo. Le clava las uñas en los hombros.

—Maxim. Maxim —jadea—. No puedo.

Maxim se detiene de inmediato con la respiración entrecortada. La besa, inspira hondo y, sin romper el contacto íntimo, da la vuelta y se dirige a la cama. Se sienta en el borde, la acuesta con delicadeza sobre el colchón y la mira con esos ojos del color de un bosque en primavera. Las pupilas dilatadas traicionan su deseo. Alessia alarga la mano y le acaricia la mejilla, asombrada de la pericia y agilidad de Maxim.

—¿Mejor? —pregunta Maxim mientras se acomoda entre las piernas de ella y se apoya en los antebrazos.

—Sí —susurra Alessia, enredando los dedos en su suave pelo.

Maxim le mordisquea los labios y empieza a moverse de nuevo. Poco a poco al principio, pero aumentando la velocidad. Resulta más fácil, no es tan profundo y, sin darse cuenta, el cuerpo de Alessia ya no es suyo sino que se mueve al ritmo del de Maxim, adecuándose a su cadencia mientras él entra y sale de ella una y otra vez. Se pierde en él, con él... acercándose cada vez más al estallido final, abandonándose a la tensión que acumula su cuerpo.

—Sí —masculla Maxim. Empuja una vez más y se detiene de pronto con un gruñido.

Alessia estalla con un grito bajo el cuerpo tenso de Maxim, una, dos veces, de nuevo, incapaz de controlar la espiral de placer que la atraviesa.

Cuando abre los ojos, Maxim ha apoyado la frente sobre la suya y tiene los ojos fuertemente cerrados.

—Oh, Alessia —murmura.

Los abre al cabo de un momento y ella le acaricia la mejilla mientras se miran. ¿Cómo puede quererlo tanto?

—*Të dua* —susurra.

—¿Qué significa?

Alessia sonríe y él responde de manera acorde, con una expresión llena de asombro y... veneración, quizá. Maxim se inclina, la besa en los labios, los párpados, las mejillas, la mandíbula y sale de ella despacio. Alessia gime sintiendo la pérdida y finalmente se deja llevar, plena pero exhausta, y se duerme entre sus brazos.

Duerme acurrucada a mi lado, envuelta en el edredón.

Menuda. Vulnerable. Hermosa.

Después de todo lo que ha vivido, tan joven, ahora está aquí, a mi lado, donde puedo protegerla. Me estiro para contemplar el ascenso y descenso acompasado de su pecho: los labios separados mientras respira, las largas y oscuras pestañas sobre las mejillas. La piel clara, los labios rosados. Es hermosa, y sé que nunca me cansaré de mirarla. Estoy cautivado y hechizado por ella. Es mágica, en todos los sentidos.

He perdido la cuenta de las veces que me he ido a la cama con una mujer, pero nunca he tenido esta conexión. Es una sensación extraña e inquietante, igual que este deseo insaciable.

Le aparto un mechón de pelo de la frente solo para tener una excusa para tocarla. Alessia se mueve y murmura algo en albanés. Me quedo completamente quieto, temiendo haberla molestado, pero vuelve a instalarse en un sueño tranquilo y en ese momento recuerdo que se agobiará si se despierta rodeada de oscuridad. Con cuidado de no perturbar su descanso, salgo de la cama y me apresuro a bajar las escaleras en busca de la lamparita que compré antes. Le pongo las pilas, la enciendo y la coloco en la mesita de noche del lado de Alessia. Si se despierta, no será en plena oscuridad.

Vuelvo a deslizarme entre las sábanas y me acuesto a contemplarla. Es encantadora —la curva de la mejilla, de la barbilla, la forma en que la diminuta cruz de oro descansa en el hueco de la base del cuello—, es exquisita. Parece joven pero serena mientras duerme. Tomo un mechón de su cabello y me lo enrollo alrededor del dedo. Ojalá se sienta más segura ahora. Y que ya no tenga pesadillas como las que la atormentaron ayer. Suspira, sus labios se curvan en una sonrisa. Por su expresión, no parece que nada turbe su sueño. La miro hasta que ya no puedo mantener los ojos abiertos. Y antes de dormirme, murmuro su nombre.

Alessia.

Capítulo dieciséis

Percibo la presencia de Alessia antes de despertarme del todo. Siento en mi cuerpo la calidez que irradia el suyo. Con la placentera sensación del tacto de su piel sobre la mía, abro los ojos y veo la mañana neblinosa y a la encantadora Alessia. Está profundamente dormida y enroscada en mi cuerpo como un helecho, con su mano sobre mi vientre y la cabeza reposada sobre mi pecho. La sujeto con un brazo por los hombros, con gesto posesivo, muy pegada a mí, y ella está desnuda. Sonrío satisfecho cuando mi cuerpo se excita.

Como dice la canción: cómo cambia todo en un solo día.

Permanezco acostado un rato disfrutando del calor de su cuerpo y del perfume de su pelo. Ella se remueve y masculla algo ininteligible, entonces parpadea y abre los ojos.

—Buenos días, preciosa —susurro—. Esta es su llamada despertador, señorita.

Y la pongo boca arriba sobre el colchón. Ella pestañea un par de veces, le beso la punta de la nariz y le acaricio con la mía ese punto sensible de debajo de la oreja. Ella esboza una amplia sonrisa y me abraza por el cuello mientras mi mano se desliza hacia sus pechos.

· · ·

El sol brilla. El aire es fresco y frío. *No Diggity* suena a todo volumen en el reproductor del carro mientras conduzco por la A39 hacia Padstow. He descartado asistir al oficio dominical. Habrá demasiadas personas en la parroquia local que me conocen. En cuanto le haya contado a Alessia quién soy y a qué me dedico... entonces quizá vaya. Veo de reojo cómo va siguiendo el ritmo de la música con los pies. Ella me mira de soslayo y siento la tensión creciente en la entrepierna.

Hombre, esta chica me tiene loco.

Su sonrisa ilumina el interior del Jaguar... y a mí.

Correspondo su mirada con una sonrisa maliciosa y recuerdo lo sucedido esta mañana. Y anoche. Ella se coloca el pelo alborotado por detrás de la oreja, y aflora un rubor inocente en sus mejillas. A lo mejor también está pensando en lo de esta mañana. Eso espero. La imagino en mi cama, con la cabeza echada hacia atrás por el éxtasis; abre la boca al gritar y venirse, con la melena cayéndole por el borde de la cama. Se me acumula toda la sangre en la parte baja del cuerpo al pensarlo. *Sí.* Me ha parecido que disfrutaba. Que disfrutaba muchísimo. Me remuevo en el asiento al recordarlo y alargo una mano para darle un apretón en la rodilla.

—¿Estás bien? —le pregunto.

Ella asiente con la cabeza y veo un brillo en sus profundos ojos marrones.

—Yo también.

Le tomo la mano, me la llevo a los labios y le doy un beso de agradecimiento en la palma abierta.

Me siento jubiloso, más que jubiloso, extasiado. Soy más feliz de lo que he sido... desde... desde la muerte de Kit. No. Desde antes de la muerte de Kit. Y sé que se lo debo a Alessia.

Me siento embriagado con ella.

Sin embargo, no me obsesiono con mis sentimientos. No quiero hacerlo. Son algo nuevo y puro, y un tanto desconcertante. Nunca me he sentido así. La verdad es que resulta emocionante. Voy de compras con una mujer y estoy deseando hacerlo... ¿Es mi primera vez?

Aunque sospecho que voy a discutir con Alessia. Es orgullosa. Quizá sea una característica típica de los albaneses. Durante el desayuno se ha mostrado muy terca al insistir en que no podía comprarle ropa nueva. Pero va sentada a mi lado con sus jeans viejos, la camiseta blanca raída, sus botas agujereadas y la chaqueta que era de mi hermana. Es una batalla perdida para ella.

Aparco en el espacioso parqueadero del muelle. Ella se muestra curiosa, husmea por el parabrisas el entorno que nos rodea.

—¿Quieres echar un vistazo? —le pregunto y bajamos del carro.

Es una escena de postal: edificios y casas de campo antiguas construidas con piedra gris de Cornualles alineados frente al pequeño puerto donde hay amarrados unos cuantos barcos pesqueros inactivos, porque es domingo.

—Es una buena vista —comenta Alessia.

Lleva el abrigo bien cerrado, la rodeo por los hombros con un brazo y la acerco hacia mí.

—Vamos a comprarte algo de ropa de abrigo —le sugiero con una sonrisa, pero ella enseguida se zafa de mi abrazo.

—Maxim, no puedo permitirme ropa nueva.

—Yo invito.

—¿Que me invitas?

Frunce el ceño.

—Alessia, no tienes nada. Para mí es muy fácil solucionarlo. Por favor. Déjame hacerlo. Quiero hacerlo.

—No está bien.

—¿Quién lo dice?

Se golpetea los labios con un dedo y parece que no ha pensado mucho en cómo defender su postura.

—Yo. Lo digo yo —responde finalmente.

Lanzo un suspiro.

—La ropa será mi regalo por todo el trabajo duro...

—Es un regalo porque he tenido relaciones sexuales contigo.

—¿Qué? ¡No! —Me río, tan horrorizado como divertido. Echo un vistazo rápido al muelle para asegurarme de que nadie nos oye—. Ya me ofrecí a comprarte ropa antes del sexo, Alessia. Vamos. Mírate. Estás helada. Y sé que tienes las botas agujereadas. He visto las huellas de tus pies mojados en el pasillo de mi apartamento.

Abre la boca con la intención de decir algo.

Levanto una mano para que no lo haga.

—Por favor —insisto—. Sería un gran placer para mí.

Ella frunce los labios, inconmovible. Lo intento con otra táctica.

—Voy a comprártela de todas formas, la quieras o no. Así que puedes acompañarme y escoger algo que te guste o dejármelo a mí.

Se cruza de brazos.

Carajo. Alessia Demachi es terca como una mula.

—Por favor. Hazlo por mí —le suplico ofreciéndole una mano.

Ella se queda mirándome y le dedico mi mejor sonrisa. Luego suspira, resignada, o eso creo, y me da la mano.

Sí.

Mister Maxim tiene razón. Necesita ropa. ¿Por qué se niega con tanta obstinación a su generosa oferta? Es porque él ya ha hecho mucho por ella. Alessia va caminado deprisa a su lado por el muelle, intentando ignorar la vocecita escandalizada de su madre, que resuena en su cabeza.

Él no es tu marido. Él no es tu marido.

Alessia sacude la cabeza.

¡Basta!

No va a permitir que su madre ausente la haga sentir culpable. Ahora está en Inglaterra. Es libre. Como una chica inglesa. Como su abuela. Y mister Maxim dijo que estaba de vacaciones, y si eso le proporciona placer... después del placer que él le ha proporcionado a ella, ¿cómo va a negarse a aceptar su ofrecimiento? Se ruboriza al recordar su... ¿Cómo lo ha llamado?

La llamada despertador.

Alessia intenta no sonreír. Podría despertarla así cualquier día.

Y ha vuelto a prepararle el desayuno.

La está mimando demasiado.

Hace mucho tiempo que no la mimaban.

¿Alguna vez me han mimado?

Levanta la vista para mirarlo cuando entra en el centro de Padstow, y el corazón le da un vuelco. Él gira la cabeza para mirarla, con expresión de alegría, y en su bello rostro aflora una sonrisa radiante. Esta mañana tenía aspecto travieso. Debe de ser por la barba de tres días. A Alessia le gusta notar su aspereza por debajo de la lengua. Le gusta notarla sobre la piel.

¡Alessia!

No tenía ni idea de que podía ser tan lasciva. Mister Maxim ha creado un monstruo. Se ríe sola.

¿Quién lo habría dicho?

De pronto empieza a preocuparse. ¿Qué hará cuando regresen a Londres y las vacaciones se hayan terminado? Lo rodea con una mano por el bíceps y él le aprieta una mano. Alessia no quiere pensar en eso. Ahora no. Hoy no.

Estamos de vacaciones.

Mientras camina, la frase se convierte en un mantra.

Estamos de vacaciones.

Ky është pushim.

Padstow es más grande que Trevethick, pero antiguo; en cuanto a las casas apretujadas y los callejones estrechos es igual. El lugar está a rebosar de gente, turistas y lugareños que disfrutan del sol a pesar del frío. Hay niños comiendo helado. Jóvenes tomados de la mano, como Maxim y ella. Y personas más mayores sujetas del brazo. Alessia se maravilla de que los transeúntes puedan expresar su afecto con tanta libertad por estas calles. No es igual que en Kukës.

Entro en la primera tienda de ropa para mujer. Es una cadena local, y me planto en medio del espacio para contemplar toda la oferta. Las prendas son bastante bonitas en general, aunque la verdad es que me siento un tanto abrumado. Alessia me sujeta del brazo y está pegada a mí como una lapa. Y no tengo ni idea de por dónde empezar. Había creído que ella iba a colaborar, que estaba entusiasmada, incluso, pero no parece interesada en la ropa.

Una joven dependienta se acerca a nosotros: rubia y despreocupada, con sonrisa sana y amigable, y una cola de caballo muy acorde con su aspecto, que se balancea de un lado a otro.

—¿En qué puedo ayudarle, señor?

—Mi... mmm... novia necesita de todo. Se ha dejado la ropa en Londres y pasaremos aquí la semana.

¿Novia? Sí. Suena bien.

Alessia levanta la vista para mirarme, sorprendida.

—Claro. ¿Qué necesita? —la dependienta le pregunta a Alessia con expresión alegre.

Ella se encoge de hombros.

—Empecemos por los jeans —intervengo.

—¿De qué talla?

—No lo sé —responde Alessia.

La dependienta parece confusa y retrocede un paso para echarle un vistazo.

—No es de por aquí, ¿verdad? —comenta con tono amigable.

—No.

Alessia se ruboriza.

—Es usted menuda, así que debe de ser una ocho o una diez, según el sistema del Reino Unido.

Nos lanza una mirada expectante a la espera de confirmación.

Alessia asiente en silencio, aunque creo que lo hace para quedar bien.

—¿Por qué no va al probador? Iré a buscar unos jeans de esas tallas y empezamos por ahí.

—Está bien —mascula Alessia. Me lanza una mirada inescrutable y sigue a la dependienta hasta los probadores.

Oigo a la joven presentarse a Alessia.

—Me llamo Sarah, por cierto.

Lanzo un suspiro de alivio y observo cómo Sarah retira unos cuantos jeans de las estanterías.

—Denim azul oscuro y claro, y unos negros —le sugiero.

La cola de caballo se agita alegremente cuando se vuelve para mirarme sonriente y agarra varios pares.

Mientras me paseo por la tienda echo un vistazo a un par de percheros para decidir qué le quedaría bien a Alessia. Ya he salido antes de compras con mujeres, pero ellas siempre sabían lo que querían. A mí me llevaban a rastras, o bien para pagar o para dar mi opinión, que siempre ignoraban. Las mujeres que conozco confían en su propio estilo. Me pregunto si debería haber mandado a Alessia de compras con Caroline.

¿Qué?

¿Y volver a Londres?

No. Seguramente no es una buena idea.

Todavía no.

Frunzo el ceño. *¿Qué estoy haciendo?*

Me estoy tirando a mi chica de la limpieza. Eso es lo que estoy haciendo.

Mentalmente oigo sus gritos cuando alcanza el orgasmo. Se me pone dura solo de pensarlo.

Mierda.

Sí. Me la estoy tirando y quiero hacerlo otra vez.

Por eso estoy aquí.

Ella me gusta. Me gusta de verdad. Y quiero protegerla de toda la mierda por la que ha pasado... Y yo tengo tanto... y ella no tiene nada.

Suelto un resoplido. Es una redistribución de la riqueza. Sí.

Qué altruista y socialista por mi parte. A mi madre no le haría mucha gracia. Y pensar en ello me hace sonreír.

Encuentro un par de vestidos que me gustan, uno negro y otro verde esmeralda, y se los entrego a la dependienta.

¿A Alessia le gustarán?

Me siento en una butaca de cortesía en la zona de los probadores y espero, intentando dejar de pensar en lo que me inquieta.

Alessia sale del probador con el vestido verde.

¡Vaya!

Me quedo estupefacto.

Nunca la he visto con vestido.

El pelo le cae en cascada sobre los pechos, cubiertos por un terso tejido que se le ciñe al cuerpo.

A todo el cuerpo.

Senos. Vientre plano. Caderas. El vestido le llega justo por encima de las rodillas y va descalza. Está espectacular, parece un poco mayor, tal vez, pero más femenina y sofisticada.

—¿No es demasiado corto? —me pregunta Alessia, tirando del escote del vestido hacia abajo.

—No. —Hablo con voz ronca y carraspeo para aclarármela—. No, está bien así.

—¿Te gusta?

—Sí. Sí. Me gusta mucho. Estás preciosa.

Me sonríe con timidez. Levanto un dedo y le hago una señal para que gire sobre sí misma. Lo hace a toda prisa y suelta una risita nerviosa.

La tela también se le ciñe al trasero.

Sí. Está espectacular.

—Le doy el visto bueno —digo, y ella sale corriendo para volver a entrar en el probador.

Cuarenta y cinco minutos después, Alessia tiene un fondo de armario nuevo: tres pares de jeans, cuatro camisetas de manga larga de distintos colores, dos faldas, dos camisas lisas, dos chaquetas de punto, dos vestidos, dos suéteres, un abrigo, calcetines, medias y lencería.

—Serán mil trescientas cincuenta y cinco libras, por favor.

Sarah mira sonriendo a Maxim.

—¿Qué? —exclama Alessia.

Maxim entrega su tarjeta de crédito, toma a Alessia entre sus brazos y le da un intenso y largo beso. A ella le falta el aire cuando él la suelta y se queda mirando al suelo, avergonzada. No puede mirar a Sarah. En el pueblo de Alessia, tomarse de la mano en público es un descaro. ¿Besarse? De ninguna manera. Jamás. Jamás en público.

—Ey —murmura Maxim y le pone la mano por debajo de la barbilla para obligarla a levantar la cabeza.

—Gastas demasiado —susurra ella.

—No si es para ti. Por favor. No te enojes conmigo.

Se queda mirándome a la cara, pero no tengo ni idea de qué está pensando.

—Gracias —me dice por fin.

—No tienes por qué dármelas —respondo, aliviado—. Ahora vamos a comprarte un par de zapatos en condiciones.

A Alessia se le ilumina el rostro como un día de verano.

Ah. Zapatos... la forma de llegar al corazón de cualquier mujer.

En una zapatería cercana, escoge un par de toscos botines negros.

—Necesitarás más de un par —le advierto.

—Solo necesito esto.

—Toma, estos son bonitos.

Le enseño unas bailarinas. Ojalá tuvieran tacones de aguja, de esos tan sexys, pero qué le vamos a hacer, en esta tienda el calzado es muy práctico.

Alessia duda un instante.

—Me gustan estos —le comento, con la esperanza de que mi opinión influya en su decisión.

—De acuerdo. Si a ti te gustan. Son bonitos.

Sonrío.

—Y me gustan estas.

Le enseño un par de botas de piel marrón, altas hasta la rodilla y con tacón.

—Maxim... —protesta Alessia.

—Por favor.

Me dedica una sonrisa de reticencia.

—De acuerdo.

Podemos dejar aquí tus botas para que las reciclen —comenta Maxim cuando están delante del mostrador de la tienda.

Alessia se mira las botas nuevas que lleva y luego mira las viejas. Es lo único que le queda de la ropa que trajo de casa.

—Me gustaría conservarlas —comenta.

—¿Por qué?

—Son de Albania.

—Oh. —Él parece sorprendido—. Bueno, a lo mejor podemos cambiarles la suela.

—¿Cambiar la suela? ¿Qué quieres decir?

—Arreglarlas. Cambiar la parte de abajo del zapato. ¿Entiendes?

—Sí. Sí —responde, emocionada—. Cambiar la suela.

Se queda mirando cuando Maxim vuelve a entregar su tarjeta de crédito.

¿Cómo podrá devolvérselo?

Algún día ganará dinero suficiente para pagarle. Mientras tanto, tiene que pensar en algo que pueda hacer por él.

—Recuerda que quiero cocinar —le dice.

Eso es algo que puedo hacer por él.

—¿Hoy? —le pregunta Maxim mientras recoge las bolsas de la compra.

—Sí. Quiero cocinar para ti. Para darte las gracias. Esta noche.

—Está bien. Vamos a llevar estas bolsas al carro y podemos pasar por el supermercado después de ir a comer algo.

Dejan las bolsas en el pequeño maletero del carro y, mientras van caminando hacia un restaurante tomados de la mano, Alessia intenta no atormentarse por la generosidad de Maxim. En su cultura es de mala educación rechazar un regalo, pero ella sabe lo que la llamaría su padre si supiera qué está haciendo. O la mataría o le daría un infarto. Seguramente las dos cosas. Ya lo ha deshonrado, y hasta hace nada tenía las marcas que lo demostraban. Una vez más, Alessia desearía que su padre tuviera una mente más abierta y que fuera menos violento.

Baba.

Su ánimo se entristece.

Comemos en el Rick Stein's Café. Alessia está callada y, cuando pedimos la comida, parece un poco apagada. Me pregunto si será porque he gastado dinero en su ropa. En cuanto la camarera nos ha tomado la orden, alargo una mano sobre la mesa para tocar la de Alessia y le doy un apretón de ánimo.

—Alessia, no te preocupes por el dinero. Por la ropa. Por favor.

Ella me mira con sonrisa forzada y da un trago a su agua con gas.

—¿Qué ocurre?

Sacude la cabeza.

—Cuéntamelo —insisto.

Niega de nuevo en silencio y se vuelve para mirar por la ventana.

Algo va mal.

Mierda. ¿La he disgustado?

—¿Alessia?

Esta vez me mira y parece consternada.

Maldita sea.

—¿Qué pasa?

Se queda mirándome, con sus ojos oscuros nublados por la tristeza, y su mirada se me clava como un cuchillo en las entrañas.

—Cuéntamelo.

—No puedo fingir que estoy de vacaciones —dice en voz baja—. Me compras todo esto y no puedo devolverte el dinero. Y no sé qué pasará cuando volvamos a Londres. Y estoy pensando en mi padre y en lo que me haría... —Hace una pausa y traga saliva—. O lo que te haría a ti si supiera lo que hemos hecho. Sé lo que me llamaría. Y estoy cansada. Estoy cansada de tener miedo. —Habla con un hilito de voz rota y los ojos le brillan por las lágrimas a punto de brotar. Me mira directamente—. Eso es lo que estoy pensando.

Yo la miro. Me quedo de piedra, y me siento vacío y dolido. Por ella.

—Eso es mucho en lo que pensar —murmuro.

La camarera regresa con nuestra comida y me pone delante alegremente el sándwich californiano que he pedido y la sopa de calabaza frente a Alessia.

—¿Está todo bien? —pregunta.

—Sí. Bien. Gracias —le digo.

Alessia levanta la cuchara y remueve la sopa mientras yo me siento impotente e intento pensar en algo que decir. Habla con una voz casi inaudible.

—No soy problema tuyo, Maxim.

—Nunca he dicho que lo fueras.

—No me refería a eso.

—Ya sé a qué te refieres, Alessia. Sin importar qué ocurra entre nosotros, quiero estar seguro de que estés bien.

Ella me dedica una sonrisa triste.

—Me siento agradecida. Gracias.

Su respuesta me enoja. No quiero su gratitud. Creo que tiene un concepto anticuado sobre el hecho de ser mi amante. No tengo ni idea de qué tiene que ver su padre con nosotros. Estamos en 2019. No en 1819.

¿Qué diablos quiere?

Carajo. ¿Qué quiero yo?

La miro mientras se lleva la cuchara con sopa a los labios, con la tez pálida y expresión alicaída.

Al menos está comiendo.

¿Qué quiero yo? ¿De ella?

He poseído su bello cuerpo.

Y no es suficiente.

En ese momento lo veo. Veo perfectamente lo que quiero. Con claridad meridiana.

Quiero su corazón.

Mierda.

Capítulo diecisiete

Amor. Confuso. Irracional. Frustrante... Estimulante. Esto es lo que se siente. Estoy ridícula, febril y locamente enamorado de la mujer que tengo sentada enfrente.

Mi asistenta. Alessia Demachi.

He sentido esto desde la primera vez que la vi de pie en el pasillo de mi casa, sujetando una escoba. Recuerdo lo desconcertado que estaba... Lo enojado que estaba. Cómo sentí que las paredes se cerraban sobre mí y tuve que escapar porque no entendía la profundidad de mis sentimientos. Estaba escapando de esto. Creía que solo sentía una atracción desatada por ella. Pero no. Su cuerpo no es lo único que deseo. Nunca ha sido solo eso. Me siento atraído por ella de una forma distinta a lo que he sentido por ninguna otra mujer. La amo. Por eso fui tras ella cuando se marchó a Brentford. Por eso la he traído hasta aquí. Quiero protegerla. Quiero que sea feliz. Quiero que esté conmigo.

Mierda.

Es una revelación.

Y ella no tiene ni idea de quién soy ni de qué hago. Y yo sé muy poco sobre ella. De hecho, no tengo ni idea de qué siente por mí. Con todo, está aquí conmigo, seguro que eso significa algo. Creo que le gusto. Pero, insisto, ¿qué otra alternativa tiene? Soy su única salida. Estaba asustada y no tenía ningún lugar al que huir. Y hasta cierto punto yo lo sabía e intentaba mantenerme distante, pero no pude, porque ella me ha llegado al corazón.

Me he enamorado de mi limpiadora.

Esto es un desastre, maldita sea.

Y ahora por fin está abriéndose a mí, pero a pesar de todo lo que he hecho, sigue asustada. No he hecho lo suficiente. Ya no tengo hambre.

—Lo siento. No quería ser una ahoga fiestas —dice e interrumpe mis reflexiones.

—¿Ahoga fiestas?

Frunce el ceño.

—¿No se dice así?

—Creo que querías decir "aguafiestas".

Sonríe con desgana.

—No lo eres —la tranquilizo—. Ya pensaremos en cómo salir de esta, Alessia. Ya verás.

Ella asiente con la cabeza, aunque no parece convencida.

—¿No tienes hambre?

Me quedo mirando el sándwich de pollo y me rugen las tripas. Ella se ríe, y es el sonido más bonito del mundo.

—Eso está mejor.

Disfruto de verla contenta, aliviado de que haya recuperado su sentido del humor, y vuelvo a concentrarme en la comida.

Alessia se relaja. No recuerda haber hablado antes de sus sentimientos con él, y Maxim no parece enojado con ella. Cuando se queda mirándola, su mirada es cálida y su expresión la reconforta.

Ya pensaremos en cómo salir de esta, Alessia. Ya verás.

Se queda mirando el plato de sopa de calabaza y recupera el apetito. Se asombra al pensar en la cadena de acontecimientos que la ha traído hasta este lugar. Cuando su madre la acompañó hasta el minibús en la gélida carretera secundaria de Kukës, ella sabía que su vida cambiaría para siempre. Tenía grandes esperanzas sobre su nueva vida en Inglaterra. No esperaba que el viaje fuera tan duro ni tan peligroso. Y lo irónico es que se había ido para intentar escapar del peligro.

Y, con todo, el viaje la llevó hasta él.

Mister Maxim.

El del rostro hermoso, la risa fácil y la sonrisa radiante. Se queda mirándolo mientras come. Tiene unos modales impecables en la mesa. Es limpio y ordenado y mastica con la boca cerrada. Su abuela inglesa, que insistía mucho con lo de los buenos modales a la hora de comer, lo habría aprobado.

Cuando él la mira, ve sus luminosos ojos verdes. Son de un color extraordinario. Del color del río Drin. Del color de su hogar.

Podría estar todo el día mirándolo.

Él le sonríe para que se sienta mejor.

—¿Estás bien? —le pregunta.

Alessia asiente con la cabeza. Le encanta la calidez de su sonrisa cuando la mira, y adora el ardor de su mirada... cuando la desea. Se ruboriza y baja la vista hacia la sopa. No esperaba enamorarse.

"El amor es para tontos", solía decirle su madre.

Quizá sea una tonta, pero lo ama. Y ya se lo ha dicho. Lo que pasa es que él no entiende su lengua materna.

—Oye —la llama él.

Alessia levanta la vista. Maxim ya ha terminado de comer.

—¿Cómo está la sopa?

—Está buena.

—Pues cómetela, ¿sí? Me gustaría llevarte a casa.

—Está bien —accede ella; le encanta la idea de tener una "casa".

Le gustaría tener una casa con él. Para siempre. Aunque sabe que eso es imposible.

Soñar es gratis.

Durante el viaje en carro de regreso a Trevethick van más callados que en el de ida. Maxim parece preocupado y ha puesto una música extraña en el equipo. La parada en un supermercado llamado Tesco en la salida de Padstow les ha proporcionado todos los ingredientes que Alessia necesita para preparar *tavë kosi*, la comida favorita de su padre. Espera que a Maxim le guste. Va contemplando las vistas del campo por la ventanilla. Todavía con aspecto invernal, el paisaje le recuerda a su casa. Aunque aquí los árboles son bajos y están torcidos por el intempestivo viento de Cornualles.

Se pregunta cómo les irá a Magda y Michal en Brentford. Es domingo, así que Michal estará o bien haciendo los deberes del colegio o jugando a algún videojuego online, y Magda estará cocinando o hablando con su prometido, Logan, vía Skype, o quizá esté preparando el equipaje para su traslado a Canadá. Alessia espera que estén a salvo. Se queda mirando a Maxim, quien parece ensimismado en sus cosas; él debería saber cómo están Magda y Michal si ha estado en contacto con su amigo. A lo mejor la deja usar su móvil más tarde para que pueda ponerse al día sobre cómo van las cosas por casa.

No, Brentford no es su casa.

No sabe dónde estará su próxima casa.

Decidida a seguir animada, aparta ese pensamiento y se centra de nuevo en escuchar los extraordinarios sonidos emitidos por el equipo de música. Los colores son impactantes: violetas, rojos, turquesas... no se parece a nada que haya oído antes.

—¿Qué es esta música? —le pregunta.

—Es de la banda sonora de *La llegada*.

—¿La llegada?

—La película.

—Oh.

—¿La has visto?

—No.

—Es genial. Una locura total. Trata sobre el tiempo y el lenguaje y los problemas de comunicación. Podemos verla en casa. ¿Te gusta la música?

—Sí. Es rara. Expresiva. Y colorida.

Su sonrisa es fugaz. Demasiado fugaz. Ha estado pensativo. Alessia se pregunta si estará preocupado por la conversación que han tenido antes. Necesita averiguarlo.

—¿Estás enojado conmigo?

—No. ¡Claro que no! ¿Por qué iba a estar enojado contigo?

Ella se encoge de hombros.

—No lo sé. Es que estás callado.

—Me has dado mucho en que pensar.

—Lo siento.

—No tienes por qué disculparte. No has hecho nada malo. En todo caso... —Deja la frase inacabada.

—Tú no has hecho nada malo —dice Alessia.

—Me alegra que pienses así.

Le dedica una sonrisa fugaz y sincera que despeja todas sus dudas.

—¿Hay algo que no te guste comer? —le pregunta Alessia; desearía habérselo preguntado antes de ir de compras.

—No. En general, como de todo. Estuve en un internado —responde como si eso explicara sus costumbres alimentarias.

Pero lo que Alessia conoce sobre los internados se limita a las novelas juveniles de Enid Blyton, de la colección *Torres de Malory*, una de las series literarias favoritas de su abuela.

—¿Te gustaba? —le pregunta ella.

—El primero no. Me expulsaron. El segundo sí. Era un buen colegio. Allí hice buenos amigos. Ya los has conocido.

—Oh, sí.

Alessia se ruboriza al recordar a los dos hombres en ropa interior.

Pasan a hablar de algo menos incómodo y, cuando llegan a casa, ella se siente más animada.

Entramos con las bolsas en la casa y, mientras Alessia saca las cosas del supermercado, yo llevo su ropa arriba. La dejo en la habitación de invitados, luego cambio de idea y deposito las bolsas en el vestidor de mi habitación. La quiero aquí conmigo.

Es un gesto atrevido.

Carajo.

Estoy hecho un auténtico lío. No sé cómo comportarme con ella.

Me siento en la cama y me sujeto la cabeza entre las manos. ¿Tenía un plan de juego antes de venir hasta aquí?

No.

Estaba pensando con la verga. Y ahora... bueno, espero estar pensando con la cabeza y escuchando mi corazón. Durante el viaje en carro hacia casa, iba valorando qué hacer. ¿Debería decirle que la quiero? ¿No debería hacerlo? No me ha dado ninguna señal de qué siente por mí, aunque lo cierto es que se muestra reservada en general.

Está aquí conmigo.

Eso significa algo, ¿verdad?

Ella podría haberse quedado con su amiga, pero entonces esos maleantes habrían vuelto y la habrían encontrado. Se me hiela la sangre. Me estremezco solo de imaginar lo que le habrían hecho si llegan a descubrirla. No. Yo era su única alternativa. Ella no tiene nada. ¿Cómo iba a escapar?

A pesar de todo, llegó al Reino Unido con las manos vacías y sobrevivió. Es una chica con recursos, ha salido adelante, pero ¿a qué precio? La simple idea me pesa como una losa. ¿Qué habrá hecho durante el tiempo entre su llegada al país y el momento en que localizó a Magda?

La angustia de su mirada en el restaurante. Fue... conmovedora.

Estoy cansada de tener miedo.

Me pregunto cuánto tiempo hace que se siente así. ¿Desde que llegó a este país? Ni siquiera sé cuánto lleva en el Reino Unido. Hay tantas cosas que no sé de ella...

Pero quiero que sea feliz.

Piensa. ¿Qué hago?

Primero. Tenemos que conseguir que su situación aquí sea legal, y yo no tengo ni idea de cómo se hace eso. Mis abogados deberían conocer la respuesta. Me imagino la cara de Rajah cuando le cuente que tengo en mi casa a un inmigrante ilegal.

Su abuela era inglesa. Quizá eso sirva.

Mierda. No lo sé.

¿Qué más podría hacer?

Podría casarme con ella.

¿Qué?

¿Matrimonio?

Me río en voz alta por lo absurdo de la idea.

¿Por qué no?

A mi madre le daría un síncope. Solo por ese motivo valdría la pena. Recuerdo lo que dijo Tom la noche que estábamos en el pub: "¿Sabes? Ahora que eres el conde, tendrás que proveer a la familia con un heredero y un hermano suplente".

Podría convertir a Alessia en mi condesa.

Se me desboca el corazón. Ese sería un movimiento atrevido.

Y tal vez un tanto precipitado.

Ni siquiera sé si siente algo por mí.

Podría preguntárselo.

Entorno los ojos. Ya estoy otra vez como al principio. La verdad es que tengo que averiguar más cosas sobre ella. ¿Cómo iba a pedirle que fuera mi esposa? Sé situar a Albania en el mapa, pero eso es todo. Bueno, eso puedo arreglarlo ahora mismo.

Saco el móvil del bolsillo y entro en Google.

Ya se ha hecho de noche cuando mi teléfono empieza a protestar por la poca vida que le queda a la batería. Estoy tumbado en la cama, leyendo todo lo que puedo sobre Albania. Es un lugar fascinante, tiene una parte moderna, otra antigua y una historia turbulenta. He encontrado la población natal de Alessia. Está en el noreste, cobijada entre cordilleras y a unas horas en carro de la capital. Por todo lo que he leído, sí que parece que la vida es más tradicional en esa región.

Eso explica muchas cosas.

Alessia está abajo, cocinando. No sé que está preparando, pero su sabroso olor resulta tentador. Me levanto de la cama, me estiro y bajo para verla.

Todavía lleva puesta la camiseta blanca y los jeans, y está frente a los fogones, dándome la espalda, removiendo algo en una sartén. Se me hace la boca agua; huele de maravilla.

—Hola —la saludo y me siento en uno de los taburetes de la barra de la cocina.

—Hola.

Me dedica una sonrisa fugaz. Lleva el pelo recogido en una trenza y me alegro de que no tenga puesto el pañuelo. Enchufo el móvil en una de las tomas de corriente de debajo de la barra y abro la aplicación Sonos.

—¿Algún estilo de música en particular que te apetezca escuchar? —le pregunto.

—Escoge tú.

Selecciono una *playlist* romántica y le doy al *play*. RY X suena a todo volumen por los altavoces instalados en el techo, y ambos damos un respingo. Lo bajo un poco.

—Lo siento. ¿Qué estás cocinando?

—Es una sorpresa —dice, volviéndose para mirarme con expresión coqueta.

—Me encantan las sorpresas. Huele bien. ¿Puedo ayudar en algo?

—No. Esta es mi forma de darte las gracias. ¿Te gustaría beberte?

Me río.

—Sí. Me gustaría beber algo. ¿Te importa que te corrija cuando hablas en inglés?

—No. Quiero aprender.

—La expresión correcta es: "¿Te gustaría beber algo?".

—Entendido.

Me dedica otra sonrisa fugaz.

—Y sí, sí que me gustaría. Gracias.

Aparta el sartén del fuego y, de la barra, toma una botella de vino tinto y me sirve una copa.

—He estado leyendo sobre Albania.

Se vuelve de golpe para mirarme, con el rostro iluminado como el alba.

—Mi casa... —susurra.

—Háblame más sobre la vida en Kukës.

Quizá sea porque está entretenida mientras cocina, pero por fin se abre a mí y describe la casa donde vivía con sus padres. Se encuentra junto a un lago enorme, rodeada de pinos... Mientras me lo cuenta, la observo y me maravilla su ir y venir por detrás de la barra, con tanta gracia y habilidad, como si llevara años cocinando en esta casa. Ya sea para rayar un poco de nuez moscada o ajustar el tiempo del horno. Es toda una profesional. Además, mientras cocina, va llenándome la copa de vino, lava los platos y me cuenta detalles sobre su claustrofóbica vida en Kukës.

—Entonces ¿no conduces?

—No —me responde mientras pone la mesa para dos.

—¿Tu madre conduce?

—Sí. Pero no mucho. —Sonríe al ver mi preocupación—. ¿Sabes que la mayoría de los albaneses no condujeron hasta mediados de la década de los noventa? Antes de la caída del comunismo, no teníamos carros.

—Vaya. No lo sabía.

—Me gustaría aprender.

—¿A conducir? Yo te enseñaré.

Se queda atónita.

—¿En ese carro tan rápido? ¡Me parece que no!

Se ríe como si acabara de sugerirle volar a la luna para ir a comer.

—Yo podría enseñarte.

Aquí tenemos terrenos suficientes, no necesitamos salir a la vía pública. Estaremos seguros. La imagino conduciendo uno de los carros de Kit, quizá el Morgan. Sí. Ese modelo sería adecuado para la condesa.

¿Condesa?

—A esto le faltan más o menos quince minutos para estar listo —anuncia mientras se da unos golpecitos en el labio con el dedo.

Está pensando en algo.

—¿Qué quieres hacer?

Alessia se muerde el labio inferior.

—¿Qué quieres? —le pregunto.

—Me gustaría hablar con Magda.

Por supuesto que quiere hablar con ella. Seguramente Magda es su única amiga, carajo. ¿Por qué no se me habrá ocurrido a mí?

—Claro que sí. Toma.

Desenchufo el móvil y busco los detalles de contacto de Magda. Cuando suena el tono de llamada, le paso el teléfono a Alessia, quien me dedica una sonrisa de agradecimiento.

—Magda... Sí, soy yo. —Alessia va a sentarse al sofá mientras yo intento no oír la conversación, pero es imposible. Imagino que Magda está aliviada de saber que Alessia sigue sana y salva—. No. Bien. —Alessia me mira con expresión vivaracha—. Mucho bien —dice y se ríe de oreja a oreja y me doy cuenta de que estoy haciendo lo mismo.

Tú sí que me haces "mucho bien".

Se ríe de algo que le dice Magda, y se me alegra el corazón. Es tan bonito oírla reír; no lo hace muy a menudo.

Mientras habla, intento no mirarla, pero no puedo resistirme. De forma mecánica se agarra un mechón de pelo que se le ha soltado de la trenza y empieza a juguetear con él, enroscándoselo en el dedo mientras le habla a Magda del mar y del chapuzón improvisado que se dio ayer.

—No. Esto es precioso. Me recuerda a mi casa.

Vuelve a mirarme y me quedo prendado de su mirada absorbente.

Mi casa.

Esta podría ser su casa...

Se me seca la boca.

¡Amigo! ¡Te estás precipitando!

Aparto la mirada para escapar del hechizo de los ojos de Alessia. Me preocupa el rumbo que están tomando mis pensamientos y le doy un trago a la copa. Esta reacción es demasiado novedosa para mí y muy atrevida.

—¿Cómo está Michal? ¿Y Logan? —pregunta ella, ávida de noticias, y pronto inicia una animada conversación sobre preparar equipaje, irse a Canadá y la boda.

Alessia ríe de nuevo y le cambia el tono de voz, se vuelve más tierno... más dulce. Está hablando con Michal, y sé, por el timbre de voz que siente mucho aprecio por él. No debería estar celoso, es solo un niño, pero ¿lo estoy? Creo que no me gusta este nuevo y sorprendente sentimiento.

—Pórtate bien, Michal... Te echo de menos... Adiós.

Alessia me mira una vez más.

—Sí. Lo haré... Adiós, Magda.

Cuelga y se acerca a mí lentamente para darme el móvil. Parece feliz. Me alegro de que los haya llamado.

—¿Todo bien? —le pregunto.

—Sí. Gracias.

—¿Y Magda?

—Está haciendo las maletas. Está contenta y triste al mismo tiempo por marcharse de Inglaterra. Y se siente aliviada de tener al guardia de seguridad cerca.

—Genial. Debe de estar emocionada de empezar una nueva vida.

—Sí que lo está. Su prometido es un buen hombre.

—¿A qué se dedica?

—A algo relacionado con computadoras.

—Debería comprarte un móvil y así podrás hablar con ella siempre que quieras.

Ella parece consternada.

—No. No. Eso es demasiado. No puedes hacerlo.

Enarco una ceja, porque sé muy bien que sí puedo.

Ella me mira con el mismo gesto, disconforme, pero me salvo por el timbre del temporizador del horno.

—La cena está lista.

Alessia coloca la cazuela en la mesa junto a la ensalada que ha preparado. Está encantada de que la cobertura de yogur haya crecido hasta convertirse en una cúpula dorada y crujiente. Maxim está impresionado.

—Tiene buena pinta —comenta y Alessia sospecha que exagera para ocultar su desconcierto.

Le sirve un plato y se sienta.

—Es cordero, arroz y yogur con unos cuantos ingredientes... eee... secretos. Lo llamamos *tavë kosi*.

—Aquí no cocinamos con yogur. Se lo echamos al muesli.

Ella se ríe.

Él prueba la comida y cierra los ojos para saborearla.

—Mmm... —Abre los ojos y asiente con entusiasmo. Traga—. Esto está delicioso. ¡No mentías cuando decías que sabías cocinar!

Alessia se ruboriza ante la calidez de su mirada.

—Puedes cocinar para mí cuando quieras.

—Eso me gustaría —murmura.

Eso le gustaría mucho.

Hablamos, bebemos y comemos. La atiborro de vino y la bombardeo a preguntas. Muchas preguntas. Sobre su infancia. El colegio. Sus amigos. La familia. La lectura sobre Albania me ha inspirado. Estar sentado frente a Alessia también es inspirador; está tan llena de vida... Su mirada expresiva se enciende cuando habla. Y está animada; gesticula con las manos para argumentar sus opiniones.

Resulta cautivadora.

De vez en cuando vuelve a acomodarse ese mechón suelto, y sus dedos le rozan la aurícula de la oreja.

Me gustaría sentir sus dedos sobre mi piel.

Imagino que más tarde le desharé la trenza y pasaré los dedos por su melena abundante y sedosa. Me conmueve verla tan despreocupada y habladora para variar. Por el tenue rubor de sus mejillas sospecho que puede ser efecto del vino. Doy un sorbo al delicioso barolo italiano que está obrando su magia.

Repleto, aparto el plato y le relleno la copa.

—Cuéntame un día típico en Albania.

—¿Para mí?

—Sí.

—No hay mucho que contar. Si trabajo, mi padre me lleva en carro a la escuela. Y cuando estoy en casa, ayudo a mi madre. A lavar la ropa. A limpiar. Lo mismo que hago para ti. —Sus ojos color café intenso me miran y me desarman con su mirada perspicaz. Es tremendamente sexy—. Y eso es todo lo que hago —añade.

—Suena bastante aburrido.

Demasiado aburrido para la brillante Alessia. Y me temo que un poco solitaria.

—Sí que lo es.

Se ríe.

—Por lo que he leído, el norte de Albania es bastante conservador.

—Conservador. —Frunce el ceño y da un rápido sorbo de vino—. ¿Te refieres a tradicional?

—Sí.

—En el lugar de donde vengo somos tradicionales. —Se levanta para retirar la vajilla de la mesa—. Pero Albania está cambiando. En Tiranë...

—¿Tirana?

—Sí. Es una ciudad moderna. No es tan tradicional ni conservadora.

Coloca los platos en el fregadero.

—¿Has estado allí?

—No.

—¿Te gustaría ir?

Toma asiento una vez más y ladea la cabeza, mientras se pasa el dedo índice por los labios. Durante unos instantes, su mirada es nostálgica.

—Sí. Un día.

—¿Has hecho algún viaje?

—No. Solo a través de los libros. —Su sonrisa ilumina la sala—. He viajado por todo el mundo gracias a los libros. Y he visitado Estados Unidos gracias a la tele.

—¿Tele estadounidense?

—Sí. Netflix. HBO.

—¿En Albania?

Alessia se ríe ante mi sorpresa.

—Sí. ¡Tenemos televisión!

—Bueno, y en tu país ¿qué hacen cuando tienen tiempo libre? —le pregunto.

—¿Que si tenemos qué?

—Que cómo se divierten. Ya sabes, ¿qué hacen para divertirse?

Ella parece algo confusa.

—Leo. Veo la tele. Practico piano. Algunas veces escucho la radio con mi madre. Las noticias internacionales de la BBC.

—¿Y sales de noche?

—No.

—¿Nunca?

—Algunas veces. En verano salimos a caminar por la ciudad de noche. Pero vamos en familia. Y otras veces toco el piano.

—¿En recitales? ¿Para el público?

—Sí. En el colegio y en bodas.

—Tus padres se sentirán orgullosos.

Se le ensombrece la mirada.

—Sí. Se sentían orgullosos. Se sienten —se corrige, se le quiebra la voz y se hunde—. A mi padre le gusta toda esa atención —agrega en un tono triste y tierno.

Cambia de semblante y parece encerrarse en sí misma.

Mierda.

—Debes de echarlos de menos.

—Mi madre. Echo de menos a mi madre —replica en voz baja y toma otro trago de vino.

¿Y no a su padre? No insisto en ese aspecto. Su ánimo ha cambiado. Debería cambiar de tema, pero si echa tanto de menos a su madre, quizá quiera regresar. Recuerdo lo que me contó: "Creíamos que veníamos a trabajar. En busca de una vida mejor. La vida en Kukës es dura para algunas mujeres... Nos traicionaron".

Quizá sea eso lo que quiere. Volver a casa. Y, aunque me da miedo la respuesta, vuelvo a preguntárselo.

—¿Te gustaría volver?

—¿Volver?

—A casa.

Abre mucho los ojos con cara de miedo.

—No. No puedo. No puedo.

Habla con un hilito de voz, entre susurros acelerados, y siento que se me eriza el vello de la nuca.

—¿Por qué?

Ella se queda callada, pero quiero saberlo. La presiono.

—¿Es porque no tienes pasaporte?

—No.

—Entonces ¿por qué? ¿Tan mala era la situación?

Cierra los ojos con fuerza y agacha la cabeza como si estuviera avergonzada.

—No —susurra—. Es porque... es porque estoy prometida. Debo casarme en santo matrimonio.

Capítulo dieciocho

Tengo el pecho oprimido, como si me hubieran pegado una patada en el esternón.

¿Está prometida?

¿Qué tontería es esa?

¿Ha dicho "santo matrimonio"? Ni que estuviéramos en la Edad Media.

Ella me mira. Los ojos, muy abiertos, traslucen su sufrimiento. La adrenalina me palpita en todo el cuerpo; estoy dispuesto para la lucha.

—¿Estás prometida? —susurro, con plena conciencia de lo que eso significa.

Está prometida con otro, carajo.

Ella vuelve a bajar la cabeza.

—Sí.

Apenas se le oye la voz.

Tengo un rival. *Mierda.*

—¿Y cuándo pensabas decírmelo? Si es que pensabas decírmelo.

Tiene los ojos cerrados con fuerza, como si sintiera dolor.

—Alessia, mírame.

Ella se tapa la boca con la mano... ¿para ahogar un sollozo? No lo sé. Traga saliva y alza la mirada para cruzarla con la mía. La crudeza se plasma en su rostro, y su desesperación es palpable. En cuestión de un segundo dejo de sentir enojo y me invade el desconcierto.

—Te lo estoy diciendo ahora —responde.

Está comprometida.

El dolor aparece de inmediato. Visceral, espantoso. Caigo en picada.

¿Qué carajos es esto?

Todo mi mundo se ha vuelto del revés. Mis ideas, mis planes incipientes. Salvarla... Casarme con ella...

No puedo.

—¿Lo amas?

Ella retrocede y me mira con cara de horror.

—¡No! —Su negativa es vehemente, apenas puede respirar—. No quiero casarme con él. Por eso marché de Albania.

—¿Para escapar de él?

—Sí. Tenía que casarme en enero, después de mi cumpleaños.

¿Es su cumpleaños?

Me quedo mirándola sin acabar de comprenderlo. Y, de repente, las paredes se cierran a mi alrededor. Necesito espacio. Como la primera vez que la vi. Me estoy ahogando en un torbellino de duda y confusión. Necesito pensar. Me pongo de pie, y con un movimiento pausado, levanto la mano para apartarme el pelo hacia un lado y poner en orden los pensamientos. Y en ese momento, Alessia, situada a mi lado, se aparta un poco. Se encoge y hunde la cabeza entre las manos como si estuviera esperando...

¿Qué?

—¡Maldita sea, Alessia! ¿Creías que iba a pegarte? —exclamo, y doy un paso atrás, horrorizado ante su reacción.

Acabo de encajar otra de las piezas del rompecabezas que representa Alessia Demachi. Con razón al principio se mantenía siempre físicamente fuera de mi alcance. Y estoy dispuesto a matar al hijo de puta responsable de ello.

—¿Te ha pegado? ¿Lo ha hecho?

Ella baja la mirada a su regazo. Avergonzada, creo.

O tal vez siente el deber de guardar una lealtad impropia al maldito hijo de puta del puto culo del mundo que cree que mi chica le pertenece.

Mierda.

Aprieto los puños con ira asesina. Qué callada está, con la cabeza gacha, replegada en sí misma.

Cálmate, hombre. Cálmate.

Respiro hondo para airearme, sin despegar las manos de las caderas.

—Lo siento mucho.

Ella levanta rápidamente la cabeza, y me mira de forma sincera y directa.

—Tú no has hecho nada malo.

Incluso en un momento así se esfuerza por aplacar mis aguas turbulentas.

Los pocos pasos que nos separan me parecen una distancia excesiva. Me mira con recelo cuando me acerco y, con cuidado, me acuclillo a su lado.

—Lo siento mucho, no quería asustarte. Es que me ha impactado mucho que tengas por ahí a un... pretendiente, alguien que representa un rival a la hora de ganarme tu cariño.

Ella pestañea de forma rápida y repetida, y su expresión se suaviza a la vez que sus mejillas adquieren un tono sonrosado.

—Tú no tienes ningún rival —susurra.

Se me corta la respiración y una sensación cálida se propaga por mi pecho y expulsa los últimos restos de adrenalina. Son las palabras más dulces que me ha dirigido jamás.

Hay esperanza.

—¿Y ese hombre? ¿No lo has elegido tú?

—No. Lo eligió mi padre.

Le alcanzo la mano y me la llevo a los labios para plantarle un delicado beso en los nudillos.

—No puedo volver —musita—. Yo he deshonrado a mi padre. Y si vuelvo, me obligarán a casarme.

—Tu... prometido. ¿Lo conoces?

—Sí.

—¿No lo amas?

—No.

La decisión con que pronuncia ese monosílabo me dice todo cuanto necesito saber. Tal vez es demasiado mayor, o feo. O las dos cosas.

O le pega.

Mierda.

Me pongo de pie y la atraigo hacia mis brazos, y ella se acerca inmediatamente y me coloca las manos sobre el pecho. La abrazo y la retengo así. No sé si se trata de consolarla a ella o a mí mismo. Me horroriza la idea de que pueda estar con otro, con alguien que la maltrata. Entierro mi cara en la fragancia de su pelo, agradecido de tenerla aquí. Conmigo.

—Siento que hayas tenido que pasar por tanta mierda —musito.

Ella me mira y me pasa el dedo índice por los labios.

—Tú has dicho una mala palabra.

—Sí. Una mala palabra para describir una mala situación. Pero ahora estás a salvo. Estoy contigo.

Me inclino y le rozo los labios con los míos, y es la chispa necesaria para encender el fuego; mi cuerpo cobra vida, y me quedo sin aliento. Ella cierra los ojos e inclina la cabeza hacia atrás, ofreciéndome la boca. No puedo resistirme. De fondo, RY X sigue cantando con su voz grave y melancólica sobre el momento en que te enamoras. Es conmovedor. Y estimulante. Y muy apropiado.

—Baila conmigo. —Apenas tengo un hilo de voz.

Alessia lanza un suspiro cuando la atraigo con más fuerza y empiezo a balancearme con ella entre mis brazos. Extiende las manos sobre mi pecho y las desliza por encima de la camisa, palpando mi cuerpo. Tocándome. Tranquilizándome. Y, aferrándose a la parte superior de mis brazos, se mueve siguiendo mi compás.

Lentamente.

Nos mecemos de un lado a otro al ritmo pausado y seductor

de la etérea canción. Ella desliza las manos hacia mis hombros y las hunde en mi pelo. Se acurruca contra mi pecho.

—Nunca he bailado así —susurra.

Bajo la mano por su cuerpo hasta la base de la espalda y la estrecho contra mí.

—Nunca he bailado contigo.

Con la otra mano, le tiro de la trenza con suavidad y le inclino la cabeza para que nuestros labios se unan. Le doy un beso. Prolongado. Lento. Saboreándola. Descubriendo otra vez su dulce boca con la lengua mientras nos mecemos juntos. Le abro la goma con que se ata el pelo y la retiro. Gimo mientras ella sacude la cabeza y la melena le cae libre y revuelta por la espalda. Le coloco la mano bajo la barbilla y vuelvo a besarla. Quiero más. Mucho más. Necesito que sea mía. Está conmigo, no con un hijo de puta violento de algún pueblo dejado de la mano de Dios en la otra punta del mundo.

—Ven a la cama —susurro en voz baja.

—Tengo que lavar los platos.

¿Qué?

—A la mierda los platos, nena.

Ella arruga la frente.

—Pero...

—No, no los lavarás. Déjalos.

Y entonces una idea asoma a mi cabeza. Si me caso con ella... nunca más tendrá que volver a lavar un plato.

—Haz el amor conmigo, Alessia.

Ella toma aire con fuerza, y sus labios dibujan una sonrisa tímida e incitante.

Fluimos juntos. Mis manos le arropan la cabeza mientras me muevo lentamente, saboreando cada delicioso centímetro de su ser. La siento delicada, fuerte y bella debajo de mí. La beso, entregándome a su boca en alma y corazón. Nunca me he sentido así. Cada impulso me acerca más a ella. Sus piernas me sujetan en el lugar preciso mientras sus manos me recorren la espalda. Con las uñas, graba la pasión en mi piel. Alzo la mirada y examino su expresión aturdida. Tiene los ojos muy abiertos y sus pupilas son del café más oscuro y carnal. Quiero verla. Toda entera. Me detengo y junto la frente con la suya.

—Necesito verte —confieso, y doy media vuelta para que ella quede encima de mí.

Está vacilante y sin aliento. Con el brazo bajo sus nalgas, la arrastro por encima de mí hasta que está sentada sobre mis caderas. Me incorporo de forma que queda a horcajadas sobre mí, con los brazos sobre mis hombros. Le sujeto la cara con fuerza y la beso. Deslizo la mano para acariciarle un pecho, y aprieto pausadamente el pezón entre mis dedos pulgar e índice mientras con los labios bajo de la boca a la barbilla y el cuello. Ella inclina la cabeza hacia atrás y deja escapar un grave gemido de puro placer. Mi erección palpita a modo de respuesta.

Sí.

—Vamos a probar esto —musito contra la fragante piel de su hombro.

Le paso el brazo por la cintura y la alzo, y mantengo la mirada fija en sus ojos mientras la bajo despacio para introducirme en ella.

Maldita sea.

Está apretada. Y húmeda. Y exquisita.

Abre la boca en un jadeo, el deseo le dilata los ojos.

—Ah —musita, y le rodeo los labios con los míos mientras hundo los dedos en su pelo para volver a apoderarme de su boca.

Ella está sin aliento y me aferra los hombros cuando me retiro.

—¿Bien? —le pregunto.

Me responde con un brusco gesto negativo.

—Sí —suspira, y tardo unos instantes en darme cuenta de que ha cambiado al "sí" en albanés. Le tomo las manos y me recuesto hasta quedar acostado en la cama, mirando a la mujer sentada sobre mí. La mujer que amo.

El pelo le cae sobre los hombros y los pechos de forma descontrolada y sensual. Se inclina hacia delante y extiende las manos sobre mi pecho.

Sí. Tócame.

Me recorre la piel con la mano y con los dedos, sintiéndome, por entre el vello del pecho y sobre los pezones, que se encogen de placer.

—Ah... —suspiro.

Ella se muerde el labio inferior para reprimir una sonrisa descocada y victoriosa.

—Está bien, preciosa, adoro que me toques.

Te adoro.

Ella se acerca y me besa.

—A mí me gusta tocarte —dice en voz baja, con timidez.

Y mi verga crece porque quiere más.

—Hazme tuyo —musito.

Ella se detiene sin comprenderlo, y levanto las caderas para darle una pista. Alessia suelta un grito de placer estridente y gutural que está a punto de llevarme más allá del límite. Extiende las manos sobre mi pecho en un intento de mantener el equilibrio. Yo le sujeto las caderas.

—Muévete. Así —susurro entre dientes.

La ayudo a moverse arriba y abajo, y ella ahoga un grito pero, colocando las manos sobre mis brazos, sube y vuelve a bajar.

—Eso es.

Cierro los ojos y disfruto de su contacto sensual.

—¡Ah! —exclama ella.

Mierda.

Haz que dure.

Sigue moviéndose, despacio y vacilante al principio; pero a medida que adquiere confianza va encontrando el ritmo. Abro los ojos cuando se eleva de nuevo, y esta vez levanto las caderas para coincidir con ella, que con un grito animal despierta todos los sentidos de mi cuerpo.

Mierda. Le agarro las caderas y la muevo más y más deprisa. Está jadeando, con bocanadas breves e intensas. Me aferra los brazos. Su cabeza va de lado a lado cada vez que me hundo en ella.

Con la cabeza inclinada hacia atrás, encomendándose a los

dioses, toda ella es una diosa. Se aferra con más fuerza a mis brazos, y da un grito antes de quedarse quieta encima de mí cuando alcanza el clímax.

Eso basta para liberar mi tensión, y también grito, sujetándola cerca mientras me derramo, y me derramo, y me derramo.

Alessia reposa en la estela del acto sexual. Maxim le apoya la cabeza sobre el vientre y la rodea con los brazos mientras ella le pasa los dedos por el pelo con gesto despreocupado. Le encanta el tacto de su pelo. Su madre nunca le dio indicios de que hacer el amor pudiera resultar tan placentero. Tal vez la relación que ella tenía con *baba* era distinta. Alessia arruga la frente. No tiene ganas de imaginar a sus padres teniendo relaciones sexuales, pero sus pensamientos empiezan a divagar y entonces recuerda a su abuela, Virginia. Ella sí que se casó por amor, y fue feliz. Incluso siendo ancianos, sus abuelos intercambiaban miradas que hacían que Alessia se ruborizara. Un matrimonio como el de *nana* era el que ella deseaba para sí, y no como el de sus padres, que nunca se daban muestras de afecto.

Maxim nunca duda en tomarla de la mano o besarla en público. Y habla con ella. ¿Cuándo habría podido ella sentarse durante una velada frente a un hombre y tener una conversación decente? En el lugar del que procede, si un hombre habla con una mujer más tiempo de lo habitual, se considera una señal de debilidad.

Mira fijamente el pequeño dragón luminoso de la mesita de noche, que es como una boya en medio de las tinieblas. Lo compró él porque sabe que le da miedo la oscuridad. La llevó allí, a aquella casa, para protegerla. Ha cocinado para ella, le ha comprado ropa, le ha hecho el amor...

Nota el escozor de las lágrimas en las comisuras de los ojos, su corazón se desborda de incertidumbre y anhelo, y la emoción contenida le abrasa la garganta. Lo ama. Se aferra con más fuerza a su pelo al sentirse abrumada por los sentimientos hacia él. No se enojó con ella cuando le dijo que estaba prometida. Su única reacción fue angustiarse al pensar que su corazón pertenecía a otro hombre.

No. Mi corazón es tuyo, Maxim.

Y le había impactado que ella creyera que tal vez iba a pegarle. Se lleva la mano a la mejilla de forma instintiva; su padre no era tan dado a las palabras, sino a las acciones...

Recorre con los dedos el hombro de Maxim y traza el contorno de su tatuaje. Desea conocerlo mejor. Tal vez debería hacerle más preguntas. Sin embargo, no se lo ve dispuesto a dar explicaciones acerca de su trabajo. ¿Tendrá varios empleos? No está bien que ella le haga preguntas. ¿Qué diría su madre? De momento, disfrutará del pequeño oasis que comparten en Cornualles.

Maxim le acaricia el vientre con la nariz y deposita un beso en él, distrayéndola de los recuerdos inquietantes de su tierra natal. Alza la cabeza para mirarla, sus ojos son una esmeralda iridiscente ante la tenue luz del pequeño dragón.

—Quédate conmigo —le dice.

Ella le retira con suavidad el pelo de la frente y frunce el entrecejo.

—Yo estoy contigo.

—Bien —responde él, y vuelve a besarle el vientre, pero esta vez su boca desciende más... y más.

Abro los ojos cuando la luz de primera hora de la mañana se filtra por las rendijas de las persianas. Mi cuerpo rodea el de Alessia. Tengo la cabeza apoyada en su pecho y el brazo alrededor de su cintura. El cálido y dulce aroma de su piel invade mis sentidos, y me incorporo para saludarla. Le acaricio suavemente la mejilla con la nariz y le planto unos cuantos besos somnolientos en el cuello.

Ella se despierta y parpadea varias veces hasta que abre los ojos.

—Buenos días, princesa —musito.

Sonríe. Tiene una expresión adormilada y satisfecha.

—Buenos días... Maxim.

Su tono es cariñoso, y creo que la forma en que pronuncia mi nombre me transmite su amor. O tal vez son imaginaciones mías porque es lo que deseo oír.

Eso es. Quiero tener su amor.

Lo quiero todo para mí.

Soy capaz de reconocerlo para mis adentros.

Pero ¿estoy preparado para decírselo a ella?

Un día entero se despliega ante nosotros, un día libre y abierto a todas las posibilidades... Y estamos juntos.

—Nos pasaremos el día en la cama.

Tengo la voz enronquecida por el sueño.

Ella me acaricia la barbilla con los dedos.

—¿Estás cansado?

Sonrío.

—No...

—Oh —exclama, y su sonrisa es un reflejo de la mía.

Su lengua, su boca. Lo que le hace. Alessia se pierde en una tormenta de sensaciones. Se aferra a sus muñecas mientras se mantiene al borde del abismo. Está cerca. Muy cerca. Él vuelve a juguetear con su lengua habilidosa y le introduce un dedo de forma paulatina, y entonces ella cae, y el orgasmo le recorre todo el cuerpo mientras grita.

Maxim le besa el vientre, los pechos, y va ascendiendo por su cuerpo poco a poco hasta quedar inmóvil sobre ella.

—Es un sonido fantástico —susurra, y se pone un condón para... mmm... entrar en ella muy despacio.

Cuando regreso del cuarto de baño, la mitad de la cama que ocupaba Alessia está vacía.

Oh.

La desilusión es auténtica. Tengo ganas de más. No creo que llegue a saciarme jamás de Alessia.

A juzgar por la luz grisácea que se cuela en la habitación, debe de ser media mañana. Y está lloviendo. Subo las persianas y entonces la oigo, así que vuelvo a deslizarme dentro de la cama. Oigo el ruido de la vajilla cuando entra en el dormitorio. Lleva puesta la parte superior de mi piyama, y trae el desayuno en una bandeja.

—Buenos días —dice con una sonrisa radiante y el pelo cayéndole sobre los hombros.

—Uau... Hola. ¡Café!

El aroma me hace agua la boca. Me encanta el buen café. Me incorporo para sentarme y ella coloca la bandeja sobre mi regazo. Huevos. Café. Tostadas.

—Esto sí que es cuidarme.

—Has dicho que te gustaría quedarte en la cama.

Trepa hasta mi lado y me roba un pellizco de tostada con mantequilla.

—Come de aquí.

Cojo un poco de huevo revuelto con el tenedor y se lo ofrezco. Ella abre la boca y le doy de comer.

—Mmm... —exclama, y cierra los ojos agradecida.

Esa visión hace que me crezca la verga.

Calma. Primero comeremos.

Los huevos están de miedo. Les ha añadido queso feta, creo.

—¡Esto es un manjar de dioses, Alessia!

Ella se sonroja, y toma un sorbo de café.

—Yo quiero un poco de música.

—¿Quieres tocar el piano?

—No... Quiero decir escuchar.

—Ah, te hace falta un teléfono. Toma.

Me estiro y alcanzo mi iPhone.

He de conseguirle un teléfono ya.

—La contraseña es esta. —Tecleo mi clave de seguridad para

desbloquearlo—. Yo utilizo esta aplicación. Sonos. Puedes escuchar música en cualquier lugar de la casa.

Le doy el teléfono. Ella empieza a moverse por la aplicación.

—Tú tienes mucha música.

—Me gusta la música.

Me dirige una rápida sonrisa.

—A mí también.

Tomo un sorbo de café.

¡Uf!

—¿Cuánto azúcar le has echado? —farfullo.

—Oh, lo siento. Se me ha olvidado que no tomas azúcar.

Y pone mala cara, creo que porque no puede imaginarse el sabor del café sin azúcar.

—¿Tú lo tomas así?

—¿En Albania? Sí.

—Me extraña que te quede un solo diente entero.

Ella sonríe y me muestra que tiene unos dientes perfectos.

—Nunca he probado el café sin azúcar. Te prepararé un poco más.

Salta de la cama, y toda ella son sus piernas desnudas y su larga y ondulante cabellera de un negro azabache.

—Está bien así. No te vayas.

—Quiero prepararte más café.

Y desaparece de nuevo, llevándose consigo mi teléfono. Al cabo de unos instantes oigo *One Kiss* de Dua Lipa a través del equipo de música de la planta baja. A Alessia no solo le gusta la música clásica. Sonrío. Creo que la cantante también es albanesa.

Alessia baila en la cocina mientras prepara otro café para Maxim. No recuerda ninguna época en que se sintiera tan feliz. Había estado cerca, cuando bailaba y cantaba con su madre en la cocina en Kukës. Pero aquí dispone de más espacio para bailar, y con la luz encendida puede ver su imagen reflejada en la pared de vidrio que da al balcón. Sonríe; se la ve muy feliz. No tiene nada que ver con el momento en que llegó a Cornualles.

Fuera, la mañana es fría y húmeda. Se acerca a la ventana sin dejar de bailar y contempla el paisaje. El cielo y el mar son de un gris desvaído, y el viento golpea y esculpe los árboles plateados que bordean el camino de la playa. Aun así, la vista le parece mágica. Las olas rompen en la orilla, blancas y espumosas. Sin embargo, solo oye su rugido lejano y no nota nada de viento a través de las puertas de vidrio. Está impresionada. La construcción de la casa es sólida, y se siente agradecida de estar allí, cómoda y calentita con Maxim.

La cafetera eléctrica borbotea y, con aires de sentirse importante, regresa a la cocina para prepararle su café.

Maxim sigue en la cama, pero ha terminado el desayuno y ha dejado la bandeja en el suelo.

—Por fin estás aquí. Te he echado de menos —dice cuando Alessia regresa con el café recién hecho y sin azúcar.

Le tiende la taza, y él la apura por completo mientras ella vuelve a acostarse.

—Así está mejor —opina.

—¿Te gusta?

—Mucho. —Deja a un lado la taza de café—. Pero tú me gustas más.

Introduce la punta del dedo índice por encima del primer botón de la parte superior de la piyama que a Alessia le queda demasiado grande y tira de él. El botón se abre y revela la suave ondulación de su pecho. Entonces, con una mirada ardiente directa a los ojos, le pasa el dedo con suavidad por encima de la piel y del pezón. Ella deja de respirar al notar el pezón erguido y duro cuando él lo toca.

Ella separa los labios en un gemido silencioso, y tiene la mirada intensa e incitante. Mi verga responde.

—¿Otra vez? —susurro.

¿Me saciaré alguna vez de esta mujer?

La sonrisa tímida de Alessia basta para animarme. Me inclino hacia delante, aprieto mis labios contra los suyos y le desabrocho los botones restantes para luego retirarle la parte superior de la piyama, deslizándola por los hombros.

—Eres preciosa.

Mis palabras son una invocación.

Sin apartar sus ojos de los míos, levanta la mano vacilante, y recorre con el dedo la línea de mi barbilla, acariciándome la barba incipiente. A través de la abertura de su boca, veo como se pasa la lengua por los dientes superiores.

—Mmm... —La voz le retumba en la garganta.

—¿Te gusta? ¿O quieres que me afeite? —musito.

Ella sacude la cabeza.

—Me gusta así.

Me pasa los dedos por la barbilla.

—¿En serio?

Ella asiente y, tras acercarse, me da un suave beso en la comisura de la boca antes de pasarme la lengua por la barba siguiendo el mismo recorrido que antes con el dedo. Lo siento en la ingle.

—Oh, Alessia.

Le tomo la cara y la empujo hasta quedar ambos acostados en la cama, besándola a la vez. Mis labios en los suyos, mi lengua en la suya, y ella tan ávida como siempre, tomando todo cuanto tengo para ofrecerle. Recorro su cuerpo hacia abajo con la mano, por encima del pecho, la cintura y la cadera, y luego le rodeo la nalga y aprieto. Sigo con los labios, haciendo los honores a ambos pechos, por turnos, hasta que la siento retorcerse debajo de mí. Y cuando la miro para recobrar el aliento, está jadeando.

—Quiero probar algo nuevo —susurro.

Su boca forma una o.

—¿Te parece bien? —pregunto.

—Sí... —responde, pero sus ojos, muy abiertos, me dicen que no lo tiene claro.

—No te preocupes, creo que te gustará. Pero si no, dímelo y pararé.

Me acaricia las mejillas.

—De acuerdo —dice con un hilo de voz.

La beso una vez más.

—Date la vuelta.

Me mira desconcertada.

—Ponte de espaldas.

—Oh. —Suelta una risita y hace lo que le pido.

Me sostengo sobre un codo y le aparto el pelo de la espalda hacia un lado. Tiene una espalda preciosa, y el trasero aún más. Deslizo la mano por la curva de la columna hasta las nalgas, disfrutando de la suave superficie de su piel lisa. Me inclino sobre ella y le beso el pequeño lunar de la base de la nuca.

—Eres encantadora —le susurro al oído, y la obsequio con besos suaves en el cuello y el hombro mientras con la mano continúo descendiendo y me introduzco entre sus nalgas.

Ella remueve el culo por debajo de mi mano cuando la deslizo entre sus piernas y empiezo a trazar círculos alrededor del clítoris con los dedos. Tiene la cabeza apoyada en la cama, con la mejilla contra las sábanas, de modo que puedo observarla con facilidad. Alessia tiene los ojos cerrados y la boca abierta para tomar aire y absorber el placer que mis dedos le provocan.

—Está muy bien —susurro, y deslizo el dedo pulgar en su interior.

Suelta un gemido. Está húmeda y caliente; una maravilla. Empuja el trasero contra mi mano, y yo empiezo a darle vueltas al pulgar dentro de ella. Ahoga un grito, y eso es una señal para mi verga, que está a punto de estallar. Mantengo el ritmo. Vueltas y vueltas. Ella se aferra con más fuerza a las sábanas y aprieta los ojos mientras gime. Está cerca. Muy cerca. Y entonces retiro el dedo y alcanzo un condón.

Me mira pestañeando. Deseosa. Preparada.

—No te muevas —le digo, y me deslizo entre sus piernas tras apartarlas con la rodilla.

La alzo sobre mi regazo de forma que queda sentada a horcajadas sobre mí, de cara a la pared. Mi verga encuentra un hueco en la línea que separa sus nalgas.

Algún día...

—Lo haremos por detrás —musito.

Ella vuelve la cabeza para mirarme con las cejas enarcadas en un gesto alarmado.

Me echo a reír.

—No, así no. Así.

La levanto y la coloco con cuidado en mi erección. Me clava las uñas en los muslos, y echa hacia atrás la cabeza para recostarla en mi hombro mientras yo le aprisiono el lóbulo de la oreja con los dientes. Está jadeando, pero tensa las piernas y vuelve a subir y a bajar con movimientos intermitentes.

Mierda. Sí.

—Así, muy bien —susurro, y llevo las manos hasta sus pechos para rodearlos y pellizcarle los pezones con los dedos índice y pulgar.

—¡Ah! —grita, y el sonido es salvaje y sexy.

Mierda.

—¿Estás bien?

—¡Sí!

Poco a poco, la levanto y le doy la vuelta, y ella coloca las manos en la cama. Me echo hacia atrás y luego hacia delante, penetrándola. Ella grita y dobla la espalda hasta apoyar la cabeza y los hombros en el colchón.

Se la ve impresionante, con el pelo extendido sobre las sábanas, los ojos cerrados con fuerza, la boca abierta y el trasero levantado. La simple visión me lleva casi a venirme.

También el contacto con ella es impresionante.

Cada... puto... centímetro... de su cuerpo.

Le agarro las caderas y vuelvo a entrar y salir.

—Sí... —gime, y empiezo a moverme. Con más dureza. Me muevo de verdad. Con más dureza aún.

Esto es el paraíso.

Ella grita. Y paro.

—¡No! —Tiene la voz ronca—. Por favor. No pares.

¡Oh, nena!

Eso me desata. La tomo, una y otra vez, con el sudor perlándome la frente y resbalándome por el cuerpo mientras retraso el momento de liberarme hasta que, por fin, ella grita y alcanza el clímax a mi alrededor una vez, y otra, y otra. Doy un último empujón y me sumo a su momento; la amo, la lleno, y me dejo caer sobre ella mientras grito su nombre.

A lessia está acostada de espaldas, sin aliento, calmándose poco a poco después del clímax, y él está acostado sobre ella. Su peso le resulta... agradable. Nunca había imaginado que el cuerpo pudiera proporcionar tanto placer. Está sudorosa, laxa y satisfecha, agotada tras un orgasmo increíble.

Con todo, cuando recobra la compostura, a decir verdad, se siente un poco culpable por haberse abandonado así. Nunca había pasado la mañana entera en la cama.

Él le acaricia la oreja con la nariz.

—Eres increíble —susurra mientras se coloca a su lado y la rodea con los brazos.

Ella cierra los ojos.

—No, tú eres increíble —dice—. No sabía... Quiero decir... —Se interrumpe y lo mira.

—¿Que podía ser tan intenso?

—Sí.

Él frunce el ceño.

—Sí, ya sé lo que quieres decir. —Mira a través de la ventana el paisaje gris y teñido por la lluvia—. ¿Te gustaría salir?

Ella se acurruca más cerca de él, absorbiéndolo con los sentidos. El olor de su piel. Su calor.

—No, me gusta estar aquí contigo.

—A mí también me gusta.

La besa en la frente y cierra los ojos.

Tras la breve cabezada, me despierto a solas, y oigo los compases de Rajmáninov —mi concierto favorito— procedentes del piso de abajo. Suena raro... y entonces caigo en la cuenta: solo se oye el piano. Por supuesto, no hay orquesta.

Esto tengo que verlo.

Salto de la cama y me pongo los jeans, pero no encuentro el suéter, de modo que tiro de la colcha que hay a los pies de la cama, me la ato a los hombros y me dirijo abajo.

Alessia está tocando el piano sin otra ropa que mi suéter de color crema. Ha encontrado unos pequeños auriculares y está escuchando mi iPhone con los ojos cerrados mientras toca. Sin partitura. Sin orquesta. ¿Está escuchando el concierto?

Seguro que sí.

Sus dedos vuelan sobre las teclas, y la música invade la sala con tanto sentimiento y delicadeza que me deja sin respiración. Ella me deja sin respiración. Casi puedo oír la orquesta en mi imaginación.

¿Cómo lo consigue?

Es un verdadero prodigio.

La observo, paralizado, mientras la música llena el ambiente.

Es... conmovedor.

Llega al *crescendo* del final del movimiento, sigue con la cabeza el compás de la música, el pelo ondea sobre su espalda... Y se detiene. Se queda sentada un momento, las manos sobre el regazo mientras las notas se van desvaneciendo. Me siento como un intruso al observarla así, como si fuera un ejemplar exótico en su hábitat excepcional. Aun así, no puedo evitarlo; rompo el encanto, levanto las manos y me pongo a aplaudir.

Ella abre los ojos, sorprendida, creo, de verme allí.

—Ha sido sensacional.

Se quita los auriculares y me dirige una sonrisa tímida.

—Lo siento, no quería despertarte.

—No me has despertado.

—Solo he tocado esta pieza algunas veces, la estaba aprendiendo cuando me marché... —Se interrumpe.

—Bueno, pues la tocas muy bien. Incluso oía la orquesta.

—¿En el teléfono?

—No, en mi imaginación. De lo buena que eres. ¿Estabas escuchando el concierto a la vez que tocabas?

Se pone roja como un tomate.

—Gracias. Sí, lo estaba escuchando.

—Deberías tocar en un escenario. Pagaría por verte.

Ella sonríe.

—¿Qué colores has visto? —le pregunto.

—¿En la música?

Asiento con la cabeza.

—Bueno... Es un arcoíris —dice con un entusiasmo vívido—. Tiene muchos colores diferentes.

Y abre los brazos para tratar de abarcar la complejidad de lo que ve... pero es algo que yo nunca sabré.

—Es... Es...

—¿Como un caleidoscopio?

—Sí. Sí. —Asiente con vigor a la vez que dibuja una sonrisa enorme, y me doy cuenta de que la palabra debe de ser igual en albanés.

—No podría ser de otra forma. Adoro esa obra.

Te adoro a ti.

Me acerco a ella y la beso en los labios.

—Estoy impresionado por tu talento, señorita Demachi.

Ella se pone de pie y me rodea el cuello con los brazos. Abro la colcha y envuelvo con ella nuestros cuerpos.

—A mí me impresiona el tuyo, mister Maxim —dice, y entrelaza los dedos en mi nuca para acercar mis labios a los suyos.

¿Qué? ¿Otra vez?

Se mueve arriba y abajo. Con más gracia esta vez. Alta y orgullosa. Tiene un aspecto impresionante con los pechos rebotando al compás de sus movimientos. Me mira fijamente. Se imbuye de su poder, y está sexy de morir. El ritmo es perfecto, y me eleva más y más. Se inclina y entrelaza los dedos con los míos, apretándolos, y entonces me besa. Un beso amplio, húmedo, cálido y exigente.

—Oh, preciosa —gimo.

Qué cerca estoy.

Y entonces se incorpora, echa la cabeza hacia un lado y grita mi nombre a la vez que se corre.

¡Maldita sea! Estoy perdido. Me dejo ir y la acompaño.

Cuando abro los ojos, veo que me está mirando, maravillada.

Alessia descansa a sus anchas sobre el pecho de Maxim, y ambos están acostados en el suelo de la sala, junto al piano. Su corazón va adquiriendo un ritmo más pausado y su respiración se calma, pero está temblando. Tiene un poco de frío.

—Ven. —Maxim la tapa con la colcha—. Vas a acabar conmigo.

Hace una mueca al retirarse el condón, pero la mira y le sonríe.

—Me gusta acabar contigo. Y me gusta mirarte desde arriba —susurra.

—A mí me gusta mirarte desde abajo.

Verlo venirse sentada sobre él le da cierta sensación de poder. Un poder que jamás había pensado que tuviera. Es embriagador. Si se armara de valor y se atreviera a tocarlo todo...

Los ojos verdes y relucientes de Maxim le abrasan la mirada.

—Eres todo un fenómeno, Alessia —dice, y le retira el pelo de la cara. Por un momento ella ha creído que iba a decir algo más, pero solo le sonríe, con una sonrisa espléndida. Y entonces añade algo—: Tengo hambre.

Ella da un grito ahogado.

—Tengo que darte de comer.

Intenta moverse, pero él la retiene.

—No te vayas. Me das calor. Tendría que encender el fuego.

Maxim le besa la barbilla, y ella se acurruca contra él, y siente una paz que jamás había imaginado que fuera posible.

—Estaría bien salir a comer fuera —decide Maxim—. Deben de ser más de las cuatro.

La lluvia sigue azotando las calles.

—Quiero cocinar para ti.

—¿Sí?

—Sí. Me gusta cocinar —responde Alessia—. Sobre todo para ti.

—De acuerdo.

Alessia hace una mueca cuando se incorpora para quedar sentada encima de mí.

—¿Qué pasa? —pregunto, y con un movimiento rápido yo también me incorporo, de modo que quedamos nariz contra nariz.

La colcha cae hasta su cintura, y la levanto para que conserve el calor.

Se sonroja.

—Me duele un poco.

¡Mierda!

—¿Por qué no me lo habías dicho?

—Porque seguramente no habrías hecho lo que has hecho... —dice con un hilo de voz, apartando la mirada.

—¡Claro que no, carajo! —Cierro los ojos y junto mi frente con la suya—. Lo siento —susurro.

Soy un idiota.

Ella me posa los dedos en los labios.

—No, no. No lo sientas.

—No tenemos por qué hacer esto.

¿Qué estoy diciendo?

—Quiero hacerlo. Hablo en serio. Me gusta de verdad —insiste.

—Alessia, tienes que contarme las cosas. Explícame lo que te pasa. Sé sincera. Podría pasarme el día así contigo, pero ya es suficiente: vamos a salir. De todas formas, primero nos daremos una ducha y nos asearemos.

La aparto de mí, me pongo de pie, recojo nuestra ropa del suelo y subimos juntos al segundo piso.

Abro el grifo de la ducha mientras Alessia me observa, arropada con la colcha. Su mirada es oscura y misteriosa. El sol de la tarde empieza a apagarse. Enciendo la luz y pruebo el agua. Está calentita.

—¿Preparada? —le pregunto.

Ella asiente y deja que la colcha caiga hasta sus pies, y luego se me adelanta a toda prisa para situarse bajo el chorro de agua caliente. Yo voy detrás, y los dos nos quedamos quietos bajo la cascada de agua que nos templa el cuerpo. Alcanzo el gel de baño, contento de que se sienta más cómoda con su bello cuerpo al descubierto.

Esto es lo que ocurre cuando te pasas el día cogiendo...

Sonrío y empiezo a aplicarme un poco de jabón en las manos.

Jamás se ha duchado con nadie. Lo nota moverse detrás de ella, frota su cuerpo contra el suyo... Esa parte especial de su cuerpo se frota contra ella mientras permanece bajo la ducha. La parte que aún no se ha atrevido a tocar. Lo desea, es solo que necesita sentirse lo bastante segura de sí misma.

La temperatura del agua es deliciosa. Alessia cierra los ojos y disfruta de la sensación de calma cuando le cae sobre la piel y la torna sonrosada.

Él le aparta el pelo de la espalda y le planta un beso húmedo en el hombro.

—Eres preciosa —la alaba.

Ella nota las manos en su cuello, y cómo con movimientos circulares empieza a frotarle la piel con el jabón. Sus dedos fuertes le masajean los músculos.

—Ah —gime.

—¿Te gusta?

—Sí, muchamente.

—¿Muchamente?

—¿Lo he dicho mal?

Alessia intuye la sonrisa de Maxim.

—Yo hablaría mucho peor en albanés.

Ella suelta una risita.

—Es verdad. Es muy divertido. Digo una palabra equivocada, y a mí me suena bien, pero cuando la dices tú sí que suena mal.

—Debe de ser mi acento. ¿Quieres que te pase jabón por todo el cuerpo?

Lo dice con voz grave.

—¿Por todo el cuerpo? —A Alessia se le entrecorta la respiración.

—Ajá —confirma Maxim, con una voz profunda y sexy, cerca de su oído.

La rodea con el brazo y se aplica jabón en las manos, y luego empieza a esparcírselo por la piel. Le lava el cuello, los pechos, el vientre y la parte interior de los muslos, suavemente. Ella apoya la cabeza en su pecho mientras se rinde a su tacto y siente su excitación en la parte superior de las nalgas. Da un gemido, y la respiración de él se vuelve más intensa y más ruidosa junto a su oído.

De repente, para.

—Ya está, hemos terminado. Y creo que deberíamos salir a que nos dé el aire.

—¿Qué? —Ella siente que le falta el contacto de sus manos.

—Es suficiente.

Maxim abre la puerta de la ducha y sale.

—Pero... —protesta ella.

Él toma una toalla y se la coloca alrededor de la cintura, cubriendo su erección.

—Estoy haciendo acopio de toda mi fuerza de voluntad, y, aunque parezca mentira, mi cuerpo vuelve a estar listo para la acción.

Ella pone mala cara, y él se echa a reír.

—No me tientes. —Levanta la bata azul y la espera. Ella cierra el grifo y sale de la ducha, y entonces él la arropa con la bata y la abraza—. Eres irresistible, y aunque te deseo mucho... ya está bien. Además, tengo hambre.

Le besa la coronilla y la suelta. Ella lo observa salir del cuarto de baño mientras siente que su corazón se llena de amor por él.

¿Debería decírselo?

Pero cuando lo sigue hasta el dormitorio, los ánimos la abandonan. Le gusta como están en ese momento, y no tiene ni idea de cómo reaccionaría él. Y no quiere que se desvanezca el sueño.

—Me vestiré y cocinaré para ti.

Él enarca una ceja.

—No tienes por qué vestirte.

Alessia nota que se le encienden las mejillas. *Este hombre no tiene ninguna vergüenza.* Pero él le sonríe de oreja a oreja y su expresión resulta tan deslumbrante que la deja sin respiración.

Es casi medianoche, y permanezco acostado mirando a Alessia, que se ha quedado dormida rápidamente a mi lado.

¡Qué lunes tan maravilloso! Un día para descansar y enamorarse.

Ha sido un día perfecto.

Hacer el amor. Comer. Hacer el amor. Beber. Hacer el amor. Y escuchar a Alessia tocando el piano... y verla cocinar.

Ella se remueve y susurra algo entre sueños. Tiene la piel traslúcida bajo la luz del pequeño dragón, y su respiración es suave y regular. Debe de estar exhausta después de todo lo que hemos hecho... Pero aún siente un poco de vergüenza. Uno de estos días querré que me toque. Por todas partes.

La simple idea hace que me tense.

¡Basta!

Lo hará, a su debido tiempo. Estoy seguro. Hoy ni siquiera hemos salido de casa en todo el día. Y ha vuelto a cocinar para mí, me ha preparado una comida deliciosa y saludable. Mañana me gustaría hacer algo especial con ella; salir a alguna parte, si el tiempo mejora.

Enséñale dónde creciste.

No. Todavía no.

Sacudo la cabeza.

Díselo.

Se me ocurre una idea, y si mañana hace mejor tiempo será divertido, y tal vez me dará la oportunidad de explicarle quién soy... Ya veremos.

Le doy un suave beso en la sien e inhalo su dulce olor. Ella se mueve y musita algo ininteligible, pero acaba por aquietarse y sigue durmiendo.

Me he enamorado de ti, Alessia.

Cierro los ojos.

Capítulo diecinueve

Alessia se despierta con el murmullo de fondo de la voz de Maxim. Al abrir los ojos, lo ve sentado a su lado, hablando en voz baja por teléfono. Él le sonríe y continúa la conversación:

—Me alegro de que la señorita Chenoweth esté de acuerdo —dice—. Una escopeta de calibre 20 para la señora. Yo usaré mis Purdey.

Alessia se pregunta de qué estará hablando. Sea de lo que sea, le brillan los ojos de entusiasmo.

—Empezaremos por algo fácil. —Maxim le guiña un ojo—. ¿Unos diez? Genial. Hablaré con Jenkins, entonces. Gracias, Michael. —Pone fin a la llamada y vuelve a meterse en la cama y apoya la cabeza en la almohada, frente a ella—. Buenos días, Alessia. —Se inclina hacia delante y le da un beso tierno—. ¿Has dormido bien?

—Sí, gracias.

—Estás preciosa. ¿Tienes hambre?

Ella se despereza a su lado y a él se le enturbia la mirada.

—Mmm... —exclama ella.

—Estás muy tentadora...

Alessia sonríe.

—Pero dijiste que estabas un poco dolorida. —La besa en la nariz—. Y hoy tengo una sorpresa para ti. Después del desayuno, vamos a salir a dar una vuelta. Abrígate bien. Y tal vez deberías recogerte el pelo en una trenza.

Se levanta de la cama.

Alessia hace una mueca de frustración. Estaba un poco dolorida el día anterior, pero esta mañana está perfectamente. Sin embargo, antes de que pueda engatusarlo para que vuelva a la cama, él ya se está encaminando desnudo hacia el cuarto de baño y ella no puede hacer otra cosa más que quedarse ahí, admirando su físico espectacular, las contracciones de los músculos de su espalda al caminar, sus largas piernas... su trasero. Él se vuelve, le lanza una sonrisa maliciosa y luego cierra la puerta.

Alessia sonríe.

¿Qué habrá planeado?

¿A dónde vamos? —pregunta Alessia. Se ha puesto el gorro verde y el abrigo nuevo, y sé que además lleva varias capas de ropa debajo. Creo que va suficientemente abrigada.

—Es una sorpresa. —La miro de reojo y arranco el carro.

Antes de que se despertara esta mañana, llamé a la casa grande y hablé con Michael, el administrador de la finca. Es un día fresco y despejado, con mucho sol, perfecto para lo que tengo planeado. Después de nuestra vigorosa actividad de ayer, necesitamos un descanso y un poco de aire fresco.

Rosperran Farm ha formado parte del conjunto del patrimonio Trevethick desde la época georgiana. Los Chenoweth llevan siendo los aparceros de las tierras desde hace más de cien años. La actual titular del contrato de aparcería, Abigail Chenoweth, nos ha dado su permiso para utilizar uno de los campos en barbecho del sur de la finca. A medida que nos aproximamos pienso que ojalá fuésemos en el Discovery. El Jaguar no se desenvuelve muy bien en los terrenos rústicos, pero podemos estacionar en la carretera. Cuando paramos, la verja ya está abierta y veo dentro a Jenkins y su Land Rover Defender. Me saluda con alegría.

Miro a Alessia con una sonrisa entusiasta.

—Vamos a practicar tiro al plato.

Alessia parece desconcertada.

—¿"Pato"? ¿Vamos a cazar patos?

—Plato, no pato. Tiro al plato.

Sigue pareciendo igual de confusa.

Empiezo a pensar que tal vez no haya sido tan buena idea, después de todo.

—Será divertido.

Me lanza una sonrisa de preocupación y me bajo del carro. Hace frío, pero no tanto como para ver las vaharadas de mi aliento. Con un poco de suerte, no pasaremos ningún frío.

—Buenos días, milord —dice Jenkins.

—Hola. —Me vuelvo para ver si Alessia ha oído cómo me ha llamado, pero aún se está bajando de su lado del carro—. Con "señor" es suficiente, Jenkins —mascullo mientras ella se aproxima—. Te presento a Alessia Demachi. —Ella le estrecha la mano tendida.

—Buenos días, señorita.

—Buenos días. —Ella le dedica una sonrisa radiante y Jenkins se sonroja. Su familia lleva al servicio de los Trevelyan desde hace tres generaciones, aunque principalmente en Angwin, nuestra finca de Oxfordshire. Jenkins dejó el hogar familiar hace cuatro años y lleva trabajando como guardabosques en Tresyllian Hall desde entonces. Es un poco más joven que yo, y también un surfista experto. Lo he visto encima de una tabla: nos dejó en evidencia a Kit y a mí. También es un tirador excelente y un estupendo guarda de caza. Él se encarga de organizar y dirigir la mayor parte de las cacerías que tienen lugar en la propiedad. Bajo esa gorra plana y la mata de pelo rubio desteñido por el sol, se oculta un cerebro brillante y una sonrisa cálida y fácil.

Alessia me mira con expresión de perplejidad.

—¿Vamos a cazar pájaros?

—No. Vamos a disparar al plato.

Sigue igual de perdida.

—Son discos hechos de arcilla.

—Ah.

—He traído un amplio surtido de armas para la señora. Tengo sus Purdey, señor, y la señora Campbell ha insistido en que le traiga su chaqueta de tiro.

—Estupendo.

—Y café. Y rollitos de salchicha. Y calentadores para las manos. —Jenkins sonríe.

Danny es la mejor.

—Los lanzaplatos están listos —dice.

—Excelente. —Me vuelvo hacia Alessia—. ¿Te ha gustado la sorpresa? —le pregunto con aire vacilante.

—Sí —dice, pero no parece muy segura.

—¿Has disparado un arma alguna vez?

Niega con la cabeza.

—Mi padre tiene armas.

—¿Ah, sí?

—Caza.

—¿Sale a cazar?

Alessia se encoge de hombros.

—Bueno, sale con su arma. Sale por la noche. Para cazar lobos.

—¡Lobos!

Se ríe al ver mi expresión.

—Sí. Tenemos lobos en Albania. Pero yo no he visto ninguno nunca. No estoy segura de mi padre tampoco. —Me sonríe—. Me gustaría disparar.

Jenkins le sonríe con afabilidad y la guía hasta la parte de atrás del Defender, donde lleva nuestras escopetas y todo el equipo necesario.

Alessia escucha con atención todo lo que tiene que decirle: él le da algunos consejos de seguridad y le enseña cómo funciona el arma y lo que tiene que hacer. Mientras tanto, yo me cambio y me pongo rápidamente el chaleco y la chaqueta. Hace frío, pero con esta ropa antigua no lo noto. Abro mi estuche y saco una de las escopetas Purdey de calibre 12. Es una pieza única, de coleccionista, que perteneció a mi abuelo. Encargó un par de escopetas iguales Purdey Over-and-Under en 1948. Los grabados plateados son exquisitos, y llevan delicadamente intrincada la figura del escudo de armas de la casa Trevethick, con Tresyllian Hall en segundo plano; la culata es de madera de nogal, finamente pulida y reluciente. Mi padre heredó el par de escopetas a la muerte de mi abuelo, y cuando Kit cumplió los dieciocho, mi padre le dio una de ellas como regalo de cumpleaños. Cuando nuestro padre murió, Kit me dio esta, la que había sido suya.

Y ahora, con la muerte de Kit, soy el dueño de ambas.

Siento que me invade una súbita oleada de tristeza. Una imagen de los tres: mi padre limpiando su arma, mi hermano limpiando su por aquel entonces escopeta calibre 12 mientras yo los observaba, un crío de ocho años entusiasmado por haber conseguido al fin permiso para entrar en la armería. Mi padre nos explicaba pacientemente cómo desmontar la escopeta, cómo engrasar la culata y los perdigones y cómo limpiar el cañón y el mecanismo de acción. Era meticuloso. Y también lo era Kit. Recuerdo observarlos absolutamente fascinado.

—¿Todo listo, señor? —Jenkins me saca de mi ensimismamiento.

—Sí. Estupendo.

Alessia lleva unas gafas protectoras y auriculares de protección. Y a pesar de ello, sigue estando preciosa. Ladea la cabeza un instante.

—¿Qué pasa? —pregunto.

—Me gusta la chaqueta.

Me río.

—¿Este harapo viejo? Solo es una chaqueta de *Harris tweed*.

—Cojo unos cartuchos, gafas protectoras y auriculares y hago bascular el cañón de la escopeta para abrirlo.

—¿Preparada? —le pregunto a Alessia.

Ella asiente, y con su escopeta Browning abierta, nos dirigimos al improvisado campo de tiro que Jenkins ha montado con unas cuantas balas de heno.

—He colocado los lanzaplatos ahí, justo detrás de ese montículo, para establecer un blanco bajo —explica Jenkins.

—¿Me lanzas un plato?

—Desde luego. —Jenkins pulsa su mando a distancia y un disco de arcilla sale despedido en el aire a unos cien metros de distancia.

Alessia da un respingo.

—¡Nunca le daré a eso!

—Pues claro que sí. Observa. Quédate atrás.

Y de pronto me entran ganas de pavonearme. Alessia toca el piano mejor que yo, cocina mejor que yo y me gana al ajedrez...

—Dame dos, Jenkins.

—Sí, señor.

Me pongo las gafas y la protección para los oídos y, a continuación, coloco dos cartuchos y monto mi arma. Listo.

—¡Plato!

Jenkins lanza dos discos que salen disparados al aire, por delante de nosotros. Aprieto el gatillo y lanzo dos disparos consecutivos que aciertan de lleno en el objetivo, de manera que los dos platos se hacen añicos y los trozos de arcilla caen al suelo como una lluvia de granizo.

—Buen disparo, señor —dice Jenkins.

—¡Les has dado! —exclama Alessia.

—¡Sí! —No puedo evitar esbozar una sonrisa petulante—. Muy bien, ahora te toca a ti. —Abro el cañón y me sitúo a su lado.

—Separa los pies. El peso sobre el pie de detrás. Bien. Mira al lanzaplatos. Ya has visto la trayectoria del plato, tienes que seguirlo con movimiento suave y fluido. —Asiente enérgicamente—. Apoya la culata en el hombro con todas tus fuerzas; no quieres que haya retroceso.

—Entendido.

Me sorprende que esté haciendo todo lo que le digo.

—Ponga el pie derecho un poco más hacia atrás, señorita —añade Jenkins.

—De acuerdo.

—Aquí tienes los cartuchos. —Le doy dos, los aloja en el almacén y carga el arma. Doy un paso atrás.

—Cuando estés lista, grita: "¡Plato!". Jenkins lanzará un plato y tendrás dos oportunidades de darle.

Me mira con ansiedad y monta el arma. Parece confundirse con el entorno campestre, con el gorro de lana, las mejillas sonrosadas y la trenza cayéndole por la espalda.

—¡Plato! —grita, y Jenkins lanza un disco.

El plato surca el aire delante de nosotros y Alessia dispara una vez y luego otra.

Y falla.

Las dos veces.

Pone cara de frustración mientras varios platos de arcilla se estrellan contra el suelo a unos pocos pasos de nosotros.

—Ya le irás agarrando el tiro. Inténtalo otra vez.

Un brillo acerado asoma a sus ojos, y Jenkins se acerca a ella para darle algunas indicaciones.

Al cuarto plato, acierta de lleno.

—¡Sí! —exclamo eufórico. Ella se acerca corriendo.

—¡Eh! ¡Cuidado! ¡Baja el cañón! —gritamos Jenkins y yo al unísono.

—Perdón. —Se ríe y baja el arma—. ¿Puedo lanzar otra vez?

—Pues claro. Tenemos toda la mañana. Y se dice "disparar".

Me sonríe de oreja a oreja. Tiene la nariz enrojecida, pero los ojos le brillan con el entusiasmo de haber probado algo nuevo. Su sonrisa podría derretir el más gélido de los corazones, y el mío se llena de felicidad. Es increíblemente reconfortante verla disfrutar después de todo lo que le ha pasado.

Alessia y Maxim van sentados en la parte de atrás del carro del señor Jenkins, con las piernas colgando por fuera, tomando café de un termo y comiendo unas tortas rellenas con algún tipo de carne. Alessia cree que es cerdo.

—Lo has hecho muy bien —dice Maxim—. Veinte de cuarenta platos no está mal para ser la primera vez.

—Tú lo hiciste mucho mejor.

—Yo ya lo he hecho antes. Muchas veces. —Toma un sorbo de café—. ¿Lo has pasado bien?

—Sí. Me gustaría hacerlo otra vez. Tal vez cuando no haya tanto frío.

—Eso me gustaría.

Alessia sonríe y se le acelera el corazón. Él también quiere volver a hacerlo. Eso es una buena señal. Tiene que serlo. Toma un sorbo de café.

—¡Ay! —Hace una mueca.

—¿Qué pasa?

—No hay azúcar.

—¿Tan malo está?

Con mucha cautela, Alessia toma otro sorbo de café y se lo traga.

—No. No es tan malo.

—Tus dientes te lo agradecerán. ¿Qué quieres hacer ahora?

—¿Podemos pasear por el mar otra vez?

—Claro. Y luego podemos ir a almorzar.

Jenkins regresa. —El lanzaplatos ya está guardado, señor.

—Estupendo. Gracias por esta mañana, Jenkins.

—No hay de qué, mi... señor.

—Me gustaría llevar mis escopetas de nuevo a Hideout y limpiarlas allí.

—Por supuesto. Encontrará todo cuanto necesita en el maletín.

—Excelente.

—Que tenga un buen día, señor. —Nos estrechamos la mano—. Señorita —dice, y se lleva los dedos a la gorra mientras un leve rubor se le extiende por las mejillas.

—Gracias, Jenkins —dice Alessia, y cuando le obsequia una sonrisa, el hombre se ruboriza aún más. Creo que acaba de conquistar a alguien más.

—¿Nos vamos? —le digo.

—¿Es tu escopeta?

—Sí.

Arruga la frente.

—Jenkins me la guarda. Por ley, tiene que estar guardada bajo llave. Tenemos un armero en Hideout.

—Ah —dice, con evidente confusión.

—¿Lista? —le pregunto para distraer su atención.

Ella asiente con la cabeza.

—Tengo que llevar esto a casa. —Le enseño el estuche—. Y luego podemos ir a dar un paseo por la playa y después almorzar en algún buen restaurante.

—Está bien.

Le abro la puerta del carro y ella me lanza una sonrisa fugaz al subirse.

Por los pelos...

Pero díselo de una vez...

Cada día que paso sin decirle quién soy, estoy mintiéndole.

Mierda.

Es tan sencillo como eso. Abro el maletero del carro y meto el estuche de la escopeta dentro.

Díselo de una puta vez, carajo.

Me subo a su lado, cierro la puerta del carro y la miro.

—Alessia...

—¡Mira! —exclama y señala delante, al parabrisas. Aparece ante nosotros un majestuoso ciervo macho, con el pelaje largo y gris, muy útil para los meses de invierno, con sus habituales manchas blancas escondidas entre el pelo. ¿De dónde diablos ha salido? A juzgar por su tamaño, debe de tener menos de cuatro años, pero cuenta con unas astas impresionantes, que sé que se le caerán en los próximos meses. Me pregunto si pertenece a la manada de ciervos que tenemos en Tresyllian Hall o si se trata de un ciervo salvaje. Si es de la casa grande, ¿cómo ha salido de allí? Nos mira fijamente con ojos negros, por encima de su imperioso hocico.

—Uau —murmura Alessia.

—¿Has visto un ciervo alguna vez? —le pregunto.

—No.

Nos quedamos mirando al animal mientras hace aletear sus fosas nasales y olisquea el aire.

—Tal vez los lobos se los comieron todos —susurro.

Alessia se vuelve hacia mí y se ríe, echando la cabeza hacia atrás, totalmente libre. Es un sonido absolutamente embriagador.

¡La he hecho reír!

En el terreno contiguo, Jenkins arranca su Land Rover y asusta al ciervo. El animal retrocede, da media vuelta y echa a correr hacia el muro de piedra que limita con el bosque de matorrales.

—No sabía que había animales salvajes en este país —dice Alessia.

—Tenemos unos pocos. —Arranco el motor del carro, consciente de que el momento de confesarle la verdad ha pasado.

Maldita sea.

Ya se lo diré en otro momento.

Pero en el fondo sé que, cuanto más tarde en decírselo, peor será.

Me suena el móvil en el interior de la chaqueta. Es un mensaje de texto, y sé que es de Caroline.

Ese es otro asunto que tendré que resolver en algún momento, pero ahora mismo voy a llevar a mi chica a dar otro paseo por la playa.

Alessia sujeta el pequeño dragón de plástico, una linterna en la oscuridad, mientras se acuestan en la cama.

—Gracias —murmura—. Por hoy. Por ayer. Por esto.

—Es un placer para mí, Alessia —responde Maxim—. He pasado un día maravilloso.

—Yo también. No quiero que termine. Ha sido el mejor día de todos.

Maxim le acaricia la mejilla con el dedo índice.

—El mejor día de todos. Me alegro de haber podido pasarlo contigo. Eres realmente maravillosa.

Ella traga saliva, alegrándose de que la tenue luz oculte su sonrojo.

—Ya no estoy dolorida —susurra.

Maxim se queda inmóvil, escudriñando los ojos de ella.

—Oh, nena... —exclama y se abalanza sobre la boca de ella.

Es más de medianoche y Alessia duerme a mi lado. Tengo que decirle quién soy.

El conde de Trevethick.

Mierda.

Merece saberlo. Me froto la cara.

¿Por qué me resisto tanto a decírselo?

Porque no sé lo que siente por mí.

Además, aparte de mi título, está el pequeño detalle de mi inmensa fortuna.

Mierda.

El carácter suspicaz de mi madre ha hecho mella en mí.

"Las mujeres solo te querrán por tu dinero, Maxim. No lo olvides".

Dios. Rowena puede ser una auténtica hija de puta.

Con cuidado, para no despertarla, aparto un mechón de pelo de Alessia y me lo enrosco en el dedo. No quería que le comprara ropa, se mostraba reacia a pesar de que no tiene nada. No quiere que le compre un móvil, y siempre elige el plato más barato de la carta. No es precisamente el *modus operandi* de una cazafortunas.

¿O sí?

Y el otro día dijo que no tengo ningún rival. Creo que verdaderamente le importo. Si es así, me gustaría que me lo dijera. Haría esto mucho más fácil. Es una mujer con talento, brillante, valiente... y siempre dispuesta. Sonrío al pensar en su aspecto más carnal. Sí. Dispuesta. Me inclino y le beso el pelo.

Y, encima, sabe cocinar.

—Te quiero, Alessia Demachi —susurro, y apoyo la cabeza en la almohada y la miro... a esta mujer increíblemente seductora. Mi hermosa, mi preciosa chica.

Me despierta el teléfono. Es por la mañana, asquerosamente temprano, a juzgar por la tenue luz que se cuela por la rendija entre las lamas de las persianas. Alessia está envuelta alrededor de mi cuerpo cuando me incorporo para contestar al teléfono. Es la señora Beckstrom, mi vecina en Londres.

¿Para qué diablos me llama?

—Hola, señora Beckstrom. ¿Va todo bien? —Hablo en voz baja para no despertar a Alessia.

—Ah, Maxim. Ahí estás. Siento llamar tan temprano, pero me temo que han entrado a robar en tu casa.

Capítulo veinte

—¡¿Qué?! —Un escalofrío me recorre la piel al tiempo que se me eriza todo el vello del cuerpo y, de pronto, estoy totalmente despierto. Me paso las uñas por el pelo.

¿Han entrado a robar? ¿Cómo? ¿Cuándo?

La cabeza y el corazón me van a mil por hora.

—Sí. Iba a sacar a Heracles a dar un paseo matutino. Es que me gusta tanto pasear junto al río a primera hora de la mañana, haga el tiempo que haga, está todo tan tranquilo y es tan agradable...

Hago una mueca de exasperación al teléfono.

Vamos, señora Beckstrom, vaya al grano de una vez...

—Total, que la puerta de tu casa estaba abierta. Puede que lleve abierta varios días, no lo sé, pero esta mañana me he asomado dentro y, por supuesto, resulta que no estás ahí.

¿Cerré la puerta del piso cuando salí corriendo, presa del pánico, en busca de Alessia?

No me acuerdo.

—Me temo que, dentro, tu casa está hecha un desastre: todo está patas arriba.

Mierda.

—Iba a llamar a la policía, pero me ha parecido mejor llamarte antes a ti, querido.

—Ha hecho bien. Muchas gracias. Se lo agradezco de veras. Yo me encargaré de esto.

—Siento ser la portadora de malas noticias.

—No se preocupe, señora Beckstrom. Muchas gracias. —Cuelgo el teléfono.

¡Mierda! ¡Maldita sea! ¡Carajo!

¿Qué se habrán llevado esos hijos de puta? No tengo gran cosa a la vista... todo lo importante está guardado en la caja fuerte. Espero que no la hayan encontrado.

Mierda. Mierda. Mierda.

Qué contratiempo, carajo... Ahora puede que tenga que volver a Londres, y no quiero irme. Lo estoy pasando demasiado bien con Alessia. Me incorporo en la cama y la miro. Me observa con cara de sueño, pestañeando, y le sonrío con expresión tranquilizadora.

—Tengo que hacer una llamada. —No quiero preocuparla con esta clase de detalles, así que me levanto, me pongo la colcha alrededor de la cintura y me voy al cuarto de invitados con el móvil. Llamo a Oliver mientras me paseo arriba y abajo por la habitación.

¿Por qué no habrá saltado la alarma?

¿Llegué a activarla? ¡Mierda! Me fui con tanta prisa... No lo sé.

—Maxim. —A Oliver le sorprende mi llamada—. ¿Va todo bien?

—Buenos días. Acaba de llamarme mi vecina. Dice que me han entrado a robar en casa.

—Oh, mierda.

—Exacto.

—Iré para allá inmediatamente. A esta hora de la mañana no debería tardar más de quince minutos.

—Genial. Te vuelvo a llamar dentro de veinte minutos, entonces.

Cuelgo el teléfono. Tengo el ánimo por los suelos y empiezo a pensar en qué es lo que echaría verdaderamente de menos si se lo hubieran llevado. Mis cámaras. Mis mesas de mezclas. Mi computadora...

¡Mierda! ¡Las cámaras de mi padre!

Maldita sea, qué mierda es todo esto... un puto drogadicto o algún adolescente descerebrado destrozándome el apartamento...

No jodas.

Tenía planes para pasar el día con Alessia, tal vez incluso ir a visitar el Eden Project. Bueno, puede que todavía pueda hacerlo, pero antes tengo que evaluar los daños... y no quiero hacerlo desde el móvil. Si llamo a Oliver por FaceTime desde el iMac en la casa grande, podré verlo todo mejor; él puede enseñarme con su móvil qué es lo que ha pasado exactamente.

Sintiéndome hundido y bastante jodido, vuelvo al dormitorio, donde Alessia sigue aún en la cama.

—¿Qué ha pasado? —pregunta, incorporándose, con el pelo cayéndole por los pechos. Está completamente despeinada y muy sexy, y me dan ganas de cogérmela ahí mismo. Verla es como un bálsamo que, de inmediato, hace que me sienta mejor, pero, por desgracia, tendré que dejarla sola un rato. No quiero agobiarla con la noticia. Ya ha tenido bastante con lo que le ha pasado estas últimas semanas.

—Tengo que salir un momento a encargarme de un asunto. Puede incluso que tengamos que volver a Londres. Pero tú quédate en la cama. Duerme. Sé que estás cansada. Volveré pronto. —Tira del edredón hacia arriba, con el ceño fruncido de preocupación. La beso rápidamente y me voy a la ducha.

Cuando salgo del baño, ella se ha ido. Me visto deprisa, con unos jeans y una camisa blanca. La encuentro abajo, en la cocina, vestida únicamente con la parte de arriba de mi piyama y enjuagando los platos de la cena. Me da una taza de espresso.

—Para que te despiertes —dice con una cariñosa sonrisa, aunque hay un brillo receloso en su mirada, una leve ansiedad. Está inquieta.

Tomo un sorbo de café, que está caliente, fuerte y delicioso. Un poco como Alessia.

—No te preocupes, estaré de vuelta antes de que te des cuenta.

La beso otra vez, tomo el abrigo y salgo por la puerta; esquivo las gotas de lluvia y subo los escalones de dos en dos. Me subo en el carro y salgo a toda velocidad.

Alessia ve a Maxim subir volando los escalones y cerrar la verja a su espalda. Parece preocupado, y se pregunta a dónde irá. Ha pasado algo. Un escalofrío le recorre la espalda, pero no sabe muy bien por qué. Lanza un suspiro. Hay tanto que ignora todavía sobre él...

Y ha dicho que tal vez tengan que regresar a Londres, y entonces tendrá que enfrentarse a la realidad de su situación.

Que no tiene sitio adónde ir.

Zot.

Ha ignorado el problema durante los últimos días, pero tiene tantas cosas que resolver en su vida... ¿Dónde va a vivir? ¿Se habrá cansado Dante de buscarla? ¿Qué siente por ella Maxim? Inspira hondo para tratar de ahuyentar sus preocupaciones y espera que él solucione rápidamente el problema y vuelva junto a ella cuanto antes. La casa ya parece completamente vacía sin él. Los últimos días han sido de felicidad absoluta y espera que no tengan que regresar a Londres. No está lista aún para volver a la realidad. Nunca ha sido tan feliz como lo es allí, con él. Mientras tanto, terminará de cargar el lavaplatos. Y luego se duchará.

Tomo un atajo por las carreteras secundarias para llegar a la casa grande de Tresyllian Hall porque es más rápido que seguir la carretera principal. La lluvia arrecia, golpeando el parabrisas y el techo del carro mientras me deslizo por los angostos carriles. Cuando atravieso la entrada sur de la finca, reduzco la velocidad al pasar por la rejilla guardaganado y luego acelero para enfilar el sendero de entrada que atraviesa el pasto de la zona sur. Bajo la lluvia invernal, los campos aparecen húmedos y sombríos, y el paisaje está salpicado de alguna que otra oveja ocasional. Cuando llegue la primavera, las vacas podrán volver a salir a pastar. Vislumbro la casa entre las ramas desnudas de los árboles. Situada en el amplio valle, toda de pizarra gris y con aires góticos, domina el paisaje como salida de una novela de una de las hermanas Brontë. La casa original fue construida sobre las ruinas de un antiguo priorato benedictino, pero las tierras y la abadía fueron confiscadas por Enrique VIII durante la disolución de los monasterios. Más de un siglo después, en 1661, tras la restauración de la monarquía, las propiedades fueron otorgadas —junto con el título de conde de Trevethick— a Edward Trevelyan, en reconocimiento por sus servicios a Carlos II. La mansión que construyó quedó destruida por un incendio en 1862, y esta monstruosidad neogótica, con todos sus remates y sus almenas falsas, se construyó en su lugar. Es la residencia de los condes de Trevethick, una mole gigantesca, y a mí siempre me ha encantado.

Y ahora es mía.

Soy el encargado de custodiarla.

El carro atraviesa una segunda rejilla guardaganado para rodear la parte posterior de la enorme casa y parqueo en los viejos establos, que albergan la colección de carros de Kit. Salgo del Jaguar, corro hacia la puerta de la cocina y me alegro de encontrarla abierta.

Jessie está en la cocina, preparando el desayuno, con los perros de Kit a sus pies.

—Buenos días, Jessie —digo al pasar rápidamente por la estancia. Jensen y Healey se levantan dando un brinco y salen tras de mí.

La voz de Jessie me sigue al pasillo.

—¡Maxim! Quiero decir... ¡milord!

No le hago caso y me dirijo al despacho de Kit. Mierda. No, ahora es mi despacho. Por el olor y por su aspecto, parece como si mi hermano mayor aún ocupara la habitación, y me paro cuando, de pronto, una intensa punzada de pena y dolor se apodera de mí.

Maldito seas, Kit. Te echo de menos.

Lo cierto es que el despacho tiene el mismo aspecto que cuando lo ocupaba mi padre; Kit no había cambiado absolutamente nada más allá de instalar un iMac. Era el refugio de mi padre. Las paredes están pintadas de color rojo bermellón y cubiertas con sus fotografías, paisajes y retratos, incluso un par de mi madre. Los muebles datan de la década de 1930, de antes de la guerra, creo. Con entusiasmo canino —meneando la cola y sacando la lengua— los perros se abalanzan sobre mí cuando me dirijo al escritorio.

—Hola, chicos. Eh. Hola. Tranquilos. Quietos. —Los acaricio a ambos.

—Señor, es un placer verlo, pero ¿está bien? —pregunta Jessie, entrando detrás de mí.

—Han robado en el apartamento de Chelsea. Voy a gestionar el asunto desde aquí.

—¡Oh, no! —Jessie se tapa la boca con la mano.

—No hay nadie herido —la tranquilizo—. Oliver está allí ahora mismo evaluando los daños.

—Es terrible. —Se retuerce las manos.

—Es una mierda, eso es lo que es.

—¿Le traigo algo?

—Me muero por un café.

—Le preparo uno enseguida.

Sale de la habitación y, tras lanzarme sendas miradas lúgubres, Jensen y Healey se van detrás de ella. Me siento al escritorio de Kit... no, me siento a mi escritorio.

Enciendo el iMac, me conecto y abro FaceTime. A continuación, hago clic en la información de contacto de Oliver.

A lessia está bajo el potente chorro de la ducha, disfrutando del torrente de agua caliente sobre su cuerpo. Echará de menos todo esto cuando vuelvan a Londres. Mientras se lava el pelo, ese pensamiento la deprime. Le ha encantado pasar esos días mágicos en Cornualles, solos los dos. Siempre guardará un recuerdo entrañable de su estancia en aquella casa extraordinaria con él.

Maxim.

Mientras se masajea el pelo con el champú, abre un ojo, incapaz de relajarse por completo. A pesar de que ha cerrado el pestillo de la puerta del baño, está nerviosa. No está acostumbrada a estar sola, y lo echa de menos. Se ha acostumbrado a notar su presencia. En todas partes. Se ruboriza y sonríe.

Sí. En todas partes.

Aunque ojalá consiguiera reunir el valor de tocarlo a él... en todas partes.

Los ladrones no se han llevado casi nada del apartamento. El cuarto oscuro está como siempre, así que todo mi equipo de fotografía está intacto y, lo que es más importante desde el punto de vista sentimental: las cámaras de mi padre siguen en su sitio. Además, tengo la suerte de que los ladrones no han encontrado la caja fuerte. Se han llevado algunos pares de zapatos y unas chaquetas de mi armario, aunque es difícil saber cuáles, porque toda mi ropa está desperdigada por el dormitorio.

La sala de estar, en cambio, es un caos: han arrancado todas mis fotos de las paredes, mi iMac está destrozado en el suelo, mi computadora portátil y mis mesas de mezclas han desaparecido y mis discos de vinilo están esparcidos por todo el piso. Por suerte, el piano está intacto.

—Parece que eso es todo —dice Oliver. Está usando la cámara de su móvil, de manera que puedo inspeccionar los daños en la pantalla de mi computadora.

—Hijos de puta. ¿Tienes alguna idea de cuándo entraron? —pregunto.

—No. Su vecina no vio nada. Pero pudo ser en cualquier momento del fin de semana.

—Pudo ser después de que me fuera el viernes. ¿Cómo entraron?

—Ya ha visto el estado de la puerta principal.

—Sí. Debieron de forzarla con algún objeto pesado. Hijos de

puta. Con las prisas por irme, debí de olvidarme de conectar la alarma.

—No saltó, no. Creo que es probable que olvidara hacerlo, pero me parece que eso no les habría impedido entrar de todos modos.

—¿Hola...? —nos interrumpe una voz incorpórea procedente de algún lugar del apartamento.

—Debe de ser la policía —dice Oliver.

—¿Has llamado a la policía? Pues sí que han venido rápido. Bien. Ya me dirás qué te dicen. Llámame luego.

—Eso haré, señor. —Cuelga el teléfono.

Me quedo mirando la pantalla con aire abatido. No quiero volver a Londres, quiero quedarme aquí, con Alessia.

Llaman a la puerta y veo aparecer a Danny.

—Buenos días, señor. He oído que le han entrado a robar en el apartamento de Londres.

—Buenos días, Danny. Sí. Aunque no parece que se hayan llevado nada irremplazable. Solo lo han dejado todo hecho un desastre.

—La señora Blake se encargará de ordenarlo todo. Es un incordio cuando pasan esas cosas.

—Desde luego.

—¿Dónde quiere que le sirva el desayuno?

—¿El desayuno?

—Señor, Jessie le ha preparado su desayuno. Tostadas francesas. Su desayuno favorito.

Vaya. Yo quería volver con Alessia.

Al percibir mi vacilación, Danny me lanza esa mirada tan suya por encima de las gafas. Esa mirada tan suya que nos hacía temblar a Kit, a Maryanne y a mí de pequeños.

"Y ahora, niños, todos calladitos y a terminar la cena, o se lo diré a su madre".

Siempre recurría al comodín de la Matriarca.

—Lo tomaré en la cocina contigo y el resto del personal, pero tendrá que ser rápido.

—Muy bien, señor.

Alessia va envuelta en una toalla para secarse después de la ducha. Una vez en el vestidor, rebusca entre la ropa que Maxim le compró hace unos días. Por lo visto, no hay manera de quitarse de encima la extraña desazón que siente. Da un brinco cada vez que oye un ruido. Le resulta muy raro estar sola en algún sitio. En casa, en Kukës, su madre siempre estaba allí, y por las noches, también su padre. Incluso en la casa de Brentford, cuando vivía con Magda, Alessia rara vez se quedaba sola; Magda o Michal siempre estaban con ella.

Hace un esfuerzo por concentrarse en lo que está haciendo en ese momento. Al fin y al cabo, tiene ropa nueva. Se decide por los jeans negros y un top gris, además de una bonita chaqueta de punto de color rosado. Espera que a Maxim le guste lo que ha escogido.

Una vez vestida, toma el secador de pelo y lo enciende, y el zumbido agudo del aparato llena el silencio.

Cuando entro en la cocina, está abarrotada y bulle con las conversaciones y las bromas de primera hora de la mañana de una parte del personal, Jenkins entre ellos. Al verme, todos se ponen de pie al unísono, una muestra de deferencia a todas luces feudal y que me resulta de lo más irritante. Sin embargo, lo paso por alto y no hago ningún comentario.

—Buenos días a todos. Por favor, siéntense. Disfruten de su desayuno.

Se oyen algunos placenteros murmullos que contienen la palabra "milord".

En su época de máximo esplendor, Tresyllian Hall daba empleo a más de trescientos cincuenta miembros del personal de servicio, pero ahora nos las arreglamos con doce empleados a jornada completa y unos veinte a tiempo parcial. También tenemos ocho aparceros, a los que conocí en mi reciente visita. Crían ganado y cultivan unas cuatro mil hectáreas de tierra. Todos son cultivos ecológicos. Gracias a mi padre.

Siguiendo la tradición Trevethick, el personal de servicio de la casa y el personal que trabaja en el campo comen en turnos separados. En este momento, los ayudantes de los administradores de las fincas, el guardabosques, su ayudante y los jardineros están disfrutando del desayuno que ha preparado Jessie. Advierto que el mío es el único plato que contiene tostadas francesas.

—He oído que han entrado a robar en su casa, señor —dice Jenkins.

—Por desgracia, sí. Es una auténtica putada.

—Lamento oír eso, milord.

—¿Dónde está Michael?

—Tenía dentista esta mañana. Ha dicho que estará aquí sobre las once.

Clavo el tenedor en mi desayuno. El sabor exquisito de las tostadas francesas de Jessie se derrite en mi boca y me lleva de vuelta a mi infancia: Kit y yo hablando de resultados de críquet o peleándonos por quién había pegado una patada a quién por debajo de la mesa, la nariz de Maryanne metida en un libro... y las tostadas francesas de Jessie servidas con fruta en compota. Hoy son manzanas con canela.

—Nos alegramos de tenerlo aquí, milord —dice Danny—. Espero que no deba volver corriendo a Londres.

—La policía acaba de llegar al apartamento. Lo sabremos más tarde.

—Le he dicho a la señora Blake lo del robo. Alice y ella pueden pasarse por su apartamento y poner un poco de orden.

—Gracias. Le pediré a Oliver que coordine con ella.

—¿Está disfrutando de su estancia en Hideout?

Le sonrío rápidamente.

—Mucho. Gracias. Es muy cómoda.

—He oído que ayer tuvo un día muy satisfactorio.

—Fue divertido. Gracias otra vez, Jenkins.

Este hace un movimiento afirmativo con la cabeza y Danny sonríe.

—Eso me recuerda... —dice—. Ayer vinieron dos hombres bastante desagradables preguntando por usted.

—¿Qué? —Danny tiene mi atención inmediata, y la del resto de los presentes. Palidece.

—Vinieron preguntando por usted, señor. Les dije que se fueran.

—¿Desagradables?

—Con pinta de indeseables, señor. De aspecto agresivo. De Europa del Este, creo. El caso es que...

—¡Mierda!

¡Alessia!

A lessia se desliza el cepillo por el pelo. Por fin lo tiene suficientemente seco. Apaga el secador, sintiéndose un poco inquieta y creyendo haber oído un ruido. Pero resulta que solo es el sonido de las olas estrellándose contra la ensenada, abajo. Se acerca a la ventana a contemplar el mar.

Mister Maxim le ha regalado el mar.

Sonríe recordando sus payasadas en la playa. Parece que la lluvia está amainando. Tal vez podrían salir a dar otra vuelta por la orilla hoy también. Y regresar a aquel pub para almorzar. Ese fue un buen día. Todos los días allí con él han sido días buenos.

Oye el chirrido de los muebles al desplazarse por la madera del suelo en la planta de abajo y el murmullo de unas voces masculinas.

¿Qué?

¿Maxim ha traído a alguien con él a la casa?

—*Urtë!* —masculla alguien en voz baja, sofocada. ¡Es su lengua materna! El miedo y la adrenalina le recorren todo el cuerpo mientras se queda paralizada en el dormitorio.

Son Dante e Ylli.

La han encontrado.

Capítulo veintiuno

Conduzco a toda velocidad por el camino, haciendo traquetear la rejilla guardaganado, y piso el acelerador del Jaguar para ir más deprisa. Tengo que volver a la casa. Me cuesta respirar. La ansiedad que siento me oprime el pecho.

Alessia.

¿Por qué la dejé en la casa? Si le ha pasado algo... Jamás me lo perdonaré.

La cabeza me va a mil.

¿Son ellos? ¿Los cabrones que la trajeron para su red de trata de mujeres? Se me revuelve el estómago. ¿Cómo diablos nos han localizado? ¿Cómo? A lo mejor fueron ellos los hijos de puta que entraron a robar en mi apartamento. Encontraron información sobre la sociedad patrimonial Trevethick y Tresyllian Hall. Y ahora están aquí. Haciendo preguntas. Qué cara la que tienen, venir a mi casa. Agarro el volante con fuerza.

Deprisa. Deprisa. Deprisa.

Si la encuentran en Hideout... No volveré a verla jamás.

Mi pánico crece por momentos.

La arrastrarán a un submundo terrible y no seré capaz de encontrarla.

No. Mierda. No.

Viro de golpe por el camino hacia Hideout y levanto una lluvia de grava que cae sobre los setos.

Alessia se le desboca el corazón; le palpitan los latidos en los oídos aunque siente que se le hiela la sangre. La habitación da una vuelta, dos, y las piernas empiezan a temblarle.

Está viviendo su peor pesadilla.

La puerta del dormitorio está abierta, y Alessia los oye susurrar en el piso de abajo. ¿Cómo han entrado? Un crujido en la escalera la empuja a actuar. Corre a toda prisa hacia el baño y cierra la puerta con sigilo. Temblando y con las manos sudorosas, echa el pestillo mientras intenta recuperar el aliento.

¿Cómo la han encontrado?

¿Cómo?

El miedo le provoca sensación de mareo. Se siente impotente y echa un vistazo a su alrededor en busca de algún objeto con el que poder defenderse. *Cualquier cosa.* ¿La cuchilla de afeitar de Maxim? ¿Su propio cepillo de dientes? Agarra ambas cosas y se las mete en el bolsillo trasero del pantalón.

Pero los cajones están vacíos... ahí no hay nada.

Lo único que puede hacer es esconderse. Solo le cabe esperar que la puerta aguante cerrada hasta que Maxim regrese.

No. ¡Maxim!

Él no podrá con ellos. Está solo, y ellos son dos. Le harán daño. Se le llenan los ojos de lágrimas y va cayendo al suelo, pues le fallan las piernas. Se apoya contra la puerta, como tope humano, por si intentan derribarla.

—He oído algo. —Es Ylli. Está en el dormitorio. ¿Cuándo se ha convertido su propio idioma en algo tan aterrador?—. Comprueba esa puerta.

—¿Estás ahí dentro, puta zorra? —grita Dante y tira de la puerta del baño sujetándola por el pomo.

Alessia se tapa la boca con un puño para no gritar, y las lágrimas le corren por las mejillas. El cuerpo empieza a temblarle. La abruma el terror. Y jadea con dificultad intentando respirar. Jamás ha sentido tanto miedo. Ni siquiera en el camión que la trajo a Inglaterra. Se siente del todo impotente. No sabe pelear y, en esa habitación, no tiene escapatoria. Además, tampoco hay manera de prevenir a Maxim.

—¡Sal de ahí! —La voz de Dante la sobresalta. Está a unos milímetros de su oído, del otro lado de la puerta—. Será peor para ti si tenemos que echar la puerta abajo.

Alessia cierra los ojos con fuerza y reprime sus sollozos. De pronto se oye un espantoso golpe seco, como un saco de grano cayendo al suelo, seguido por blasfemias pronunciadas en voz muy alta, y Alessia retrocede de un salto.

Zot. Zot. Zot.

El hombre está intentando tirar la puerta abajo. Pero esta resiste. Alessia se levanta y apoya un pie contra la puerta, y se maldice en silencio por no llevar ni zapatos ni calcetines. Se sostiene con el otro pie sobre el suelo de piedra natural, y deja caer todo su peso sobre la puerta, con la esperanza de que eso impida la entrada de su acosador.

—Cuando entre, voy a matarte. Puta zorra. ¿Sabes cuánto me cuestas? ¿Lo sabes?

Arremete otra vez contra la puerta.

Y Alessia sabe que es cuestión de tiempo que consigan entrar. Reprime un gemido, pero cae presa de la desesperación. No ha encontrado el valor para decirle a Maxim que lo ama.

El Jaguar se precipita como un rayo por el camino hacia Hideout, y veo un viejo BMW cubierto por al menos un año de polvo. Está estacionado de forma descuidada frente al garaje.

Mierda. Ya están aquí.

No. No. No.

Mi miedo y rabia se aceleran y amenazan con sobrepasarme.

¡Alessia!

Tranquilízate, amigo. Cálmate de una puta vez. Piensa. Piensa. Piensa.

Freno y paro derrapando contra la verja de entrada. Así no podrán salir por ahí. Si bajo por la escalera principal, me verán y perderé la ventaja del factor sorpresa. Abro de golpe la puerta del carro y salgo corriendo hacia la puerta lateral, poco usada y oculta, para dirigirme luego hacia la puerta del cuarto contiguo a la cocina. Voy resollando, siento continuas inyecciones de adrenalina que duplican la velocidad de mis pulsaciones.

Tranquilízate, amigo. Tranquilízate.

La puerta del cuarto contiguo a la cocina está entreabierta.

Mierda. A lo mejor ellos han entrado en la casa por aquí. Trago saliva para volver a respirar con normalidad, tengo el corazón desbocado. Abro la puerta con suavidad y me cuelo dentro. La adrenalina me ha agudizado los sentidos. Respiro jadeante.

Silencio. No hagas ruido, carajo.

Oigo gritos. Arriba.

No. No. No.

Si le tocan un solo pelo a Alessia, los mato. Voy hacia el armero instalado en lo alto de una pared y lo abro. Ayer guardé todas las armas allí, antes de que Alessia y yo fuéramos a dar un paseo por la playa. Intentado no perder la calma, me concentro en sacar una de las escopetas Purdey con el mayor sigilo posible. Con movimientos suaves y muy certeros, la levanto, abro el cañón basculante y cargo dos cartuchos. Me meto cuatro más en el bolsillo del abrigo. Jamás me he sentido tan agradecido con mi padre por haberme enseñado a disparar.

Mantén la calma. Solo podrás salvarla si no pierdes la calma.

Repito la frase mentalmente como un mantra. Quito el seguro, me apoyo la escopeta contra el hombro y me cuelo en la sala principal. Aquí abajo no se ve a nadie, pero oigo un golpe fortísimo arriba, seguido por unos gritos en otro idioma.

Son los gritos de Alessia.

Alessia chilla cuando la puerta cede y cae derribada sobre el suelo del baño. Dante está a punto de precipitarse sobre el suelo. Ella se queda hecha un ovillo, sollozando, y el miedo la paraliza. Su vejiga no aguanta, y la humedad delatadora desciende entre sus piernas y empapa sus jeans nuevos.

Su destino está echado.

Le cuesta respirar, jadea y siente cómo se le cierra la garganta. Está mareada. Mareada de miedo.

—Aquí estás, puta zorra.

El tipo la agarra por el pelo y la obliga a levantarse.

Alessia suelta un grito, y él le cruza la cara de un bofetón.

—¿Sabes cuánto me has costado, maldita puta? Vas a devolverme hasta el último penique con tu cuerpo.

Tiene la cara pegada a la de ella, la mirada rabiosa y feroz, e inyectada de odio. Alessia siente arcadas. Al hombre le apesta el aliento, como si se le hubiera muerto algo en la lengua, y su olor corporal la inunda con una oleada de hedor inmundo.

Él vuelve a abofetearla y tira de ella sujetándola por el pelo para que se levante. El dolor es indescriptible, como si estuvieran arrancándole el cuero cabelludo.

—¡Dante! ¡No! ¡No! —le ruega chillando.

—¡Deja ya de lloriquear, puta asquerosa, y muévete!

Le da una fuerte sacudida y la empuja hacia el dormitorio, donde la espera Ylli. Alessia cae al suelo, despatarrada y con los brazos abiertos, como una estrella de mar. Se encoge a toda prisa.

Esto no puede estar ocurriendo.

Cierra los ojos con fuerza a la espera de los inevitables golpes.

Mátenme ya. Mátenme ya. Alessia quiere morir.

—Y te has meado encima. Asquerosa *piçka*. Voy a cogerte viva.

Dante la rodea y le da una fuerte patada en el estómago.

Ella grita por el dolor que le recorre todo el cuerpo y la deja sin respiración.

—¡Apártate de ella, grandísimo hijo de puta! —grita Maxim desde el otro extremo de la habitación.

¿Qué?

Alessia abre los ojos empañados de lágrimas. *Él está aquí.*

Maxim se encuentra de pie en el umbral de la puerta, con su abrigo negro, como un ángel vengador, con la mirada vidriosa y letal de ojos verdes, y empuñando una escopeta de doble cañón.

Él está aquí. Con su arma.

El maldito hijo de puta se vuelve hacia mí de golpe. Se queda blanco de la impresión y retrocede de un salto, suelta un suspiro ahogado al verme y la coronilla blanca se le perla de sudor. Su colega delgaducho también retrocede y levanta las manos, con los labios apretados. Parece una puta rata, con esa parka que le queda enorme. La necesidad de apretar el gatillo es abrumadora. Tengo que contener el impulso irreprimible de hacerlo. El calvo me mira fijamente, intentando calibrar mi reacción. ¿Dispararé o no? ¿Tengo huevos para hacerlo?

—¡No me provoques, cabrón de mierda! —le grito—. Arriba las manos o acabo contigo de una vez, hijo de puta. Aléjate de la chica. ¡Ahora!

Retrocede un paso más, por si acaso, y desvía la mirada de mí a Alessia para valorar sus opciones.

No tiene ninguna.

Hijo de puta.

—Alessia. Levántate. Ahora. ¡Muévete! —le grito porque sigue demasiado cerca de él. Ella se levanta como puede. Tiene un lado de la cara rojo, donde el hijo de puta debe de haberle pegado. Reprimo las ganas de arrancarle la cabeza—. Ponte detrás de mí —le indico a Alessia con los dientes apretados de rabia.

Ella se desliza hasta colocarse donde le he dicho y la oigo jadear, aterrorizada.

—Ustedes dos. Al suelo, ¡de rodillas! —les grito—. ¡Ahora mismo! Y no quiero que digan ni una sola palabra, cabrones.

Intercambian una mirada fugaz.

Y yo pongo el dedo en el gatillo.

—Dos cañones. Se disparan a la vez. Puedo con los dos. Les volaré las pelotas.

Y apunto a los huevos del calvo.

Levanta las cejas y estas salen disparadas hacia su frente cenicienta. Ambos caen de rodillas al suelo.

—Manos por detrás de la cabeza.

Obedecen enseguida. Pero no tengo nada para atarlos.

Mierda.

—Alessia, ¿estás bien?

—Sí.

El móvil empieza a vibrarme en el bolsillo. Mierda. Apuesto a que es Oliver.

—¿Puedes sacarme el móvil del bolsillo trasero de los jeans? —le pido a Alessia mientras sigo apuntando a los dos matones. Ella obedece a toda prisa—. Contesta.

No veo lo que hace, pero, un instante después, la oigo hablar.

—¿Diga? —pregunta, y se hace un silencio antes de que siga hablando entre susurros ahogados por el miedo—. Soy la limpiadora de mister Maxim.

Por el amor de Dios. Es mucho más que eso.

El calvo suelta una frase rápida a su colega con cara de rata.

—*Është pastruesja e tij. Nëse pastruese do të thaush konkubinë.*

—*Ajo nuk vlen asgjë. Grueja ash shakull për me bajt* —responde el cara de rata.

—¡Cállense la puta boca, maldita sea! —les grito—. ¿Quién es? —le pregunto a Alessia.

—Dice que se llama Oliver.

—Dile que acabamos de atrapar a dos intrusos en Hideout y que llame a la policía. Ahora mismo. Dile que llame a Danny y le pida que envíe aquí a Jenkins enseguida.

Ella lo hace con la voz entrecortada.

—Dile que luego se lo explicaré todo.

Alessia repite lo que he dicho.

—El señor Oliver dice que está haciéndolo... Adiós.

Y cuelga.

—Ustedes dos, al suelo. Acuéstense boca abajo. Manos a la espalda.

El calvo le lanza al cara de rata una mirada fugaz. ¿Va a intentar algo? Doy un paso hacia adelante y apunto con el cañón hacia abajo, en dirección a su cabeza.

—¡Hola! —saluda alguien desde el piso de abajo.

Es Danny. ¿Ya está aquí? Esto no tiene sentido.

—¡Aquí arriba, Danny! —grito sin apartar la vista de los dos pedazos de escoria. Me desplazo sin soltar el arma—. Ahí quietos y acostados, carajo. —Obedecen, y me acerco a los dos cuerpos acostados boca abajo en la habitación—. No muevan ni un músculo. —Apoyo la punta del cañón en la espalda del calvo—. Ponme a prueba. El disparo te partirá la columna y te perforará el estómago y tendrás una muerte lenta y agónica, que es más de lo que mereces, bestia hijo de puta.

—No. No. Por favor —gimotea como un perro apaleado con su fuerte acento extranjero.

—Cierra el pico y no te muevas. ¿Entendido? Asiente con la cabeza si lo has entendido.

Ambos hombres asienten a toda prisa y yo aprovecho para mirar a Alessia, quien tiene los ojos muy abiertos. Está blanca como el papel y abrazándose el cuerpo en la puerta. Por detrás de ella aparece Danny y, detrás, Jenkins.

—Oh, Dios mío. —Danny se lleva una mano a la boca—. ¿Qué está pasando aquí?

—¿Te ha avisado Oliver?

—No, milord. Salimos detrás de usted cuando se levantó de un salto de la mesa del desayuno. Sabíamos que algo andaba mal...

Jenkins se mantiene en segundo plano.

—Estos dos secuestradores han entrado en la casa. Iban persiguiendo a Alessia.

Presiono el cañón contra la espalda del calvo.

—¿Hay algo para atarlos? —le pregunto a Jenkins sin apartar la mirada de los hombres que están en el suelo.

—Llevo cordel de embalar en la parte de atrás del Land Rover.

Se vuelve y sale corriendo escalera abajo.

—Danny, lleva a Alessia a la casa grande, por favor.

—No —protesta Alessia.

—Vete. No puedes estar aquí cuando llegue la policía. Iré contigo en cuanto pueda. Estarás a salvo con Danny.

—Vamos, criatura —le dice Danny.

—Necesito cambiarme de ropa —masculla Alessia.

Frunzo el ceño. *¿Por qué?*

Alessia sale disparada hacia el vestidor y reaparece unos minutos después con una de las bolsas de nuestras compras del día anterior. Me mira con expresión inescrutable y sigue a Danny por la escalera.

Alessia mira por el parabrisas, con la mirada vacía y las manos alrededor del cuerpo mientras la anciana llamada Danny conduce el carro enorme, dando tumbos por el camino de tierra.

¿Adónde vamos?

Le duele la cabeza, siente el bombeo de la sangre en el cuero cabelludo y en la cara. También le duelen las costillas al tomar aire. Intenta respirar de forma relajada.

Danny la ha envuelto en una manta que ha agarrado del sofá de la casa de vacaciones.

—No queremos que tenga frío, niña —le ha dicho.

Tiene una voz amable y cariñosa con un acento que Alessia no logra identificar. Debe de ser buena amiga de mister Maxim para ocuparse así de ella.

Maxim.

Jamás olvidará su rostro cuando la salvó, con su largo abrigo y empuñando la escopeta como un héroe de algún clásico del cine estadounidense.

Y ella había creído que estaba a merced de sus captores.

Se le encoge el estómago.

Va a vomitar.

—Por favor, detenga el carro.

Danny se detiene en el arcén y Alessia está a punto de caerse al bajar. Se dobla sobre sí misma, hace un par de arcadas y arroja todo el desayuno.

La anciana acude en su ayuda, le echa el pelo hacia atrás y se lo sujeta mientras Alessia no para de vomitar hasta tener el estómago vacío. Al final se incorpora, temblorosa.

—Oh, niña. —Danny le ofrece su pañuelo—. Vamos a llevarla de regreso a la casa grande.

Mientras siguen el viaje, Alessia oye las sirenas en la distancia e imagina que la policía está llegando a Hideout. No para de temblar y se anuda el pañuelo entre los dedos.

—No pasa nada, niña —la consuela la anciana—. Ahora ya está a salvo.

Alessia niega con la cabeza al tiempo que intenta procesar todo cuanto acaba de ocurrir.

Él la ha salvado. Otra vez.

¿Cómo podrá agradecérselo?

Jenkins ata a toda prisa a los matones con las manos a la espalda. También los sujeta por los tobillos para asegurarse.

—Milord —dice, y señala la culata de una pistola que asoma por la cintura de los pantalones del cara de rata.

—Allanamiento de morada con arma de fuego. Esto mejora por momentos. —Me alegro de que no haya usado la pistola contra mí, ni contra Alessia. Le paso el arma a Jenkins, y tras un momento de duda, le planto un puntapié rápido e intenso al calvo en las costillas, porque se lo merece—. Esto es por Alessia, cobarde hijo de puta. —Gruñe de dolor mientras Jenkins lo vigila, y vuelvo a patearlo, esta vez con más fuerza—. Y por todas las mujeres que has vendido como esclavas.

Jenkins lanza un suspiro ahogado.

—¿Se dedican al tráfico de personas?

—Sí. ¡Ese también! Iban por Alessia.

Hago un gesto hacia el cara de rata, que está mirándome con odio. Jenkins le planta un rápido puntapié.

Me arrodillo junto al calvo, lo agarro por la oreja y le tiro de la cabeza hacia atrás.

—Eres una vergüenza para la humanidad. Vas a pudrirte entre rejas, y me aseguraré de que tiren la llave cuando te encierren, carajo.

Frunce los labios e intenta escupirme en la cara, pero no acierta, y el escupitajo le cae por la barbilla. Le aplasto la cabeza contra el suelo y se oye un golpe seco. Ojalá tenga un buen dolor por el porrazo. Me levanto y contengo las ganas renovadas de destrozarlo a puntapiés.

—Podríamos acabar con ellos y deshacernos de los cuerpos, milord —sugiere Jenkins y coloca el cañón del arma en la jeta del cara de rata—. Nadie los encontraría jamás en la propiedad.

Durante un instante no estoy seguro de si Jenkins habla en broma o en serio; pero el cara de rata le cree, cierra con fuerza los ojos y su expresión es de pánico total.

Bien. Ahora ya sabes cómo se sentía Alessia, pedazo de mierda.

—Aunque la idea es tentadora, esto quedaría hecho un auténtico asco y no creo que al personal de la limpieza le haga mucha gracia.

Todos levantamos la cabeza al oír las sirenas.

—Y luego está el pequeño problema de la legalidad —añado.

D anny entra por un camino más estrecho, junto a una preciosa casa antigua, y el anticuado carro traquetea cuando pasan sobre unas barras metálicas del camino. El terreno es verde y frondoso, a pesar de ser invierno. Atraviesan unos pastos ondulados, en campo abierto. Son unos terrenos... cuidados, no como las zonas rurales que Alessia ha visto desde que llegó a este lugar. Están salpicados de ovejas bien criadas. A medida que el carro avanza traqueteando por el camino, un edificio gris y más grande va emergiendo ante ellas. Es la casa más imponente que Alessia ha visto jamás. Reconoce la chimenea. Es la que vio desde el camino cuando estaba paseando con Maxim. Él comentó que la casa era de alguien, aunque ella no recuerda de quién. Quizá sea donde vive Danny.

¿Por qué cocina para mister Maxim si vive aquí?

Danny rodea la casa con el carro y aparca frente a la puerta trasera.

—Ya hemos llegado —anuncia—. Bienvenida a Tresyllian Hall.

Alessia intenta en vano esbozar una sonrisa y baja del carro. Todavía se siente tambaleante al caminar y sigue a Danny por la puerta hasta lo que parece la cocina. Es un espacio grande y luminoso, la cocina más grande que ha visto jamás. Con armarios de madera. El suelo embaldosado. Está impecable y ordenada. Es una combinación de estilos antiguo y moderno. Hay dos cocinas. ¡Dos! Y una mesa gigantesca para al menos catorce comensales. Dos perros altos de pelaje caoba se acercan dando saltos a saludarla. Alessia retrocede.

—¡Al suelo, Jensen! ¡Al suelo, Healey!

La orden de Danny detiene a los perros en seco. Se acuestan y se quedan mirando a ambas mujeres con ojos grandes y expresivos. Alessia los observa con suspicacia. Son unos animales preciosos... pero, en su lugar de origen, los perros no viven dentro de las casas.

—Son inofensivos, querida mía. Lo que pasa es que están encantados de conocerla. Venga conmigo —le dice Danny—. ¿Le gustaría tomar un baño? —Habla con tono solícito y amable, pero Alessia se ruboriza, avergonzada.

—Sí —susurra.

¡Lo sabe! Sabe que se lo ha hecho encima.

—Debe de haber pasado un miedo espantoso.

Alessia asiente en silencio y pestañea para evitar que le broten las lágrimas.

—Ah, muchachita querida, no llore. A milord no le gustaría. Ahora podrá asearse.

¿Milord?

Sigue a Danny por el pasillo forrado de madera y decorado a ambos lados con cuadros antiguos de paisajes, caballos, edificios, escenas religiosas y un par de retratos. Pasan por delante de varias puertas cerradas y ascienden por la angosta escalera de madera hasta otro nuevo y largo pasillo con el mismo revestimiento. Al final, Danny se detiene y abre la puerta de una agradable habitación con la cama blanca, el resto del mobiliario a juego y las paredes de color azul celeste. La anciana entra en el dormitorio hacia el baño privado y abre los grifos. Alessia se queda de pie tras ella, tirando de la manta para taparse más y observando como cae el agua en torrente en el interior de la bañera y asciende una nube de vapor. Danny añade sales perfumadas y Alessia ve que son de Jo Malone, como las de Hideout.

—Le traeré unas toallas. Si deja la ropa sobre la cama, la tendré lavada en cuestión de un momento.

Le dedica una sonrisa comprensiva, sale del baño con sigilo y la deja a solas.

Alessia se queda mirando como cae el agua en cascada a la bañera; va formándose espuma y se reparte por toda la superficie. El baño es antiguo. La tina tienes patas con forma de garras. Le tiembla el cuerpo, agarra bien la manta y se la ciñe más.

Sigue allí de pie cuando regresa Danny con toallas limpias. Las deja dobladas sobre una silla blanca de mimbre y cierra los grifos, luego vuelca su atención en Alessia, mirándola con ojos compasivos, de un azul intenso.

—¿Todavía le gustaría darse el baño, querida?

Alessia asiente con la cabeza.

—¿Quiere que me marche?

Alessia niega en silencio. No quiere estar sola. Danny lanza un suspiro comprensivo.

—Está bien. ¿Quiere que la ayude a desvestirse? ¿Es eso lo que desea?

Alessia asiente.

Y tendremos que interrogar a su prometida —dice la agente Nicholls.

Tiene más o menos mi edad, es alta y delgaducha, de mirada despierta y entusiasta, y toma nota de todo cuanto digo. Tamborileo con los dedos sobre la mesa del comedor. ¿Cuánto tiempo más vamos a tardar? Estoy impaciente por juntarme con Alessia, *mi prometida*...

Tanto Nicholls como su jefe, el sargento Nancarrow, han permanecido sentados escuchando pacientemente el desgraciado relato del intento de secuestro de Alessia. Como es lógico, yo he contado mi conveniente versión de lo ocurrido, sin dejar de ser lo más fiel posible a la verdad.

—Por supuesto —asiento—. En cuanto se haya recuperado. Esos hijos de puta le han dado una buena paliza. De no haber llegado yo cuando lo hice...

Cierro los ojos un instante mientras un escalofrío me recorre el cuerpo.

Podría no haber vuelto a verla jamás.

—Ambos han pasado por una experiencia terrible. —Nancarrow sacude la cabeza con aprensión—. ¿Llamará a un médico para que la examine?

—Sí.

Espero que Danny haya tenido la previsión de organizar esa visita.

—Confío en que su prometida se recupere pronto —dice Nancarrow.

Me alegro de que esté aquí. Lo conozco desde pequeño. Habíamos tenido alguna que otra discusión en las típicas juergas a altas horas de la madrugada, de esas en las que todos acaban bebiendo en la playa. Pero siempre ha sido un hombre justo. Y por supuesto, fue él quien acudió a nuestra casa para informarnos del trágico accidente de Kit.

—Si esos tipos están fichados, los tendremos en nuestra base de datos. Delitos menores, crímenes más graves, saldrá todo, lord Trevethick —prosigue Nancarrow—. ¿Ya tienes todo lo que necesitas, Nicholls? —pregunta a su diligente compañera.

—Sí, señor. Gracias, milord —me dice.

Parece emocionada, y sospecho que nunca se había enfrentado antes a un intento de secuestro.

—Bien. —Nancarrow le dedica una sonrisa de aprobación—. Este lugar es precioso, milord.

—Gracias.

—¿Y cómo va todo, teniendo en cuenta el fallecimiento de su hermano?

—Lo llevo como puedo.

—Es una auténtica pena.

—Desde luego.

—Era un buen hombre.

Asiento en silencio.

—Sí que lo era.

Me vibra el móvil y miro la pantalla. Es Oliver. Ignoro la llamada.

—Vamos a marcharnos, señor. Le informaré del curso de la investigación.

—Estoy seguro de que esos hijos de puta fueron los que entraron en mi apartamento de Chelsea.

—Nos aseguraremos de comprobarlo, señor.

Los acompaño hasta la puerta.

—Oh, y lo felicito por su próxima boda.

Nancarrow me tiende la mano.

—Gracias. Trasladaré sus felicitaciones a mi prometida.

Solo tendré que pedirle matrimonio antes...

El agua está caliente y es relajante. Danny se ha ido a lavar la ropa sucia de Alessia. Ha prometido volver dentro de "un segundito". Va a buscar la muda al carro y traerle unos calmantes para el dolor de cabeza. Le palpita todavía por el tirón de pelo que Dante le dio. Ya se le han pasado los temblores, pero la ansiedad persiste. Cierra los ojos y lo único que ve es el rostro rabioso de Dante pegado a su cara. Vuelve a abrirlos enseguida y se estremece al recordar la hediondez.

Zot. Pensar en él. En su asqueroso y apestoso sudor. Sucio. Y ese aliento...

Le entran arcadas. Se moja la cara para borrar esa imagen, pero el agua caliente hace que le escueza la piel donde él le ha pegado.

Las palabras de Ylli resuenan en su cabeza.

Nëse me pastruese do të thuash konkubinë.

Si con "limpiadora" quieres decir concubina.

Concubina.

El término es adecuado. Ella no quiere reconocerlo, pero es la verdad. Es la concubina de Maxim y su limpiadora. Se siente más desanimada si cabe. ¿Qué esperaba? En cuanto desafió a su padre, su destino quedó sellado. Pero no tenía alternativa. De haberse quedado en Kukës, se habría casado con un hombre irascible y violento. Alessia se estremece. Le había rogado a su padre que anulara el compromiso. Pero él ignoró sus súplicas y las de su madre. Le había dado a ese hombre su palabra de honor.

Su *besa*.

Y tampoco había nada que ellas pudieran hacer. *Baba* no incumpliría su palabra. De haberlo hecho, habría sido una deshonra para la familia. La solución de su madre fue ponerla, inconscientemente, en manos de esos maleantes. Sin embargo, ahora que están bajo custodia policial, ya no suponen una amenaza para ella, y debe aceptar la realidad de su situación. Mientras ha estado en Cornualles, riendo en la playa, bebiendo en el pub, comiendo en restaurantes elegantes, teniendo relaciones sexuales con mister Maxim y enamorándose de él, ha perdido de vista la realidad. Estar con él le ha llenado la cabeza de fantasías. Ha hecho lo mismo que su abuela: creerse un montón de ideas descabelladas sobre la independencia y la liberación. Alessia había dejado su hogar para escapar de su compromiso, pero también, de buena fe, con la esperanza de encontrar un trabajo. Eso es lo que debía hacer. Trabajar, ser independiente, no convertirse en una mantenida.

Se queda mirando cómo desaparecen las burbujas del baño.

No había esperado enamorarse...

Danny vuelve a entrar en el baño a toda prisa con una enorme bata de color azul marino.

—A ver. Vamos a sacarla de aquí. No queremos que se arrugue como una ciruela pasa —dice.

¿Ciruela pasa?

Alessia se levanta. Se mueve como una autómata. Danny la envuelve con la bata y la ayuda a salir de la bañera.

—¿Se encuentra mejor? —le pregunta.

Alessia asiente con la cabeza.

—Gracias, señora.

—Me llamo Danny. Ya sé que no nos han presentado formalmente, pero todo el mundo me llama así por aquí. Le he traído un vaso de agua, un par de píldoras, una bolsita de hielo para la cabeza y un poco de pomada de árnica para la mejilla. Eso aliviará el dolor del moratón. He llamado al médico para que venga a echarle un vistazo a ese moratón tan feo que tiene en el costado. Vamos a llevarla a la cama. Debe de estar agotada.

Acompaña a Alessia hasta el dormitorio.

—¿Y Maxim?

—Milord llegará en cuanto haya terminado de hablar con la policía. Vamos.

—¿Milord?

—Sí, querida.

Alessia frunce el ceño, y Danny pone la misma expresión.

—¿No lo sabía? Maxim es el conde de Trevethick.

Capítulo veintidós

¿Conde de Trevethick?

—Esta es su casa —le explica Danny con amabilidad, como si estuviera hablando con una niña—. Y todo el terreno que rodea la casa. El pueblo... —Se calla—. ¿No se lo había contado?

Alessia niega con la cabeza.

—Ya veo. —Danny frunce el ceño canoso, pero se encoge de hombros—. Bueno, estoy segura de que tenía sus motivos. Bien, ¿la dejo a solas para que pueda vestirse? La bolsa con su ropa está sobre la silla.

Ella asiente en silencio, Danny se marcha y cierra la puerta al salir. Petrificada, Alessia se queda mirando la puerta cerrada, hecha un verdadero lío. Sus conocimientos sobre la nobleza británica se limitan a las dos novelas históricas y románticas de Georgette Heyer que su abuela había logrado entrar de contrabando en Albania. Por lo que sabe Alessia, en su país no existe la aristocracia. Sí en la antigüedad, pero desde que el comunismo subió al poder tras la Segunda Guerra Mundial, los nobles que vivían allí huyeron.

Pero aquí... Mister Maxim es conde.

No. No "mister Maxim". Es lord Maxim.

Milord.

¿Por qué no se lo ha dicho?

Y la respuesta resuena estruendosa y dolorosamente en su cabeza.

Porque es su limpiadora.

Nëse pastruesi do të thotë konkubinë.

Si con "limpiadora" quieres decir concubina.

Inspira con fuerza, se ciñe más la bata al cuerpo para soportar el frío gélido y la desconcertante noticia.

¿Por qué se lo ha ocultado?

Porque ella no es lo bastante buena para él, claro está.

Solo es buena para una cosa...

Se le encoge el estómago al pensar en cómo la ha traicionado. ¿Cómo ha podido ser tan ingenua? Se siente vulnerable y herida por la falta de honestidad de Maxim, y se seca las lágrimas que brotan de sus ojos. Se negaba a ver la realidad.

Su relación con él ha sido demasiado buena para ser cierta.

En el fondo ya lo sospechaba. Y ahora ya sabe la verdad.

Aunque él jamás le ha prometido nada. Ella se lo ha imaginado todo. Él jamás le ha dicho que la ama... Jamás ha fingido que la quiere. A pesar de todo, con el poco tiempo que hace que lo conoce, Alessia ya ha perdido la cabeza por él. Completamente.

Soy una idiota. Una idiota enamorada y equivocada.

Cierra los ojos, angustiada, mientras las lágrimas calientes, de vergüenza y arrepentimiento, corren por sus mejillas. Hecha una furia, se las enjuga y empieza a secarse con movimientos bruscos.

Esta es su llamada despertador.

Inspira con fuerza; ya ha llorado bastante. La rabia creciente le da fuerzas. No piensa derramar más lágrimas por él. Está furiosa con Maxim y consigo misma por haber sido tan tonta.

En el fondo de su corazón sabe que la rabia es una forma de combatir el dolor, y se siente agradecida por ello. Es menos hiriente que la traición de Maxim.

Deja caer la bata al suelo, agarra la bolsa con la ropa de la silla azul y vacía su contenido sobre la cama. Contenta de haber tenido el impulso de traer su vieja ropa, se pone sus pantis rosados, el sujetador, los jeans, la camiseta del Arsenal y sus tenis. Eso es todo lo que tiene. No ha traído su abrigo, pero agarra uno de los suéteres que mister Maxim —lord Maxim— le compró y la manta que Danny ha cogido de Hideout.

Dante e Ylli estarán detenidos, y en cuanto la policía descubra todos sus delitos, serán encarcelados y esos malnacidos dejarán de ser una amenaza para ella.

Puede marcharse.

No piensa quedarse en este lugar.

No quiere estar con un hombre que le ha engañado. Un hombre que la dejará tirada cuando se canse de ella. Prefiere marcharse a que la echen.

Tiene que salir de aquí. Ahora.

Se toma de golpe las dos píldoras que le ha traído Danny. Luego, tras un último vistazo al elegante dormitorio, entreabre la puerta. No hay nadie en el descanso. Sale a hurtadillas de la habitación y la deja cerrada. Necesita encontrar la forma de volver a Hideout a fin de recuperar su dinero y sus pertenencias. No puede salir de la casa por donde han entrado; Danny podría estar en la cocina. Gira a la derecha y recorre el largo pasillo.

El Jaguar frena derrapando junto a los viejos establos. Abro de golpe la puerta del carro y bajo corriendo para salir disparado hacia la casa. Estoy desesperado por ver a Alessia.

Danny, Jessie y los perros están en la cocina.

—Ahora no, chicos —les indico a los perros mientras me saltan encima para saludarme y que los acaricie.

—Bienvenido a casa, milord. ¿Ya se ha marchado la policía? —me pregunta Danny.

—Sí. ¿Dónde está Alessia?

—En la habitación azul.

—Gracias.

Me dirijo a toda prisa hacia la puerta.

—Ah, milord... —me llama Danny, su tono es titubeante, y freno en seco.

—¿Qué pasa? ¿Cómo está?

—Alterada, señor. Ha vomitado cuando veníamos hacia aquí.

—¿Ahora está bien?

—Se ha dado un baño. Y está poniéndose ropa limpia. Y... —Danny mira con inseguridad a Jessie, quien vuelve a concentrarse en pelar patatas.

—¿Qué pasa? —exijo saber.

Danny se pone blanca.

—Le he mencionado que es usted el conde de Trevethick.

¿Cómo?

—¡Mierda!

Salgo disparado de la cocina, cruzo corriendo el pasillo del ala oeste y subo de dos en dos los peldaños de la escalera trasera hasta la habitación azul con Jensen y Healey pegados a mis talones. Tengo el corazón desbocado.

Mierda. Mierda. Mierda. Quería contárselo yo. ¿Qué estará pensando?

Ya en la puerta de la habitación azul, me detengo para tomar aire e ignoro a los perros, que me han seguido creyendo que vamos a jugar a algo nuevo.

Alessia ya ha pasado por un trauma terrible hoy. Ahora está en un lugar que no conoce, con personas que no conoce. Seguramente se siente abrumadísima.

Y seguro que está enojadísima porque yo no le había contado que...

Llamo a la puerta, aporreándola.

Y espero.

Vuelvo a llamar.

—¡Alessia!

No hay respuesta.

Maldita sea. Sí que está enojada conmigo.

Abro con cautela. Su ropa está desparramada sobre la cama; la bata tirada en el suelo, pero no hay ni rastro de ella. Entro en el baño a mirar. No queda más que la estela de su perfume. Lavanda y rosas. Cierro un instante los ojos y lo inhalo. Resulta relajante.

¿Dónde carajos se ha metido?

Seguramente se ha ido a curiosear por la casa.

O se ha marchado.

Mierda.

Salgo disparado del dormitorio y grito su nombre por el pasillo. Mi voz retumba contra las paredes decoradas con retratos de mis antepasados, pero no recibe más respuesta que un silencio atronador. El miedo me atenaza. ¿Dónde está Alessia? ¿Se habrá desmayado en algún lugar de la casa?

Ha huido.

Todo esto es demasiado para ella. O quizá cree que a mí no me importa...

Mierda.

Voy de un lado para otro del pasillo, abriendo todas las puertas, escoltado por Jensen y Healey.

Alessia está desorientada. Intenta encontrar una salida. Va de puntillas dejando atrás todas y cada una de las puertas, cada uno de los cuadros, y va pasando por un pasillo forrado de madera tras otro, hasta que por fin llega a una puerta de doble hoja. La cruza a toda prisa y se encuentra en lo alto de una amplia escalera enmoquetada de escarlata y azul, que conduce al cavernoso y oscuro recibidor de abajo. En el descanso hay un ventanal panorámico dividido por un parteluz y flanqueado por dos armaduras que sostienen lo que parecen lanzas. De la pared pegada a la escalera cuelga un imponente tapiz descolorido, más grande que la mesa de cocina que Alessia ha visto antes, donde se ve a un hombre con la rodilla clavada en el suelo frente a su soberano. Bueno, o al menos eso es lo que supone ella, por la corona que lleva el personaje que está de pie. En las paredes que quedan frente a la escalera hay dos retratos. Gigantescos. De dos hombres. Uno es antiguo; el otro, mucho más reciente. Percibe el parecido familiar en los rostros y cree reconocer algún rasgo. Ambos retratados la miran con los mismos ojos verdes arrogantes. Los ojos verdes de Maxim.

Es la familia de Maxim. Su patrimonio. Le parece casi imposible de asimilar.

Pero entonces se fija en las águilas bicéfalas talladas en los pilares de la barandilla de la escalera, en su parte superior, en las curvas que describe y en el pie de la misma.

El símbolo de Albania.

De pronto oye a Maxim llamándola por su nombre. Se sobresalta.

No.

Ha vuelto.

Él vuelve a gritar su nombre. Parece aterrorizado. Desesperado. Alessia se queda de piedra en lo alto de la impresionante escalera, contemplando toda la historia que la rodea. Se siente rota por dentro. Desde un punto muy por debajo de donde se encuentra, un reloj repica con su campanada atronadora, y ella da un respingo. Una campanada, dos, tres...

—¡Alessia! —vuelve a llamarla Maxim, esta vez desde más cerca, y ella ya oye sus pisadas.

Está corriendo, corriendo hacia ella.

El reloj sigue repicando sus campanadas. Alto y claro.

¿Qué debe hacer ella?

Se sujeta al águila tallada en la barandilla cuando Maxim y los dos perros aparecen de golpe por la puerta de doble hoja. Él se detiene al verla. La mira primero a la cara y luego a los pies, y frunce el ceño.

L a he encontrado. Sin embargo, el alivio que siento se esfuma al ver su expresión fría aunque inescrutable y al darme cuenta de que lleva su vieja ropa, un suéter y una manta.

Mierda. Esto no pinta bien.

Su actitud me recuerda a la primera vez que me la encontré en el pasillo de mi apartamento, hace tantas semanas atrás. Se aferra al pilar de la barandilla de la misma forma que se aferraba a la escoba ese día. Todos mis sentidos están alerta.

Ándate con pies de plomo, amigo.

—Por fin te encuentro. ¿Adónde ibas? —le pregunto.

Se echa la melena hacia atrás, con esa gracilidad natural que tiene, y levanta la barbilla en mi dirección.

—Me voy.

¡No! Es como si me hubiera dado una patada en el estómago.

—¿Qué? ¿Por qué?

—Ya sabes por qué. —Habla con altivez, con cara de justificada indignación.

—Alessia. Lo siento, debería habértelo contado.

—Pero no lo hiciste.

No puedo rebatírselo. Me quedo mirándola mientras el dolor de sus ojos oscuros abre un abismo en mi conciencia.

—Lo entiendo. —Encoge un solo hombro—. Solo soy tu limpiadora.

—No. No. ¡No! —Me acerco a ella dando grandes zancadas—. No fue por eso.

—Señor. ¿Está todo bien? —La voz de Danny retumba en las paredes de piedra y asciende hasta nosotros por la escalera.

Me inclino sobre la barandilla y la veo con Jessie y Brody, un miembro del personal de la propiedad, en el recibidor de abajo. Los tres están mirando hacia arriba, boquiabiertos, como las carpas curiosas del estanque.

—Váyanse. Ahora mismo. ¡Váyanse todos! —Los despacho con un gesto de la mano.

Danny y Jessie intercambian miradas de preocupación, pero se esfuman.

Gracias, maldita sea.

Vuelvo a centrarme en Alessia.

—Por esto mismo no quería traerte a este lugar. En esta casa hay demasiada gente.

Ella me retira la mirada con el ceño fruncido y los labios muy apretados.

—Esta mañana he desayunado con nueve miembros del personal, y era solo el primer turno. No quería que te sintieras intimidada con todo... esto. —Hago un gesto para señalar los retratos de mi padre y del primer conde mientras ella sigue el intrincado contorno de la talla del águila con un dedo.

Permanece callada.

—Y te quería para mí solo —le susurro.

Le cae una lágrima por la mejilla.

Mierda.

—¿Sabes qué dijo ese hombre? —murmura ella.

—¿Quién?

—Ylli.

Uno de esos cabrones que entraron en Hideout.

—No.

¿Adónde quiere ir a parar con esto?

—Dijo que yo soy tu concubina. —Habla con un hilito de voz, ahogada por la vergüenza.

¡No!

—Eso es... Es una estupidez. Estamos en el siglo XXI... —Tengo que contenerme con todas mis fuerzas para no tomarla entre mis brazos, pero sí me acerco un poco más, tanto que siento en mi cuerpo el calor que irradia el suyo. De algún modo consigo no tocarla—. Yo diría que eres mi novia. Es la expresión que usamos aquí. Aunque no quiero darlo por hecho. No hemos hablado de nuestra relación, porque ha pasado todo muy deprisa. Pero así es como quiero llamarte. Novia. Mi novia. Que significa que tenemos una relación. Solo si tú me aceptas como novio.

Parpadea y veo sus ojos oscuros, oscurísimos, pero no dice nada.

Mierda.

—Eres una mujer inteligente y con mucho talento, Alessia. Y eres libre. Libre para tomar tus propias decisiones.

—No soy libre.

—Ahora estás aquí. Sé que eres de una cultura diferente y

sé que no somos iguales por nuestra situación económica, pero eso es por haber nacido donde nací... Somos iguales en todos los demás aspectos. La he cagado. Debería habértelo contado, y lo siento, lo siento mucho. Pero no quiero que te vayas, quiero que te quedes. Por favor.

Su mirada insondable me desarma mientras observo su rostro con detenimiento, entonces ella se concentra en el águila tallada.

¿Por qué me evita? ¿Qué está pensando?

¿Será por el trauma que ha experimentado?

¿O será porque esos hijos de puta ya no están de por medio y ella ya no me necesita?

Mierda. A lo mejor es por eso.

—Escucha, no puedo retenerte si quieres marcharte. Magda se va a vivir a Canadá. Así que no sé adónde irás. Al menos quédate hasta que sepas adónde ir. Pero, por favor, no te vayas. Quédate. Conmigo.

No puede huir... No puede.

¡Perdóname! Por favor.

Contengo la respiración. A la espera.

Es desesperante. Soy el acusado en el banquillo a la espera del veredicto.

Vuelve hacia mí su rostro bañado en lágrimas.

—¿No te avergüenzas de mí?

¿Avergonzarme de ella? ¡No!

Ya no aguanto más. Le acaricio la mejilla con el reverso del dedo índice para recoger una lágrima que le cae.

—No. No. Por supuesto que no. Yo... Yo... Me he enamorado de ti.

Separa los labios y percibo un suspiro apenas audible.

Mierda. ¿Se lo he dicho demasiado tarde?

Tiene los ojos vidriosos por las lágrimas, y se me encoge el corazón debido a una nueva e intimidante emoción. Quizá me rechace. Mi grado de ansiedad aumenta exponencialmente; jamás me he sentido tan vulnerable como en este momento.

¿Cuál es tu veredicto, Alessia?

Separo los brazos y ella mira primero mis manos y luego mi rostro. Su expresión es insondable. Esto está matándome. Se muerde el labio inferior, da un paso al frente con inseguridad y acepta mi abrazo. La envuelvo entre mis brazos y la apretujo contra mi pecho. No quiero volver a soltarla. Cierro los ojos, hundo la nariz en su cabello e inspiro su dulce perfume.

—Amor mío —le susurro.

Ella se estremece y empieza a gimotear.

—Ya está. Ya está. Estoy aquí. Has pasado un miedo terrible. Siento haberte dejado sola. Fue una estupidez. Perdóname. Pero esos hijos de puta ya están bajo custodia policial. Han desaparecido. No volverán a hacerte daño. Estoy aquí.

Me rodea con los brazos y se agarra a la espalda de mi abrigo. Se aferra a mí mientras solloza.

—Debería habértelo contado, Alessia. Lo siento.

Nos quedamos así unos segundos, unos minutos, no lo sé. Jensen y Healey nos ignoran y se marchan trotando escalera abajo.

—Puedes usarme como paño de lágrimas siempre que quieras —le digo en broma. Ella gimotea, le levanto la barbilla con un dedo y me quedo contemplando sus bellos ojos enrojecidos—. Creí que... Oh, Dios, creí que si esos hijos de puta te echaban la mano... No volvería a verte jamás.

Traga saliva y me mira con una débil sonrisa.

—Y debes saber —prosigo— que sería un honor llamarte mi novia. Te necesito.

La suelto y le acaricio el rostro con delicadeza, evitando tocarle la marca ligeramente roja que tiene en la mejilla derecha. La visión del moratón me llena de rabia, pero, con mucho cuidado de no rozarlo, le limpio las lágrimas con los pulgares. Ella pone ambas manos sobre mi pecho. Siento su calor a través de la camisa. Y este calienta mi cuerpo. Hasta el último rincón.

Alessia carraspea.

—Tenía tanto miedo... Creía que no volvería a verte jamás. Pero lo que más sentía... eee... Lo que más lamentaba... —susurra—... era no... No haberte dicho nunca que te amo.

Capítulo veintitrés

La alegría estalla en mi interior, recorriéndome todo el cuerpo de pies a cabeza como un espectáculo de fuegos artificiales. La intensidad me deja sin respiración. Apenas puedo creérmelo.

—¿En serio?

—Sí —susurra Alessia con una sonrisa tímida.

—¿Desde cuándo?

Ella hace una pausa y encoge un hombro con gesto cohibido.

—Desde que me diste el paraguas.

Le sonrío de oreja a oreja.

—Me sentó muy bien hacerlo. Ibas dejando las huellas mojadas por todo el recibidor, así que... ¿Dices que te quedas?

—Sí.

—¿Aquí?

—Sí.

—Me alegro muchísimo de oírlo, amor mío.

Le acaricio el labio inferior con el pulgar y me inclino hacia delante para besarla. Poso los labios en los suyos, con suavidad, pero ella me rodea como un fuego abrasador, y su pasión me toma por sorpresa. Tiene los labios y la lengua ávidos, impacientes, y hunde las manos en mi pelo, tirando de él y retorciéndolo. Quiere más. Mucho más. Gimo mientras mi cuerpo cobra vida, y profundizo en el beso, tomando todo cuanto ella tiene para ofrecer. Percibo cierta desesperación en su boca exigente. Tiene necesidad. Y quiero ser yo quien sacie esa necesidad. Le introduzco las manos en el pelo y la sujeto para que no se mueva, tranquilizándola, bajando el ritmo. Quiero hacerla mía, ahora, aquí, en el descanso de la escalera.

Alessia.

Me excito al instante.

La deseo.

La necesito.

La amo.

Pero... Ha pasado por un infierno. Pone mala cara cuando le paso la mano por el costado. Y su reacción me hace reflexionar.

—No... —susurro, y ella se retira a la vez que me dirige una mirada carnal pero que también encierra desconcierto y decepción.

—Estás herida —le explico.

—Estoy bien.

Jadea, y vuelve a estirar el cuello para besarme.

—Vamos a tomarnos un momento —susurro, y apoyo mi frente en la suya—. Has pasado una mañana horrible.

Tiene las emociones a flor de piel, y puede que tanta pasión sea una respuesta directa a la paliza que le han dado esos hijos de puta.

La idea me da qué pensar.

O tal vez sea que me ama.

Esa opción me gusta más.

Permanecemos frente contra frente mientras recobramos el aliento.

Ella me acaricia la mejilla, luego ladea la cabeza y en sus labios asoma una sonrisa juguetona.

—¿Eres el conde de Trevethick? —pregunta en tono irónico—. ¿Y cuándo pensabas decírmelo?

Su mirada contiene un brillo malicioso, y suelto una carcajada al darme cuenta de que está repitiendo la misma pregunta que le hice yo unas cuantas noches atrás.

—Te lo estoy diciendo ahora.

Ella sonríe mientras se da golpecitos en el labio con el dedo. Yo me vuelvo y señalo con un ademán el retrato que data de 1667.

—Permíteme que te presente a Edward, el primer conde de Trevethick. Y este caballero —digo señalando con el pulgar el otro cuadro— es mi padre, el undécimo conde. Era granjero y también fotógrafo. Y un apasionado seguidor del Chelsea, así que no sé qué habría hecho con tu camiseta del Arsenal.

Alessia me dirige una mirada perpleja.

—Son equipos de fútbol rivales de Londres.

—Oh, no. —Se echa a reír—. ¿Dónde está tu retrato?

—No tengo. Hace poco tiempo que soy conde. Mi hermano mayor, Kit, era el conde. Pero nunca se puso a tiro para que pintaran su retrato.

—¿Tu hermano, el que murió?

—Sí. El título y todo lo que comporta era responsabilidad suya hasta hace unas semanas. No estaba previsto que yo ocupara su lugar, que me ocupara... de todo esto. —Señalo con la cabeza las armaduras—. Dirigir este lugar, este museo, es completamente nuevo para mí.

—¿Por eso no me lo habías dicho? —pregunta Alessia.

—Es uno de los motivos. Creo que una parte de mí lo niega. Todo esto, y las otras propiedades, conlleva mucha responsabilidad, y no me han preparado para ello.

Mientras que a Kit sí.

La conversación está rozando temas muy profundos, demasiado relacionados con la familia. Prosigo con una sonrisa para quitarle gravedad al asunto.

—Soy muy afortunado, nunca he tenido que trabajar en serio, y ahora todo esto es mío. Y tengo que mantenerlo para la próxima generación, es mi deber. —Me encojo de hombros como disculpándome—. Esta es mi vida. Ahora ya lo sabes. Y me alegro de que hayas decidido quedarte.

—¿Milord? —Danny me llama desde abajo.

M axim tiene los hombros hundidos; a Alessia le da la sensación de que desea que lo dejen solo.

—¿Sí, Danny?

—Ha venido el médico para examinar a Alessia.

Maxim le dirige una mirada inquieta.

—Estoy bien —explica Alessia, vacilante.

Él pone mala cara.

—Manda a la doctora a la habitación azul.

—No es la doctora Carter, es el doctor Conway, señor. Lo mandaré arriba enseguida, milord.

—Gracias —grita Maxim desde arriba a Danny, y toma a Alessia de la mano—. ¿Qué te ha hecho ese hijo de puta?

Alessia no se atreve a mirarlo a los ojos. Siente vergüenza, vergüenza de haber llenado la vida de Maxim de semejante horror.

—Me ha pegado patadas —musita—. Danny ha querido que el médico viera esto.

Se levanta la camiseta del Arsenal por un lado y deja al descubierto una marca de un rojo vivo que es del tamaño del puño de una mujer.

—¡Mierda! —Maxim endurece la expresión y aprieta la boca en una fina línea.

—Debería haber matado a ese cerdo —masculla entre dientes.

Toma a Alessia de la mano y regresan a la habitación azul, donde los aguarda un hombre mayor con un gran maletín de piel. A Alessia le sorprende ver que alguien ha recogido la ropa que había dejado en la cama y en el suelo.

—Doctor Conway, cuánto tiempo. —Maxim le estrecha la mano—. El médico tiene el pelo blanco, un bigote ralo y la barba igual. Sus agudos ojos azules son del mismo color que su pajarita ladeada. —No me diga que lo hemos obligado a abandonar su vida de retiro.

—Sí, milord, así es. Pero solo por hoy. La doctora Carter está de vacaciones. Me alegro de verlo tan bien.

Posa la mano en el hombro de Maxim, y ambos cruzan una mirada.

—Y yo a usted, doctor —corresponde Maxim con voz grave, y Alessia sospecha que el médico está preocupado por el estado de ánimo de Maxim tras la muerte de su hermano.

—¿Cómo está su madre?

—Igual.

Maxim esboza una sonrisa peculiar. El doctor Conway estalla en una carcajada grave y áspera, y luego dirige la atención a Alessia, que se pone tensa y aprieta la mano de Maxim.

—Buenos días, querida. Ernest Conway a su servicio. —Le ofrece una pequeña reverencia.

—Doctor Conway, esta es mi novia, Alessia Demachi. —Maxim la mira con los ojos brillantes llenos de orgullo. Cuando se vuelve hacia el médico, su expresión se endurece—. La han agredido y le han dado una patada en el costado. La persona que lo ha hecho está bajo custodia policial. La señorita Campbell ha creído que era mejor que la viera un médico.

¿La señorita Campbell?

—Danny —responde Maxim a la pregunta que Alessia no ha llegado a formular en voz alta. Le estrecha momentáneamente la mano—. La dejo en sus manos —añade.

—No, por favor, no te vayas —se apresura a pedirle Alessia.

No quiere quedarse a solas con aquel extraño.

Maxim asiente en señal de comprensión.

—Claro. Si quieres, me quedo.

Se sienta en un sillón bajo de color azul y estira sus largas piernas. Alessia, más tranquila, presta atención al médico, que la mira con expresión seria.

—¿La han agredido?

Alessia asiente y nota que se le encienden las mejillas de pura vergüenza.

—¿Quiere que le eche un vistazo? —pregunta el doctor Conway.

—De acuerdo.

—Por favor, siéntese.

El doctor es amable y paciente. Le hace varias preguntas antes de pedirle que se levante la camiseta, y no deja de hablarle mientras la examina. Su conducta amigable contribuye a que Alessia se relaje, y el doctor le cuenta que fue él quien trajo al mundo a Maxim y a sus hermanos. Alessia mira a Maxim, y este le dirige una sonrisa reconfortante.

El corazón se le ensancha.

Mister Maxim la ama.

Le devuelve la sonrisa.

Y él pone aún más cara de felicidad.

El doctor palpa el vientre y las costillas de Alessia, y eso rompe el momento de magia entre Maxim y ella, que hace un gesto de dolor cuando el doctor aprieta.

—No hay daños graves. Y tiene suerte de que no le hayan roto ninguna costilla. Tómeselo con calma y ya está. Ah, y tome ibuprofeno si le duele. La señorita Campbell seguro que tiene. —El doctor Conway le da una palmadita en el brazo—. Esta vez se salva —le dice.

—Gracias —responde Alessia.

—Tendría que tomar una fotografía de la contusión. Tal vez la policía la necesite para el informe.

—¡¿Qué?! —Alessia abre los ojos como platos.

—Buena idea —opina Maxim.

—Lord Trevethick, ¿le importa? —Le tiende su teléfono a Maxim—. Solo la contusión.

—Cariño, en la foto solo saldrá la contusión. Nada más.

Ella asiente y vuelve a levantarse la camiseta, y Maxim toma unas cuantas fotografías rápidas.

—Ya está.

Le devuelve el teléfono al anciano doctor.

—Gracias —responde el doctor Conway.

—Lo acompaño a la salida —dice Maxim con expresión de alivio.

Alessia se pone de pie enseguida y le da la mano a Maxim. Él le sonríe y entrelaza los dedos con los suyos.

—Lo acompañamos los dos.

Maxim hace un gesto para señalar la puerta, y ambos siguen al doctor Conway por el pasillo.

Observan juntos cómo el doctor se aleja en su viejo carro. Maxim rodea a Alessia por los hombros, y ella se acurruca a su lado. Le parece un gesto... natural. Están en el amplio vestíbulo de la parte delantera de la casa.

—Ya sabes que tú también puedes abrazarme —dice Maxim en tono cálido y alentador. —Alessia le pasa tímidamente el brazo por la cintura, y él sonríe—. ¿Ves qué buena pareja hacemos? —Y le besa la coronilla—. Luego daremos una vuelta por aquí. De momento, quiero enseñarte una cosa.

Dan media vuelta, pero Alessia se detiene al reparar en la gran escultura de encima de la chimenea de piedra que domina el vestíbulo. Es el escudo que Maxim lleva tatuado en el brazo, pero con más ornamentos. Hay dos ciervos en cada lado, un yelmo de caballero por encima de estos, y más arriba aún, sobre un fondo trenzado en amarillo y negro, una pequeña corona con un león. Debajo del escudo hay un texto en espiral: FIDES VIGILANTIA.

—Es el escudo de armas de mi familia —explica Maxim.

—Y el que llevas en el brazo. ¿Qué significan las palabras? —pregunta Alessia.

—Están en latín. "Lealtad en la vigilancia". —Ella lo mira perpleja, y Maxim se encoge de hombros—. Es algo que tiene que ver con el primer conde y el rey Carlos II. Ven.

Parece que no desea contarle nada más. Se muere de ganas de enseñarle algo, y su entusiasmo resulta contagioso. En algún lugar recóndito de la casa, el reloj que Alessia ha oído antes da la hora y una campanada se expande por el vestíbulo. Él sonríe con un aire juvenil y adorable. Alessia no acaba de creerse que se haya enamorado de ella. Es inteligente, guapo, amable, rico, y ha vuelto a salvarla de Dante e Ylli.

Cogidos de la mano, avanzan por un largo pasillo decorado con cuadros y alguna que otra ménsula decorativa cubierta por completo de estatuas, bustos y piezas de porcelana. Ascienden por la amplia escalera donde antes han estado hablando y se dirigen al otro extremo del descanso desde la puerta de doble hoja.

—Creo que esto te gustará —dice Maxim, y abre la puerta con un ademán.

Alessia entra en una gran sala con las paredes cubiertas por paneles de madera y el techo decorado con elaborados estucos. En un extremo hay una librería que ocupa toda la pared, pero en el otro, bañado por la luz procedente de un enorme ventanal con cuarterones, hay un piano de cola, el más ornamentado que Alessia haya visto en su vida.

Ahoga un grito y se vuelve de inmediato hacia Maxim.

—Por favor, toca —le pide él.

Alessia se pone a dar palmadas y cruza la sala como un rayo, de modo que las paredes devuelven el eco de sus pisadas sobre el suelo de madera.

Se detiene a un paso del piano para observar su majestuosidad. Está hecho de una madera muy pulida y veteada que reluce bajo la luz. Las patas son sólidas y con unas intrincadas tallas de hojas y uvas, y en los laterales hay complejas incrustaciones de marquetería representando doradas hojas de hiedra. Alessia pasa un dedo por la cartela. Es espléndido.

—Es muy viejo —dice Maxim asomando la cabeza por encima del hombro de ella.

Ella, atónita ante tal maravilla, no lo ha oído acercarse, y no comprende por qué parece hablar en tono de disculpa.

—Es magnífico. Nunca había visto un piano como este —musita admirada.

—Es estadounidense. De la década de 1870. Mi tatarabuelo se

casó con una heredera de la industria ferroviaria de Nueva York. Fue ella quien trajo el piano aquí.

—Es precioso. ¿Qué tal suena?

—Vamos a averiguarlo. Ven. —Maxim se apresura a levantar la tapa superior y la sostiene usando el soporte más largo. —No creo que necesites esto, pero he pensado que te gustaría verlo—. Abre el atril del piano y lo coloca en su posición. Está grabado con una elegante filigrana—. Es increíble, ¿verdad?

Alessia asiente sobrecogida.

—Siéntate y toca, por favor.

Alessia le lanza una sonrisa de alegría y acerca al piano el taburete de madera tallada. Maxim se aparta de su ángulo de visión y ella cierra los ojos para concentrarse. Coloca las manos sobre el teclado, deleitándose con el frío tacto del marfil en los dedos. Aprieta las teclas y el acorde de re bemol mayor resuena en la sala y rebota contra los paneles de madera. Tiene un timbre rico, como el verde profundo de un pino silvestre, pero el efecto del sonido es leve, lo cual resulta sorprendente para tratarse de un piano tan antiguo. Abre los ojos y mira las teclas, maravillada de que el instrumento haya podido resistir tanto tiempo y haya sobrevivido a un viaje semejante desde Estados Unidos. Maxim y su familia deben de apreciar mucho sus posesiones. Sacude la cabeza con incredulidad y vuelve a colocar las manos sobre las teclas. Y entonces, sin entretenerse con ninguna pieza de precalentamiento, empieza a tocar su preludio favorito de Chopin. Las notas de los primeros cuatro compases danzan por la sala de un verde fresco como la primavera, el color de los ojos de Maxim. Pero, a medida que toca, los colores se vuelven más oscuros y siniestros, y llenan el espacio de amenaza y misterio. Engullida por la música, Alessia se rinde a la riqueza de cada nota. La música aleja su preocupación y su miedo. Todo el horror de esa mañana se diluye y desaparece entre los verdes oscuros y los tonos esmeralda de la extraordinaria y conmovedora pieza maestra de Chopin.

Observo, embelesado, cómo Alessia toca el preludio *La gota de agua*. Con los ojos cerrados, se pierde en la música, y su rostro expresa cada pensamiento y cada sentimiento que Chopin evoca en la obra. El pelo le ondea sobre la espalda y brilla como el ala de un cuervo bajo la luz del sol de invierno que se cuela por el ventanal. Es cautivadora. Incluso vestida con la camiseta de fútbol.

Las notas crecen y llenan la sala... y mi corazón.

Me ama.

Lo ha dicho.

Tengo que llegar al fondo del por qué creía que era mejor marcharse, pero de momento escucharé y contemplaré cómo toca.

Oigo una leve tos procedente de fuera de la sala, y levanto la cabeza.

Danny y Jessie están paralizadas en la puerta, escuchando. Les hago una señal para que entren.

Quiero presumir de Alessia.

Esto es lo que mi chica sabe hacer.

Entran de puntillas en la sala y se quedan de pie observando a Alessia con el mismo asombro que sin duda me produjo a mí la primera vez que la oí tocar. Y se dan cuenta de que no tiene delante ninguna partitura; está tocando de memoria.

Sí. Así es como mejor toca.

Alessia toca los últimos dos compases y las notas quedan suspendidas en el aire hasta que se desvanecen... y nos dejan extasiados. Cuando abre los ojos, Danny y Jessie estallan en aplausos, igual que yo. Alessia les sonríe con timidez.

—¡Bravo, señorita Demachi! Ha sido excepcional —exclamo a la vez que me acerco y me agacho para besarla, con los labios rodeando los suyos.

Cuando levanto la cabeza, Danny y Jessie se han ido con tanta discreción como la que habían mostrado al llegar.

—Gracias —susurra Alessia.

—¿Por qué?

—Por volver a salvarme.

—Eres tú quien me ha salvado a mí.

Ella arruga la frente como si no me creyera, y yo me siento junto a ella en el taburete del piano.

—Créeme, Alessia, me has salvado en muchos sentidos. Ni yo mismo llego a comprenderlo, y no sé qué habría hecho si te hubieran llevado.

Vuelvo a besarla.

—Pero te he complicado mucho la vida.

—No me has complicado la vida para nada. Esto no es culpa tuya, por el amor de Dios. No pienses eso nunca.

Ella aprieta los labios unos instantes, y sé que no comparte mi punto de vista, pero levanta la mano y me acaricia la barbilla.

—Y por esto —susurra, y mira el piano—, gracias. —Inclina la cabeza hacia arriba y me besa—. ¿Puedo tocar un poco más?

—Todo lo que quieras. Siempre. Yo tengo que hacer unas llamadas. Durante el fin de semana entraron ladrones en el apartamento.

—¡No!

—Sospecho que es cosa de los mismos hijos de puta que ahora están en manos de la policía de Devon y Cornualles. Creo que es así como nos encontraron. Necesito hablar con Oliver.

—¿El hombre con el que hablé por teléfono?

—Sí. Trabaja para mí.

—Espero que no se hayan llevado muchas cosas.

Le acaricio la mejilla con la mano.

—Nada que sea insustituible, a diferencia de ti.

Sus ojos oscuros brillan al mirarme, y apoya la cabeza en mi mano. Yo trazo el perfil de su labio inferior con el pulgar y opto por ignorar el fuego que empieza a arder por debajo de mi vientre.

Luego ya habrá tiempo para eso.

—No tardaré mucho.

Le doy un rápido beso y me dirijo a la puerta. Alessia se lanza a tocar la pieza de Louis-Claude Daquin llamada *Le Coucou* que aprendí cuando iba a sexto grado, y las notas brillantes y alegres me siguen hasta el exterior de la sala.

Desde mi estudio, y no desde el de Kit, llamo a Oliver. Toda la conversación gira en torno a los negocios. Se está ocupando de las consecuencias del robo. La señorita Blake y una de sus ayudantes están haciendo limpieza allí, a dos operarios de la brigada de construcción de Mayfair les ha encargado que reparen la puerta de entrada, y un cerrajero cambiará la cerradura de la puerta de la calle. La alarma no ha sufrido daños y funciona bien, pero hemos decidido cambiar el código. La nueva clave que he elegido es el día de nacimiento de Kit. Oliver tiene muchas ganas de que regrese a Londres; tiene documentación que debo firmar para que la Oficina de la Corona tome nota de mi sucesión al condado y la consiguiente entrada en el Registro de la Nobleza. Con los agresores de Alessia detenidos y bajo custodia, no hay motivo para que nos quedemos en Cornualles. Cuando termino con Oliver, llamo a Tom para ver cómo les va a Magda y a su hijo, y le explico lo del intento de secuestro.

—Bueno, eso es un acto de valentía del carajo —suelta Tom—. ¿Cómo le va a tu damisela? ¿Está bien?

—Es más fuerte que todos nosotros juntos.

—Me alegro. Creo que deberíamos tener controlados a la señora Janeczek y a su hijo durante unos días. Hasta que averigüemos qué va a hacer la policía con esos cerdos.

—Me parece bien.

—Te pasaré información de cualquier cosa que me parezca sospechosa.

—Gracias.

—¿Tú estás bien?

—Estupendamente.

Tom se echa a reír.

—Me alegro. Cambio y corto.

Al cabo de unos instantes de haber hablado con Tom, suena el teléfono. Es Caroline.

Maldita sea. Le dije que la llamaría la semana que viene.

Mierda. La semana que viene... ¡es esta semana!

He perdido la noción del tiempo.

Doy un suspiro y contesto al teléfono con un escueto "hola".

—Ah, estás ahí —me suelta—. ¿A qué diablos estás jugando?

—Hola, Caroline, yo también me alegro de hablar contigo. Sí, gracias, el fin de semana me ha ido genial.

—No empieces con tus imbecilidades, Maxim. ¿Por qué no me has llamado?

Se le quiebra la voz, y sé que se siente herida.

—Lo siento. Las cosas por aquí se me han escapado un poco de las manos. Por favor, déjame que te lo explique cuando nos veamos. Estaré en Londres mañana o pasado.

—¿Qué cosas? ¿El robo?

—Sí y no.

—¿A qué viene tanto misterio, Maxim? —pregunta con un hilo de voz—. ¿Qué está pasando? —Baja aún más la voz—. Te he echado de menos.

El dolor se refleja en cada sílaba de su respuesta, y me siento como una mierda.

—Te lo explicaré cuando nos veamos. Por favor.

Se sorbe la nariz, y me doy cuenta de que está llorando.

Mierda.

—Caro, por favor.

—¿Me lo prometes?

—Te lo prometo. En cuanto llegue, iré a verte.

—De acuerdo.

—Pues hasta pronto.

Cuelgo y hago caso omiso de la sensación de encogimiento que tengo en el estómago. No tengo ni idea de cómo reaccionará cuando sepa lo que ha estado ocurriendo aquí.

Sí, sí que lo sé. Las cosas se pondrán feas.

Vuelvo a suspirar. La vida se me ha complicado mucho desde que conozco a Alessia Demachi, pero incluso con esa idea en la cabeza, sonrío.

Mi amor.

Mañana podremos volver a Londres. Y veré con mis propios ojos los daños que ha sufrido el apartamento.

Llaman a la puerta.

—Adelante.

Entra Danny.

—Señor, Jessie ha preparado un poco de comida para Alessia y para usted. ¿Dónde quiere que la sirvamos?

—En la biblioteca. Gracias, Danny.

Creo que en el comedor formal nos sentiremos demasiado cohibidos, y el comedor pequeño de los desayunos es demasiado oscuro. A Alessia le gustan los libros, así que...

—Si a su señoría le parece bien, estará listo en cinco minutos.

—Estupendo.

Me doy cuenta de cuánta hambre tengo. Una rápida mirada al reloj de pared georgiano que hay sobre la puerta me dice que son las dos y cuarto. Su tic-tac regular me recuerda las veces que esperé en este despacho a que mi padre me regañara siempre que me saltaba las normas, cosa que ocurría a menudo. Ahora mismo el reloj dice... que ha pasado mucho rato desde la hora de comer.

—Ah, Danny —la llamo para que vuelva.

—¿Milord?

—Después de comer, ¿podrías ir a Hideout, recoger todos nuestros objetos personales y traerlos aquí? Déjalo todo en mi dormitorio, incluida la lamparita de noche con forma de dragón que hay junto a la cama.

—Lo haré, señor.

Y, tras asentir, se marcha.

Cuando me acerco al final de la escalera, oigo la música. Alessia está enfrascada en otra pieza compleja, una que no conozco. Incluso desde aquí tiene un sonido impresionante. Me dirijo arriba sin demora y me detengo nada más entrar en la sala para observarla de lejos. Creo que esta obra es de Beethoven. No la había oído tocar nada de ese compositor hasta ahora. ¿Una sonata, tal vez? La música cobra ritmo y pasión en un momento dado y se vuelve más calmada y suave al instante siguiente. Qué pieza tan lírica. Y la toca de maravilla. Debería estar llenando salas de conciertos.

La música va descendiendo hasta el compás final, y Alessia se queda sentada un instante con la cabeza baja y los ojos cerrados. Cuando la alza, se sorprende de verme allí.

—Otra gran interpretación. ¿Qué era? —le pregunto mientras cruzo la sala con grandes zancadas para acercarme hasta el lugar que ocupa.

—Es Beethoven, *La tempestad* —explica.

—Podría pasarme el día entero observándote y escuchándote cuando tocas. Pero la comida está servida. Es un poco tarde, debes de tener hambre.

—Sí, tengo mucha hambre.

Se levanta del taburete de un salto y acepta la mano que le tiendo.

—Me encanta este piano. Tiene un... mmm... timbre muy rico.

—Timbre. Has dicho la palabra correcta.

—Tienes muchos instrumentos aquí. Al principio solo tenía los ojos para el piano.

Esbozo una sonrisa.

—Se dice "solo tenía ojos", no "solo tenía los ojos". ¿De verdad no te importa que te corrija?

—No. Me gusta aprender.

—El violonchelo es el instrumento de mi hermana Maryanne. Mi padre tocaba el contrabajo. Las guitarras son mías. Y esa batería de ahí era de Kit.

—¿De tu hermano? —pregunta.

—Sí.

—Es un nombre poco corriente.

—Kit es el diminutivo de Christopher. Estaba obsesionado con la batería. —Me detengo junto a los platillos y paso los dedos por el bronce pulido—. Kit, por kit de batería. ¿Lo captas? —Le dirijo una sonrisa, y Alessia me mira con perplejidad.

—Solíamos bromear sobre ello. —Sacudo la cabeza al recordar las travesuras relacionadas con Kit y la batería—. Vamos, tengo hambre.

Los ojos de Maxim emiten un destello verde al mirarla, pero, por la tensión que observa en su frente, Alessia sabe que sigue viviendo el duelo con mucha intensidad y que echa de menos a su hermano.

—Así que esta es la sala de música —explica él cuando se marchan y se dirigen a la amplia escalera, a cuyo pie se detienen—. El salón principal está al otro lado de esa doble puerta, pero hoy comeremos en la biblioteca.

—¿Tienes una biblioteca? —pregunta Alessia entusiasmada.

Él sonríe.

—Sí. Tenemos unos cuantos libros. Algunos son bastante viejos. —Van hacia la cocina, pero Maxim se detiene delante de una de las puertas del pasillo—. Debo advertirte que mi abuelo era un entusiasta de todo lo relacionado con Egipto. —Abre la puerta, y se queda a un lado para que Alessia entre.

Ella da unos cuantos pasos hacia el interior de la habitación y se siente como si hubiera penetrado en otro mundo: un tesoro oculto de literatura y antigüedades. En cada pared disponible, hay estanterías de suelo a techo repletas de libros. En cada esquina hay un pedestal o una vitrina donde se exhiben verdaderas joyas egipcias: canopes, estatuas de faraones, esfinges, ¡e incluso un sarcófago de tamaño real!

Un fuego arde dentro de la chimenea de mármol ornamentado situada entre dos ventanas altas y estrechas que dan a un patio. Colgado sobre la repisa de la chimenea hay un antiguo cuadro de las pirámides.

—Oh, vaya, todo el servicio se ha marchado —dice Maxim como si hablara para sí. Alessia sigue su mirada.

Ante la chimenea hay una pequeña mesa cubierta con un elegante mantel de lino y dispuesta para dos personas con todo lujo de detalles: cubiertos de plata, copas talladas y platos de delicada porcelana china decorados con dibujos de cardos. Maxim le ofrece una silla a Alessia.

—Siéntate. —Señala la silla con la cabeza.

A Alessia le parece ser la noble Donika Kastrioti, la esposa de Skënderbeut, el héroe albanés del siglo xv. Le dirige a Maxim una sonrisa de cortesía y se sienta a la mesa de cara al fuego. Maxim ocupa la cabecera.

—Siendo un joven, a principio de la década de 1920, mi abuelo trabajó con lord Carnavon y Howard Carter en varias excavaciones egipcias de donde robaron todas estas antigüedades. Tal vez debería devolverlas. —Hace una pausa—. Hasta hace muy poco el dilema lo tenía Kit.

—Tienen mucha historia concentrada aquí.

—Sí, es cierto. Incluso puede que demasiada. Es el legado de mi familia.

Alessia no alcanza a imaginar la gran responsabilidad que supone ocuparse de una herencia semejante.

Llaman a la puerta, y sin esperar respuesta Danny entra en la sala seguida de una joven que lleva una bandeja.

Maxim agarra la servilleta de lino y se la coloca doblada sobre el regazo. Alessia lo observa y hace lo mismo. Danny toma dos platos de la bandeja y sirve en cada uno de ellos algo que parece una ensalada con carne, aguacate y semillas de granada.

—Cerdo de una de las granjas locales, con ensalada de brotes verdes rematada con jugo de granada —anuncia Danny.

—Gracias —responde Maxim, y le dirige a la mujer una mirada de asombro.

—¿Quiere que le sirva el vino, milord?

—Lo haré yo. Gracias, Danny.

Ella lo obsequia con un pequeño gesto de asentimiento y, con discreción, apremia a la joven hacia la puerta.

—¿Una copa de vino? —Maxim toma la botella y examina la etiqueta—. Es un buen Chablis.

—Sí, por favor. —Lo observa mientras él llena la copa hasta la mitad—. Nunca me han... *siervido*, excepto cuando estoy contigo.

—Servido —la corrige él—. Mientras estemos aquí, será mejor que te acostumbres. —Le guiña un ojo.

—En Londres no tienes criados.

—No. Aunque es posible que eso cambie. —Frunce el entrecejo unos instantes, y entonces levanta la copa—. Por las escapatorias de milagro.

Ella también levanta la suya.

—*Gëzua*, Maxim. Milord.

Él se echa a reír.

—Aún no me he acostumbrado al título. Come, anda. Has tenido una mañana horrible.

—Creo que la tarde será mucho mejor.

A Maxim se le enciende la mirada, y Alessia sonríe y da un sorbo de vino con prudencia.

—Mmm...

Es mucho mejor que el que bebía con su abuela.

—¿Te gusta? —le pregunta Maxim.

Ella asiente y se queda mirando la cubertería. Tiene varios cuchillos y tenedores entre los que debe elegir. Observa a Maxim y ve que este se ríe y toma el cuchillo y el tenedor situados en la parte exterior.

—Siempre se empieza desde fuera, y se va usando el cubierto siguiente con cada nuevo plato.

Capítulo veinticuatro

Tras el almuerzo, salimos fuera tomados de la mano; percibo el calor de la piel de Alessia en la mía. Hace un día diáfano y frío, y el sol está suspendido en el cielo, a escasa altura, cuando echamos a andar por la avenida flanqueada de hayas que lleva a las puertas de entrada a la finca. Jensen y Healey corretean dando brincos por detrás, al lado y delante de nosotros, agradecidos de poder estar fuera. Tras los traumáticos sucesos de esta mañana, creo que a los dos nos está sentando muy bien este paseo plácido y tranquilo bajo el sol de la tarde.

—¡Mira! —exclama Alessia señalando la manada de ciervos que pastan en el horizonte, en los campos del extremo norte de la finca.

—Hemos tenido ciervos aquí desde hace siglos.

—El que vimos ayer, ¿era de aquí?

—No, creo que ese era salvaje.

—¿Y los perros no los molestan?

—No, pero mantenemos a los perros alejados de la zona sur en la época del período de parto de las ovejas. No queremos que las molesten.

—¿Y aquí no hay cabras?

—No, somos un país de ovejas y de ganado vacuno, sobre todo.

—Y nosotros somos un país de cabras. —Me sonríe. Tiene la nariz colorada por el frío, pero está arrebujada en el abrigo, y lleva el gorro y la bufanda además. Está preciosa. Y me cuesta trabajo creer que haya sido víctima de un intento de secuestro esta misma mañana.

Mi chica es fuerte.

Pero hay algo que ha estado molestándome todo este tiempo. Tengo que saberlo.

—¿Por qué te querías ir? ¿Por qué no querías quedarte y enfrentarme? —Espero que no detecte el dejo de aprensión en mi voz.

—¿Enfrentarte?

—Hablar conmigo. Discutir conmigo y pedirme explicaciones —le explico.

Se detiene bajo una de las hayas y baja la mirada hacia sus botas, y no sé si va a responderme o no.

—Estaba dolida —dice al cabo de una eternidad.

—Lo sé y lo siento. No era mi intención hacerte daño. No quiero hacerte daño, nunca. Pero ¿adónde habrías ido?

—No lo sé. —Se vuelve para mirarme—. Creo que fue... ¿cómo se dice? Una reacción instintiva. Verás, Ylli y Dante... Llevo huyendo tanto tiempo... Me volví como loca.

—No puedo ni imaginar lo aterrador que debe de haber sido para ti. —Me estremezco y cierro los ojos, dando gracias a todos los dioses del mundo por haberla rescatado a tiempo—. Pero no puedes salir huyendo cada vez que tengamos un problema: habla conmigo; hazme preguntas sobre cualquier cosa. Estoy aquí. Yo siempre te escucharé. Discute conmigo, grítame si quieres. Yo discutiré contigo y te gritaré. Me equivocaré y tú te equivocarás también. Y no pasa nada. Pero para resolver nuestras diferencias, tenemos que comunicarnos.

Un fugaz destello de ansiedad le cruza el semblante.

—Eh. —Le levanto la barbilla y la atraigo hacia mí—. No

pongas esa cara. Si... si vas a vivir conmigo... pues... tendrás que decirme lo que sientes.

—¿Vivir contigo? —dice en un susurro.

—Sí.

—¿Aquí?

—Aquí. Y en Londres. Sí. Quiero que vivas conmigo.

—¿Como tu limpiadora?

Me río y niego con la cabeza.

—No. Como mi novia. Antes lo decía en serio, lo que te dije en el descanso. Vamos a hacerlo. —Contengo la respiración. Se me acelera el pulso. Y en el fondo, no sé qué otra opción tiene ella... Pero la amo. La quiero conmigo, a mi lado. El matrimonio parece un paso demasiado grande para planteárselo ahora mismo. No quiero que salga corriendo otra vez.

Hombre, ¡que también es un paso muy importante para ti!

—Sí —murmura ella.

—¿Sí?

—¡Sí!

Dando un grito de júbilo, la levanto en volandas y empiezo a dar vueltas, haciéndola girar en el aire. Los perros comienzan a ladrar y a dar saltos a nuestro alrededor sin dejar de menear la cola, ansiosos por sumarse a la fiesta. Ella se ríe, pero de pronto hace una mueca.

Mierda.

La dejo en el suelo inmediatamente.

—¿Te he hecho daño?

—No —dice, y al tomarle la cara entre mis manos, se recobra inmediatamente, con los ojos rebosantes de amor y tal vez de deseo también.

Alessia.

Me agacho y la beso. Y lo que pretendía que fuera un delicado beso para decirle "te quiero" se convierte en... otra cosa. Alessia se abre como una flor exótica, devolviéndome el beso con una pasión que resulta apabullante, y me deleito con todo lo que tenga para darme.

Su lengua en mi boca.

El movimiento de sus manos deslizándose por mi espalda y agarrándome la tela del abrigo.

Todos los nervios de esta mañana —la imagen de ella en las garras de esos malnacidos, la terrorífica posibilidad de no volver a verla nunca más— todo eso se desvanece, y concentro todos mis miedos y mi gratitud de poder tenerla todavía a mi lado en nuestro beso. Cuando paramos a tomar aire, nuestro aliento se mezcla con una niebla densa en el frío que nos rodea, y Alessia envuelve con los dedos las solapas de mi abrigo.

Jensen hunde el hocico en mi muslo. No le hago ningún caso y me echo hacia atrás para observar la expresión aturdida de Alessia.

—Creo que Jensen también quiere participar.

Su risa es un soplo de aire fresco, y le habla directamente a mi entrepierna.

—También creo que llevamos demasiada ropa.

Apoyo la frente en la de ella.

—¿Quieres quitártela? —dice, mordiéndose el labio.

—Siempre.

—Tengo calor. Mucho calor —murmura.

¿Qué?

La miro otra vez. Mi comentario era frívolo, y tenía como intención arrancarle una risa, no la ropa.

¿Qué está diciendo?

—Oh, cariño, acabas de pasar por una terrible experiencia...

Encoge un hombro como diciendo "¿Y qué?" y desvía la mirada.

—¿Qué me estás diciendo? —le pregunto.

—Creo que ya lo sabes.

—¿Quieres que nos vayamos a la cama?

Su amplia sonrisa es la única confirmación que necesito y, en contra de lo que me dicta mi propio sentido común, la tomo de la mano. Sonriendo y con cierta sensación de vértigo, regresamos corriendo a la casa, seguidos muy de cerca por los perros.

Esta es mi habitación. —Maxim se aparta a un lado para que entre Alessia. Está unas puertas más abajo de la habitación azul a donde Danny la había llevado antes.

Una majestuosa cama con dosel domina la habitación verde oscuro. Hecha de la misma madera noble y pulida que el piano, el armazón de la cama exhibe las mismas tallas intrincadas. Las llamas de la chimenea proyectan unas sombras titilantes sobre la madera tallada. Encima de la repisa de la chimenea hay un cuadro de la casa y los campos que la rodean, y el extremo del fondo de la habitación lo ocupa un armario ropero inmenso, de la misma madera que la cama. Todas las paredes están recubiertas de estanterías con libros y objetos decorativos, pero la mirada de Alessia se ve atraída hacia la mesilla de noche, donde se halla la lamparita del dragón.

Maxim arroja unos cuantos leños más al fuego hasta que este cobra vida de nuevo.

—Bien. Me alegro de que alguien tuviera la previsión de encender el fuego. —Regresa junto a ella, y señala un cesto de mimbre colocado encima de la otomana a los pies de la cama—. He hecho que te traigan aquí tus cosas de Hideout. Espero que no te importe. —Habla en voz baja, suave, y le brillan los ojos. Con intensidad. Cada vez más grandes y más oscuros... llenos de deseo.

Alessia siente un hormigueo que le recorre la espalda.

—No me importa —susurra.

—Has tenido un día muy duro.

—Quiero irme a la cama. —Recuerda el beso que se han dado en la escalera. Se habría quitado la ropa ahí mismo, si se hubiese atrevido.

Él le acaricia el rostro.

—Tal vez aún estás en shock.

—Lo estoy —murmura ella—. Estoy en shock por la idea de que me quieras.

—Con todo mi corazón —dice Maxim con total sinceridad, pero entonces sonríe y la rodea con el brazo. —Y también con esto. —Adelanta la pelvis para que ella perciba su erección contra la cadera. Los ojos de Maxim se encienden con un brillo de humor lascivo. Ella le devuelve la sonrisa al tiempo que un incendio le abrasa el bajo vientre. Está deseando tocarlo... al fin y al cabo, él la ha tocado a ella en todas partes, con las manos, con los labios, con la lengua... Desplaza la mirada hasta su boca, esa boca experta y sensual, y las llamas de su vientre arden con más vigor aún.

—¿Qué quieres, preciosa? —Le acaricia la cara con el dorso de los dedos, y bucea en su alma con sus ojos. Lo ha querido desde que le dijo que la amaba.

—Te quiero a ti. —Las palabras son casi inaudibles.

Maxim lanza un gemido.

—Nunca dejas de sorprenderme.

—¿Te gustan sorpresas?

—De ti, mucho.

Alessia le tira de la camisa blanca hasta sacársela de la cinturilla de los jeans.

—¿Es que vas a desnudarme? —Maxim habla con voz ronca, como si hubiera dejado de respirar.

Ella lo mira con ojos entornados, por debajo de las pestañas.

—Sí. —Sabe que puede hacerlo, y con dedos valientes pero temblorosos, le desabrocha el botón inferior de la camisa. Levanta la vista para mirarlo.

—Sigue —la anima él, con tono delicado y seductor.

Alessia percibe la excitación incipiente en su voz, y eso alimenta su deseo. Le desabrocha el siguiente botón, un poco más arriba, lo que deja al descubierto el botón de la bragueta de sus jeans y la línea de vello que conduce a su esbelto abdomen. El siguiente botón revela su ombligo y los tonificados músculos de su estómago. A Maxim se le acelera la respiración. Ahora respira entrecortadamente. Más deprisa. El sonido la excita y Alessia sube volando con los dedos por su camisa, desabrochándola hasta dejarla completamente abierta, exponiendo unos pectorales bron-

ceados por el sol. Se muere de ganas de inclinarse hacia delante
y apoyar los labios encima de su piel.

—¿Y ahora qué, Alessia? —Está esperando—. Haz lo que quieras —le dice, provocándola. Ella inclina el cuerpo hacia delante y
presiona los labios contra el calor de su pecho, donde su corazón
late desbocado bajo la piel.

Me muero de ganas de tocarla, pero no puedo. Esta es la
mayor muestra de audacia que ha tenido conmigo desde
que hicimos el amor por primera vez. Mi cuerpo se retuerce de
deseo. ¿Cómo pueden sus inocentes dedos contener tanto ero-
tismo? Me está volviendo loco. Me desliza la camisa por los hombros y la empuja hacia los codos. Le ofrezco las muñecas.

—Los puños.

Me deslumbra con una sonrisa y desabrocha cada uno de los
puños. A continuación, me quita la camisa y la deja en el respaldo
del sillón, frente al fuego.

Y ahora, ¿qué vas a hacer? —le dice. Alessia da un paso atrás
para admirar su hermosa musculatura a la luz del fuego en
movimiento. El dorado de su vello relumbra bajo las llamas y sus
ojos son de un verde luminoso. La observan, encerrando en ellos
una promesa impregnada de deseo.

Envalentonada por su mirada, Alessia baja los brazos y se
quita el suéter, luego se pasa la camiseta de fútbol por la cabeza
y sacude la melena para dejar el pelo suelto. Sin embargo, en el
último momento, le falta valor y se tapa los pechos con el top.
Maxim da un paso adelante y se lo quita con delicadeza.

—Eres preciosa. Me gusta mirarte. Esto no lo vas a necesitar.
—Lo arroja encima de su propia camisa y a continuación le toma
un mechón de pelo y se lo enrosca en el dedo. Se lo acerca a los
labios y lo besa—. Eres muy valiente, en muchos sentidos. Y me

he enamorado de ti. De toda tú. Locamente. Apasionadamente.
—Sus palabras le encienden la sangre en las venas, y Maxim tira
entonces del mechón de pelo y la atrae hacia sí. Le ladea la cabeza
y la besa como si le fuera la vida en ello—. Podría haberte perdido
para siempre —susurra.

Alessia nota el calor que emana de su piel, y el deseo le enar-
dece las entrañas. No puede esperar más. Lo quiere. A todo él.
Lo besa con avidez, entrelazando la lengua con la de él. Sujetándole la nuca con la mano, lo atrae hacia ella. Maxim desplaza
los labios a su barbilla primero y a su cuello después, y ella le
desliza las manos por el cuerpo hasta llegar a la cinturilla de los
jeans.

Se muere por tocarlo, cada centímetro de él, pero se detiene.
No sabe qué hacer. Maxim le sostiene la barbilla con delicadeza
entre los dedos.

—Alessia —le gime al oído—. Quiero que me toques. —La
urgencia en su voz resulta excitante.

—Y yo quiero hacerlo.

Le acaricia el lóbulo de la oreja con los dientes.

—Ah —gime ella cuando se le contraen los músculos del bajo
vientre.

—Bájame los jeans. —Él le deja un reguero de besos por el
cuello. Apresuradamente, ella dirige los dedos a la cinturilla del
pantalón y, en el proceso, le roza el pene erecto. Se detiene, fascinada por su cuerpo, y en un movimiento realmente audaz, coloca
la mano encima de su erección.

—Oh, Dios... —murmura.

Con aire vacilante, lo recorre trazando círculos con los dedos.

Él da un respingo y ella se para.

—¿Te hago daño?

—No, no, no... Lo haces muy bien. Sí. —Se ha quedado sin
aliento—. Muy muy bien. No pares.

Ella sonríe, ganando confianza en sí misma. Le desabrocha el
botón superior con dedos hábiles. Él se queda inmóvil mientras
ella se desplaza a la cremallera.

Inspiro hondo. Va a tomar la iniciativa. Su entusiasmo es contagioso y me encanta que por fin vaya a armarse de valor para desnudarme. Su piel resplandece a la luz del fuego, y el rojo vivo y el azul resaltan el brillo de su pelo. Me dan ganas de arrojarla a la cama y hacerle el amor ya mismo, sin más, pero tengo que ir más despacio. Tengo que dejar que vaya haciendo sus descubrimientos a su propio ritmo. Mientras me desabrocha la bragueta, parece sentir menos vergüenza. Incluso ha olvidado que no lleva sujetador. Tiene unos pechos turgentes, preciosos. Siento el impulso de acariciárselos hasta que sus pezones estén duros como una piedra y se retuerza de placer bajo mis manos, pero me contengo y acallo las protestas de mi entrepierna. Me baja los jeans por las piernas y doy un paso para quitármelos, de manera que me quedo de pie ante ella únicamente en calzoncillos.

—Te toca a ti —susurro y le desabrocho rápidamente la bragueta y le bajo los jeans. Separa las piernas para quitárselos por completo y le agarro la cara con delicadeza y la beso—. Hace frío. Vámonos a la cama.

—Vale. —Se mete bajo las sábanas, sin apartar los ojos de mí—. ¡Ay! ¡Qué fría está la cama! —exclama con un chillido.

—Ya la calentaremos.

Alessia desvía la mirada al bulto de sus calzoncillos. Sonríe.

—¿Qué pasa? —pregunta él.

Ella se sonroja.

—¿Qué? —insiste Maxim.

—Quítatelo.

—¿Todo? —Maxim esboza una sonrisa maliciosa.

—Sí.

Él se ríe... y se quita un calcetín. Y luego el otro.

—¡Ya está!

—No quería decir eso. —Alessia se ríe también, encantada de lo juguetón que puede llegar a ser. Maxim suelta una carcajada y, con un rápido ademán, se quita los calzoncillos de forma que libera su erección... y luego se los arroja a ella.

—¡Eh! —exclama ella, risueña. Se los quita de encima, pero él se mete de un salto en la cama y aterriza a su lado.

—Brrr... hazme un hueco, anda. —Maxim se acurruca junto a ella, bajo las sábanas, la abraza y la atrae hacia sí—. Quiero abrazarte así un momento. No me puedo creer que hoy he estado a punto de perderte. —Le deposita un beso suave en el pelo y la estrecha con fuerza entre sus brazos. Alessia lo ve cerrar los ojos... como si sintiese dolor.

—Pero no me has perdido. Estoy aquí. Habría luchado con ellos para estar contigo —susurra.

—Y ellos te habrían hecho daño.

Maxim se incorpora de golpe y levanta la mano para inspeccionar el moratón del costado. Se pone serio.

—Mira lo que te hicieron. —La observa con gesto vacilante, con preocupación.

—No pasa nada, estoy bien. —Ha vivido cosas peores...

—Tal vez deberíamos dormir y ya está. —Maxim parece dudar.

—¿Qué? No.

—Pienso que no...

—¡Maxim! No pienses.

—Alessia...

Ella levanta la mano y le lleva un dedo a los labios.

—Por favor... —dice.

—Oh, nena... —Él le toma la mano y le besa todos los nudillos. A continuación, se inclina y le cubre el hematoma con besos tiernos. Ella entierra los dedos en su pelo y tira de él con fuerza, de forma que él tiene que levantar la cabeza para mirarla.

—¿Te hago daño?

—No —responde ella apresuradamente—. Quiero esto. Te quiero a ti. —Él suspira y desplaza la boca hasta el pecho y el pezón, sin dejar de lamerla y succionar. Alessia gime y se retuerce bajo su cuerpo, cerrando los ojos y abandonándose al placer del contacto de sus labios. Hunde los dedos en su espalda y siente su erección en la cadera. Se muere de ganas de explorar la virilidad de su cuerpo. De todo su cuerpo.

Él levanta la vista.

—¿Qué pasa?

—Yo... Yo... —Alessia se sonroja.

—Dímelo.

Se ríe, avergonzada, y cierra los ojos.

—Dímelo.

Abre un ojo y lo mira haciendo una mueca rara.

—Me estás volviendo loco. Dime, ¿qué te pasa?

—Quiero tocarte —contesta ella y se tapa la cara con las manos.

Asomándose por las rendijas entre sus dedos, ve a Maxim dulcificar su expresión... divertido, cree ella. Él se tumba a su lado.

—Soy todo tuyo —dice. Ella se recuesta sobre un codo y se miran a los ojos—. Eres preciosa —murmura.

Alessia le acaricia la mejilla, recreándose con la sensación que su barba de tres días le deja en los dedos.

—Trae, deja que te ayude... —Maxim le toma la mano y le planta un beso en la palma. Se la acerca hasta el pecho y allí, la despliega sobre su piel, percibiendo su calor. Separa los labios para lanzar un brusco resoplido—. Me gusta que me toques.

Envalentonada, Alessia desplaza la mano hacia abajo, acariciando con los dedos el vello fino que le cubre el pecho. Se entretiene un segundo en uno de sus pezones, que se frunce bajo sus dedos.

—Oh —exclama, maravillada.

—Oh —responde él, con voz ronca, con los ojos entornados y de un verde oscuro e intenso. La está observando como un halcón. Ella se muerde el labio superior y él lanza un gemido—. No pares —murmura él. Más desinhibida y disfrutando del hecho de estar excitándolo de esa manera, Alessia desliza la mano hacia abajo, por las protuberancias y las hendiduras de sus músculos abdominales. Él tensa el cuerpo bajo los dedos de ella, y se le acelera la respiración. Alessia alcanza la línea de vello que conduce a su destino, y entonces le falla la determinación.

—Adelante —dice él y, tomándole la mano, la envuelve alrededor de su sexo. Ella lanza un grito ahogado, de estupor y entusiasmo a la vez, ante el contacto con su erección. Es grande y dura, y suave como el terciopelo, todo al tiempo. Le acaricia la punta con el pulgar y Maxim cierra los ojos, con la respiración jadeante. Ella aprieta con más fuerza, disfrutando la sensación entre sus dedos, percibiendo el pálpito acelerado. Él la mira con ojos abrasados de deseo—. Así —murmura y, guiando su mano, la mueve despacio unos pocos centímetros, hacia abajo y luego hacia arriba.

Nunca había tenido que enseñarle a una mujer qué hacer. Posiblemente es lo más erótico que he hecho en mi vida. Alessia arruga la frente con gesto de concentración, pero le brillan los ojos de asombro y de deseo, entreabriendo un poco la boca mientras mueve la mano hasta encontrar el ritmo al fin y volverme loco. Cuando se humedece los labios con la lengua, me dan ganas de derramarme en su mano.

—Alessia, ya basta. Me voy a venir.

Retira la mano de inmediato, como si acabara de quemarse, y me arrepiento de haber dicho nada. Me muero de ganas de abalanzarme sobre y dentro de ella, pero tiene ese maldito hematoma, y no puedo hacerlo. No quiero hacerle daño. Decide tomar las riendas del asunto y se sienta a horcajadas sobre mí, buscando mis labios con los suyos hasta deslizar la lengua en mi boca. Para saborearme. Su melena forma una tupida cortina a nuestro alrededor y, por una fracción de segundo, nos miramos a los ojos bajo la luz del fuego. Unos ojos intensamente marrones en otros verdes. Es absolutamente irresistible. Y generosa. Y sensual.

Se inclina para besarme una vez más y alargo el brazo a la mesita de noche para tomar un preservativo.

—Mira. —Le enseño el paquete y, por un momento, me pregunto si va a tomarlo y ponérmelo, pero empieza a parpadear, sin saber qué hacer—. Bájate. Te enseñaré lo que tienes que hacer. —Abro el paquete, saco el condón y, sujetándolo por el extremo, lo desenrollo rápidamente sobre mi más que ansiosa verga—. Ya está. Hecho. Ahora solo tenemos que quitarte los pantis.

Se ríe cuando la hago rodar por el colchón e introduzco los pulgares en sus pantis rosados. Los famosos pantis rosados. Se los deslizo hacia abajo por sus largas piernas y los tiro al suelo. Estoy arrodillado entre sus muslos, pero me recuesto hacia atrás sobre los talones y la empujo hacia mi regazo rodeándole la cintura con el brazo, con cuidado de no rozarle el moratón.

—¿Así está bien? —Apoya las manos en mis hombros y entonces la levanto y la sitúo encima de mi verga erecta. Estoy esperando su respuesta. Ella se inclina hacia delante, con los labios ansiosos por tocar los míos, y lo interpreto como la señal, de modo que muy muy despacio... carajo, demasiado despacio... la acoplo a mí. Cierra los dientes sobre mi labio inferior y, por un momento, creo que va a morderme.

Cuando estoy completamente dentro de ella, me suelta el labio para lanzar un grito ahogado.

—¿Estás bien? —digo sin resuello.

—Sí —asiente, con entusiasmo. Enreda los dedos de nuevo en mi pelo y tira con fuerza, atrayendo mis labios a los suyos. Hambrienta, me devora. Con ansia. Besándome con la misma intensidad que mostró antes en la escalera, y no sé si es por lo que le pasó esta mañana o porque le he dicho que la quiero, pero parece presa de un auténtico frenesí. Con movimiento ardiente, se desliza arriba y abajo. Una y otra vez. Cabalgándome... cabalgándome...

Es embriagador. Es absolutamente sexy. Pero es frenético.

¡Esto va a acabar demasiado pronto!

—Eh. —La sujeto con más fuerza para inmovilizarla y le aparto el pelo de la cara—. Con calma, nena. Tranquila. Tenemos el resto de la tarde y de la noche también. Y mañana. Y el día de después. —Me mira pestañeando con sus ojos oscuros, aturdidos.

Y siento que una nueva y embriagadora sensación me consume y me inunda el corazón—. Estoy contigo —murmuro—. Te quiero.

—Maxim —dice, jadeando e inclinándose para besarme de nuevo, abrazándome el cuello. Empieza a moverse otra vez, más despacio, dejándome saborearla. Centímetro a centímetro. A un ritmo más regular... más reposado... Es la gloria.

Mierda.

Y se yergue y desciende de nuevo. Se yergue y desciende. Arrastrándome consigo... escalando nuevas cimas, hasta que de pronto se para y anuncia a gritos su orgasmo, elevando la boca hacia el cielo y desencadenando mi propia reacción y estallido final.

—¡Oh, Alessia...!

Permanecemos inmóviles, acostados, uno frente a otro. Sin hablar. Solo mirándonos. Ojos. Nariz. Mejillas. Labios. Rostros. Nos miramos el uno al otro. La única luz procede de las llamas titilantes del fuego, y solo oigo el crepitar y los chasquidos de los leños ardiendo en la chimenea y el ruido de los latidos de mi corazón, ralentizándose. Alessia levanta la mano y recorre el trazo de mis labios con los dedos.

—Te quiero, Maxim —murmura.

Y me inclino hacia delante y la beso una vez más. Alza el cuerpo para acudir al encuentro con el mío y volvemos a hacer el amor, dulce, dulce amor.

Estamos agazapados bajo las sábanas, en nuestro propio campamento improvisado en mi dormitorio. Los dos estamos sentados, con las piernas cruzadas, tocándonos con las rodillas, mirándonos fijamente a los ojos e iluminados por la luz de la lamparita del dragón, a nuestro lado, dentro de nuestra tienda de campaña secreta, nuestro escondite.

Ella habla y habla.

Sin cesar.

Y yo la escucho.

Está desnuda, con el pelo suelto que le llega hasta la cintura, protegiéndola pudorosamente, y me está explicando cómo aprende una nueva pieza para el piano.

—Leo partitura por primera vez y veo los colores. Todos... ¿cómo se dice? Se corresponden con una nota.

—¿Un color para cada nota?

—Sí. Las notas de la tonalidad re bemol mayor son verdes. Como los pinos. De Kukës. El preludio de *La gota de agua*. Todo verdes. Pero algunos verdes más oscuros a medida que avanza la pieza. Otras tonalidades son de colores distintos, y a veces una misma pieza puede tener muchos colores. Como Rajmáninov. Y se... eee... dibujan en mi cabeza. Y me acuerdo de la pieza. —Se encoge de hombros y me mira con una sonrisa traviesa—. Durante mucho tiempo, pensé que todo el mundo podía ver los colores en la música.

—Ojalá tuviéramos esa suerte. —Le acaricio la mejilla suave con el dedo—. Tú eres especial. Muy especial para mí.

Se sonroja con ese delicioso tono rosado.

—¿Y quién es tu compositor favorito? ¿Bach? —pregunto.

—Bach. —Pronuncia su nombre con verdadera devoción—. Su música es... —Hace un ademán y mueve las manos como buscando inspiración, tratando de capturar la magnitud de lo que quiere decir, y cierra los ojos como si experimentase un momento religioso, extático...

—¿Extraordinaria? —ofrezco.

Se ríe.

—Sí. —Se pone seria y baja las pestañas, y entonces me mira a través de ellas—. Pero mi compositor favorito eres tú.

Inspiro aire bruscamente. No estoy acostumbrado a sus cumplidos.

—¿Mi composición musical? Uau... Me halagas. ¿Qué colores ves en ella?

—Era triste y solemne. Azules y grises.

—Tiene sentido —murmuro y mi pensamiento vuela hasta

Kit. Ella levanta la mano y me acaricia la mejilla, devolviéndome al presente.

—Te vi tocar en tu apartamento. Se suponía que tenía que estar limpiando, pero tenía que mirarte. Y escucharte. Es música hermosa —baja la voz a un murmullo casi inaudible—. En ese momento me enamoré de ti...

—¿De verdad?

Asiente, y el corazón no me cabe en el pecho de la alegría ante sus palabras.

—Ojalá hubiera sabido que me estabas escuchando. Me alegro de que te gustara. La tocaste tan bien en Hideout...

—Me encantó. Tienes mucho talento como compositor.

Le tomo la mano y le acaricio la palma con los dedos.

—Tú tienes mucho talento como pianista.

Sonríe y se sonroja una vez más.

Debería estar acostumbrada a los cumplidos.

—Tienes muchísimo talento. Y eres muy hermosa. Y valiente. —Le acaricio la cara y acerco sus labios a los míos. Bajo las sábanas, nos perdemos en un beso. Cuando Alessia se aparta para recobrar el aliento, me mira con ansia una vez más—. ¿Quieres... que hagamos el amor... otra vez? —Se inclina hacia delante y coloca los labios en el pecho, encima de mi corazón.

Ay, Dios...

Alessia está acostada encima de mí, con la cabeza apoyada en mi pecho y tamborileando con los dedos una melodía sobre mi vientre. No sé qué melodía es, pero me gusta. Llamo a la cocina a través del intercomunicador de la casa.

—Danny, me gustaría cenar en mi habitación. ¿Nos traes unos sándwiches y una botella de vino?

—Muy bien, milord. ¿De carne de ternera?

—Estupendo. Y una botella de Château Haut-Brion.

—Dejaré una bandeja en la puerta, señor.

—Gracias. —Sonrío al percibir el regocijo evidente en su voz y cuelgo el teléfono. No sé por qué, pero Danny sabe que Alessia es distinta. He traído a otras mujeres aquí antes, pero Danny nunca se ha mostrado tan solícita como hoy. Debe de saber que estoy enamorado. De la cabeza a los pies. Completamente. Absolutamente. Totalmente. Enamorado.

—¿Tienes un teléfono para dentro de la casa? —Alessia me mira.

—Es una casa muy grande. —Sonrío.

Se ríe.

—Es verdad. —Mira a la ventana; fuera está completamente oscuro. ¿Son las siete? ¿Las diez? He perdido la noción del tiempo.

Alessia está acurrucada en uno de los sillones frente al fuego, envuelta en una colcha verde, disfrutando de un sándwich de rosbif y lechuga y bebiendo vino tinto. Tiene el pelo maravillosamente revuelto, y le cae en cascada por los hombros hasta la cintura. Es toda luz. Y preciosa. Y mía.

Echo otro leño al fuego, me siento en el sillón frente a ella y tomo un sorbo del delicioso vino. No sentía tanta paz desde la muerte de Kit... De hecho, no recuerdo haberme sentido nunca así.

Maxim deja la copa y toma un sándwich. Está guapísimo; con el pelo alborotado, barba de tres días y esos ojos verdes y pícaros que relumbran de deseo y amor a la luz del fuego. Lleva su suéter grueso de color crema y los jeans negros con un roto en la rodilla, y se está examinando la piel de debajo... Alessia lo observa, embebiéndose de él.

—¿Contenta? —le pregunta él.

—Sí. Muy... muchamente.

Él responde con una sonrisa.

—Yo siento lo mismo. Creo que nunca he sido tan feliz. Sé que te gustaría quedarte aquí, y a mí también me gustaría, pero creo que mañana deberíamos regresar a Londres. Si te parece bien. Tengo cosas que hacer allí.

—Está bien. —Alessia se mordisquea el labio.

—¿Qué?

—Me gusta estar en Cornualles. No es tan movido como Londres. Hay menos gente. Menos ruido.

—Lo sé, pero debería volver a Londres y echar un vistazo a mi apartamento.

Alessia examina su copa de vino.

—Volver a la realidad —murmura.

—Eh. Todo irá bien.

Ella tiene la mirada fija en el fuego, viendo a uno de los leños arrojar sus ascuas al centro del hogar.

—Cariño, ¿qué te pasa? —Maxim está preocupado.

—Quiero... Quiero trabajar.

—¿Trabajar? ¿Haciendo qué?

—No lo sé. ¿Limpiando?

Maxim arruga la frente.

—Alessia, no me parece una buena idea. Ya no tienes que limpiar. Eres una mujer con mucho talento. ¿De veras es eso lo que quieres hacer? Tenemos que encontrarte algo más interesante, y debemos asegurarnos de que puedas trabajar legalmente aquí. Lo investigaré. Tengo a gente a la que recurrir para que nos ayuden. —Su sonrisa es sincera y alentadora.

—Pero... Yo quiero ganar mi propio dinero.

—Lo entiendo. Pero si te descubren, te deportarán.

—¡Yo no quiero eso! —A Alessia se le acelera el corazón. No puede volver.

—Ninguno de los dos quiere que pase eso —la tranquiliza Maxim—. No te preocupes por nada. Ya lo solucionaremos. Quizás puedas hacer algo con tu música, más adelante.

Alessia lo mira de hito en hito.

—Seré tu mantenida. —Habla en voz baja. Eso era lo que quería evitar.

Maxim acompaña su respuesta con una sonrisa apesadumbrada.

—Solo hasta que puedas trabajar legalmente en el país. Considéralo una especie de redistribución de la riqueza.

—Qué socialista es usted, lord Trevethick —señala, burlona.

—¿Quién lo iba a decir? —Levanta su copa hacia ella y Alessia hace lo propio, y cuando toma un sorbo de vino, se le ocurre una idea. Pero ¿estará él de acuerdo?

—¿Qué pasa? —pregunta Maxim.

Alessia inspira hondo.

—Limpiaré para ti. Y tú me pagarás.

Maxim frunce el ceño, desconcertado.

—Alessia. No hace falta que...

—Por favor... Quiero hacerlo. —Lo mira fijamente, suplicándole en silencio que acceda a lo que le pide.

—Ales...

—Por favor.

Hace una mueca de exasperación.

—Está bien. Si eso es lo que quieres... pero con una condición.

—¿Qué?

—¿Puedo prohibirte que uses la bata y el pañuelo?

—Lo pensaré. —Alessia sonríe con alegría.

Él se ríe y ella lanza un suspiro de alivio. Así tendrá algo que hacer mientras esa gente de la que le ha hablado se encarga de resolver su situación como inmigrante.

Una oleada de calidez se apodera de su cuerpo. No era allí a donde creía que la llevaría su vida, allí, a esa antigua y majestuosa mansión con este hombre tan bueno, guapo y generoso. Por supuesto que había fantaseado con algo así... vagamente. Pero creía que era algo imposible.

Había desafiado a su destino y corrido un enorme riesgo marchándose de Albania, y el destino no la había dejado irse así como así.

Y pese a todo, su mister Maxim había intervenido y ahora estaba allí con él.

A salvo.

Él la ama y ella lo ama a él. Y el futuro se abre ante ella, lleno de posibilidades. Tal vez, después de todo este tiempo, la fortuna ha decidido ser benigna con Alessia y sonreírle al fin.

Capítulo veinticinco

Un gemido gutural perturba mi sueño y me despierto al instante.

Alessia.

A la luz suave del pequeño dragón, veo que sigue dormida a mi lado, pero completamente inmóvil, con las manos cerradas en un puño debajo de la barbilla. Es como una estatua que ha quedado petrificada en el acto por un desastre natural. Separa los labios y grita de nuevo, aunque esta vez emite el sonido más espeluznante y sobrenatural que haya oído nunca. Me incorporo sobre un codo y la zarandeo con suavidad para despertarla.

—Alessia. Cariño. Despierta.

Abre los párpados. Mira a su alrededor con cara de espanto y de pronto empieza a golpearme.

—Alessia. Soy yo. Maxim.

Le agarro las manos antes de que se haga daño o me lo haga a mí.

—Ma... Ma... Maxim —susurra, y deja de luchar.

—Tenías una pesadilla. Estoy aquí. Estoy aquí.

La tomo entre mis brazos, la siento en mi regazo y la beso en la cabeza. Está temblando.

—Cre... Creía... Creía... —balbucea.

—No pasa nada. Solo era una pesadilla. Estás a salvo.

La abrazo y le acaricio la espalda con ternura deseando ser capaz de alejar sus miedos y mitigar su dolor. Se estremece, pero parece que se calma y, poco después, vuelve a dormirse.

Cierro los ojos con una mano en el pelo y la otra en la espalda de Alessia, disfrutando de sentir su peso y su piel contra la mía. Podría acostumbrarme a esto.

A lessia se despierta con la luz gris del amanecer. Está acurrucada bajo el brazo de Maxim, con la mano extendida sobre su vientre. Él continúa profundamente dormido, con el rostro vuelto hacia ella. Tiene el pelo alborotado, los labios un tanto separados y las mejillas y la mandíbula sombreada por una barba incipiente. Parece bastante relajado y está irresistible. Alessia se despereza a su lado, disfrutando del desentumecimiento de los músculos. Nota el costado magullado un poco dolorido, aún lo tiene sensible al tacto, pero se siente... bien.

No. Más que bien.

Esperanzada. Tranquila. Poderosa. Segura.

Gracias al hombre maravilloso que duerme a su lado.

Lo ama. Con todo el corazón.

Y lo que es más sorprendente, él también la ama a ella. Aún le cuesta creerlo.

Él le ha dado esperanza.

Maxim se remueve y abre los ojos con un parpadeo.

—Buenos días —lo saluda con un susurro.

—Ahora lo son —responde Maxim con un brillo travieso en la mirada—. Estás preciosa. ¿Has dormido bien?

—Sí.

—Tuviste una pesadilla.

—¿Yo? ¿Anoche?

—¿No lo recuerdas?

Alessia niega con la cabeza. Maxim le acaricia la mejilla con el dorso de los dedos.

—Pues me alegro. ¿Cómo estás?

—Bien.

—¿Bien o... bien? —pregunta en tono seductor.

—Muy bien.

Alessia sonríe de oreja a oreja.

Maxim rueda sobre ella, la sujeta contra el colchón y clava sus relucientes ojos verdes en ella.

—Dios, me encanta despertarme a tu lado —susurra, y la besa en el cuello.

Ella le rodea el cuello con los brazos y se rinde encantada a su hábil boca.

—Supongo que deberíamos levantarnos y volver a Londres —murmura Maxim sobre el vientre de Alessia.

Los dedos de Alessia juegan con su cabello, pero está demasiado relajada para moverse, disfrutando aún de esos pequeños momentos de calma tras su apasionada tormenta. Finalmente él interrumpe su ensimismamiento.

—Dúchate conmigo —dice, levantando la cabeza para mirarla con una sonrisa radiante.

¿Cómo va a resistirse?

Alessia se seca el pelo con una toalla mientras me afeito. El hematoma del costado parece que empieza a reducirse, pero sigue teniendo una tonalidad morada intensa. Una oleada de culpabilidad arremete contra mí, aunque estoy seguro de que ni anoche ni esta mañana ha dejado entrever que le doliese. Vuelve la cabeza por encima del hombro para dedicarme una sonrisa deslumbrante y, como la bruma marina que arrastra la brisa, mi culpabilidad se desvanece en el aire.

Una parte de mí desea quedarse aquí con ella para siempre, pero también estoy ansioso por irme. No quiero que el sargento Nancarrow ni su colega vengan a la casa grande para tomar declaración a Alessia. Tengo que mantenerla alejada de la policía. Si es necesario, le diré a Nancarrow que me he visto obligado a volver a Londres por asuntos de negocios.

Es una pena tener que irse de aquí. Además de estar disfrutando de esta agradable complicidad, no deja de sorprenderme el cambio que se ha operado en Alessia. Parece mucho más segura, y solo han sido unos días. Se retira el cabello a un lado lanzándome una mirada y sale tranquilamente del baño tal cual su madre la trajo al mundo. Me asomo a la puerta, las vistas son demasiado tentadoras para desaprovechar la oportunidad de disfrutarlas, con esa preciosa melena que casi le llega a la cintura balanceándose al compás de sus pasos. Se detiene junto a la cama y rebusca algo de ropa en la cesta de mimbre que hay en la otomana. Cuando levanta la vista y me sorprende mirándola embobado, se sonríe. Me retiro hacia atrás y me quedo mirándome en el espejo con una sonrisa satisfecha. Su confianza recién descubierta resulta de lo más erótico.

Unos momentos después, aparece en la puerta y se apoya en el marco. Se ha puesto la ropa que le compré; sé que va a ser un buen día.

—En la parte inferior del armario debe de haber una bolsa que puedas usar para la ropa. O puedo pedirle a Danny que te haga la maleta.

—Ya me ocupo yo. —Cruza los brazos y me mira con atención—. Me gusta ver cómo te afeitas.

—Me gusta que me mires —murmuro mientras termino. Me vuelvo para acariciarle los labios con un beso y luego me limpio la espuma que me queda en la cara—. Desayunamos y nos ponemos en marcha.

Alessia parece animada durante el viaje de regreso a Londres. Hablamos, reímos y continuamos hablando; tiene la risa más contagiosa que conozco. Cuando nos incorporamos a la M4, toma el mando de la música y escuchamos Rajmáninov. Empiezan a sonar los primeros compases del concierto para piano y la imagen de ella tocando esa pieza en Hideout me viene a la mente, un recuerdo que sigue removiéndome por dentro. Vi como se perdía en la música y me arrastraba con ella. Por el rabillo del ojo, vislumbro los dedos de Alessia presionando teclas imaginarias siguiendo la cadencia de la música. Me encantaría que volviese a tocarla, pero esta vez ante un público, acompañada de una orquesta completa.

—¿Has visto *Breve encuentro?*

—No.

—Es un clásico británico. El director utiliza esa pieza a lo largo de toda la película. Es genial. Es una de las películas favoritas de mi madre.

—Me gustaría verla. Me encanta esta música.

—Y la tocas muy bien.

—Gracias. —Me sonríe con timidez—. ¿Cómo es tu madre?

—¿Mi madre? Es... ambiciosa. Inteligente. Divertida. No muy maternal. —Al decirlo, tengo la sensación de estar siendo desleal, pero la verdad es que de pequeños siempre teníamos la impresión de que la aburríamos o la molestábamos. Nos dejaba al cuidado de las niñeras sin ningún remordimiento y, cuando crecimos, nos envió a un internado. Solo nos volvimos algo más interesantes para ella tras la muerte de nuestro padre.

Aunque Kit siempre le interesó.

—Ah —musita Alessia.

—La relación que tengo con mi madre es un poco... tensa. Supongo que nunca le perdoné que dejase a mi padre.

—¿Dejó a tu padre? —Parece sorprendida.

—Nos dejó a todos. Yo tenía doce años.

—Lo siento.

—Conoció a alguien más joven... y le rompió el corazón a mi padre.

—Oh.

—No pasa nada, fue hace mucho tiempo. Ahora mantenemos una tregua incómoda. Bueno, desde que murió Kit. —Hablar de esto me deprime—. Pon otra cosa —le pido cuando termina Rajmáninov—. Algo alegre.

Ella sonríe y se desplaza por la lista.

—¿*Melody?*

Me echo a reír.

—¿Rolling Stones? Sí. Pon esa.

Toca la pantalla y comienza la cuenta atrás: Dos. Un, dos, tres, seguido del piano blues. Alessia sonríe. Le gusta. Dios, hay tanta música que me gustaría compartir con ella.

Apenas encontramos tráfico, vamos en el horario previsto. Pasamos volando la salida de Swindon, de modo que aún quedan otros ciento veinte kilómetros por delante antes de llegar a Chelsea. Sin embargo, tengo que detenerme a cargar gasolina, así que tomo la salida hacia el área de servicio de Membury. A Alessia le cambia el semblante al instante. Se aferra a la manija de la puerta y me mira con los ojos muy abiertos, angustiada.

—Ya sé que las estaciones de servicio te ponen nerviosa; solo hemos parado por gasolina, ¿de acuerdo? —Alargo la mano y le aprieto la rodilla para tranquilizarla. Ella asiente, aunque no parece muy convencida. Detengo el carro junto a un surtidor, desciende del vehículo de un salto y se queda a mi lado mientras lleno el depósito—. ¿Vienes a hacerme compañía?

Vuelve a asentir con la cabeza mientras intercambia el peso de un pie al otro para entrar en calor. El vaho que expele por la boca forma una nube vaporosa a su alrededor. Tras estudiar el local con atención, sus ojos se detienen en los camiones aparcados. Se mantiene alerta. Vigilante. No me gusta verla así, sobre todo después de lo relajada que estaba esta mañana.

—Ya sabes que ahora estás segura. Están en manos de la policía —digo para tranquilizarla justo en el momento en que el surtidor se detiene con un chasquido metálico que nos sobresalta a ambos. El depósito está lleno—. Vamos a pagar.

Le paso el brazo por los hombros después de encajar la boquilla en el soporte y nos dirigimos a la tienda. Camina a mi lado, apocada.

—¿Estás bien? —pregunto mientras hacemos cola. Alessia irradia ansiedad, no ha dejado de lanzar miradas furtivas a todos los que se encuentran en la tienda.

—Fue idea de mi madre —dice de buena a primeras, rápido, en voz baja—. Ella creía que me ayudaba.

Tardo un par de segundos en comprender a qué se refiere.

Maldita sea. ¿Va a contarme esa historia justo ahora? Un estremecimiento me recorre la espalda. ¿Por qué ahora? Tengo que pagar la gasolina.

—Espera un momento —le pido, levantando el índice mientras le tiendo la tarjeta de crédito al dependiente, que no deja de mirar a Alessia continuamente.

Hombre, no tienes nada que hacer con ella.

—Por favor, introduzca el PIN —dice el hombre, sonriendo a Alessia, quien ni siquiera le presta atención. Está atenta a los surtidores de gasolina, vigilando quién está fuera.

—¿Quieres que continuemos hablando en el carro? —le propongo en cuanto termino. La tomo de la mano.

Asiente.

Subimos al Jaguar mientras me pregunto por qué escoge las estaciones de servicio y los parqueaderos para compartir ese tipo de información conmigo. Alejo el carro de los surtidores, lo detengo frente al bosque y apago el motor.

—Bueno, ¿aún tienes ganas de hablar?

Alessia asiente sin apartar la mirada de los árboles desnudos que hay frente a nosotros.

—Mi prometido. Es un hombre violento. Un día... —Se le quiebra la voz.

Se me cae el alma a los pies. Lo que temía.

¿Qué carajo le hizo?

—No le gusta que yo toco el piano. No le gusta la... mmm... atención que recibo.

Ese tipo no puede ser más despreciable.

—Está enojado. Quiere que pare...

Tenso las manos sobre el volante.

La voz de Alessia es prácticamente inaudible.

—Me pega. Y quiere romperme los dedos.

—¿Qué?

Se mira las manos. Sus preciosas manos. Cubre una con la otra, sujetándoselas con delicadeza.

Ese pedazo de mierda le hizo daño.

—Tenía que irme de allí.

—Por supuesto que sí.

Necesito tocarla para que sepa que estoy de su parte. Le cubro las manos con la mía y aprieto con delicadeza. La tentación de atraerla hacia mí para sentarla en el regazo y abrazarla sin más es enorme, pero me contengo. Necesita hablar. Me dirige una mirada dubitativa y la suelto.

—Fui en un autobús pequeño a Shkodër y de allí vamos al camión grande. Dante e Ylli están allí con otras cinco chicas. Una de ellas es solo... No, tiene solo diecisiete años.

Doy un grito ahogado. Impactado. *Una niña.*

—Se llama Bleriana. En el camión. Hablamos. Mucho. También vive en el norte de Albania. En Fierza. Nos hicimos amigas. Hicimos planes para buscar trabajo juntas. —Se detiene, perdida en el horror de su historia, o tal vez esté preguntándose qué ha sido de su amiga—. Y nos quitan todo. Menos la ropa que llevamos y los zapatos. Solo hay un cubo al fondo... —Se le apaga la voz—. Ya sabes.

—Eso es horrible.

—Sí. El olor. —Se estremece—. Y solo tenemos una botella de agua. Una botella para cada una.

Empieza a mover las piernas con un tic nervioso y palidece; me recuerda la primera vez que la vi.

—No pasa nada. Estoy aquí. Confía en mí. Quiero saberlo.

—¿Sí? —pregunta, volviendo unos ojos oscuros y desolados hacia mí.

—Sí, pero solo si tú quieres contármelo.

Me estudia con atención, me escudriña. Me expone ante mí mismo, como esa primera vez en el pasillo.

¿Por qué quiero saberlo?

Porque la amo.

Porque ella es la suma de todas sus experiencias y esta, por desgracia, es una de ellas.

Inspira hondo y continúa.

—Estuvimos en el camión durante tres o quizá cuatro días. No sé cuánto tiempo. Paramos antes de que el camión subiera a un... ¿Cuál es la palabra? Un ferry. Para llevar carros y camiones. Nos dieron pan. Y bolsas negras de plástico. Nos las teníamos que poner en la cabeza.

—¿Qué?

—Tiene que ver con la inmigración. Miden el... mmm... —Se debate tratando de encontrar las palabras—. *Dioksidin e karbonit*?

—¿Dióxido de carbono?

—Sí, eso es.

—¿En la cabina?

Se encoge de hombros.

—No lo sé, pero si hay mucho, las autoridades saben que hay gente en el camión. Lo miden. De alguna manera. Subimos al ferry. El ruido era muy alto. Muy alto. Los motores. Los demás camiones... y estábamos a oscuras. La cabeza en la bolsa de plástico. Y luego el camión se paró. No había motor, lo único que oíamos era el chirrido y el crujido del metal y los neumáticos. El mar estaba agitado. Muy agitado. Todas estábamos acostadas. —Se lleva la mano al crucifijo del cuello y juguetea con él entre los dedos—. Costaba respirar. Pensé que iba a morir.

Se me forma un nudo en la garganta.

—No me extraña que no te guste la oscuridad —comento con voz ronca—. Tuvo que ser aterrador.

—Una de las chicas estaba mareada. El olor. —Una arcada la obliga a detenerse.

—Alessia...

Pero ella continúa. Como si se sintiese obligada.

—Antes de subir al ferry, cuando estamos comiendo el pan, oí a Dante decir en inglés, él no sabía que yo entendía la lengua, dijo que ganarían dinero a nuestra costa. Y entonces supe qué iba a pasarnos.

La ira se apodera de mí al instante, me arde la sangre. Ojalá hubiese matado a ese hijo de la gran puta cuando tuve la oportunidad y me hubiese deshecho del cuerpo como sugirió Jenkins. Nunca me he sentido tan inútil e impotente como en estos momentos. Alessia agacha la cabeza.

—Lo siento mucho —digo, levantándole la barbilla con suavidad.

Se vuelve hacia mí con la mirada encendida, y no es dolor lo que veo reflejado en ella, ni autocompasión... es rabia. Una gran rabia.

—Oí rumores, antes. Chicas que desaparecían de nuestra ciudad o de los pueblos vecinos. Y de Kosovo. No se me olvidaba cuando subí al bus... pero la esperanza es lo último que se pierde.

Traga saliva, y debajo de la rabia también veo angustia en sus ojos. Se siente idiota.

—Alessia, tú no tienes la culpa de nada, y tu madre tampoco. Ella actuó de buena fe.

—Sí, lo sé, y tenía que irme de allí.

—Lo entiendo.

—Conté a las chicas lo que Dante había dicho. Y tres de ellas me creyeron. Bleriana, ella me creyó. Y cuando tuvimos la oportunidad de escapar, lo hicimos. Corrimos. No sé si las demás lo consiguieron. No sé si Bleriana se salvó. —Detecto un atisbo de culpabilidad en su voz—. Tenía la dirección de Magda en un papel. Aquí la gente estaba celebrando la Navidad. Caminé durante días... Creo que fueron seis o siete días. No lo sé. Hasta que llegué a su casa. Y ella me cuidó.

—Menos mal que tenías a Magda.

—Sí.

—¿Dónde dormiste hasta llegar a casa de Magda?

—No dormí. No mucho. Hacía mucho frío. Encontré una tienda y robé un mapa.

Baja la mirada.

—Soy incapaz de imaginar el horror que has vivido, no sabes cuánto lo siento.

—Tú no tienes la culpa de nada. —Me dirige una leve sonrisa—. Eso fue antes de conocerte. Ahora ya sabes. Todo.

—Gracias por contármelo. —Me inclino hacia ella y la beso en la frente—. Eres una mujer muy, muy valiente.

—Gracias por escucharme.

—Siempre estaré aquí para lo que quieras contarme, Alessia. Siempre. ¿Vamos a casa?

Enciendo el motor y salgo del parqueadero en cuanto asiente con la cabeza, aparentemente aliviada. Me dirijo al carril de incorporación para regresar a la autopista.

—Hay una cosa que me gustaría saber —digo, dándole vueltas a la historia espeluznante que acaba de compartir conmigo.

—¿Qué?

—¿Tiene nombre?

—¿Quién?

—Tu... prometido. —Escupo la palabra. Lo aborrezco.

Niega con la cabeza.

—Yo nunca digo su nombre.

—Como Voldemort —mascullo entre dientes.

—¿Harry Potter?

—¿Conoces Harry Potter?

—Oh, sí. Mi abuela...

—Deja que lo adivine: ¿entraba libros de contrabando en Albania?

Alessia se echa a reír.

—No. Hizo que se los enviasen. A través de Magda. Mi madre me los leía de pequeña. En inglés.

—Ah, otra de las razones por las que lo hablas tan bien. ¿Ella también lo habla?

—¿Mi madre? Sí. Mi padre... A él no le gusta cuando hablamos entre nosotras en inglés.

—Me lo imagino. —Por otro lado, cuantas más cosas sé de su padre, menos simpatía me produce. Pero eso me lo guardo para mí—. ¿Por qué no buscas otra canción?

Se desplaza por la pantalla y los ojos se le iluminan cuando encuentra RY X.

—Hemos bailado esta canción.

—Nuestro primer baile.

Sonrío al recordarlo. Parece que fue hace una eternidad.

Nos instalamos en un cómodo silencio mientras escuchamos música. Parece atrapada por el ritmo mientras se balancea suavemente adelante y atrás. Me alegra ver que se ha serenado después de contarme su desgarradora historia.

No paro de darle vueltas a la cabeza mientras escoge otra canción. Si quiero protegerla de ese tipo, el hijo de puta que le hizo daño, el tal prometido, debo saberlo todo de él. Tengo que solucionar la situación legal en la que se encuentra Alessia, y con urgencia, pero no sé cómo. Casarme con ella ayudaría, pero creo que es necesario que esté aquí de manera legal para poder hacerlo. Llamaré a Rajah en cuanto llegue a casa.

Sonrío como un bobo cuando pasamos junto a la salida de Maidenhead y sacudo la cabeza, riéndome entre dientes de mi propia idiotez. "Maidenhead", virginidad. Estoy en comunión con el niño de doce años que llevo dentro. Miro a Alessia, pero no se ha percatado. Está sumida en sus pensamientos, tamborileando los dedos contra los labios.

—Se llama Anatoli. Anatoli Thaçi —dice.

¿Qué?

—¿El que no debe ser nombrado?

—Sí.

Archivo mentalmente el nombre de ese hijo de puta.

—¿Al final has decidido decírmelo?

—Sí.

—¿Por qué?

—Porque sin nombre tiene más poder.

—¿Como Voldemort? —Asiente—. ¿A qué se dedica?

—No estoy segura. Mi padre le debe una gran deuda, tiene que ver con su negocio o algo así. Pero no sé el qué. Anatoli es un hombre poderoso. Rico.

—¿En serio? —comento secamente. Rezo para que mi cuenta bancaria sea mayor que la suya.

—No creo que sus negocios sean... eee... legales. ¿Sí?

—Sí. Así es como lo diríamos. Es un delincuente.

—Un gánster.

—¿Qué te pasa a ti con los gánsteres? —Frunzo el ceño. Ella ríe entre dientes, un sonido irresistible e inesperado—. ¿Qué te hace tanta gracia?

—Tu cara.

—Ah. —Sonrío—. Razón de sobras.

—Adoro tu cara.

—Yo también le tengo bastante cariño.

Vuelve a reír, pero se pone seria enseguida.

—Tienes razón. Lo de él no tiene gracia.

—No, no la tiene, pero está muy lejos. Aquí no puede hacerte daño. Pronto llegaremos a casa. ¿Podemos volver a oír Rajmáninov?

—Claro —dice y se desplaza por la pantalla una vez más.

Detengo el F-Type frente a las oficinas. Oliver sale a saludarme y me tiende un nuevo juego de llaves del apartamento.

—Te presento a mi novia, Alessia Demachi.

Me inclino hacia atrás y Oliver alarga la mano a través de la ventanilla del carro para estrechar la de Alessia.

—Encantado —la saluda—. Lamento que nos conozcamos en estas circunstancias —añade con una cálida sonrisa. Alessia le corresponde con una sonrisa deslumbrante—. Espero que se haya recuperado de la terrible experiencia.

Alessia asiente.

—Gracias por ocuparte de todo —digo—. Nos vemos mañana en la oficina.

Se despide con la mano y me incorporo al tráfico con el Jaguar.

Maxim lleva las bolsas del carro al ascensor. Es extraño volver a este lugar sabiendo que ella también va a vivir aquí. En cuanto se abren las puertas y entran, Maxim suelta las bolsas y la atrae hacia sí.

—Bienvenida a casa —susurra, sintiendo que se le detiene el corazón.

Ella se estira para besarlo. Sus labios se encuentran y la besa largamente, con fuerza, hasta hacerle olvidar el nombre.

Ambos respiran de manera acelerada cuando se abren las puertas.

Y se topan con una mujer mayor en el umbral del ascensor. Lleva unas gafas de sol enormes, un sombrero de un rojo chillón con pendientes y abrigo a juego, y un perrito, una bola de pelo, que sujeta bajo el brazo. Maxim suelta a Alessia.

—Buenas tardes, señora Beckstrom.

—Ah, Maxim. Qué alegría verte de nuevo —contesta la mujer con voz estridente—. ¿O ahora debería dirigirme a ti por tu título?

—Maxim está bien, señora Beckstrom. —La esquiva para sacar a Alessia del ascensor y le aguanta la puerta—. Le presento a mi novia, Alessia Demachi.

—Encantada de conocerla. —La señora Beckstrom dedica a Alessia una sonrisa radiante, pero continúa hablando antes de darle la oportunidad de responder—. Veo que ya han reparado la puerta de casa. Espero que no se hayan llevado nada de valor.

—Nada que no tenga sustitución.

—Recemos para que no vuelvan.

—Creo que la policía ya ha dado con ellos.

—Bien. ¡Que los cuelguen!

¿Que los cuelguen? ¿Aquí cuelgan a la gente?

—Voy a sacar a pasear a Heracles, ahora que por fin ha parado de llover.

—Que disfrute de la tarde.

—Eso haré. ¡Lo mismo digo!

La mujer mira de reojo a Alessia, que no puede evitar ruborizarse. Las puertas se cierran y la señora Beckstrom desaparece.

—Es una vecina de toda la vida. Debe de tener unos mil años, y está como una regadera.

—¿Como una regadera?

—Loca —le aclara Maxim—. Y no dejes que el perro te engañe. Ese pequeño animal es malo como él solo.

Alessia sonríe.

—¿Cuánto hace que vives aquí?

—Desde los diecinueve años.

—No sé cuántos tienes ahora.

Maxim se echa a reír.

—Los suficientes para tener algo más de cabeza. —Alessia frunce el ceño mientras Maxim abre la puerta—. Tengo veintiocho años.

Alessia sonríe.

—¡Eres un anciano!

—Anciano. ¡Ya te daré yo a ti anciano!

Maxim se inclina por sorpresa y se la monta al hombro, evitando el costado magullado. Ella chilla y ríe mientras él entra bailando en el apartamento.

La alarma emite unos pitidos y Maxim se vuelve para dejar a Alessia frente al panel. Sin aliento, ella introduce el nuevo código que él le proporciona y cuando los pitidos cesan, Maxim la deja en el suelo delante de él para volver a tenerla entre los brazos.

—Me alegro de que estés aquí conmigo —dice.

—Yo también me alegro.

Saca del bolsillo las llaves que Oliver le ha dado antes.

—Para ti.

Alessia las acepta. El llavero tiene un colgante de cuero azul en el que se lee "Angwin House".

—Las llaves del reino —dice Alessia.

Maxim sonríe complacido.

—Bienvenida a casa. —Se inclina para besarla, sus labios no le dan tregua, y Alessia responde con un gemido mientras se pierden el uno en el otro.

Alessia grita cuando alcanza el orgasmo, un sonido que me la pone dura. Los dedos cerrados sobre las sábanas. La cabeza inclinada hacia atrás. La boca abierta. Le beso el clítoris mientras se retuerce debajo de mí, luego el vientre, el ombligo, la barriga y el pecho mientras gimotea, y recibiendo sus gritos en mi boca, me introduzco en ella.

Suena el teléfono. No me hace falta mirar quién llama, sé que se trata de Caroline. Le había prometido que quedaríamos. Lo ignoro y miro a Alessia, que dormita a mi lado. Está volviéndose bastante exigente en la cama... y eso me gusta. Me inclino sobre ella y le beso el hombro. Se mueve.

—Tengo que salir —murmuro.

—¿Adónde vas?

—Voy a ver a mi cuñada.

—Ah.

—Hace días que no la veo y tengo unos asuntos que resolver con ella. No tardaré.

Alessia se incorpora.

—Vale.

Mira por la ventana. Está oscuro.

—Son las seis de la tarde —le informo.

—¿Quieres que prepare la cena?

—Si encuentras algo. Gracias.

Sonríe.

—Eso haré.

—Si no encuentras nada, saldremos a cenar fuera. Estaré de vuelta en una hora.

Aparto las mantas a regañadientes, salgo de la cama y empiezo a vestirme bajo la mirada complacida de Alessia.

No le digo que temo esta reunión.

Capítulo veintiséis

—Buenas tardes, milord —me saluda Blake cuando abre la puerta de entrada de Trevelyan House.

—Hola, Blake. —No lo corrijo. Al fin y al cabo, por mucho que me pese, soy el conde—. ¿Está lady Trevethick en casa?

—Creo que se encuentra en el salón del desayuno.

—Genial. No hace falta que me acompañes, ya subiré solo. Ah, y dale las gracias a la señora Blake por ordenarlo todo después del robo. Ha hecho un trabajo fantástico.

—Lo haré, milord. Un asunto realmente desagradable. ¿Me llevo su abrigo?

—Gracias.

Me quito el abrigo y él se lo cuelga doblado de un brazo.

—¿Desea beber algo?

—No. Así está bien. Gracias, Blake.

Subo a toda prisa la escalera, giro a la izquierda, inspiro con fuerza para relajarme y abro la puerta del salón del desayuno.

Alessia mira con detenimiento el caótico vestidor del dormitorio de Maxim. Los cajones, los colgadores, todo está abarrotado de prendas suyas y no hay espacio para guardar la ropa que ella trae. Entra como puede con su bolsa de lona y procede a deshacer el equipaje. Va colgando sus prendas nuevas en el pequeño armario.

Tras colocar su neceser sobre la cama, se da una vuelta por el apartamento. Todo le resulta dolorosamente familiar, aunque ahora ve el lugar desde otro punto de vista. Siempre había pensado en la casa de Maxim como en un lugar de trabajo. Jamás se había atrevido a imaginar que algún día podría estar viviendo aquí con él. Jamás había aspirado a vivir en un sitio tan lujoso como este. Gira sobre sí misma al llegar a la puerta de la cocina, pues se siente aturdida y agradecida, y feliz. Es un sentimiento valioso y poco frecuente. Todavía le quedan muchas cosas que pensar relativas a su vida, pero, por primera vez en mucho tiempo, se siente esperanzada. Con Maxim a su lado, tiene la sensación de que no existe ningún obstáculo insuperable. Se pregunta si solo tardará una hora... Ya lo echa de menos.

Pasa los dedos por la pared el pasillo. Las fotografías que estaban allí colgadas han desaparecido. Quizá se las hayan llevado los ladrones.

¡El piano!

Corre hacia el salón. El piano sigue allí, ileso. Lanza un suspiro de alivio y enciende las luces. La sala está aireada y limpia, la colección de discos de Maxim sigue en su sitio. Pero la mesa del despacho se encuentra vacía: la computadora y el equipo de música han desaparecido. Aquí también faltan las fotografías que decoraban la pared. Avanza titubeante hacia el piano y estudia de cerca todas sus partes. Bajo el brillo de la araña del techo, se ve reluciente; recién pulido, piensa. Posa una mano sobre el ébano, rodea el instrumento y acaricia sus sinuosas curvas. Cuando llega al extremo donde Maxim compone, se da cuenta de que sus partituras han desaparecido. A lo mejor las han recogido. Levanta la tapa y pulsa la tecla del do central: es un sonido de color dorado que hace eco por toda la habitación y la seduce, la tranquiliza... la centra. Se sienta en la banqueta, sacude la cabeza para apartar la sensación de soledad y empieza a tocar el *Preludio n.º 23 en si mayor BWV 868*, de J. S. Bach.

Caroline está sentada junto a la chimenea, contemplando las llamas, envuelta con un chal de tela escocesa. No se vuelve a mirar cuando yo entro.

—Hola. —Mi saludo en voz baja compite con el crepitar del fuego.

Caroline mueve la cabeza en mi dirección con expresión desolada y las comisuras de los labios hacia abajo, con gesto de tristeza.

—Ah, eres tú —dice.

—¿A quién esperabas?

No se ha levantado para saludarme y empiezo a sentir que no soy bienvenido.

Ella suspira.

—Lo siento. Es que estaba pensando en qué haría Kit si estuviera aquí ahora.

Salida de la nada, mi propia aflicción emerge y me raspa como una manta de lana áspera. Me encojo de hombros para desprenderme de esa sensación y trago saliva para deshacer el nudo que me cierra la garganta. Al acercarme más a ella, me doy cuenta de que ha estado llorando.

—Oh, Caro... —murmuro y me acuclillo junto a su butaca.

—Maxim, soy una viuda. Tengo veintiocho años y estoy viuda. Esto no estaba en mis planes.

La tomo de la mano.

—Ya lo sé. No estaba en los planes de nadie. Ni siquiera en los de Kit.

Sus dolidos ojos azules me miran.

—No lo sé —dice.

—¿A qué te refieres?

Se echa hacia adelante para mirarme a la cara y con un susurro cómplice me dice:

—Creo que quería suicidarse.

Le apretujo los dedos.

—Caro. Eso no es cierto. No lo pienses. Fue solo un terrible accidente.

La miro a los ojos e intento dedicarle mi expresión más sincera, aunque la verdad es que yo he pensado lo mismo. No puedo permitir que ella se entere y yo tampoco quiero creerlo. El suicido es demasiado doloroso para los que quedamos atrás.

—No paro de pensar en ese día —prosigue ella y me mira a la cara en busca de respuestas—. Pero no tengo ni idea de por qué...

Dios mío, yo tampoco tengo ni idea.

—Fue un accidente —le repito—. Deja que me siente.

Le suelto la mano y me dejo caer en la butaca de enfrente, mirando a la chimenea.

—¿Quieres una copa? Al fin y al cabo, estás en tu casa. —Lo dice con un retintín de amargura que paso por alto.

No quiero discutir.

—Blake ya me la ha ofrecido y le he dicho que no.

Ella suspira y vuelve a mirar el fuego. Ambos lo hacemos, cada uno sumido en el dolor que siente por la pérdida de Kit. Había imaginado que ella me sometería a un tercer grado, pero no tiene ningunas ganas de hablar, y permanecemos sentados manteniendo un incómodo silencio. Pasado un rato, el fuego empieza a apagarse. Me levanto, coloco otros dos troncos sobre la rejilla y avivo las llamas.

—¿Quieres que me vaya? —le pregunto.

Ella sacude la cabeza.

Está bien.

Me recuesto en el asiento, y ella inclina la cabeza hacia un lado; el pelo le cae sobre la cara hasta que se lo coloca por detrás de la oreja.

—Me he enterado del robo. ¿Has perdido algo importante?

—No. Solo la computadora portátil y los platos de DJ. Creo que se han llevado mi iMac también.

—La gente es una mierda.

—Sí que lo es.

—¿Qué hacías en Cornualles?

—Esto y lo otro... —Intento resultar gracioso.

—Bueno, ¡cuánta información! —Entorna los ojos y veo un destello fugaz de la Caroline vivaracha que conozco—. ¿Qué hacías en Cornualles?

—Huir de unos delincuentes, para tu información.

—¿Delincuentes?

—Sí... Y enamorarme.

A lessia revisa los armarios y los cajones de la cocina en busca de algo que preparar para la cena. Nunca antes ha estudiado su contenido al detalle, pero a medida que va abriéndolos, se da cuenta de que los utensilios están limpios y las ollas y los sartenes están como nuevos. Sospecha que no los ha usado nadie. Dos de los sartenes todavía tienen la etiqueta del precio. Encuentra algo de comida en la despensa: pasta, salsa pesto, tomates desecados, unos tarros con hierbas aromáticas y especias. Suficiente para preparar un plato, aunque esos ingredientes no le sirven de inspiración. Echa un vistazo al reloj de la cocina. Maxim todavía tardará un rato. Tiene tiempo de ir al supermercado local y encontrar algo un poco más interesante para su hombre.

Un sonrisa tonta le aflora en el rostro.

Su hombre.

Su señor.

En el fondo del armario, encuentra la bolsita para congelados con cierre hermético que había guardado en un viejo calcetín de rugbi de Michal, la bolsita que contiene sus valiosos ahorros. Saca dos billetes de veinte libras, se los mete en el bolsillo trasero de los jeans, agarra el abrigo, activa la alarma y se va.

¿C ómo? —exclama Caroline—. ¿Tú? ¿Enamorado?

—¿Y por qué te parece tan improbable? —Advierto que no me pregunta nada sobre los delincuentes.

—Maxim, tú solo estás enamorado de tu verga.

—¡Eso no es cierto!

Ella suelta una risotada. Y es bueno que se ría, aunque no tan bueno que sea a mi costa. Al darse cuenta de mi reacción nada entusiasta, intenta controlar su tono burlón.

—Está bien, ¿quién se ha llevado el premio gordo esta vez? —pregunta con tono condescendiente.

—No tienes por qué ser tan sarcástica.

—Eso no es una respuesta.

Me quedo mirándola, y la calidez y el buen humor van esfumándose poco a poco de su rostro.

—¿Quién? —insiste.

—Alessia.

Frunce el ceño durante una décima de segundo y luego enarca las cejas de golpe.

—¡No! —Y suelta un suspiro ahogado—. ¿Tu asistenta?

—¿Qué quieres decir con ese no?

—Maxim. Esa chica es tu puta jodida asistenta, ¡literalmente!

Su mirada se ensombrece; se avecina una tormenta.

Me remuevo en el asiento, molesto por su reacción.

—Bueno, pero ya no es mi asistenta.

—¡Lo sabía! Cuando la conocí. En la cocina de tu casa. Te comportabas de forma tan rara y atenta con ella. —Escupe cada palabra como si fuera veneno.

Está horrorizada.

—No te pongas tan dramática. Tú no eres así.

—Sí que lo soy.

—¿Desde cuándo?

—Desde que al hijo de puta de mi marido le dio por suicidarse —espeta con la mirada vidriosa de rabia.

Mierda.

Lo ha hecho. Está usando la muerte de Kit para discutir.

Trago saliva para superar el impacto y la tristeza mientras nos quedamos mirándonos; el aire que nos separa está cargado de las ideas que no expresamos.

Ella vuelve a mirar el fuego con brusquedad, y su desprecio queda claro en la altivez de su barbilla.

—Podrías habértela cogido sin implicarla en tu vida —me reprocha.

—No puedo hacerlo. No es lo que quiero. Estoy enamorado de ella. —Hablo con suavidad, y mis palabras quedan suspendidas en el aire mientras espero la reacción de Caroline.

—Estás loco.

—¿Por qué?

—¡Ya sabes por qué! Es tu puta limpiadora, carajo.

—¿Y eso importa?

—¡Sí que importa!

—No, no importa.

—¡Ahí lo tienes! Estás loco porque crees que no importa.

—Loco de amor.

Me encojo de hombros. Esa es la verdad.

—¡Enamorado de la chica de la limpieza!

—Caro, no seas tan clasista. Uno no escoge de quién se enamora. El amor lo escoge a uno.

—¡Por el amor de Dios! —Se levanta de golpe y se me echa encima—. No me vengas con ese estúpido cliché. No es más que una mugrienta vividora, Maxim. ¿Es que no lo ves?

—¡Vete a la mierda, Caroline! —Me levanto, enervado por la sensación de injusticia, y quedamos prácticamente nariz con nariz—. No sabes nada sobre ella...

—Conozco a las de su calaña.

—¿De dónde? ¿De dónde conoces tú a las de su calaña, lady Trevethick? —lo digo subrayando cada sílaba, y mis palabras retumban en las paredes pintadas de azul y en los cuadros de esta pequeña sala de estar.

Estoy furioso.

¿Cómo se atreve a juzgar a Alessia? Caroline, como yo, ha tenido una vida de puro privilegio, carajo.

Se queda blanca como el papel y retrocede mirándome como si acabara de abofetearla.

Maldita sea.

Esto se te está saliendo de las manos, hombre.

Me paso los dedos por el pelo.

—Caroline, esto no es el fin del mundo.

—Sí lo es para mí.

—¿Por qué?

Se queda mirándome con una expresión que es a un tiempo de dolor y de rabia. Sacudo la cabeza.

—No lo entiendo. ¿Por qué te importa tanto?

—¿Qué pasa con lo que había entre nosotros? —me pregunta con la voz temblorosa y los ojos muy abiertos.

—No había nada entre nosotros. —Dios, está muy enojada—. Hemos cogido. Estábamos tristes. Seguíamos de luto. Por fin he conocido a alguien que me ha hecho seguir adelante y pensar en la vida que llevaba, y...

—Pero yo creía... —Me interrumpe, aunque se calla cuando ve mi mirada.

—¿Qué creías? ¿Que teníamos algo? ¿Que estábamos juntos? ¡Lo estuvimos! ¡Ya lo intentamos! ¡Y tú escogiste a mi hermano! —Se lo digo gritando.

—Éramos jóvenes —susurra—. Y cuando murió Kit...

—No. No. No. No tienes derecho a hacerme esto. No intentes hacerme sentir culpable, hacen falta dos personas para involucrarse, Caroline. Tú diste el primer paso cuando ambos nos sentíamos vacíos y angustiados por la pena. Quizá fuera una excusa. No lo sé. Pero no hacemos buena pareja. Nunca la hemos hecho. Tuvimos nuestra oportunidad, pero tú te largaste y te tiraste a mi hermano. Fuiste a por él y a por su título nobiliario. Yo no soy tu premio de consolación, mierda.

Se queda mirándome con expresión de completo horror.

Mierda.

—¡Largo de aquí! —dice entre dientes.

—¿Estás echándome de mi propia casa?

—¡Maldito hijo de puta! ¡Lárgate de una puta vez! ¡Fuera! —me grita.

Levanta una copa de vino vacía y me la lanza. Me impacta contra el muslo y cae al suelo de parqué. Nos sostenemos la mirada en el silencio asfixiante que se hace a continuación.

Le brotan lágrimas de los ojos.

Y yo ya no aguanto más. Doy media vuelta y salgo dando un fuerte portazo al cerrar.

Alessia camina animada por la calle hacia el pequeño supermercado que conoce en Royal Hospital Road. Es una noche fría y oscura, y mete las manos hasta el fondo de los bolsillos, agradecida por el grueso abrigo que Maxim le compró. Un escalofrío le recorre la espalda y le eriza el vello de la nuca.

Se vuelve para mirar, porque de pronto se siente inquieta. Pero, bajo la luz de las farolas, todo está en silencio; se encuentra sola, salvo por una mujer que pasea un perro enorme por la acera de enfrente. Alessia sacude la cabeza y se reprende a sí misma por haber tenido una reacción exagerada. En Albania, de noche, tenía miedo de los demonios, las criaturas malignas que rondan la tierra tras la caída del sol. Pero sabe que eso es solo una superstición. Todavía tiene los nervios a flor de piel tras su encuentro con Dante e Ylli. De todas formas, acelera el paso, llega deprisa al final de la calle y dobla la esquina hasta el supermercado Tesco Express.

La tienda está más llena de lo normal, y ella se siente agradecida de que haya tantos clientes paseándose por los pasillos. Agarra una cesta de la compra, se dirige hacia la sección de productos frescos y empieza a rebuscar entre las verduras en exposición.

—Hola, Alessia. ¿Cómo te va?

Le cuesta una décima de segundo darse cuenta de que la voz serena y conocida está hablando en albanés. Le cuesta otra décima de segundo sentirse presa del miedo que atenaza su corazón y su alma.

¡No! ¡Él está aquí!

Me quedo en la entrada de Trevelyan House intentando recuperar la calma. Hecho una furia, me abrocho los botones del abrigo para protegerme del frío gélido de febrero.

Esto no ha ido bien.

Cierros las manos en un puño y me las meto en los bolsillos.

Ahora mismo estoy enojadísimo. Demasiado enojado para ir a casa con Alessia. Necesito dar un paseo para tranquilizarme. Consumido por mis pensamientos y más que furioso, giro a la derecha y me dirijo con paso decidido hacia Chelsea Embankment.

¿Cómo podía creer Caroline que entre ella y yo había posibilidades?

Nos conocemos demasiado bien. Se suponía que éramos amigos. Ella sí que es mi mejor amiga. Y es la viuda de mi hermano, maldita sea.

Estás metido en un buen lío, amigo.

Aunque, a decir verdad, no tenía ni idea de que sintiera nada por mí más allá de ser el tipo con el que podía echar un polvo de vez en cuando.

Mierda. Está celosa.

De Alessia.

Mierda.

Estoy hecho un lío. Frunzo el ceño mientras voy por Oakley Street y paso de largo por el concesionario de Mercedes-Benz. Ni siquiera la conocida elegancia y belleza de la escultura del niño con un delfín de la esquina logra levantarme el ánimo. Mi ira es negra como la noche.

Alessia se vuelve con el corazón desbocado, nota la descarga del miedo como si le hubiera caído un rayo. De pronto se siente mareada y se le seca la boca. Anatoli se encuentra de pie a su lado e invade su espacio personal. Está cerca. Demasiado cerca.

—He estado buscándote —prosigue en su lengua materna.

Sus labios carnosos están torcidos, esbozando una sonrisa de aparente despreocupación que no armoniza con su mirada penetrante de ojos azul claro. La mira fijamente a la espera de respuestas. Su rostro de rasgos marcados se ve más delgado y tiene el pelo rubio más largo de lo que ella recuerda. Con su imponente altura, envuelto en lo que parece un caro abrigo italiano, incluso ahora es capaz de intimidarla.

Alessia empieza a temblar mientras se pregunta cómo diablos la ha encontrado.

—Ho-ho-ho-la, Anatoli—dice tartamudeando, con la voz temblorosa y teñida de miedo.

—Estoy seguro de que puedes hacerlo mejor, *carissima*. ¿No hay una sonrisa para el hombre con el que te vas a casar?

No. No. No.

Alessia siente los pies como pegados al suelo de la tienda a medida que la desesperación va paralizando su cuerpo. Piensa a toda velocidad, ¿cómo puede escapar? Está rodeada de compradores pendientes de sus cosas, aunque jamás se ha sentido tan atrapada y sola. A los demás les trae sin cuidado lo que ocurre a su alrededor.

Anatoli le acaricia con amabilidad la mejilla, con un dedo enguantado, y a ella se le encoge el estómago.

No me toques.

—He venido para llevarte a casa —dice como si nada, como si acabaran de hablar ayer mismo. Alessia se queda mirándolo, incapaz de hablar—. ¿No se te ocurre ninguna palabra amable? ¿No estás encantada de verme?

Sus ojos destellan por la chispa de la irritación. Pero hay algo más en su mirada, algo más siniestro. ¿Sus propias suposiciones? ¿Su asombro? ¿Su aceptación de un desafío?

Alessia nota que le sube la bilis por la garganta, pero se la traga. Él la agarra por el brazo, a la altura del codo, y se lo aprieta.

—Vas venir conmigo. He gastado una pequeña fortuna para localizarte. Tus padres están destrozados por tu desaparición y tu padre dice que no les has escrito para contarles que estás sana y salva.

Alessia está confundida. Eso no es lo que ha ocurrido. ¿Él sabe que su madre la ayudó? ¿Su madre está bien? ¿Qué ha dicho ella?

Él la sujeta con más fuerza.

—Deberías avergonzarte por lo que has hecho. Pero ya hablaremos de eso más adelante. Ahora mismo vamos a recoger tus cosas y voy a llevarte a casa.

Capítulo veintisiete

Bajo a toda velocidad por Cheyne Walk.

A la mierda. Necesito un trago para calmar los jodidos nervios. Echo un vistazo a mi reloj. Alessia no me espera en casa hasta las siete. Tengo tiempo. Doy media vuelta y me dirijo a Oakley Street con el Coopers Arms como claro destino en mi mente.

El viento sopla a mi alrededor, pero no siento frío. Estoy demasiado enojado. No puedo creer la reacción de Caroline.

Aunque tal vez ya me esperaba que reaccionara mal.

¿Me lo esperaba? ¿Tan mal? ¿Tanto como para echarme de casa?

Pues a la mierda.

Normalmente, la única persona que consigue ponerme de tan mal humor es mi madre.

Las dos son unas ricas insoportables.

Como yo.

Mierda.

¡No, yo no!

¿Qué dirá Caroline cuando le cuente que quiero casarme con Alessia?

¿Qué dirá mi madre?

Cásate con alguien que tenga dinero, cariño.

Kit supo elegir bien.

Mi humor se vuelve más sombrío en consonancia con la oscuridad de la noche, que me devuelve el eco de mis pasos.

No pienso ir contigo —dice Alessia con una voz temblorosa que delata su miedo.

—Ya discutiremos eso cuando estemos en la calle.

Anatoli le agarra el codo con más fuerza hasta un punto que le resulta doloroso.

—¡No! —grita Alessia, y consigue liberar el brazo de un tirón—. ¡No me toques!

Él le clava la mirada; el cuello se le enrojece y sus ojos se reducen hasta convertirse en gélidas agujas.

—¿Por qué te comportas así?

—Ya sabes por qué.

Él aprieta los labios en una fina línea.

—He venido de muy lejos para llevarte conmigo, y no pienso marcharme sin ti. Estás prometida conmigo porque tu padre así lo ha decidido. ¿Por qué quieres deshonrarlo?

Alessia se sonroja.

—¿Es por el hombre?

—¿El hombre?

A Alessia se le acelera el corazón.

¿Anatoli sabe lo de Maxim?

—Si es por él, lo mato.

—No hay ningún hombre —se apresura a asegurar con un hilo de voz mientras la invade una incontrolable espiral de miedo que la sume más y más en su abismo de desesperación.

—Esa amiga de tu madre. Envió un e-mail. Dijo que había un hombre.

Alessia está anonadada.

¿Magda?

Anatoli le quita la cesta de la compra y vuelve a aferrarla por el codo.

—Vámonos —ordena, y la lleva hacia las puertas automáticas, donde arroja la cesta en una pila cercana.

Alessia, que todavía no se ha recuperado del impacto producido por su aparición repentina, se deja arrastrar hasta la calle.

Estoy de pie en la barra con un Jameson entre las manos. El líquido ambarino me abrasa la garganta, pero logra calmar la tormenta interior al acumularse en mi estómago.

Soy un idiota.

Un idiota con priapismo.

Sabía que meterme en la cama con Caroline se me volvería en contra y acabaría pagando las consecuencias.

Mierda.

De todas formas, tiene razón. Nunca he sido capaz de pensar con otra cosa que no fuera con la punta de la verga. Hasta que llegó Alessia. Eso lo cambió todo.

Todo cambió para mejor.

Nunca he conocido a alguien como ella, alguien que no poseyera nada... a excepción de su talento, su inventiva y su cara bonita. Me pregunto qué habría sido de mi vida si hubiera nacido en un entorno más humilde. A lo mejor sería un músico que lucha por salir adelante... suponiendo que hubiera aprendido a tocar. *Mierda.* Hay demasiadas cosas que doy por sentadas. He avanzado por la vida sin ningún tipo de dificultad, me lo han servido todo en bandeja, no he tenido obstáculos y he hecho en todo momento lo que me ha venido en gana. Ahora tengo que trabajar para vivir, y hay centenares de personas que dependen de mí y de mis decisiones. Es una tarea ardua que conlleva una responsabilidad enorme, y que tengo que aceptar si quiero conservar mis privilegios.

Y justo en mitad de semejante situación, conozco a Alessia, y en un período de tiempo descaradamente breve resulta que me preocupo por ella más de lo que jamás me he preocupado por nadie. Más incluso de lo que jamás me he preocupado por mí mismo. La amo, y ella también me ama y se preocupa por mí. Es un curioso regalo del cielo, una mujer maravillosa que me necesita. Y yo la necesito a ella. Es una mujer que me impulsa a superarme.

Una mujer que quiere hacer de mí un hombre mejor.

¿No es eso lo que uno desea encontrar en la persona con quien ha de compartir la vida?

Y luego está Caroline. Mientras observo mi bebida con desánimo, no puedo evitar reconocer que odio discutir con Caroline. Ella es, sin duda, mi mejor amiga, siempre lo ha sido. Mi mundo se vuelve patas arriba si estamos de pelea. Nos había ocurrido algunas veces antes, cuando Kit estaba aquí para reconciliarnos, pero nunca me había echado de casa hasta hoy.

Lo peor es que quería pedirle ayuda para averiguar cuál es la situación legal de Alessia en el Reino Unido. El padre de Caroline es un pez gordo del Ministerio del Interior. Si alguien puede ayudarme, es él.

Pero de momento no tiene sentido que me lo plantee.

Apuro la copa. A Caroline se le pasará el enojo.

Espero que se le pase.

Estampo la copa en la barra y me despido del barman con una inclinación de cabeza. Son las 19:15, hora de irse. Tengo que volver a casa con mi chica.

Anatoli sujeta a Alessia por el codo con firmeza mientras la arrastra calle arriba hacia casa de Maxim.

—¿Eres su ama de llaves?

—Sí. —Le da una respuesta lacónica.

Está intentando no dejarse llevar por el pánico y pensar en todas las posibilidades.

¿Y si Maxim está en casa?

Anatoli ha amenazado con matarlo.

La idea de lo que Anatoli podría hacerle a Maxim resulta aterradora.

Magda debe de haberle escrito a su madre. *Pero ¿por qué?* Alessia le había suplicado que no lo hiciera.

Tiene que escapar, pero Alessia sabe que no será capaz de correr más aprisa que él.

Piensa, Alessia, piensa.

—¿O sea que trabajas para él?

—Sí.

—¿Y ya está?

Alessia vuelve la cabeza de golpe para mirarlo.

—¡Por supuesto! —responde en tono vehemente.

Él se detiene, tira de ella hacia sí de mala manera y le clava sus ojos de párpados caídos, por los que asoma un brillo de sospecha a la luz mortecina de las farolas.

—¿No me ha robado lo que es mío?

A Alessia le lleva unos instantes darse cuenta de lo que quiere decir.

—No —se apresura a contestar casi sin aliento, y se pone tan roja que las mejillas le arden a pesar del aire helado de febrero.

Anatoli hace un gesto de asentimiento, como dando a entender que la respuesta le satisface, y ella se siente momentáneamente aliviada.

La sigue hasta el interior del apartamento. Suena la alarma, y Alessia agradece que Maxim no haya vuelto. Anatoli da un vistazo al vestíbulo. Por el rabillo del ojo, ella observa su expresión de cejas arqueadas. Está impresionado.

—Tiene plata este hombre, ¿no? —masculla. Alessia no tiene claro si le está formulando la pregunta a ella o no—. ¿Y tú vives aquí?

—Sí.

—¿Dónde duermes?

—En esa habitación.

Alessia señala la puerta del dormitorio de invitados.

—¿Dónde duerme él?

Ella mueve la cabeza hacia la puerta del dormitorio principal. Anatoli la abre y entra con paso firme. Alessia aguarda en el pasillo, el pánico la ha dejado paralizada. ¿Podría escaparse? Pero él regresa al cabo de unos instantes con la papelera en la mano.

—¿Y esto? —dice con un gruñido.

Alessia consigue mover los músculos de la cara y arruga la nariz con asco al ver el condón en la papelera. Se encoge de hombros, haciendo verdaderos esfuerzos para mostrar despreocupación.

—Tiene novia. Han salido los dos por ahí.

Él devuelve la papelera a su sitio, aparentemente satisfecho con la respuesta de Alessia.

—Recoge tus cosas. Tengo el carro parqueado ahí fuera.

Ella sigue sin moverse, el corazón le va a cien por hora.

—Ven, despiértate. No quiero esperar a que él vuelva. No quiero montar ningún número. —Se desabrocha el abrigo, desliza la mano dentro de su chaqueta y saca una pistola—. Hablo en serio.

Alessia se queda blanca como el papel al ver el arma y se le entrecorta la respiración del pánico. Anatoli matará a Maxim, no le cabe ninguna duda. La cabeza empieza a darle vueltas, y reza en silencio al Dios de su abuela para que mantenga a Maxim alejado y a salvo.

—He venido a rescatarte. No sé por qué estás aquí, ya hablaremos de eso más tarde. Pero de momento quiero que vayas a recoger tus cosas. Nos vamos.

Su suerte está decidida. Se marchará con Anatoli. Tiene que hacerlo, para proteger al hombre al que ama. No le queda elección. ¿Cómo ha creído que podía escapar a la *besa* de su padre?

Los ojos de Alessia se llenan de lágrimas de impotencia cuando se dirige al dormitorio de invitados. Hace el equipaje en silencio y con eficiencia, las manos le tiemblan mientras la rabia y el terror pugnan por vencer en su interior. Desea marcharse antes de que regrese Maxim. Tiene que... protegerlo.

Anatoli se presenta en la puerta. Posa la mirada en ella y en la habitación vacía.

—Tienes un aire... diferente. Occidental. Me gusta.

Alessia no dice nada mientras cierra la cremallera de su bolsa de lona, pero por algún motivo agradece no haberse quitado el abrigo.

—No entiendo por qué lloras. —Anatoli parece de veras perplejo.

—Me gusta Inglaterra. Me gustaría quedarme. Yo he sido feliz aquí.

—Ya te has divertido una temporada. Es hora de volver a casa y afrontar tus responsabilidades, *carissima*.

Anatoli guarda la pistola en el bolsillo de su abrigo y toma la bolsa de Alessia.

—Tengo que dejar una nota —dice ella de repente.

—¿Por qué?

—Porque es lo correcto. Si no, mi jefe se preocupará. Se ha portado muy bien conmigo. —Es casi incapaz de pronunciar las palabras.

Anatoli se la queda mirando, y Alessia no sabría decir qué le pasa por la cabeza. A lo mejor está sopesando sus palabras.

—De acuerdo —accede por fin.

La sigue hasta la cocina, donde hay un cuaderno y un bolígrafo al lado del teléfono. Alessia escribe una nota rápida, eligiendo bien las palabras, con todas las esperanzas puestas en que Maxim sea capaz de leer entre líneas. Desconoce si Anatoli sabe hablar o leer en inglés, si es que sabe inglés. Pero no piensa arriesgarse; no puede escribir lo que verdaderamente querría decirle a Maxim.

Gracias por protegerme.

Gracias por enseñarme lo que significa amar.

Pero no puedo escapar a mi destino.

Te amo. Siempre te amaré. Hasta el día de mi muerte.

Maxim, mi amor.

—¿Qué pone?

Alessia le muestra la nota y lo observa examinarla con la mirada. Anatoli asiente.

—Bien, vámonos.

Deja su nuevo juego de llaves encima de la nota. Solo ha podido disfrutar de ellas unas horas.

Es una noche calmada y fría. La escarcha está empezando a formarse y produce destellos de un blanco glacial bajo la luz de las farolas. Cuando tuerzo la esquina, en la calle todo es silencio salvo por un hombre que a lo lejos cierra la puerta de un carro negro, un Mercedes Clase S parqueado justo delante de mi casa.

—¡Maxim!

Me vuelvo y veo a Caroline corriendo en mi dirección.

¿Caroline? ¿Qué diablos hace?

Sin embargo, hay algo en relación con el hombre del Mercedes que capta mi atención. Es raro, porque rodea el carro para dirigirse a la otra puerta. No me cuadra, hay algo que no entiendo. De pronto, todos mis sentidos se ponen en alerta: oigo el nítido taconeo de los zapatos de Caroline a medida que se acerca, la brisa helada me trae el olor del invierno y del Támesis, y agudizo la vista para fijarme en la matrícula del carro. Incluso desde tan lejos, veo que se trata de una matrícula extranjera.

El hombre abre la que debe de ser la puerta del conductor.

—¡Maxim! —Caroline vuelve a llamarme. Doy media vuelta y ella corre hasta mí y me arroja los brazos al cuello con tal fuerza que me veo obligado a abrazarla también para mantener el equilibrio y evitar que acabemos los dos por los suelos—. Lo siento muchísimo —dice entre sollozos.

No respondo y vuelvo a centrar mi atención en el carro. El conductor sube al vehículo y cierra la puerta con fuerza mientras Caroline sigue deshaciéndose en disculpas. No obstante, la ignoro porque en esos momentos el intermitente empieza a parpadear y el carro se aleja de la acera y queda iluminado por la luz de una farola.

Entonces la veo. La pequeña bandera roja y negra de Albania en la placa de matrícula.

Alessia oye que alguien grita el nombre de Maxim a lo lejos. Desde el lugar que ocupa en el asiento del acompañante, vuelve la cabeza justo en el momento en que Anatoli abre la puerta del conductor. Maxim se halla de pie junto al edificio donde vive... y una mujer rubia se arroja a sus brazos y lo estrecha.

¿Quién será?

Él le rodea la cabeza con una mano.

¡No!

La toma por la cintura.

Y entonces se acuerda: es la mujer que llevaba puesta su camisa, la que encontró en la cocina de su casa.

"Alessia, esta es mi amiga y cuñada... Caroline".

Anatoli cierra la puerta de golpe, y Alessia da un respingo y se ve obligada a mirar hacia delante.

¿Su cuñada? Si es su cuñada quiere decir que está casada... Pero su hermano está muerto.

Caroline es viuda.

Alessia ahoga un sollozo.

Es allí donde estaba. Con Caroline. Y ahora se están abrazando en plena calle y él la estrecha con fuerza. La sensación de traición la invade de forma repentina y cruel, y la hace trizas por dentro a la vez que destruye su confianza en sí misma... y en él.

Él. Su mister Maxim.

Una lágrima le resbala por la mejilla en el momento en que Anatoli pone en marcha el motor. Efectúa una maniobra sencilla para sacar el carro del lugar donde está estacionado y se aleja dejando atrás la única felicidad que Alessia ha conocido en su vida.

¡Maldita sea! —grito mientras el miedo produce una sensación sombría y lúgubre en mis entrañas.

Caroline se sorbe la nariz.

—¿Qué pasa?

—¡Alessia!

Abandono a Caroline y asciendo por la calle a toda prisa solo para ver que el carro desaparece en la distancia.

—Mierda. Mierda. Mierda. ¡Otra vez no!

Me estiro del pelo con las dos manos, impotente. Impotente
por completo.

—Maxim, ¿qué pasa? —Tengo a Caroline plantada a mi lado
junto a la puerta de mi casa.

—¡Se la han llevado!

Me palpo en busca de las llaves de la puerta de entrada.

—¿A quién? ¿De qué estás hablando?

—De Alessia.

Cruzo como un rayo la puerta de entrada del edificio y no me
molesto en tomar el ascensor. Dejo a Caroline al pie de la escalera
y subo volando los seis tramos hasta mi rellano. Cuando abro la
puerta del apartamento, salta la alarma y confirma el peor de mis
temores.

Alessia no está.

Apago la alarma y aguzo el oído, con la esperanza de estar
equivocado. Por supuesto, no consigo oír nada a excepción del
viento que hace vibrar la claraboya del vestíbulo y el bombeo de
la sangre en mis oídos.

Frenético, recorro a toda prisa habitación por habitación mientras mi imaginación se desata. La tienen. Vuelve a estar en su
poder. Mi dulce y valiente Alessia. ¿Qué le harán esos monstruos?
Su ropa ha desaparecido de mi apartamento.

En la cocina encuentro sus llaves y la nota.

> Mister Maxim:
> Ha venido mi prometido y va a
> llevarme a mi casa, a Albania.
> Gracias por todo.
>   Alessia

—¡No! —grito, abrumado por mi desesperación.

Cojo el teléfono y lo lanzo contra la pared. El aparato se hace
trizas y yo me arrojo al suelo y hundo la cabeza en las manos.

Por segunda vez en menos de una semana, tengo ganas de llorar.

Capítulo veintiocho

—Maxim, ¿qué diablos está pasando?

Levanto la cabeza y veo a Caroline de pie en la puerta. Está desaliñada y despeinada, pero se la ve más tranquila que hace unos minutos.

—Se la ha llevado.

Tengo la voz enronquecida mientras lucho por controlar mi rabia y mi desesperación.

—¿Quién se la ha llevado?

—Su prometido.

—¿Alessia tiene un prometido?

—Es complicado.

Ella se cruza de brazos y arruga la frente en un gesto que denota verdadera preocupación.

—Se te ve destrozado.

Le dirijo una mirada llena de furia.

—Lo estoy. —Me pongo de pie poco a poco—. Creo que acaban de secuestrar a la mujer con la que quiero casarme.

—¿Casarte?

Caroline se queda blanca como el papel.

—¡Sí, casarme, carajo!

Mi voz retumba en las paredes, y los dos nos miramos fijamente mientras mis palabras se quedan suspendidas en el aire, cargadas de arrepentimiento y recriminación. Caroline cierra los ojos y se coloca el pelo detrás de la oreja. Cuando vuelve a abrirlos, su mirada azul de acero tiene un aire resuelto.

—Pues entonces será mejor que los persigas —dice.

A lessia mira a la nada a través de la ventanilla del carro mientras derrama lágrimas sin poder parar. Fluyen con tanta profusión como intenso es el dolor de su desgracia.

Maxim y Caroline.

Caroline y Maxim.

¿Ha sido todo una mentira, lo vivido con él?

¡No! No puede dar crédito a la idea. Le dijo que la amaba, y ella lo creyó. Todavía quiere creerlo, pero por supuesto eso ya no importa. Nunca más volverá a verlo.

—¿Por qué lloras? —le pregunta Anatoli, pero ella no le hace caso.

A estas alturas le da igual lo que le haga. Tiene el corazón hecho pedazos y sabe que jamás se recompondrá. Él enciende la radio y por los altavoces retruena una alegre canción pop que crispa los nervios de Alessia. Sospecha que Anatoli ha encendido la radio para distraerse de su llanto silencioso. Él baja el volumen y le alarga una caja de pañuelos de papel.

—Toma. Sécate los ojos. Ya está bien de tanta tontería o te daré motivos para que llores de verdad.

Ella arranca un fajo de pañuelos y continúa observando con mirada lánguida el paisaje. Ni siquiera es capaz de mirar a Anatoli.

Sabe que en sus manos acabará muerta.

Y no puede hacer nada por evitarlo.

A lo mejor logra escaparse. Por Europa. A lo mejor puede elegir la forma de morir...

Cierra los ojos y se deja arrastrar a su infierno particular.

¿Que los persiga? —pregunto, con la mente acelerada.

—Sí. —Caroline muestra empatía—. Pero debo preguntarte qué te hace pensar que la han raptado.

—Su nota.

—¿Una nota?

—Toma.

Le entrego el pedazo de papel arrugado y doy media vuelta mientras me froto la cara para intentar poner en orden mis pensamientos inconexos.

¿Adónde piensa llevársela?

¿Se habrá marchado ella por voluntad propia?

No. Él siempre le ha resultado repulsivo.

¡Intentó romperle los dedos, carajo!

Debe de haberla obligado a ir con él.

¿Cómo diablos la ha encontrado?

—Maxim, por la nota no parece que la hayan raptado. ¿Se te ha ocurrido pensar que a lo mejor ha decidido volver a casa?

—Caro, no se ha marchado por voluntad propia. Créeme.

Tengo que conseguir que vuelva.

Mierda.

Paso como un rayo junto a Caroline y entro en la sala de estar.

—¡Maldita sea!

—¿Y ahora qué pasa?

—¡No tengo ni una puta computadora que funcione!

Necesito que me des tu pasaporte —anuncia Anatoli mientras recorren las calles de Londres a toda velocidad.

—¿Qué?

—Vamos a entrar en el eurotúnel. Necesito tu pasaporte.

El eurotúnel. ¡No!

Alessia traga saliva. Esto es real. Está ocurriendo. Se la está llevando de vuelta a Albania.

—No tengo pasaporte.

—¿Cómo que no tienes pasaporte?

Alessia se lo queda mirando.

—¿Por qué, Alessia? ¡Dímelo! ¿Se te ha olvidado empacarlo? No lo entiendo. —Él pone mala cara.

—Unos hombres me introdujeron en el país de forma ilegal y me quitaron el pasaporte.

—¿Unos hombres? ¿Te introdujeron de forma ilegal?

Anatoli aprieta la mandíbula y un músculo empieza a palpitarle en la mejilla.

—¿Qué está pasando aquí?

Alessia está demasiado cansada y destrozada para explicárselo.

—No tengo pasaporte.

—¡Maldita sea! —Anatoli da un golpe en el volante con la mano abierta, y ella se estremece por el ruido.

—Alessia, despierta.

Algo ha cambiado. Alessia se siente confusa.

¿Maxim?

Abre los ojos y su corazón se hunde un poco más en la miseria. Está con Anatoli, y este ha parado el carro, lo ha parqueado en el borde. Es de noche, pero a la luz de las farolas puede ver que están en una carretera rural rodeados de campos helados.

—Sal del carro —le ordena.

Alessia se queda mirándolo, y en su pecho florece un atisbo de esperanza.

Va a dejarla allí. Podrá volver caminando. Ya lo consiguió una vez.

—¡Sal! —le ordena con más contundencia.

Él abre la puerta del conductor, se baja del carro, lo rodea, y luego abre la puerta de Alessia de par en par. La toma de la mano y la arranca del asiento para luego llevarla hasta la parte trasera del vehículo y abrir el maletero. Está vacío salvo por una pequeña maleta con ruedas y la bolsa de lona de Alessia.

—Tendrás que meterte aquí.

—¿Qué? ¡No!

—No nos queda otra opción. No tienes pasaporte. Entra.

—Por favor, Anatoli, odio la oscuridad. Por favor.

Él pone mala cara.

—Entras tú o te meto yo.

—Anatoli, por favor. No. ¡No me gusta la oscuridad!

Él se apresura a tomarla, lanzarla dentro del maletero y cerrar la puerta antes de que Alessia pueda defenderse.

—¡No! —grita ella.

Dentro está todo negro como boca de lobo. Empieza a patalear y a gritar mientras la oscuridad le invade los pulmones y la ahoga como la bolsa de plástico de la última vez que cruzó el Canal.

No puede respirar. No puede respirar. Grita.

La oscuridad no. La oscuridad no. La oscuridad no.

Segundos más tarde, la puerta se abre y una luz cegadora le enfoca la cara.

—Toma. Agarra esto. —Anatoli le da una linterna—. No sé cuánto le durará la pila, pero no tenemos elección. Cuando estemos en el tren, podré abrir el maletero.

Alessia, atónita, toma la linterna y la abraza contra el pecho para protegerse. Él recoloca la bolsa de lona de modo que pueda utilizarla como almohada y luego se quita el abrigo y la cubre con él.

—Puede que tengas frío. No sé si aquí llega la calefacción. Ponte a dormir. Y estate calladita.

La mira con dureza y vuelve a cerrar el maletero.

Alessia aferra la linterna y cierra los ojos con fuerza, intentando normalizar la respiración mientras el carro arranca. Empieza a tocar mentalmente una y otra vez el *Preludio n.º 6 en re menor* de Bach; en su cabeza los colores forman luminosos tonos de azul y turquesa; sus dedos se mueven para tocar cada una de las notas a la luz de la linterna.

Alessia se despierta cuando siente que la zarandean. Mira a Anatoli adormilada, y este se encorva sobre ella mientras mantiene abierta la puerta del maletero. Su aliento forma una vaharada nebulosa en torno a él, iluminado por la única farola del parqueadero. Tiene el rostro severo y ceniciento.

—¿Por qué has tardado tanto en despertarte? ¡Creía que estabas inconsciente! —Se le oye aliviado.

¿Aliviado?

—Pasaremos la noche aquí —anuncia.

Alessia pestañea mientras se arrebuja dentro del abrigo. Hace frío. Tiene la cabeza embotada de tanto llorar y los ojos hinchados. Y no quiere pasar la noche con él.

—Fuera —le espeta Anatoli y le tiende la mano.

Alessia se incorpora con un suspiro. A su alrededor sopla un viento frío que hace que el pelo le azote la cara. Con el cuerpo agarrotado, hace un esfuerzo para salir del carro tras rechazar la ayuda de Anatoli. No quiere que le ponga la mano encima. Él la rodea para alcanzar su abrigo y se lo pone. Luego agarra la maleta y le da a Alessia la bolsa de lona con su ropa antes de cerrar el maletero.

El parqueadero está desierto salvo por dos carros más. No muy lejos, Alessia ve un edificio bajo y anodino que supone que es un hotel.

—Sígueme.

Él se dirige con paso firme hacia la entrada, y Alessia deja la bolsa en el suelo sin hacer ruido, da media vuelta y echa a correr.

Permanezco mirando al techo mientras en mi mente dan vueltas sin parar todos los planes que he ido forjando desde que se llevaron a Alessia. Mañana tomaré un avión rumbo a Albania, y Tom Alexander me acompañará. Por desgracia, no disponemos de suficiente antelación para volar en jet privado, de modo que tendremos que viajar en un vuelo comercial. Gracias a Magda, tenemos la dirección de los padres de Alessia. Y también gracias a Magda, Anatoli encontró a Alessia, pero no me permito recrearme en ese detalle porque la rabia me enciende por dentro.

Cálmate, hombre.

Tomaremos un carro, viajaremos hasta Tirana, y pasaremos la noche allí en el hotel Plaza. Tom lo ha dispuesto todo para que nos encontremos con un traductor que nos acompañará hasta Kukës al día siguiente.

Y allí nos quedaremos todo el tiempo que haga falta, esperando a Alessia y su secuestrador.

No es la primera vez durante la tarde que pienso que debería haberle comprado el teléfono. Es muy frustrante no poder ponerme en contacto con ella.

Espero que esté bien.

Cierro los ojos y me imagino escenas horribles.

Mi chica dulce.

Mi dulce, dulce Alessia.

Voy a ir a buscarte. Estaré ahí.

Te amo.

A lessia corre a ciegas en la oscuridad, propulsada por el subidón de adrenalina. Corre por el asfalto y luego por la áspera hierba. Oye gritos detrás. Es él. Oye el fuerte ruido de sus pisadas sobre el suelo helado. Cada vez más cerca.

Más y más cerca.

Luego, silencio.

Ha llegado a la hierba.

No.

Se obliga a correr más rápido con la esperanza de que sus pies logren alejarla de Anatoli, pero él la alcanza y ella se siente caer. *Caer.* La sujeta con tal fuerza que la hierba helada le hace arañazos en la cara. Anatoli está acostado sobre ella, que yace boca abajo, sin resuello.

—Puta imbécil. ¿Dónde carajos creías que ibas a ir a estas horas? —le silba al oído.

Se arrodilla y la arrastra para colocarla boca arriba, y entonces se le sienta encima a horcajadas y le da un bofetón en la mejilla que le vuelve la cara. Se inclina sobre ella, le pone la mano en el cuello y aprieta.

Va a matarla.

Ella no opone resistencia.

Lo mira directamente a los ojos, y en el azul glacial ve el reflejo de su negro corazón. Su odio. Su ira. Su ineptitud.

Él aprieta más, le está arrebatando la vida. La cabeza empieza a darle vueltas. Ella levanta la mano y le toma el brazo.

Así es como voy a morir...

Ve llegar su final. Allí. En algún lugar de Francia a manos de ese hombre violento. Y desea que sea así. Lo agradece. No quiere vivir toda la vida presa del miedo, como su madre.

—Mátame —logra articular.

Anatoli masculla algo incomprensible... y la suelta.

Alessia da una gran bocanada y se lleva las manos al cuello mientras tose y resuella, porque su cuerpo decide por ella y lucha por la vida, aspirando el preciado aire y devolviéndola al mundo.

Se esfuerza para poder hablar.

—Por esto es por lo que no quiero casarme contigo. —Su voz suena ronca, débil y forzada desde la dañada laringe.

Anatoli le agarra la mandíbula y se inclina sobre ella con la cara tan cerca que puede sentir el calor de su aliento en la mejilla.

—Una mujer no es más que un bulto, hecho para aguantar —gruñe con un brillo cruel en la mirada.

Alessia lo mira mientras las lágrimas le abrasan las mejillas y le arrasan los ojos. No era consciente de que estaba llorando. Anatoli está citando el antiguo Kanun de Lekë Dukagjinit, el antiguo código de honor feudal por el que las tribus de las montañas del norte y el este de su país se rigieron durante años. Su legado sigue vivo. Y Anatoli se ampara en él.

—Estaría mejor muerta que contigo —dice con la voz totalmente desprovista de emoción.

Él frunce la frente, perplejo.

—No seas ridícula. —Poco a poco, se levanta y se queda de pie sobre ella—. Levántate.

Alessia vuelve a toser y trata de ponerse de pie como puede. Anatoli la aferra del codo y la lleva de vuelta hasta el lugar del parqueadero donde ha dejado abandonada la bolsa de lona. Él la recoge, y también su maleta, situada a unos cuantos pasos de distancia.

No se entretiene demasiado en la recepción. Alessia aguarda detrás de Anatoli mientras este entrega su pasaporte y la tarjeta de crédito. Habla francés con fluidez, pero Alessia está demasiado agotada y dolorida para dejarse sorprender.

La austera suite que ocupan tiene dos espacios principales. La sala de estar tiene un mueble gris oscuro y una pequeña cocina en un lateral. La pared detrás del sofá está pintada a rayas alegres y dispares. Un poco más allá, a través de la puerta entreabierta, Alessia descubre dos camas dobles. Da un suspiro de alivio. Dos camas, no una; dos.

Anatoli arroja la bolsa de lona al suelo, se quita el abrigo y lo lanza encima del sofá. Alessia lo observa mientras nota cómo retumba el pulso en sus oídos, que en mitad del silencio de la sala resulta ensordecedor.

¿Y ahora qué? ¿Qué hará?

—Tienes la cara hecha un desastre. Ve a lavarte.

Anatoli señala el baño.

—¿Y de quién es la culpa? —le suelta Alessia.

Él la fulmina con la mirada, y ella repara por primera vez en sus párpados enrojecidos y su cara pálida. Se le ve exhausto.

—Haz lo que te digo y punto.

Incluso su voz suena exhausta. Alessia se dirige al dormitorio, y de allí al cuarto de baño, donde cierra la puerta con tanta fuerza que el ruido la obliga a dar un respingo.

El cuarto de baño es pequeño y sórdido, pero la deficiente luz de la lámpara que hay sobre el espejo le muestra su reflejo, y Alessia ahoga un grito. Tiene una mejilla roja debido al bofetón, y en la otra un rasguño le recorre el pómulo a causa de la caída sobre la hierba. Alrededor del cuello tiene marcas de un rojo vivo con la forma de los dedos de Anatoli. Al día siguiente le quedarán moratones. Pero lo que más la sorprende son los ojos desprovistos de vida que la observan por debajo de los párpados hinchados.

Ya está muerta.

Con movimientos rápidos y automáticos, se lava la cara, y se estremece cuando el agua jabonosa entra en contacto con el rasguño. Se seca dándose ligeros toques con una toalla.

Cuando vuelve a entrar en la sala de estar, Anatoli ha colgado la chaqueta y está explorando el minibar.

—¿Tienes hambre? —le pregunta.

Ella sacude la cabeza.

Él se sirve una copa —whisky escocés, según cree Alessia— y la apura de un solo trago mientras cierra los ojos para disfrutar de su sabor. Cuando vuelve a abrirlos, parece más calmado.

—Quítate el abrigo.

Alessia no se mueve.

Él se pellizca el puente de la nariz.

—Alessia, no quiero pelearme contigo. Estoy cansado. Aquí se está bien, hace calor, pero mañana nos tocará salir a pasar frío otra vez. Por favor, quítate el abrigo.

Ella se quita el abrigo con desgana, y mientras lo hace Anatoli la mira y hace que se sienta cohibida.

—Me gustas en jeans —le dice, pero Alessia es incapaz de mirarlo. Se siente como un cordero en una subasta de ganado mientras él decide su valor.

Oye ruido de botellas, pero esta vez Anatoli saca de la nevera un agua con gas.

—Toma, debes de tener sed. —Sirve el agua en un vaso y se lo ofrece a Alessia. Tras dudar unos instantes, ella lo acepta y bebe—. Es casi medianoche, deberíamos dormir.

Sus miradas se cruzan y él esboza una sonrisita.

—Ah, *carissima*. Debería hacerte mía después de la que me has jugado ahí fuera. —Le toma la barbilla y ella se estremece al notar el contacto de sus dedos en la piel.

No me toques.

—Eres preciosa —musita, como si hablara solo para sí—. Pero

no tengo energía para batallar contigo. Y me temo que será una batalla, ¿verdad?

Ella cierra los ojos, luchando contra la oleada de repulsión que le revuelve el estómago. Anatoli se echa a reír y sus labios le rozan la frente al darle un ligero beso.

—Aprenderás a quererme —susurra.

A continuación toma el equipaje y lo lleva al dormitorio.

Nunca.

Este hombre delira.

Su corazón pertenece a otro. Siempre le pertenecerá a Maxim.

—Ve a cambiarte para irte a la cama —le ordena él.

Ella niega con la cabeza.

—Dormiré así. —No confía en él.

Anatoli ladea la cabeza con expresión seria.

—No. Quítate la ropa. Si estás desnuda, no te escaparás.

—No lo haré.

Alessia se cruza de brazos.

—¿Qué quiere decir "no lo haré"? ¿Que no te escaparás o que no piensas desnudarte?

—Las dos cosas.

Él da un suspiro de frustración y cansancio.

—No te creo. Pero tampoco entiendo por qué quieres escaparte.

—Porque eres un hombre violento y desagradable, Anatoli. ¿Por qué iba a querer pasar el resto de mi vida contigo? —La voz de Alessia no denota ya emoción alguna.

Él se encoge de hombros.

—No tengo energía para seguir con esta conversación. Métete en la cama.

Aprovechando el momento, por si cambia de opinión, Alessia se escabulle a la habitación de la suite. Una vez allí, se quita las botas y se acurruca encima de la cama, en el extremo más alejado, dándole la espalda a Anatoli.

Lo oye recorrer el dormitorio mientras se desnuda y dobla la ropa. Cada movimiento y cada ruido la pone más y más nerviosa. Al cabo de lo que se le antoja una eternidad, oye el ligero ruido de sus pasos cuando se acerca a la cama. Anatoli se detiene a su lado, con la respiración agitada, y Alessia, al notar sus ojos clavados en ella, se esfuerza por cerrar más los suyos, haciéndose la dormida.

Él chasquea la lengua en señal de desaprobación. Alessia oye que remueve sábanas y mantas y, para su sorpresa, la tapa con una manta. Luego apaga la luz y el dormitorio queda sumido en la oscuridad, y el colchón se hunde un poco cuando Anatoli se acuesta.

¡No! Él debería estar en la otra cama.

Alessia se pone tensa, pero él está dentro de la cama y ella está encima de las sábanas. Anatoli la rodea con un brazo y se acomoda más cerca de ella.

—Si te levantas, me daré cuenta —dice y le besa el pelo.

Ella se aparta y aferra su pequeña cruz de oro.

Muy pronto la respiración acompasada de Anatoli le indica que está dormido.

Alessia se queda mirando la oscuridad que tanto teme, y desea que se la trague. Las lágrimas se niegan a brotar de sus ojos. Ya ha llorado todo lo que tenía que llorar.

¿Qué estará haciendo Maxim?

¿Me echa de menos?

¿Estará con Caroline?

Ve a Caroline en los brazos de Maxim mientras él la sostiene contra sí, y le entran ganas de ponerse a gritar.

Alessia tiene calor, y oye de fondo que alguien está hablando. Abre momentáneamente un ojo, desorientada; no sabe dónde está.

No... No... No.

Una oleada de miedo y desesperación la llena de angustia al recordarlo.

Anatoli.

Está al teléfono en la otra habitación. Alessia se incorpora y escucha.

—Está bien... no. Qué va... No tiene ganas de volver a casa. No lo entiendo. —Está hablando con alguien en albanés, y se le oye confuso y molesto—. No lo sé... Es posible... Había un hombre. El que la tenía contratada. El que salía en el e-mail.

¡Está hablando de Maxim!

—Ella dice que hacía de limpiadora, pero no lo sé, Jak.

¡Jak! ¡Está hablando con mi padre!

—La quiero mucho. Es preciosa.

¿Qué? ¡Pero si este hombre no tiene ni idea de lo que significa querer!

—Aún no me lo ha dicho, pero yo también tengo ganas de saberlo. ¿Por qué se fue? —La voz se le quiebra. Está afectado.

¡Me fui por ti!

Se fue para alejarse de él todo lo posible.

—Sí. La traeré de vuelta a casa. Y me aseguraré de que no le pase nada malo.

Alessia se lleva las manos al cuello, que todavía tiene resentido.

¿Qué diablos está diciendo? ¿Que no me pase nada malo?

Es un mentiroso.

—Conmigo está a salvo.

¡Ja! Alessia casi siente ganas de echarse a reír ante la ironía suprema que encierra esa afirmación.

—Mañana por la noche... Sí... Adiós.

Lo oye avanzar hacia el dormitorio, y de pronto aparece en la puerta vestido tan solo con calzoncillos y camiseta interior.

—¿Estás despierta? —le pregunta.

—Por desgracia, eso parece.

Él le lanza una mirada extraña y opta por ignorar el comentario.

—Ahí fuera tienes algo para desayunar.

—No tengo hambre.

Alessia se siente desafiante y temeraria. Ya todo le da igual. Ahora que Maxim está fuera de peligro, puede comportarse como le venga en gana.

Anatoli se frota la barbilla y la mira con aire reflexivo.

—Haz lo que quieras —dice—. Dentro de veinte minutos nos vamos. Tenemos un largo camino por delante.

—No pienso ir contigo.

Él alza los ojos al techo en señal de exasperación.

—*Carissima*, no tienes elección. No compliques más las cosas para los dos. ¿No quieres ver a tu padre y a tu madre?

Mama.

Él arquea las cejas un milímetro. Ha dado con su punto débil y, saboreando la victoria, se dispone a dar el golpe de gracia.

—Tu madre te echa de menos.

Alessia sale de la cama y, con gesto hosco, recoge la bolsa de lona. Luego, dando un rodeo para esquivar a Anatoli en lo posible, se dirige al cuarto de baño con la intención de lavarse y cambiarse de ropa.

Bajo la ducha empieza a forjarse una idea en su cabeza.

Tiene su dinero. A lo mejor sí que debería regresar a Albania. Allí podría conseguir un pasaporte nuevo, y una visa, y volver a Inglaterra.

Tal vez sea mejor seguir con vida.

Y, mientras se seca enérgicamente el pelo con la toalla, tiene la sensación de que su vida adquiere cierto rumbo.

Volverá con Maxim. Y lo comprobará con sus propios ojos. Comprobará si todo aquello que compartieron fue tan solo una mentira.

Capítulo veintinueve

Alessia dormita en el asiento delantero. Van por una autopista, conduciendo demasiado deprisa. Llevan horas viajando, a través de Francia y Bélgica y, según cree, ahora están en algún lugar de Alemania. Es un día de invierno frío y húmedo, y el paisaje es plano y desolado, un reflejo del estado de ánimo de Alessia. No. Lo que siente es más que desolación: es pura desesperación.

Anatoli parece completamente decidido a llegar a Albania lo antes posible. En ese momento está escuchando un programa de radio en alemán, idioma que Alessia no entiende. La monotonía de las voces, el zumbido constante del ruido de la carretera y la deprimente imagen de los campos le están entumeciendo los sentidos. Ella lo que quiere es dormir. Cuando duerme, su angustia pasar a ser un leve murmullo, como una radio mal sintonizada. No es el dolor lacerante que le destroza el corazón cuando está consciente.

Entonces piensa en Maxim.

Y el dolor se agudiza.

Deja de pensar en él. Es demasiado.

Mira a través de sus ojos cansados a su "prometido", escudriñándolo. Este tiene la vista fija delante, con gesto de concentración, mientras el Mercedes recorre un kilómetro tras otro. Es de tez clara, una indicación de su procedencia, pues su familia proviene del norte de Italia. Tiene la nariz recta, los labios carnosos y lleva el pelo rubio —un rasgo insólito en la pequeña ciudad de Alessia— largo y revuelto. Alessia es capaz de mirarlo desapasionadamente y juzgarlo como un hombre atractivo. Sin embargo, esos labios tienen un rictus cruel, y esos ojos son fríos y cortantes cuando la fulmina con la mirada.

Recuerda cuando lo conoció, lo encantador que se había mostrado con ella. Su padre le había dicho que Anatoli era un hombre de negocios de ámbito internacional. Durante ese primer encuentro, él le había parecido sumamente apuesto e interesante. Tenía mucho mundo, y ella había escuchado embelesada sus historias de Croacia, Italia y Grecia... todos esos sitios tan lejanos para ella. Alessia se había mostrado tímida, pero estaba contenta de que su padre hubiese elegido a un hombre tan erudito para ella.

Si hubiera sabido cómo era en realidad...

Después de un par de encuentros más, empezó a ver algunas caras del hombre que era en verdad. Su ira irracional contra los niños locales que habían acudido entusiasmados a ver su carro cuando fue a visitarla, su mal genio al discutir de política con su padre, y su disimulada admiración cuando su padre había reprendido a su madre por derramar un poco de raki. Las señales estaban ahí, y había reprendido a Alessia en público unas cuantas veces también, pero su verdadera naturaleza se había visto constreñida por las normas sociales.

Fue en la boda de un dignatario local, donde Alessia estaba tocando el piano, cuando Anatoli reveló al fin su lado oscuro. Dos hombres jóvenes, a los que había conocido en la escuela donde trabajaba, se quedaron charlando con ella cuando terminó de tocar. Estuvieron flirteando con ella hasta que Anatoli se las arregló para llevársela aparte, a una habitación un poco apartada, lejos de ellos y del festejo. Alessia, presa de un secreto entusiasmo, creía que iba a robarle un beso, ya que era la primera vez que estaban solos los dos. Pero no: Anatoli estaba furioso. Le cruzó la cara de una bofetada, dos veces. Fue un shock, a pesar de que la convivencia con su padre la había preparado para el castigo físico.

La segunda vez que sucedió, Alessia estaba en la escuela. Un chico fue a hacerle un par de preguntas después de su recital. Anatoli lo echó de malos modos de allí y la arrastró al guardarropa. Una vez allí, le pegó un par de veces, le agarró las manos, le presionó los dedos hacia atrás y la amenazó con rompérselos si volvía a sorprenderla coqueteando con un hombre. Ella le suplicó que la soltara y, por suerte, eso hizo, pero la tiró al suelo y la dejó allí, sollozando, sola en la habitación.

La primera vez, Alessia mantuvo su agresión en secreto. La excusó. Había sido una sola vez. Ella se había portado mal. Había dado alas a los dos jóvenes sonriéndoles.

La segunda vez, Alessia se quedó destrozada.

Había creído que tal vez podría romper el círculo de violencia que asediaba a su madre, pero fue su madre quien la encontró mientras yacía hecha un ovillo en el suelo, llorando y temblando.

No quiero que pases tu vida al lado de un hombre violento.

Habían llorado juntas.

Y su madre había tomado cartas en el asunto.

Pero había sido todo en vano.

Ahora, allí estaba ella... con él.

Anatoli la mira de reojo.

—¿Qué pasa?

Alessia rehúye su mirada, ignorándolo, y mira por la ventana.

—Deberíamos parar. Tengo hambre, y tú no has comido nada —dice.

Ella sigue sin hacerle caso, a pesar de que el estómago le ruge, haciéndole evocar sus recuerdos de la caminata de seis días hasta Brentford.

—¡Alessia! —le espeta él, sobresaltándola.

Se vuelve hacia él.

—¿Qué?

—Te estoy hablando.

Ella se encoge de hombros.

—Me has secuestrado. No quiero estar contigo, y ¿encima esperas que te dé conversación?

—No sabía que podías ser tan desagradable —masculla Anatoli.

—Pues acabo de empezar.

Anatoli hace una mueca y, para su sorpresa, su comentario parece hacerle gracia.

—Si hay algo que puedo decir sobre ti, *carissima*, es que uno no se aburre contigo. —Acciona el intermitente y salen de la autopista hacia un área de servicio—. Aquí hay una cafetería. Vamos a comer algo.

Anatoli le pone delante una bandeja con café solo, varios sobres de azúcar, una botella de agua y un sándwich de queso.

—No puedo creer que yo te esté sirviendo a ti —le dice al sentarse—. Come.

—Bienvenido al siglo XXI —replica Alessia, cruzándose de brazos con gesto desafiante.

A él se le endurece el semblante.

—No voy a repetírtelo.

—Oh, haz lo que quieras, Anatoli. No pienso comer. Tú lo has comprado, tú te lo comes —le suelta ella, haciendo caso omiso de los rugidos de su estómago. Un destello de sorpresa asoma a los ojos de Anatoli, pero frunce los labios y Alessia sospecha que está conteniendo una sonrisa. Lanza un suspiro, alarga el brazo, agarra el sándwich de ella y le da un enorme bocado con aire exageradamente teatral. Con la boca llena, parece absurda y ridículamente complacido consigo mismo; tanto es así, que a Alessia se le escapa una risa involuntaria.

Anatoli sonríe, una sonrisa auténtica que le alcanza los ojos. La mira con expresión afectuosa y ya no intenta disimular su buen humor.

—Ten —dice, y le da el resto del sándwich. Su estómago escoge ese preciso instante para rugir de nuevo, y cuando él lo oye, se le ensancha la sonrisa. Ella mira primero al sándwich y luego a él, y entonces lanza un suspiro. Tiene mucha hambre. A regañadientes, acepta el sándwich y empieza a comer.

—Así está mejor —dice él, y le da un bocado a su propia comida.

—¿Dónde estamos? —pregunta Alessia tras unos bocados.

—Acabamos de pasar Frankfurt.

—¿Cuándo llegaremos a Albania?

—Mañana. Espero estar en casa mañana por la tarde.

Siguen comiendo en silencio.

—Acaba. Quiero ponerme en marcha. ¿Tienes que ir al baño? —Anatoli se pone de pie y la mira, listo para marcharse. Alessia se toma el café sin azúcar.

Como Maxim.

Está amargo, pero se lo bebe igualmente y toma su botella de agua. El área de servicio, con su parqueadero gigantesco y el olor a combustible diésel le resulta tremendamente familiar y le recuerda al viaje que hizo con Maxim... con la diferencia de que ella quería estar con él. A Alessia le duele el corazón. Cada vez está más y más lejos de Maxim.

E stoy sentado en el *lounge* de primera clase de British Airways en el aeropuerto de Gatwick, esperando el vuelo de la tarde con destino Tirana. Tom está hojeando el *Times* y tomando una copa de champán mientras yo me entrego a mi desazón. Vivo en un estado de continua ansiedad desde que se llevaron a Alessia de mi lado.

Tal vez se fue voluntariamente.

Tal vez ha cambiado de idea respecto a nosotros.

No quiero creerlo, pero la duda se apodera de mi mente.

Es insidiosa.

Si eso es lo que ha ocurrido, al menos podré pedirle explicaciones sobre su cambio de parecer. Para distraerme de mis desasosegantes pensamientos, subo unas cuantas fotos a mi cuenta de Instagram. Una vez hecho eso, vuelvo a repasar los sucesos de la mañana.

Primero le compré a Alessia un móvil, que llevo dentro de mi bolsa. Me reuní con Oliver y juntos repasamos la agenda de todas las operaciones relacionadas con las propiedades; constaté con gran alivio que todo iba viento en popa. Firmé la documentación requerida por la Oficina de la Corona para mi inclusión en el Registro de la Nobleza con el señor Rajah, mi abogado, actuando como mi testigo. Les di a ambos hombres una versión por escrito de los hechos acaecidos durante el fin de semana con Alessia y le pedí a Rajah que me recomendara un abogado especializado en extranjería e inmigración, para poder poner en marcha el proceso de solicitud de algún tipo de visa de estancia en el Reino Unido para Alessia.

Después, obedeciendo a un impulso, visité mi banco en Belgravia, donde la colección Trevethick está fuertemente custodiada. Si encuentro a Alessia y no todo está perdido, le pediré que se case conmigo. A través de los siglos, mis antepasados han ido reuniendo una impresionante cantidad de piezas de joyería fina creadas por los joyeros y orfebres más destacados de su época. Cuando la colección no se encuentra en préstamo en algún museo del mundo, está custodiada, bajo fuertes medidas de seguridad, en las entrañas de Belgravia.

Necesitaba un anillo, uno que hiciese justicia al talento y a la belleza de Alessia. Había dos posibles opciones en la colección, pero escogí el anillo de platino y diamantes de Cartier que mi abuelo, Hugh Trevelyan, le dio a mi abuela, Allegra, en 1935. Es una sortija exquisita, sencilla y elegante, de 2,79 quilates y valorada actualmente en cuarenta y cinco mil libras.

Espero que a Alessia le guste. Si todo sale según lo planeado, volverá al Reino Unido llevándolo en el dedo... como mi prometida.

Vuelvo a palmearme el bolsillo para comprobar que el anillo está a salvo y frunzo el ceño al mirar a Tom, que está llenándose de frutos secos. Mi amigo levanta la vista.

—Tranquilo, Trevethick. Ya veo que estás muy nervioso. Todo irá bien. Rescataremos a la chica. —Había insistido en acompa-

ñarme cuando lo llamé y le conté lo sucedido. Ha dejado a uno
de sus hombres a cargo de la vigilancia de Magda y se ha venido
aquí conmigo. A Tom le encanta la aventura, de ahí que, en su
momento, se alistara en el ejército. Metafóricamente, va subido a
lomos de su corcel blanco, listo para el combate.

—Eso espero —respondo. ¿Nos verá así Alessia, como los
héroes que acuden a su rescate, y no como un obstáculo? No lo
sé. Me muero de ganas de subirme a ese avión y llegar a casa de
sus padres. No tengo ni idea de qué es lo que voy a encontrar allí,
pero espero hallar a mi chica.

¿Por qué te fuiste de Albania? —pregunta Anatoli cuando
vuelven a incorporarse a la autopista. Habla con delicadeza, y Alessia se pregunta si no estará intentando engañarla para
darle una falsa sensación de seguridad. No es tan estúpida.

—Ya sabes por qué. Te lo he dicho. —Aunque, cuando las palabras salen de su boca, se da cuenta de que no sabe qué historia le
habrán contado a él. Tal vez pueda adornar un poco la verdad.
Eso les haría las cosas más fáciles a ella y a su madre, pero todo
depende de lo que dijera Magda—. ¿Qué dijo la amiga de mi
madre?

—Tu padre interceptó el e-mail. Vio tu nombre y me pidió
que se lo leyera.

—¿Y qué decía?

—Que estabas sana y salva y que ibas a trabajar para un hombre.

—¿Eso es todo?

—Más o menos.

Así que Magda no había mencionado a Dante y a Ylli.

—¿Qué dijo mi padre?

—Me pidió que fuera a buscarte.

—¿Y mi madre?

—No hablé con tu madre. Este asunto no le concierne.

—¡Pues claro que le concierne! ¡Deja de comportarte como
un neandertal!

Él la mira de soslayo, desconcertado por su reacción.

—¿Neandertal?

—Sí. Eres un dinosaurio. Mi madre merece ser consultada.

El gesto de perplejidad de Anatoli es más que elocuente: no tiene ni idea de qué le está hablando. Alessia continúa, abordando el tema que le interesa.

—Eres un hombre de otro siglo. De otra época. Tú y todos los hombres como tú. En otros países, tu actitud de neandertal con las mujeres sería inadmisible.

Él niega con la cabeza.

—Llevas demasiado tiempo en Europa Occidental, *carissima*.

—A mí me gusta la Europa Occidental. Mi abuela era de Inglaterra.

—¿Por eso te fuiste a Londres?

—No.

—Entonces, ¿por qué?

—Anatoli, ya sabes por qué. Quiero dejártelo muy claro: no quiero casarme contigo.

—Ya entrarás en razón, Alessia. —Hace un ademán con la mano, como restándole toda importancia a su comentario, por irrelevante.

Alessia suelta un resoplido, sintiéndose ofendida pero también valiente. A fin de cuentas, ¿qué puede hacerle mientras está conduciendo?

—Quiero escoger con quién casarme. Me parece que es algo razonable y suficientemente simple.

—¿Y deshonrar a tu padre?

Alessia se ruboriza. Por supuesto, su conducta —su actitud desafiante, su tozudez— supone una enorme vergüenza para su familia.

Vuelve a mirar por la ventanilla, pero en su mente esta conversación no ha terminado. Tal vez pueda apelar a su padre una vez más.

Se permite un momento para pensar en Maxim y siente cómo el dolor se hace más profundo, más crudo y real. Se esfuma toda su bravuconería y vuelve a caer en la desesperación. Su corazón late, pero está vacío.

¿Volverá a ver a Maxim algún día?

En algún punto de Austria, Anatoli vuelve a parar en un área de servicio, pero esta vez solo para recargar combustible. Insiste en que Alessia lo acompañe al interior de la gasolinera y ella lo sigue a regañadientes, ajena a lo que la rodea.

De vuelta en la autopista, él le anuncia:

—Pronto llegaremos a Eslovenia. Cuando lleguemos a Croacia, tendrás que meterte en el maletero.

—¿Por qué?

—Porque Croacia no forma parte del Acuerdo de Schengen y hay una frontera.

Alessia palidece. Odia estar en el maletero. Odia la oscuridad.

—Cuando paramos en la gasolinera, compré más pilas para la linterna.

Alessia mira a Anatoli y este la sorprende.

—Ya sé que no te gusta, pero no hay más remedio. —Vuelve a centrar su atención en la carretera—. Y no será por tanto tiempo esta vez. Cuando paramos en Dunkirk, creía que te habías quedado inconsciente por intoxicación por monóxido de carbono o algo. —Frunce el ceño y, si Alessia no se equivoca, juraría que está preocupado. Esa misma tarde, en la cafetería, la había mirado con expresión de afecto.

—¿Qué pasa? —pregunta, sacándola de su ensimismamiento.

—No estoy acostumbrada a que muestres preocupación por mí —le suelta—. Solo violencia.

Las manos de Anatoli se tensan sobre el volante.

—Alessia, si no haces lo que se te dice, eso tiene consecuencias. Espero que seas una esposa *gheg* tradicional. Eso es lo único que tienes que saber. Me parece que te has vuelto demasiado obstinada durante tu estancia en Londres.

Alessia no le responde, sino que vuelve la cabeza y ve desfilar el paisaje por la ventanilla, arropando su tristeza mientras conducen adentrándose en las primeras horas de la tarde.

Nuestro vuelo aterriza en Tirana a las 20:45, hora local, bajo una lluvia helada y torrencial. Tom y yo viajamos únicamente con el equipaje de mano, de forma que pasamos directamente a través de la aduana y salimos a una terminal de aeropuerto moderna y bien iluminada. No sé qué esperaba encontrar, pero el lugar se parece a cualquier otro aeropuerto pequeño de Europa, con todos los servicios que el viajero podría necesitar.

Nuestro carro de alquiler, en cambio, es toda una revelación. Mi agente de viajes ya me había advertido que no había vehículos de alta gama en alquiler, así que me encuentro al volante de un carro de cuya marca no había oído hablar en mi vida: un Dacia. Es el carro más básico y analógico que he conducido, aunque tiene un puerto USB en la radio, por lo que puedo enchufar mi iPhone y usar Google Maps. Me sorprendo cuando descubro que me gusta el carro: es práctico y sólido. Tom lo bautiza con el nombre de Dacy y, tras negociar un poco en la salida y dar un pequeño soborno al empleado del parqueadero, nos ponemos en marcha.

Conducir de noche —bajo la lluvia torrencial, por el carril contrario, en un país donde tener un carro en propiedad había sido algo inaudito hasta mitad de la década de los noventa— es todo un reto, pero cuarenta minutos más tarde, Dacy y Google Maps nos llevan sanos y salvos al hotel Plaza, en el centro de Tirana.

—Carajo, qué viaje en carro más espinoso... —comenta Tom cuando paramos delante del hotel.

—Dímelo a mí.

—Aunque he conducido en peores condiciones —masculla. Apago el motor, consciente de que está haciendo una referencia indirecta a sus años de servicio en Afganistán—. ¿Cuánta distancia dices que hay de aquí al pueblo de esa chica?

—Se llama Alessia —contesto con un gruñido, diciéndole su nombre por enésima vez, y empiezo a dudar que haya sido una buena idea dejar que Tom me acompañe—. Me parece que son tres horas en carro. —Es un buen hombre, sin duda, pero la diplomacia nunca ha sido su fuerte.

—Lo siento, colega. Alessia. —Se da unos golpecitos en la frente—. Ahora ya se me ha quedado. Espero que la lluvia amaine mañana. Vamos a ver si encontramos algún sitio para tomar una copa.

En el maletero del Mercedes, Alessia sujeta la linterna mientras el carro va aminorando la marcha hasta detenerse por completo. Deben de haber llegado a la frontera con Croacia. Cierra los ojos, se tapa la cabeza con el abrigo de Anatoli y apaga la linterna. No quiere que la detengan. Solo quiere llegar a casa. Oye voces, sosegadas y bajo control. Y entonces el carro arranca de nuevo. Lanza un suspiro de alivio y vuelve a encender el haz de luz. Eso le recuerda el escondite bajo las sábanas, la tienda de campaña que ella y Maxim una vez improvisaron, con el pequeño dragón. Sentados, charlaban tranquilamente en aquella cama regia e inmensa, rozándose con las rodillas y... El dolor que siente es agudo y repentino. Le duele el alma.

Al cabo de escasos minutos, el Mercedes reduce la velocidad y se detiene. El motor se queda al ralentí y, segundos más tarde, Anatoli abre el maletero. Alessia apaga la linterna y se incorpora, pestañeando en la oscuridad.

Se hallan en una pista rural desierta, y hay una pequeña cabaña enfrente de ellos, en la oscuridad. Los faros del carro iluminan a Anatoli, y su cara aparece bajo un rojo demoníaco, su aliento formando una nube siniestra a su alrededor. Le tiende la mano para ayudarla a salir, y como está cansada y entumecida, Alessia acepta su ayuda. Sale con paso tambaleante del maletero y él tira de ella hacia delante, hacia sus brazos.

—¿Por qué te empeñas en ser tan hostil conmigo? —le susurra

en la sien. Sujetándola con más fuerza en la cintura, le agarra la nuca con la mano y le estruja el pelo. A pesar del frío, su aliento forma un vaho denso y caliente entre ambos. Antes de que Alessia se dé cuenta de qué está sucediendo, él se abalanza con los labios sobre los de ella. Trata de abrirse paso a la fuerza con la lengua en su boca y ella se resiste y forcejea, mientras una fuerte oleada de asco y miedo le recorre todo el cuerpo. Empuja en vano para desembarazarse de sus brazos y se retuerce frenéticamente, tratando de zafarse de él. Él echa la cabeza hacia atrás para mirarla y antes de pensarlo dos veces, Alessia le da una bofetada y la palma de la mano le resuena por el golpe. Él retrocede un paso, conmocionado. Alessia respira entrecortadamente, mientras la adrenalina le bombea por las venas, haciendo desaparecer su miedo y sustituyéndolo por la ira. Anatoli la fulmina con la mirada, frotándose la mejilla, y sin darle tiempo a pestañear siquiera, le da una bofetada a ella. Y otra. Y otra más. La cabeza de Alessia se mueve de izquierda a derecha, y se tambalea bajo la fuerza de cada golpe. Él la levanta en el aire sin contemplaciones y la arroja de nuevo al interior del maletero, de manera que Alessia se golpea el hombro, la espalda y la cabeza. Y antes de que pueda protestar, cierra la puerta de golpe.

—¡Te quedarás ahí dentro hasta que aprendas a comportarte civilizadamente! —le grita. Alessia se sujeta la cabeza, entre palpitaciones, mientras la furia le quema en la garganta y en las cuencas de los ojos.

Esta es su vida ahora.

Tomo un sorbo de Negroni. Tom y yo estamos en un bar junto al hotel. Es un local contemporáneo, elegante y cómodo, y el personal es simpático y amable, pero no de forma exagerada. Y lo que aún es mejor: sirven un muy buen Negroni.

—Creo que hemos ido a parar al lugar adecuado —dice Tom mientras toma otro sorbo de su copa—. No sé lo que esperaba encontrar. Cabras y chozas destartaladas, supongo.

—Sí. Yo me había hecho la misma idea. Este sitio ha superado todas mis expectativas.

Me mira con aire interrogador.

—Perdóname, Trevethick, pero tengo que saberlo: ¿Por qué haces esto?

—¿Qué?

—Perseguir a esa chica por toda Europa. ¿Por qué?

—Por amor —afirmo, rotundo, como si fuera la razón más comprensible del mundo.

Pero ¿por qué no lo entiende?

—¿Por amor?

—Sí, es así de simple.

—¿Amor por tu asistenta?

Miro al techo con gesto de exasperación. ¿Qué importancia tiene que Alessia trabajase limpiando para mí? *¡Y todavía quiere limpiar para mí!*

—Tienes que aceptarlo y ya está, Tom. Voy a casarme con ella.

Se atraganta con su bebida y salpica la mesa con el líquido rojo. Yo vuelvo a dudar que haya sido una buena idea traérmelo a este viaje.

—Un momento, Trevethick. Es una chica guapa, por lo que recuerdo, pero ¿es eso sensato?

Me encojo de hombros.

—La quiero.

Niega con la cabeza, desconcertado.

—Tom, que tú no hayas tenido el valor de hacer lo correcto y proponerle la puta pregunta a Henrietta, que es una santa por lidiar contigo, no significa que puedas juzgarme a mí.

Frunce el ceño y un brillo combativo le ilumina los ojos.

—Escucha, viejo amigo, en nombre de la amistad, no estaría cumpliendo con mi obligación si no dijera en voz alta algo que es más que evidente, carajo.

—¿Qué es eso más que evidente?

—Aún estás de duelo, Maxim. —Habla con asombrosa delicadeza—. ¿Te has planteado que este capricho repentino es parte de tu forma de enfrentarte a la muerte de tu hermano?

—Esto no tiene nada que ver con Kit, y no es un puto capricho, mierda. Tú no la conoces como yo. Es una mujer excepcional, y he conocido a muchas mujeres en mi vida. Ella es distinta. No le importan las estupideces superficiales... Es lista, divertida, valiente... Y deberías escuchar cómo toca el piano. Es un verdadero prodigio.

—¿En serio?

—Sí. Esta es la definitiva. Veo el mundo desde una perspectiva completamente distinta desde que la conocí. Y estoy cuestionándome mi lugar en él.

—Tómatelo con calma, ¿no?

—No, Tom. Tómatelo tú con calma. Ella me necesita. Es bueno que alguien te necesite, y yo la necesito a ella.

—Pero esa no es una base para cimentar una relación.

Aprieto los dientes.

—No es solo eso. Tú has luchado por tu país y ahora diriges una empresa que funciona muy bien. ¿Qué carajos he hecho yo en mi vida?

—Bueno, estás a punto de ocupar tu lugar en la historia de la familia Trevethick y conservar su legado para transmitírselo a las generaciones venideras.

—Lo sé. —Lanzo un suspiro—. Es una tarea colosal, y quiero a mi lado a alguien en quien pueda confiar. Alguien que me quiera. Alguien que me valore por algo más que mi riqueza y mi título nobiliario. ¿Acaso es mucho pedir?

Frunce el ceño.

—Tú has encontrado a esa persona —añado—. Y das por sentado que Henrietta siempre va a estar a tu lado.

Exhala y baja la vista a los restos de su copa.

—Tienes razón —murmura—. Quiero a Henry. Debería hacer lo correcto.

—Pues sí, deberías.

Asiente con la cabeza.

—Está bien. Pidamos otra. —Hace una seña al camarero para que nos traiga otra ronda de bebidas, y me pregunto si tendré que soportar el mismo grado de suspicacia sobre Alessia por parte de todos mis amigos... de mi familia.

—Que sea doble —digo.

Alessia se despierta y se da cuenta de que el carro se ha parado. El motor está apagado. La puerta del maletero se abre y Anatoli asoma una vez más.

—¿Ya aprendiste a tener buenos modales?

Alessia le lanza una mirada envenenada y se incorpora, restregándose los ojos con los puños.

—Sal. Aquí pasaremos la noche. —Esta vez no le ofrece la mano, pero alarga el brazo para quitarle su abrigo y se lo pone. El viento helado la envuelve y Alessia se estremece de frío. Le duele todo el cuerpo, pero sale del maletero y, con abatimiento, se sitúa a un lado, esperando a ver cuál va a ser su próximo movimiento.

Anatoli la sigue con la mirada y aprieta los labios hasta formar una línea recta con gesto de enojo.

—¿Estás un poco más dócil ahora? —le suelta.

Alessia no dice nada.

Él lanza un bufido y saca el equipaje de ambos. Alessia mira a su alrededor. Están en un parqueadero en el centro de una ciudad. Un hotel se yergue con aire imponente a unos pocos metros de distancia. Tiene varios pisos de altura y está iluminado como una película de Hollywood, con la palabra "Westin" coronando su fachada. Anatoli la agarra bruscamente de la mano y tira de ella hacia la entrada. No reduce el paso, de manera que Alessia tiene que correr para no quedarse atrás.

El vestíbulo es todo de mármol, espejos y modernidad, y Alessia ve el discreto cartel: están en el Westin Zagreb. Anatoli los registra en el hotel hablando lo que parece un croata impecable y al cabo de unos minutos están subiendo en el ascensor hasta el decimoquinto piso.

Anatoli ha pedido una lujosa suite amueblada en tonos crema y marrón. Hay un sofá, un escritorio, una pequeña mesa y, a través de las puertas correderas, Alessia ve una cama.

Una sola cama.

¡No!

Se queda de pie, cansada e impotente, justo en el umbral.

Anatoli se quita el abrigo y lo arroja al sofá.

—¿Tienes hambre? —pregunta, abriendo las puertas del mueble bajo el televisor. Al final, encuentra el minibar—. ¿Y bien? —insiste.

Alessia asiente con la cabeza.

Anatoli hace una seña hacia un libro encuadernado en piel que hay encima del escritorio.

—Pediremos que nos traigan comida del servicio de habitaciones. Elige algo. Y quítate el abrigo.

Alessia abre el libro y hojea las páginas hasta llegar a la sección del servicio de habitaciones. Los platos están en croata e inglés; examina las distintas opciones e inmediatamente escoge el plato más caro del menú. No tiene ningún reparo en hacer que Anatoli gaste su dinero. Frunce el ceño, recordando cómo se resistía a los intentos de Maxim por pagar... Anatoli ha sacado dos mini botellas de whisky y está abriéndolas una por una. No, Alessia no tiene ningún reparo. Es víctima de un secuestro y él ya le ha infligido suficiente maltrato físico. Se lo debe. Con Maxim, en cambio... el equilibrio era completamente distinto: era ella quien estaba en deuda con él. Había hecho tanto por ella... Su mister Maxim. Decide apartarlo de su pensamiento momentáneamente, ya tendrá tiempo para llorarlo más tarde.

—Pediré el filete de ternera —anuncia—. Con ración extra de ensalada. Y patatas fritas. Y una copa de vino tinto.

Anatoli se vuelve para mirarla con aire sorprendido.

—¿Vino?

—Sí, vino.

Se queda mirándola un momento.

—Te has vuelto muy occidental.

Ella se crece.

—Quiero una copa de vino tinto francés.

—¿Ahora francés? —Anatoli aquea una ceja.

—Sí. —Y como pensándolo después, añade—: Por favor.

—Está bien, pediremos una botella.

Encoge un hombro con aire despreocupado, y parece un hombre completamente razonable.

Pero no lo es. Es un monstruo.

Sirve los dos whiskies en un vaso y la observa mientras descuelga el teléfono.

—Eres una mujer muy atractiva, ¿lo sabes, Alessia?

Se queda paralizada. *¿Ahora qué?*

—¿Aún eres virgen? —Le habla con voz suave, con afán seductor.

Ella da un respingo y siente un leve mareo.

—Por supuesto —dice sin aliento, tratando de parecer ofendida y avergonzada a la vez.

Anatoli no puede saber la verdad.

La mira con más dureza.

—Pareces distinta.

—Soy distinta. Me han hecho abrir los ojos.

—¿Alguien en concreto?

—No, solo... mis experiencias —susurra, deseando no haber respondido nada. Se enfrenta a una serpiente.

Anatoli llama al servicio de habitaciones y pide la comida mientras Alessia se quita el abrigo y se sienta en el sofá, mirándolo con actitud recelosa. Cuando cuelga el teléfono, toma el mando a distancia del televisor, sintoniza las noticias locales y se sienta delante del escritorio con su whisky. Mira las noticias durante un rato, sin hacerle caso a ella, tomando algún que otro sorbo. Alessia siente un gran alivio al verlo centrar su atención en otra cosa. Ella también mira las noticias, tratando de entender al locutor, y capta algunas palabras sueltas. Se concentra, pues no quiere que su mente empiece a divagar. Eso solo hará que vuelva a pensar en Maxim, y se niega a llorar su pérdida delante de Anatoli.

Cuando termina el programa, él vuelve a dedicar su atención a Alessia.

—¿Así que querías escapar de mí? —dice.

¿Está hablando de ayer?

—Cuando te fuiste de Albania. —Toma un último trago de whisky.

—Me amenazaste con romperme los dedos.

Él se frota la barbilla con aire pensativo un momento.

—Alessia... Yo... —Se calla.

—No quiero excusas, Anatoli. No hay ninguna excusa para tratar a otro ser humano de la forma en que tú me has tratado a mí. Mírame el cuello. —Se baja el suéter, dejando al descubierto los moratones que le hizo el día anterior, y levanta la barbilla, de manera que se ven perfectamente.

Anatoli se sonroja.

Llaman discretamente a la puerta y, lanzando a Alessia una mirada de frustración, Anatoli acude a abrir. Un joven vestido con el uniforme del Westin aparece en el umbral con un carrito con la cena. Anatoli lo invita a pasar y se aparta a un lado mientras el camarero transforma el carrito en una mesa. Está cubierta por un mantel de lino blanco y vajilla y cubiertos para dos. Han colocado una alegre rosa amarilla en un jarrón de cerámica en un intento de dar al ambiente un aire romántico.

Qué ironía.

Alessia vuelve a experimentar el dolor de la pena que le corroe las entrañas, y tiene que reprimir las lágrimas mientras el camarero abre el vino. Deja el tapón de corcho en un plato de cerámica, extrae varias bandejas de un cajón térmico bajo el carrito y levanta las tapas metálicas haciendo un grácil ademán. El olor es muy prometedor. Anatoli dice algo en croata y entrega al camarero lo que parece un billete de diez euros, por el que este último se muestra sumamente agradecido. Una vez que el joven ha salido de la habitación, Anatoli llama a Alessia a la mesa.

—Ven a comer. —Parece malhumorado.

Como tiene hambre y está cansada de pelear con él, Alessia se sienta a la mesa improvisada. Así es como va a ser todo a partir de ahora, una lenta y firme erosión de su voluntad, de manera que, con el tiempo, estará totalmente sometida a este hombre.

—Esto es muy occidental, ¿verdad? —dice, sentado frente a ella, y toma la botella de vino. Le sirve una copa.

Alessia reflexiona sobre lo que le dijo antes. Si Anatoli quiere una esposa albanesa tradicional, eso es lo que va a tener. No comerá con él. Ni dormirá con él, salvo cuando él quiera sexo. Sin duda, no es eso lo que él quiere en realidad. Se queda mirando su cena mientras las paredes de la habitación se cierran en torno a ella, ahogándola.

—*Gëzuar*, Alessia —dice él, y ella levanta la vista. Anatoli ha alzado su copa en un brindis con ella y la mira con ojos expectantes, su expresión cálida. Alessia siente un hormigueo en la cabeza. No esperaba este... ¡honor! Levanta su copa, la entrechoca con la de él en un brindis reticente y bebe un sorbo.

—Mmm —exclama ella, cerrando los ojos, seducida por el sabor del vino. Cuando vuelve a abrirlos, Anatoli la está observando, con la mirada ensombrecida, y en sus ojos Alessia ve una promesa de algo que ella no quiere.

Acaba de perder el apetito.

—No volverás a escapar de mí, Alessia. Serás mi esposa —murmura—. Y ahora, come.

Ella baja la mirada al filete que tiene en el plato.

Capítulo treinta

Anatoli vuelve a llenarle la copa.

—Apenas has tocado la comida.

—No tengo hambre.

—En ese caso, creo que es hora de irse a la cama.

Su tono de voz hace que Alessia levante la vista de inmediato. Anatoli está recostado en la silla, atento a sus movimientos. A la espera. Como un predador. Se da unos golpecitos en el labio inferior con el índice, como si estuviese absorto en sus pensamientos; le brillan los ojos. Lleva tres copas de vino como mínimo. Y el whisky. Anatoli apura la última y se levanta de la silla, despacio. Clava los ojos en ella, penetrantes, más oscuros. La mirada de Anatoli paraliza a Alessia.

No.

—No sé por qué tengo que esperar a la noche de bodas.

Se acerca a ella.

—No. Anatoli —musita Alessia—. Por favor. No.

Se aferra a la mesa.

Anatoli le acaricia la mejilla con el dedo.

—Preciosa —susurra—. Levántate. No pongas las cosas más difíciles para los dos.

—Deberíamos esperar —murmura Alessia, tratando de decidir cuáles son sus opciones.

—No tengo ganas de esperar. Y si quieres pelea, la tendrás.

Se mueve de improviso, la toma por los hombros y tira de ella para obligarla a levantarse, aunque con tanta fuerza que la silla se vuelca. El miedo y la rabia se apoderan de Alessia, que se retuerce y empieza a lanzar patadas. El pie impacta primero contra una pierna de Anatoli y luego contra la mesa, sobre la que traquetean la vajilla y los cubiertos y se derrama el vino de la copa de Alessia.

—¡Ay! Mierda —se queja Anatoli.

—¡No! —grita Alessia, que continúa propinando patadas con ambos pies y agitando los puños con la esperanza de alcanzarlo.

Anatoli se precipita sobre ella y la agarra por la cintura para atraerla hacia sí de un tirón. La levanta del suelo mientras ella sigue pataleando, tratando de golpearlo.

—¡No! —grita—. ¡Anatoli, por favor!

Haciendo oídos sordos a sus súplicas, Anatoli la sujeta con firmeza entre los brazos y la lleva medio a rastras al dormitorio.

—No. No. ¡Para!

—¡Calla! —grita él, zarandeándola y arrojándola de bruces a la cama.

Anatoli se sienta a su lado tratando de impedir que se mueva; apoya una mano sobre la espalda de Alessia para inmovilizarla y utiliza la otra para quitarle las botas.

—¡No! —grita Alessia de nuevo.

Se retuerce, le da patadas, una, dos, intentando zafarse de él mientras lo golpea con los puños.

—¡No me jodas, Alessia!

Alessia está fuera de sí, la rabia y el odio le proporcionan una fuerza que desconocía que poseyese. Lucha, dominada por una cólera que dirige contra el hombre que aborrece.

—¡Carajo! —exclama Anatoli abalanzándose sobre ella y aplastándola contra el colchón. Alessia no puede respirar. Intenta sacárselo de encima, pero pesa demasiado—. Cálmate —le jadea Anatoli en la oreja—. Cálmate.

Alessia se queda quieta tratando de reunir las fuerzas que le quedan mientras lucha por llevar aire a sus pulmones. Anatoli se mueve y le da la vuelta para tenerla de frente. Sin apartar la pierna de los muslos de Alessia, le agarra las muñecas y se las sujeta por encima de la cabeza con una mano.

—Te deseo. Eres mi esposa.

—Por favor. No... —susurra ella, mirándolo a esos ojos desorbitados de mirada enajenada.

Ve la excitación en ellos, la misma que transpira su enjuto cuerpo. Lo siente contra su cadera. Él la mira fijamente, jadeando, y desliza una mano por el cuerpo de Alessia, le recorre el pecho y la barriga hasta la bragueta.

—No. Anatoli, por favor. Estoy sangrando. Por favor. Estoy sangrando.

Miente, pero es su último intento desesperado por detenerlo. Anatoli frunce el ceño, como si no entendiese de qué le habla, hasta que su expresión lasciva se transforma en asco.

—Ah. —Le suelta las manos, rueda a su lado y se queda mirando al techo—. Tal vez deberíamos esperar —gruñe.

Alessia se vuelve de costado, recoge las piernas y se ovilla, tratando de hacerse lo más pequeña posible. Desesperación, repugnancia, miedo, esos son ahora sus compañeros de cama. Las lágrimas empiezan a ahogarla cuando siente que la cama se mueve y Anatoli se levanta para volver a la sala de estar.

¿Cuánto puede llorar hasta quedarse sin lágrimas?

Momentos. Segundos. Horas.

Más tarde, Anatoli la tapa con una manta. Alessia nota que el colchón se inclina cuando él se mete en la cama, debajo del edredón. Anatoli se acerca a ella, la rodea con los brazos y atrae el cuerpo rígido de Alessia hacia sí.

—Estás hecha para mí, *carissima* —murmura, y sus labios rozan la mejilla de Alessia con un beso de una delicadeza sorprendente.

Alessia se lleva el puño a la boca, ahogando un grito mudo.

. . .

Se despierta sobresaltada. La habitación está en penumbra, solo la ilumina la luz gris del cercano amanecer. Anatoli duerme profundamente a su lado. Tiene el semblante relajado, parece menos severo en reposo. Alessia mira el techo, con los cinco sentidos alerta. Aún está vestida y lleva las botas. Podría huir.

Vete. Ahora. Se repite para sus adentros.

Con sumo cuidado, se levanta de la cama sin hacer ruido y sale de la habitación en puntillas.

Los restos de la cena de la noche anterior continúan en la mesa. Alessia mira las patatas frías, toma un puñado con un gesto veloz y se las lleva a la boca. Mientras come, rebusca en la bolsa y encuentra el dinero. Se mete los billetes en el bolsillo trasero.

Se detiene y aguza el oído.

Sigue durmiendo.

Divisa la maleta de Anatoli junto a su bolsa. Puede que él lleve ahí su propio dinero... Si es así, podría ayudarla a huir. Abre la cremallera con sumo cuidado, sin saber qué encontrará en el interior.

Todo está perfectamente ordenado. Contiene algunas prendas... y su pistola.

La pistola.

La saca.

Podría matarlo.

Antes de que él la mate a ella.

Se le acelera el pulso y la cabeza le da vueltas.

Tiene el poder. Los medios. Nota el peso de la pistola en la mano.

Se levanta y se acerca con sigilo a la puerta del dormitorio, desde donde lo ve dormir. No se ha movido. Un escalofrío le recorre la espalda y nota que le cuesta respirar. La ha raptado. Le ha pegado. Ha querido estrangularla. Y ha estado a punto de violarla. Siente un desprecio profundo por Anatoli y por todo lo que representa. Le tiene miedo. Alza el arma con mano trémula y apunta. Sin hacer ruido, quita el seguro. El latido de su corazón retumba en su cabeza, el sudor le perla la frente.

Ha llegado la hora.

Es el momento.

Le tiembla la mano y las lágrimas le empañan la visión.

No. No. No. No.

Se las seca y baja la mano.

No es una asesina.

Le da la vuelta a la pistola. Y mira el cañón fijamente. Ha visto suficientes programas estadounidenses para saber lo que tiene que hacer.

No quiere aceptar su destino a ciegas. Y esto es una salida.

Podría ponerle fin a todo, ahora mismo. Su sufrimiento acabaría.

No sentiría nada. Nunca más.

La imagen del rostro angustiado de su madre acude a su cabeza.

Mama.

¿No la destrozaría...?

Piensa en Maxim. Y sofoca su recuerdo de inmediato.

No volverá a verlo nunca más.

Se le forma un nudo en la garganta. Ahogada por la emoción. Cierra los ojos con fuerza. Sin aire.

Puede morir por su propia mano. En lugar de a manos de Anatoli...

Y alguien tendrá que limpiarlo todo luego.

No. No. No.

Se desmorona en el suelo. Vencida. Derrotada. No puede quitarse la vida. Le faltan agallas. Además, en lo más hondo desea seguir viva con la vaga esperanza de volver a ver a Maxim. No puede huir. Tiene que llegar a casa. Zagreb no se encuentra a cinco días a pie de Londres, sino mucho más lejos. Se siente impotente. Se balancea en silencio adelante y atrás, abrazada a sí misma, sosteniendo la pistola contra el pecho mientras se entrega a su dolor. Jamás ha sentido ese desconsuelo. Nunca ha derramado tantas lágrimas. Nunca. Ni siquiera después de la huida traumática, ni durante el largo camino que tuvo que recorrer hasta la casa de Magda. Ha llorado a su abuela y ha añorado su presencia, pero nunca ha sentido esta desolación. Este dolor es abrumador.

Ni puede matar a Anatoli ni es capaz de suicidarse. Ha perdido al hombre que ama y está atada a un hombre que aborrece.

Tiene el corazón roto. *No*. Ya no tiene corazón.

A medida que el sol asoma en el horizonte, sofoca los sollozos y examina la pistola entre lágrimas. Se parece mucho a la de su padre.

Hay algo de lo que sí es capaz; se lo ha visto hacer a su padre muchas veces. Extrae el cargador y saca las balas. Solo contiene cuatro, cosa que la sorprende. A continuación, retira la corredera hacia atrás con brusquedad y atrapa la bala restante, que sale expulsada de la recámara. Vuelve a colocar el cargador en la pistola y se mete las balas en el bolsillo. Luego devuelve el arma a la funda de Anatoli y cierra la cremallera.

Se levanta y se seca las lágrimas. *Ya no llores más*, se reprende. Mira por la ventana; los edificios de Zagreb se perfilan con las primeras luces del alba. Desde el decimoquinto piso del hotel Westin, la ciudad se extiende a sus pies como una colcha de parches de color teja. La vista es imponente. En un momento de distracción se pregunta si Tiranë será igual.

—Ya estás levantada.

La voz de Anatoli la sobresalta.

—Tenía hambre —contesta Alessia, echando un vistazo a la mesa con las sobras de anoche—. Voy a darme una ducha.

Coge la bolsa, se escabulle rápidamente y echa el pestillo de la puerta del cuarto de baño.

Cuando sale, Anatoli ya se ha levantado y se ha vestido. Se han llevado la vajilla y las sobras de anoche y en la mesa hay dispuesto un desayuno continental para dos sobre un mantel nuevo.

—No te has ido —dice Anatoli en voz baja. Parece tranquilo, pero mantiene la misma actitud vigilante de siempre.

—¿Adónde iba a ir? —replica Alessia, cansada.

—No sería la primera vez —repone él, encogiéndose de hombros.

Alessia se lo queda mirando. Muda. Abatida. Exhausta.

—¿Lo has hecho porque te importo? —pregunta Anatoli en un susurro.

—No te hagas ilusiones —contesta ella y, sentándose, toma una napolitana de la cesta del pan.

Alessia sabe que Anatoli disimula una leve sonrisa esperanzada cuando toma asiento frente a ella.

Tom y yo paseamos por la inmensa plaza Skanderbeg, que no queda lejos del hotel. La mañana es fría y clara; la luz del sol se refleja en las baldosas de mármol multicolor que pavimentan el gigantesco espacio. Un extremo está dominado por una estatua ecuestre de bronce del héroe albanés del siglo xv que da nombre a la plaza y el otro, por el Museo Nacional de Historia. A pesar de que estoy ansioso por llegar a la ciudad de Alessia y buscar su casa, tenemos que esperar a que llegue el intérprete.

Me siento agitado, nervioso y soy incapaz de estarme quieto, así que para matar el tiempo Tom y yo realizamos una visita rápida al museo. Me distraigo tomando un sinfín de fotografías y publicando en internet la que sale bien. Me llaman la atención un par de veces, pero hago caso omiso del personal del museo y continúo haciendo fotos discretamente. Dista mucho de ser el Museo Británico, pero me fascinan los objetos ilirios. Tom, cómo no, está ensimismado con las exposiciones de armas medievales; Albania posee una historia larga y sangrienta.

A las diez enfilamos uno de los paseos arbolados en dirección a la cafetería en la que hemos acordado que nos encontraríamos con nuestro traductor. Me sorprende ver la cantidad de hombres que hay sentados en las terrazas, disfrutando de un café, a pesar del frío.

¿Dónde están las mujeres?

Thanas Ceka, de cabello y ojos oscuros, es un estudiante de posgrado de la Universidad de Tirana que está preparando su doctorado en literatura inglesa. Habla un inglés impecable, tiene una sonrisa siempre a punto y parece ser de trato fácil. También se ha traído a su novia. La chica se llama Drita y es estudiante universitaria de historia. Es menuda y guapa, aunque su inglés no es tan bueno como el de Thanas. Quiere acompañarnos.

Bueno, esto podría complicarse.

Tom me mira y se encoge de hombros. No tengo tiempo para discusiones.

—No sé cuánto tiempo vamos a estar —les advierto mientras me termino un café que también podría utilizarse como aguarrás; creo que nunca había probado un café tan fuerte.

—No pasa nada. He hecho hueco en la agenda para toda la semana —contesta Thanas—. Yo no he estado en Kukës, pero Drita sí.

—¿Qué sabes de la ciudad? —le pregunto directamente a ella.

La chica mira a Thanas con nerviosismo.

—¿Tan mal está la cosa? —Los miro con atención.

—No tiene muy buena reputación. Cuando los comunistas cayeron, Albania fue... —Thanas se interrumpe—. Pasó por momentos difíciles.

Tom se frota las manos.

—¡Me encantan los retos! —exclama, y Thanas y Drita tienen la cortesía de reír.

—Parece que no tendremos problemas con el tiempo —dice Thanas—. La autopista está abierta y hace un par de semanas que no nieva.

—Entonces ¿nos ponemos en marcha? —pregunto, ansioso por partir.

El paisaje ha cambiado. Quedan lejos los deprimentes campos en barbecho del norte de Europa; el terreno es inhóspito, rocoso y árido bajo el sol invernal. En otras circunstancias, Alessia habría disfrutado del viaje. Ha realizado una visita relámpago a las autopistas europeas. Pero está con Anatoli, el hombre con el que la obligarán a casarse... y aún tiene que enfrentarse a su padre cuando lleguen a Kukës. Preferiría evitar la confrontación inevitable, y en el fondo sabe que es porque su madre será la persona sobre la que recaerá la mayor parte de la ira de su padre.

Cruzan otro puente más a una velocidad alarmante. Bajo ellos discurre una inmensa masa de agua que le recuerda el Drin... Que le recuerda el mar.

El mar.

Y a Maxim.

Él me regaló el mar.

¿Volverá a ver a Maxim?

—La costa de Croacia es muy pintoresca. Hago muchos negocios por aquí —comenta Anatoli, rompiendo el silencio que se ha instalado entre ellos desde que salieron de Zagreb.

Alessia lo mira de reojo. No le importan nada sus negocios. No quiere saber a qué se dedica. Hubo un tiempo en el que sentía curiosidad, pero eso pertenece al pasado. Además, como esposa —una buena esposa albanesa—, no hará preguntas.

—Tengo varias propiedades por estas tierras —prosigue Anatoli dedicándole una sonrisa lobuna.

Alessia se da cuenta de que está tratando de impresionarla, como cuando se conocieron. Vuelve la cara hacia la ventanilla, hacia el mar, y su mente regresa a Cornualles.

Salir de Tirana en carro resulta una experiencia realmente aterradora. Los peatones tienen la desconcertante costumbre de cruzar la carretera cuando y por donde se les antoja y las rotondas son auténticas batallas campales en las que carros, camiones y autobuses se disputan la prioridad de paso. Es como el juego de a ver quién se acobarda antes, pero a lo grande. A este paso, tendré los nervios destrozados cuando lleguemos a Kukës. Tom no deja de estampar la mano contra el salpicadero, gritando a peatones y conductores por igual.

—Por el amor de Dios, Tom, ¡cállate la puta boca! Intento concentrarme.

—Perdón, Trevethick.

Por obra de algún milagro, logramos salir indemnes del centro de la ciudad. Empiezo a relajarme cuando tomamos la carretera principal, pero no piso el acelerador; aquí los conductores son impredecibles.

Hay varios concesionarios e incontables gasolineras al borde de la carretera. En cuanto dejamos Tirana atrás, pasamos junto a un edificio neoclásico majestuoso e imponente que recuerda a un pastel de boda.

—¿Qué es eso? —pregunto.

—Un hotel —contesta Thanas—. Lleva muchos años en construcción.

Se encoge de hombros cuando nuestras miradas se cruzan en el retrovisor.

—Ah.

A pesar de que estamos en febrero, los pastos verdes abundan en las tierras bajas. Los campos están salpicados de casitas de tejado rojo. Mientras conduzco, Thanas nos brinda una historia condensada de Albania y comparte algo más de información sobre él. Sus padres vivieron la caída del comunismo y ambos aprendieron inglés a través del Servicio Mundial de la BBC, a pesar de que estuvo prohibido durante el gobierno comunista. Por lo visto, los albaneses tienen muy buen concepto tanto de la BBC como de casi todo lo británico. Es el destino más deseado de todos. Ese o Estados Unidos.

Tom y yo intercambiamos una mirada.

Drita comenta algo con Thanas en voz baja y este nos lo traduce. Kukës estuvo nominada para el premio Nobel de la Paz en 2000, después de que la ciudad acogiese a cientos de miles de refugiados durante el conflicto kosovar.

Eso lo sabía. Recuerdo la mirada colmada de orgullo de Alessia mientras me hablaba sobre Kukës y todo lo relacionado con Albania en el pub de Trevethick.

Solo hace dos días que se marchó y tengo la sensación de haber perdido un miembro.

¿Dónde estás, amor mío?

Tomamos la autopista principal en dirección a Kukës. Poco después, nos encaminamos a toda velocidad hacia los cielos azules más fríos que haya visto nunca mientras ascendemos de manera progresiva hacia los picos majestuosos y cubiertos de nieve de los Alpes albaneses y los montes Šar y Korab, que dominan el paisaje. Hay gargantas con ríos de aguas rápidas y cristalinas, cañones escarpados y riscos abruptos, casi cortados a pico. Es imponente. Salvo por la moderna autopista, el paso del tiempo no parece haber hecho mella en la tierra que nos rodea. De vez en cuando aparece una aldea de casas de tejados de terracota y chimeneas humeantes, fajinas de mies salpicadas de nieve, ropa tendida, cabras sueltas, cabras atadas... Este es el país de Alessia.

Mi dulce Alessia.

Espero que estés bien.

Voy a buscarte.

La temperatura desciende a medida que ascendemos. Tom se ha puesto al volante, lo que me permite escoger la música y hacer fotos con el móvil. Thanas y Drita están callados, disfrutando de las vistas y escuchando Hustle and Drone, que suenan en el equipo del carro a través del iPhone. Atravesamos un largo túnel de montaña que desemboca en medio de los picos. Aunque están cubiertos de nieve, están sorprendentemente pelados; apenas se ven árboles. Thanas nos explica que después de la caída del régimen comunista hubo escasez de gasolina y en algunos lugares la gente taló todos los árboles para convertirlos en leña.

—Pensaba que habíamos subido lo suficiente para encontrarnos por encima de la línea de bosques —comenta Tom.

En medio de ese páramo rocoso, topamos con un peaje. Me suena el teléfono mientras hacemos cola detrás de varios carros y camiones de aspecto destartalado. Me sorprende tener cobertura en lo alto de estas montañas del este de Europa.

—Oliver, ¿qué hay?

—Siento interrumpirlo, Maxim, pero la policía se ha puesto en contacto con nosotros. Estaban muy interesados en hablar con su... eee... prometida, la señorita Demachi.

Ah..., así que está al tanto. Paso por alto la alusión a mi prometida.

—Como sabes, Alessia ha vuelto a Albania, así que tendrán que esperar a que regrese a Londres.

—Ya me lo imaginaba.

—¿Han dicho algo más?

—Han recuperado su portátil y parte del equipo de música.

—¡Eso son buenas noticias!

—Y el caso está ahora en manos de la policía londinense. Según parece, los agresores de la señorita Demachi son viejos conocidos y se les buscaba en relación con otros delitos.

—¿La policía londinense? Bien. El sargento Nancarrow dijo que esos hijos de puta podrían estar fichados.

Tom me lanza una mirada de reojo.

—¿Se han presentado cargos contra ellos?

—Por lo que sé, aún no, señor.

—Mantenme al corriente del caso, si puedes. Quiero saber si se les acusa de algo y si pagan la fianza.

—No se preocupe.

—Informa a la policía acerca de la señorita Demachi. Di que ha tenido que volver a Albania por un asunto familiar. ¿Todo lo demás bien?

—Divinamente, señor.

—¿Divinamente? —repito con un resoplido burlón—. Genial.

Cuelgo y le tiendo cinco euros a Tom para que pague el peaje.

Si Dante y su compinche siguen detenidos, eso es que la policía debe de estar tomándose este asunto en serio. Tal vez los han agarrado por trata de personas; eso espero. Espero que encierren a esos hijos de puta y tiren la llave.

No tardamos en ver un cartel que anuncia la ciudad de Kukës y mi ánimo mejora. Ya estamos muy cerca. Poco después bordeamos la orilla de un lago inmenso que, cuando consulto Google Maps, resulta ser un río, el Drin, que vierte sus aguas en el lago Fierza. Recuerdo a Alessia hablando con gran pasión sobre el paisaje que rodea su ciudad. Mi nerviosismo aumenta de manera exponencial y le pido a Tom que pise el acelerador. Voy a verla. Voy a salvarla. Espero.

Puede que no necesite que la salven.

Puede que quiera estar aquí.

¡No pienses eso!

Kukës aparece por fin al final de una amplia curva. Está enclavada al abrigo del valle, con un lago amplio de aguas turquesa enfrente y rodeada de montañas imponentes. Un panorama espectacular.

Uau.

Estas eran las vistas de Alessia, a diario.

Cruzamos un puente de aspecto sólido. Un edificio abandonado y fantasmagórico monta guardia en lo alto de un risco y me pregunto si se trata de otro hotel inacabado.

En las afueras de Nikšić, en Montenegro, Anatoli detiene el carro en el parqueadero de una cafetería de carretera. Alessia continúa mirando con apatía por la ventanilla.

—Tengo hambre. Y seguro que tú también. Vamos —dice.

Alessia no tiene ganas de discutir y lo sigue al interior del local, que tiene aspecto limpio y acogedor. La cafetería es relativamente nueva y la decoración está inspirada en un tema desenfadado: los automóviles. Sobre la barra hay pintado un carro antiguo; un clásico modificado de color cereza. El lugar resulta agradable. Salvo para Anatoli, que está de mal humor. Ha golpeado el volante varias veces y maldecido en voz alta durante las dos últimas horas, exasperado con el resto de los conductores. No es un hombre paciente.

—Pide algo para los dos, voy al lavabo. No huyas. Te encontraré.

Le dirige una mirada ceñuda y la deja a cargo de escoger una mesa.

Alessia no ve el momento de llegar a casa. Después de cómo se comportó Anatoli en Zagreb, no desea pasar otra noche con él. Prefiere enfrentarse a su padre. Repasa el menú buscando alguna palabra reconocible, ya sea en inglés o albanés, pero está agotada y es incapaz de concentrarse. Anatoli regresa. Él también parece cansado. Es cierto que lleva conduciendo varios días seguidos, pero Alessia se niega a sentir ninguna pena por él.

—¿Qué has pedido? —pregunta Anatoli con sequedad.

—Nada aún. Aquí tienes el menú.

Se lo tiende antes de que pueda protestar. Un camarero se acerca a ellos y Anatoli pide por ambos sin preguntar a Alessia, quien se sorprende al comprobar que también habla el montene-grino con fluidez. El camarero se aleja a toda prisa y Anatoli saca el móvil y clava en ella unos ojos fríos y azules.

—Silencio —le advierte mientras marca un número—. Buenas tardes, Shpresa, ¿está Jak?

Mama!

Alessia se incorpora. Repentinamente despierta. Anatoli está hablando con su madre.

—Ah... Bueno, pues dígale que llegaremos a casa esta tarde, sobre las ocho... —Los ojos de Anatoli se detienen en Alessia—. Sí, está conmigo. Está bien... No... Está en el baño.

—¡¿Qué?!

Anatoli se lleva un dedo a los labios.

—Anatoli, déjame hablar con mi madre —insiste Alessia, ten-diendo la mano para que le entregue el teléfono.

—Hasta luego, entonces. Adiós. —Y cuelga.

—¡Anatoli!

Lágrimas de rabia acuden a sus ojos mientras se le forma un nudo en la garganta. Nunca ha extrañado su hogar tanto como en esos momentos.

Mama.

¿Cómo ha podido escatimarle unas palabras con su madre?

—Si fueses un poco más obediente y agradecida, te habría dejado hablar con ella —dice Anatoli—. He hecho un largo camino por ti.

Alessia le dirige una mirada cargada de odio y luego baja los ojos. No desea ver la actitud desafiante que brilla en los de Anatoli y no soporta mirarlo después de este enésimo ultraje. Es un hombre cruel, vengativo, irascible y pueril. Alessia siente cómo la ira se filtra en sus venas con un goteo constante.

Nunca le perdonará lo que le ha hecho.

Jamás.

Su única esperanza es apelar a su padre y suplicarle que no la obligue a casarse.

De cerca, Kukës no es como creía que sería. Se trata de una ciudad anodina de deteriorados bloques de apartamentos de estilo soviético. Drita nos informa a través de Thanas que se construyó en la década de los setenta. La antigua ciudad de Kukës se encuentra en el fondo del lago; el valle se inundó para alimentar la central hidroeléctrica que suministra electricidad a toda la región. Las carreteras están flanqueadas por pinos, un manto de nieve cubre el suelo y apenas se ve gente por la calle. Hay algunas tiendas, que venden artículos para el hogar, ropa y equipamiento agrícola, y un par de supermercados. También un banco, una farmacia y muchas cafeterías en cuyas terrazas, como es costumbre, los hombres se sientan a beber café al sol de la tarde, bien abrigados contra el frío.

En serio, ¿dónde están las mujeres?

El rasgo más distintivo de la ciudad es que al final de cualquier calle, mire donde mire, las montañas se alzan altas y orgullosas y nos rodean con su belleza majestuosa, componiendo un telón de fondo espectacular. Me arrepiento de no haberme traído la Leica.

Mi agente de viajes nos ha reservado habitación en un hotel llamado, precisamente, Amerika. Google Maps nos guía hasta el hotel a través de las calles apartadas del centro. El establecimiento aúna un curioso aire a antiguo y moderno, con una entrada que parece una gruta navideña, sobre todo ahora, que está salpicada de nieve.

El interior debe de ser uno de los lugares más kitsch que haya visto jamás, repleto de baratijas turísticas procedentes de Estados Unidos, entre ellas varias figuras de plástico de la Estatua de la Libertad. La mezcolanza de estilos hace imposible definir la decoración, aunque en general produce un efecto... alegre y acogedor. El recepcionista, un hombre enjuto y nervudo, con barba, de unos treinta años, se muestra cálido y hospitalario y nos da la bienvenida en una versión chapurreada de inglés antes de acompañarnos arriba, a nuestras habitaciones, en un ascensor diminuto. Tom y yo nos quedamos la que contiene dos camas individuales y les dejamos la doble a Thanas y Drita.

—¿Le preguntarás cómo llegar a este lugar? —le pregunto a Thanas tendiéndole un papel arrugado en el que está anotada la dirección de los padres de Alessia.

—Sí. ¿A qué hora quieren salir?

—De aquí a cinco minutos. Lo que tardamos en deshacer la maleta.

—Tranquilo, Trevethick —interviene Tom—. ¿Y si tomamos algo primero?

Mmm... Como diría mi padre, una copa siempre ayuda.

—Algo rápido. Una copa y no más, ¿vale? Voy a conocer a los padres de mi futura esposa, no quiero ir bebido.

Tom asiente con entusiasmo y se pide la cama más cercana a la puerta.

—Por tu bien espero que no ronques —digo mientras deshago la maleta.

Una hora más tarde, hemos aparcado en una pequeña área de descanso que conduce a dos verjas de hierro abiertas y oxidadas. Al otro lado, al final de un camino de hormigón, se alza una solitaria casa de tejado de terracota, a la orilla del Drin. Solo se ven las tejas.

—Thanas, será mejor que vengas conmigo —digo, y dejamos a Tom y a Drita en el carro.

La luz difusa de la puesta de sol proyecta sombras alargadas a lo largo del camino. La finca es extensa y está rodeada de árboles desnudos, aunque se divisan algunos pinos y un huerto de tamaño considerable y bien cuidado. Por lo que alcanzo a ver, la casa, pintada de un verde claro, tiene tres pisos y dos balcones, que dan al río. Es más grande que otras que hemos visto de camino aquí. Tal vez Alessia pertenece a una familia acomodada. No tengo ni idea. El lago ofrece unas vistas espectaculares, con sus aguas teñidas de los colores de un atardecer de invierno.

En el exterior de la casa hay una antena parabólica que me recuerda una conversación que tuve con Alessia.

Y he visitado Estados Unidos gracias a la tele.

¿Tele estadounidense?

Sí. Netflix. HBO.

Llamo a lo que supongo que es la puerta principal. Es de madera maciza, así que insisto, esta vez con más fuerza, para asegurarme de que me oyen. Tengo la sensación de que el corazón se me va a salir del pecho y, a pesar del frío, el sudor me corre por la espalda.

Allá vamos.

Céntrate, hombre.

Estoy a punto de conocer a la que será mi familia política, aunque eso ellos aún no lo saben.

La puerta se abre a medias y la silueta de una mujer menuda de mediana edad, con un pañuelo en la cabeza, se recorta contra el resquicio de luz. Veo que me dirige una mirada perpleja, un poco como Alessia, al débil resplandor del atardecer.

—¿Señora Demachi?

—Sí. —Parece desconcertada.

—Me llamo Maxim Trevelyan y estoy aquí por su hija.

Pestañea varias veces con gesto estupefacto y abre la puerta un poco más. Es delgada, de hombros enjutos, y viste una blusa y una falda voluminosa de aspecto sobrio y gastado. Oculta el pelo bajo un pañuelo, lo que me recuerda la primera vez que vi a su hija, detenida como una liebre asustada en el pasillo.

—¿Alessia? —pregunta con un hilo de voz.

—Sí.

Frunce el ceño.

—Mi marido... no está. —Da la impresión de que le falta práctica en inglés y lo pronuncia con un acento mucho más marcado que el de su hija. Desvía la vista a mis espaldas, la pasea por el camino de entrada, aunque ignoro qué busca, y luego vuelve a mirarme—. No puede estar aquí.

—¿Por qué? —pregunto.

—Mi marido no está en casa.

—Pero tengo que hablar con ustedes de Alessia. Creo que está de camino.

La mujer ladea la cabeza, repentinamente en guardia.

—Llegará pronto. ¿Ha enterado que viene?

El corazón me da un vuelco en respuesta.

Vuelve a casa. Tenía razón.

—Sí. Y he venido a pedirles, a su marido y a usted... —Trago saliva—. Permiso para casarme con su hija.

El último cruce de frontera, *carissima* —anuncia Anatoli—. De vuelta a la madre patria. Vergüenza tendría que darte haberla abandonado, haber huido como un ladrón en medio de la noche y haber deshonrado a tu familia. Cuando volvamos, ya puedes disculparte con tus padres por todas las preocupaciones que les has causado.

Alessia evita sus ojos, maldiciéndolo para sus adentros por hacerla sentirse culpable de haber huido. ¡Huía de él! Sabe que muchos hombres albaneses dejan el país para ir a trabajar al extranjero, pero las mujeres no lo tienen tan fácil.

—Es la última vez que tendrás que ir en el maletero. Aunque, espera, primero tengo que sacar algo.

Alessia se queda atrás y mira hacia el oeste, hacia las montañas tras las que acaba de desaparecer el sol. El frío aire del anochecer atraviesa sus ropas y envuelve su corazón. Conoce la razón: añora al único hombre que amará jamás. Las lágrimas acuden a sus ojos de manera inesperada y pestañea para hacerlas retroceder.

Ahora no.

No quiere darle esa satisfacción a Anatoli.

Ya llorará esta noche.

Con su madre.

Inspira hondo. Ese es el olor de la libertad: frío, extraño. Cuando vuelva a tomar aire, se encontrará en su país y sus aventuras se convertirán en... ¿Cómo lo llamó Maxim? Un disparate de juventud.

—Métete dentro. Pronto se hará de noche —le ordena Anatoli con sequedad, abriendo el maletero.

La noche pertenece a los demonios.

Y ahora tiene uno ante ella. Eso es lo que es. La encarnación del demonio. Alessia se mete en el maletero sin rechistar, evitando tocar a Anatoli. Pronto estará en casa y, por primera vez, siente deseos de ver a su madre.

—Ya queda menos, *carissima* —dice Anatoli con un brillo preocupante en la mirada.

—Cierra el maletero —contesta ella, aferrando la linterna.

Los labios de Anatoli esbozan una sonrisa sarcástica cuando lo cierra de golpe y la deja a oscuras.

La señora Demachi ahoga un grito y, tras lanzar una nueva ojeada nerviosa a mi espalda, se hace a un lado para dejarme pasar.

—Entre.

—Espera en el carro —le digo a Thanas y la sigo hasta un recibidor de dimensiones reducidas donde me señala un zapatero.

Ah. Me apresuro a quitarme las botas, aliviado al comprobar que no llevo los calcetines desparejados.

Aunque todo el mérito es de Alessia...

Las paredes del recibidor son blancas y un kilim de colores vivos se extiende sobre las relucientes baldosas del suelo. La madre de Alessia me indica una habitación adyacente en la que un par de viejos sofás cubiertos con mantas de estampados coloridos y atrevidos flanquean una mesita de café, cubierta a su vez por un mantel con un estampado igual de vistoso. Tras los sofás hay una chimenea cuya repisa está jalonada de viejas fotografías. Aguzo la vista con la esperanza de encontrar alguna de Alessia. Diviso una de una jovencita de ojos grandes y serios sentada a un piano.

¡Mi chica!

Hay leños apilados en la rejilla, pero, a pesar del frío, la chimenea permanece apagada, por lo que sospecho que me encuentro en el salón que utilizan para recibir visitas. El lugar de honor lo ocupa el viejo piano vertical, apoyado contra la pared. Es muy sencillo y parece muy usado, pero estoy seguro de que está perfectamente afinado. Aquí es donde ella toca.

Mi chica talentosa.

Junto al piano hay una estantería alta llena de libros manoseados.

La madre de Alessia no me ha pedido que me quite el abrigo. Creo que no voy a demorarme mucho.

—Sienta, por favor —me pide.

Tomo asiento en un sofá mientras ella escoge el extremo más alejado del de enfrente, transpirando tensión, y se sienta en el borde. Une las manos y me dirige una mirada ansiosa y expectante. Los ojos son de la misma tonalidad oscura que los de Alessia, pero mientras que los de Alessia rebosan misterio, los de su madre solo contienen tristeza. Supongo que se debe a que está preocupada por su hija. Aun así, a juzgar por el rostro ajado y las hebras grises que asoman entre sus cabellos, es obvio que no ha llevado una vida fácil.

La vida en Kukës es dura para algunas mujeres.

Las palabras de Alessia, pronunciadas en voz baja, resuenan en mi cabeza.

Su madre pestañea un par de veces. Sospecho que estoy poniéndola nerviosa o incomodándola y me siento un poco culpable.

—Mi amiga Magda me escribe sobre un hombre que ayuda a Alessia y también a Magda. ¿Eres tú? —pregunta titubeante con un hilo de voz.

—Sí.

—¿Cómo está mi hija? —susurra. Me estudia con atención, está desesperada por tener noticias de Alessia.

—La última vez que la vi, estaba bien. Más que bien, era feliz. La conocí cuando trabajaba para mí. Venía a mi casa a limpiar.

Simplifico mi inglés para que la madre de Alessia pueda seguirme sin problemas.

—¿Usted vienes desde Inglaterra?

—Sí.

—¿Por Alessia?

—Sí. Quiero a su hija y creo que ella también me quiere a mí.

Abre los ojos de manera desmesurada.

—¿Eso cierto? —Parece asustada.

Bueno... esta no es la reacción que esperaba.

—Sí, ella ha dicho que me quiere.

—¿Y usted quieres casar con Alessia?

—Sí.

—¿Cómo sabes que Alessia quiere casar con usted?

¡Ah!

—Lo cierto, señora Demachi, es que no lo sé. No he tenido la oportunidad de pedírselo. Creo que la han raptado y que la traen a Albania en contra de su voluntad.

La mujer inclina la cabeza hacia atrás y me mira fijamente, tratando de formarse una opinión sobre mí.

Mierda.

—Mi amiga Magda habla bien de usted —dice—. Pero yo no conozco a usted. ¿Por qué mi marido iba a dejar casar con nuestra hija?

—Bueno, sé que ella no quiere casarse con el hombre que su padre le ha escogido.

—¿Dice eso ella a usted?

—Me lo ha contado todo. Y lo que es más, la he escuchado. La quiero.

La señora Demachi se muerde el labio superior; el tic me recuerda tanto a su hija que tengo que disimular una sonrisa.

—Mi marido volverá pronto. Y él decide qué será de Alessia. Él escoge su prometido. Ha dado su palabra. —Se mira las manos enlazadas—. La dejé ir una vez y me rompió el corazón. No creo que puedo dejar ir otra vez.

—¿Prefiere que viva atrapada en un matrimonio lleno de violencia y maltratos?

Clava los ojos en mí al instante y en ellos veo un atisbo de su dolor y de sus pensamientos íntimos, sustituidos de inmediato por la conmoción que le produce que yo sepa que... esa es su vida.

Todo lo que Alessia me ha contado sobre su padre me vuelve a la memoria.

—Tiene que ir. Vaya ahora —susurra la señora Demachi, levantándose.

Maldita sea.

La he ofendido.

—Discúlpeme —musito mientras yo también me pongo en pie.

Frunce el ceño y durante un segundo parece confusa e indecisa.

—Alessia llegará aquí a las ocho de esta tarde, con su prometido —me desvela de manera precipitada.

Desvía la mirada un momento, preguntándose tal vez si ha sido buena idea compartir ese secreto de estado.

Alargo la mano con el deseo de estrecharle la suya en señal de gratitud, pero me contengo; puede que mi contacto no sea bienvenido. En su lugar, le ofrezco mi sonrisa más sincera y agradecida.

—Gracias. Su hija lo significa todo para mí.

Se relaja levemente y me obsequia con una sonrisa vacilante en la que vuelo a ver un poco de Alessia.

Me acompaña hasta la puerta, donde espera a que me ponga las botas para despedirme.

—Adiós.

—¿Va a decirle a su marido que he estado aquí?

—No.

—De acuerdo. Lo entiendo.

Le dirijo lo que espero que sea una sonrisa tranquilizadora y regreso junto al carro.

Ya de vuelta en el hotel, soy incapaz de estarme quieto. Hemos probado ver la televisión, pero ni Tom ni yo entendemos una palabra. Hemos probado leer y ahora nos encontramos en el bar, situado en la azotea. Seguro que durante el día la terraza ofrece unas vistas espectaculares de Kukës, el lago y las montañas circundantes, pero ya ha oscurecido y el entorno no me brinda ningún consuelo.

Alessia va de camino a casa.

Con él.

Espero que esté bien.

—Siéntate y tómate algo —me propone Tom.

Lo miro de reojo. Son este tipo de momentos los que hacen que me arrepienta de no fumar. Los nervios y la tensión son casi insoportables. Bebo un trago de whisky y me convenzo de que ya no aguanto más.

—Nos vamos.

—¡Aún es pronto!

—Me da igual. No puedo continuar encerrado aquí ni un minuto más. Si tengo que esperar, prefiero hacerlo con su familia.

Son las 7:40 cuando volvemos a encontrarnos en la casa de los Demachi.

Ha llegado la hora de comportarte como un adulto.

Tom espera de nuevo en el carro con Drita mientras Thanas y yo enfilamos el camino de entrada.

—Y recuerda, yo no he estado aquí antes. No quiero poner en un aprieto a la señora Demachi —le advierto a Thanas.

—¿En un aprieto?

—Con su marido.

—Ah, ya entiendo. —Thanas pone cara de exasperación.

—¿Lo entiendes?

—Sí. En Tiranë se vive de otra manera, aquí llevan un modo de vida mucho más tradicional. Las mujeres. Los hombres. —Tuerce el gesto.

Me seco las palmas sudorosas en el abrigo. No he estado tan nervioso desde la entrevista para entrar en Eton. Tengo que causar una impresión favorable al padre de Alessia. Tengo que convencerlo de que soy una opción mejor para su hija que el hijo de puta que ha escogido.

Eso si ella me acepta.

Mierda.

Llamo a la puerta y espero.

La señora Demachi acude a abrir. Nos mira a ambos con gesto preocupado.

—¿Señora Demachi? —pregunto. Asiente—. ¿Está su marido en casa?

Asiente de nuevo y, por si están escuchándonos, vuelvo a presentarme igual que hace unas horas, como si fuese la primera vez.

—Entre —dice—. Tiene que hablar con mi marido.

Después de que nos quitemos los zapatos, se hace cargo de los abrigos y los cuelga en el recibidor.

El señor Demachi se levanta cuando entramos en una habitación más grande que la anterior, en la parte posterior de la casa. Se trata de una cocina-comedor espaciosa e impoluta, con un arco que divide ambas zonas. En la pared, sobre la cabeza del señor Demachi, cuelga una escopeta de corredera que no ayuda a distender el ambiente. Me percato de que le resultaría muy fácil alcanzarla.

Demachi es mayor que su mujer, lo que se refleja en el rostro curtido y en el pelo oscuro poblado de canas. El traje sobrio y oscuro que viste le confiere un aire de capo de la mafia. Y posee una mirada inescrutable. Me alegra comprobar que le saco media cabeza.

Su rostro va adoptando una expresión desconfiada a medida que la señora Demachi le explica en voz baja quiénes somos.

Mierda. ¿Qué estará diciendo?

Thanas me ofrece la traducción simultánea en un susurro.

—Está diciéndole que deseas hablar con él sobre su hija.

—Entendido.

Demachi nos dirige una sonrisa indecisa mientras nos estrecha la mano, y a continuación nos indica un viejo sofá de pino, invitándonos a tomar asiento. Me estudia con ojos astutos, del mismo color que los de Alessia, mientras la señora Demachi cruza el arco en dirección a la cocina.

Demachi me mira y empieza a hablar dirigiéndose a Thanas. Tiene un timbre de voz grave y sonoro que casi resulta relajante al oído. Thanas comienza a traducir de inmediato para ambos.

—Dice mi mujer que está aquí por mi hija.

—Sí, señor Demachi. Alessia trabajaba para mí, en Londres.

—¿Londres? —La información parece tomarlo por sorpresa, pero la cortina cae de golpe—. ¿A qué se dedicaba exactamente?

—Era mi asistenta.

El hombre cierra los ojos un momento, como si le hubiese dolido oír algo semejante, cosa que me sorprende. No sé si se debe a que piensa que el trabajo no está a la altura de su hija o a que la echa de menos, estoy perdido. Inspiro hondo para calmar unos nervios que amenazan con desbocarse y prosigo.

—He venido a pedirle la mano de su hija.

Abre los ojos de pronto, estupefacto, y frunce el ceño. Una expresión exagerada, aunque soy incapaz de descifrar su significado.

—Ya está comprometida con otro hombre —contesta.

—No desea casarse con ese hombre. Por eso se fue.

Demachi abre los ojos de manera desmesurada ante mi franqueza y oigo un grito ahogado en la cocina.

—¿Le ha dicho ella eso?

—Sí.

La expresión de Demachi es inescrutable.

¿Qué diablos estará pensando?

Las arrugas de la frente del padre de Alessia se profundizan.

—¿Por qué quiere casarse con ella? —Parece perplejo.

—Porque la amo.

Kukës le resulta dolorosamente familiar. Incluso en la oscuridad. Alessia siente una mezcla de emoción y miedo ante la perspectiva de ver a sus padres. Su padre le pegará. Su madre la estrechará entre sus brazos y llorarán juntas.

Como siempre.

Anatoli cruza el puente que conduce a la península de Kukës y dobla a la izquierda. Alessia se incorpora, tratando de divisar su hogar. Menos de un minuto después, ve las luces de la casa de sus padres y frunce el ceño. Hay un carro parqueado casi al final de la calle y dos personas apoyadas en él, fumando vueltas hacia el río. Alessia piensa que es raro, pero lo olvida al instante, demasiado preocupada por la reunión inminente con sus padres. Anatoli rodea el carro parqueado con el Mercedes y enfila el camino de entrada.

Antes de que el vehículo se haya detenido por completo, Alessia abre la puerta del pasajero y atraviesa el camino y la puerta de entrada como una exhalación. Ni siquiera se detiene a quitarse los zapatos antes de enfilar el pasillo a la carrera.

—*¡Mama!* —la llama irrumpiendo en el salón convencida de que verá a su madre.

Maxim y otro hombre en el que apenas repara se levantan. Estaban sentados frente a su padre, que la mira fijamente.

El mundo de Alessia se detiene, igual que ella, tratando de procesar lo que ve ante sí.

Parpadea un par de veces sintiendo cómo su corazón vacío y apesadumbrado vuelve a la vida con una sacudida. Solo tiene ojos para un hombre.

Él está aquí.

Capítulo treinta y uno

El corazón va a salírseme del pecho. Alessia se queda paralizada en el centro de la habitación. Atónita.

Ella está aquí.

Por fin está aquí. Sus ojos oscuros, oscurísimos, me devuelven una mirada incrédula.

Sí. He venido a buscarte.

Estoy aquí. Siempre.

Está despampanante. Delgada. Delicada. Tiene el pelo suelto. Pero su piel se ve pálida. Más pálida que nunca, tiene un rasguño en una mejilla y un moratón en la otra. Tiene ojeras y los ojos anegados en lágrimas.

Se me hace un nudo en la garganta.

¿Qué te ha pasado, amor mío?

—Hola —susurro—. Te has ido sin despedirte.

Maxim está aquí. Por ella. Todos los demás presentes en la habitación desaparecen. Alessia solo lo ve a él. Tiene el pelo alborotado. Está pálido y cansado, aunque aliviado. Sus radiantes ojos verdes la absorben y sus palabras le han llegado al alma. Fueron las mismas palabras que le dijo cuando fue a buscarla a Brentford. Aunque su expresión refleja una pregunta, cuya respuesta está suplicándole. Está preguntándole por qué se marchó. No sabe qué siente por él. Pero él se ha presentado de todas formas.

Está aquí.

No está con Caroline.

¿Cómo pudo dudar de él? ¿Cómo pudo él dudar de ella?

Ella deja escapar un breve y agudo grito y sale corriendo en pos de sus brazos anhelantes. Maxim la acuna sobre su pecho y la abraza con intensidad. Ella inhala su perfume. Huele a limpio, a calidez y le resulta familiar.

Maxim.

No me sueltes jamás.

Alessia percibe un movimiento por el rabillo del ojo y este capta su atención. Su padre se ha levantado de su asiento y está mirándolos a ambos, atónito. Abre la boca con la intención de decir algo...

—¡Ya estamos en casa! —grita Anatoli desde el recibidor, y entra torpemente en la sala con la bolsa de lona de Alessia, creyendo que van a recibirlo como un héroe.

—Confía en mí —le dice Alessia a Maxim susurrando.

Él la mira a los ojos, con expresión de puro amor y la besa en la coronilla.

—Siempre.

Anatoli frena en seco en la puerta. Mudo de la impresión.

Alessia se vuelve hacia su padre, que va mirándonos a nosotros dos y al hijo de puta que la secuestró. ¿Anthony? ¿Antonio? No recuerdo su nombre, pero es un hijo de puta muy guapo. Sus ojos azul hielo se abren como platos por la sorpresa al principio, pero ahora se entrecierran y nos analizan con frialdad, a mí y la mujer que tengo entre los brazos. Cobijo a Alessia bajo mi ala y la protejo de ese tipo y de su padre.

—*Bab* —le dice Alessia a su padre—, *më duket se jam shtatzënë dhe ai është i ati.*

Se oye un suspiro ahogado que emiten todos los presentes.

¿Qué carajos acaba de decir?

—¿Cómo? —exclama el hijo de puta en inglés y tira la bolsa de Alessia al suelo mientras se le demuda el rostro de rabia.

Su padre, perplejo, nos fulmina a ella y a mí con la mirada, y va poniéndose cada vez más rojo.

Thanas se inclina en mi dirección y me habla entre susurros.

—Acaba de decirle a su padre que cree que está embarazada y que usted es el padre.

—¿Qué?

Me siento un poco mareado. Pero... Un momento... Ella no puede... Solo lo hemos... Usamos...

Está mintiendo.

Su padre alcanza la escopeta.

Mierda.

Me dijiste que estabas sangrando. —Le grita Anatoli a Alessia, y le late la vena de la sien de pura ira.

Mama irrumpe en llanto.

—¡Te mentí! ¡No quería que me tocaras! —Se vuelve hacia su padre—. *Babë*, por favor. No me obligues a casarme con él. Es un hombre airado y violento. Me matará.

Baba se queda mirándola, entre perplejo y enojado, mientras, junto a Maxim, un hombre que Alessia no conoce le traduce todo lo que ella acaba de decir al inglés. Pero ahora mismo ella no tiene tiempo para ese desconocido.

—Mira —le dice a *baba*, se abre el abrigo y tira hacia abajo del cuello del jersey para dejar a la vista los oscuros moratones que tiene alrededor del cogote.

Mama solloza ruidosamente.

—¡Pero qué carajos...! —grita Maxim y se abalanza sobre Anatoli, le echa las manos al cuello y ambos caen rodando al suelo.

Voy a matarlo, maldita sea.

Una inyección de adrenalina recorre mi cuerpo. He pillado al hijo de puta por sorpresa y lo dejo sin aire al caer sobre él cuando se desploma sobre el suelo.

—¡Asqueroso hijo de puta! —le grito. Le doy un puñetazo en la cara, girándosela hacia un lado, y me siento a horcajadas sobre él.

Vuelvo a pegarle y él se defiende, me lanza un directo a la cara, pero yo lo esquivo. Es un tipo fuerte y se revuelve bajo mi cuerpo, así que le echo las manos al cuello y lo estrangulo con fuerza. Me sujeta por las muñecas en un intento por derribarme. Frunce los labios y me escupe a la cara, pero también lo esquivo y el escupitajo le cae en la mejilla, y queda mojado por su propia baba. Eso solo contribuye a enfurecerlo más. Intenta rebelarse sin parar. No deja de gritarme en su idioma. Son palabras que no entiendo, pero me importan una mierda.

Lo estrangulo con más fuerza.

Muere, hijo de puta.

Se le pone la cara roja. Las órbitas sobresalen de las cuencas.

Subo las manos, levantándole la cabeza, que dejo caer de golpe sobre las baldosas de la cocina. Y me siento agradecido al oír el fuerte porrazo.

Desde algún punto a mis espaldas me llega un grito.

Alessia.

—¡Quita ya de mí! —me grita el hijo de puta en un inglés chapuceado.

Y de pronto noto unas manos sobre mí, intentando apartarme. Las aparto de un golpe, me acerco más al tipo, hasta que huelo su aliento apestoso.

—¡Si vuelves a tocarla, juro que te mato, hijo de puta! —le grito.

—¡Trevethick! ¡Trevethick! ¡Maxim! ¡Max! —Es Tom.

Está sujetándome por los hombros, apartándome del tipo. Inspiro para tomar aire al ponerme de pie y todo el cuerpo me tiembla de rabia y sed de venganza. El hijo de puta se queda con la cabeza levantada, y veo que el padre de Alessia está plantado entre ambos, sujetando su escopeta. Con la mirada envenenada, agita el cañón haciéndome un gesto para que me aparte.

Obedezco a regañadientes.

—Tranquilízate, Maxim. No quieras provocar un incidente internacional —dice Tom mientras Thanas y él tiran de mí para hacerme retroceder.

El hijo de puta se levanta como puede y su expresión ceñuda es de pura rabia.

—Eres como todos los ingleses —me suelta el muy hijo de puta—. Blandos y debiluchos. Sus mujeres son las duras.

—Lo bastante blando para darte una paliza, pedazo de mierda —espeto.

A medida que la ira encendida se disipa, oigo a Alessia gimotear a mis espaldas.

Mierda.

El padre de Alessia se planta entre ambos hombres, mirándolos a los dos con preocupación.

—¿Vienen a mi casa a comportarse con violencia? ¿Delante de mi esposa y mi hija? —se dirige a Maxim y a su amigo Tom.

¿De dónde ha salido Tom?, se pregunta Alessia. Recuerda haberlo conocido en Brentford y lo recuerda en la cocina de Maxim con los cortes en la pierna. Tom se pasa una mano por su cabellera pelirroja mientras mira al padre de la chica.

El traductor se inclina hacia adelante y traduce entre susurros las palabras del padre a Maxim. Maxim levanta las manos y retrocede.

—Acepte mis disculpas, señor Demachi. Amo a su hija y no

puedo tolerar que sufra ningún daño. Sobre todo a manos de un hombre.

Maxim lanza a *baba* una mirada intencionada. *Baba* frunce el ceño y vuelca su atención en Anatoli.

—Y tú. ¿La traes de regreso cubierta de moratones?

—Ya sabes lo rebelde que es, Jak. Necesita que le den una lección.

—¿Una lección? ¿Como esta? —*Baba* señala el cuello de su hija.

Anatoli se encoge de hombros.

—Es una mujer. —Con su tono da a entender que ella no tiene ni voz ni voto.

Cuando se lo traducen a Maxim, él tensa la mandíbula y cierra los puños. Se le eriza todo el cuerpo por la tensión y la furia.

—No —murmura Alessia y alarga una mano pata tocarle el brazo y tranquilizarlo.

—¡Tú cállate! —espeta su padre y se vuelve de golpe para mirarla—. Tú has provocado esta deshonra en nuestra familia. Te escapas. Y vuelves hecha una puta. Te has abierto de piernas para este inglés.

Alessia se queda cabizbaja y blanca como el papel.

—*Babë*, Anatoli me matará —susurra ella—. Y si lo que quieres es verme muerta, preferiría que me pegues un tiro con esa escopeta que sujetas, así podría morir a manos de alguien que supuestamente me quiere.

Se queda mirando a *baba*, quien palidece mientras Thanas va traduciendo en voz baja.

—No —dice Maxim, con una convicción tan profunda que todas las miradas se vuelven hacia él. Avanza a toda prisa y coloca a Alessia por detrás de su cuerpo—. No la toquen. Ninguno de los dos.

Baba se queda mirándolo, aunque Alessia no sabe si su padre está escandalizado o impresionado.

—Tu hija es mercancía defectuosa, Demachi —dice Anatoli—. ¿Por qué iba a aceptar los restos de otro hombre y al bastardo de esa mujer? Puedes quedártela y despídete de la dote que te prometí.

Baba lo mira ceñudo.

—¿Serías capaz de hacerme eso?

—Tu palabra no vale nada —gruñe Anatoli.

El traductor repite las palabras susurrando en inglés.

—¿Dote? —dice Maxim. Vuelve ligeramente la cabeza hacia Alessia para que pueda oírlo—. ¿Ese hijo de puta pagó por ti?

Alessia se ruboriza.

Maxim se encara con su padre.

—Igualaré cualquier dote —anuncia.

—¡No! —exclama Alessia.

Su padre se queda mirando a Maxim, furioso.

—Lo has deshonrado —susurra Alessia.

—*Carissima* —dice Anatoli desde la puerta—. Debí cogerte cuando tuve la oportunidad. —Lo dice en inglés para que Maxim lo entienda.

Maxim se abalanza sobre él, movido por la rabia una vez más, pero Anatoli está listo esta vez. Del bolsillo del abrigo saca su pistola y apunta a Maxim a la cara.

—¡No! —grita Alessia, y se planta a toda prisa frente a Maxim para protegerlo.

—No sé si dispararte a ti o a él —espeta Anatoli en su lengua materna y mira a su padre pidiéndole permiso.

Baba mira a Anatoli y luego a su hija.

Todos permanecen en silencio. La atmósfera de la sala es tan tensa que puede cortarse el aire con un cuchillo. Alessia se inclina hacia adelante.

—¿Qué vas a hacer, Anatoli? —Lo dice señalándolo con el dedo índice levantado—. ¿Dispararle a él o a mí?

Thanas traduce.

Maxim la sujeta por los brazos, pero ella se revuelve y se zafa.

—¿Qué clase de hombre se esconde detrás de una mujer? —suelta Anatoli en inglés—. Tengo balas suficientes para los dos.

Su mirada victoriosa asquea a Alessia.

—No, no tienes —le dice ella.

Anatoli frunce el ceño.

—¿Qué? —Y comprueba el peso de la pistola que sujeta.

—Esta mañana, en Zagreb, saqué las balas mientras dormías.

Apuntando con el arma a Alessia, Anatoli aprieta el dedo del gatillo.

—¡No! —grita su padre y golpea a Anatoli con la culata de la escopeta, con tanta fuerza, que el hijo de puta cae al suelo.

Furioso, Anatoli vuelve a apuntar, esta vez al padre de Alessia y aprieta el gatillo.

—¡No! —gritan Alessia y su madre al unísono.

Pero no pasa nada. El martillo retrocede y su recámara vacía suena con eco.

—¡Mierda! —espeta Anatoli, y se queda mirando a Alessia, con una extraña mezcla de admiración y desprecio en el rostro—. Mujer, eres un fastidio —murmura y se levanta como puede.

—¡Vete! —grita *baba*—. Vete ahora mismo, Anatoli, antes de que te pegue un tiro. ¿Quieres provocar un baño de sangre?

—¿Por esa puta?

—Es mi hija, y estas personas son mis invitados. Vete. Ahora. Ya no eres bienvenido aquí.

Anatoli se queda mirando al padre de Alessia, con ira e impotencia expresadas en todos los músculos tensos de su rostro.

—Esto no se acaba aquí —les espeta a *baba* y Maxim.

Da media vuelta, empuja a Tom para pasar y sale de la sala. Unos instantes después oyen un portazo cuando sale de la casa.

Cuando se vuelve lentamente hacia Alessia, Demachi echa chispas por los ojos. Me ignora y se centra en la mirada amenazadora que dedica a su hija.

—Me has deshonrado —traduce Thanas—. Y a tu familia. Y a tu pueblo. ¿Y vuelves aquí en este estado? —Su padre señala su cuerpo con un gesto de la mano—. Eres una deshonra para ti misma.

Y yo me quedo mirando a Alessia, cabizbaja por la vergüenza. Le cae una lágrima por la mejilla.

—¡Mírame! —le grita su padre.

Cuando ella alza la cabeza, él levanta el brazo para abofetearla, pero yo la agarro y tiro de ella para apartarla. Está temblando.

—No se atreva a tocarle ni un solo pelo —espeto y me yergo frente a él cuan alto soy—. Esta mujer ha pasado por un auténtico infierno. Y todo por usted y el marido de mierda que escogió para ella. Unos traficantes de personas la secuestraron para prostituirla. Ella escapó. Estuvo sin comer. Caminó durante días sin tener nada. Y, después de todo, tuvo la fuerza de conseguir un trabajo y seguir vivita y coleando prácticamente sin ayuda de nadie. ¿Cómo puede tratarla así? ¿Qué clase de padre es usted? ¿Qué pasa con su propio sentido del honor?

—¡Maxim! Es mi padre.

Alessia me sujeta por el brazo, horrorizada, mientras yo reprendo al que se hace llamar su padre. Pero estoy desatado, y Thanas traduce a la misma velocidad.

—¿Cómo se atreve a hablar de honor cuando está tratándola así? Es más, quizá lleve en su vientre al que será su nieto ¿y la amenaza con violencia?

Con el rabillo del ojo, veo a la madre de Alessia, que está sujetándose el delantal con expresión horrorizada. Es humillante.

Demachi me mira totalmente ido. Mira a Alessia y luego a mí otra vez, con los ojos oscuros, llenos de rabia y desprecio.

—¿Cómo se atreve a entrar en mi casa y decirme cómo debo comportarme? Usted. Usted debería haberse guardado bien el rabo en los pantalones. No venga a hablarme a mí de honor. —Thanas se pone blanco al traducir—. Nos ha deshonrado a todos. Ha deshonrado a mi hija. Pero hay algo que puede hacer —suelta un gruñido con los dientes apretados y con un rápido movimiento quita el seguro a la escopeta con un sonoro clic.

Mierda.

Me he pasado.

Va a matarme.

Más que verlo, percibo la presencia de Tom tenso en la puerta. Demachi me apunta con la escopeta y grita:

—*Do të martohesh me time bijë!*

Se oye el suspiro ahogado colectivo de los albaneses. Tom está listo para atacar. Y todas las miradas se dirigen a mí: la de la señora Demachi. La de Alessia. La de Thanas. Todos están impactados y boquiabiertos. Y Thanas traduce en voz baja:

—Va a casarse con mi hija.

Capítulo treinta y dos

¡No, *babë*, no!

Alessia comprende que no ha calculado bien las consecuencias de la mentira acerca del embarazo. Presa del pánico, se aparta corriendo de su padre, que aún empuña la escopeta, desesperada por explicarle a Maxim la verdad. ¡No quiere obligarlo a casarse con ella!

Sin embargo, Maxim luce una sonrisa radiante.

Los ojos irradian una felicidad que ni siquiera se molesta en disimular.

La expresión de Maxim la deja sin aliento.

Despacio, Maxim hinca una rodilla en el suelo y del bolsillo interior de la chaqueta extrae... un anillo. Un precioso anillo de diamantes. Alessia ahoga un grito y se lleva las manos a la cara, completamente anonadada.

—Alessia Demachi, ¿me concederías el gran honor de convertirte en mi condesa? Te quiero. No quiero separarme de ti jamás. Deseo que pases el resto de tu vida conmigo. A mi lado. Siempre. Cásate conmigo.

Las lágrimas inundan los ojos de Alessia.

Ha traído un anillo.

Por eso ha venido hasta aquí.

Para casarse con ella.

Continúa muda de asombro, le falta el aliento.

Y entonces la embiste. Como un tren de carga. La dicha. Él la quiere de verdad. Desea estar con ella. No con Caroline. La quiere a su lado, para siempre.

—Sí —contesta Alessia con un hilo de voz mientras lágrimas de alegría resbalan por sus mejillas.

Todos observan, boquiabiertos y tan asombrados como Alessia, cómo Maxim le coloca el anillo en el dedo y le besa la mano. A continuación, con un grito exultante, Maxim se pone de pie y la levanta en volandas.

Te quiero, Alessia Demachi —susurro.

La dejo en el suelo y la beso. Con fuerza. Cerrando los ojos. No me importa tener público. No me importa que su padre continúe con el cañón de la escopeta apuntado hacia mí o que su madre siga en la cocina, contemplando la escena con ojos desmesurados y sollozando. No me importa que uno de mis mejores amigos me contemple atónito y con preocupación evidente, como si estuviese loco.

Ahora mismo. Aquí. En Kukës, Albania, soy más feliz de lo que nunca he sido.

Ha dicho que sí.

Su boca es suave y solícita. Su lengua acaricia la mía. Solo han sido unos días, pero la he echado muchísimo de menos.

Las lágrimas de Alessia me mojan la cara. Húmedas y refrescantes.

Maldita sea. Quiero a esta mujer.

El señor Demachi se aclara la garganta ruidosamente y Alessia y yo regresamos a la realidad, sin aliento y aturdidos por el beso. Agita el cañón de la escopeta entre nosotros y retrocedemos un paso, aunque sujeto la mano de Alessia con fuerza. No pienso soltarla por nada del mundo. Alessia sonríe, radiante y ruborizada, y yo me siento eufórico, embriagado de amor.

—*Konteshë?* —pregunta el padre de Alessia a Thanas con el ceño fruncido. Thanas me mira, pero no tengo ni idea de lo que ha dicho Demachi.

—¿Condesa? —me aclara Thanas.

—Ah. Sí. Condesa. Alessia será lady Trevethick, condesa de Trevethick.

—*Konteshë?* —repite el padre, como si estuviese familiarizándose con la palabra y lo que significa.

Asiento.

—Baba, *zoti Maksim është Kont.*

Tres albaneses se vuelven hacia Alessia y hacia mí y se nos quedan mirando como si nos hubiese crecido otra cabeza.

—¿Como lord Byron? —pregunta Thanas.

¿Byron?

—Él era barón, creo. Pero pertenecía a la nobleza. Sí.

El señor Demachi baja el arma y me mira boquiabierto. Ninguno de los presentes se mueve ni dice nada.

Vaya, esto sí que es incómodo.

Tom se acerca con toda calma.

—Felicidades, Trevethick. No me esperaba que se lo propusieses así, de la nada.

Me abraza y me da palmadas en la espalda.

—Gracias, Tom —contesto.

—Esto sí que es una buena historia que contarles a los nietos.

Me echo a reír.

—Felicidades, Alessia —añade Tom con una leve inclinación de cabeza, a la que ella corresponde con una sonrisa resplandeciente.

El señor Demachi se vuelve hacia su mujer y lanza una orden con aspereza. La madre de Alessia se adentra en la cocina y regresa con una botella de licor transparente y cuatro vasos. Miro a Alessia; está radiante. Ya no queda rastro de la mujer angustiada que entró en la habitación hace unos momentos.

Irradia felicidad. La sonrisa. Los ojos. Me deja sin aliento.

Soy un tipo con suerte.

La señora Demachi llena los vasos y los reparte, solo a los hombres. El padre de Alessia alza el suyo.

—*Gëzuar* —dice con alivio evidente en esos ojos oscuros y astutos.

Esta vez no necesito traducción. Alzo el mío.

—*Gëzuar* —repito, y Thanas y Tom se suman al brindis.

Todos alzamos y apuramos los vasos casi en un solo movimiento. Es el líquido más letal y abrasador que me haya echado jamás entre pecho y espalda.

Intento no toser. Y fracaso.

—Buenísimo —miento.

—Raki —susurra Alessia, tratando de disimular una sonrisa.

Demachi deja el vaso en la mesa, lo vuelve a llenar y hace lo mismo con los demás.

¿Otro? Mierda. Me preparo mentalmente.

El padre de Alessia alza el raki una vez más.

—*Bija ime tani është problem yt dhe do të martoheni, këtu, brenda javës.*

Apura el vaso y blande la escopeta con mirada complacida.

—Mi hija es ahora problema suyo —me traduce Thanas en un susurro—. Y se casarán, aquí, dentro de una semana.

¿Qué?

Mierda.

Capítulo treinta y tres

¡Una semana!

Miro a Alessia con una sonrisa divertida. Ella me responde con una expresión complacida antes de soltarme la mano.

—*¡Mama!* —exclama, y veo que corre hacia su madre, que continúa esperando en la cocina, armada de paciencia.

Se abrazan, con fuerza, como si no fuesen a soltarse nunca más, y ambas empiezan a llorar calladamente, de esa forma en que solo son capaces de llorar las mujeres.

Es conmovedor.

Resulta evidente que se han hecho falta. Mucho más de lo imaginable.

La madre de Alessia le seca las lágrimas y le dirige unas rápidas palabras en su idioma, pero no tengo ni idea de qué están diciendo. Alessia ríe con un pequeño gorjeo y se abrazan de nuevo.

El padre las mira y se vuelve hacia mí.

—Mujeres. Son muy sentimentales —me traduce Thanas, aunque Demachi parece aliviado, creo.

—Sí —contesto con voz áspera, esperando sonar varonil—. Ha echado de menos a su madre.

En cambio a ti no.

La madre la suelta por fin y Alessia se acerca a su padre.

—*Baba* —murmura, con mirada asustada una vez más.

Contengo la respiración, preparado para intervenir si ese hombre se atreve a ponerle aunque sea un solo dedo encima.

Demachi levanta la mano y le sujeta la barbilla con delicadeza.

—*Mos u largo përsëri. Nuk është mirë as mua për mua.* —Alessia responde con una sonrisa tímida y él se inclina y la besa en la frente, con los ojos cerrados—. *Nuk është mirë për mua as* —añade con un susurro.

Miro a Thanas a la espera de la traducción, pero él se ha vuelto para concederles ese momento de intimidad. Quizá yo también debería hacer lo mismo.

Es tarde y estoy agotado, pero no puedo dormir. Han ocurrido muchas cosas y no paro de darle vueltas a la cabeza. Estoy acostado en la cama, despierto, contemplando los reflejos danzarines y acuáticos del techo. La familiaridad de los dibujos que forman me resulta tan reconfortante que me arranca una sonrisa. Reflejan mi ánimo exultante. No estoy en Londres, estoy en casa de la que será mi familia política, y los centelleos los emite la luna llena que brinca sobre las aguas oscuras y profundas del lago Fierza.

No se me ha permitido elegir el lugar de alojamiento, Demachi ha insistido en que debía quedarme aquí. La habitación se encuentra en la planta baja y aunque contiene pocos muebles, resulta bastante cálida y acogedora, además de que posee unas vistas espléndidas del lago.

La puerta cruje y de pronto veo que Alessia se cuela en la habitación y la cierra tras de sí. Su presencia despierta mis sentidos; siento que se me acelera el corazón. Se acerca a la cama de puntillas, envuelta en el camisón de estilo victoriano más largo y virginal que haya visto jamás. De repente tengo la sensación de hallarme en una novela gótica y me entran ganas de echarme a reír ante la ridiculez de la situación, pero ella coloca un dedo sobre mis labios y luego, con un solo movimiento, se quita el camisón por la cabeza y lo deja caer al suelo.

Me quedo sin aliento.

La pálida luz de la luna baña su bello cuerpo.

Es perfecta.

En todos los sentidos.

Se me seca la boca; todo mi cuerpo despierta.

Retiro las mantas y ella se desliza a mi lado, desnuda en toda su gloria.

—Hola, Alessia —susurro. Mis labios buscan los suyos.

Y sin más palabras, nos entregamos a nuestro reencuentro con una pasión que me toma por sorpresa. Alessia está desatada; es incapaz de apartar los dedos, las manos, la lengua, los labios de mí. Ni yo los míos de ella.

Estoy perdido.

Pero me he encontrado.

Oh, qué delicia sentirla.

Y cuando echa la cabeza hacia atrás, en pleno orgasmo, le cubro la boca para sofocar sus gritos y entierro el rostro en su suave y abundante melena para unirme a su éxtasis.

Tras recuperar la calma, yacemos con los cuerpos enlazados y se acurruca entre mis brazos mientras se adormece. Debe de estar agotada.

Disfruto de esta sensación plena y plácida que me cala los huesos.

La he recuperado. El amor de mi vida está conmigo, este es su sitio. Aunque si su padre lo supiese nos pegaría un tiro a ambos, estoy seguro.

Verla con sus padres estas últimas horas me ha enseñado mucho sobre ella. El conmovedor reencuentro con su madre —y con su padre— ha sido muy emotivo. Creo que él la quiere de verdad. Mucho.

Parece ser que Alessia ha estado enfrentándose a su educación desde antes de que nos conociésemos, luchando por ser ella misma. Y lo ha logrado. Además, me ha arrastrado consigo en un verdadero viaje de autodescubrimiento. Deseo pasar el resto de mi vida con esta mujer. La amo con todo mi corazón y deseo darle el mundo entero. Es lo mínimo que merece.

Se mueve y abre los ojos. Me obsequia con una sonrisa deslumbrante que ilumina toda la habitación.

—Te amo —susurro.

—Te amo —contesta, alargando la mano para acariciarme la mejilla. Los dedos me hacen cosquillas en la barba incipiente—. Gracias por no darte por vencido conmigo.

Su voz es tan suave como una brisa de verano.

—Nunca. Estoy aquí. Siempre.

—Yo también.

—Creo que tu padre me pegará un tiro si te encuentra aquí.

—No, me lo pegará a mí. Me parece que le gustas.

—Le gusta mi título.

—Tal vez.

—¿Estás bien? —pregunto bajando la voz, serio, mientras trato de adivinar en su rostro algún atisbo de todo lo que ha vivido durante este último par de días.

—Ahora que estoy contigo, sí.

—Lo mataré si vuelve a acercarse a ti.

Deposita un dedo sobre mis labios.

—No hablemos de él.

—De acuerdo.

—Lo siento. Lo de la mentira.

—¿La mentira? ¿Lo del embarazo?

Asiente.

—Alessia, fue una idea brillante. Además, no me importaría tener niños.

Un heredero y un suplente.

Sonríe y se incorpora para besarme; su lengua tienta e incita mis labios hasta que necesito más.

La tiendo sobre la espalda para hacerle el amor de nuevo.

Un amor consciente. Hermoso. Pleno.
Como debería ser.
Esta semana estaremos casados.
No puedo esperar.
Tengo que decírselo a mi madre...

La música de Alessia

Capítulo dos
Le Coucou de Louis-Claude Daquin (la pieza de precalentamiento de Alessia).
Preludio n.º 2 en do menor, BWV 847, de J. S. Bach (el preludio de Bach enojado, según Alessia).

Capítulo cuatro
Preludio n.º 3 en do sostenido mayor, BWV 848, de J. S. Bach.

Capítulo seis
Preludio n.º 15 en sol mayor, BWV 884, de J. S. Bach.
Preludio n.º 3 en do sostenido mayor, BWV 872, de J. S. Bach.

Capítulo siete
Années de Pèlerinage, 3ème année, S. 163 - IV. "Les jeux d'eaux à la Villa d'Este" de Franz Liszt.

Capítulo doce
Preludio n.º 2 en do menor, BWV 847, de J. S. Bach.

Capítulo trece

Preludio n.º 8 en mi bemol menor, BWV 853, de J. S. Bach.

Capítulo dieciocho

Concierto para piano n.º 2 en do menor, opus 18 - I de Serguéi
   Rajmáninov.

Capítulo veintitrés

Preludio n.º 15 en re bemol mayor, opus 28 (La gota de agua) de Fré-
   déric Chopin.

Le Coucou de Louis-Claude Daquin.

Sonata para piano n.º 17 en re menor, opus 31 n.º 2 - III (La tempes-
   tad) de Ludwig van Beethoven.

Capítulo veintiséis

Preludio n.º 23 en si mayor, BWV 868, de J. S. Bach.

Capítulo veintiocho

Preludio n.º 6 en re menor, BWV 851, de J. S. Bach.

Agradecimientos

A mi editora y querida amiga, Anne Messitte, gracias por todo.

Estoy en deuda con todo el equipo de Knopf y de Vintage. En la atención al detalle, la dedicación y el apoyo, han ido mucho más allá de lo imaginable. Hacen un trabajo fantástico. Quiero dedicar un agradecimiento especial a Tony Chirico, Lydia Buechler, Paul Bogaards, Russell Perreault, Amy Brosey, Jessica Deitcher, Katherine Hourigan, Andy Hughes, Beth Lamb, Annie Lock, Maureen Sugden, Irena Vukov-Kendes, Megan Wilson y Chris Zucker.

A Selina Walker, Susan Sandon y todo el equipo de Cornerstone, gracias por el excelente trabajo, el entusiasmo y el buen humor. Se les agradece muchísimo.

Gracias a Manushaqe Bako por las traducciones al albanés.

Gracias a mi marido y mi roca, Niall Leonard, por las primeras correcciones y las innumerables tazas de té.

Gracias a Valerie Hoskins, mi increíble agente, por tus acertados y considerados consejos, y por todas las bromas.

Gracias a Nicki Kennedy y al equipo de ILA. Gracias a Julie McQueen por el apoyo.

Gracias a Grant Bavister de la Oficina de la Corona, a Chris Eccles de Griffiths Eccles LLP, a Chris Schofield y a Anne Filkins por su asesoramiento respecto a los títulos nobiliarios, heráldica, fondos fiduciarios y asuntos relacionados con el patrimonio.

Mi enorme gratitud para James Leonard por su asesoramiento sobre el lenguaje de los jóvenes caballeros ingleses de la alta sociedad.

Por todos sus consejos sobre el tiro al plato, gracias, Daniel Mitchell y Jack Leonard.

A mis lectoras beta, Kathleen Blandino y Kelly Beckstrom, y a mis prelectoras Ruth Clampett, Liv Morris y Jenn Watson: gracias por todo el *feedback* y por estar ahí.

Al Bunker —ya han sido casi diez años—: gracias por compartir conmigo este viaje. Mis amigos autores: ustedes saben quiénes son. Gracias por ser mi inspiración todos los días. Y a los residentes del Bunker 3.0, gracias por el apoyo constante.

Major y Minor, gracias por la ayuda con la música, y por ser unos muchachos excepcionales. Deslumbren al mundo, preciosos míos. Hacen que me sienta muy, muy orgullosa.

Y, por último, estaré eternamente agradecida a todos aquellos que han leído mis libros, visto las películas y disfrutado mis historias. Sin ustedes, esta fantástica aventura no habría sido posible.

Biografía

E. L. James es una romántica incurable y una fan confesa del género. Después de veinticinco años trabajando en televisión, decidió perseguir su sueño de la infancia y empezó a escribir historias que cautivasen y conmoviesen a los lectores. El resultado fue la sensual y controvertida novela romántica *Cincuenta sombras de Grey* y sus dos secuelas, *Cincuenta sombras más oscuras* y *Cincuenta sombras liberadas*. En 2015 publicó el best seller *Grey*, la historia de *Cincuenta sombras de Grey* contada desde la perspectiva de Christian Grey, y en 2017 *Más oscuro*, que de nuevo copó los primeros puestos de las listas de ventas, la segunda parte de la trilogía de Cincuenta sombras narrada desde el punto de vista de Christian. Sus libros, de los que se han llegado a vender más de 150 millones de ejemplares en todo el mundo, se han publicado en cincuenta idiomas.

La revista *Time* destacó a E. L. como una de "Las personas más influyentes del mundo", y *Publishers Weekly* la eligió "Persona del año". *Cincuenta sombras de Grey* permaneció en la lista de libros más vendidos de *The New York Times* durante 133 semanas consecutivas. *Cincuenta sombras liberadas* ganó el premio Goodreads en 2012, y en 2018 los lectores escogieron *Cincuenta sombras de Grey* como una de las 100 Mejores Lecturas en "The Great American Read", la iniciativa multiplataforma de la PBS. En 2019, *Más oscuro* fue incluido en la lista de preselección del Premio Literario Internacional de Dublín.

E. L. James ha coproducido la adaptación cinematográfica de la trilogía para Universal Pictures, que ha cosechado más de mil millones de dólares en taquilla. La película que cierra la serie, *Cincuenta sombras liberadas*, ganó en 2018 el premio People's Choice en la categoría de drama.

E. L. James tiene dos hijos maravillosos y vive con su marido, el novelista y guionista Niall Leonard, y sus westies en el arbolado barrio residencial de West London.

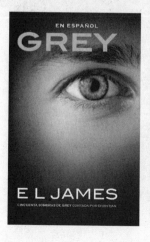
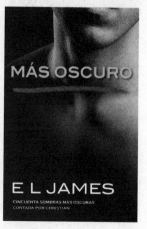